Dane Rahlmeyer

Das Schwert der Todlosen Königin

2. AUFLAGE 2018

ISBN-13: 978-1794345713

Lektorat und Satz: Theresa Fukushima
Umschlaggestaltung: Colin Winkler
www.mommono.de

DIESER TITEL IST EBENFALLS ALS EBOOK ERHÄLTLICH.

Für Anni – meinen größten Schatz.

Mein ergebenster Dank gilt Nils, Philipp, Tim, Jan, Johannes, Flo, Corinna und Ursula.

Und natürlich Terry und ihrer Engelsgeduld.

{Erster Teil}

[Die Oasenstadt]

Stara konnte es fühlen: Ihre Suche näherte sich dem Ende.

Ihr Herz trommelte aufgeregt, während die Luftschrauben des Schiffs leise brummten. Von Breyk und Togart, die hinter ihr an den Steuerrädern standen und die *Sturmbrecher* gekonnt durch die Dunkelheit lenkten, vernahm sie nichts als angespannte Stille.

Stara trat einen Schritt näher an das Brückenfenster. Die Petroleumlampe war zu einer winzigen Flamme herabgedreht, so dass sie durch ihre eigene, geisterhafte Reflexion auf dem Fensterglas hindurchblicken konnte, hinaus auf die abendliche Wüste von Ka-Scha-Raad. Eine karge Gegend aus Fels und Geröll zog sich unter einem sternenüberfluteten Himmel dahin, das glitzernde Band der Milchstraße war deutlich zu erkennen. Hier und da wölbten sich flache Sanddünen im rot-gelben Licht der Monde. Das Land erinnerte sie sehr an ihre eigene Heimat, und der Gedanke brachte eine schmerzvolle Sehnsucht mit sich.

Bemüht, sie abzuschütteln, richtete Stara den Blick in die Ferne, wo sie bereits die Lichter von Scha'ila ausmachen konnte. Ihr Schein ließ die Silhouetten der kastenförmigen Lehmhäuser mit ihren Kuppeldächern ebenso erahnen, wie die zahlreichen Palmenhaine, die sich in den Vierteln der Oasenstadt verteilten. Der zweifache Mondenschein spiegelte sich auf einem ruhigen See in der Stadtmitte.

Selbst auf diese Entfernung hatte Stara keine Schwierigkeiten, den kleinen Lufthafen im Osten Scha'ilas auszumachen. Sie glaubte, gut eine Handvoll

Schiffe zu zählen, die dort vor Anker lagen. Ihre aufgeblähten Leiber erinnerten sie an Donnerwale, die zwischen den Lagerhäusern schwebten. Auch wenn sie von hier aus unmöglich sagen konnte, ob sich das Schiff, das sie suchten, unter ihnen befand, beschloss sie, optimistisch zu bleiben. Wäre es schon wieder zurück zur Ausgrabung geflogen, hätten sie es auf halbem Weg getroffen. Nein, das Schiff war noch hier. Und mit ihm der Mann, wegen dem sie diese lange Reise auf sich genommen hatten.

Wieder rief sie sich die Seite ins Gedächtnis, die ihre Leute aus dem Jahrbuch der Universität von Tamalea herausgerissen hatten: Sie zeigte den Kupferstich eines alten Mannes, mit buschigen Augenbrauen und einem beeindruckenden Schopf schlohweißer Haare. Ein charismatisches Gesicht mit klugen, humorvollen Augen. In jüngeren Jahren musste er nicht wenige Frauen schwach gemacht haben.

Er war hochgewachsen, hatten seine Kollegen ihnen erzählt. Kräftig für sein Alter, allerdings ging er nach einer Verletzung am rechten Bein, die er sich vor einigen Monaten zugezogen hatte, am Stock. Das Gebrechen hatte ihn jedoch nicht davon abgehalten, wieder in die Wüste zu ziehen und dort in brütender Hitze und eiskalten Nächten nach Relikten aus der Vergangenheit zu graben.

Es konnte ihnen nur recht sein. Sein Drang zu graben – weniger wortwörtlich, mehr im übertragenen Sinn – war es, was den alten Gelehrten so wertvoll für Stara und ihre Begleiter machte.

Ein Milorianer, dachte sie, nicht zum ersten Mal. *Ausgerechnet ein verfluchter Milorianer.* Die Ironie war bitter wie Asche und Blut.

Sie drehte sich einem der Sprechrohre zu, die aus den Armaturen wuchsen, und hörte ihre Worte blechern durch das Schiff hallen:

»Stara an alle. Haltet euch bereit, wir gehen bald runter.« In ein anderes Rohr sagte sie: »Glinn. Genug geschlafen. Übernimm die Brücke.«

Ein schlaftrunkenes Knurren ertönte am anderen Ende. »Bin unterwegs!«, ließ ihre rechte Hand kurz danach vernehmen.

Überall an Bord ertönten knarrende Schritte. Sie hörte Türen, die auf- und zugingen, das ungeduldige und erleichterte Gemurmel ihrer Leute. Jeder von ihnen wusste so gut wie sie, wie viel von ihrem Besuch in der Oasenstadt abhing. Sie hatten sich lange darauf vorbereitet.

Stara zog das schwarze Stirnband hervor und legte es an, darauf achtend, dass es das verräterische Mal zwischen ihren Augenbrauen verbarg. Auch sie war bereit.

»*Madame Belnari.*«

Als sie Phærions gedämpfte Stimme hörte, griff sie in ihre Manteltasche und förderte den angeschlagenen Würfel aus geschliffenem Kristall zu Tage. Ein unwirkliches grünes Licht glühte in dem Artefakt, während bunte Partikel es umflirrten.

»*Denkt daran: Unsere Zeit ist kostbar.*« Wie immer klang die Stimme aus dem Kristall gleichzeitig ganz nah und unendlich weit entfernt. Ihr Klang erinnerte Stara an Bronze und Silber, ohne dass sie sagen konnte, warum. »*Wenn er sich weigert, mitzukommen …*«

»Dann wissen wir, was zu tun ist.« Stara nickte. »Keine Sorge. Ich denke, mit einem alten Mann und seinem Krückstock werden wir schon fertig.«

»*Und ignoriert eure persönlichen Gefühle. Er ist vielleicht der Einzige, der uns helfen kann.*«

»Glaubst du, das haben wir vergessen?« Stara hielt den Kristallwürfel nahe an ihr Gesicht, damit er ihr selbstsicheres Lächeln sah. »Vertrau mir: Wenn Alrik Dawalus hier ist, dann wird er mit uns kommen.« Ohne dass sie es merkte, legte sich ihre freie Hand um den Griff der Steinschlosspistole an ihrem Gürtel. Jetzt wurde ihr Lächeln kämpferisch.

»Ob er will oder nicht.«

»Ich freue mich, dass Ihr meiner Einladung gefolgt seid, Professor Dawalus, Doktor Odwin«, verkündete der Magistrat von Scha'ila und hob sein Glas Silberbeerenwein mit einer feisten Hand voller Ringe.

»Vielen Dank, Exzellenz.« Kriss verneigte sich artig. Lian beeilte sich, es ihr gleichzutun.

»Es ist uns ein Vergnügen, Magistrat Obario«, sagte Alrik und neigte ebenfalls das Haupt.

Kriss wusste, dass das nicht ganz der Wahrheit entsprach. Alrik hatte an solch offiziellen Anlässen ebenso wenig Freude wie sie – oder Lian. Ganz besonders Lian. Nein, es zog ihn zurück in die Wüste, zurück zum Tempel der Zeit. Auch das konnte Kriss gut nachempfinden: Es gab wichtige Arbeit, die dort auf sie wartete.

»Nicht doch«, sagte der Magistrat. »Das Vergnügen ist ganz auf meiner Seite, werter Professor.«

Obario war ein kleiner, rundlicher Mann mit tiefbrauner Haut, der stets zu lächeln schien. Zumindest galt das für seinen Mund mit den vollen Lippen, nicht immer für seine kleinen, dunklen Augen. Wie die meisten Ka-Scha-Raadi trug er das kohlschwarze Haar kurz, sein gegabelter Bart schimmerte ölig. Seine Kleidung aus Seidenbrokat flüsterte bei jeder Bewegung, während sich eine purpurne Schärpe über seinem beträchtlichen Bauch spannte. Kriss konnte nicht sagen, dass sie ihn sonderlich mochte.

Sie saßen zu viert im Fersensitz auf violetten Samtkissen, um einen niedrigen Tisch aus poliertem Bernsteinholz verteilt. Der Raum, in dem sie sich befanden, war eher ein kleiner Saal. Ein Kamin vertrieb die abendliche Kühle. Sein Knistern und Knacken wurde vom leisen Plätschern eines Zimmerbrunnens begleitet, während das warme Licht von Kerzenlüstern auf den bunt lasierten Mosaikwänden ringsum schimmerte. Überall standen goldene Kübel mit kleinen Palmen und üppigen Farnen – und rechts von dem mit Rankpflanzen gesäumten Fenster lag ein schwarzes Kissen, auf dem sich schläfrig ein zahmer Sandluchs regte und gähnend die nadelspitzen Reißzähne zeigte.

Kriss merkte, wie Lian neben ihr hin- und herrutschte, während er sich darum bemühte, eine bequeme Position zu finden. Sie konnte es ihm nicht verdenken, ihre eigenen Knie meldeten sich schmerzhaft. Als sie sah, wie Lian mit einem Gähnen rang, musste sie ungewollt lächeln. *Halt durch*, dachte sie. *Wir haben es bald überstanden. Hoffentlich.* Wenn es nach ihr gegangen wäre, dann wären sie jetzt beide allein in ihrem Zelt gewesen.

Aber auch sie kämpfte mit der Müdigkeit. Kein Wunder, schließlich lag ein langer Tag hinter ihnen. Es schien eine Ewigkeit her zu sein, dass die *Wolkenbummler* heute Morgen die Ausgrabungsstätte angeflogen hatte, um Alrik, Lian und sie nach Scha'ila zu bringen. Bis zum Sonnenuntergang waren sie durch die Stadt gewandert und hatten ihre Einkaufsliste abgearbeitet: Petroleum, Schaufeln, Spitzhacken (die Arbeit in der Wüste forderte einen hohen Verschleiß an Werkzeug), zusätzliche Leinwand zum Schutz der Grabungsstellen vor dem Sand, und nicht zuletzt Kisten mit Pökelfleisch, eingelegtem Obst und Gemüse sowie mehrere Dutzend Fässer Trinkwasser.

Die Händler hatten die Ware zum Lufthafen der Oasenstadt liefern lassen, wo Lorgis, Barabell, Nesko und die anderen sie dann auf ihrem Schiff verstaut hatten. Kriss hatte sich wiederholt bei Lorgis (jetzt

Käpt'n Lorgis!) bedankt, dass er und seine Leute den Transport für einen spottbilligen Betrag übernahmen. Aber der schielende Riese hatte nur mit breiten Zähnen gegrinst. »Für Euch, Doktor, fliegen wir sogar ans Ende der Welt. Zum Freundschaftspreis!«

Sie hatten gerade die letzten Einkäufe hinter sich gebracht, als ein sich ewig verneigender Mann bei ihnen aufgetaucht war: einer der Sekretäre des Magistraten, der durch einen Zufall erfahren hatte, dass sich die Archäologen vom Tempel der Zeit gegenwärtig in Scha'ila aufhielten. Keine noch so höfliche Andeutung, dass sie weder die Zeit noch die angemessene Garderobe besaßen, hatte ihn davon abgehalten, ihnen Obarios Einladung zum Abendessen auszusprechen. Der Magistrat, so ließ sein Sekretär verlauten, habe schon lange auf diese Gelegenheit gewartet.

»Wir werden pünktlich sein«, hatte Alrik schließlich resigniert.

Auch wenn Kriss nichts anderes wollte als Ruhe und Zweisamkeit, wusste sie ebenso gut wie ihr Mentor, dass es unklug gewesen wäre, den Magistraten zu verprellen. Obario interessierte sich sehr für die Ausgrabung und für Archäologie im Allgemeinen. Möglicherweise konnten sie ihn zu der einen oder anderen Spende bewegen. Davon abgesehen waren sie zu Gast in seiner Stadt und seinem Heimatland.

So war ihnen nichts anderes übrig geblieben, als der kurzfristigen Einladung zu folgen. Kriss wünschte sich, sie hätte wenigstens ein Kleid dabeigehabt, aber genau wie Lian und Alrik trug sie bloß die praktische, wenn auch wenig beeindruckende Kleidung aus der Wüste: Hemd und Hose aus Leinen, dazu festes Schuhwerk. Bei all dem Prunk in Obarios Villa kam sie sich in ihrem Aufzug wie ein Fremdkörper vor.

Und nun saßen sie hier, mit müden Füßen und schmerzenden Knien. Kriss war das Wasser im

Munde zusammengelaufen, als sie zugesehen hatte, wie Dienerinnen in blauen Wickelkleidern das Essen aufgetragen hatten: ofenfrisches Brot, in Tontöpfen geschmortes Gemüse und hauchzarte Scheiben von hellem und dunklem Fleisch. Sie hörte, wie Lians Magen beim Anblick all der Delikatessen rumorte, doch Obario hielt immer noch sein Glas in die Höhe, als habe er besonderen Spaß daran, seine Gäste hinzuhalten.

Vielleicht hörte er sich auch einfach nur gern reden.

»Ich bin stets entzückt, wenn ich Freunde aus Miloria bewirten darf. Und dann noch solche von Eurem Ruf.«

Alrik deutete eine Verbeugung an, ganz der perfekte Gast. Er hatte sich auf dem Unterschenkel seines gesunden, linken Beins niedergelassen und das lädierte rechte von sich gestreckt. Wenn ihm der unbequeme Sitz Schmerzen bereitete, zeigte er nichts davon. »Ihr schmeichelt uns, Exzellenz.«

Obarios Lächeln wurde breiter. »Nicht im mindesten, Professor.« Er wandte sich an Kriss. »Und es ist mir eine besondere Ehre, endlich Eure Enkelin kennenzulernen. Und Euren jungen ... Kollegen.«

Lian wollte etwas sagen, aber Alrik kam ihm zuvor: »Oh, Doktor Odwin ist nicht meine Enkelin.«

Obario hob eine Braue. »In der Tat?«

»Nein, Exzellenz.« Kriss schob ihre Brille zurecht. Sie sah Lian feixen, als ihr eigener Magen leise knurrte. »Ich bin die Tochter einer Schülerin des Professors.«

»Und einer guten Freundin«, fügte Alrik hinzu.

Kriss erkannte den Schmerz in seinem Blick. Sie selbst fühlte einen Kloß in ihrem Hals, als sie an ihre Mutter dachte, und an ihr Grab auf der Insel der Kinder der Erde, irgendwo im Verbotenen Meer, am anderen Ende der Welt.

»Und ich bin auch kein Kollege«, sagte Lian fröhlich, aber es wirkte so unecht wie Obarios Lächeln.

»Nicht? Darf man erfahren, welche Rolle Ihr dann bekleidet, mein junger Freund?«

Lian zuckte mit den Achseln. »Ich bin nur der Kerl, der den ganzen Tag schaufelt und Steine wegschiebt. Nix Wichtiges also.«

Kriss warf ihm einen Blick zu. Hatte er das wirklich so gemeint?

Alrik räusperte sich, darum bemüht, schnell das Thema zu wechseln. »Doktor Odwin und ich ... so wie jeder andere unserer Kollegen ... sind sehr dankbar dafür, dass Euer Prinzregent uns gestattet hat, eine zweite Ausgrabung vorzunehmen.«

Obario hob freundlich abwehrend die Hand. »Ich bitte Euch, Professor Dawalus. Welche Bedeutung haben Landesgrenzen, wenn es um die Wissenschaft geht? Zumal unsere beiden Königreiche inzwischen so eng zusammenstehen.«

»So ist es«, sagte Alrik. Wirklich überzeugt klang er jedoch nicht, fand Kriss. Jeder wusste, dass es keine wirkliche Freundschaft zwischen Ka-Scha-Raad und Miloria gab. Im Gegenteil: Viele Ka-Scha-Raadi verachteten die Fremden aus dem Norden, die sich in ihrem Land breitgemacht hatten.

Sie fragte sich, ob das auch für ihren Gastgeber galt. Was sich hinter seinem Lächeln verbarg.

»Nun denn.« Wieder erhob der Magistrat sein Glas. »Auf die Geheimnisse der Vergangenheit! Mögen sie uns erleuchten und bereichern!«

Kriss ergriff ihr eigenes Glas mit Quellwasser, doch ohne es zu heben. Sie erschrak, als sie sah, wie Lian einen tiefen Schluck nahm.

»Lian!«, flüsterte sie.

»Was?«, fragte er verwirrt. Alrik grinste verstohlen.

»In meinem Land«, setzte der Magistrat steif lächelnd an, »ist es üblich, dass die Gäste *nach* dem Gastgeber trinken, mein junger Freund.«

»Ah«, machte Lian und stellte sein Glas ab.

»Ich hatte es dir doch gesagt«, flüsterte Kriss ihm zu.

»Muss ich wohl vergessen haben«, murmelte er und blickte zu dem Sandluchs, der sich unbeteiligt das honiggelb- und rotgescheckte Fell leckte.

Obario schien bereit, über den Patzer hinwegzusehen, aber Kriss merkte, wie genervt Lian war. Er hatte nichts übrig für Zeremoniell und Benimmregeln. Er hatte nicht einmal eine Ahnung davon. Sie persönlich störte das nicht – aber sie waren nun mal Gäste.

Endlich nahm Obario den ersten Schluck. Damit war das Abendessen offiziell eröffnet. Froh darüber, probierte Kriss von dem Schmorgemüse. Es war köstlich; viel besser als die karge Verpflegung auf der Ausgrabung, an die sie sich zwangsweise gewöhnt hatte. Sie spähte zu Lian, der sich bemühte, entgegen seiner üblichen Gewohnheit und seines knurrenden Magens langsam zu kauen.

Der Magistrat füllte sein Glas nach. »Nun erzählt, welche Geheimnisse konntet ihr dem Tempel der Zeit entlocken?«

»Bislang nur wenige, Exzellenz«, sagte Alrik. »Trotz drei Monaten des Grabens. Wir wurden immer wieder von Sandstürmen und anderen Widrigkeiten in unserem Zeitplan zurückgeworfen. Zumindest sind wir inzwischen sicher, dass der Kern des Tempels den Zusammenbruch überstanden hat.«

»So wie Ihr vermutet habt.«

»So wie wir vermutet haben. Jalis Hohepriester wollten nicht, dass ihre Memogramme beschädigt werden. Auch wenn sie alles unternommen haben, damit niemand sonst einen genaueren Blick auf sie wirft.«

»Ach!«, sagte Obario. »Was wir alles von ihnen lernen könnten! Über die Zeit der ersten Dynastie – und das Alte Königreich!«

»Diese Vorstellung finden wir auch sehr ... aufregend, Exzellenz«, pflichtete Alrik bei.

»Zumindest konnten wir zwei Drittel des Tempels

wieder freilegen«, sagte Kriss. »Wir sind zuversichtlich, dass wir schon in zwei, drei Wochen wieder einen Zugang ins Allerheiligste finden.« Nach all den Monaten endlich ins Innere des Tempels zurückzukehren – die Vorstellung machte sie ganz kribbelig.

»Oh! Das wäre vorzüglich!« Obarios Augen leuchteten. »Ihr dürft nicht versäumen, mich über all Eure Fortschritte auf dem Laufenden zu halten. Wie viele meiner Landsleute hege ich ein großes Interesse an dem Leben unserer Vorfahren. Insbesondere jenen aus der Zeit der Ælonischen Epoche.«

Kriss horchte auf. Die letzte Person, die sie mit solcher Inbrunst über ihre Liebe zur Archäologie hatte sprechen hören, war Baronin Niana Gellos gewesen. Sie fragte sich, ob auch Obarios Leidenschaft von niederen Interessen angefacht wurde. Ob sie sich Sorgen machen mussten, dass ihnen eine Horde ka-scha-raadischer Soldaten die Memogramme und alles, was sie aus dem Tempel der Zeit bergen mochten, mit vorgehaltenen Pistolen abnehmen würden. Ob es irgendetwas gab, das der Magistrat über den Tempel wusste, das ihnen bislang verborgen geblieben war.

Sie versuchte, diese Gedanken als Verfolgungswahn abzutun, ausgelöst durch ihre Jagd quer durch die Welt vor drei Monaten und ihre Erinnerungen an die Baronin, General Ruhndor und Markon Dorello. An die gläsernen Wächter und den Untergang von Dalahan.

»Wir werden Euch gerne Bericht erstatten, Exzellenz«, versprach Alrik.

»Ausgezeichnet!« Obario strich sich zufrieden über den Bart. »Ganz ausgezeichnet!«

Als Lian bemerkte, dass der Sandluchs sie mit bernsteinfarbenen Augen und aufgestellten Ohren beobachtete, warf er der Katze grinsend ein Stück Brot quer durch den Raum zu. Ein kalter Schauer durchfuhr Kriss, als sie sah, wie Obarios ewiges Lächeln für einen

Moment erlosch. Offensichtlich stand Brot nicht auf dem Speiseplan seines Schoßtiers.

»Exzellenz«, sagte Kriss, »ich ... ich fürchte, ich muss mich für Lian entschuldigen ...!«

»Es sei ihm verziehen«, sagte der Magistrat mit hölzener Stimme.

Hat er das mit Absicht gemacht?, dachte Kriss mit einem Seitenblick zu Lian. *Warum sollte er das tun?*

Das Essen wurde fortgesetzt. Alrik und Kriss standen dem Magistraten Frage und Antwort. Er interessierte sich sehr für ihren allerersten Besuch im Tempel, kurz bevor er im Wüstensand versunken war. Auch das Thema einer kleinen Spende für die Ausgrabung kam auf. Lian stocherte derweil gelangweilt in seinem Essen.

Als die Teller und Karaffen geleert waren, nickte Magistrat Obario Kriss und Alrik zu. »Ich danke Euch für die Ehre Eures Besuches, meine werten Freunde. Und für die belebende Konversation. Auch wenn nicht jeder an ihr teilhaben konnte.«

Er sagte es überaus freundlich Lian direkt ins Gesicht.

Lian grinste frech zurück. »Vielleicht beim nächsten Mal«, sagte er und erhob sich.

Alle sahen zu ihm auf. Kriss erstarrte.

Seufzend verdrehte Lian die Augen. »Was hab ich jetzt wieder falsch gemacht?«

»In meinem Land«, sagte der Magistrat, »ist es Sitte, sich zu verneigen, bevor man sich vom Tisch erhebt.«

Lian sah Kriss an. *Stimmt das?*, fragte sein Blick.

Kriss nickte stumm. Auch darauf hatte sie ihn hingewiesen.

Das Lächeln des Magistraten war kühl. »Nun, ich bin sicher, es wird Euch beim nächsten Mal wieder einfallen, mein junger Freund.«

»Na, ganz bestimmt!«, sagte Lian. Er machte eine Schau daraus, wie tief er sich verbeugte.

Kriss schluckte. Plötzlich schien es kälter im Raum zu

werden. Sie verneigte sich selbst, dann stand sie auf und reichte Alrik seinen Gehstock.

Sie fühlte nichts als Erleichterung, als sie von Dienern durch den kleinen Palmengarten geführt wurden, der die Villa des Magistraten umsäumte. Jenseits der Grundstücksmauern hörten sie die Geräusche des abendlichen Basars, der langsam sein Ende fand.

»Na, wer sagt's denn?« Lian steckte die Hände in die Hosentaschen. »War doch 'n lustiger Abend, oder nich'?«

»Ich kann mich an lustigere erinnern«, murmelte Kriss und rieb sich die schmerzenden Knie.

»Ich hab euch ganz schön blamiert, hm?«

»Nein, es ...«, setzte sie an. »Doch ... Wenn ich ehrlich bin, ein bisschen schon.«

»Zumindest wird sich unser Freund Obario beim nächsten Mal zweimal überlegen, wen er in sein Haus einlädt«, sagte Alrik gelassen, während er neben ihnen her humpelte.

»Ich wollt' euch nich' bloßstellen. Ehrlich nich'.« Lian zuckte hilflos die Achseln. »Aber dieser ganze Blödsinn – wer wann das Glas nimmt, was man sagen darf und wann ... Das is' einfach ... Zeitverschwendung!«

»Ich weiß«, sagte Kriss. »Aber wir waren seine Gäste, und du hättest ... ich meine, ich finde ... du hättest dir etwas mehr Mühe geben können.«

Lian deutete mit dem Daumen auf Obarios Villa. »Was, wegen diesem Knilch?«

»Meinetwegen«, sagte Kriss mit kleiner Stimme.

Lian schwieg und wich ihrem Blick aus.

Man öffnete ihnen das gusseiserne Tor und sie traten im Schein der Gaslaternen auf die staubige Straße. Ka-Scha-Raadi in langen Gewändern und Turbanen passierten sie. Manche von ihnen führten mit dicken Satteltaschen bepackte Rüsselkamele an ihren Zügeln.

Alrik räusperte sich überdeutlich, als wolle er die Stille

überbrücken, die sich zwischen ihnen breitgemacht hatte. »Also gut, wir haben noch etwas Zeit, bis sie uns bei der Ausgrabung zurückerwarten. Und Lorgis und die anderen haben den ganzen Tag Kisten geschleppt, sie sollen sich ruhig noch etwas ausruhen.« Er klopfte seine Taschen ab. »Verdammt, warum hab ich nur meine Pfeife vergessen? Ich werde alt. Egal. Ich wollte noch ein bisschen auf dem Büchermarkt stöbern. Ihr könnt euch ja so lange die Beine vertreten. Dachte, nach all der Sitzerei wäre das nötig. Was meint ihr?«

Er zwinkerte Kriss zu. Sie war froh über die Gelegenheit, mit Lian allein zu sein. »Klingt gut«, sagte sie. »Wir holen dich dort ab.«

»Sehr schön. Bis dahin genießt den Abend. Und geht mir nicht verloren, hört ihr?« Alrik klopfte Lian kurz auf die Schulter, dann ließ er die beiden zurück.

Kriss sah ihm nach. Obwohl Alrik vergnügt vor sich hin pfiff, stieg Kummer in ihr auf, als ihr Blick auf sein hinkendes rechtes Bein fiel. Obwohl er sich bemüht hatte, es zu schonen, war es nach dem Zusammenbruch des Tempels nie richtig verheilt. Vielleicht würde er für immer am Stock gehen müssen.

Du auch!, wollte sie ihm hinterherrufen. *Geh' uns nicht verloren, Alrik!*

»Tut mir leid«, sagte Lian, als sie zu zweit waren. »Es is' nur ... nachdem die Baronin weg is' ... Ich dacht', ich muss ich mich nich' mehr um diesen Mist kümmern. Welche Gabel in welcher Hand und das ganze Getue.«

»Ich weiß, aber ...«

»Ich pass' beim nächsten Mal besser auf, wenn's dir so wichtig is'.« Seine dunklen Augen blickten ernst.

Kriss seufzte. »Es ist mir nicht wichtig, Lian. Nicht wirklich. Ich ... ich will nur nicht, dass man dich ...«

»Was?«, fragte er locker. »Für 'nen ungehobelten Straßenjungen hält? Das bin ich nun mal, Kriss.«

Sie sah zu ihm auf. »Hast du das vorhin ernst gemeint?«

»Was?«

»Dass du dich nur als besserer Schaufler siehst?«

»Na ja, ich bin nun mal kein Archologe.«

»Arch*ä*ologe.«

»Und ich schaufle und schieb' Steine weg, oder nich'?«

»Aber du sagtest, du wärst ... nicht *wichtig*.«

»Bin ich das denn?«

»Natürlich bist du das! Du hilfst mehr als jeder andere auf der Ausgrabung!«

Es schien nicht das zu sein, was er gehofft hatte, zu hören. »Geht's dir nur um die verdammte Ausgrabung?«

»Was? Nein! Du bist *mir* wichtig. Das weißt du doch!«

»Ja«, sagte er. Doch es klang nicht so überschwänglich, wie sie sich gewünscht hatte. »Ja, ich weiß.«

Kriss' Herz wurde schwer. In den vergangenen drei Monaten hatte sie ihn oft dabei beobachtet, wie er nachts allein am Rand des Zeltlagers stand und in die Dünen hinausstarrte, zum vom Staub verschleierten Horizont. Sie wusste, wie sehr er sich nach seiner Freiheit gesehnt hatte, damals, als die Baronin ihn unter ihrer Kontrolle gehabt hatte. Nun steckte er mit ihnen in der Wüste fest, und sie fürchtete, dass er sich trotz all ihrer ermutigenden Worte, trotz allem, was sie tat, immer noch fehl am Platz fühlte. Dass er woanders sein wollte.

Woanders als bei ihr.

Dieser Gedanke tat ihr weh. Sie wollte nicht, dass er ging. Sie wollte, dass er bei ihr blieb, für immer. Und bislang hatte sie immer gehofft, dass es ihm genauso ging.

Aber sie wusste, sie würde ihn nicht zurückhalten können, wenn er beschloss, zu gehen.

In dem Bemühen, ihre Sorgen fortzuschieben, holte sie tief Luft. Sie nahm Lians Hand. Es erfüllte sie mit Wärme, als er sich zu ihr herabbeugte und seine Lippen ihre berührten.

»Komm«, sagte er und hielt ihre Hand. »Ich kauf dir was Hübsches auf dem Basar.«

Kriss lächelte gerührt. »Alrik hat das Geld dabei.«

»Dann klau ich dir eben was Hübsches«, sagte Lian augenzwinkernd.

Kriss sah sich um, ob ihn jemand gehört hatte. Dieben wurden in Ka-Scha-Raad immer noch die Finger abgehackt. »Danke, aber ... lass uns einfach nur den Abend genießen, ja? Nur du und ich.«

Es schien genau das zu sein, was er hören wollte. Freudestrahlend hakte er sich bei ihr unter. Gemeinsam schlenderten sie durch das Laternenlicht, auf die Buden, Stände und Zelte des Basars zu, der nur ein paar Straßen weiter begann, unweit des Lufthafens. Kriss dachte an das erste Mal, als sie zusammen mit Lian einen Basar besucht hatte. Damals, auf dem Weg in die Große Bibliothek von Dschakura, als sie nicht gewusst hatte, was sie von ihm halten sollte. So viel war seitdem geschehen. Zwischen ihnen.

Jetzt fühlte sie ihn neben sich und all ihre Sorgen waren einfach verpufft. Alles war wieder gut.

Während sie über den Basar schlenderten, genossen sie die kühle Abendluft und die sternenklare Nacht über ihnen, mit den beiden Monden als stumme Wächter. Überall brannten Fackeln, Laternen und bunte Lampions. Es waren nicht mehr viele Kauflustige unterwegs. Kriss und Lian sahen einer Truppe Feuerschlucker zu, betrachteten funkelnde Glaswaren an einem Stand und schmunzelten über eine Horde Kinder, die kleine Kuchen in sich hineinstopften, als ob es kein Morgen gäbe. Dabei mischten sich die Rufe der Marktschreier und das Gemurmel der Passanten zu einer Art Musik in Kriss' Ohren. Sie freute sich darauf, in die Wüste zurückzukehren, auch wenn dies weitere Wochen Knochenarbeit in der umbarmherzigen Sonne bedeutete. Aber die Schufterei hatte ihr dabei geholfen, ein paar mehr von ihren Pfunden zu verlieren, und nachts tief und fest zu schlafen. Sie träumte kaum noch von der fallenden

Insel und den kristallenen Riesen, die sie jagten.

So sehr Lian und sie sich für das Treiben auf dem Basar interessierten, so wenig beachteten die Einheimischen das Pärchen. Zum einen fielen sie mit ihrer einfachen Kleidung und der sonnengebräunten Haut nicht groß als Ausländer auf, zum anderen war Scha'ila ein Treffpunkt der wichtigsten Handelskarawanen und Luftfrachter in diesem Teil der Welt. Man war Besucher aus anderen Reichen gewohnt.

Dafür stachen Kriss' und Lians Landsleute umso mehr hervor, und nicht auf eine gute Art: Milorianische Soldaten von der örtlichen Garnison, in grauen Mänteln und polierten Kürassen, die ihre geschulterten Musketen zur Schau trugen, während sie im Gleichschritt durch die Straßen marschierten. Die Bewohner von Scha'ila beeilten sich, sie durchzulassen, nur um ihnen anschließend misstrauische und feindselige Blicke nachzuwerfen.

Kriss konnte sie gut verstehen.

Nach dem Ende des Großen Feuers vor über acht Jahren, als die Hälfte seines Landes in Schutt und Asche lag, hatte Dassam II., der junge und unerfahrene Prinzregent von Ka-Scha-Raad, seine Verbündeten um Hilfe beim Wiederaufbau seines Königreichs ersucht. Alle hatten abgelehnt – nur König Bekkard von Miloria hatte dem Prinzregenten Geld und Arbeiter zugesichert. Ka-Scha-Raad verfügte über wichtige Nachschublinien in den Süden des Kontinents Berael, die er nicht dem Feind überlassen wollte, sollte es wieder zum Krieg kommen.

Als Gegenleistung hatte Dassam II. einen Vertrag unterzeichnet, der Ka-Scha-Raad zum Protektorat von Miloria erklärte – und ihn und seine Landsleute damit faktisch zu Untertanen von König Bekkard deklarierte. Und das war etwas, das viele Ka-Scha-Raadi ihrem Prinzregenten bis heute nicht verzeihen konnten.

Kriss dachte an die Worte, die Markon Dorello in der Halle der gläsernen Wächter ausgesprochen hatte: dass Krieg menschlich sei und unabwendbar. Sie wollte nicht daran glauben, aber es war schwer. An manchen Tagen konnte sie den Rauch in der Luft riechen – den Rauch eines neuen Feuers, das sich bald entzünden würde. So wie jetzt, als sie die Soldaten sah.

Sie klammerte sich fester an Lian. Es wurde Zeit, dass sie zurück in die Wüste gingen, wo sie eine lange Weile nicht mehr an Krieg und Feuer denken mussten.

Als er über den Büchermarkt von Scha'ila streifte, fühlte sich Alrik wie ein Kind im Spielzeugladen. Die Bücher, die hier, in einem kleinen Nebenabschnitt des Basars, verkauft wurden, stammten aus aller Herren Länder und mehreren Jahrhunderten: Romane, Gedichtbände, Folianten, Schriftrollen und viel, viel mehr. Sein Herz pochte aufgeregt, als er von Stand zu Stand zog, uralte Manuskripte aufschlug und in zeitgenössischen Erzählungen blätterte. Es machte ihn glücklich, zu stöbern, zu schmökern, über Pergament zu streichen, das Jahrhunderte vor seiner Geburt beschrieben worden war. An einem Stand fand er einen sündhaft teuren Atlas, der aus den letzten Tagen der Ælonischen Epoche stammte und ihm feuchte Augen bescherte. An einem anderen entdeckte er ein Buch mit Rezepten der Blauen Nomaden von Ramakhan, das ihn zu einem Lächeln verführte. Hier gab es ein Kinderbuch über einen Jungen und seinen geflügelten Stelzer, die zusammen von Mond zu Mond reisten, dort die Biographie einer legendären Prinzessin aus Talikur. Sie alle kitzelten seine Phantasie, manche von ihnen nahm er in die Hand, einfach nur um ihren Duft einzuatmen. Als er dann einen Liebesroman erspähte, den er seit seiner Schulzeit nicht mehr gelesen hatte, musste er wieder an Kriss denken.

Das Mädchen war bis über beide Ohren in den Jungen verliebt, das hätte nicht einmal ein Blinder übersehen. Alrik war nicht überrascht: Trotz seiner großen Nase und der Narbe über seiner Oberlippe war Lian Berris ein gutaussehender Bursche, mit seinem langen, schwarzen Haar und den Muskeln, die die Arbeit bei der Ausgrabung seiner schlaksigen Gestalt verliehen hatte. Seine Manieren waren grob, ja, aber er war ehrlich, loyal und vor allem tapfer.

Ihre gemeinsame Suche nach der Insel Dalahan hatte die beiden zusammengeschweißt, das war fast unvermeidlich gewesen. Doch das Abenteuer war vorüber und Alrik fragte sich, ob die Welten, aus denen die beiden stammten, nicht zu verschieden waren, um sie lange zusammenzuhalten.

Auch war ihm nicht die Ruhelosigkeit entgangen, die der Junge in den letzten Wochen, die er mit ihnen in der Wüste verbracht hatte, an den Tag gelegt hatte, und Alrik fürchtete, dass die Sache in Tränen enden würde, wie es so oft der Fall war. Der Gedanke an Kriss, weinend in seinen Armen, brach ihm selbst das Herz.

Er hoffte, für sie da sein zu können, wenn es soweit war. Auch wenn er nicht wusste, wie er sie würde trösten können. Er –

Der Anblick eines kleinen, in braunes Leder gebundenen Buches ließ ihn aus seinen melancholischen Gedanken auftauchen. Es lag ganz oben auf einem Stapel dicker Wälzer, selbst mindestens fünfhundert vergilbte Seiten dick. »*Die Geschichte Beraels für junge Leser. Band IV: Das dritte Jahrtausend der Schöpfung*«, verkündete der Titel.

Alrik nahm das Buch, und während er es durchblätterte, kehrten die Erinnerungen zurück wie alte Freunde. Mehrere seiner Kollegen von der Königlichen Universität hatten an dem Werk mitgearbeitet. Er blätterte weiter, bis er den Beitrag fand, den er gesucht hatte: »*Zwischen*

Eis und Tod: Das Leben während der Winterkriege, von Dr. Brialla Odwin.«

Ein gerührtes Lächeln erschien auf Alriks Lippen. *Bria ...*

Er erinnerte sich noch gut, wie sie ihn damals gebeten hatte, den Text nach Fehlern durchzusehen – von denen es kaum welche gegeben hatte. Damals war sie keine vier Jahre älter gewesen als ihre Tochter jetzt, frisch verheiratet und schon unverkennbar brillant.

Für einen Moment schloss Alrik die Augen. Kriss hatte so viel von ihrer Mutter, dass er sie mehr als einmal mit Brias Namen angesprochen hatte. Großer Weltengeist, sie fehlte ihm.

Er blätterte zum Impressum und suchte nach dem Jahr der Drucklegung. Tatsächlich, das Buch stammte aus der ersten Auflage, ganz wie er gehofft hatte. Sein eigenes Exemplar war ihm vor Ewigkeiten abhandengekommen – verliehen an einen Bekannten, der es niemals zurückgegeben hatte. Er konnte es nicht hier lassen.

Er hob das Buch. »Wie viel?«, fragte er den Verkäufer, einen hohlwangigen Ka-Scha-Raadi mit lehmbrauner Haut und blitzweißen Zähnen.

»Acht Xenni«, lautete die Antwort in akzentversetztem Feban.

»Acht?« Alrik hob die Augenbrauen. »Wucher. Ich gebe Euch vier, mein Freund, und das ist noch großzügig. Hier, der Buchrücken ist völlig zerkratzt.«

»Sieben Xenni«, gab der Buchhändler zurück. »Nicht weniger.«

»Fünf!«

»Sechs!«

»Abgemacht!« Alrik lachte. Er klemmte sich den Gehstock unter den Arm, sein Gewicht auf das gesunde Bein verlagernd, und kramte mit der freien Hand nach seiner Geldbörse. Hocherfreut zog er mit dem Buch ab, und ließ es in seiner Tasche verschwinden.

Kriss würde Augen machen, wenn er es ihr schenkte. Vielleicht würde es sie sogar ermuntern, selbst etwas zu schreiben. Sie hatte ihm von ihrer Idee erzählt, ihre Suche nach Dalahan in Romanform festzuhalten. Alrik hatte sie immer dazu ermutigt, nicht zuletzt, weil er bei ihrem Abenteuer nicht hatte dabeisein können. Hätte er Kriss nicht so gut gekannt, wäre er sich nicht einmal sicher, ob er ihr die Geschichte geglaubt hätte.

Er hatte es ihr schon längst sagen wollen: wie stolz Bria und Timos auf sie gewesen wären – und dass er selbst nicht stolzer hätte sein können, wäre sie tatsächlich seine Enkelin gewesen. Er nahm sich fest vor, dieses Versäumnis nachzuholen.

»Professor Dawalus? Professor Alrik Dawalus aus Miloria?«

»Hm?« Verwirrt blieb Alrik stehen und drehte sich um.

Eine junge Frau kam auf ihn zu. Sie schien erfreut, ihn zu treffen, auch wenn er sich nicht erklären konnte, warum. Er hatte sie nie zuvor in seinem Leben gesehen.

Sie mochte vielleicht fünfundzwanzig Jahre alt sein, und war gut einen Klafter groß, also fast so hoch gewachsen wie er. Ein offener Mantel aus Wildleder lag um ihre athletische Gestalt. Darunter trug sie eine bequeme Hose und ein tief geknöpftes Hemd, das eine Unzahl von Amuletten und Kettchen um ihren Hals offenbarte. Ihre Stiefel waren aus weichem Leder.

Sie hatte ihre tiefschwarzen Locken zu einem dicken Pferdeschwanz zusammengefasst und trug ein schwarzes Stirnband über den markanten Brauen. Ihre Augen waren von einem sehr dunklen Braun, fast schwarz, und ihre Haut hatte die rotbraune Farbe von Terrakotta. Ihr Gesicht besaß zu viele Ecken und Kanten, um wirklich schön zu sein, trotzdem oder gerade deswegen konnte er nicht aufhören, sie anzusehen.

Wäre er ein junger Mann gewesen, er hätte sich leicht in eine Frau wie sie verlieben können. Aber er war kein junger Mann mehr. Dafür jedoch sehr verwirrt. »Kennen wir uns, Madame?«

Sein Blick fiel auf ihre Hände. Sie waren sehr schlank, und ihre Fingernägel schwarz lackiert, obwohl sie ansonsten ungeschminkt war. Dafür waren ihre Ohren über und über mit Ringen durchstochen. Ihr Akzent wies einen leichten Singsang auf, den er beim besten Willen nicht einordnen konnte. Sie war keine Ka-Scha-Raadi, so viel stand fest. Was sie stattdessen war – er hatte keine Ahnung.

Aber er wollte es gern herausfinden.

»Ihr seid es also wirklich«, sagte sie zufrieden. »Ihr ahnt nicht, wie froh ich bin, Euch endlich zu finden.« Ihre Stimme klang rauchig, tief und schön; er hätte ihr tagelang zuhören können. »Und um Eure Frage zu beantworten, nein, wir kennen uns nicht. Aber ich habe lange nach Euch gesucht.«

»Ich, ähm, verstehe.« Alrik lächelte unsicher. »Und darf ich erfahren, was Euch zu mir führt, Madame ...?«

»Stara«, sagte sie. »Stara Belnari.«

»Hocherfreut. Wie kann ich Euch helfen, Madame Belnari?«

Mit einem wissenden Lächeln schlug sie ihren Mantel auf und gab den Blick frei auf die Pistole, die an ihrem Gürtel steckte. Nicht unfreundlich sagte sie: »Indem Ihr still und leise mit mir kommt, Professor.«

Irgendwann beschlossen sie, dass es Zeit war, Alrik abzuholen. Beim Anblick der Büchermassen um sie herum geriet Kriss in Verzückung. Sogar Lian ließ neugierig den Blick schweifen – inzwischen konnte er fast flüssig lesen, und war nicht länger fähig, sich der Magie des geschriebenen Wortes zu entziehen. Kriss freute sich darüber. Doch wohin sie auch blickte, sah sie nur Scha'iler in langen Gewändern, aber nicht ihren

Mentor. Der Büchermarkt nahm nur eine nicht sehr lange Straße ein, er zählte keine vierzig Stände. Sie hätte ihn nicht übersehen können.

»Vielleicht isser schon beim Schiff?«, fragte Lian. »Nein, warte. Da hinten – ich seh' ihn. Sieht aus, als hätt' er Anschluss gefunden.«

Kriss folgte Lians Deutung. Fast am anderen Ende des Büchermarktes humpelte Alrik auf eine unbeleuchtete Seitenstraße zwischen zwei Lehmhäusern zu. Dicht hinter ihm ging eine junge Frau in einem Wildledermantel.

Der Schrecken fuhr Kriss ins Mark, als sie die beiden muskulösen Männer sah, die aus der Seitenstraße hervorsprangen. Noch bevor einer der Passanten sie bemerkte, packten sie Alrik – und zogen ihn mit sich ins Dunkel.

Ihr Herz begann zu rasen. »Alrik!«, rief sie und rannte los. Lian hielt dicht neben ihr mit.

Die Scha'iler, die sie dabei passierten, drehten sich verwirrt nach ihnen um, mehr unternahmen sie jedoch nicht. Am anderen Ende des Marktes blickte die Frau in dem Mantel kurz zu Kriss und Lian, dann verschwand auch sie in den Schatten.

»Hilfe!«, rief Kriss, während sie an Ständen und Passanten vorbeihetzten. »Entführer! Jemand muss die Gendarmerie rufen!«

Doch damit erntete sie nur dumme oder ratlose Blicke. Jemand rief etwas Abfälliges über Milorianer. Gelächter folgte.

Trotz der abendlichen Kühle stand Schweiß auf Kriss' Stirn. Sie eilten durch die enge Seitenstraße, in der die Fremden mit Alrik verschwunden waren. Als sie sie durchquert hatten, fanden sie sich in einem Labyrinth aus Hinterhöfen, Mauern und dunklen Gassen wieder. Kriss und Lian blieben stehen, völlig außer Atem ließen sie die Blicke kreisen. Es gab mehr Schatten als Licht hier, nur eine einzige Laterne brannte auf kleiner Flamme.

Dicht behangene Wäscheleinen spannten sich zwischen den Häuserfronten und warfen weitere Schatten im Mondlicht.

Wohin sie auch sahen, es gab keine Spur von den Entführern. Dafür ein Dutzend Wege, die sie genommen haben konnten.

Kriss rang nach Luft. »Wo-Wo sind sie –?«

Sie verstummte, als Lian die Hand hob. *Still!* Er schloss die Augen, lauschte angestrengt.

»Da lang!«, rief er plötzlich und zeigte die Gasse hinab. Sie liefen weiter, bogen in die nächste dunkle Gasse ein.

Kriss spürte bereits ein heftiges Seitenstechen, aber sie ignorierte es, angetrieben von Furcht und Sorge. Sie verstand die Welt nicht mehr. Wer waren diese Leute, wo kamen sie her, was wollten sie von Alrik – und wo brachten sie ihn hin?

Sie brauchten Hilfe, aber von wem? Die Soldaten, die sie vorhin gesehen hatten! Nur hatten sie keine Ahnung, wohin diese marschiert waren. Und wenn sie sie gefunden hatten, oder einen Gendarmen der Stadt, konnten sich die Entführer längst aus dem Staub gemacht haben.

Im Laufen hob sie den Blick über die Häuserreihen am Ende der Gasse. Jenseits davon, nur ein paar Straßen weiter, sah sie die prallen Leiber der Luftschiffe über die Dächer aufragen.

»Der Hafen! Lian, sie wollen zum Lufthafen!«

Kriss stolperte fast über die eigenen Beine, als sie abbremste und kehrtmachte. Lian rannte ihr nach.

»Kriss, wo willst du hin? Zum Hafen geht's weiter da lang!«

»Wir nehmen ... eine ... Abkürzung!«, keuchte sie. »Vielleicht ... können wir ihnen ... den Weg abschneiden!«

Bitte!, dachte sie. *Bitte!*

Sie war oft genug in Scha'ila gewesen, um den Weg zu kennen: Vom Basar aus würden sie direkt zum Lufthafen gelangen, während die Fremden in diesem Irrgarten aus dunklen Gassen vielleicht mehr Zeit bis dorthin brauchen würden.

Es sei denn, sie kannten eine ähnliche Abkürzung ...

Sie jagten durch eine Seitenstraße, dann die nächste. Bald waren sie wieder auf dem Basar, wo Gemurmel und Musik sie umfingen. Kriss war dankbar, dass so wenige Menschen unterwegs waren, die sich ihnen in den Weg stellen konnten. Ihre Lungen brannten, Sterne tanzten vor ihren Augen. Dennoch wurde sie nicht langsamer, sie durfte es nicht.

Lorgis und die anderen – vielleicht konnten sie die Entführer aufhalten und Alrik aus ihrer Gewalt befreien! Eine andere Chance sah sie nicht. Nicht einmal Lian konnte etwas gegen drei Fremde gleichzeitig ausrichten. Zumal sie vielleicht bewaffnet waren.

Dicht an dicht liefen sie die Straße hinab, bogen rechts in die nächste ein, liefen weiter, weiter, weiter, bis sie – eine gefühlte Ewigkeit später – die Lagerhäuser um das Hafengelände passierten. Die Luftschiffe verteilten sich über einen weiten Platz aus Kopfsteinpflaster; massige, stumme Riesen, die an dünnen Ankertauen über dem Boden schwebten.

Im Laternenlicht waren Matrosen und Hafenarbeiter damit beschäftigt, Kisten und Fässer aus den hölzernen Gondeln hinauszuschleppen oder in sie hinein. Graubuckel zogen voll beladene Holzwagen hinter sich her und knurrten dabei missmutig, während Frachterkapitäne aus allen Ecken der Welt miteinander plauderten und Pfeifen schmauchten.

»Nein!«, rief Kriss aus, als sie sah, wie die Frau in dem Mantel und ihre Komplizen einige Dutzend Schritte voraus ein Fallreep hinaufeilten, ins Innere eines mittelgroßen Luftschiffs mit zwei Decks und grau bespannter Ballonhülle. Die beiden Männer trugen zwischen sich einen menschenlangen, zusammengerollten Teppich, der sich wand und krümmte.

»Alrik!«, rief Kriss. Lian und sie rannten weiter. Es war zwecklos: Die Rauchschlote des Schiffs qualmten bereits. Die Tür schloss sich hinter den Entführern, während gleichzeitig Fenster an Bug und Heck aufgingen: Ein Mann und eine Frau kappten die Ankerseile mit geschickten Säbelhieben. Mit brummenden Luftschrauben erhob sich das Schiff in den Nachthimmel. Einen Herzschlag lang sah Kriss hinter einem Bullauge das kantige Gesicht der jungen Frau in dem Mantel, die ihnen ironisch zuwinkte, dann war sie verschwunden.

»*Schessk!*«, fluchte Lian atemlos.

Kriss blickte dem Schiff nach, am ganzen Leib zitternd. Doch nur für einen winzigen Moment. Dann wechselte sie die Richtung. »Schnell, zu den anderen!«, rief sie Lian zu. Sie lief ihm voran, vorbei an Pyramiden aus Kisten und Fässern, durch den Schatten eines Frachters aus Ruminos und einen Pulk von Hafenarbeitern hindurch, bis sie die Anlegestelle der *Wolkenbummler* erreichten.

Kriss war heilfroh, als sie das kleine Luftschiff mit seiner zusammengeflickten Hülle und der Gondel aus altem Federholz erblickte. Noch froher war sie, als sie Lorgis, Barabell und Nesko ausmachte, die vor dem offenen Fallreep auf Kisten saßen und im Licht einer Petroleumlampe Karten spielten.

»Lorgis!«, rief Lian. »Wir müssen los!«

Die Luftfahrer sprangen sofort auf, Spielkarten segelten zu Boden.

»Herr Berris, Doktor Odwin!«, sagte Lorgis, ganz Muskeln und Verwirrung. »Was ist passiert, wieso die Eile?«

»Und wo ist der Professor?«, fragte Nesko. Der Junge mit den flachsblonden Haaren sah sich um.

»Lasst mich raten«, setzte Barabell an. Die pausbackige Matrosin schien wenig begeistert. »Schwierigkeiten.«

»Keine Zeit zum Schwafeln!«, keuchte Lian. Er deutete

hinauf in die Nacht, wo das Luftschiff der Entführer gerade in einem mondbeschienenen Wolkenfetzen verschwand. »Dem Schiff nach, sofort!«

{Lichtsprache}

Sie trugen ihn davon als wäre er ein Gepäckstück. Alrik strampelte und wand sich, so weit es sein enges Gefängnis zuließ, doch der verdammte Teppich – alt und muffig – hielt ihn umschlungen wie eine Würgeschlange. Er wagte kaum zu atmen; er lauschte auf die gedämpften Schritte seiner Entführer, erst auf staubigen Straßen, dann auf Pflaster, dann auf einer Brücke aus Holz oder Ähnlichem. Bald darauf hörte er eine Tür, die geschlossen wurde, die Stimme der Frau mit dem Stirnband – Stara Belnari – die Anweisungen rief. Dann wieder Schritte auf Holz. Von irgendwoher vernahm er ein leises Brummen und fürchtete, dass es die Luftschrauben eines Schiffs waren.

Dann endlich legten sie ihn ab. Die Welt drehte sich um ihn, als sie ihn aus dem Teppich rollten. Alrik ächzte. Vor lauter Schwindel brauchte er einen Moment, um sich zu fassen. Jeder Knochen tat ihm weh.

»Ich bin ... milorianischer Bürger«, brachte er hervor. »Dafür ... wird man Euch ... zur Rechenschaft ziehen!«

Er sah auf. Er befand sich in einem schwach beleuchteten Korridor aus Holz, auf schmerzenden Knien und Ellenbogen kauernd. Türen führten hierhin und dorthin. Wolken und Sterne zogen an einem Bullauge vorbei.

Eine Handvoll Männer und Frauen stand um ihn herum. Ihre Haut war ebenso rötlich-braun wie die von Stara Belnari und ihren beiden Komplizen. Sie trugen einfache Kleidung: Jacken, Mäntel und Halbmäntel aus Leder, Wolle oder Leinen, die ihre besten Zeiten schon lange hinter sich zu haben schienen. Sie teilten Madame

Belnaris Vorliebe für Ohrringe, Ketten und anderen Schmuck, und während sie auf ihn herabsahen, lag ein feindseliges Funkeln in ihren dunklen Augen. Jeder von ihnen hatte einen königsblauen Stern mit vier Zacken zwischen die Brauen tätowiert.

Wer waren diese Leute, woher stammten sie? Mit der Farbe ihrer Haut und ihrer Augen konnten sie zu einem Dutzend verschiedener Volksgruppen auf diesem Kontinent gehören.

»Vorsicht, Professor.« Stara Belnari stand links von Alrik, milde lächelnd. »Meine Leute haben einen langen Flug hinter sich – von Tamalea bis in die Wüste und dann nach Scha'ila. Sie haben wenig geschlafen und sind leicht zu reizen. Besonders von Milorianern.« Sie nahm das Stirnband ab und warf es fort. Alrik war nicht überrascht, den blauen, vierzackigen Stern zu sehen, der darunter zum Vorschein kam. Warum hatte sie die Tätowierung vor ihm verborgen?

»Ihr ... Ihr wart auf der Ausgrabung?«, fragte er.

»In der Tat. Und stellt Euch unsere Enttäuschung vor, als wir Euch dort nicht vorfanden. Es war gar nicht so leicht, herauszufinden, wohin Ihr gegangen wart. Eure Kollegen haben ehrenwerterweise dichtgehalten, dafür waren die Grabungshelfer umso auskunftsbereiter, nachdem wir sie ein bisschen ins Schwitzen gebracht haben. Ihr hättet sie besser bezahlen sollen.«

»Ihr ...!« Alrik fand kein Schimpfwort, das hart genug war. »Wer seid Ihr?« Er kämpfte sich auf die Beine, wobei ein Dutzend seiner Gelenke und besonders sein rechtes Bein schmerzhaft protestierten. Zumindest hatten sie seinen Gehstock mit ihm zusammen in den Teppich eingerollt. Noch bevor er sich mit seiner Hilfe wieder aufgerichtet hatte, zielten drei Pistolenläufe auf ihn. Er erstarrte, als die Hähne klickend gespannt wurden. »Was ... was wollt Ihr von mir?«

Keiner der anderen antwortete ihm, nur Stara Belnari

zeigte ein wissendes Lächeln. »Hier ist jemand, der mit Euch sprechen möchte.« Jemand reichte ihr einen Gegenstand.

Alrik wich zurück, aus Furcht vor einer weiteren Pistole. Aber nein, es war ein Würfel aus grün leuchtendem Kristall. Mehrere Kanten waren abgesplittert, der Rest zeigte Kratzer und Haarrisse. Das unnatürliche Glühen in seinem Inneren, im Verbund mit den bunten Partikeln, die von ihm ausgingen, verrieten Alrik, dass es sich um ein ælonisches Gerät handelte.

»Phærion«, sagte Stara. »Darf ich vorstellen: Professor Alrik Dawalus.« Damit hielt sie den Kristall in Alriks Richtung.

Als er die Stimme vernahm, die aus dem Kristall drang, vergaß er seine Furcht für einen Moment. Sie klang wie die Stimme eines Mannes, aber mit einem metallischen Unterton. »*Willkommen an Bord der* Sturmbrecher, *Professor Dawalus. Wir haben lange nach Euch gesucht.*«

»Ich ... ich hörte davon.« Alrik schluckte mit trockener Kehle, doch er ließ den Kristall nicht aus den Augen. Gleichzeitig fühlte er sich selbst von dem Ding beobachtet. Er zweifelte nicht daran, dass es jedes seiner Worte vernahm. War es irgendein ein ælonisches Sprechgerät? Er hatte von solchen Artefakten gehört. Wenn es zutraf, dann konnte sich der Mann, mit dem er sprach, Hunderte, wenn nicht Tausende von Meilen von hier entfernt befinden, während er alles hörte und sah, was sich an Bord abspielte. Es würde die verwirrende Eigenschaft der Stimme erklären, zur selben Zeit nah und unendlich weit entfernt zu klingen.

»*Mein Name ist Phærion.*« Er sprach ebenfalls akzentreiches Feban, doch es war ein anderer Akzent als der von Belnari und ihren Spießgesellen. Härter, weniger verspielt. Wie bei seinen Entführern auch, konnte Alrik seine Herkunft unmöglich einschätzen.

»Aha«, sagte er barsch, um seine Nervosität zu überspielen. »Und darf man erfahren, wer Ihr seid, Herr Phærion? Oder warum Ihr mir nicht persönlich die Ehre erweist?«

»*Das ist nicht von Belang.*«

»Da bin ich anderer Ansicht! Habe ich Euch diese Entführung zu verdanken?«

»*In der Tat.*«

»Die Idee dazu stammt allerdings von mir«, sagte Stara Belnari bester Laune.

Alrik blickte von dem grünen Würfel zu ihr. »Warum? Was wollt Ihr von mir?«

»*Wir benötigen Eure besonderen Kenntnisse, Professor Dawalus*«, sagte die Stimme aus dem Kristall. »*In Bezug auf ein bestimmtes Thema.*«

»So? Ist Euch je in den Sinn gekommen, einfach danach zu fragen?«

»*Das ist es. Aber es bestand das Risiko, dass Ihr uns keine Auskunft geben würdet. Einerlei. Ihr seid nun hier. Fügt Euch, und Ihr dürft leben. Widersetzt Euch – nun, ich denke, Ihr könnt Euch die Alternative ausmalen.*«

Alrik zog düster die Augenbrauen zusammen. »Was wollt Ihr wissen?«

»Bitte einzutreten!«, sagte Lorgis hastig und deutete zur offenen Tür am Ende des Fallreeps. Kriss und Lian eilten ins Innere der *Wolkenbummler*.

Zwei Matrosen erwarteten sie im engen, von Kerzenlicht beleuchteten Schiffsgang: die verbliebene Mannschaft des Schiffes.

Eldrit war eine junge Frau, vielleicht vier, fünf Jahre älter als Kriss und fast so klein wie sie, jedoch mit deutlichen Muskeln unter ihrer Luftfahrerkleidung. Ihr schwarzes Haar war kinnlang, ein goldener Ring glänzte an ihrer Nase. Kriss fand sie sehr hübsch, auch wenn ihre Miene kühl war wie ein Herbstmorgen. Sie sprach bevorzugt mit so wenigen Silben wie möglich und am allerliebsten mit gar keiner.

Neben ihr stand Orven, ein klappriger alter Mann mit Glatze und struppigem Bart. Er hatte die Ärmel hochgekrempelt, als wolle er jedem die verblichenen Tätowierungen auf seinen dünnen Armen zeigen: gekreuzte Degen, ein grimmiger Säbelzahnwolf, ein Totenschädel mit einer Augenklappe. Er schien ständig und abfällig die Nase zu kräuseln. Auf seiner rechten Schulter hockte ein winziges Moosäffchen mit grasgrünem Fell, das an einer Pfeffermandel knabberte.

»Käpt'n, was ist los?«, krächzte er, als sie den Matrosen entgegeneilten.

»*Schessk*, Orven, ich hab dir gesagt, das Vieh soll in deinem Quartier bleiben!«, wetterte Lorgis, und das Äffchen keckerte unerschrocken zurück. »Ruhig, Lalla!« Orven legte eine Hand über den Kopf des Tiers.

»Wasislos?«, fragte Eldrit mit lustloser Stimme, als wäre es ein Wort.

»Heizt den Kessel an!«, brüllte Lorgis, während Barabell und Nesko das Fallreep per Kurbel einklappten und die Tür schlossen. »Wir müssen ein Schiff einholen!«

»Wieso?«, fragte Eldrit mit unbewegter Miene.

Orven runzelte die ohnehin schon knitterige Stirn, während das Äffchen auf seine Glatze kletterte. »Ich dachte, wir fliegen zurück in die Wüste!«

»Falsch gedacht!«, schnaubte Lorgis. »Jetzt hebt euch die dummen Fragen für später auf und macht euch an die Arbeit! Los, los, los!«

Die junge Frau und der alte Mann wechselten einen missmutigen Blick, dann trollten sie sich in den Maschinenraum achtern.

Kriss und Lian folgten Lorgis und den anderen auf die Brücke. Sie war kaum vier Schritte lang und breit. Trotz der fehlenden Beleuchtung erkannte Kriss die kleine Holzstatue von Sankt Haros, dem Schutzheiligen der Luftfahrer, die auf einem kleinen Schrein vor den zahlreichen Sprechrohren aus Messing aufgestellt worden war, umgeben von Kupfermünzen und abgebrannten Weihrauchstäbchen als Opfergaben.

Nesko und Barabell bemannten die Höhen- und Seitensteuer, während Lorgis per Sprechrohr die Hafenarbeiter draußen anwies, die Ankertaue zu lösen. Kriss' Magen machte einen Satz, als sich die *Wolkenbummler* gen Himmel erhob. Bald nahm das Schiff Fahrt auf, doch nicht schneller als ein Kinderballon in einer leichten Brise. Sie schnappte nach Luft.

»Das is'n Witz, oder?«, beschwerte sich Lian. »Bei dem Tempo dreh'n die uns doch 'ne lange Nase!«

»Keine Sorge, Herr Berris«, sagte Nesko gut gelaunt mit seiner Leierstimme. »Die *Bummler* ist schnell, trotz ihres Namens!«

»Sobald der Kessel richtig kocht, haben wir sie bald eingeholt«, sagte Lorgis. Kriss wusste nicht, ob seine Zuversicht echt war oder nicht. »Bis dahin könnt ihr uns erzählen, was passiert ist. Wo ist der Professor?«

»Auf dem Schiff, das wir jagen.« Kriss spürte den Drang, sich zu setzen, nur leider gab es keine Stühle auf der Brücke. Alles war so schnell gegangen – sie war nicht sicher, ob sie nicht vielleicht nur träumte. Wenn ja, dann war es ein entschieden schlechter und viel zu realistischer Traum. Sie war dankbar, als sie Lians Arm um ihre Hüfte spürte. Als sie ihnen gemeinsam Alriks Entführung schilderten, zeigten die Luftfahrer ratlose Gesichter.

»Aber wer sollte den Professor entführen?«, fragte Nesko. »Und warum?«

»Das is' 'ne verdammt gute Frage.« Lian ließ mit düsterer Miene die Knöchel knacken.

»Hat er Feinde?«, fragte Barabell, während sie langsam das Steuerrad drehte. »Schulden? Gibt's irgendwen, der noch eine Rechnung mit ihm offen hat?«

»Nein!«, entgegnete Kriss. »Ich meine, nicht, dass ich wüsste. Er ist ein einfacher Archäologieprofessor, er könnte keiner Brummzirpe was zu Leide tun!«

Lorgis verschränkte die mächtigen Arme. »Trotzdem haben's diese Lumpenhunde auf ihn abgesehen.«

Kriss nickte. »Und sie wussten anscheinend genau, wo sie ihn finden können. Und wann. Aber – woher?«

Sie blickte zu Lian. Er schien das gleiche zu denken wie sie: *Die Ausgrabung.* Waren die Entführer beim Tempel der Zeit aufgetaucht, kurz, nachdem die *Wolkenbummler* vom Zeltlager abgelegt hatte? Was hatten sie Doktor Torling und den anderen Archäologen erzählt? Was hatten sie mit ihnen gemacht?

»Heißer kriegen wir den Kessel nicht, Käpt'n!«, schallte Orvens Stimme über das Sprechrohr. »Würdet Ihr jetzt die Güte haben, uns zu erklären, was –?«

»Später!«, schnauzte Lorgis. »Bell, Nesko – volle Kraft voraus! Lasst diese Kerle nicht entkommen!«

»Aye, aye!«, bestätigten beide wie aus einem Mund.

Zwei seiner Entführer – dieselben Muskelpakete, die ihn in Scha'ila gepackt hatten – eskortierten Alrik in eine Kabine am Heck der *Sturmbrecher*, ein Deck über dem Maschinenraum, dessen Stampfen und Schnaufen man bis hierher deutlich hören konnte. Mit einladender Geste stieß Stara Belnari eine Tür auf. »Wenn ich bitten darf?«

Die Kabine war kaum mehr als eine Kammer. Das einzige Licht stammte aus dem Schiffsgang, das Bullauge zeigte nichts als Nacht und Sterne. Alriks Blick fiel auf eine alte Pritsche, daneben war ein schmaler Tisch ausgeklappt. Eine lichtlose Petroleumlaterne aus Messing und Glas stand darauf.

»Ich kann mir vorstellen, dass Ihr nach diesem Trubel etwas Ruhe braucht«, sagte Madame Belnari von der Tür aus, während ihre Kumpane Alrik in den Raum führten oder besser, schoben. »Macht es Euch so gemütlich, wie Ihr nur könnt, Professor. Wir wecken Euch, wenn wir am Ziel sind.«

»Ihr hört mir nicht zu!« Alrik drehte sich der Frau zu, als ihre Schläger ihn endlich in Ruhe ließen und zurück in den Schiffsgang marschierten. »Ich habe Euch vorhin schon gesagt, Ihr werdet an Eurem Ziel nichts finden, außer kahle Mauern!«

Sein Zorn prallte an Stara Belnari ab. »Lasst das nur unsere Sorge sein, Professor. Ach ja, ich würde Euch davon abraten, in der Zwischenzeit irgendwelchen Unsinn zu versuchen. Wir haben nichts gegen Euch persönlich. Aber das kann sich rasch ändern.«

»Und was genau soll ich versuchen, Madame? Mir meinen Weg in die Freiheit durchschlagen? Die Zeiten sind vorbei. Falls es sie je gegeben hat!«

»Gut zu wissen.«

»Man wird nach mir suchen, das muss Euch klar sein. Ich habe Freunde, auch in der königlichen Regierung!« Es entsprach nicht ganz der Wahrheit, aber das brauchte sie nicht zu wissen. »Ihr könnt nicht glauben, damit durchzukommen!«

Sie zuckte leichtfertig die Achseln. »Das werden wir sehen, vermute ich.«

Alriks Hand verkrampfte sich um den Knauf seines Gehstocks. »Dieser Phærion – wer ist er? *Wo* ist er? Was hat er vor?«

Ihr Lächeln fachte seinen Zorn nur noch weiter an. »Vielleicht werdet Ihr's erfahren, Professor. Wenn Ihr brav seid. Und jetzt legt Euch hin, das ist ein Befehl.«

Damit ließ sie ihn allein. Er hörte, wie sich der Schlüssel im Türschloss drehte, und leise Worte von Stara, die mit ihren Kumpanen sprach. Dann ihre Schritte, die sich entfernten.

»Lasst mich gehen, verdammt noch mal!« Alrik

hämmerte mit der Metallspitze seines Stocks gegen die Tür.

»Beruhig dich, Milorianer«, antwortete eine höhnische Männerstimme aus dem Gang. »Oder wir nehmen dir deine Krücke weg!« Jemand anders lachte darüber.

Alrik stieß einen wütenden Laut aus, dann sank er auf der Pritsche zusammen. Ihm schwirrte der Kopf vor Furcht und Fragen. Entführt zu werden war eine neue Erfahrung für ihn. Aber nach dem, was die Stimme aus dem Kristall vorhin über ihr Ziel verraten hatte, verstand er zumindest, warum sie es ausgerechnet auf ihn abgesehen hatten. Großer Weltengeist, er hätte niemals geglaubt, dass ein Buch, das er vor fünfzig Jahren geschrieben hatte, ihn einmal in solch eine Misere bringen würde!

Der Gedanke führte ihn zu dem Geschichtsbuch, das er Kriss hatte schenken wollen. Er zog es aus der Tasche und fuhr gedankenverloren über den Ledereinband. »Tut mir leid, Mädchen«, flüsterte er. Die Vorstellung, mit welchen Sorgen sie sich quälen musste, schlug ihn in diesem ganzen Irrsinn am meisten nieder.

Lian und sie würden bald merken, dass er verschwunden war. Sie würden nichts unversucht lassen, um ihm zu helfen, daran hatte er keinen Zweifel. Sie würden Hilfe holen. Aber würde sie rechtzeitig kommen?

Phærion hatte ihm vorhin versprochen, ihn gehen zu lassen, wenn er sich fügte, aber Alrik weigerte sich, daran zu glauben. Menschen, die andere mit Gewalt verschleppten, waren selten von der ehrlichen Art. Wenn sie hatten, was sie haben wollten, würde er nur lästig für sie sein. Und dann –

Alriks Herz schmetterte ihm schmerzhaft gegen die Brust. Nicht zum ersten Mal verwünschte er sein Alter. Noch vor dreißig Jahren hätte er vielleicht tatsächlich versucht, sich seinen Weg freizukämpfen. Aber jetzt ... jetzt kam er sich vor wie ein verschreckter Zittergreis.

Unfähig, länger sitzen zu bleiben, griff er nach seinem Stock und kämpfte sich hoch. Sein lädiertes Bein meldete sich, als er zum Bullauge humpelte. Ein Feld aus Staub und Geröll zog sich Hunderte von Klaftern unter dem Schiff dahin, so leer und trostlos wie er sich fühlte. Darüber gab es nur das Tintenblau des Nachthimmels. Das Funkeln der Sterne, kalt und fern. Die Monde, die doppelte Schatten warfen.

Und einen schwarzen Fleck, der langsam größer wurde.

Alrik rieb sich die Augen, glaubte zunächst, sie würden ihm einen Streich spielen, aber nein – dort draußen war ein anderes Luftschiff! Er starrte angestrengt hinaus, in dem Bemühen, mehr zu erkennen, dann und wann von den nebeligen Fetzen geblendet, die aus den Rauchschloten der *Sturmbrecher* flogen. War es das Schiff von Käpt'n Lorgis und den anderen? Klein genug dafür war es. Und es holte zügig auf.

Neue Hoffnung keimte in ihm. Kriss und Lian – hatten sie gesehen, wie sie ihn verschleppt hatten?

Im selben Moment bekam er es mit der Angst zu tun. Belnari und ihre Leute waren gefährlich – und eindeutig in der Überzahl. Darüber hinaus konnte er nicht sagen, ob die *Sturmbrecher* nicht auch über Kanonen verfügte – entweder solche mit Schießpulver und Eisenkugeln, oder ælonischer Art. (*Ælonisch* ... Wieder dachte er an den grünen Kristallwürfel. Wer steckte hinter der Stimme namens Phærion?)

»Dreht um«, murmelte er. »Bitte, Kriss. Dreht um und holt Hilfe!«

Verflucht, wenn er ihnen wenigstens eine Nachricht zukommen lassen könnte; ihnen sagen, wo sie mit ihm hinwollten! Vielleicht konnten sie die königliche Armee informieren. Irgendjemanden mit genug Feuerkraft, der es mit seinen Entführern aufnehmen konnte. Aber wie sollte er das anstellen?

Alriks Blick flog durch den Raum – bis er an der lichtlosen Messinglaterne auf dem schmalen Tisch hängen blieb. Und plötzlich hatte er eine Eingebung.

Hastig tastete er seine Hemdtaschen ab. Seine Pfeife hatte er in seinem Zelt bei der Ausgrabung gelassen, ja, aber hoffentlich nicht seine –

»Dem Weltengeist sei Dank!«, flüsterte er, als er das kleine Papiermäppchen aus seiner Tasche zog. Er öffnete es mit fahrigen Fingern. Drei Schwefelhölzer steckten noch darin.

Er war nie zuvor so froh gewesen, Pfeifenraucher zu sein.

Das Schiff der Entführer hing als winziger, dunkler Schemen vor ihnen am Himmel, der nur mit quälender Langsamkeit wuchs. Noch lagen etwa zwei Dutzend Meilen zwischen ihm und der *Wolkenbummler*.

»Weiterschaufeln!«, brüllte Lorgis in das Sprechrohr. »Wir brauchen mehr Dampf!«

»Wir schippen, was wir können!«, grantelte Orvens blecherne Stimme zurück.

»Beruhig dich, Lorgis«, sagte Barabell. »Wenn wir noch mehr Dampf machen, fliegt uns der ganze verdammte Kahn um die Ohren.«

Er hob drohend den Finger. »Sprich nicht so über mein Schiff!«

Sie klapperte kokett mit den Wimpern. »Du meinst *unser* Schiff?«

»Bell!« Lorgis' Nasenflügel blähten sich auf. »Halt einfach die Klappe und kümmer' dich um das Ruder, verstanden?«

Sie salutierte ironisch. »Aye, *Käpt'n.*«

»Wie meine Eltern«, hörte Kriss Nesko seufzen. »Käpt'n«, sagte der Junge dann laut, »wir holen doch schon auf!«

»Aber nicht schnell genug!«, murmelte Kriss.

»He«, sagte Lian leise, »wir kriegen ihn schon zurück.«

Kriss nickte, doch sie sagte nichts. Sie dachte an ihre Eltern, die ihr beide genommen worden waren. Lange Jahre hatte sie nur Alrik an ihrer Seite gehabt. Die Vorstellung, dass sie ihn zum letzten Mal gesehen haben könnte, machte es einen Moment lang unmöglich, zu atmen.

Neben ihr klappte Lorgis ein Fernrohr aus und spähte nach dem fremden Schiff. »Keine Ahnung, wo das Pack herkommt«, knirschte er. »Ist 'n ganz gewöhnliches Schiff. Keine Zeichen, keine Fahnen. Kann von überall stammen, von Ruminos bis Raxander.« Er klappte das Fernrohr wieder zusammen. »*Korf!*«

»Wichtiger is', wo sie hinwoll'n«, gab Lian zu bedenken.

»Sie halten Kurs Richtung Westnordwest«, sagte Lorgis. »Zumindest im Moment. Aber sie wissen bestimmt, dass sie verfolgt werden. Vielleicht fliegen sie einen falschen Kurs, bis sie uns abgeschüttelt haben. Führen uns in die Irre.«

»Oder sie wissen, dass wir keine Gefahr für sie darstellen«, murmelte Kriss. Hoffnungslosigkeit überkam sie. Vielleicht hätten sie doch in Scha'ila bleiben und versuchen sollen, vom Magistrat Hilfe zu holen ...

Nur wäre das Schiff dann schon längst über alle Berge, wer weiß wohin ...

»Zumindest brauchen sie ihn für irgendwas, so viel is' klar«, sagte Barabell. »Und das lebend.«

»Aber wofür?« Kriss schloss die Augen und rieb sich die Stirn. »*Wofür?*«

Alrik hatte eine lange und illustre Karriere hinter sich. Sein Fachgebiet war die Früh-Ælonische Epoche, aber er hatte sich im Laufe der Jahrzehnte auch mit vielen anderen Abschnitten der Menschheitsgeschichte beschäftigt. Er hatte fünf Bücher verfasst, zwei davon waren Standardwerke in vielen Universitäten. Seine Monographien waren in Fachjournalen auf der ganzen Welt veröffentlicht worden, übersetzt in ein Dutzend Sprachen. Er war weit über Miloria hinaus bekannt.

Jedoch fast ausschließlich in Archäologenkreisen. Was immer diese Leute von ihm wollten, es musste etwas mit seinem Fachwissen zu tun haben. Aber zu welchem Thema?

Während sie weiter das Steuerrad drehte, wandte sich Barabell an Kriss, Lian und Lorgis. »Ich will mich ja nicht unbeliebt machen ...«

»*Noch* unbeliebter«, murmelte Lorgis.

»... aber hat schon mal jemand daran gedacht, was wir machen, wenn wir die Kerle eingeholt haben?«

»Wir haben Musketen an Bord, schon vergessen, Bell?«

»Na und? Das haben die wahrscheinlich auch.«

»Und wenn wir ihnen zu nahe kommen ...« Nesko schluckte.

Kriss blickte zu Lorgis auf. »Wir können sie doch nicht einfach entkommen lassen!«

»Kriss.« Lian nahm sanft ihre Hand. »Davon hat keiner was gesagt. Richtig?« Er blickte zu den Luftfahrern.

Lorgis schlug sich auf die Brust. »*Verdammt* richtig!« Barabell und Nesko nickten bekräftigend.

»Vielleicht kriegen wir erstmal raus, wo sie ihn hinbringen«, führte Lian aus. »Das is' doch auch schon was wert, oder?«

Ja, wollte Kriss gerade sagen, als Nesko ausrief: »Seht nur!«

Alle Blicke flogen zum Brückenfenster. Kriss blinzelte verwirrt, als sie das Licht in der Ferne sah: ein winziger, gelber Punkt, der am dunklen Heck des anderen Schiffs glühte. Dann verschwand er. Leuchtete kurz wieder, verschwand und leuchtete wieder länger.

»Lorgis!«, rief sie. Der Riese hatte längst begriffen. Während Kriss einen Kohlestift und Papier aus ihrer Gürteltasche zog, klappte er das Fernrohr wieder aus. Ein Auge zugekniffen, visierte er mit dem anderen das Schiff an: »Kurz, lang, Pause, kurz, kurz, lang, lang, Pause ...!«, gab er die Intervalle an, in denen der Lichtpunkt aufblitzte, und Kriss schrieb fieberhaft mit.

Lichtsprache. Jemand sendete ihnen eine Nachricht.

»Was wird das?«, fragte Lian. »Fordern die ihr Lösegeld?«

»Nein!«, sagte Kriss. »Ich glaube, es ist Alrik!«

Bis zum Zerreißen konzentriert, hielt Alrik die Hand vor die Laterne, zog sie wieder hoch, hielt sie wieder davor. *Kurz, kurz, lang, Pause, kurz, lang, lang ...* Und so weiter. Er betete, dass die verdammten Rauchschwaden aus den Schloten des Schiffs die Botschaft nicht zur Unkenntlichkeit zerstückelten; dass er noch nicht völlig eingerostet war und die Worte richtig kodierte.

Er hatte Lichtsprache während seines Militärdienstes gelernt – vor einer halben Ewigkeit also – und danach niemals mehr in seinem Leben gebraucht. Er wusste zwar, dass weder Kriss noch Lian den Signalkode beherrschten, dafür aber mit Sicherheit die Luftfahrer an Bord. Er hoffte, dass sie die Nachricht verstanden. Und dass sie sie befolgten, bevor sie in Schwierigkeiten gerieten. Sie –

Der Schrecken fuhr ihm ins Mark, als er Schritte auf dem Gang hörte. *Nein, nicht jetzt, verdammt, nicht jetzt!* Als kurz darauf der Schlüssel im Schloss gedreht wurde, blieb ihm das Herz fast stehen. *Großer Weltengeist, nein!*

Die Laterne! Er drehte das Gas ab, die Flamme erlosch ...

Da öffnete sich auch schon die Tür.

So schnell er konnte, versuchte Alrik, die Laterne

zurück auf den Tisch zu stellen, doch in seiner Hast glitt sie ihm aus den Fingern. Messing klirrte, als sie zu Boden ging. Das Geräusch zerschnitt fast seine Nerven.

Stara Belnari stand an der offenen Tür. Sie blickte erst auf die dahinrollende Lampe, dann zu ihm. Ihr Lächeln war tückisch. »Sieh an. Da wollte ich Euch gerade etwas zu Essen anbieten. Aber wie es aussieht, ist es wohl besser, wenn Ihr ohne Abendbrot zu Bett geht.«

Alrik setzte eine grimmige Miene auf. Er hoffte, dass sie das Schlottern seiner Knie nicht bemerkte. »Ich wollte nur etwas lesen!« Er deutete zu dem kleinen Geschichtsbuch, das auf der Pritsche lag.

Stara legte amüsiert den Kopf schräg. »Wieso nur habe ich das Gefühl, dass das nicht stimmt?« Dann rief sie: »Gett!«

Eins der Muskelpakete, die seine Kabine bewachten, steckte den Kopf durch die Tür. »Stara?«

»Bleib bei unserem Gast. Wenn er Ärger macht, lass es ihn bereuen.«

Gett grinste mit schiefen Zähnen. »Aber gerne doch!«

»Schlaft gut, Professor«, sagte Stara Belnari zum Abschied. »Es liegt ein langer Flug vor Euch.«

Sie schloss die Tür hinter sich. Der Mann namens Gett stellte sich davor, die Beine breit, die Arme verschränkt. Er schien in seiner Rolle als Gefängniswärter aufzugehen. »Übrigens haben wir deine Freunde da draußen schon bemerkt, Milorianer. Sie tun besser daran, uns nicht zu nah auf den Pelz zu rücken, oder ihr kleines Schiffchen stürzt schneller ab als ein Hammerspatz aus Stein!«

Alrik fehlten Kraft und Kampfgeist für eine Antwort. Er setzte sich zurück auf die Pritsche und vergrub das Gesicht in den Händen, von dem schrecklichen Gefühl heimgesucht, Kriss nun niemals mehr sagen zu können, was er ihr hatte sagen wollen.

Kriss, dachte er. *Wenn ihr die Nachricht empfangen habt, dann hört auf mich, Mädchen, und dreht um!*

Von einem Moment auf den anderen war die Lichtsprache verstummt.

Kriss hielt den Atem an, betete, dass es nur eine weitere Pause zwischen den Signalen war.

Aber sie hoffe vergebens. Sofort begann ihr Herz wieder zu rasen. Hatten sie Alrik erwischt? Was würden sie mit ihm machen?

»*Schessk*«, fluchte Lian. »Was hat er gesagt?«, fragte er, Lorgis zugewandt. »Er war's doch, oder?«

Lorgis kratzte sich den kurzgeschorenen Schädel. »Ich ... bin nicht sicher. Vieles hat der Qualm aus ihren Maschinen verschleiert. Und ich glaube, der Kode ist nicht mehr der neuste ...«

»Wir haben noch ein ganz anderes Problem!«, rief Barabell. »Da braut sich was zusammen, Südsüdwest!«

Kriss, Lian, Lorgis und Nesko drehten zeitgleich den Blick nach links. Der Schrecken traf Kriss wie ein Schwall Eiswasser, als sie die dunkle Wolke sah, die sich über die Sterne und den Horizont schob, wie ein wallender, brauner Schleier. »Oh nein ...!«

»*Schessk*, das hat uns gerade noch gefehlt!«, knirschte Lorgis. »Ein Sandsturm!«

»Und der Wind treibt ihn genau auf uns zu!« Neskos Stimme leierte noch mehr als gewöhnlich.

Lians Blick ging zwischen den Luftfahrern hin und her. »Ihr wollt doch jetzt nich' etwa umdreh'n!«

Lorgis schielte ihn an. Er zeigte kampflustig die Zähne. »Ihr solltet uns besser kennen, Herr Berris! Nesko, Bell, wir bleiben weiter dran!«

Kriss war erleichtert, das zu hören. Anders als Barabell. »Ich hätte was Vernünftiges lernen sollen ...«, seufzte die Frau.

Lorgis umfasste das Sprechrohr in den Maschinenraum. »Orven, Eldrit – es kann sein, dass es gleich etwas holprig wird!«

»Holprig?«, drang Eldrits Stimme aus dem Rohr.

»Wie, *holprig*?«

»Ihr habt mich gehört!«, bellte Lorgis zurück. Ihm fehlte sichtlich der Nerv für weitere Diskussionen. Kriss spürte die Anspannung der Luftfahrer fast so sehr wie ihre eigene, die sie die Fäuste ballen und die Kiefer zusammenpressen ließ. Lian blickte düster drein. »*Korf*«, murmelte er immer wieder. »*Korf!*«

Die *Wolkenbummler* kämpfte sich weiter tapfer voran, den Entführern dicht auf der Spur, die ihrerseits unerschrocken weiterflogen, als könne ihnen der Sturm nichts anhaben.

Komm schon, feuerte Kriss das Schiff in Gedanken an. Vielleicht konnten sie den Ausläufern des Sturms noch entgehen. Vielleicht würde er seine Kraft verlieren, bevor er sie erreicht hatte und sich in ein laues Lüftchen verwandeln.

Aber nein. Der Sturm hielt unaufhaltsam auf die beiden Schiffe zu, eine riesige Wand aus Staub, die über die Wüste rollte und die ganze Welt zu verschlucken schien. Bald hüllte dünner, brauner Nebel die Brückenfenster ein und verschleierte das Schiff der Entführer vor ihren Augen. Dann wurde der Nebel dichter, verwandelte sich in einen Hexenkessel aus dunklen Schwaden und Staub, der unaufhörlich gegen das Fensterglas prasselte. Kriss hörte Holz ächzen und stöhnen, während die Gondel von einer Seite zur anderen schwankte. Das Heulen und Fauchen des Sturms übertönte fast die Luftschrauben.

»*Schessk!*« Barabell versuchte, mit halb zusammengekniffenen Augen die Staubschleier zu durchdringen. »Ich seh' nix mehr!«

»Den Kompass siehst du wohl noch, oder?«, schnappte Lorgis. »Also fliegt weiter!«

»Käpt'n ...!«

»Fliegt weiter, Nesko!«

Wir verlieren ihn! Kriss schnappte nach Luft. *Wir werden ihn verlieren!*

Der Sturm heulte lauter und lauter. Sie hätte sich am liebsten die Ohren zugehalten, aber sie brauchte beide Arme, um ihr Gleichgewicht zu behalten.

Mit gefletschten Zähnen stemmten sich Nesko und Barabell gegen die Steuerräder, während sie darum kämpften, das Schiff auf Kurs zu halten.

»Lorgis ...!«, ächzte Barabell.

»Weiter!«, befahl der Riese. Aber er klang nicht mehr so vehement wie zuvor.

Die *Wolkenbummler* schwankte und bebte in einem fort. Der Schrein von Sankt Haros wackelte und kippte schließlich, Kupfermünzen und Räucherwerk verteilten sich auf dem Boden. Zusammen mit Lian und Lorgis klammerte Kriss sich an den Handgriffen fest, die an die Brückenwand montiert waren. Quer durch das Schiff hörte sie Gegenstände zu Boden gehen, das Klirren von Glas – und dann und wann Flüche von Eldrit und Orven aus dem Maschinenraum. Erinnerungen schlugen auf Kriss ein: Ihr Absturz über dem Meer, damals, als der Schiffsfresser die *Windrose* angegriffen hatte, und Furcht ging in ihrem Verstand auf wie eine Eisblume. Sie blickte zu Lian, der trotz seiner angestrengten Grimasse ein Lächeln zeigte, als wollte er sagen: *Keine Sorge. Wir kriegen das hin.* Und Kriss stellte fest, dass tatsächlich ein Teil ihrer Angst verflog, bloß weil er bei ihr war.

»Lorgis!«, rief Barabell über das infernalische Heulen. »Wir müssen beidrehen, oder ich garantiere für nichts!«

Kriss sah, wie Lorgis' Kiefer mahlten.

»Lorgis!« Panik wuchs in Barabells Augen. »*Verdammt noch mal!*«

Der Riese suchte Kriss' Blick. Mit seinem hoffnungslosen Schielen und den herabhängenden Schultern gab er ein tragisches Bild ab. »Tut mir leid, Doktor ...«

Nein, wollte Kriss sagen. *Wir schaffen das! Haltet den Kurs!* Aber sie brachte es nicht über die Lippen, und so nickte sie schweren Herzens.

»Also gut!«, brüllte Lorgis über die Gewalten des Sturms. »Bringt uns hier raus, alle Maschinen volle Kraft!«

»Aye, aye!«, gab Barabell hörbar erleichtert zurück und ließ das Steuerrad kreisen. Die *Wolkenbummler* drehte bei. Nun flog sie vor dem Sturm her, statt gegen ihn an. Kriss sah Nesko stumm zum Weltengeist beten.

Dann, langsam, ganz langsam, klärten sich die Staubschleier und bald zeigten sich die Sterne wieder in all ihrer Pracht. Ihnen direkt voraus hing der Gelbe Mond am Horizont wie ein kränkliches Gesicht. Die Fahrt wurde wieder ruhig, die *Wolkenbummler* stellte ihr Stöhnen ein. Kriss hörte Barabell geräuschvoll ausatmen. Lorgis wischte sich den Schweiß von der Stirn.

»Überstanden!« Lian beugte sich zu Kriss und gab ihr einen Kuss auf die Wange. »Trotzdem: Lass uns das nich' so bald wieder machen, einverstanden?«

»Das Schiff!« Kriss löste sich von dem Handgriff, sie hob das Fernrohr auf, das aus Lorgis' Tasche gesegelt war, und suchte den Himmel ab. Zur einen Seite sah sie nichts als Nacht, Wüste und Gestirne, zur anderen nur Staubschleier, die weiter nach Norden zogen.

Vom Schiff der Entführer zeigte sich nicht die kleinste Planke.

»Nein!«, flüsterte sie.

»Vielleicht haben sie auch beigedreht, so wie wir«, sagte Lian neben ihr. »Vielleicht haben sie den Sturm gar nich' abgekriegt! Oder sie sind mitten durch ihn hindurch. Ihr Schiff is' viel größer als dieser Kahn hier – nix für ungut!« Den letzten Teil richtete er an Lorgis. Dieser nickte, als wollte er sagen: *gut möglich*.

»Wir finden sie schon wieder«, sagte Lian zu Kriss. »So groß is' der Himmel auch nicht.«

Bevor Kriss etwas entgegnen konnte, ließen sie polternde Schritte herumfahren. Eldrit und Orven platzten durch die Tür. Der jungen Frau und dem alten Mann stand der Schrecken deutlich ins Gesicht geschrieben.

»Was zur Dunkelwelt war das?«, krakeelte Orven. Eine dicke Beule wuchs auf seiner Stirn. »Käpt'n! Darf man erfahren, wieso wir durch einen verdammten *Sturm* geflogen sind?«

»Was macht ihr hier?« Lorgis' Finger deutete heckwärts. »Marsch zurück in den Maschinenraum, bevor der Kessel kalt wird!«

»Wollt ihr uns nicht erst erklären, was –?«

»Nein, nicht jetzt, Orven!«, knirschte Lorgis.

Eldrits hübsches Gesicht war düster. »Wann sonst?«

»Später, verstanden?«

»Käpt'n, bei allem nötigen Respekt, ich verlange Aufklärung!« Orven streckte die schmale Brust vor. Es wirkte nicht sonderlich beeindruckend. »Warum verfolgen wir irgendwelche Schiffe und fliegen durch Unwetter? Ich dachte, es geht zurück zu diesem Sandtempel! Und was ist mit der anderen Ladung? Ich dachte –!«

Bei der Erwähnung der »anderen Ladung« funkelte Lorgis ihn an. »Ich bezahl dich nicht fürs Denken, Orven! Befehl ist Befehl! Wenn's dir nicht passt, kannst du gern von Bord gehen!«

»Vielleicht sollte ich das tun, Käpt'n!«

»Ja, vielleicht!«

Etwas fiepte leise in Orvens Hosentasche.

»Zum letzten Mal! Das grüne Mistvieh bleibt in deinem Quartier, oder ich schmier' dir seine Affenköttel auf's Brot!«

»Lorgis.« Kriss berührte seinen Arm. »Bitte beruhig dich. Sie haben ein Recht zu erfahren, was los ist.«

»Hm!«, grunzte Eldrit zustimmend und verschränkte die Arme.

Orven tat es ihr gleich. »Ihr könntet damit anfangen,

uns zu sagen, wo verdammt nochmal wir hinfliegen!«

»Falls es dich tröstet«, sagte Barabell, »das wüssten wir selber gerne.«

Kriss zog ihre Notizen der Lichtsignale hervor und zeigte sie Lorgis. »Bitte. Wenn irgendwer das übersetzen kann, dann ihr!«

»Was ist das nun wieder?« Orven beäugte die Striche und Punkte auf dem Papier.

Lorgis nahm das Papier. »Wie gesagt, vieles hat keinen Sinn ergeben. Buchstaben sind falsch oder fehlen, aber ... ich versuch' mein Bestes, Doktor.« Kriss legte die Hände zusammen und berührte damit ihr Kinn, während Lorgis beim Lesen stumm die Lippen bewegte und sich immer wieder am Kopf kratzte.

»Ich glaube, es sind drei Sätze«, sagte er schließlich. »›Nicht folgen‹, soll das hier heißen, glaub ich. Und das hier: ›Holt Hilfe.‹ Danach wird's kniffliger. ›Wollen zum ...‹ kann ich noch irgendwie erkennen. Aber das letzte Wort ... Ich bin nicht mal sicher, ob das überhaupt ein Wort ist. Oder Feban.«

Kriss fühlte sich wie auf der Streckbank. »Was ist das letzte Wort?«

»Asserpala«, las Lorgis vor.

»Asser-was?«, wiederholte Barabell.

Kriss sah, wie Orven empört-verwirrt zu Eldrit blickte, aber die zuckte nur desinteressiert die Achseln, als ginge sie das alles gar nichts an.

»Hier.« Lorgis ließ sich von Kriss den Kohlestift geben und schrieb die entsprechenden Buchstaben unter die Striche und Punkte: ASSERPALA.

Barabell runzelte die Stirn. »Was zur Dunkelwelt ist ein Asserpala?«

»Und wieso interessiert uns dieses Gestammel?«, krächzte Orven. »Käpt'n, wenn wir die andere Ladung nicht bald abliefern –!«

»Ich hab dich schon beim ersten Mal gehört!«, blaffte Lorgis.

»Darf ich?«, fragte Kriss.

»Natürlich, Doktor.«

Lorgis gab ihr das Papier. »Asserpala«, las Kriss. »Asserpala ...« Sie drehte die Buchstaben im Gedanken hin und her, fügte neue hinzu, ersetzte sie durch Alternativen. Aber Lorgis hatte recht: Nichts davon ergab einen Sinn!

Und wenn das Wort tatsächlich aus einer anderen Sprache stammte? Aber warum sollte Alrik plötzlich etwas anderes als Feban übermitteln?

»Asser ...« Lian rieb sich das Kinn. »Hat er vielleicht irgendwas mit *Wasser* gemeint?«

»Oder blasser?«, überlegte Nesko laut.

»Nasser?«, schlug Barabell vor.

»Jetzt lasst den Doktor überlegen!«, mahnte Lorgis sie. »Ist es vielleicht *Hasser*, Doktor?«

»Was bitteschön ist ein Hasser?«, fragte Barabell.

»Jemand, der wen hasst! Als ob deins so viel sinniger gewesen wär'!«

Kriss schloss die Augen, sie hob die Hand und war dankbar, als alle um sie herum verstummten. »Asserpala ...«, murmelte sie vor sich hin. »Wasserpala. Blasserpala. Nasserpala ...« Sie versuchte, sich Alriks Bücher ins Gedächtnis zu rufen. Seine Steckenpferde und Interessen. All die Themen, über die er geschrieben hatte. »Komm schon, Kriss, du weißt das! Du weißt das! Wasserpala ...«

Die Erkenntnis traf sie wie ein Blitzschlag. Sie riss die Augen auf. »Ich hab's!« Ja, jetzt ergab alles Sinn! Warum sie Alrik gesucht hatten. Warum sie nach Westnordwest flogen. »Ich weiß es! Ich weiß, wo sie hinwollen!«

Lian lächelte stolz, als habe er niemals Zweifel gehegt. »Wohin?«, fragte er.

»Zum Wasserpalast«, sagte Kriss. »Dem Schloss der Todlosen Königin!«

{Ein neuer Kurs}

Lian zuckte die Achseln. »Nie gehört.«

»Ich schon!«, sagte Nesko hinter dem Steuerrad. »Ähm, glaub' ich. Oder doch nicht?«

»Woher sollen wir das wissen?« Lorgis rollte mit den Augen.

Kriss blickte von einem Luftfahrer zum anderen. »Es ist eine Ruine in der Republik Heliard. Sie liegt einige Meilen vor der südlichen Küste.«

Das sorgte nicht gerade für Erleichterung. »Also einmal quer über den Kontinent hinweg«, sagte Lorgis. »Ist 'ne ganz schöne Strecke. Fast zweitausend Meilen!«

»Und warum sollten wir dorthin fliegen?«, fragte Orven. Sein Äffchen war mittlerweile aus der Tasche geklettert. Nun hing es ihm um den Hals und zupfte an den grauen Haaren, die aus den Ohren des alten Mannes wucherten.

»Um einem Freund zu helfen«, antwortete Kriss.

Lorgis erklärte Eldrit und Orven in wenigen Worten, was sie durch den Sandsturm geführt hatte.

Eldrit gab nur ein unbeeindrucktes »Ha« von sich, aber Orven schüttelte verständnislos den Kopf. »Entführt? Von wem? Warum?«

Lian zuckte mit den Achseln. »Wüssten wir auch gern.«

»Vielleicht lassen sie ihn ja wieder laufen, wenn sie haben, was sie wollen!«

»Vielleicht«, sagte Lian düster. »Vielleicht auch nich'.« Kriss merkte, dass er drauf und dran war, mit den Knöcheln zu knacken, aber ihr zuliebe hielt er sich zurück.

»Käpt'n, Ihr wollt da ernsthaft mitmachen? Ich meine wegen ... Ihr wisst schon! 'ne Reise nach Heliard kostet uns *Tage!*«

»Ich weiß, ich weiß!« Lorgis wischte sich frustriert über den Schädel.

»Gendarmerie«, sagte Eldrit. »Schon mal dran gedacht?«

»Genau!«, sagte Orven, und sein Äffchen schnatterte im Einklang mit. »Sollen die sich drum kümmern! Für sowas sind die schließlich da!«

»Genau.« Lians Lächeln war gallig. »Und bis die ’nen Finger krumm machen, sind die Kerle schon längst sonstwo.«

»Da ist noch was, das wir ins Auge fassen sollten.« Barabell schien nicht wohl dabei, es anzusprechen. »Hat der Professor nicht ausdrücklich gesagt, wir sollen ihm *nicht* folgen? Das wird er nicht ohne Grund getan haben, oder?«

»Wahrscheinlich«, sagte Kriss, »aber ...!«

»Na also!«, sagte Orven. »Überlassen wir das den Leuten, die sich mit so was auskennen!«

»Nein!« Kriss brauchte einen tiefen Atemzug, um sich zu sammeln. »Wenn wir jetzt umdrehen ... Für einen Abstecher nach Miloria brauchen wir mehrere Tage, und jede Hilfe kommt dann vielleicht zu spät, genau wie Lian gesagt hat!«

Lian zeigte eine entschlossene Miene. »Aber wenn wir denen jetzt folgen, kriegen wir vielleicht ’ne Chance, ihn zu befreien!«

Kriss’ Blick glitt von Lorgis über Barabell zu Nesko. »Es tut mir leid, dass wir euch in diese Sache mit hineingezogen haben. Aber ... Alrik ... er ist ...!« *Mein Freund*, wollte sie sagen. *Meine Familie.*

»Doktor.« Lorgis legte ihr die Hand auf die Schulter. »Als Nesko, Bell und ich damals mit den anderen in der *Morgenstern* gefangen waren – als diese verdammte Insel untergegangen ist –, da habt Ihr und Herr Berris uns nicht im Stich gelassen. Das haben wir nicht vergessen. Wir haben nur auf die Chance gewartet, uns dafür zu revanchieren.«

»Genau!«, sagte Nesko.

Orven stand der Mund offen; Kriss sah mehrere braune Zähne. »Soll das heißen ... dieses Schauermärchen von der fliegenden Insel und dem ganzen Zeug – war nicht bloß ein verrücktes Garn, das Ihr gesponnen habt?«

Barabell lächelte. »Haben wir euch doch gesagt.«

Orven war sprachlos. Sogar Eldrits kühle Miene wirkte beeindruckt – zumindest ein wenig.

»Ihr könnt auf uns zählen, Doktor.« Lorgis drehte sich Nesko und Barabell zu. »Richtig?«

»Richtig!«, sagte Nesko.

»Als ob du fragen müsstest«, sagte Barabell.

Kriss lächelte, Tränen der Rührung in den Augen.

»Also gut!«, intonierte Lorgis hochoffiziell. »Alle Mann herhören! Wir fliegen zu diesem Palast der leblosen Königin!«

»Todlos«, warf Kriss ein.

»Mein' ich doch!«

Orven blinzelte mit wässrigen Augen. »Aber ... die Ladung!«

»Unsere Heuer, vor allem.« Eldrit stemmte die Hände in die Hüften.

»Lasst die Ladung nur unsere Sorge sein«, sagte ihr Kapitän. »Und macht euch keine Sorgen um eurc Heuer! Hab ich euch je auf euer Geld warten lassen?«

»Ja!«, sagte Orven.

»Dieses eine Mal! Ihr werdet schon noch bezahlt, auf den letzten Xenni. Wem's nicht passt, der kann hier und jetzt aussteigen!«

Orven verzog missmutig den bartgesäumten Mund. »Ich hoffe, Ihr wisst, was Ihr da tut, Käpt'n.«

Eldrit stimmte mit einem Grunzen zu. Lian sah aus, als hätte er die Matrosin am liebsten an ihrem Nasenring gezogen.

»Vertraut mir«, sagte Lorgis. Dann wandte er sich an Kriss. »Doktor, was ist mit der Fracht für die Ausgrabung? Eure Leute werden darauf warten müssen.«

Kriss nickte unwohl. Daran hatte sie auch schon gedacht. Sie hoffte, dass die anderen Archäologen, ihre Freunde und Kollegen, wohlauf waren. Dass die Entführer ihnen nur Fragen gestellt hatten und dann weitergezogen waren. Es nicht zu wissen – das nagte an ihr.

Aber zumindest wusste sie, dass Doktor Torling, Professor Varender und die anderen im Zeltlager noch Vorräte für über eine Woche besaßen. Sie würden also in naher Zukunft weder verhungern noch verdursten, auch wenn das nur ein schwacher Trost war: Die Archäologen würden sich mit Sorgen um gleich *drei* Personen martern.

»Wir kümmern uns darum«, sagte Kriss, ohne zu wissen, wie. »So bald wie möglich. Aber wenn wir noch länger warten ...!«

»Kriss.« Lian nahm ihre Hand. »Wir finden ihn.« Er wandte sich an die Luftfahrer. »Stimmt's?«

»Aye!« Lorgis' Nicken ließ keinen Zweifel. »Ihr habt Herrn Berris gehört, ihr Luftratten! Alle Mann auf ihre Posten! Nächster Halt: der Palast der Todlosen Kaiserin!«

»Königin.«

»Genau die!« Lorgis schielte Kriss an. »Das wird'n langer Flug, Doktor. Bei günstigem Wind zwei Tage – und Ihr wisst, was für ein Glück wir bislang mit dem Wind hatten. Versucht, Euch auszuruhen. Morgen früh könnt Ihr uns dann sagen, was genau es mit diesem Gemäuer auf sich hat.«

»Werde ich. Danke, Lorgis.« Kriss blickte in die Runde. »Euch allen: danke!«

Orven und Eldrit sagten nichts. Nesko, Barabell und Lorgis dagegen wünschten ihnen eine gute Nacht.

»Macht Euch keine Sorgen«, sagte Lorgis. »Wir bringen Euch schon heil dorthin. Mein Wort drauf!«

Sie bezogen das Quartier, das sie schon auf dem Hinflug zugeteilt bekommen hatten. Erst als Kriss zugedeckt und eng an Lian gekuschelt in ihrer Hängematte lag, holte die Erschöpfung sie ein. Ihre Knie schmerzten, die Füße taten ihr weh. Sie fühlte sich, als könnte sie eine Woche lang schlafen, auch wenn sie sich nicht sicher war, ob das Gebrumm der Luftschrauben das zulassen würde.

Eine Petroleumlampe brannte auf kleiner Flamme. Die ohnehin schon enge Kabine wurde noch beengter durch die Kisten und Fässer ringsum, die für die Ausgrabung bestimmt waren.

Ein Teil von ihr drängte Kriss dazu, umzudrehen und sicherzustellen, dass es den anderen Archäologen gut ging. Aber sie war sicher, dass sie genauso gehandelt hätten, dass sie trotz Alriks Warnung weitergeflogen wären. Immerhin waren sie seine Freunde; manche von ihnen kannten ihn ihr halbes Leben lang.

»Wenn wir ihnen wenigstens Bescheid geben könnten«, murmelte Kriss. »Sie wissen lassen, was passiert ist ...«

»Vielleicht können wir zwischendurch irgendwo kurz landen«, sagte Lian. »Dann können wir ihnen die Sachen schicken. Zusammen mit ’nem Brief oder so was.«

Kriss wollte daran glauben. Sie blickte zu der leeren Hängematte, in der Alrik sich auf dem Flug nach Scha’ila ausgeruht hatte. Es kam ihr immer noch alles so unwirklich vor. Eben noch hatten sie zu dritt in der Villa des Magistraten gesessen, jetzt befanden sie sich wieder auf einer Reise ins Ungewisse.

Lian schien das Gleiche zu denken. »Wie in alten Zeiten, was?«

Kriss sah ihn an, froh über seine Nähe. »Danke, dass du mitkommst, Lian.«

»Gern geschehen.«

»Ich mein’s ernst.«

»Ich auch. He, er is’ nich’ nur dein Freund. Und außerdem«, Lian grinste, »ich kann dich doch nich’ allein auf Abenteuer geh'n lassen.«

Sie schmiegte sich noch enger an ihn. Er küsste sie auf die Stirn. Wärme breitete sich in ihr aus und verdrängte für einen Moment alle Sorgen.

»Wir holen ihn schon zurück, Kriss. Vertrau mir. Und jetzt versuch', ein bisschen zu schlafen, ja?«

»Ich bemüh mich redlich«, versprach sie. Tatsächlich konnte sie die Lider kaum noch offen halten. Doch ihr Geist war hellwach.

Die Augen geschlossen, erzählte sie Lian von Alrik, der seit dem Moment ihrer Geburt in ihrem Leben gewesen war. Wie sie von ihm Obasi und Alt-Hondur und andere antike Sprachen gelernt hatte. Wie er versucht hatte, sie zu trösten, als ihr Vater in den Krieg gezogen war. Wie er für sie da gewesen war, als die Hoffnung immer geringer wurde, dass sie zumindest ihre Mutter wiedersehen würde.

»Ich verdanke ihm so viel«, sagte sie, mit Lippen so schwer wie ihre Lider. »Ich wünschte, ich hätte ihm all das gesagt. Was er mir bedeutet. Wie lieb ich ihn habe.«

»Er weiß es«, sagte Lian sanft. »Glaub' mir. Er weiß es. Ganz bestimmt.«

»Aber wenn ich es ihm nur gesagt hätte ...« Sie wusste nicht, ob sie es laut ausgesprochen hatte oder nur gedacht, denn die Müdigkeit rang sie endlich nieder. Bis zuletzt plagte sie sich mit Fragen: wo auf der Welt ihr Freund und Mentor sich jetzt befinden mochte, was er durchstehen musste.

Und was es war, das seine Entführer im Palast der Todlosen Königin suchten.

Als sie die Augen aufschlug, von einem unruhigen Traum geweckt, war es immer noch mitten in der Nacht. Sie bewegte sich nicht, um Lian weiterschlafen zu lassen.

Doch er war bereits wach. Sie fühlte es mehr, als dass

sie es sah, denn er hatte den Kopf von ihr weggedreht, und blickte zum Bullauge. Wie lange er schon so dalag, wusste sie nicht. Vielleicht schon, seit sie eingeschlafen war.

»Lian«, flüsterte sie. »Ist alles in Ordnung?«

»Hm?« Sie hatte sich nicht geirrt. Er war tatsächlich wach. Er drehte sich ihr zu. »Ja«, sagte er. »Alles in Ordnung. Schlaf ruhig weiter. Alles is' gut.«

Sie schloss die Augen, hörte, wie er sich wieder wegdrehte. Sie traute sich nicht, sie wieder zu öffnen, aus Angst, erneut zu sehen, wie er aus dem Fenster blickte, in die Ferne. Und wieder überkam sie die Angst, ihn irgendwann an die Ferne zu verlieren.

»Du weißt es auch, oder, Lian?«, wollte sie ihn fragen. »Du weißt doch, wie viel du mir bedeutest?«

Sie wusste, was er geantwortet hätte.

Aber sie wusste nicht, ob er es auch so meinen würde.

Ein Prasseln weckte sie. Kriss riss die Augen auf; für einen Moment glaubte sie, sie wären wieder in einen Sandsturm geraten. Aber es war nur Regen, der in dichten Schleiern gegen das Bullauge schlug. Trübes Morgenlicht leuchtete dahinter.

Mit einem leisen Knurren drehte sich Lian zu ihr und öffnete schlaftrunken die Augen. »Mgnn«, knurrte er.

»Guten Morgen«, sagte Kriss. »Wie hast du geschlafen?«

»Hängematten sind nix für mich«, murmelte er und verzog das Gesicht. »Aber's geht schon. Und du?«

»Gut genug«, log sie.

Er küsste sie auf den Mund. »Ich weiß nich', wie's dir geht, aber ich hab Hunger wie'n Hornbär!«

Kriss lächelte. »Nicht nur du.«

Sie kämpften sich aus der Hängematte, reckten und streckten sich und versuchten, den letzten Rest Schlaf abzuschütteln. *Nein*, dachte Kriss, *Hängematten und ich werden auch keine Freunde.*

Als sie beide, gähnend und noch nicht gänzlich wach, aus ihrer Kabine traten, kam ihnen Barabell entgegen, anscheinend auf dem Rückweg vom Waschraum. Trotz ihres Lächelns wirkte die pausbäckige Matrosin müde wie ein Stein. »Hab ich's mir doch gedacht, dass ich Euch gehört hab. Morgen.«

»Guten Morgen, Barabell.« Kriss traute sich kaum, zu fragen. »Gibt es etwas Neues – vom Schiff?«

Barabell zog eine Zuckerwurzel aus der Tasche. »Keine Spur von den Kerlen«, sagte sie mit dem zerfaserten Stück Holz zwischen ihren Zähnen. »Weder ein Wrack noch sonst was. Tut mir leid, Doktor. Wenn ich meinem Bauchgefühl trauen darf – und das darf ich meistens – sind sie direkt durch die Ausläufer des Sturms gerauscht und haben dadurch 'nen größeren Vorsprung als uns lieb sein dürfte.«

»Ich verstehe ...«

»He, jetzt lasst den Kopf nicht hängen. Es gibt auch gute Nachrichten, zumindest halbwegs: Wir sind letzte Nacht 'nem Schiff von der ka-scha-raadischen Grenzpatrouille begegnet.«

Lian horchte auf. »Und hat das was gebracht?«

»Nicht wirklich, aber wir haben ihnen lichtmäßig gesagt, was passiert ist. Und dass sie Euren Leuten in der Wüste Bescheid geben sollen.«

Kriss spürte einen Hauch von Erleichterung. »Danke, Barabell.«

»Gehört alles zum Service. Apropos: Wartet hier. Ich hol' Euch was zu essen.«

Bald darauf brachte sie einen Teller mit Schiffszwieback und Getreidebrei in ihre Kabine, und dazu eine Karaffe mit kaltem Mondblütentee. Kriss hatte Mühe, vor Hunger nicht genauso zu schlingen wie Lian. Während sie aßen, legte sich der Regenschauer, und die Sonne brach wieder durch die Wolken. Ihr Stand verriet Kriss, dass sie sich geirrt hatte. Es war nicht früher Morgen, sondern bereits Mittag!

Das Bullauge zeigte ihnen die Flanken eines gletscherbedeckten Gebirges im Norden. Das Durinar-Gebirge, erkannte Kriss. Das große Felsmassiv im Herzen von Berael. Zu seinen Füßen zogen blühende Felder und dichte Laubwälder dahin, und dann und wann eine Stadt.

Berael, der größte der drei Kontinente, war – mit ein bisschen Phantasie – wie eine schartige Mondsichel geformt, deren Spitzen nach Westen zeigten, und dabei das Innere Meer halb umschlossen. Im Laufe der Nacht waren sie von der unteren Hälfte der Mondsichel in die obere Wölbung geflogen, wobei sie die Wüsten und dampfenden Dschungel am Äquator hinter sich gelassen hatten, und in die milderen Regionen des Kontinents vorgedrungen waren.

Hier herrschte jetzt Sommer. Kriss staunte. Sie war so lange in der Wüste gewesen, dass ihr der Anblick erschien wie ein anderer Planet. Eine grünere, lebendigere Welt als jene, die sie zurückgelassen hatte.

Wenn die *Windrose* der Baronin ein stolzer Sonnenfalke gewesen war, dann nahm sich die *Wolkenbummler* gegen sie aus wie ein zerrupftes Schnapphuhn. Nicht schön, aber zäh. Kriss mochte das Schiff, seit sie es zum ersten Mal betreten hatte.

Die *Wolkenbummler* hatte fast zwanzig Jahre auf dem Buckel. Ihre Ballonhülle war im Laufe der Zeit hundertfach geflickt worden. Die Passagiergondel maß vom schmucklosen Bug bis zum verrußten Heck keine zehn Klafter und verfügte nur über ein einziges Deck. Alles an Bord war eng: die Kabinen, Gänge, Türen. Es gab nur vier winzige Quartiere. Eines davon mussten sich Nesko und Orven teilen, ein anderes Barabell und Eldrit. Einzig Lorgis genoss eine Kabine für sich allein – das Vorrecht des Kapitäns. Das vierte Quartier, in dem Lian und Kriss geschlafen hatten, wurde üblicherweise für das Verstauen der Fracht genutzt, so wie nahezu jeder freie Quadratzoll an Bord. Die Kombüse war gerade breit genug, dass ein einzelner Koch darin hantieren konnte, und der Waschraum verursachte Klaustrophobie.

Fast den größten Teil des Schiffes nahm der Maschinenraum mitsamt den Kohlelagern und Wassertanks ein. Das alles lag im Heck des Schiffes, wo der Kessel schnaufte und keuchte wie ein alter Mann.

Kriss war genauso verblüfft gewesen wie alle anderen, als das Schiff vor gut zwei Monaten völlig unangekündigt über dem Zeltlager aufgetaucht war. Als Lorgis, Barabell und Nesko über das Fallreep zu ihnen getreten waren, hatten Lian und sie die drei freudig begrüßt.

»Überrascht, Doktor?« Lorgis hatte ihr zugezwinkert. »Wir haben in Tamalea gehört, dass Ihr jetzt hier seid – und da wir gerade in der Gegend waren, dachten wir, wir schauen mal vorbei!« Er hatte Kriss fast die Finger gebrochen, als er ihr die Hand gegeben hatte. Nach ihren Abenteuern an Bord der *Windrose* waren die drei Luftfahrer zu Freunden geworden. Kriss hatte sie alle vermisst: die pragmatisch denkende Barabell mit ihrem trockenen Sinn für Humor, den schüchternen Nesko, der sie regelmäßig mit seiner Tapferkeit überraschte, und Lorgis, den hünenhaften Matrosen mit dem Herzen am rechten Fleck.

Nachdem Lian und sie die drei Alrik und den anderen Ausgrabungsmitgliedern vorgestellt hatten, waren sie im Gemeinschaftszelt zusammengekommen, während draußen die Sonne über ihnen gebrütet hatte. Die Ankertaue der *Wolkenbummler* waren an Felsbrocken festgemacht worden, die neben der Tempelruine aus dem Sand ragten. Kriss, Lian und Alrik hatten gespannt gelauscht, während die Luftfahrer berichtet hatten, was nach ihrer Rückkehr von Dalahan alles geschehen war.

Nachdem sie Kapitän Branskers Witwe über den Tod ihres Mannes am anderen Ende der Welt in Kenntnis gesetzt hatten, waren die drei nicht wenig überrascht gewesen, dass Baronin Gellos ihnen vor ihrem eigenen Dahinscheiden tatsächlich den versprochenen Lohn für die Expedition der *Windrose* hatte auszahlen lassen.

»Man mag über die Frau denken, was man will«, hatte Barabell gesagt, »aber zumindest hat sie ihr Wort gehalten. Kann man nicht von jedem behaupten.«

Die verbliebenen Mitglieder der Expedition hatten sich bald in alle Himmelsrichtungen zerstreut, doch Lorgis, Barabell und Nesko waren zusammengeblieben. Andere Kapitäne hatten keinen Platz oder kein Interesse gehabt, sie anzuheuern, und ihr Geld – das war ihnen klar gewesen – würde nicht ewig halten.

Dann war ihnen ein Wink des Schicksals entgegengekommen: Der Vetter der Frau von Lorgis' Bruder, der für eine kleine Reederei arbeitete, hatte ihnen von einem alten, abgetakelten Luftschiff erzählt, das zum Verkauf stand. Obendrein zu einem unschlagbaren Preis.

Die drei hatten nicht lange überlegen müssen. Sie hatten ihr Geld zusammengeschmissen und das Schiff in liebevoller Feinarbeit wieder flott gemacht – auch wenn sie sämtliche Eisenhändler und Schmiedemeister in Miloria hatten abklappern müssen, um die nötigen Einzelteile zu bekommen. Das Schiff sollte nicht nur ihren Broterwerb sichern, sondern auch ihr Zuhause werden.

Bald hatten sie ihr eigenes Frachtunternehmen angemeldet und die frohe Kunde per Flugblatt überall in der Hauptstadt verbreitet.

»Und wie laufen die Geschäfte?«, hatte Lian gefragt.

»Sehr gut, Herr Berris!«, hatte Lorgis geantwortet.

»Na ja, eher gut«, hatte Nesko hinzugefügt.

»Na ja...« Wieder war es an Barabell gewesen, die unangenehme Wahrheit auszusprechen. »Eigentlich ... eher mäßig. Furchtbar, um genau zu sein.«

Das Schiff war noch nicht vollständig abbezahlt. Sie leisteten Monatsraten in Höhe von tausend Xenni, was nicht viel übrig ließ. Zumindest hatte es gereicht, zwei weitere Mannschaftsmitglieder anzuwerben, auch wenn dies bedeutete, dass sie an allen Ecken und Enden sparen mussten. Schiffszwieback, Trockenfrüchte und Wasser standen auf dem kargen Speiseplan. Der Kauf von Ersatzteilen wurde so lange wie möglich aufgeschoben. Die Mannschaft arbeitete in Schichten; jeder an Bord kannte sich mit allen Bereichen des Schiffes aus, jeder konnte jederzeit für jeden einspringen.

Da Lorgis die *Wolkenbummler* organisiert hatte, hatte er sich bereitwillig zum Kapitän ernennen lassen – was Barabell und Nesko sehr entgegen kam, da keiner von beiden große Lust verspürte, sich diese Verantwortung aufzubürden. Dennoch wurden größere Entscheidungen an Bord von allen dreien gefällt.

Schon bei ihrem ersten Besuch auf dem Schiff hatte Kriss gemerkt, dass seine neue Rolle Lorgis verändert hatte. Er war nicht mehr das gleiche Großmaul wie früher, stattdessen nahm er seine Pflichten sehr ernst. Manchmal schienen sie auf seinen breiten Schultern zu lasten wie Sandsäcke.

»Ihr, äh, habt nicht zufällig irgendwelche Dinge, die von hier nach dort verschifft werden müssen?«, hatte er die Archäologen damals gefragt. »Es ist nämlich so ... na ja ... wir können jede Art von Arbeit im Augenblick gut gebrauchen.«

Alrik und Kriss hatten einen wissenden Blick getauscht.

»Ihr werdet es nicht für möglich halten, Käpt'n«, hatte

Alrik gesagt und mit den Augenbrauen gewackelt, »aber ganz zufällig gibt es da etwas!«

So war die *Wolkenbummler* bereits zweimal mit ihnen nach Scha'ila und zurück zum Tempel geflogen, um Einkäufe zu erledigen und Briefe zu verschicken und abzuholen – und das zu einem bedeutend geringeren Preis als sie dem Frachter zahlten, den sie bislang dafür angeheuert hatten.

Kriss war sich bewusst, dass Lorgis und seine Leute in den Wochen dazwischen für andere Lieferungen von einem Ende des Kontinents zum anderen geflogen waren. Doch was jene »andere Ladung« war, die sie nun an Bord hatten, konnte sie nicht sagen. Sie hatte nur die Fracht gesehen, die für die Ausgrabung bestimmt gewesen war.

Aber es fiel ihr nicht schwer, den Gedanken beiseitezuschieben. Andere Angelegenheiten hatten Vorrang.

»Komm«, sagte sie zu Lian, nachdem sie ihr Frühstück beendet hatten. »Es wird Zeit für eine Geschichtsstunde!«

»Ihr Name war Sendrena Seleja Varinnor III. Besser bekannt als die Todlose Königin.«

Barabell und Nesko standen wieder an den Steuerrädern, nachdem sie über Nacht von Eldrit und Orven abgelöst worden waren. Lorgis hatte abwartend die Arme verschränkt. Sie alle, Lian eingeschlossen, hingen an Kriss' Lippen.

»Vor ungefähr fünfhundertzwanzig Jahren, also einige Zeit vor Gründung des Kiradianischen Reiches, hatte sie von dem Land aus, das heute die Republik Heliard ist, ein mächtiges Imperium regiert, das große Teile von Nord-Berael einschloss, sowie einige Kolonien auf Ellkor und Ulgrai.«

»Das wird aber jetzt keine Vorlesung, oder?« Lian

zwinkerte ihr zu. Kriss lächelte und zeigte ihm die Zunge.

Lorgis schien die Unterbrechung zu verärgern. »Bitte, Doktor!«, sagte er artig. »Sprecht weiter, wir sind ganz Ohr!«

Kriss tat ihm gerne den Gefallen. »Das war zur Hochzeit der Ælonischen Epoche. Sendrena hatte das Kommando über Legionen von Kriegsmaschinen und eine Armada von Luftschiffen, mit denen sie ihre Feinde – und davon hatte sie viele – mühelos zerschmetterte.

Sie war bekannt für ihre Grausamkeit. Sie ließ Kriminelle öffentlich foltern und hinrichten. Wenn es einer ihrer Bürger wagte, offen Kritik an ihrer Politik zu äußern, wurden er und seine gesamte Familie ausgelöscht – auf die schmerzhafteste Art, die man sich vorstellen kann.«

»Klingt, als wär' sie nicht ganz gesund gewesen«, sagte Barabell.

»Ich weiß, aber sie war nicht geisteskrank. Tatsächlich war sie bekannt dafür, ihre Feldzüge selbst geplant zu haben. Und die meisten davon waren erfolgreich.« Kriss zuckte mit den Achseln. »Sie war wohl überzeugt, dass Angst ein Volk wirkungsvoller regiert als Güte.«

»Nett«, sagte Lian staubtrocken. »Und warum war sie die *Todlose* Königin?«

»Sendrena war davon besessen, Unsterblichkeit zu erlangen. Sie hatte unglaubliche Angst vor dem Tod, und ebenso davor, ihr Imperium zu verlieren. Also hat sie ihr Leben mit Medikamenten und ælonischen Behandlungen künstlich verlängert.«

Nesko schob sich eine flachsblonde Strähne aus der Stirn. »Und wie lange hat sie gelebt?«

»Hundertachtundneunzig Jahre.«

Barabell blies die Backen auf und gab ein beeindrucktes: »Puh!«, von sich.

»Das is' ... lang«, sagte Lian.

»Und sie hätte vielleicht noch viel länger gelebt«, sagte Kriss.

»Was is' passiert?«

»Im letzten Jahrzehnt ihrer Herrschaft kam es vermehrt zu Aufständen innerhalb ihres Reiches. Ihre Untertanen konnten ihre Schreckensherrschaft nicht mehr hinnehmen. Man sagt, die Straßen waren rot vor Blut, während ihre Soldaten versuchten, die Rebellion im Keim zu ersticken. Aber erfolglos. Sendrenas Militär wurde gestürzt, die Rebellen übernahmen einige der Kriegsmaschinen und griffen das Schloss der Königin selbst an. Man nannte es den Wasserpalast.«

»Warum?«, fragte Barabell.

»Weil es direkt am Meer liegt. Und weil es überall in dem Gebäude künstliche Grotten gab, Wasserfälle, Springbrunnen – und so weiter. Sendrena glaubte, die Nähe zum Meer und das Wasser würden sie jung halten. Wie das alte Sprichwort besagt: Wasser ist Leben.«

»Ich nehm' mal an«, sagte Lian, »dort haben sie dann kurzen Prozess mit ihr gemacht?«

»Haben sie. Die Rebellen haben die Wächterschiffe der Königin vernichtet, sind in den Palast eingedrungen und haben sie an Ort und Stelle einen Kopf kürzer gemacht. Angeblich sah sie zu diesem Zeitpunkt noch genau so aus, wie man sie zum letzten Mal in der Öffentlichkeit gesehen hatte, Jahrzehnte zuvor: eine Frau um die vierzig und immer noch sehr schön. Sie hat ganz allein in dem Schloss gelebt, bedient und behütet von ælonischen Maschinen. Sie hat keiner Menschenseele mehr getraut, nur sich selbst.«

Lians Lächeln war boshaft. »Na, da hat sich das lange Leben ja richtig gelohnt.«

Kriss musste ihm zustimmen. Sie hatte immer wieder versucht, sich die Todlose Königin vorzustellen, die wie ein einsames Gespenst durch die Weite ihres Palastes spukte, abhängig von ihren Maschinen und Arzneien, gehasst von der Welt, ruhelos aus Angst vor dem Tod.

»Der Wasserpalast«, fuhr sie fort, »wurde geplündert und all seine Schätze weggeschafft. Das Gebäude steht heute immer noch, aber es ist halb verfallen, seine Säle sind alle leer, bis auf Staub und Möwendreck. Niemand geht dort mehr hin. Es gilt als verflucht.«

»*Verflucht?*« Lorgis machte große Augen. Barabell feixte darüber.

»Aber was is' dann so interessant an diesem Kasten?«, fragte Lian ernst.

Kriss zuckte mit den Achseln. »Ich weiß es nicht. Aber Alrik möglicherweise schon.«

»Wieso?«

»Weil die Herrschaft der Todlosen Königin ein Steckenpferd von ihm war. Als junger Mann hat er ein Buch über sie geschrieben, in dem er sämtliche Berichte, Sagen und Legenden über sie zusammengefasst hat. *›Der Schatten der Sterblichkeit: Aufstieg und Fall der Todlosen Königin‹*.«

»Guter Titel«, sagte Lian.

»Es gilt als das beste und gründlichste Werk zum Thema, allerdings wurde es seit Ewigkeiten nicht mehr neu aufgelegt.«

»Hast du's gelesen?«

Kriss nickte. »Ja. Aber das ist Jahre her.«

»Und trotzdem habt Ihr Euch all das gemerkt?« Nesko wirkte tief beeindruckt.

Lian legte stolz einen Arm um Kriss' Schulter. »Sie hat ja auch 'n Gedächtnis wie 'n Graubuckel!«

Lorgis grinste schief. »Ich nehme nicht an, dass Ihr dieses Buch zufällig dabei habt, oder, Doktor?«

Kriss musste ihn enttäuschen. Ihre Ausgabe, von Alrik handsigniert, ruhte in ihrem Bücherschrank, zuhause in der Glasbläser-Straße.

Nesko kratzte einen Pickel auf seiner Wange. »Und Ihr meint, dieses Buch ist der Grund ...?«

»Es ist die einzige Erklärung, die Sinn ergibt. Wenn sich jemand mit der Todlosen Königin und ihrer Zeit auskennt, dann ist es Alrik. Und ich vermute stark, die Leute, die ihn entführt haben, wissen davon. Aber was sie sich erhoffen, in dem Palast zu finden – ich weiß es nicht.«

»Vielleicht kriegen wir's raus«, sagte Lian entschlossen. »Vielleicht können wir sie so auf's Kreuz legen!«

»Ich hoffe es«, murmelte Kriss und blickte hinaus in die Wolken. »Ich hoffe es ...«

Nein. Hoffen war zu wenig.

Egal, was es kostet, schwor sie sich, *ich hole dich zurück!*

{Der Wasserpalast}

Orven und Eldrit übernahmen Neskos und Barabells Schicht, während Letztere sich den wohlverdienten Schlaf gönnten. Der Flug verlief ohne besondere Vorkommnisse, dennoch verfluchte Kriss es, zur Tatenlosigkeit verdammt zu sein; dass sie nichts anderes unternehmen konnte, als zu warten, bis sie ihr Ziel erreichten. Lian tat, was er konnte, um sie abzulenken. Es gelang ihm nicht immer. Oft genug standen sie beide einfach nur auf der Brücke und sahen den Landschaften zu, die unter ihnen dahinzogen.

Im Laufe des Tages überflogen sie die Königreiche Ruminos und Borobas, die zwischen den südwestlichen Ausläufern des Durinar-Gebirges und der Küste lagen: Länder mit reichen Feldern, die von oben nahezu geometrische Muster ergaben. Dicker Qualm stieg aus den Mechanofakturen ihrer großen Städte auf.

Natürlich begegnete die *Wolkenbummler* auf ihrer Reise anderen Luftschiffen am Himmel: grob gezimmerten Frachtern oder eleganten Himmelsjachten. Lorgis sandte ihnen Leuchtsignale, aber niemand an Bord hatte das Schiff gesehen, das sie suchten.

Und wenn der Sturm sie doch erwischt hat? Kriss erschauderte bei dem Gedanken. *Wenn sie irgendwo im Sand begraben liegen, Hunderte von Meilen hinter uns?*

Zu allem Überdruss schien sich der Wind einmal mehr gegen sie verschworen zu haben und blies ihnen fast ständig entgegen, so dass die *Wolkenbummler* nur quälend langsam vorankam, gleichgültig, wie sehr ihr Kessel schnaufte. Viel zu langsam brach der Abend herein und goss sein Flammenspiel über den Himmel.

Kriss und Lian sahen zu, wie die ersten Sterne und die Monde aufgingen, dann entschieden sie, dass es besser wäre, früh zu Bett zu gehen und ihre Kräfte zu sammeln.

Doch Kriss fand kaum Ruhe. Immer wieder rissen böse Träume sie aus dem Schlaf.

Am darauffolgenden Morgen hatten sie das Durinar-Gebirge und seine majestätischen Gipfel hinter sich gelassen. Endlich war der Wind wieder auf ihrer Seite und verlieh dem Luftschiff zusätzlichen Schub. Während die Sonne zum Zenit kletterte, überflogen sie das Herzogtum Nessilia, mit seinen Burgen aus weißem Stein und Straßen, die schon vor Jahrtausenden angelegt worden waren. Am Nachmittag und Abend zog unter ihnen das Königreich Aurona dahin: Kriss und Lian konnten das berühmte Tal der Windmühlen sehen und halb verfallene Aquädukte zwischen smaragdgrünen Hügeln.

»Morgen früh«, sagte Lorgis. »Morgen früh sind wir da, Doktor. Mein Wort drauf.«

Als Kriss und Lian noch vor Sonnenaufgang erwachten, sahen sie, dass er sein Versprechen gehalten hatte: Sie hatten die Grenze von Heliard überquert und hielten direkt auf die Küste der Republik zu. Unter dem Schiff fuhren Dampfbahnen schnaufend durch die Morgendämmerung, auf Schienensträngen, die sich wie eiserne Adern durch das Land verzweigten. Kriss konnte die Silhouetten uralter Dolmen ausmachen, die Gräber von Königen markierten, deren Namen die Welt seit Ewigkeiten vergessen hatte. Neue Unruhe keimte in ihr; die gleichen Fragen, die sie zuvor schon gequält hatten, stürmten wieder auf sie ein: Was, wenn sie zu spät kamen? Wenn die Entführer den Wasserpalast längst hinter sich gelassen hatten?

Was, wenn sie nie hier gewesen waren?

Dann, als sich die Sonne hinter dem Schiff über den Horizont erhob, breitete sich vor ihnen das Innere Meer aus, unendlich und ewig. Im Licht des frühen Morgens erschienen seine Wellen metallisch grau. Einige Bullaugen an Bord standen offen und ließen Kriss das Salz in der Luft riechen.

Die Aufregung wurde bald unerträglich, als würde ein gefangener Eislöwe in ihrem Inneren auf- und abtrotten. Auch Lian war unruhig; er ließ unentwegt die Knöchel knacken, egal wie oft Kriss ihn bat, es nicht zu tun. Sie suchten abwechselnd den Himmel mit dem Fernrohr ab, jedoch ohne Erfolg.

Sie waren mutterseelenallein hier. Nur Goldmöwen, Meckertölpel und andere Wasservögel begleiteten die *Wolkenbummler* auf ihrem Flug über dem Meer.

Kriss kämpfte tapfer gegen ihre Enttäuschung an, gegen das entsetzliche Gefühl, zu spät zu kommen. *Vielleicht treffen wir sie beim Palast*, dachte sie, auch wenn ihre innere Stimme ihr etwas anderes sagte.

Lian versuchte, sie zu trösten: »Wenn sie wirklich schon weg sind, finden wir vielleicht Spuren. Kriegen raus, wo sie hin sind. Und vielleicht ... vielleicht haben sie Alrik ja zurückgelassen. Er hat ihnen gesagt, was sie wissen wollten, und sie haben ihn von Bord geschmissen. Kann doch sein.«

Kriss wagte nicht, darauf zu hoffen. Aber sie war dankbar für Lians Zuversicht.

Bald darauf erreichten sie die Insel. Wie ein Tisch aus Fels ragte sie aus dem Meer, die Wellen brachen sich zornig an ihren schieferfarbenen Klippen. Sie war das einzige Stück Land weit und breit.

Auf ihr erhob sich der Palast der Todlosen Königin dreißig oder vierzig Klafter in den grau-in-grauen Himmel. Möwen und Tölpel umkreisten ihn wie Raubvögel einen Kadaver.

Kriss hatte eindrucksvolle Kupferstiche von dem Palast aus seiner Glanzzeit gesehen, doch jetzt war er nur noch eine hässliche Masse aus dunklem Stein.

Durch das Fernrohr erspähte sie abgebrochene Türme, eingestürzte Giebeldächer, lückenreiche Zinnen, zerschlagene Mauern und die Ruinen von Erkern und Kuppeln. Die Zeit war nicht freundlich zu dem Bauwerk gewesen – und noch viel weniger die Kriegsschiffe der Rebellen, die seinerzeit den Palast gestürmt hatten. In Kriss' Augen war das Bauwerk nicht mehr als ein hässliches Relikt aus einer unvorstellbar blutigen Zeit; ein Denkmal an königlichen Größenwahn, das sie vom ersten Augenblick an verabscheute. Sie verstand nur zu gut, warum niemand mehr hier herkam. Warum die Welt diesen Ort mied.

Die Entührer eingeschlossen, wie es schien. Denn so angestrengt sie auch suchte, sie fand keine Spur von ihrem Luftschiff. Oder von Alrik.

Aber noch war es zu früh, zu verzweifeln.

»Lorgis«, sagte sie. »Wir gehen runter!«

»Aye, aye, Doktor!«

Kriss hatte Lorgis und den anderen gesagt, dass es das Beste wäre, auf alle Eventualitäten vorbereitet zu sein, und so hatten sie Lampen, Taue, Messer, Wasserflaschen und Vorräte in ihre Rucksäcke gestopft und ihre Pistolen frisch geladen. Zusätzlich bewaffneten sich die Luftfahrer mit Säbeln, deren Klingen blitzblank funkelten.

»Hier. Besser ihr nehmt die.«

Lorgis reichte Kriss und Lian Pistolen mit Griffen aus poliertem Blutholz. Zusätzlich gab er ihnen Pulverhörner, Zündkraut, Schusspflaster sowie ein Dutzend Eisenkugeln als Munition.

Kriss wog ihre Pistole in der Hand, dann steckte sie sie an ihren Gürtel, genau wie das Pulverhorn. Die Kugeln und alles Übrige verstaute sie in ihrer Gürteltasche. Sie hoffte, nichts davon gebrauchen zu müssen. Ihre Abscheu gegen Waffen hatte sich nicht gelegt.

»Was ist?«, fragte sie irritiert, als sie merkte, wie Lian sie mit beeindrucktem Lächeln musterte.

»Nix«, sagte er. »Hab nur vergessen, wie gut dir die Aufmachung steht.« Die Art, wie er tief durchatmete, verriet ihr, dass er längst nicht so entspannt war, wie er sich gab.

»Bell, Nesko und ich kommen mit Euch«, sagte Lorgis. »Und keine Widerrede!«

Weder Kriss noch Lian kamen auf den Gedanken, welche zu geben. Sie hörten zu, wie Lorgis per Sprechrohr Eldrit und Orven einschärfte, während ihrer Abwesenheit den Kessel warmzuhalten. Immerhin konnte es sein, dass eine schnelle Flucht von Nöten war. »Und einer von euch soll den Himmel im Auge behalten! Blast das Schiffshorn, wenn sich ein Schiff nähert. Ach ja! Und ich will *mein eigenes Schiff* wiedersehen, wenn wir den Bau wieder verlassen!«

»Unser Schiff«, korrigierte Barabell.

Orven – soweit keine Überraschung – nutzte die Gelegenheit, sich zu echauffieren. »Wofür haltet Ihr uns, Käpt'n? Für Piraten?«

»Und lass deinen Affen in der Kabine, Orven!«

Vor dem Eingang des Palastes tat sich ein Landeplatz auf, gut zweihundert Schritte lang und breit, und von Vogeldreck gesprenkelt. Eine niedrige Balustrade, von Salz und Regen verwittert, grenzte den Platz ein. Unkraut wucherte zwischen den fenstergroßen Pflastersteinen, hier und da stand ein mickriges Bäumchen.

Nesko und Barabell ließen die *Wolkenbummler* so tief wie möglich über dem Platz niedergehen. Lorgis und Eldrit – die keine Schwierigkeiten hatte, ihre Begeisterung im Zaum zu halten – seilten sich ab und machten die Ankertaue an der Balustrade fest, so dass das Schiff vom rauen Seewind nicht abgetrieben wurde. Anschließend kurbelten Kriss und Lian die Taue so weit ein, dass die *Wolkenbummler* tief genug über dem Pflaster schwebte, um das Fallreep herablassen zu können.

Als Kriss die Stufen hinabschritt, fuhr ihr eine kalte

Brise durch das Haar und Gischt kitzelte ihr Gesicht. Sie sog tief die Meeresluft ein, die Erinnerungen an längst vergangene Zeiten weckte, als ihre Eltern sie zu Ausflügen an die Küste mitgenommen hatten. Das Rauschen der Wellen, das damals so beruhigend auf sie gewirkt hatte, erschien ihr nun wie das Brüllen von Seeungeheuern, die nur darauf warteten, über sie herzufallen. Die Schreie der Vögel klangen schmerzhaft schrill in ihren Ohren.

Sie blickte zu dem Palast empor, dessen düstere Masse das Luftschiff auf Zwergengröße reduzierte. Ein Schauer lief ihr Rückgrat hinab, als sie für einen unsinnigen Moment fürchtete, die gewaltige Ruine könnte ihnen entgegenstürzen.

»Kriss!« Lian hatte sich einige Schritte weit vom Schiff entfernt, nun deutete er auf das Pflaster. »Hier drüben!«

Begleitet von Lorgis, Barabell und Nesko eilte Kriss zu ihm. Eldrit kehrte derweil zurück ins Schiff, die Hände unter die Achseln geklemmt. Sie schien es eilig zu haben, an Bord zu kommen. Kriss konnte es ihr nicht verdenken.

»Hier!« Lian zeigte ihnen seinen Fund: Das Unkraut zwischen den Pflastersteinen war platt getreten, in sprühfeuchtem Staub und frischem Vogelkot zeigten sich Fußabdrücke.

»Es war wer hier.« Aufgeregt sah Lian zu den anderen auf. »Mehrere Leute, vielleicht 'n Dutzend oder so. Is' nich' lang her, wie's aussieht. Is' alles noch ganz frisch.«

Kriss fühlte ihr Herz hämmern.

Sie blickte sich um: Die Spuren begannen mitten auf dem Vorhof, sehr wahrscheinlich dort, wo die Entführer aus ihrem Luftschiff gestiegen waren. Sie führten in zwei Richtungen, soviel war deutlich zu erkennen: zum Palast hin – und wieder zurück zur Landestelle.

»Sie waren hier und sind wieder abgehauen«, folgerte Barabell.

»Aber wohin?«, fragte Nesko. Der Wind bauschte seine Haare auf.

Wieder hob Kriss den Blick zur Ruine. Lorgis trat neben sie und tat es ihr gleich. Er wirkte leicht eingeschüchtert.

»Ihr meintet, der Ort hier wär' verflucht, Doktor?«

Kriss nickte. »Lange, nachdem der Palast geplündert wurde, sind immer wieder Schatzsucher hierher gekommen, in der Hoffnung, in versteckten Kammern und Gängen das Geheimnis des ewigen Lebens zu finden.« Sie sah die Luftfahrer an. »Viele von ihnen sind spurlos verschwunden, angeblich von ælonischen Fallen getötet. Oder von Schlimmerem. Man sagt, der Geist der Todlosen Königin gehe hier noch um, und trinke Blut, um wieder eine feste Gestalt zu bekommen.«

»Fällt nicht schwer zu glauben, wenn man sich das Gemäuer so ansieht«, sagte Barabell.

»Aber das sind nur Märchen, oder, Doktor?« Lorgis sah sich nervös um. »Ich meine, Ihr wisst nichts von irgendwelchen Fallen, oder ... Schlimmerem?«

Kriss schüttelte den Kopf. »Nein. Oder besser: Alrik wusste nichts davon, als er sein Buch schrieb. Aber vielleicht wissen seine Entführer etwas, das er nicht weiß ...«

Lian zog seine Pistole vom Gürtel. »Ich würd' sagen, finden wir's raus!«

Zu fünft schritten sie auf das Tor des Palastes zu. Es war wenigstens drei Klafter hoch. Die Türblätter, aus einer eigenartigen, grünlichen Legierung gefertigt, waren nach innen gestürzt und verbeult. Kriss stellte sich vor, wie die Aufständischen sie mit einem Rammbock aufgesprengt hatten, und für einen Moment mischte ihre Phantasie das Tosen der Brandung mit den wütenden Rufen der Männer und Frauen, die einst gekommen waren, um die Todlose Königin zu stürzen.

Dahinter empfing sie eine große Halle, kalt und leer.

Ihre Schritte, knirschend vor Staub, Steinsplittern und

getrocknetem Vogeldreck, ließen blasse Echos durch den Raum geistern. Treppen und offene Durchgänge führten hierhin und dorthin. Trübes Licht fiel durch eingeschlagene und geborstene Fenster auf verblichene Fresken, die einstmals farbenprächtige Küstenlandschaften gezeigt hatten.

Stellenweise war der Putz von den Wänden gebröckelt und offenbarte das Mauerwerk darunter wie offene Wunden. Spinnweben in den Ecken erinnerten an verblichene Banner, die in der kalten Seeluft wallten, die durch das Gebäude ging. Das Rauschen des Meeres war hier drinnen noch deutlich zu hören; Kriss glaubte zu spüren, wie die Brandung die Grundfesten des Palastes erschütterte, während sie gegen die Insel schlug, auch wenn sie wusste, dass es nur ihre Einbildung war. Wahrscheinlich.

Ein Springbrunnen, längst versiegt, bildete den Mittelpunkt der Halle. Er war aus Bronze gegossen und stellte zwei Schwerttümmler dar, die mit ihren Schwänzen auf Wellen balancierten. Kriss versuchte, sich das Wasserspiel vorzustellen, das einst aus ihren Schnauzen und Blaslöchern gesprudelt war.

Als sie hörte, wie die Luftfahrer und Lian klickend die Pistolenhähne in Feuerrast spannten, lief es ihr eiskalt den Rücken herunter. Für einen kurzen Moment wünschte sie sich, Umi wäre noch bei ihnen, ihr nicht ganz so treuer Begleiter von einst. Der kleine Maschinenvogel hätte für sie den Palast erkunden können. Kriss wollte es gerade laut aussprechen, als Lian den Finger an die Lippen hob: *Still!*

Mit angehaltenem Atem lauschten sie in das Gemäuer. Der Wind heulte gespenstisch durch offene Fenster, sonst hörten sie nichts außer dem Brüllen des Meeres und dem Gezeter der Vögel.

»Keiner zuhause«, murmelte Barabell.

»Die Spuren gehen hier weiter!« Lian deutete zu Boden.

Tatsächlich: Die feuchten Fußabdrücke von draußen

setzten sich auch im Inneren des Schlosses fort, und führten irgendwann durch Staub und Vogelkot, mal mehr, mal weniger deutlich. Sie gingen alle in dieselbe Richtung: quer durch die Halle, eine Treppe hinauf. Und den gleichen Weg wieder zurück.

»Die wussten genau, wo sie hinwollten«, sagte Barabell.

»Schnell rein, schnell raus«, stimmte Lorgis zu. Er sah sich unruhig um.

Kriss ging in die Hocke und stutzte, als sie zwischen den Fußabdrücken weiße Kratzer in den Fliesen fand. Stammten sie von der stählernen Spitze von Alriks Gehstock?

Ihr Herz beschleunigte seinen Schlag. Er war hier gewesen, das fühlte sie! Hatte Lian vielleicht Recht gehabt? Hatten seine Entführer ihn hiergelassen, nachdem er ihnen gezeigt hatte, was immer er ihnen zeigen sollte?

»Alrik!«, rief sie. Der Name hallte durch den Palast, ohne eine Antwort zu erhalten: *ALRIK ... Alrik ... alrik* ...

Lorgis zuckte zusammen. »*Schessk*, Doktor! Hättet Ihr uns nicht vorher warnen können?«

»Oh. Tut mir leid.«

Barabell grinste. »Stell dich nicht an wie ein altes Waschweib, Lorgis!«

Dann hörten sie es: ein Geräusch aus einem angrenzenden Gang.

Sie fuhren gleichzeitig herum; Kriss erschrak, als etwas auf sie zujagte, begleitet von einem infernalischen Kreischen. Sie sah dunkle Schwingen, einen krummen Schnabel.

Barabell kreischte im Einklang mit dem Ding auf und feuerte. Kriss und die anderen hielten sich die Ohren zu, als der Schuss wie ein Donnerschlag durch das Schloss hallte. Schießpulverqualm breitete sich aus, brannte Kriss in den Augen und reizte sie und die anderen zum Husten.

Der Meckertölpel, den sie aufgeschreckt hatten, floh zeternd durch eine zerbrochene Scheibe und hinterließ zum Abschied einen weißen Klecks auf dem Fensterbrett.

Lorgis grinste Barabell an. »Wer ist hier das Waschweib?«

Barabell bedachte ihn mit einem giftigen Blick. Aber sie sagte nichts. Nesko lachte sich ins Fäustchen.

»Wärt ihr dann so weit?«, fragte Lian mit mildem Lächeln.

»Ähm, natürlich.«

»Kann weitergehen.«

Sie folgten den Fußabdrücken eine Treppe mit abgewetzten Stufen hinauf, vorbei an der Statue einer Frau in hoheitlichen Gewändern. Ihre Nase war abgebrochen, der weiße Stein mit Vogeldreck besudelt. Dennoch konnte man erkennen, dass sie einst sehr schön gewesen war. Ihr Gesicht war wohlgeformt, mit hohen Wangenknochen und großen Augen unter feinen Brauen. Ihre Miene verriet Würde und Selbstbewusstsein – oder war es Arroganz?

»Is' sie das?«, fragte Lian.

Kriss betrachtete die Statue im Vorbeigehen. »Ja.«

»Wie selbstverliebt muss einer sein, um so'n Ding von sich selber in's Haus zu stellen?«

»Sehr, vermute ich.«

»Vielleicht wollen sie hinter ihr Geheimnis kommen«, überlegte Nesko laut. »Wie man den Tod betrügt. Oder zumindest sehr, sehr alt wird.«

»Daran hatte ich auch schon gedacht«, murmelte Kriss. Während der Ælonischen Epoche hatten viele versucht, mit Hilfe der geheimnisvollen Energie Unsterblichkeit zu erlangen. Doch die Welt wusste von keinem, dem es gelungen wäre. Und Sendrena hatte all ihre Aufzeichnungen vernichtet, bevor sie ihren Feinden in die Hände fallen konnten.

Welche Geheimnisse hast du mit in den Tod genommen?, dachte Kriss und bemühte sich, den Blick von der Statue zu lösen. Sie kam sich von ihren steinernen Augen beobachtet vor – der ganze Palast löste in ihr das Gefühl aus, dass verborgene Augen sie auf Schritt und Tritt verfolgten. Sie verstand, warum so viele an einen Fluch glaubten. Sie selbst war zwar nicht abergläubisch – aber zumindest glaubte sie an ælonische Fallen. Ihre Sorge um Alrik wuchs ins Unermessliche. Was, wenn seine Entführer und er hier auf eine solche Falle gestoßen waren? Wenn sie ihnen zum Verhängnis geworden war und sie den Palast nicht mehr verlassen hatten?

»Kriss, ganz ruhig.« Lian hatte bemerkt, wie ihr Atem immer schneller ging. »Kannst du uns irgendwas über diesen Bau sagen, das uns vielleicht weiterhilft?«

Dankbar für die Ablenkung schloss sie die Augen und versuchte, sich zu erinnern, was sie in Alriks Buch über den Palast gelesen hatte. »Er hat über dreihundert Räume, so weit ich weiß. Legionen von Schlafzimmern, Kaminzimmern, Esszimmern, Galerien, Bibliotheken, ein Dutzend Küchen ...«

»Folterkammern«, sagte Lian.

»Auch die, ja. Angeblich hat sie dort ihre Gefangenen selbst verhört. Ihren Willen gebrochen.«

Barabell machte eine Geste, die den ganzen Palast einschloss. »Und das alles für sie allein? Die ganzen dreihundert-noch-was Zimmer?«

Kriss nickte. »Und für ihre wenigen Gäste.«

»Ha«, machte Barabell. »Man kann der Frau zumindest keine falsche Bescheidenheit vorwerfen.«

»Nein«, sagte Kriss. »Das ist das letzte von den tausend Dingen, die man ihr vorwerfen kann.«

Die Treppe entließ sie in das nächste Stockwerk. Aufgesprengte Türen reihten sich zu beiden Seiten eines ausladenden Korridors, der sich fünfzig Klafter in beide Richtungen erstreckte. Hier und da standen weitere Brunnen aus verstaubtem Glas, brüchigem Marmor oder grünspanigem Kupfer. Sie stellten Donnerwale dar, Panzerkraken und andere Meeresbewohner. Spinnweben hingen zwischen Flossen und Fangarmen. Der Fußboden war aus blauem Quarzit gefertigt, dessen Farbe Kriss an das Meer erinnerte. Er war zerkratzt und zersplittert und – glücklicherweise! – ähnlich verstaubt wie der Boden unten, wodurch die Spuren ihrer Vorgänger immer noch deutlich zu erkennen waren. Ebenso wie die weißen Kratzer im Stein.

»Die haben sich nich' ein einziges Mal aufgeteilt, wie's aussieht«, bemerkte Lian. »Sind gemeinsam hier lang getrottet ...«

»... und auf dem gleichen Weg wieder zurück«, vollendete Kriss. Einerseits war sie dankbar dafür. Andererseits erfüllte es sie mit tiefstem Misstrauen, denn in ihr wuchs das Gefühl, in irgendeine Falle zu tappen, irgendetwas Entscheidendes übersehen zu haben. Wenn die Entführer genau gewusst hatten, was es hier gab, wofür brauchten sie dann Alrik? Es konnte nicht so einfach sein!

War es auch nicht, wie sie feststellten, als sie den Spuren in ein leeres Zimmer mit einem gewaltigen Kamin folgten. Es war fünfzehn Schritte lang und breit, mit einem einzigen, runden Fenster, fast wie ein Bullauge, durch das helles Morgenlicht fiel. Es stand offen, die Scheibe war zur Hälfte aus der Fassung gebrochen; kühler Wind fegte durch den Raum.

Ein kunstvolles Mosaik aus bunten Glasstücken bedeckte die Wände und bildete eine Unterwasserlandschaft: Riesige Muscheln in zartem Rosa ruhten in einem Wald aus Wasserpflanzen, umgeben von unwirklichen Türmen und Palästen aus Blutkoralle. Dazwischen tummelten sich feuerrote, mit tödlich spitzen Scheren bewehrte Kampfhummer, Sichelhaie mit blitzweißen Zähnen und filigrane Seestelzer in Goldgelb, zusammen mit Hunderten anderer Meeresbewohner. Kriss hatte Schwierigkeiten, den Blick von dem hypnotischen Kunstwerk loszureißen, und den Rest des Raumes zu erfassen. Wenn es hier jemals irgendwelche Möbel oder Schränke gegeben hatte, dann waren sie entfernt worden – vielleicht verbrannt oder geplündert.

Die Spuren ihrer Vorgänger führten hier hinein, ja. Doch schon nach wenigen Schritten in das Kaminzimmer waren sie nicht mehr zu erkennen. Kriss blickte zum Fenster: Der Luftzug, der dort hindurchdrang, war stark genug, um den Staub zu einer winzigen Düne auf der anderen Seite des Raumes zusammenzublasen. Sie betrachtete die grauen Steinfliesen, aus denen der Boden bestand. Sie waren in einem Spiralmuster angeordnet, das von der Raummitte ausging. Doch es gab nicht den Hauch einer Spur von Fußabdrücken oder sonstigen Hinterlassenschaften der Entführer. Nicht einmal Kratzer von Alriks Stock. Und nur eine einzige Tür führte in den Raum hinein und wieder hinaus.

»Sackgasse«, sagte Barabell.

»Wär' auch zu schön gewesen.« Lian seufzte.

Kriss weigerte sich, aufzugeben. »Zumindest waren sie hier drinnen.«

Lian suchte ihren Blick. »Und sind dann alle Mann wieder zurückmarschiert?«

»Vielleicht haben sie auch nur etwas mitgenommen, das hier rumstand?« Nesko strich sich eine blonde Strähne hinters Ohr.

»Nein«, sagte Kriss bedauernd. »Nach fünfhundert Jahren ist das wohl eher unwahrscheinlich.«

»Ich würd' eher sagen, an den Geschichten über Geheimgänge is' doch etwas dran«, sagte Lian.

»Es muss hier irgendetwas geben!«, entschied Kriss. »Einen versteckten Schalter, eine Geheimtür!«

»Im Theater ist so was doch immer im Kamin versteckt«, sagte Barabell. »Oder?«

Sie alle drehten sich zum Kamin. Er war groß genug, um einen ausgewachsenen Hornbären darin zu braten. Die Sandsteinklötze, aus denen er gebaut worden war, wiesen hier und da winzige Fossilien auf: versteinerte Muscheln und Seeschnecken. Sein Inneres war vor Ruß pechschwarz.

Lian steckte seine Pistole an den Gürtel und näherte sich dem Kamin.

»Sei vorsichtig!«, sagte Kriss und schloss sich ihm an.

Zusammen mit Lorgis und den anderen drückten sie auf jeden Stein, auf jedes Fossil. Doch nichts tat sich. Lian stieg ins Innere des Kamins, um dort die Wände abzuklopfen. Doch er holte sich nur schwarze Hände dabei, die er an seinen Leinenärmeln abwischte.

»Nichts«, sagte er kopfschüttelnd.

Lorgis hatte derweil den Kopf durch das Fenster gestreckt. »Draußen ist auch nichts zu sehen«, vermeldete er. »Keine Sprossen oder Vorsprünge, nur glatte Wände. Und ein ziemlich langer Weg nach unten.«

»Dann anderswo«, sagte Kriss. »Es *muss* etwas geben!«

Sie schwärmten aus, klopften die mosaikgeschmückten Wände ab, so weit sie sie erreichen konnten, und traten prüfend auf die Fliesenspirale auf dem Boden. Sie fanden nichts: weder Hohlräume, noch Schalter, die nachgaben.

»Ich such' nebenan!«, sagte Lian. Doch er kehrte bald darauf mit enttäuschter Miene zurück. »Auch nix.«

Kriss rieb sich die Stirn, darum bemüht, einen kühlen Kopf zu bewahren. Es musste etwas geben! Je länger sie hier waren, desto mehr wuchs ihre Gewissheit, dass es allein dieser Raum war, wegen dem die Entführer hergekommen waren. Dass sich hier etwas verbarg, das sie haben wollten.

Aber was?

Sie wusste, dass mögliche Geheimgänge und -fächer

einfach nur durch mechanische Vorrichtungen geöffnet werden konnten. Aber es gab auch ælonische Schlösser, die ein bestimmtes Wort hören mussten, um nachzugeben, eine gepfiffene Melodie. Oder solche, die sich einzig und allein demjenigen auftaten, der sie hatte anfertigen lassen.

In diesem Fall waren ihre Chancen, hinter das Geheimnis zu kommen, so gut wie nicht existent.

Aber Kriss hatte nicht vor, sich davon entmutigen lassen. Nicht, bevor sie alles ausprobiert hatten. Schließlich hatte sie schon ganz andere Rätsel geknackt!

»Vielleicht haben wir etwas übersehen«, murmelte sie und machte ein paar Schritte rückwärts zur Tür, um den Raum in seiner Gänze in sich aufzunehmen. Sie suchte alles systematisch ab: das offene Fenster, den Kamin, die Fliesenspirale.

Die Ozeanszenerie an den Wänden.

Ihr Blick wanderte über die zahlreichen, künstlerisch stilisierten und gleichzeitig verblüffend lebendig wirkenden Meeresbewohner, die das Mosaik darstellte. Die Fische, Kraken, Krebse und Muscheln ...

Und dann sah sie es. Ein Detail, das ihr zuvor völlig entgangen war.

»Sie schwimmen alle in dieselbe Richtung!«, sagte sie und deutete von links nach rechts.

Die anderen begutachteten das Bildnis, als sähen sie es zum ersten Mal.

»Tatsächlich«, murmelte Barabell. »Gutes Auge, Doktor!«

»Aber wie hilft uns das weiter?« Nesko schob die Daumen unter die Schlaufen seines Rucksacks.

Lian zuckte mit den Achseln. »Vielleicht tanzt einer aus der Reihe?«

Kriss trat näher an die Wand, sie ließ den Blick von Fisch zu Fisch gleiten. Auch die anderen verteilten sich erneut im Raum und untersuchten jeden Quadratzoll des Mosaiks.

»Doktor!«, rief Nesko aus. »Hier drüben!«

Sie liefen zu ihm. Der Junge zeigte ihnen einen winzigen Streifling, der sich auf Augenhöhe zwischen zwei Algenranken versteckte, ganz in der Nähe des Kamins. Der Fisch war kaum größer als Kriss' kleiner Finger und nur aus einem einzigen Mosaikstück gefertigt.

Er schwamm von rechts nach links, gegen den Strom.

»Vergisses!«, sagte Lorgis. »Den hab ich vorhin schon gedrückt. Es ist nix passiert.«

Kriss' Blick fiel auf das Fischlein. Seinen blauweiß gestreiften Körper, das gelbschwarze Auge. »Vielleicht geht es nicht darum, ihn zu *drücken...*« Sie berührte den Streifling – und hätte vor Jubel fast gejauchzt, als er sich ohne die geringste Gegenwehr um hundertachtzig Grad im Uhrzeigersinn drehen ließ, bis er im Einklang mit den anderen Meeresbewohnern schwamm.

Kriss und die anderen hielten die Luft an, als plötzlich ein Zittern durch den Boden ging.

»Zurück!«, rief Lian. Jeder von ihnen drückte sich an die Wand und verfolgte mit großen Augen, wie sich die Bodenfliesen in der Mitte der Spirale herabsenkten, begleitet von dem Mahlen von Stein auf Stein. Erst die erste, dann die zweite, dann die dritte Windung der Spirale entlang.

Begeistert blickte Kriss zu Lian. Er schenkte ihr ein stolzes Lächeln.

Auch die Luftfahrer waren beeindruckt. »Na, ich will verdammt sein!«, murmelte Lorgis perplex, als sich Stück für Stück eine Wendeltreppe im Boden formte.

Sie führte hinab in einen Gang aus nacktem Stein. In den Wänden erwachten ælonische Kristalle zum Leben. Sie glühten in einem schwächlich-grünen Licht.

»Ich würd' sagen, wir haben unser'n Geheimgang gefunden«, sagte Lian zu Kriss.

»Bleibt nur die Frage, was uns da unten erwartet«, sagte sie. Flüstermotten tanzten in ihrem Bauch.

{Drei Wege}

Sie folgten den Stufen hinab in die Tiefe. Die Wendeltreppe wand sich wieder und wieder um sich selbst, so dass Kriss bald das Gefühl hatte, sie würden auf der anderen Seite der Welt herauskommen.

Dann endeten die Stufen vor einem offenen Torbogen. Dahinter eröffnete sich ihnen ein scheinbar unendlich langer Tunnel aus groben Steinblöcken, vielleicht fünf Klafter breit und vom schwachen Glühen ælonischer Kristalle beleuchtet. Sie hingen mit gut fünfzig Schritten Abstand zueinander von der Decke, eingefasst in Kupfer.

Die Luftfahrer hatten längst wieder die Pistolen gezogen und Barabell ihre Waffe neu gestopft. Gemeinsam lauschten sie in den leeren Tunnel. Es war völlig still hier, bis auf das träge Tropfen von Wasser, gar nicht weit entfernt. Die Luft war feucht und roch nach Moder. Kriss wäre gern an einem anderen Ort gewesen.

Sie erschraken, als hinter ihnen ein mahlendes Geräusch ertönte: Eine steinerne Tür schob sich von allein vor die Treppe!

»*Schessk!*«, fluchte Lian. Er sprang vor und zog in der selben Bewegung eine unterarmlange Brechstange aus dem Rucksack. Er schob sie unter das Türblatt, Stein schliff über Metall, Funken stoben – dann stoppte die Tür auf halbem Wege. Die Verkeilung hielt. Lian wischte sich die Stirn und atmete tief durch.

Kriss tat es ihm gleich. Sie hoffte, dass ihnen dieser Fluchtweg offenbleiben würde. Hier unten kam sie sich wie lebendig begraben vor. Sie glaubte, die gewaltige Masse des Palastes zu spüren, die auf diesem Gewölbe lastete, und lüftete ihren Hemdkragen. Es half nur wenig.

»Bleibt hinter mir!«, sagte Lorgis und ging vor, seine Pistole in der Hand, den Säbel gezogen. Er dirigierte

Barabell und Nesko an die Seite von Kriss und Lian.

Gemeinsam wagten sie sich in den Tunnel vor. Ihre Stimmen hallten gespenstisch durch das Gemäuer. Zwischen den Kristallleuchten an der Decke klafften immer einige Schritte fast völliger Dunkelheit, bis die nächste Insel aus grünlichem Schein begann. Furcht kitzelte Kriss' Nacken, als sie in die Schwärze blickte.

Sie sah sich um. Zu beiden Seiten, und mit ähnlichem Abstand zueinander wie die ælonischen Lampen, waren die bronzenen Fratzen von Fabelwesen in die Wände eingelassen: Übellaunige Gesellen mit Hörnern und offenen Mäulern mit viel zu langen Zähnen, die ihren Weg durch den Tunnel mit Glotzaugen verfolgten. Einem der Metallungeheuer tropfte Wasser wie Speichel vom Gebiss. Eine große Pfütze hatte sich auf dem Steinboden gebildet.

»Wenn die Dinger die Stimmung hier aufhellen soll'n«, sagte Lian, »dann isses gründlich in die Hose gegangen.«

»Wartet.« Kriss hob die Hand. »Mit Sicherheit hängen sie hier nicht nur, um grimmig dreinzuschauen. Es könnten irgendwelche Fallen sein.«

Während die Luftfahrer einander unruhig ansahen, zog Kriss eine Pistolenkugel aus ihrer Gürteltasche – und warf sie direkt zwischen den Bronzemonstern links und rechts hindurch.

Nichts geschah.

»Lian!«, rief Kriss, als er einige Schritte in Richtung der Wasserspeier tat – oder was immer sie auch darstellen sollten. Vorsichtig streckte er die Hand vor und winkte genau durch die Blicklinie der beiden Metallfratzen.

Nichts geschah, was Kriss ganz und gar nicht beruhigte. »Bleibt trotzdem auf der Hut«, sagte sie. »Ich traue der Stille hier unten nicht!«

»Da sind wir schon zwei«, murmelte Lian ernst.

Einer nach dem anderen gingen sie an den

Bronzegesichtern vorbei, ohne die geringste Reaktion hervorzurufen.

»Ich nehme an, von diesem Gewölbe hier habt Ihr noch nichts gehört, Doktor?«, fragte Lorgis, hörbar angespannt.

»Nein. Aber so tief, wie wir sind, und so weit, wie sich dieser Tunnel erstreckt, würde ich sagen, wir müssten einige Dutzend Klafter unter dem Meeresspiegel sein.«

»Hoffen wir, dass wir nicht in irgendeiner Folterkammer gelandet sind«, sagte Barabell. Sie klang nicht gänzlich unbekümmert.

»Da vorne!« Nesko deutete nervös mit dem Finger.

Einige Dutzend Schritt vor ihnen lag ... etwas ... auf dem Boden. Ohne es genauer erkennen zu können, überkam Kriss ein schlechtes Gefühl. Und es wurde noch viel schlechter, als sie näher herantraten.

Es war ein menschliches Skelett. Es lag auf dem Bauch, Arme und Beine von sich gestreckt. Seine Knochen waren modrig und von Lumpen umhüllt.

»*Korf*«, flüsterte Lorgis.

Eine Gänsehaut überkam Kriss. Für einen widersinnigen Moment packte sie die Furcht, dass es die Knochen eines der Entführer sein konnten.

Oder Alriks Knochen.

Aber nein, dafür waren sie zu alt. Sie mochten seit Jahrhunderten hier liegen. Ihre Furcht legte sich wieder. Zum größten Teil.

Lian ging vor dem Skelett in die Hocke und berührte es mit der Mündung seiner Pistole. »Nix gebrochen«, sagte er.

Lorgis blickte in die Runde. Er hatte die Ärmel hochgekrempelt und Kriss erkannte selbst im kränklichen Licht der Kristalle, dass die Härchen auf seinen Armen aufrecht standen. »Wie ist er dann gestorben? Oder sie?«

»Verhungert, vielleicht.« Lian stand wieder auf. »Vielleicht war er nich' so schlau, die Tür offenzuhalten.«

»Vielleicht«, sagte Kriss. »Aber es gibt Hunderte

Arten zu sterben, ohne dass dabei die Knochen in Mitleidenschaft gezogen werden.«

»Da hinten liegt noch einer!« Barabell deutete weiter den Tunnel hinab. »Und dahinter noch einer!«

Kriss verengte die Augen. Tatsächlich: Vor ihnen, im grünen Zwielicht und der Düsternis dazwischen, lagen weitere Knochen, in Lumpen gehüllt. Sie näherten sich ihnen. Kriss schluckte mit trockener Kehle. Auch diese Gerippe wiesen keinerlei Verletzungen auf. Zumindest keine, die sie erkennen konnte.

»Vielleicht kommt daher die Geschichte von dem Fluch?« Lian wandte sich an Kriss. »Die ganzen verschwundenen Schatzsucher haben die Geheimtreppe entdeckt – und wurden dann eingesperrt.«

»Kann gut sein.« Noch während sie es aussprach, flüsterte ihr Instinkt ihr zu, dass sie sich irrte, dass es etwas anderes war. Sie runzelte verwirrt die Stirn, als Lian begann, die Lumpen des Skeletts abzutasten.

»Was tust du da?«

»Na, ich dachte, vielleicht hat er was bei sich, das wir brauchen können.«

»Zum Beispiel?«

»Wertgegenstände, irgendsowas. He, er wird schließlich nix mehr damit anfangen können, oder?«

»Mir wär's lieber, Ihr würdet die Toten ruhen lassen, Herr Berris.« Lorgis blickte sich unruhig um.

»Tot is' tot«, sagte Lian.

»Trotzdem! So was bringt Unglück!«

»Bei dir bringt alles Unglück, Lorgis.«

»Halt die Klappe, Bell. Sonst bring ich *dir* Unglück!«

Kriss sah Lian an. Er zuckte verschmitzt mit den Achseln, als wollte er sagen: *Tut mir leid, ich kann nicht anders.* Sie musste ungewollt grinsen. *Einmal ein Taschendieb, immer ein Taschendieb.*

»Pscht!« Nesko hielt sich die Hand hinters Ohr. »H-Hört ihr das?«

Mit angehaltenem Atem lauschten sie in den Tunnel. Kriss spürte ein Flattern in ihrem Magen, als sie es ebenfalls vernahm: Aus dem leisen *Plip ... Plip ... Plip* tropfenden Wassers war es ein schnelles *Plipplipplip* geworden.

Sie drehten sich um – im gleichen Moment, als aus den Bronzefratzen nur zehn Schritte von ihnen entfernt Wasserstrahlen auf den Boden schossen.

Kriss, Lian und die anderen wichen erschrocken zurück. *Der Tunnel wird geflutet!*, durchzuckte es Kriss, aber es waren nur die beiden Monsterköpfe, die sie eben erst passiert hatten, die das Wasser spien.

Zwei große Pfützen breiteten sich in ihre Richtung aus, flossen auf sie zu.

Ganz von allein.

Kaltes Grauen packte Kriss, als sie sah, wie sich das Wasser plötzlich emporhob und in Windeseile zwei Gestalten formte: vierbeinig, mit vagen Andeutungen von Köpfen und Schwänzen und ganz aus kaltem Nass geformt, von dem immer mehr aus den Bronzefratzen strömte und ihnen zusätzliche Masse verlieh. Ælonische Konstrukte. Wächterkreaturen.

Kriss ächzte erschrocken, als die augenlosen Dinger sie *ansahen*. Und auf sie zuhetzten.

Die Pistolen von Lorgis und Nesko spien Feuer, blendend hell im grünen Halbdunkel. Schüsse gellten hart durch den Tunnel, doch die Kugeln gingen nur mit einem zweifachen *Platsch* durch die flüssigen Leiber und wurden hinter den Wächtern ausgeschieden wie metallene Kötel.

»Lauft!«, rief Kriss.

Die anderen stellten keine Fragen, sie rannten los, tiefer in den Tunnel hinein. Die Wächter folgten ihnen. Kriss hörte ihre platschenden, klatschenden Schritte hinter sich. Sie schrie, als ein Tentakel aus Wasser an ihr vorbeischoss. Der durchsichtige Arm griff nach Lians

Hüfte – und umschlang sie. Er keuchte erstickt, als er zurückgerissen wurde.

»Lian!«

Kriss machte im Laufen kehrt, sie griff nach seiner Hand, doch der flüssige Tentakel entriss ihn ihr. Entsetzt sah sie Lian strampeln, während der Fangarm mit dem Wächter verschmolz, der ihn ausgesandt hatte. Das Wasserkonstrukt hüllte Lian ein, verschluckte ihn mit seinem ganzen Leib. Er versuchte, sich mit dem Säbel aus dem wässrigen Bauch des Ungeheuers freizuschlagen, doch es hielt ihn fest umschlossen, als wäre er ein Insekt, eingehüllt in Baumharz. Lian griff nach seiner Kehle, seine Augen wurden groß.

Er würde ertrinken!

»Lian!« Kriss wollte zu ihm, doch die andere Kreatur schoss einen durchsichtigen Tentakel nach ihr. Er hätte sie wie eine Peitsche getroffen, wäre Lorgis nicht vorgesprungen und hätte sie an sich gerissen. Mit ihr im Schlepptau rannte er weiter.

»Nein!« Sie wehrte sich vergeblich gegen den Griff des Riesen, während sie hilflos zusah, wie Lian sich im Leib der Bestie hinter ihr wand und krümmte. »Es bringt ihn um!«

Sie wusste, die Wächter waren nur Wasser, dem ælonische Energie den Anschein von Leben einhauchte. Doch wo waren die Kristalle, in denen das Ælon gespeichert war? Unzugänglich hinter den Mauern versteckt?

Sie erkannte die Antwort noch im selben Moment, betete, dass sie sich nicht irrte, zog die Pistole von ihrem Gürtel – und zielte auf die nächste Kristallleuchte. Sie schrie, als die Waffe knallend Feuer spuckte. Doch die Eisenkugel schlug nur knapp neben dem Edelstein ein.

»Barabell!«, hustete sie durch den Pulverqualm. »Der Kristall! Schieß auf den –!«

Barabells Schuss schnitt ihr donnernd das Wort ab.

Der Kristall zersprang mit einem glockenhellen Klirren. Splitter regneten auf sie herab; Kriss, Nesko, Barabell und Lorgis hoben schützend die Arme. Als sie die Hand wieder senkte, sah Kriss ælonische Energie aus den Kristallsplittern in einer Wolke schillernder Partikel verglühen.

Dunkelheit breitet sich um sie aus, das einzige Licht war das schwache Glühen der nächsten Lampen, hundert Schritte in Richtung Tür und fünfzig Schritte tiefer in den Tunnel. In ihrem geisterhaften Schein sah Kriss die Monster kurz erbeben und eine Art blubberndes Grollen ausstoßen.

Sie entriss sich Lorgis' Griff und rannte auf die Kreatur zu, die Lian verschluckt hatte. Sie griff in den bebenden, flüssigen Körper, packte Lians Hand und zog ihn heraus, als würde sie jemanden aus einem Teich retten. Triefend nass ging er zu Boden, prustete, spuckte Wasser.

Kriss hob die Arme, als das Monster einen Tentakel nach ihr schleuderte – doch der Schlag war nicht schmerzhafter als ein Schwall aus einem Wassereimer. Klare Tropfen sprenkelten ihre Brillengläser.

»Sie sind geschwächt!«, rief sie – und die Wächterkonstrukte blubberten frustriert. Sie versuchten, nach Lian zu greifen, aber er schlug sich mühelos frei. Kriss und er schlossen zu Lorgis und den anderen auf, klatschnass, aber lebendig. »Schießt auf die Kristalle!«, rief Kriss den Luftfahrern zu.

Lorgis, Nesko und Barabell fassten im Laufen nach ihren Pulverhörnern. Doch ihnen blieb keine Zeit, die Waffen neu zu laden: wahrscheinlich ausgelöst durch die Zerstörung des einen Kristalls, spritzten hinter ihnen dutzendfach Wasserstrahlen aus den Bronzespeiern und ergossen sich in den Tunnel. Neue Monster formten sich aus dem feuchten Element – und eröffneten die Jagd auf sie. Gelähmt vor Grauen sah Kriss die Horde von Wächtern, die ihnen nachhetzte. Als sie den zerstörten

Kristall passierten, verlangsamte es die Ungeheuer. Doch nicht für lange.

»*Kriss!*« Lian ergriff ihre Hand und zerrte sie mit sich. Sie liefen weiter durch die Dunkelheit. Die Monster hatten sich inzwischen zu den nächsten, unbeschädigten Kristallen vorgekämpft und erlangten viel zu schnell ihre alte Stärke und Schnelligkeit zurück.

Kriss und die anderen hatten fast den Lichtkegel der nächsten Kristallleuchte erreicht. »Lian, die Kristalle!«, rief Kriss. »Sie erschaffen diese Dinger!«

Lian begriff sofort, zielte auf die Leuchte – doch seine Pistole gab nur ein nasses *Klick* von sich. »*Schessk!*«

Kriss sah, wie Lorgis und die anderen immer noch versuchten, im Laufen ihre Waffen neu zu stopfen, doch das Schießpulver rieselte daneben, Nesko verlor in der Hast seinen Ladestock.

Und die Wächter holten weiter auf.

Kriss lief, was ihre Beine hergaben. Ihnen blieb nur der Weg nach vorn, immer weiter geradeaus, den Tunnel hinab. Und für jede Kristallleuchte, die sie passierten, schoss neues Wasser aus den Bronzegesichtern und sandte weitere Konstrukte hinter ihnen her. *Ein Passwort!*, schoss es Kriss durch den Kopf. Es musste irgendein Passwort geben, mit dem befugte Personen die Wächter ausschalten konnten, denn die Kristalle an den Decken waren alle unversehrt gewesen. Vielleicht hatten die Entführer oder Alrik dieses Passwort gekannt. Sie jedoch nicht.

»Wächter aus!«, rief sie. »Wächter zurück!« Doch was sie auch versuchte, es zeigte nicht die geringste Wirkung. Als Kriss den Fehler beging, über ihre Schulter zu blicken, sah sie, dass inzwischen eine halbe Armee nasser Monster hinter ihnen herhetzte, plätschernd, klatschend und blubbernd. Und es wurden mehr, immer mehr. Sie konnte im letzten Moment ausweichen, als ein Wächter von der Spitze der Meute ihr einen Wassertentakel entgegenschoss.

»Kriss!«, rief Lian.

Als sie wieder nach vorne blickte, blieb ihr fast das Herz stehen: Trotz des grünen Dämmerlichts erkannte sie deutlich, wie sich der Tunnel gut fünfzig Klafter vor ihnen in drei weitere, identische Tunnel gabelte.

»Wo lang?«, keuchte Lorgis.

Die drei Tunnel rückten immer näher. Gleiches galt für die Wächter hinter ihnen.

Kriss' Herz donnerte. Sie musste eine Entscheidung treffen, und zwar schnell. Aber jeder Tunnel sah gleich gut oder schlecht aus, überall gab es Kristalle, die weitere Monster heraufbeschwören würden, sobald sie sie passierten.

Der Tunnel ganz links! Ohne dass sie es erklären konnte, hatte sie ein gutes – oder weniger schlechtes – Gefühl bei dieser Abzweigung.

»Da lang!«, wollte sie rufen, doch Lian kam ihr zuvor: »Hier lang!« Er zog sie in den Tunnel ganz rechts. Die Luftfahrer blieben dicht hinter ihnen.

»Sicher?«, fragte Barabell, völlig aus der Puste.

»Der Boden!«, gab Lian atemlos zurück.

Kriss sah, was er meinte: Wasser, das von der Tunneldecke herabtropfte, hatte eine Pfütze gebildet. Feuchte Fußabdrücke führten durch sie hindurch, direkt in den Tunnel, den Lian gewählt hatte. Kriss schluckte. Sie hatte es völlig übersehen – sie hätte sie alle vielleicht mitten ins Verderben geführt!

Atemlos und keuchend bogen sie in den rechten Tunnel ein, wobei sie neue Wächter weckten, die sofort die Verfolgung aufnahmen. Ihre transparenten Körper verzerrten das Geisterlicht der Kristalle. Kriss dachte, dass ein halber Fluss hinter ihnen herjagen musste.

Lorgis hatte es inzwischen geschafft, seine Pistole neu zu laden. Er feuerte ohne Vorwarnung. Der Schuss zerfetzte den Kristall an der Decke über ihnen, doch nur zur Hälfte. Es reichte nicht aus, um die Wächter nennenswert zu verlangsamen. Barabell ächzte, als ein

Tentakel nach ihrem Rucksack schnappte, doch sie konnte sich mit Neskos Hilfe losreißen.

Kriss hatte das Gefühl, Feuer geschluckt zu haben. Sie konnte ihre Beine kaum noch spüren, ihr Atem war bloß noch ein Röcheln. Dennoch trieb sie sich selbst unbarmherzig voran: Wenn die Monster sie in ihre nassen Klauen bekamen, würde sie in ihnen ertrinken!

Als sie keine hundert Schritte später den riesigen Torbogen sah, der sich am Ende des Tunnels auftat, glaubte sie zuerst, es sei ein Trick des dämmrigen Lichts oder ihres von Panik aufgepeitschten Verstandes.

Aber der Torbogen existierte. Er wies eine metallisch schimmernde Tür auf. Möglich, dass sie einst ælonisch betrieben wurde, doch sie bewegte sich nicht von allein. Dafür konnte Lorgis sie mit einigen Mühen aufschieben. Metall schleifte über Stein; ein Geräusch, das Kriss bis in ihre Zähne fühlte. Als ein schrittbreiter Spalt offenstand, flohen Lian und sie hindurch, dann folgten Nesko, Barabell, und zu guter Letzt Lorgis.

Eine monumentale Halle tat sich vor ihnen auf, sechzig Klafter breit und lang und vielleicht dreißig hoch. Auch hier gab es ælonische Kristallleuchter an der Decke, die jedoch in warmem Orange leuchteten, anstatt in gespenstischem Grün. Dennoch gab es zu viele Schatten hier.

»Tür zu!«, rief Lorgis. »Schnell!«

Der hünenhafte Luftfahrer zerrte an der Schiebetür. Barabell, Nesko und Lian eilten ihm zu Hilfe. Nur einen Lidschlag nachdem sie die Tür verschlossen hatten, ertönte ein dutzendfaches Klatschen von Wasser gegen das Metall, gefolgt von einem aggressiven Blubbern, das die Tür erzittern ließ. Lian und die anderen stemmten sich weiter dagegen, während die Monster versuchten, durch die Barriere zu gelangen.

»Wartet, ich helfe euch!«, keuchte Kriss und stakste auf wackeligen Beinen zu ihnen.

»Nein!«, sagte Lian, die Zähne vor Anstrengung

gebleckt. »Guck nach, ob du ’nen Weg hier raus findest!« Die Wächter hämmerten unablässig gegen die Tür. »Und beeil dich!«

Kriss nickte gehetzt, völlig aus der Puste ließ sie den Blick durch die Halle kreisen. Sie war leer, eine riesige Ansammlung von Nichts. Die Wände wiesen keine Fenster oder weitere Türen auf – nur gegenüber des Eingangs prangte ein kreisrundes Portal im Mauerwerk. Es war groß genug, ein kleines Luftschiff von der Größe der *Wolkenbummler* durchfliegen zu lassen, und offenbar durch zwei aufeinander liegende Metallplatten versiegelt, die sie an ein geschlossenes, mechanisches Auge erinnerten. Wohin führte es? Und wie bekam man es auf?

Kriss rannte zu dem Portal – oder versuchte es, denn ihre Beine hatten kaum noch Kraft. Jedes Hämmern gegen die Tür ließ sie zusammenzucken. Sie hörte das Ächzen und Stöhnen der anderen, während sie weiterhin versuchten, die Ungeheuer auszusperren.

Wenn sich jemals etwas in dieser Halle befunden hatte, dann war es jetzt fort. Waren die Entführer tatsächlich vor ihnen hier gewesen – oder hatten sie festgestellt, dass sie sich geirrt hatten, und eine andere Tunnelgabelung genommen? Sie hatte keine Zeit, jetzt darüber nachzudenken. Das Portal! Es mochte ihr einziger Fluchtweg sein!

Sie hatte sich ihm auf keine zwanzig Schritte genähert, als sich das mechanische Auge mit einem ekelerregenden Quietschen öffnete. Kriss erstarrte. Sie hatte das Gefühl, als blicke sie einem erwachenden Ungeheuer entgegen.

Sie stieß ein erstauntes Keuchen aus, als die metallenen Lider den Blick auf eine Wand aus dämmrigem Wasser freigaben. Es war von wallenden, blassen Sonnenstrahlen durchwirkt, die einen Schwarm von Fischen silbrig glitzern ließen. Über alledem lag

– kaum wahrnehmbar – das vielfarbige, hauchzarte Schillern von ælonischer Energie.

Kriss trat näher, ganz nahe an das Portal heran. Als sie die Hand ausstreckte, spürte sie das Ælon auf ihrer Haut vibrieren, während es die Wassermassen zurückhielt wie ein immaterielles Fensterglas. Als ihre Fingerspitzen es durchstießen und in eiskaltes Wasser eintauchten, zog Kriss die Hand wieder zurück. Es war kein Portal. Eher eine Schleuse.

Sie begriff: Irgendetwas Großes war damals durch diese Schleuse in den Palast hinein- und wieder hinausgelangt, vom Meer vor neugierigen Augen versteckt. Sehr wahrscheinlich ein ælonisches Schiff, ähnlich der *Morgenstern* von General Ruhndor; ein Schiff, das sowohl unter Wasser als auch am Himmel reisen konnte.

Sie hatte keinen Zweifel mehr: Die Entführer waren hier gewesen. Vielleicht um dieses Schiff zu finden? Nein, denn dann hätten sie sich den Weg zurück durch den Palast sparen können. Ging es ihnen möglicherweise um eine Ladung, die das Schiff hierhergebracht hatte? Sie wusste es nicht. Aber sie waren hier gewesen. Zusammen mit Alrik.

Doch wohin waren sie weitergeflogen? Was war ihr Ziel? Verzweifelt ließ sie den Blick durch die leere Halle kreisen, auf der Suche nach einer Spur, nach irgendeinem Hinweis ...

»Kriss!«, hörte sie Lian von der anderen Seite der Halle rufen. Sein Echo wurde zwischen den Wänden hin- und hergeworfen. Das Hämmern und Klatschen gegen die Tür wurde immer heftiger, während neue Monster ihren Kumpanen zu Hilfe eilten. »Wir halten hier nich' mehr lange durch!«

»Hiermit gelangen wir nach draußen!«, wollte sie den anderen zurufen, als ihr Blick auf den Boden direkt vor dem Portal fiel.

Da waren helle Kratzer im grauen Stein, wie von Metall: die gleiche Art von Kratzern, die sie bereits oben im Palast gesehen hatten – Spuren, die sie Alriks Gehstock zugeschrieben hatte. Nur waren es diesmal keine einfachen, kurzen Striche.

Die Kratzer bildeten ein Kreuz, dessen zwei rechte Balken von einem weiteren, senkrechten Kratzer durchzogen waren.

Kriss wurde heiß, ihr Puls raste. Es sah aus wie eine galdæische Rune, ein Schriftzeichen! Was immer es bedeuten sollte, sie hätte alles darauf verwettet, dass Alrik es hinterlassen hatte. Wer sonst?

»*Kriss!*«, keuchte Lian mit zusammengebissenen Zähnen.

Kriss brannte sich das Zeichen in ihr Gedächtnis ein. »Hier durch, schnell!«, rief sie den anderen zu und deutete zur Schleuse.

Das ließen sich Lian und die Luftfahrer nicht zweimal sagen: Sie stießen sich von der Tür ab und liefen zu ihr.

Kriss verschlug es den Atem, als sich die Tür kurz darauf mahlend öffnete. Zwar nur einen Spalt breit, doch das reichte den Wasserwächtern: Sie flossen durch die enge Öffnung und hetzten Lian und den anderen augenblicklich nach.

»Durch das Feld!«, rief Kriss. »Schnell!«

Lian hatte sie fast erreicht, dicht gefolgt von Barabell, Lorgis und ...

Nesko stieß einen erstickten Schrei aus, als sich ein kristallklarer Tentakel um seinen rechten Fuß wand und ihn umriss. Sein Säbel ging klirrend zu Boden.

»Nesko!«, riefen Lorgis und Barabell fast gleichzeitig.

Lian fluchte, er machte auf der Stelle kehrt. Kriss wollte ihm folgen, aber Lorgis und Barabell waren schneller und näher bei ihm.

»Helft mir!« Nesko streckte panisch die Arme nach ihnen aus, während der Fangarm ihn zu dem Monster hinter sich zog.

Lorgis erreichte den Jungen zuerst. Er packte seine Hand und entriss ihn dem Fangarm. Nur einen Moment bevor der nächste Wassertentakel sie beide umschlungen hätte, schaffte er es, Nesko wieder auf die Beine zu ziehen.

Beeilt euch!, dachte Kriss mit angehaltenem Atem. *Bitte beeilt euch!*

Sie erlaubte sich erst durchzuatmen, als die anderen bei ihr waren. Sie deutete auf die Schleuse. »Da durch, schnell!«

Barabell zögerte, dann machte sie einen Hechtsprung durch die ælonische Barriere und ließ sich vom Meer dahinter verschlucken. Nesko und Lorgis folgten ihr nur einen Herzschlag später. Kriss sah sie im lichtdurchwirkten Wasser mit Armen und Beinen rudern und strampeln, während sie versuchten, an die Oberfläche zu gelangen.

»Können uns die Dinger nich' folgen?«, fragte Lian gehetzt.

»Hoffen wir das Beste!« Kriss nahm ihre Brille ab und fasste nach seiner Hand.

Gemeinsam holten sie tief Luft und sprangen durch das ælonische Feld.

{Der Rostige Anker}

Als das Meer sie kalt umschloss, entwich Kriss' Schrei in einem Schwarm von Blasen aus ihrem Mund. Der plötzliche Druck ließ ihre Ohren knacken, sie strampelte panisch mit Armen und Beinen, als etwas ihre Hüfte umschlang. Das Wasser! Es war lebendig geworden und zog sie zurück! Sie riss die Augen auf, das Salz ließ sie brennen.

Es war Lian. Er schwamm neben ihr, den einen Arm um ihre Taille gelegt, während er mit dem anderen weit ausholende Bewegungen machte. Das schwarze Haar wallte träge um seinen Kopf. Fische nahmen vor ihnen Reißaus, während er sich und Kriss nach oben trug. Um sich herum sah sie Lorgis, Barabell und Nesko, die mehr oder weniger geschickt den Sonnenstrahlen entgegenschwammen, die das Wasser wie sanft wehende Schleier durchdrangen.

Kriss blickte zurück, durch das Salz ständig blinzend. Sie sah die dunkle Masse der Gesteinsinsel, auf der der Palast ruhte, und darin, in schwachem Orange leuchtend, den Kreis der Schleuse. Noch für einen Moment zeigten sich dort die durchscheinenden Silhouetten der Wächter, dann schloss sich die Schleuse wieder. Ihre beiden Segmente, von dieser Seite aus dunkel und zerklüftet, verschmolzen nahtlos mit dem Gestein der Insel. Kein Wunder, dass niemand sie je entdeckt hatte.

Als sie nur Momente später die Wasseroberfläche durchbrachen, schnappte Kriss prustend nach Luft. Sie spuckte Salzwasser; immer noch nach Atem ringend, ruderte sie mit beiden Armen, während die Wellen sie auf und ab trugen wie einen Korken. Als Kriss sich das

Haar aus dem Gesicht wischte, blendete die Mittagssonne sie schmerzhaft. Sie wandte den Blick ab, gegen die Nachbilder anblinzelnd.

Lian schwamm deutlich geübter neben ihr, seine Bewegungen waren ruhig und gleichmäßig. »Alles gut?«

Kriss nickte. »Irgendwann«, sagte sie keuchend, »muss ich doch noch schwimmen lernen!«

Er grinste, erleichtert, dass sie wohlauf war. »Kann nich' schaden.«Sein Grinsen wurde breiter, dann begann er zu lachen: ein jubelndes, ausgelassenes Lachen, das selbst das Meeresrauschen und das Kreischen der Vögel übertönte. Kriss fand es ansteckend. Sie wusste nicht, wann sie ihn zuletzt so ausgelassen gesehen hatte, so glücklich, und lachte mit ihm. Es machte ihr Herz so leicht wie lange nicht mehr.

»Doktor, Herr Berris!«, rief Lorgis. Die Köpfe der Luftfahrer zeigten sich in den Wellen, sie schwammen auf die beiden zu.

»Alles noch dran!«, gab Lian zurück. »Bei euch?«

»Wir ... haben's ... überlebt!« Barabell spuckte Wasser nach jedem Wort. Sie schien das Meer leidenschaftlich zu hassen.

Mehr planschend als schwimmend ließ Kriss den Blick über die Wellen schweifen. Hinter ihnen, nur wenige hundert Klafter entfernt, erhob sich die Palastruine eindrucksvoll im Sonnenlicht. Davor schwebte die *Wolkenbummler* – das Schiff hatte noch nie zuvor so gut ausgesehen wie jetzt, im hellen Schein des Tages.

Ständig gegen die Wellen und ihre Erschöpfung ankämpfend, schwammen sie zurück zur Insel. Glücklicherweise gab es eine schmale Treppe im Fels, die sie aus dem Wasser und auf den Landeplatz trug. Als sie zu fünft klatschnass in den Schiffsgang traten, staunten Orven und Eldrit nicht schlecht.

»Käpt'n, wieso kommt Ihr aus dem Wasser?« Orven rieb sich verwirrt die Glatze. »Habt Ihr was gefunden?

Können wir endlich weiterfliegen? Käpt'n!«

»Lange Geschichte«, antwortete Lorgis knurrend.

»Natürlich.« Eldrit zeigte ein müdes Lächeln.

»Jetzt steht nicht rum und gafft! Wir brauchen Handtücher! Und was zum Anziehen!«

»Und setzt Tee auf!«, fügte Barabell hinzu. »Bevor wir uns den Tod holen!«

Kriss fühlte sich wie ausgezehrt. Sie wäre am liebsten direkt im Gang eingeschlafen. Mit Mühe und Not schleppten sie und Lian sich in ihre Kabine. Von Kisten und Fässern beengt, zerrten sie sich die durchnässten Kleider und Rucksäcke vom Leib. Kurz darauf schob ihnen Barabell zwei Handtücher durch den Türspalt. Als sie sich abgetrocknet hatten, brachte Eldrit ihnen zwei Stapel mit neuen Sachen: Hemd und Hose von Barabell für Kriss und für Lian Kleidung von Lorgis, die selbst ihm zu groß war, so dass er die Ärmel und Hosenbeine wenigstens einmal umkrempeln musste. Einsilbig wie immer, nahm Eldrit ihre durchnässten Kleider mit, um sie im Maschinenraum neben dem Kessel auf die Leine zu hängen.

Als sie wenig später Becher mit heißem Honigblatt-Tee tranken, hatte Kriss Schwierigkeiten, die Augen offen zu halten. Sie betete, dass ihr eine Erkältung erspart bleiben möge.

»Das war haarscharf da unten, was?« Lian schlürfte seinen Tee. In seinen Augen lag ein seltsamer Glanz. »Von wegen: Wasser is' Leben ...«

Kriss beschloss, ihm nichts von ihrer Theorie zu sagen, dass die Ælon-Kristalle in dem Tunnel im Laufe der Jahrhunderte einiges von ihrer Ladung eingebüßt hatten. Dass dies wahrscheinlich der einzige Grund war, warum sie noch lebten, und nicht, weil sie sich besonders geschickt angestellt hatten. »Wenn ich es nicht besser wüsste, würde ich sagen, es hat dir Spaß gemacht«, sagte sie amüsiert.

Lian zuckte mit den Achseln. »Na ja ... nich' wirklich Spaß, aber ... es war wie früher, oder? In alten Gemäuern um unser Leben rennen und so ... Ich mein', ich freu mich nich' drüber, *warum* wir's tun müssen, aber ...«, er rieb sich den Nacken, »es hat mir schon ein bisschen gefehlt. Wir beide, auf Abenteuern unterwegs. Dir nich'?«

Kriss lächelte. »Doch. Doch, mir auch ...«

Es schien ihn glücklich zu machen. Gemeinsam leerten sie einen ganzen Krug Tee, dicht beisammen, mit Kriss' Kopf an Lians Schulter. Sie fand das Schweigen zwischen ihnen nicht unangenehm. Im Gegenteil: Sie genoss den Frieden, der sie trotz allem erfüllte. Ja, es war wie in alten Zeiten gewesen: die Gefahr, die Rätsel. Sie beide, Seite an Seite, durch das Unbekannte. Sie hatte ihn nicht belogen: Ein Teil von ihr, der vielleicht gar nicht mal so klein war, hatte es vermisst.

Als sie Lian von den Kratzern im Stein erzählte, die sie vor der Schleuse gefunden hatte, erhob er sich. »Komm, ich nehm' an, das wird die anderen auch interessieren!«

Kriss' Körper war schwer wie Blei. Sie kam sich vor, wie eine alte Frau, als sie sich hochkämpfte und Lian auf die Brücke folgte.

Sie zeichnete die Kratzspuren auf Papier. Doch als sie Lorgis, Barabell und Nesko die mutmaßliche Rune zeigte, stieß sie auf Ratlosigkeit.

»Vielleicht sind es nur zufällige Kratzer?«, fragte Lorgis.

»Das glaube ich nicht«, sagte Kriss. (Sie war müde, so müde. Aber sie durfte jetzt nicht einschlafen. Nicht, bevor sie den Luftfahrern einen neuen Kurs gegeben hatte!) »Es sieht aus wie eine galdæische Rune. Ich glaube, es ist ein Hinweis von Alrik, wo sie mit ihm hinwollen. Oder was sie gesucht haben.«

»Ihr glaubt«, wiederholte Barabell skeptisch, »oder Ihr hofft?«

Kriss antwortete nicht darauf. Sie war sich selbst nicht sicher.

Sie versuchte sich vorzustellen, wie Alrik die Rune in den Stein kratzte, während seine Entführer abgelenkt waren. Wahrscheinlich hatte er wenig Zeit gehabt, man hatte ihn im Auge. Er musste fieberhaft nach einem Hinweis gesucht haben, der wie zufällige Kratzspuren aussah, sollte man ihn ertappen.

Oder hatte Lorgis recht? Waren es wirklich nur willkürliche Schrammen im Stein, die sie in ihrer Verzweiflung nur als Zeichen sah, weil sie es sehen *wollte?* Diese Möglichkeit erschreckte sie, denn in diesem Fall hätten sie ihr Leben ganz umsonst in den Tiefen des Palastes riskiert.

»Und wofür steht diese Rune?«, fragte Nesko. »Ich meine, wenn es eine ist?«

»*Nadra*«, sagte Kriss. »Das bedeutet ›Berg‹.«

»Berg?« Lorgis kratzte sich an der Schläfe. »Davon gibt's viele. Welcher Berg?«

»Ich wünschte, ich wüsste es ...«

»Sicher, dass es nicht was anderes heißen kann?«

»Ziemlich. Ich meine, einigermaßen.« Kriss rang kurz mit einem Gähnen. »Galdæische Runen waren nie mein Fachgebiet. Das, was ich über sie weiß, stammt aus zweiter Hand von Alrik und meiner Mutter.«

»Aber ›Berg‹ allein hilft uns nicht viel weiter, fürchte ich.« Barabells schwarze Haare klebten ihr immer noch feucht an der Stirn. Sie steckte sich eine Zuckerwurzel in den Mundwinkel. Darauf herumzukauen schien sie zu entspannen. »Da bräuchten wir schon mehr.«

»Ich weiß ...« Kriss' Schultern sanken schwer herab. Und wenn Alrik die Botschaft nicht hatte vollenden können, weil er erwischt worden war?

Wenn ich nur wüsste, wo du bist, dachte sie. *Dass es dir gutgeht.*

Lians träges Blinzeln verriet seine Erschöpfung. Er rieb sich nachdenklich die Narbe an der Oberlippe. »Vielleicht gab's irgendwo in der Halle noch 'n Zeichen?«

Die Luftfahrer warfen einander wenig begeisterte Blicke zu. »Doktor, bei allem Respekt«, sagte Lorgis, »aber jeder von uns wäre froh, wenn er nicht noch einmal in dieses Gemäuer steigen muss.«

Nesko und Barabell stimmten nickend zu.

»Das geht mir ähnlich«, murmelte Kriss. Alles in ihr schrie danach, sich hinzulegen und einfach nur zu schlafen. Aber das durfte sie nicht. Erst musste sie das Rätsel lösen!

»Aber selbst, wenn wir da nochmal runter müssen«, Lorgis verschränkte die Arme, »ich fürchte, es muss warten.«

Kriss runzelte die Stirn. »Was? Wieso?«

»Tja, seht Ihr ...« Der Riese rieb sich den Hinterkopf. Ihm gefiel nicht, was er ihr mitteilen musste. »Kohle und Wasser werden langsam knapp. Wir haben nicht damit gerechnet, so lange durch die Gegend zu gondeln. Eigentlich dachten wir, wir liefern Euch und die Sachen in der Wüste ab und fliegen dann direkt weiter nach Assrakandar, um dort alles aufzustocken. Tut mir leid, Doktor. Aber selbst wenn Ihr doch noch rauskriegt, was er uns mit dem Zeichen sagen wollte, kommen wir nicht weit, ohne Brennstoff.«

»Und ein voller Vorratsschrank könnte auch nicht schaden«, warf Barabell ein. »Immerhin haben wir zwei Mäuler mehr zu stopfen.«

»Ich ... verstehe«, sagte Kriss mit schwerer Zunge.

Lian gefiel die Idee eines Umwegs ebenso wenig wie ihr. »Habt ihr 'nen Plan?«, fragte er.

Lorgis blickte in die Wolken. »Ich würd' sagen, wir

steuern den nächsten Lufthafen an und machen die Tanks und Kohlelager wieder voll.«

»Sohendal liegt ganz in der Nähe«, sagte Nesko. »Gleich an der Küste. Die haben doch ’nen Lufthafen, oder?«

Lorgis nickte. »Besser, wir nehmen alles mit, was wir an Bord verstauen können. Nennt es eine Ahnung, Doktor, aber ich vermute mal, uns steht eine längere Reise bevor. Ich meine, sobald Ihr rausgekriegt habt, was dieses Zeichen bedeuten soll.«

Sic wünschte sich, seine Zuversicht zu teilen. Doch in diesem Augenblick, ausgelaugt, wie sie war, fand sie nicht die rechte Kraft dazu.

»Der Flug wird nicht lange dauern«, sagte Barabell aufmunternd. »Am besten, Ihr legt Euch hin. Ihr seht aus, als würdet Ihr jeden Moment umfallen.«

Ich kann jetzt nicht schlafen!, wollte Kriss protestieren. *Ich muss herausfinden, was die Rune bedeuten soll!* Aber sie wusste, dass sie nur gegen Wände laufen würde, wenn sie nicht vorher etwas Ruhe und Kraft tankte. Also willigte sie schweren Herzens ein.

»Sehr gut.« Lorgis schien zufrieden. »Überlasst alles Weitere uns, Doktor, Herr Berris.«

»Danke«, sagte Kriss. Sie gähnte herzhaft und hielt sich im letzten Moment die Hand vor den Mund.

»Ernsthaft«, bekräftigte Lian, »danke. Für alles.«

»Wie gesagt ...«, begann Barabell.

»Gehört alles zum Service.« Nesko lächelte.

Kriss und Lian hatten fast die Brücke verlassen, als sie wieder Lorgis’ Stimme vernahmen:

»Noch eine Frage, Doktor: Habt Ihr irgend’ne Ahnung, was die Kerle da unten gesucht haben?«

Kriss drehte sich um. »Nicht wirklich. Ich vermute, es geht um irgendeinen Schatz der Todlosen Königin. Irgendetwas war in dieser Halle. Aber jetzt ist es fort.«

»Schatz, sagt Ihr?« Ein Funkeln lag in Lorgis’ Augen,

wie in denen seiner Kameraden. »Alle Wetter. Muss ziemlich wertvoll sein, wenn die dafür diese Strapazen auf sich nehmen.«

Lian grinste breit. Er schien zu wissen, was die drei dachten.

»Ja«, antwortete Kriss. »Das fürchte ich auch.«

Aber wenn ich nicht herausfinde, was Alrik uns sagen wollte, werden wir es nie erfahren ...

Selbst als sie todmüde in die Hängematte fielen, stocherte Kriss unaufhörlich in ihrer Erinnerung nach allem, was sie über galdæische Runen und ihre Bedeutung wusste. Viele Zeichen waren einander sehr ähnlich, manchmal unterschieden sie sich nur durch einen geringfügig anderen Winkel, in dem ein Strich stand. Doch wenn das Zeichen aller Befürchtungen zum Trotz vollständig war, wenn sie in der Halle nichts übersehen hatte, dann musste sie das Rätsel lösen können. Irgendwie.

»Berg«, murmelte sie, »welchen Berg hat er gemeint?«

»Keine Ahnung.« Lian legte den Arm um sie. »Aber du find'st es schon noch raus.«

»Was macht dich da so sicher?«

»Weil du's immer tust. Du bist der klügste Mensch, den ich kenne. Ich mein', du hast den Weg nach Dalahan gefunden. Dann is' das hier doch 'n Klacks, oder?«

»*Wir* haben den Weg nach Dalahan gefunden.«

»Und wir finden auch Alrik wieder.«

»Aber ... was, wenn etwas fehlt? Wenn die Rune nicht vollendet war, oder gar keine Rune ist, oder –!«

Seine Zuversicht blieb unerschütterlich. »Dann kriegst du auch das raus. Aber jetzt versuch', zur Ruhe zu kommen, Kriss.«

»Sag mir, wie! Je länger wir warten, desto größer wird ihr Vorsprung!«

Auch Lian hatte sichtlich Schwierigkeiten, wach

zu bleiben. Trotzdem war seine Stimme klar und fest. »Ruhndor hat uns nich' kleingekriegt, auch nich' der verdammte Schiffsfresser oder die Baronin. Meinst du, da lassen wir uns von ein paar lausigen Entführern auf's Kreuz legen? Wir kriegen das schon hin«, sagte er ernster. »Zusammen.«

Kriss schmiegte sich enger an ihn und schloss die Augen. Sie hörte sein Herz leise und gleichmäßig unter ihrem rechten Ohr klopfen. »Er hat die Botschaft nicht für mich hinterlassen.«

»Hm?«

»Er hat uns gesagt, wir sollen umdrehen. Hilfe holen. Hat er nicht geglaubt, dass wir ihm helfen können?«

»Quatsch. Er wollt' nur nich', dass dir was passiert.«

»Ich weiß, aber ...«

Lian strich ihr sanft über die Wange. »Schreib ihm doch«, hörte sie ihn sagen. »Wie damals. Schreib ihm 'nen Brief.«

»Einen Brief?«

»Genau. Und wenn wir ihn wiederfinden, gibst du ihn Alrik. Vielleicht lenkt dich das etwas ab, bis es so weit ist, kann doch sein?«

»Kann sein«, wiederholte Kriss mit trägen Lippen. »Zumindest haben wir in der Stadt die Möglichkeit, den anderen Brief loszuschicken.«

»Für die ander'n beim Tempel, meinst du?«

Kriss war fast zu erschöpft, um zu nicken. »Sie müssen wissen, was los ist. Wo wir stecken. Vielleicht können sie weitere Hilfe schicken.«

»Das is' die richtige Einstellung«, sagte Lian und küsste sie auf die Stirn.

Aber Kriss hatte ihn kaum gehört. Der Schlaf übermannte sie und zog sie hinab in einen dunklen Traum von brüllendem Wasser.

Ein Klopfen weckte sie beide viel zu früh. Die Tür wurde aufgeschoben. Nesko stand dort.

»Doktor Odwin, Herr Berris – wir legen bald in Sohendal an!«

»Danke, Nesko«, murmelte Kriss.

»Dgnsko!«, gab Lian von sich, sein Gesicht ins Kissen gedrückt.

Kriss fühlte sich alles andere als ausgeruht. Sie wusste, spätestens am Abend würde sie ein furchtbarer Muskelkater plagen. Aber zumindest hatte sie den Gipfel ihrer Erschöpfung überwunden.

»Nesko«, sagte sie. »Kannst du mir Papier und eine Schreibfeder bringen?«

Der Junge nickte eifrig. »Natürlich, Doktor! Sofort, Doktor!«

Kurz darauf hatte Kriss ihren Brief an die Archäologen verfasst. So klar und knapp sie konnte, hatte sie darin Alriks Entführung geschildert und alles, was sie über seine Entführer wussten – was so gut wie nichts war. Sie bat ihre Kollegen, die Behörden zu informieren: die Gendarmerie und nach Möglichkeit die königliche Armee. Außerdem kündigte sie an, dass sie in Sohendal jemand anheuern wollte, der die Ausrüstung und vor allem die Vorräte so schnell wie möglich zum Tempel der Zeit beförderte.

Aber das brachte sie zu einem neuen Problem ...

Sie trafen Lorgis im Schiffsgang, wo er gerade von der Inspektion des Maschinenraums zurückkehrte.

»Wir haben kein Geld, die Verschiffung zu bezahlen«, erklärte Kriss. »Alrik hatte unsere Börse dabei. Lian und ich besitzen im Augenblick nicht einen müden Xenni.«

»Verstehe.« Lorgis kraulte seinen Bartschatten. Sein Enthusiasmus hielt sich verständlicherweise in Grenzen.

»Besteht die Möglichkeit ...?«, setzte Kriss an, »ich

meine, könntet ihr ...?«

»Wir zahlen's auch zurück«, sagte Lian zuversichtlich. »Sobald wir's können.«

Kriss knetete nervös die Hände, während sich Lorgis eine lange Zeit das Kinn rieb.

»Es ist ja nicht so, dass ich Euch nicht aushelfen will ...«, begann er. »Ich meine, wir haben immer noch ein bisschen was auf der hohen Kante, für absolute Notfälle ... Aber die Sache ist die: Wir mussten für diesen ... Umweg ... schon einen gut bezahlten Auftrag sausen lassen. Und das Geld, das uns noch bleibt ... ich meine, nachdem wir unsere Vorräte aufgestockt haben ... sollte eigentlich dazu dienen, meine Mannschaft zu bezahlen ...«

Kriss konnte ihre Enttäuschung nicht verbergen. »Natürlich. Das verstehe ich. Danke, Lorgis.«

Es war ihm deutlich anzusehen, wie er mit sich rang. »Wartet hier«, sagte er schließlich mit erhobenem Finger und ging in sein Quartier. Dort hörten sie ihn in seinen Sachen kramen, bevor er wenig später zu ihnen zurückkam. »Hier«, sagte er und hob einen klimpernden Lederbeutel. »Dreihunderteinundzwanzig Xenni. Vielleicht könnt Ihr damit einen Frachterkapitän dafür interessieren, Euch zu helfen. Aber Eure Leute in der Wüste müssten wahrscheinlich noch was draufzahlen, wenn er die Waren bei ihnen abliefert.«

Kriss' Herz schlug höher. »Aber ... was ist mit Orven und Eldrit?«

»Macht Euch darum keine Sorgen«, sagte Lorgis. »Ich kümmere mich drum.«

»Danke Lorgis!«, sagte Kriss und fiel ihm um den Hals, oder besser, die Hüfte, denn weiter reichte sie kaum hinauf. Der Riese wurde rot und lächelte verlegen. »Nicht der Rede wert, Doktor.«

»Doch, das ist es«, sagte Kriss. »Mehr als du ahnst!«

»Hier.« Lorgis gab ihr den Beutel. »Nehmt es, bevor

jemand davon Wind ...«

»Ahem«, machte Lian und zeigte diskret an Kriss und Lorgis vorbei.

Eldrit stand dort an der Tür zum Navigationsraum, das hübsche Gesicht wie gemeißelt.

»Eldrit«, sagte Lorgis und strich sich verlegen über den Schädel. »Was gibt's?«

»Nichts«, sagte sie mit staubtrockener Stimme. »Wollte nur in den Waschraum.«

»Ähm. Natürlich ...«

Kriss, Lian und Lorgis gaben den Weg frei. Als sich die Tür hinter der Matrosin schloss, sah Kriss zu Lian und Lorgis. Auf ihren Gesichtern zeichnete sich die selbe Frage ab, die auch sie beschäftigte: Hatte Eldrit etwas von der Transaktion bemerkt?

»Wie gesagt, ich kümmere mich drum«, sagte Lorgis. Doch seine Zuversicht zeigte erste Risse.

Sohendal lag in einer friedlichen Bucht an der Südküste der ebenso friedlichen Republik Heliard, umgeben von bewaldeten Hügeln und blühenden Getreidefeldern. Der Lufthafen befand sich weiter landeinwärts, auf der anderen Seite der Stadt. Kriss und Lian standen auf der Brücke und nahmen das Panorama in sich auf, das sich ihnen bot, als sie zunächst den Seehafen von Sohendal überflogen.

Zwei Dutzend Segelschiffe und eine Handvoll Dampfschiffe lagen an den gemauerten Kais vor Anker, vom altehrwürdigen Leuchtturm der Stadt bewacht. Scharen von Goldmöwen beobachteten Seeleute von überallher, wie sie ihre Ladung löschten und verstauten, darauf gierend, dass etwas Essbares für sie abfiel.

Dahinter eröffnete sich ihnen die Stadt selbst. Sohendal, das wusste Kriss aus ihrem Studium, war über tausend Jahre alt. Wo einst ein einfaches Fischerdorf aus ein paar windschiefen Hütten gestanden hatte, zierten heute Reihen von Backsteinhäusern das Stadtbild, die von oben betrachtet ein Labyrinth aus roten, braunen und blauen Giebeldächern bildeten. Dazwischen zogen sich Pflasterstraßen dahin, auf denen Stelzerkutschen zwischen sommerlich gekleideten Passanten verkehrten. Überall gab es grüne Alleen, in denen Menschen das Sonnenlicht genossen.

Kaum ein Haus war höher als drei Stockwerke, einzig die weißen Türme der hiesigen Kathedrale ragten darüber auf. Man konnte die Glockenschläge der Rathausuhr selbst über den Lärm der Luftschrauben hören.

Kriss verstand, wieso die Stadt ein so beliebtes Motiv bei Malern aus ganz Berael war, doch hing sie in Gedanken immer noch an der Rune fest. *Berg, Berg, Berg* – welchen Berg hatte Alrik gemeint? Welcher Punkt oder welcher Strich fehlte, um den Hinweis komplett zu machen? Nach wie vor hatte sie das schreckliche Gefühl, nur die Hälfte eines Rätsels in Händen zu halten, das sie unmöglich lösen konnte, ohne die zweite Hälfte zu kennen.

Was hatte sie übersehen?

Sie brütete immer noch über der Rune, als sie den Lufthafen erreichten: ein gepflastertes Gelände, umgeben von Lagerhäusern und Verwaltungsgebäuden. Außer der *Wolkenbummler* hatten noch acht weitere Luftschiffe hier angelegt. Kriss hoffte inständig, dass sich einer ihrer Kapitäne dazu bereit erklären würde, ihre Ladung zu übernehmen.

»Wir sind schon ein-, zweimal hier gewesen«, sagte Barabell. »Direkt am Landeplatz gibt's eine Spelunke namens *Der Rostige Anker*. Die ist normalerweise rappelvoll mit Luftratten. Fragt Euch dort durch, vielleicht habt Ihr Glück. Wir kümmern uns solange um die Einkäufe.«

»Danke, Bell«, sagt Lian. »Ihr habt was gut bei uns.«

»Ich weiß.« Sie zwinkerte ihnen zu. »Ist ein gutes Gefühl.«

Das Fallreep wurde herabgelassen, und sie gingen von Bord. Kriss sah sich zu Orven um, der ihnen mit misstrauischer Miene nachspähte. Es schien ihm egal zu sein, ob sie es bemerkten oder nicht.

»Ich glaube, er mag uns nicht besonders«, murmelte Kriss.

»Beruht auf Gegenseitigkeit«, sagte Lian und winkte dem alten Luftfahrer ironisch zu.

Während sie über den Landeplatz zogen, vorbei an Kisten mit Pökelfleisch, Käfigen mit blökenden Wollböcken, schwitzenden Hafenarbeitern und dampfbetriebenen Lastkränen, war Kriss unfähig, sich zu entspannen. Trotz ihrer protestierenden Oberschenkel lief sie mehr, als dass sie ging.

Die Rune ging ihr nicht aus dem Kopf, hatte sich an ihrem Verstand festgebissen. Wenn sie nur ihre Bücher hier hätte! Sie bezweifelte stark, dass es in der hiesigen Bibliothek ein Werk über ein so exotisches Thema wie galdæische Runen gab. Aber sie war bereit, ihr Glück zu versuchen, sobald sie die Lieferung an die Ausgrabung in guten Händen wusste.

Die Ausgrabung. Das führte sie zu einem anderen Thema, das sie schon viel länger beschäftigte als das geheimnisvolle Schriftzeichen aus dem Wasserpalast. Sie traute sich kaum, es anzusprechen.

»Lian?«

»Hm?«

»Es tut mir leid, dass du dich so langweilst. Auf der Ausgrabung meine ich.«

Er lächelte verwirrt. »Wer sagt, dass ich mich langweile?«

»Tust du es nicht?«

Er kratzte sich die Narbe. Das kurze Zögern reichte, um Kriss' Herz fester und schmerzhafter pochen zu lassen. Ihr Mund war auf einmal wie ausgedörrt. »Lian. Ich habe dein Fernweh schon bemerkt.«

»Na ja«, sagte er gedehnt. »Wenn ich ehrlich bin ... Es is' nich' so, dass ich mich langweile, nur ... ich ...«

»Du kannst es ruhig sagen«, versicherte sie ihm – und fürchtete sich davor, dass er es tat.

Lian sah einer vorbeifliegenden Möwe nach. »Ich ... Es is' nur ... ich komm' mir so fehl am Platz vor. Selbst die anderen Schaufler haben Ahnung von dem, was sie da tun.«

»Aber du lernst!«

»Es is' nun mal nich' meine Welt, Kriss.« Es klang bedauernd, erschöpft. Und noch immer schien er die Möwe interessanter zu finden als sie.

»Ich weiß«, sagte Kriss, »aber ...!«

Ihre Hände schwitzten, ihre Knie waren weich wie Butter. Wenn er sie wenigstens angesehen hätte!

»Die ganzen Jahre wollt' ich nichts als frei sein. Jetzt bin ich's ... und doch wieder nich'.«

»Aber ... du *bist* frei, Lian!« Sie wollte seine Hand nehmen. Doch sie konnte es nicht. Sie hatte Angst, er könnte sie wieder zurückziehen.

»Nein, bin ich nich'«, sagte er. Sein Lächeln war traurig.

Kriss spürte einen Stich in ihrem Herzen.

Lian schien das zu merken, er wirkte erschrocken. Er hielt an und sie stoppte ebenfalls. »Kriss, ich ... so hab ich das nich' gemeint! Aber ... ehrlich gesagt ... ich hab von so was wie dem hier geträumt. Wir beide, auf dem Weg durch die Welt. Ich mein', natürlich nich' mit der Entführung und so, aber ...« Was immer er hatte sagen wollen, er sagte es nicht oder konnte es nicht sagen. Stattdessen zuckte er hilflos mit den Achseln.

Kriss versuchte, zu schlucken. Sie bemühte sich, ruhig

und unbetroffen zu klingen. »Und jetzt? Macht es dich nicht glücklich?«

»Doch! Doch, aber ... ich weiß nich', was danach is'. Wenn wir beide zurückgehen. Du hast deine Arbeit. Und ich hab ...«

»Deine Freiheit«, sagte sie und hatte das Gefühl zu fallen. Sie wünschte sich, es niemals angesprochen zu haben.

Sie wollte etwas sagen, aber sie mussten einer Kutsche Platz machen, die, gezogen von zwei weißen Stelzern, über das Pflaster rumpelte. Das Klappern ihrer Hufe dröhnte Kriss in den Ohren.

»Heißt das, wenn wir zurück sind ... dass du dann gehen willst?« Ihre Beine zitterten jetzt, fast unkontrolliert. *Hör auf damit!*, rief eine Stimme in ihr. *Hör auf, dich zu quälen, du kennst die Antwort, hör auf!*

Er überlegte einen langen Moment, seine Miene war betrübt. »Du wirst nich' mit mir kommen, oder?«, fragte er matt.

»Wohin, Lian?«

Er breitete die Arme aus. »Überallhin!«

»Aber ... wovon sollen wir leben?«

»Egal, pfeif auf das Geld! Wir finden schon irgendwas. Meine Finger sind noch nich' ganz eingerostet. Wenn nötig ...«

»Stiehlst du uns etwas.«

Er nahm ihre Hand. Sah ihr tief in die Augen. »Man lebt nur einmal, Kriss. Und die Welt is' so groß, es gibt so viel zu seh'n!«

Sie blinzelte heftig, ihre Augen brannten. »Lian, ich ...«

»Ich weiß.« Er nickte. Enttäuscht, aber nicht überrascht. »Du hast deine Welt. Und ich hab meine.« Es tat ihm weh, das sah sie. Dennoch war sie nicht fähig, etwas zu erwidern. Sie kam sich vor, als wate sie durch einen bösen Traum.

»Kriss?«

Für einen langen Moment stand sie nur da und rang mit den Tränen. Und plötzlich wurde ihr klar, dass sie immer gewusst hatte, dass es so kommen würde. Trotzdem war da die Hoffnung gewesen, dass er mehr für sie empfand. Dass er bei ihr blieb, was immer da kam.

Ihre Beine trugen sie weiter, ganz von allein. Sie spürte die heiße Feuchtigkeit, die ihr über die Wangen rann.

»Kriss. He.«

Vielleicht hatte sie sich nur etwas vorgemacht. Vielleicht hatte *er* ihr nur etwas vorgemacht.

»Kriss. Jetzt bleib doch steh'n!«

Sie hörte ihn kaum.

Sie bemühte sich, nichts von ihrem Schmerz nach außen zu zeigen. Früher war sie sehr gut darin gewesen: Als die Kinder, mit denen sie zur Schule gegangen war, sich das Maul über sie zerrissen, weil sie sich lieber mit Büchern beschäftigte und Museen besuchte, anstatt bei Mutproben und Wettrennen mitzumachen – und später vor ihren oftmals deutlich älteren Studenten, die sich über den »kleinen, dicken Doktor« lustig machten.

Aber inzwischen fehlte ihr die Übung darin.

Ich werde ihn verlieren, dachte sie, und der Gedanke riss ihr das Herz entzwei. Sie würde ihn verlieren, so wie sie Bria und Timos verloren hatte. Und vielleicht auch Alrik. Alle, die sie liebte, wurden ihr weggenommen, einer nach dem anderen, egal, was sie tat.

Es war ein Kampf, bloß zu atmen. Sie erschrak, als Lian plötzlich neben ihr auftauchte und ihren Arm packte. Er hielt sie an, zwang sie, ihn anzusehen, aber das wollte sie nicht, das konnte sie nicht.

»Kriss, ich ...« Er stockte, als wären die Worte zu groß für ihn, zu schwer für seine Zunge. Aber das war gut, denn sie wusste nicht, ob sie noch mehr hören konnte. Sie machte die Augen zu, wollte etwas sagen. Dass sie ihn verstanden hatte, dass es nichts mehr zu sagen gab. Sie bekam kein Wort heraus.

Dann spürte sie seine Lippen auf ihren. Er küsste sie, doch dieser Kuss war anders als all die Male die sie sich zuvor geküsst hatten. Sie fühlte Sehnsucht ... und Traurigkeit. Sie wollte den Kuss erwidern, doch sie traute sich nicht. Er fühlte sich echt an, und sie wollte nicht herausfinden, dass sie sich täuschte. Sie wusste nicht, ob sie stark genug dafür war.

»Ich hab dich lieb«, flüsterte er ihr ins Ohr. »Hörst du?«

Sie sah in seine tiefen, braunen, verzweifelten Augen. »Das habe ich immer gedacht«, gab sie zurück.

Sie wischte sich die Wange trocken. Dann schob sie ihn von sich. Sanft, aber bestimmt.

Er schien verletzt. »Kriss ...!«

»Ich ... ich kann jetzt nicht reden«, sagte sie und ging an ihm vorbei. Die Welt schien sich um sie herum zu drehen wie ein Karussell. Wofür war Liebe gut, fragte sie sich, wenn sie doch nur weh tat? Wenn sie nicht hielt? Wenn sie einem wieder genommen wurde?

Alrik!, dachte sie und rang nach Atem. *Alrik, ich wünschte, du wärst jetzt hier! Ich brauche dich!*

»Kriss!«

Sie hörte, wie er ihr nachsetzte. Sie nahm kaum die beiden groben Matrosen wahr, die sie beobachteten und feixten.

»Kriss, bleib steh'n. Bitte. Hör mir zu!«

»Später«, sagte sie, verblüfft über die Kühle und Festigkeit ihrer eigenen Stimme. »Es gibt Wichtigeres zu tun.«

»Gut«, sagte er nach einem Moment des Schweigens und hielt mit ihr Schritt. Aber es war deutlich, dass ihm ihre Antwort nicht gefiel. »Später dann.«

Kriss drehte sich nicht zu ihm um. *Alrik, Bria*, dachte sie, *es tut so weh!*

Der *Rostige Anker* war nicht schwer zu finden. Das Wirtshaus lag direkt voraus, zwischen einem Lagerhaus und der roten Backsteinfassade des Hafenkontors. Dennoch musste Kriss dreimal hinsehen, bis sie das Gebäude wirklich wahrnahm. Sie versuchte, ihren Kummer von sich zu schieben, sich auf ihre Aufgabe zu konzentrieren. Alles war so unwirklich; sie hatte das Gefühl, auf Watte zu gehen, als wäre sie nicht ganz in ihrem Körper zuhause.

Aber Alrik war wichtiger als all das. Sie musste ihn wiederfinden, denn sie wusste nicht, wie sie das alles ohne ihn durchstehen sollte. Sie sehnte sich nach seiner Brummstimme, nach seinem Rat, seiner Nähe, so sehr wie nie zuvor in ihrem Leben.

Der Anker, der dem Wirtshaus seinen Namen gab, war auf ein hölzernes Schild gemalt und mit Möwendreck gesprenkelt. Von drinnen hörten sie die fröhliche Musik aus einer Quetschharmonika. Jemand sang einen alten Luftfahrer-Shanty, der sich mit ausgelassenem Grölen und dreckigem Lachen mischte.

Kriss legte die Hand auf die Türklinke und hielt inne, wobei sie sich Lians Präsenz hinter ihr nur allzu bewusst war. Wie hatte sie je glauben können, dass er ernsthaft bei ihr bleiben würde, übergewichtiger, neunmalkluger Bücherwurm, der sie war? Was hatte er je in ihr gesehen?

Ich kann da jetzt nicht rein, dachte sie. Sie wollte fort, sie wollte allein sein.

Aber ihr blieb keine andere Wahl. Ihre Kollegen verließen sich auf sie. Und sie wollte niemand sein, der andere im Stich ließ.

Als sie sich schließlich überwand und die quietschende Tür öffnete, wehten ihr Pfeifenrauch und der Geruch von Bratfett entgegen.

Die Butzenfenster im *Rostigen Anker* waren halb verhangen. Qualm hing unter der Decke, zum Schneiden dick. Kerzen flackerten auf wurmstichigen

Balken; unter ihnen hingen Stalaktiten aus erstarrtem Wachs. Ein gelangweilt dreinblickender, fetter Mann mit geringeltem Schnurrbart und fleckiger Schürze hütete die voll besetzte Theke und zapfte einen Krug Zuckerwurzelbier aus einem der vielen Fässer, die sich hinter ihm aufreihten.

Vielleicht zwanzig Männer und Frauen saßen hier zusammen. Kriss hätte sie überall als Luftfahrer erkannt, mit ihrer einfachen, schmucklosen Leinenkleidung und den Tätowierungen von geflügelten Kanonen und finster dreinblickenden Raubvögeln, vor denen selbst der reichlich illustrierte Orven vor Neid erblasst wäre. Sie waren ein wilder Haufen aus allen Teilen der Welt: Menschen mit heller Haut und hellen Haaren aus dem Norden Beraels, dunkelhäutige Männer und Frauen mit markanten Nasen und schwarzen Augen aus dem Süden des Kontinents, Bewohner von Ellkor, dem Kontinent der Mitte, mit ihren unverkennbaren Mandelaugen – und sogar eine Matrosin aus dem fernen Ulgrai, schön und stolz, mit tiefbrauner Haut und krausem Haar, so schwarz wie Kohle.

Sie vertrieben sich die Zeit im Gespräch, mit Karten oder Würfelspielen. Ein knochiger Mann, offenbar ein schlechter Verlierer, schlug einem anderen ins Gesicht und stürmte an Kriss und Lian vorbei nach draußen. Sie machten ihm bereitwillig Platz.

Kriss schluckte. Zumindest war ihr Kummer vorerst in den Hintergrund gerückt. An diesem Ort war es besser, auf der Hut zu sein.

Sie schoben sich vorbei an einem Südländer mit wallendem, grauem Haar, der sie aus dem Schatten eines weitkrempigen Hutes anfunkelte, und passierten einen Ellkorier mit herabhängendem Schnauzbart und kahlrasiertem Schädel, der sein Messer wetzte. Blut troff von seinem Daumen, als er die Klinge prüfte.

»Entschuldigt bitte«, sagte Kriss. »Entschuldigt bitte,

ich suche ...« Ihre Stimme verlor sich in dem Radau wie ein Blatt im Sturm. »Entschuldigt ...!«

»Lass mich«, sagte Lian. Er steckte zwei Finger in den Mund und pfiff so schrill, dass Kriss sich die Ohren zuhalten musste.

Sofort war es totenstill um sie herum. Alle Augen richteten sich auf die beiden Neuankömmlinge. Schweiß prickelte unter Kriss' Achseln.

»Habt ihr euch verlaufen?«, fragte der Wirt und sein Kringelbart bebte. »Kinder haben hier nichts zu suchen!«

Kalte und heiße Schauer liefen Kriss' Körper hinab. Am liebsten wäre sie rückwärts wieder zur Tür hinaus.

Lian dagegen wirkte völlig unbekümmert, als würde er alte Freunde treffen. Als habe es ihr Gespräch von eben niemals gegeben.

»Jo!«, rief er. »Wir suchen 'nen Käpt'n, der Lust hat, sich 'n bisschen was nebenbei zu verdienen! Interessiert?«

»Ich schon, Kleiner!«, rief jemand. »Aber ich darf nich' mit Fremden reden!« Er erntete damit dreckiges Lachen.

»Wir müssen Fracht nach Ka-Scha-Raad verschiffen«, sagte Kriss in die Runde, bemüht, jedem der Luftfahrer, der sie anstarrte, in die Augen zu blicken. »So schnell wie möglich. Fliegt einer von euch zufällig in diese Richtung? Oder kennt ihr jemanden, der das tut?«

»Versucht's bei Tarian Wolkenflieger«, sagte derselbe Scherzbold wie zuvor. »Oder dem Mann im Sternenmantel!« Wieder folgte dreckiges Lachen, auch wenn Kriss den Witz mit den Märchenfiguren zu offensichtlich fand. Einer nach dem anderen wandten sich die Luftfahrer wieder ihren Krügen, Spielen und Gesprächen zu. Ein neuer Shanty wurde angestimmt.

»Wir haben Geld!«, sagte Kriss; ein Zauberwort, das schon so manche Tür geöffnet hatte. Doch niemand hörte ihr zu.

Glaubte sie.

»Das ist schon mal kein schlechter Anfang«, sagte eine

Stimme, so rau wie eine Stahlfeile.

Sie drehten sich zur Seite.

Nur einen Tisch von ihnen entfernt saß eine Frau mit einer ledernen Augenklappe und einem bunt gescheckten Mamagei auf ihrer Schulter. Sie war breit gebaut, mit Armen wie Dreschflegel. Strähnen von Grau zogen sich durch ihre dunklen Locken. Über ihrem Hemd und der Hose, beides aus Leinen, trug sie eine offene Jacke in schwarz, mit silbernen Litzen an den Säumen. Ihr Lächeln erschien Kriss abwartend, fordernd, als glaube sie nicht ganz, dass Lian und sie es ernst meinten.

Ihr zur Seite saß ein Mann, der nur aus Muskeln zu bestehen schien, mit einem Kiefer, der aussah, als würde er regelmäßig Kieselnüsse damit knacken. Sein Brustkorb sprengte fast sein Hemd, als er an seiner Pfeife sog.

Kriss und Lian traten zu ihnen. Kriss machte einen Knicks. »Krisstenja Tilena Odwin, zu Euren Diensten.«

»Lian. Angenehm.«

»Coria Bachlis«, sagte die Frau. »Käpt'n der *Sommerwind*. Das ist mein Erster Maat, Tjesgar.«

Der Mann knurrte ein missmutiges »Hrrhmmm«.

»Setzt Euch doch.« Käpt'n Bachlis deutete auf zwei leere Stühle.

»Setzt Euch, setzt Euch!«, krächzte der Mamagei auf ihrer Schulter.

»Schnabel halten, Ikko«.

»Schnabel halten, Schnabel halten!«

Kriss und Lian taten wie ihnen geheißen. Die altersschwachen Stühle ächzten unter ihrem Gewicht; der von Kriss mehr als der von Lian.

Käpt'n Bachlis streichelte dem Mamagei den gelben Schnabel. »Verdammtes Federvieh. Plappert wie ein Wasserfall. Gefällt er euch?«, fragte sie auf Kriss' Blick hin. »Dreißig Xenni und ihr könnt ihn mitnehmen.«

»Mitnehmen, mitnehmen!«

»Nein, danke«, antwortete Kriss. »Es ist nur ... ich hatte auch mal einen Vogel. Wenn auch keinen Mamagei.«

»Gut für dich. Also.« Käpt'n Bachlis nippte an ihrem Krug, während ihr Erster Maat stumm seine Pfeife schmauchte. »Für wen arbeitet ihr, Kinder?«

»Für niemanden«, sagte Kriss. »Wir sind durch einen ... unglücklichen Zufall mit unserem Luftschiff in Sohendal gelandet und müssen dringend ...«

»... Fracht nach Ka-Scha-Raad verschiffen, so viel hab ich wohl mitbekommen. Ich hab nur Schwierigkeiten, mir vorzustellen, wie zwei Minderjährige in so eine missliche Lage kommen.« Bachlis sah Tjesgar mit ihrem gesunden Auge an. Der Muskelberg grinste mit viel zu vielen Zähnen. Der Anblick erinnerte Kriss an einen Raubfisch.

»Es ist ...«

»Eine lange Geschichte, vermute ich?«

»Euer Geld ist hoffentlich *keine* Geschichte«, knurrte Tjesgar. Er schien die Kiefer nur mit Mühe auseinander zu bekommen.

»Isses nich'.« Lian stupste Kriss sanft an. Sie begriff und legte die Geldbörse auf den Tisch, womit sie ein paar neugierige Blicke von anderen Tischen erntete.

Tjesgar schien überrascht, als er die Münzen klimpern hörte. In Käpt'n Bachlis' Auge flackerte Interesse auf. »Sieh an, sieh an.«

»Sieh an!«, schnarrte der Mamagei. »Sieh an!« Bachlis hielt ihm den Schnabel zu.

»Ich bin ganz Ohr, Kinder. Was ist das für eine Fracht?«

»Einunddreißig Fässer und Kisten mit archäologischer Ausrüstung, Vorräten und Wasser.«

»Archologisch?«

»Arch*ä*ologisch«, korrigierte Lian.

Kriss spähte zu ihm. Sie wünschte sich, er wäre nicht mitgekommen. Sie durfte sich nicht ablenken lassen. »Die Fracht muss so schnell wie möglich zu einer

Ausgrabungsstätte in der Mittleren Wüste von Ka-Scha-Raad gebracht werden«, sagte sie. »Zusammen mit einem Brief an die Archäologen vor Ort.«

Käpt'n Bachlis nahm einen Schluck und wischte sich Schaum von der Oberlippe. »Und gesetzt den Fall, das geschieht?«

»Dann seid Ihr um achthundert Xenni reicher«, sagte Kriss. Lian und sie hatten sich vor ihrem Landgang auf diese Summe geeinigt.

Tjesgar blickte zu seinem Kapitän. Die Frau mit der Augenklappe rieb sich die Wange, zuckte jedoch nicht mit der Wimper.

»Zweihundert sofort«, führte Kriss aus. »Den Rest erhaltet Ihr bei Lieferung.«

»Wir fliegen zwar tatsächlich Richtung Süden, genauer gesagt nach Ramakhan. Aber es ist trotzdem 'n kleiner Umweg bis nach Ka-Scha-Raad. Tausend. Und vierhundert im Voraus.«

Kriss erstarrte. Sie hatten keine vierhundert Xenni in Lorgis' Geldbeutel!

Bachlis nickte, als habe sie nichts anderes erwartet. »Anscheinend ist euch die Sache doch nicht so wichtig. Dann noch viel Glück. Ihr werdet's brauchen. Es sind nicht mehr viele Schiffe in der Stadt.«

»Viel Glück!« Der Mamagei plusterte sich auf. »Viel Glück!« Tjesgar lachte in sich hinein und nahm einen tiefen Schluck Bier.

»Also gut«, sagte Kriss. »Zweihundertfünfzig Xenni sofort.«

»Das sind immer noch hundertfünzig zu wenig, Mädchen.«

»Aber wir haben keine vierhundert Xenni dabei.«

»Das ist nicht mein Problem.«

Kriss nagte an ihrer Unterlippe. Sie verabscheute es, Geld auszugeben, das nicht ihr gehörte. Aber sie hatten schon zu viel Zeit vergeudet. Sie musste eine

Entscheidung treffen. »Na schön. Achthundert Xenni bei Lieferung. Und dreihundert sofort.«

Lians Blick verriet seine Zweifel, ob die Archäologen beim Tempel so viel Geld bei sich hatten. Kriss hoffte, dass dies der Fall war.

Käpt'n Bachlis hob die Augenbrauen. »Tausendeinhundert, also?«

»Tausendeinhundert«, sagte Kriss entschlossen. »Wenn Ihr innerhalb von drei Tagen liefert.«

Bachlis blickte zu Tjesgar. »Das sollte machbar sein. Nicht wahr, Herr Maat?«

»Schon, Käpt'n, aber ...«

»Euer Wort drauf?«, fragte Kriss hoffnungsvoll.

Das Lächeln der Luftfahrerin war trocken. »Mein *Ehrenwort*, Kindchen.«

»Verzeiht, aber ich bin nicht Euer ›Kindchen‹, Käpt'n.«

»Verzeihung, Madame ... Odwill?«

»Odwin.«

»Odwin, Odwin!«

»Klappe, Ikko.«

Tjesgar blinzelte. »Käpt'n, Ihr meint das wirklich ernst?«

»So ernst wie die beiden hier, will ich hoffen.«

»Worauf Ihr euch verlassen könnt«, sagte Lian.

»Nun, in diesem Fall, Madame Odwin, betrachtet Eure Ware als geliefert.«

Kriss atmete innerlich auf. »Hier ist Euer Geld.« Sie öffnete den Geldbeutel und zählte dreihundert Xenni von den dreihunderteinundzwanzig ab, die darin enthalten waren. Sie schob sie Käpt'n Bachlis hin, den Rest steckte sie in ihre Tasche. Anschließend zog sie ein Stück Papier hervor, das sie der Frau ebenfalls reichte.

»Ist das der Brief, den Ihr erwähnt habt?«

»Den werde ich Euch nachreichen«, sagte Kriss. *Sobald ich den anderen geschrieben habe, was auf sie zukommt* ... »Das sind die Koordinaten, an die die Fracht geht.«

Bachlis las die Längen- und Breitengrade und nickte. »Das ist in der Nähe von Scha'ila, wenn ich mich nicht irre.«

»Ihr irrt Euch nicht.«

»Wie gesagt: Alles machbar.«

Kriss zeigte eine ernste Miene. »Ich hoffe sehr, Ihr steht zu Eurem Wort, Käpt'n.«

»Ich hoffe sehr, Ihr steht zu Eurem. Ich habe wenig Lust auf einen Abstecher in die verdammte Wüste, nur um herauszufinden, dass ich Opfer eines dummen Streichs geworden bin.«

»Es ist kein Streich, wie Ihr feststellen werdet.«

»Und wir stell'n das hoffentlich auch fest«, sagte Lian.

Tjesgar stierte ihn an und ließ seine Muskeln spielen. »Hör zu, Kleiner, der Käpt'n hat dir ihr Ehrenwort gegeben!«

»Und woher wissen wir, dass das was taugt?«

»Lian!«, sagte Kriss.

»Wenn du willst, kann ich's dir gern deutlich machen!« Tjesgar stand auf und ballte die Fäuste. Sein Kreuz war fast breiter als das von Lorgis.

»Ich bin gespannt!« Lian ließ ein kampflustiges Lächeln blitzen.

»Lian.« Kriss legte die Hand auf seine Schulter. »Ich kriege das auch alleine hin.«

»'tschuldigung.« Er berührte ihre Hand und sah betreten drein, als sie sie wegzog.

Kriss schluckte den Kloß in ihrer Kehle herunter. Sie gab sich so ungerührt wie möglich. »Wir glauben Euch, Käpt'n. Und Ihr habt unser Wort. Wenn es Euch hilft, können wir die Sache vertraglich festhalten.«

Der Erste Maat stand immer noch kerzengerade und ließ den Blick nicht von Lian. »Vielleicht solltest du deinem Kameraden vorher ein paar Manieren beibringen!«

»Tjesgar.« Bachlis tätschelte seinen Stuhl. »Lass gut sein. Nicht, dass sich noch jemand weh tut.«

Er ließ ein höhnisches, kleines Lachen vernehmen. Es war klar, wer seiner Meinung nach der Leidtragende würde.

»Nun denn, Madame Odwin.« Käpt'n Bachlis prostete ihnen zum Geschäftsabschluss zu. »Eure Archologen müssen nicht mehr lange warten.« Und dann, vielleicht zum ersten Mal während des Gesprächs sagte sie mit feierlichem Ernst: »Das ist ein Versprechen.«

»Versprechen, Versprechen!«

»Sicher, dass Ihr den Vogel nicht doch mitnehmen wollt?«, fragte Bachlis nach einem tiefen Schluck.

»Vielleicht ein andermal«, sagte Kriss.

Der Käpt'n schien erheitert. »Bringt eure Ladung und euren Brief zur Anlegestelle vierzehn. Gebt meinem Lademeister Bescheid, sein Name ist Hesring. Er wird einen Liefervertrag parat haben. Und frische Tinte.«

»Das werden wir.« Kriss erhob sich und deutete eine Verneigung an. »Danke, Käpt'n.«

»Ich hoffe, euch damit etwas aufgemuntert zu haben«, sagte Bachlis, »auch wenn ihr beide immer noch etwas betreten dreinschaut.«

»Es is' nix«, sagte Lian.

»Schon gut«, sagte Kriss.

»Schön«, sagte der Käpt'n. »Dann können wir ja jetzt alle wieder unserer Wege gehen.«

»Es sieht so aus«, murmelte Kriss, mit einem Seitenblick zu Lian.

Er sagte nichts. Auch, als sie den *Rostigen Anker* verließen, sprach er kein Wort.

{Sonnenstaub}

Auf dem Rückweg zur *Wolkenbummler* tat Kriss alles, um nicht an ihr Gespräch mit ihm zu denken, nicht in ihrer Wunde zu bohren. Es war schwer, mit Lian in ihrer Nähe. Sie glaubte zu spüren, wie es auch in ihm arbeitete. Sie versuchte, sich einzureden, dass es ihr egal war, jetzt, in diesem Moment, und kämpfte darum, sich voll und ganz auf ihre Aufgabe zu konzentrieren: das Entschlüsseln der Rune. Welchen Berg hatte Alrik gemeint? Oder ging es um ein Wort, das sich auf Berg reimte? *Zwerg, Werk, Terg – Unsinn, das ist kein richtiges Wort! Reiß dich zusammen!*

Warum hatte sie ihn nur gefragt? Und warum hatte er sie nicht belügen können?

»Ah, Doktor, Herr Berris, da seid Ihr ja.« Lorgis empfing sie im Schiffsgang. »Gute Nachrichten: Wasser und Kohle sind bestellt und werden demnächst geliefert. Nesko und Bell müssten auch gleich mit den Vorräten zurück sein.« Er blickte von ihr zu Lian. »Aber irgendwie scheint Euch das nicht aufzumuntern. Warum die langen Gesichter?«

»Ist schon gut, Lorgis«, sagte Kriss matt. »Ich bin ... nur in Gedanken.«

Lian nickte nur: *Alles nicht der Rede wert.*

»Habt ihr einen Frachter gefunden?«

»Haben wir. Die *Sommerwind.*«

»Kenne ich. Gutes Schiff. Guter Käpt'n.«

»Das hoffen wir«, sagte Lian. »Wir soll'n die Fracht zu ihnen rüberschaffen.«

»Leichteste Übung«, sagte Lorgis. »Orven, Eldrit! An Deck!«

Keiner von beiden zeigte sich.

»He, seid ihr taub, Matrosen?«

Lorgis stapfte heckwärts zum Maschinenraum und zog die Schiebetür auf. Kriss und Lian folgten ihm mit ein paar Schritten Abstand.

Kriss hatte diesen Teil der *Wolkenbummler* noch nicht besucht. Es gab keine Bullaugen hier, nur eine einzige Laterne, die von der Decke hing und ein bisschen Licht auf das Gewirr von Kolben, Rohren, Ventilen, Zylindern und Messinganzeigen goss. Inmitten all dessen, umringt von den Kohlelagern, stand der mannshohe Kessel, das gusseiserne, schwarze Herz des Schiffes. Auch wenn er augenblicklich nicht befeuert wurde, ging noch Wärme von ihm aus. Schwarze Schuhabdrücke verunzierten den Boden.

Orven stand zu ihrem Empfang bereit, auf eine Kohleschaufel gestützt. Neben ihm hatte Eldrit die Arme verschränkt. Beide machten sauertöpfische Gesichter. Nur Orvens Moosäffchen wirkte halbwegs munter, während es von einem Sprechrohr baumelte.

»He!«, rief Lorgis. »Hockt ihr auf euren Ohren? Es gibt Arbeit! Die Fracht für die Archäologen muss verladen werden!«

»Schön«, krächzte Orven zurück. »Aber nicht von uns.«

Lorgis stemmte die Hände in die Hüften. »Ach, und von wem sonst?«

»Irgendwem, der für seine Arbeit bezahlt wird!«

Kriss' ließ die Schultern hängen, aber sie war nicht überrascht. Lorgis dagegen gab sich entrüstet. »*Schessk*, ich hab doch gesagt, ihr sollt euch keine Sorge um euer verdammtes Geld machen!«

»Tatsächlich? Das ist ein bisschen schwer zu glauben, *Käpt'n*. Eldrit meinte nämlich, sie hätte gesehen, wie Ihr *den beiden da* unseren letzten Notgroschen gegeben habt. Wollt Ihr das leugnen?«

Lorgis' Kiefer mahlten stumm.

»Sag' ich doch.« Eldrit klang verächtlich.

»Wir machen keinen Finger mehr krumm, bis wir nicht ordnungsgemäß für unsere Mühen entlohnt worden sind!«

»Das ist Meuterei, Orven! Für so was hätte man euch früher kielgeholt!«

Der alte Matrose grinste schief. »Na, ein Glück, dass wir in besseren Zeiten leben. Glaubt Ihr, wir haben aus Spaß an der Freude auf diesem Kahn angeheuert?« Er hielt die kohlegeschwärzte Hand auf. »Unser Geld, oder Ihr könnt Eure Fracht selbst schleppen!«

»Ich bin euer Kapitän und ...!«

»Ein Kapitän bezahlt seine Mannschaft und hält sie nicht ständig mit Ausreden hin. Als ich noch auf der *Prinzessin von Orsaria* geflogen bin, hätte es sowas nie gegeben!«

»Aber du bist nicht mehr auf der *Prinzessin*, Orven. Und warum? Weil deine besten Jahre hinter dir liegen. Weil dir keiner mehr 'ne Chance geben wollte, außer Bell, Nesko und mir! Wenn wir nicht gewesen wären, würdest du mit 'ner Blechtasse in der Hand auf der Straße hocken und um Almosen betteln!«

Orven öffnete den Mund, aber Lorgis ließ ihn nicht zu Wort kommen.

»Und du, Eldrit? Warum haben sie dich noch mal von diesem Seelenverkäufer geschmissen, auf dem du gedient hast? Ach ja, richtig, weil du geklaut hast wie 'ne Raffkrähe!«

Die junge Matrosin funkelte ihn an. Ihr Gesicht war rot angelaufen, aber nicht vor Wut, wie Kriss glaubte.

»Du hast mir gesagt, dass du damit aufgehört hast. Du hast mich angefleht, dir zu glauben, und das hab ich getan, schon vergessen? Ich hab dich beim Wort genommen!«

»Aye ...«, murmelte sie betreten.

»Und ich hab euch *mein* Wort gegeben: Ihr kriegt euer Geld. Vielleicht nicht sofort, vielleicht auch nicht morgen früh, aber ihr müsst nicht verhungern, solange ihr auf meinem Schiff seid.«

Das Äffchen keckerte vor sich hin.

»Halt dich da raus!«, befahl Lorgis dem Tier. »Ich weiß, ihr leistet beide gute Arbeit. Ihr schuftet wie jeder andere an Bord. Ja, die letzten Tage sind die Dinge nicht so gelaufen wie geplant. Und wahrscheinlich wird sich das nicht so bald ändern.

Aber leistet weiterhin gute Arbeit, und ihr werdet ordentlich dafür entlohnt. Ich lege sogar noch zwei Zehntel Bonus obendrauf.«

Die beiden Matrosen verhehlten ihren Argwohn nicht.

»Zwei Zehntel?«, fragte Eldrit. »Ernsthaft?«

»Ernsthaft.«

Orven rieb sich seinen tätowierten Arm. Er schien nicht überzeugt. »Und wohin soll die Reise gehen, Käpt'n?«

»Das wird uns Doktor Odwin sehr bald sagen.«

Lorgis legte eine Hand auf Kriss' Schulter. Ein Schweißtropfen rann ihre Schläfe hinab. War es eben noch heißer im Raum geworden?

»Aha«, sagte Orven wenig begeistert. »Und was ist mit der *anderen* Ladung? Wann gedenkt Ihr, Euch darum zu kümmern, hm? Wir sind längst überfällig!«

»Ich kümmere mich darum. Sobald wir zurück sind.«

Kriss vermutete, dass Lorgis überzeugter klingen wollte, als er es tat.

»Zurück sind«, wiederholte Eldrit zynisch. »Von wo auch immer wir hinfliegen?«

»Genau.«

»Tut uns leid, Käpt'n.« Orven schlug einmal mit der Schaufel auf den Boden »Aber ohne einen klaren Kurs ist uns das nicht gut genug!«

»Richtig!« Eldrit zeigte eine trotzige Miene.

»Ich weiß, es geht um euren Freund«, sagte Orven zu Lian und Kriss. »Das tut uns leid, ehrlich. Aber er ist nicht *unser* Freund, und wir wurden nicht für eine Reise ins Ungewisse angeheuert.« Er wandte sich an Lorgis. »Ich fürchte, Ihr müsst Euch wen anders suchen, Käpt'n. Und stellt Euch auf einen Brief von meinem Advokaten ein.«

»Als ob du dir einen leisten könntest!«

»Und wessen Schuld ist das, hm?«

»Ha!«, sagte Eldrit.

»Dann geht!« Lorgis schnaufte. »Na los! Die Tür ist gleich da vorne. Und nimm deinen verlausten Affen mit!«

Das Moosäffchen zeigte ihm die winzigen Zähne.

»Lalla hat keine Läuse!« Orven schien das persönlich zu nehmen.

Die Spannung in der Luft, von der Wärmestrahlung des Kessels nur noch weiter angefeuert, ließ Kriss schwitzen. Die beiden durften nicht gehen! Lian und sie konnten ihren Platz nicht gleichwertig ausfüllen, und neue Mannschaftsmitglieder anzuwerben, konnte zu lange dauern!

Sie wollte etwas sagen, aber Lian war schneller.

»Leute.« Er hob besänftigend die Hände. »Wie wär's, wenn wir alle einmal tief Luft holen und dann ...!«

»Ihr habt uns gehört!« Orven hob die Schaufel und stach sie in einen Haufen Kohle. Dann rieb er sich die Hände sauber. »Unsere Arbeit hier ist getan. Komm, Lalla.« Das grüne Äffchen sprang auf seine Schulter.

»Halt!«, sagte Kriss.

Orven und Eldrit sahen sie an.

»Es geht euch allein ums Geld, richtig?«

»Bestimmt nicht um die heimelige Stimmung auf diesem Kahn!«, sagte Orven.

»Wieso?« Eldrit legte den Kopf schief.

»Die Leute, die unseren Freund entführt haben, sind auf der Suche nach irgendeiner Hinterlassenschaft der Todlosen Königin«, sagte Kriss. »Worauf immer diese Leute es abgesehen haben ...«

»... es is' wahrscheinlich mehr Xenni wert, als ihr in eurem Leben gesehen habt«, vollendete Lian. »Vielleicht sogar Millionen.«

Das letzte Wort ließ die beiden Matrosen aufhorchen.

Lorgis nickte. »Ihr wisst, was wir euch über die fliegende Insel erzählt haben – und die Schätze, die es dort gab. Wenn wir damals die Chance gehabt hätten, auch nur ein paar davon einzusacken, könnten wir jetzt wie verdammte Könige leben.«

»Wenn wir den Kerlen zuvorkommen«, sagte Lian, »und als Erste finden, was sie suchen ...«

Orven und Eldrit wechselten einen misstrauischen Blick.

»Klar, es kann gefährlich werden.« Lian zuckte mit den Achseln. »Sehr wahrscheinlich sogar. Aber wenn ihr jetzt abhaut, entgeht euch vielleicht die Chance des Jahrhunderts.«

Lorgis lächelte. »Wie immer lohnt es sich, auf Herrn Berris zu hören.«

Auch Kriss fand, dass er seine Sache hervorragend machte.

»Und wenn nicht?«, fragte Eldrit. »Wenn's gar keinen Schatz gibt?«

»Dann könnt ihr mich bis auf's letzte Hemd verklagen«, entgegnete Lorgis gleichgültig. »*Schessk*, ich gehe freiwillig ins Gefängnis!«

Eldrit spähte zu Orven. Dieser kratzte sich grübelnd den Bart. Schließlich sagte er: »Ein Siebtel von allem, was wir finden für Eldrit und mich. Plus unseren Lohn!«

»Plus zwei Zehntel Bonus«, fügte Eldrit hinzu.

Lorgis schien, als habe er nichts anderes erwartet. »Die Hand drauf!«

»Also gut«, sagte Orven. »Wir sind dabei, Käpt'n. Fürs Erste!«

Die beiden Matrosen schlugen nacheinander in Lorgis' riesige Pranke ein.

»Dann wär' ja alles geklärt«, sagte der Kapitän der *Wolkenbummler* hochzufrieden. »Sobald Doktor Odwin uns sagt, wohin, fliegen wir weiter. Und jetzt Marsch an die Arbeit, die Fracht trägt sich nicht allein!«

»Ich hoffe, wir bereuen es nicht, Käpt'n!« Orven hob drohend einen Finger. Das Moosäffchen machte es ihm nach.

Lorgis teilte ihnen mit, wohin die Ladung ging und ließ sich von Kriss ein paar Xenni aus der Börse geben, um einen Wagen zu mieten. Nicht gerade begeistert, aber zumindest ohne weitere Nörgelei, marschierten Orven und Eldrit aus dem Maschinenraum.

Lorgis sah ihnen nach. »Ohne Euch zusätzlichen Druck machen zu wollen, Doktor, aber es wäre nicht schlecht, wenn Ihr tatsächlich bald herausfindet, was dieses Zeichen bedeutet ...«

»Ich weiß, Lorgis«, sagte Kriss mit schweren Schultern. »Ich ... arbeite daran.«

Ich war abgelenkt, wollte sie sagen und blickte zu Lian. Aber sie sprach es nicht aus.

Sie folgten Lorgis auf die Brücke, wo es merklich kühler war. Im Hintergrund hörten sie, wie einer der Matrosen das Schiff verließ, um den Wagen anzuheuern, während der andere – dem Stöhnen nach Orven – die Kisten und Fässer aus den Quartieren hievte.

»Ich hör' immer was von dieser *ander'n Ladung*«, sagte Lian. »Aber wir haben nix gesehen, außer unser'm Zeug.«

Kriss horchte auf und blickte zu Lorgis.

»Das ist ... nicht so wichtig, Herr Berris. Macht Euch darüber keine Gedanken.«

Lian lächelte schwach. »Na, komm schon, uns kannst du's doch verraten.«

Lorgis schien auf einmal sehr am Höhenmesser interessiert. »Ich ... weiß nicht, ob das klug wäre.«

»Warum nicht?«

»Ihr könntet enttäuscht werden. Ein ... anderes Bild von uns bekommen.«

»Was für'n Bild sollen wir denn kriegen?«

»Kein Gutes.«

»Ihr habt doch nichts Verbotenes an Bord, oder?« Kriss verging das Lächeln sehr schnell, als sie Lorgis' ernste Miene sah. »Ihr *habt* etwas Verbotenes an Bord ...!«, beantwortete sie ihre eigene Frage.

Lorgis gestikulierte, leiser zu sprechen. »Keine Sorge«, flüsterte er, »es ist gut versteckt, ich meine, falls wir in eine Grenzpatrouille oder sowas geraten.«

»Was is' ›es‹, Lorgis?«, fragte Lian ernst.

Lorgis schloss kurz die Augen. »Sonnenstaub. Anderthalb Pfund.«

Kriss starrte ihn entgeistert an.

Sonnenstaub war ein Pulver, das aus den getrockneten Blüten der Tollranke hergestellt wurde. So weit sie wusste, nahm man es wie Schnupfpuder ein. Es führte zu Wachträumen, Halluzinationen, begleitet von dem Gefühl, durch goldenes Sonnenlicht zu gleiten wie ein Papierdrachen.

Doch sobald die Wirkung wieder verflogen war, verlangte der Körper nach mehr von der Substanz. Mehr und mehr und immer mehr. Bis es schließlich das Gehirn krank machte, zu dauerhaftem Wahnsinn und schließlich dem Tod führte.

Auf den Straßen Tamaleas hatte Kriss Bettler gesehen, die vom Sonnenstaub gezeichnet waren. In Lumpen gehüllt, kaum mehr als wandelnde Gerippe. Manche von ihnen schrien unentwegt vor Verlangen nach der Droge. Das Schlimmste an ihnen waren ihre Augen: leer, wie vertrocknete Brunnen. Schon als Kind hatte sie sich vor diesem Anblick gefürchtet – und niemals verstanden, wie man für ein paar Momente der Wonne sein Leben wegwerfen konnte, seine Würde.

Der Handel mit Sonnenstaub war strengstens

verboten, in sämtlichen Nationen Beraels und weit darüber hinaus.

Gleiches galt für das Schmuggeln der Droge.

»Der Mann, dem wir das Schiff verdanken ...«, begann Lorgis niedergeschlagen.

»Der Vetter der Frau deines Bruders«, sagte Kriss.

»Er kennt Leute, die mit dem verfluchten Zeug handeln.«

Sie wusste nicht, was sie sagen sollte. »Lorgis ...!«

Er hob abwehrend die Hände. »Wir bringen es nur von hier nach dort, wir verkaufen es nicht! Die Schmuggelei macht uns auch nicht reich, aber sie hält uns zumindest über Wasser. Verdammt noch mal, keiner von uns ist besonders stolz drauf, Doktor!« Er rieb sich den Schädel, es wirkte hilflos. »Aber was soll ich machen? Die Flüge für Euch waren die einzigen rechtschaffenen Aufträge, die wir an Land ziehen konnten. Ich bin nun mal der Kapitän von diesem Haufen hier. Ich habe eine Mannschaft zu ernähren. Dafür muss ein Mann manchmal Dinge tun, auf die er ansonsten spucken würde. Auch wenn er sich hinterher nicht mehr im Spiegel ansehen kann.«

»Im Spiegel ...«, murmelte Kriss, aus irgendeinem Grund fasziniert von dem letzten Wort.

»Ja.« Lorgis nickte matt. »Sobald die Kasse etwas voller ist, hör'n wir damit auch auf, Ehrenwort! Aber seht Ihr ... die Zeiten waren hart, und keiner von uns will das Schiff verlieren, es ist unser Zuhause, und ...«

»*Im Spiegel!*«, rief Kriss plötzlich aus. »Natürlich, warum bin ich nicht gleich darauf gekommen?«

Sie ließ die beiden ratlos stehen und lief in den Navigationsraum. Dort schnappte sie sich Stift und Papier vom Kartentisch und zeichnete die Rune aus dem Wasserpalast auf: ein Kreuz mit einem senkrechten Strich durch die rechten Balken.

Inzwischen hatten Lian und Lorgis sie eingeholt. Gemeinsam blickten sie ihr über die Schulter.

»Ich habe immer gedacht, es würde ein Strich fehlen, oder noch ein Symbol, um dahinterzukommen, was er uns sagen wollte. Aber nein, es ist alles da! Alrik hat uns nicht ein Zeichen hinterlassen, sondern *zwei!* Dieses erste hier, eine galdæische Rune – und ein zweites, hier!« Sie zeichnete das Spiegelbild der Rune direkt daneben. »Es ist ein Zeichen aus Raali, einer obasischen Alphabetschrift. Jedes Zeichen steht für einen eigenen Buchstaben, in diesem Fall den Buchstaben *Lu*. Aber *Lu* ist gleichzeitig auch ein eigenständiges Wort in Obasi!«

Lian und Lorgis machten beeindruckte Gesichter.

»Und welches Wort?«, fragte Lorgis.

»Knochen!«

»Knochen?« Lian massierte sich die Narbe. »Und das andere war *Berg*, richtig?«

»Richtig!«

»Knochenberg?« Er runzelte die Stirn.

»Bergknochen?«, versuchte Lorgis. »Sagt Euch eins davon etwas?«

»Nicht direkt«, sagte Kriss, der das Herz immer noch flatterte. »Aber es gibt einen Berg namens *Skordarna* im Süden von Ellkor. Das bedeutet so viel wie ›Schädelberg‹ – und ein Knochen kann auch ein Schädel sein, richtig?«

Lorgis zuckte mit den Achseln. »Ähm, ja, ich denk' schon ...«

Kriss klatschte in die Hände. »Jetzt passt alles zusammen! Der Palast der Todlosen Königin, die Halle, in der wir waren!«

»Aber wie?« Lian war sichtlich froh über ihren neuerwachten Eifer. »Wie passt alles zusammen?«

Kriss musste lachen, beeindruckt, nein, *begeistert* von der Brillanz ihres Mentors. »Alriks Buch über die Todlose Königin«, erinnerte sie. »Er hat darin eine Legende von einem ælonischen Luftschiff festgehalten, das angeblich vor Jahrhunderten beim Schädelberg abgestürzt ist. Es heißt, es habe das Wappen der Königin getragen.«

Erkenntnis dämmerte auf Lians Gesicht. »Du meinst, dieses Schiff ...!«

»... stammt aus der Halle unterhalb des Palastes! Ich glaube, das ist es, wonach sie suchen! Das Schiff – oder besser das, was es an Bord hatte! Sie haben es im Palast nicht gefunden, also sind sie weitergeflogen. Zum Schädelberg!« Kriss zitterte vor Aufregung. Ja, das war die Antwort. Sie wusste es, sie fühlte es! Aber warum hatten die Entführer nicht gleich beim Schädelberg gesucht? Oder hatten sie nichts von seiner Existenz gewusst? Hatte erst Alrik sie darauf gebracht? Es war nicht wichtig. Nicht jetzt.

»Und wo genau in Ellkor liegt dieser Berg?«, fragte Lorgis.

»Hier!« Kriss tippte auf die Weltkarte, die vor ihnen ausgebreitet war. Auf die südliche Küste des Mittleren Kontinents, wo sich ein dichter Urwald ausbreitete, begrenzt von einer Gebirgskette im Norden. »Mitten in den Nebelreichen!«

»Oh ...« Lorgis' Enthusiasmus erhielt einen sichtbaren Dämpfer.

»Wieso ›Oh‹?« fragte Lian. »Is' das 'n Problem?«

»Gut möglich«, sagte Lorgis. »Niemand geht in die Nebelreiche. Und diejenigen, die's getan haben, sind nicht mehr zurückgekehrt.«

»Ein paar schon«, sagte Kriss.

»Ja, und sie waren völlig wahnsinnig!« Lorgis riss die Augen auf. »Es heißt, dort leben Menschenfresser! Ælonische und andere Ungeheuer! Der ganze Dschungel ist voller Fallen, Kompassnadeln drehen durch – und über allem liegt dieser verdammte Nebel wie ein Leichentuch!«

»Ah«, sagte Lian. »Na, wenn dieses Schiff auf 'ner lauschigen Blumenwiese abgestürzt wäre, würd's ja auch keinen Spaß machen, oder?«

Er zwinkerte Kriss zu. Sie zeigte trotz allem ein kleines Lächeln.

»Du kneifst doch jetzt nich' etwa den Schwanz ein?«, fragte Lian den Käpt'n. »Ich mein', das meiste sind doch garantiert Ammenmärchen. Oder?«

»Nicht alle, fürchte ich«, sagte Kriss. *Oder die wenigsten ...*

Lorgis fuhr sich mit beiden Händen über den Schädel. »Das wird auf jeden Fall kein Vergnügungsflug!«

»Dessen bin ich mir bewusst«, sagte Kriss. »Ich hätte mir auch ein anderes Ziel gewünscht, glaub mir, Lorgis. Aber noch haben wir eine Chance, sie einzuholen!«

Lorgis überlegte einen langen Moment. Dann sagte er: »Ich muss das mit Bell und Nesko besprechen, sobald sie wieder da sind.«

Sie mussten sich nicht lange gedulden.

Kurz nachdem Orven und Eldrit die Fracht zur *Sommerwind* kutschiert hatten, und Kriss sich mit dem Lademeister des Schiffes einig geworden war, kehrten auch Nesko und Barabell zurück, die frischen Vorräte im Schlepptau.

»Wieso die langen Gesichter?«, fragte Barabell, als sie auf die Brücke traten. Aber auch ihr Gesicht wurde lang, als sie hörte, wohin Alriks Entführer mit an Sicherheit grenzender Wahrscheinlichkeit aufgebrochen waren.

»Die Nebelreiche?« Nesko schluckte. »Aber d-da ist es gefährlich!«

»Ihr müsst nicht mitkommen«, sagte Kriss. »Ihr habt schon mehr als genug für uns getan.«

Lorgis zog eine Augenbraue hoch. »Und wie wollt Ihr dann dahin kommen?«

»Ich ... nun ja ...«

»Das dachte ich mir.«

»Lorgis, weißt du noch, warum Nesko und ich uns damals auf dieses Unternehmen mit dir eingelassen haben?«

»Weil ihr nichts Besseres zu tun hattet, Bell?«

»Auch. Aber hauptsächlich, weil du meintest, es wird

ein Abenteuer. Ich für meinen Teil hab keine Lust, mich auf irgendeinem Kahn herumkommandieren zu lassen, oder eine Reederei nach der anderen abzuklappern.« Barabell grinste Kriss und Lian an. »Ich glaube, an Eurer Seite wird es alles andere als langweilig.«

»Außerdem können wir Euch nicht alleine ziehen lassen, oder?«, fügte Nesko hinzu. »Das wäre irgendwie nicht richtig. Ihr seid doch unsere besten Kunden!«

Kriss hätte den Jungen küssen können. Sie war so gerührt, sie konnte nichts sagen, ohne dass ihr die Kehle zuklumpte.

Lian lächelte begeistert. »Ich wusste, wir könn' auf euch zählen!«

»Na schön!« Alle erschraken, als Lorgis die Hände tatkräftig zusammenschlug. »Dann nichts wie auf in die Nebelreiche, bevor uns diese Lumpenhunde entkommen!« Er bemerkte, wie Barabell über beide Ohren grinste. »Was ist?«

»Nichts«, sagte sie. »Nur hätte der alte Bransker das nicht besser sagen können.«

Bei dem Vergleich straffte Lorgis stolz die Schultern. Er wandte sich an Kriss. »Aber ich will ehrlich sein, Doktor, Herr Berris: Ich wärc nicht böse, wenn wir diesmal ein paar Andenken mit nach Hause nehmen könnten. Vorzugsweise solche mit hohem Geldwert!«

»Ich kann euch nichts versprechen«, sagte sie.

»Das wissen wir«, sagte Nesko.

Kriss blickte in die Runde und wischte sich eine Träne aus dem Augenwinkel. »Man hat mir immer beigebracht, Luftfahrer seien alle ein bisschen verrückt ...«

»Komisch«, sagte Barabell, »dasselbe hat man uns über Leute gesagt, die im Wüstensand buddeln.«

»... aber ich bin sehr dankbar für eure Verrücktheit. Mehr, als ich euch sagen kann!«

»Mehr braucht Ihr auch nicht zu sagen«, gab Lorgis zurück. »Sobald alles an Bord ist, legen wir ab. Und wenn wir Glück haben, dann holen wir dieses Dreckspack auf dem Weg in die Nebelreiche ein. Auch wenn wir uns bis dahin noch überlegen müssen, was wir dann mit denen anstellen ...«

Kriss hätte jeden Einzelnen von ihnen am liebsten umarmt. Sie dankte ihnen allen, dann kam sie Lorgis' Befehl nach und verließ die Brücke. Lian folgte ihr mit schnellen Schritten bis in ihr Quartier.

»Kriss, hör mal. Wegen vorhin ...«

»Lian«, sagte sie, ohne sich umzudrehen, überrascht darüber, wie gefasst sie klang. »Ich weiß nicht, ob ich jetzt darüber reden kann oder möchte. Danke, dass du mitkommst. Ich weiß, du hast dir so ein Abenteuer gewünscht.«

»Verdammt, Kriss, ich ...!« Sie hörte ihn frustriert die Luft ausstoßen. »Also gut«, sagte er dann leise. »Wir reden später. Keine Sorge: Ich lass' dich jetzt allein.«

Kriss nickte. Als sie hörte, wie er die Tür hinter sich schloss, brach sie weinend zusammen.

Ich will nicht allein sein!, dachte sie. *Kannst du das nicht verstehen?*

Sie weinte noch, als sich die *Wolkenbummler* in den Nachmittagshimmel erhob und nach Süden flog – dem Meer und den Nebelreichen entgegen.

{Zweiter Teil}

{Windgeister}

Am Nachmittag, als die Tränen fürs Erste versiegt waren und sie glaubte, das Schlimmste verwunden zu haben, bat Kriss Nesko um Feder, Tinte und Papier, setzte sich hin und begann, zu schreiben:

Lieber Alrik,

ich schreibe Dir diesen Brief in der Hoffnung, dass ich ihn Dir eher früher als später persönlich überreichen kann. Dass wir uns bald wiedersehen, beide gesund und munter.

Und weil ich hoffe, darin etwas Ablenkung zu finden.

Wir fliegen gerade über dem Inneren Meer. Sohendal und der Wasserpalast liegen weit hinter uns. Meine Muskeln fühlen sich immer noch an wie ausgezehrt von den Strapazen in dem Gewölbe – keine Sorge, ich werde Dir alles darüber berichten, wenn wir uns wiedersehen. Die Sonne glitzert auf den Wellen, manchmal kann man Flederfische sehen, die aus dem Wasser springen und wie Schwärme silberner Pfeile über die Gischt dahingleiten. Lorgis behauptet, einen Schlangenwal gesehen zu haben, aber ich halte das für unwahrscheinlich, immerhin wurde seit dem Ende der Ælonischen Epoche kein Exemplar mehr gesichtet. (Vielleicht bin ich auch nur neidisch, weil ich ihn nicht gesehen habe?) Wenn ich aus dem Bullauge blicke, kann ich ein Dampfschiff ausmachen, das am Horizont dahinzieht. Ich hoffe für die Mannschaft, dass bei ihnen eine entspanntere Stimmung herrscht ...

Das Innere Meer. Das letzte Mal, als ich hier war, ebenfalls auf dem Weg nach Ellkor, hatte die Windrose *den Smaragdwald gerade hinter sich gelassen. Es war das erste Mal, dass ich mit einer Pistole geschossen hatte. Auf die Mörderechse, erinnerst Du Dich? Damals hatte ich das Gefühl, Lian nimmt mich zum ersten Mal wirklich wahr.*

~~*Eigentlich war dieser Brief dafür gedacht, dass ich NICHT an ihn denke. Aber ich kann es nicht verhindern, er geht mir nicht aus dem Kopf. Die Dinge, die er in Sohendal gesagt hat.*~~

Leider ist es immer noch ziemlich beengt an Bord. Wir haben die Kisten und Fässer für unsere Kollegen durch Kisten und Fässer mit Vorräten und Kohle ersetzt. Ich hocke in der Enge meines Quartiers auf einer Kiste Pökelfleisch und schreibe diesen Brief auf einem Wasserfass als Tischersatz. Ich frage mich, wie Professor Varender und Doktor Torling und all die anderen reagieren, wenn die Sommerwind *bei der Ausgrabung auftaucht. Wenn sie meinen Brief lesen. Zum Glück hatte ich die Gelegenheit, ihnen zu schreiben, wohin wir fliegen, bevor ich ihn abgeschickt habe. Wenn sie Hilfe schicken – und das werden sie, davon bin ich fest überzeugt – wird diese dasselbe Ziel ansteuern wie wir. Doch es bleibt die Frage, wann. Und wir können nicht darauf warten.*

Alrik, ich weiß, Du hast gesagt, wir sollen Dir nicht folgen. Trotzdem weiß ich, dass Du das Gleiche getan hättest, wärst du an meiner Stelle gewesen. Ganz bestimmt.

Ich bin die meiste Zeit allein. Lian ist oft auf der Brücke, er hilft im Maschinenraum oder sonstwo. Wenn wir uns treffen, dann gehen wir höflich miteinander um. Aber er scheint eine gewisse Scheu vor mir zu haben. Vielleicht will er mir auch nur Raum geben, um meine Gefühle zu erkunden. Dabei will ich an alles denken, nur nicht daran.

Ich krame die ganze Zeit in meinem angeblich so phänomenalen Gedächtnis nach allem, was ich über die Nebelreiche weiß. Nach dem, was Du in Deinem Buch geschrieben hast. Alles, an das ich mich erinnere – oder glaube, mich zu erinnern – habe ich festgehalten. Ich werde den anderen nachher davon berichten. Auch wenn es nicht viel Neues sein wird, fürchte ich. Ich hoffe, sie wissen, worauf sie sich eingelassen haben. Ich wünschte, ich wüsste es selbst.

Auch Orven und Eldrit sind inzwischen darüber im Bilde, wohin wir fliegen, und dass es möglicherweise gefährlich wird. Natürlich haben sie sich wieder beschwert (was ihr gutes Recht ist), aber sie sind an Bord geblieben. Mich plagt mein schlechtes Gewissen, immerhin war es meine Idee, ihnen den Floh von irgendwelchen Schätzen ins Ohr zu setzen. Schätze, von denen wir nicht mal wissen, ob es sie gibt. Aber es ist schließlich denkbar, oder?

Dennoch ist es gut möglich, dass sie es sich bald anders überlegen und eine Meuterei anzetteln. Eine Zwei-Mann-Meuterei.

Manchmal ertappe ich mich bei dem Gedanken, ob Lorgis, Barabell und Nesko uns wirklich aus reiner Herzensgüte helfen, oder ob sie allein von der Aussicht auf Reichtum angetrieben werden. Ich könnte es ihnen nicht verübeln. Diese Sache mit dem Sonnenstaub wird ihnen sicher eine Menge Ärger einbringen. Die Leute, die auf ihre Lieferung warten, werden wenig Verständnis für die Verzögerung haben. Vielleicht glauben sie, Lorgis und die anderen sind mit dem Zeug durchgebrannt. Sie werden ihnen das nicht durchgehen lassen.

Lorgis sagt, ich soll mir diesbezüglich keine Sorgen machen. Dass er sich eine gute Geschichte zurechtgelegt hat. Von Piraten und anderen Widrigkeiten. Aber ich sehe die Sorgen auf seinem Gesicht, und es tut mir leid, ihn und die anderen in diesen Schlamassel mit hineingezogen zu haben.

Später: Es ist jetzt Abend. Die Sonne geht gerade über dem Meer unter – ich habe ganz vergessen, wie sehr ich diesen Anblick vermisst habe. Ein flammendes Rot am gelben Himmel. Die langen Schatten der dunklen Wellen.

Laut Lorgis erreichen wir irgendwann in dieser Nacht oder am frühen Morgen die östliche Flanke von Ellkor, und nicht lange danach die Nebelreiche. Vom Schiff Deiner Entführer gibt es immer noch keine Spur. Dank unseres Abstechers nach Sohendal ist ihr Vorsprung zu groß, fürchte ich. Ich darf nicht zu lange darüber nachdenken, wie viel Zeit wir verloren haben, oder ich fange an zu zittern wie Espenlaub.

Ich muss ständig an das andere Schiff denken – ich meine, das ælonische Luftschiff, das beim Schädelberg abgestürzt ist. Zumindest angeblich. Keiner von uns hat es je mit eigenen Augen gesehen. Ist es wirklich ein Schiff aus der Flotte der Todlosen Königin? Und was war an Bord, als es vom Wasserpalast abgelegt hat?

Rätsel über Rätsel. Ich wünschte, Du hättest dieses verdammte Buch niemals geschrieben. Ich wünschte, Du wärst jetzt hier.

Ich weiß, es würde die Dinge leichter für mich machen.

Mit einem schweren Seufzen steckte sie die Feder zurück ins Tintenglas und schüttelte ihre schwarzgefleckte, rechte Hand, um den Krampf zu lockern, der sich dort bereits ankündigte. Für heute hatte sie genug geschrieben. Sie legte den Brief an Alrik beiseite und nahm ihre Notizen mit dem mageren Wissen über ihren Zielort auf.

Sie war bereit, den anderen zu berichten, was sie dort erwartete.

»Man nennt sie die Nebelreiche«, begann Kriss, »und das aus einem naheliegenden Grund.«

Sie hatten sich auf der Brücke eingefunden, gerade, als draußen die ersten Sterne aufgingen. Der Kessel der *Wolkenbummler* war eben erst gefüttert worden und schnaufte diensteifrig. Eldrit und Orven hatten die Steuerräder übernommen; Barabell und Nesko sahen ihnen dabei über die Schultern, während Lorgis sich nach einem Nickerchen den letzten Schlaf aus den Augen rieb.

Auch Lian war angetreten. Er wirkte wie immer. »Wir sind ganz Ohr«, sagte er mit einem aufmunternden Lächeln.

Kriss ignorierte das aufkommende Flattern in ihrem Bauch. Sie überflog kurz ihre Notizen.

»Die, äh, Region, zu der wir fliegen, gehört zu einem ausgedehnten Urwald im Süden von Ellkor, der vom Rest des Kontinents durch die sogenannten Wolkenberge abgeschirmt wird. Der Wald liegt einige hundert Klafter über dem Meeresspiegel. Das Klima dort ist feucht und kühl, und durch die hohe Lage hängen oft bis ständig dichte Nebelschwaden über dem Gebiet.«

»Wissen wir das nicht alles schon?«

»Orven. Unterbrich den Doktor nicht.«

»Man wird ja wohl noch fragen dürfen!«

»Man weiß nur wenig über diesen Teil der Welt«, fuhr Kriss fort. »Es wurden nur eine Handvoll ernstzunehmende Bücher zu dem Thema veröffentlicht. Im Laufe der Jahrhunderte gab es immer wieder vereinzelte Expeditionen in die Nebelreiche, doch die meisten von ihnen sind spurlos verschwunden.

Trotz der ungastlichen Umgebung leben Menschen dort, und das seit einigen tausend Jahren. Sie haben sich in Stammesgemeinschaften zusammengefunden. Sie hausen in kleineren Dörfern, in Hütten aus Reisig und Lehm. Nur von wenigen dieser Stämme kennt man die Namen, wie den Kurúlan, den Quoráti oder den Xiláka. Über ihre Lebensweise weiß man ungefähr genauso viel – oder besser: wenig. Sie leben als Jäger und Sammler in den Wäldern. Meistens achten sie das Territorium der anderen Stämme. Wenn nicht, kommt es zu blutigen Kriegen.

Dabei gibt es Hinweise darauf, dass sämtliche Stämme der Nebelreiche die Nachfahren einer hoch entwickelten, ælonischen Kultur sind, die einige Zeit vor dem Versiegen des Ælon untergangen ist: ein Königreich, das große Städte aus Stein im Dschungel hinterlassen hat, und Tempel, versteckt von Nebel und Rankpflanzen. Soweit bekannt ist, hat diese Kultur eine Gottheit angebetet, die sie den ›Herrn des Nebels‹ nannte. Angeblich sorgt er für den Dunstschleier, der den Urwald vor der Außenwelt schützt.

Viele der heutigen Stämme scheinen diesen Herrn des Nebels immer noch anzubeten. Es heißt, manche von ihnen bringen ihm Blutopfer dar, damit der Nebelschleier weiter hält.

Nicht immer ist es das Blut von Tieren.«

Niemand an Bord fand das überraschend.

»Zumindest ist deutlich, dass sie keine Fremden in ihrem Wald mögen«, fuhr Kriss fort. »Was nicht groß verwunderlich ist, denn noch vor wenigen Jahrhunderten haben andere Nationen Ellkors versucht, die Bewohner der Nebelreiche einzufangen und als Sklaven zu halten. Aber die Stämme haben sie schnell wieder verjagt. Von Hunderten von Sklavenjägern sind nur knapp ein Dutzend mit heiler Haut davongekommen.«

»Die Ärmsten«, sagte Lian mit zynischem Lächeln.

Kriss war bemüht, sich nicht ablenken zu lassen. »Aufgrund der ständigen Dunstwolken, der Widrigkeiten des Geländes und nicht zuletzt der mürrischen Eingeborenen hat sich seitdem so gut wie niemand mehr für die Nebelreiche interessiert.

Aber natürlich haben sich im Laufe der Zeit eine Unzahl von Mythen und Legenden um sie gerankt. Angeblich sind in den alten Tempeln und Städten gewaltige Schätze aus Gold, Silber, Opalen und Rubinen versteckt, die als

Opfergaben für den Herrn des Nebels gedient haben.« Sie merkte, wie die Luftfahrer aufhorchten. »Man munkelt auch von ælonischen Artefakten, die immer noch funktionieren. Energiekristallen mit ungewirktem Ælon.«

Sie sah Lian wissend nicken. Sie wussten beide nur allzu gut, was manche Menschen bereit waren, für Kristalle mit purem, ungewirktem Ælon zu geben.

»Das hat im Laufe der Jahrhunderte immer wieder Abenteurer und Schatzsucher in die Nebelreiche gelockt«, erklärte Kriss. »Von den meisten hat man nie wieder etwas gehört. Man nimmt an, dass sie sich im Nebel verirrt haben oder Opfer der Eingeborenen wurden. Es gibt auch zahllose Geschichten über heimtückische Fallen, mit denen die Eingeborenen ihre Schätze hüten: Gruben mit nadelspitzen Holzpfählen. Treibsand. Schlingfallen. Vergiftete Pfeile, die aus dem Unterholz schießen. Oder noch viel raffiniertere, ælonische Vorrichtungen.«

Lorgis, Barabell und Nesko tauschten unruhige Blicke aus. Nach den Wächtern des Wasserpalastes hatten sie keine Mühe, sich solche Fallen vorzustellen. Eldrit und Orven schien es ähnlich zu gehen.

»Jetzt kommt der entscheidende Teil«, sagte Kriss. »Einer dieser Schatzsucher, eine Frau namens Dajaris Kelliver, wenn ich mich recht erinnere, ist vor gut hundertzwanzig Jahren mit einigen Begleitern – Glücksrittern aus der ganzen Welt – in die Nebelreiche aufgebrochen. Angeblich haben sie sich monatelang durch den Dunst geschlagen, auf der Suche nach den legendären Tempeln. Dabei haben sie einige Karten angefertigt, von denen heute leider nur noch Fragmente übrig sind.

Madame Kellivers Begleiter wurden einer nach dem anderen Opfer des Dschungels, bis nur noch sie allein übrig war. Und auch sie wurde bald von Eingeborenen aufgespürt und gejagt.

Irgendwie gelang es ihr, zu überleben. Das heißt, gerade so. Nach Wochen schaffte sie es schließlich zurück in die Zivilisation: halb verrückt, und um ein Bein und eine Hand ärmer.«

»Hat es sich wenigstens gelohnt?«, fragte Barabell.

»Sie hat keine Schätze gefunden, wenn du das meinst. Dafür jedoch etwas anderes.«

»Das kaputte Luftschiff«, sagte Lian. »Bei diesem Schädelberg.«

»Ganz genau. Der Name des Berges stammt übrigens von ihr.«

»Weil er aussieht wie ein Schädel?«, fragte Nesko.

»Nein, weil sie den Schädel eines ihrer Kameraden an seinem Fuß beerdigt hat.«

»Nett«, sagte Eldrit, ohne eine Miene zu verziehen.

»Madame Kelliver konnte einen Teil ihrer Aufzeichnungen zurück in die Heimat retten. Darunter befand sich auch eine Zeichnung des Wracks. Auch wenn sie keine sehr begabte Künstlerin war, glauben manche Forscher, auf dem Bild ein Wappen erkannt zu haben: drei Speere, von einem schwarzen Band umschlungen. Das Wappen der Todlosen Königin.«

Sie massierte ihre schreibmüde, rechte Hand.

»Leider hat Alrik dieser Geschichte nur ein mittellanges Kapitel in seinem Buch gewidmet; zusammen mit einem Dutzend anderer Geschichten über angebliche Hinterlassenschaften der Königin überall auf der Welt.

Niemand weiß, was sich in dem Wrack befindet – oder befand. Madame Kelliver hatte keine Gelegenheit gehabt, es sich von innen anzusehen, denn ihre Verfolger hatten sie gefunden. Natürlich gab es spätere Expeditionen dorthin.«

»Lasst mich raten«, sagte Lorgis, »keine davon ist zurückgekehrt.«

Kriss nickte. »Was immer auf dem Schiff war, ich bin überzeugt, Alriks Entführer wollen es haben. Aber selbst, wenn das Wrack wirklich existiert, wir wissen nicht, ob sich seine Fracht nach all der Zeit noch an Bord befindet.«

Sie bemerkte, dass Lian sie ansah. *Finden wir's raus*, sagte sein Blick.

Kriss schenkte ihm ein knappes Lächeln. Dann sah sie weg, als sich ein Kloß in ihrer Kehle bildete.

Zweiter Tag unserer Reise nach Ellkor.

Um ehrlich zu sein, ich bin nicht einmal sicher, für wen dieser Brief gedacht ist. Für Dich oder mich selbst.

Ich bin noch vor Morgengrauen wach geworden. Ich habe von Dir geträumt. Leider war es kein schöner Traum. Ich habe wieder und wieder zugesehen, wie sie Dich in diese dunkle Gasse schleppen. Ich laufe los, aber ich komme nicht vom Fleck. Ich greife nach Dir, aber ich kann Dich nicht erreichen.

Jetzt sitze ich hier und blicke zwischen den Absätzen immer wieder hinaus zu den verblassenden Sternen. Ellkor ist bereits am Horizont als zerklüftete, dunkle Linie zu erahnen. Ich muss oft an unseren letzten Besuch auf dem Kontinent denken. Wie Lian und ich im Turm der Lavawürmer eingesperrt wurden, nur um kurz darauf von Ruhndor und seinen Graujacken verschleppt zu werden. Ich weiß noch, wie ich es gehasst habe: das Gefühl, auf seinem Schiff eingesperrt zu sein. Darum bangen zu müssen, was mit uns geschieht. Und ich fürchte, es geht Dir ganz genauso, wo immer Du jetzt gerade bist.

Später. Inzwischen gab es Frühstück: trockenen Schiffszwieback, Pökelfleisch, eine halbe Pampelsine und dazu kalten Tee. Lian und ich haben gemeinsam gegessen. Es war fast wie früher zwischen uns, und trotzdem: Jedes Mal wenn ich ihn ansehe, denke ich daran, dass er gehen wird. Nicht sofort, aber irgendwann. Und jedes Mal tut es genauso weh wie zuvor.

Warum muss alles vergehen? Warum können manche Dinge nicht ewig halten?

Ist es vielleicht besser, niemanden zu lieben, um von diesem Kummer frei zu sein? Nein, das kann nicht die Antwort sein. Aber was dann? Was soll ich tun, Alrik? Ich will ihn nicht verlieren. Aber ich kann ihn nicht zwingen, bei mir zu bleiben.

Und ich kann auch nicht mit ihm gehen. Ich habe Dich und meine Arbeit, mein Leben in Tamalea. Und ich liebe mein Leben. Ich kann es nicht einfach aufgeben. Ich will es auch nicht.

Aber genauso liebe ich Lian. Vielleicht weiß er gar nicht, wie sehr. Ich glaube, bis zu unserem Gespräch in Sohendal habe ich es selbst nicht gewusst. Ich will es ihm sagen. Ich will ihm sagen, dass er nicht gehen soll. Aber ich bringe es nicht über mich. Ich habe Angst, dass es noch mehr weh tut. Dass er Dinge sagt, die ich nicht hören will.

Dabei weiß ich, dass er mich gern hat. Vielleicht nicht so sehr, wie ich ihn. Aber erst jetzt wird mir klar, dass ich der einzige Grund war, warum er bei uns geblieben ist, bei der Ausgrabung. Er hat seine Freiheit, die ihm so viel bedeutet, für mich aufgegeben.

Zumindest für eine Weile.

Warum konnte ich in Sohendal nicht meinen Mund halten? Warum musste ich unbedingt nachbohren? Es könnte alles wie früher zwischen uns sein. Ich wäre glücklich an seiner Seite.

Aber ich würde mir nur was vormachen, nicht wahr? Die Wahrheit wäre früher oder später sowieso zwischen uns gekommen. Und die Wahrheit ist, dass wir zu verschieden sind, um für immer zusammenzubleiben. Eigentlich ist es ein Wunder, dass wir überhaupt so lange Zeit miteinander verbracht haben.

Verdammt, ich wollte gar nicht über ihn schreiben. Ich wollte nicht mehr über all das nachdenken!

Vielleicht muss ich es einfach akzeptieren. Vielleicht macht es das erträglicher. Aber ich kann es nicht, verstehst Du? Nicht jetzt, dafür ist alles noch zu frisch. Das Einzige, was ich tun kann, ist, mich abzulenken. Mich darauf zu konzentrieren, dich zurückzuholen.

~~*Ich habe Angst, Alrik. Ich habe Angst vor der Zukunft, Angst vor dem, was uns in den Nebelreichen erwarten könnte. Angst, etwas falsch zu machen. Dich nie wieder zu sehen*~~*.*

Ich werde versuchen, mich etwas hinzulegen. Eine Zeitlang an gar nichts zu denken. Wünsch mir Glück dabei.

Später: Es ist jetzt Nachmittag. Wir haben Ellkor erreicht. Die Bernsteinküste haben wir hinter uns, unter uns liegt das Herzogtum Chan Lam. Die Grenzpatrouille hat uns passieren lassen, aber natürlich haben sie das andere Schiff nicht gesehen. Eben haben wir die Hauptstadt überflogen. Ich konnte von hier oben aus den Kupferpalast sehen, die Rote Straße und den Tempel von Ha-Sun-Ba.

Am Horizont sieht man schon die Wolkenberge, riesig und grau. Selbst von hier aus kann ich die Dreizehn Gipfel schon erahnen. Sie sind halb von schneeweißen Schwaden verschleiert. Zum Glück sind die östlichen Ausläufer des Gebirges niedrig genug, dass das Schiff über sie hinwegfliegen kann.

Das ist sie. Die letzte Grenze vor den Nebelreichen. Dahinter gibt es nichts als Dschungel, Dunst und Wildnis.

Und irgendwo dort, so hoffe ich, bist Du.

Mit klopfendem Herzen sah Kriss den Wolkenschwaden zu, die vor der Brücke aufwallten, gebadet vom Nachmittagslicht und so weiß, dass es in den Augen wehtat. Die schartigen Silhouetten von Bergspitzen ragten aus ihnen hervor wie unregelmäßige Zähne. Auch die anderen bewunderten den Anblick stumm.

Kriss bemühte sich, ruhig zu atmen, ihre Aufregung zu bändigen. Lian merkte es. Er hob den Arm, zögerte einen Moment. Dann legte er seine Hand auf ihre linke Schulter. Es half nicht wirklich; im Gegenteil, es wirbelte ihre Gedanken nur noch mehr durcheinander. Aber sie brachte es nicht übers Herz, ihn von sich zu weisen.

Nesko und Barabell hatten eine neue Schicht auf der Brücke angetreten. Mit jeder Meile, die das Gebirge nähergerückt war, war auch ihre Nervosität sichtlich gewachsen. Nun, wo es direkt unter ihnen lag, hatte sie ihren Höhepunkt erreicht.

Der Rumpf der *Wolkenbummler* strich durch einen Nebelfetzen; Kriss und die anderen erschraken, als etwas Hartes an dem Schiff entlangscharrte und für einen Moment die Gondel ins Wanken brachte. Sofort riss Nesko das Höhensteuer herum, das Schiff erhob sich über den Nebel. »'tschuldigung«, sagte er, auf Lorgis ermahnenden Blick hin, ehrlich beschämt.

»Verdammter Dunst«, knirschte der Kapitän.

Das Schiff flog jetzt so hoch es konnte, doch die Wolken wurden immer dichter, die Brücke verdunkelte sich langsam. Dann wurden sie ganz von wallendem Grau verschluckt. Es drängte gegen die Fensterscheiben und bildete feine Kondenstropfen auf dem Glas. Nesko und Barabell schienen sich nicht zu trauen, die Steuerräder auch nur um eine Winzigkeit zu bewegen, während sie völlig blind durch die Wolke glitten. Angespanntes Schweigen erfüllte die Brücke.

»Was zum –?«, stieß Lian plötzlich aus. »Seht ihr das auch?«

Alle Blicke folgten seiner Deutung.

Doch es war nichts zu erkennen.

»Verdammt, es ist wieder weg«, murmelte Lian. »Ich hätt' schwören können, ich hätt' was gesehen ...«

»Was?«, fragte Kriss.

»Nichts«, lenkte er ab. »War'n wohl nur die Nerven.«

Einige lange Momente vergingen im Schweigen. Kriss sondierte zusammen mit den anderen die grauen Massen um sie herum. Erfolglos. Während sie die allgegenwärtigen Schwaden verwünschte, drängte sich ihr eine vage Erinnerung auf. Eine alte Legende über diesen Teil der Welt. Der Mythos von fliegenden Dämonen, die durch die verschleierten Teile der Wolkenberge geisterten, um Jagd auf Luftfahrer zu machen.

»Da!«, rief Nesko und zeigte nach Backbord.

Kriss stand der Mund offen, als sie einen dunklen Schemen sah, der sich durch die Wolke bewegte. Eigentlich war es mehr ein Fleck. Unmöglich zu sagen, wie weit er entfernt war, aber er kam näher, wobei er an Masse gewann.

Sie zuckte zusammen, als von draußen ein schrecklicher Schrei ertönte, der ihr – und nicht nur ihr – durch Mark und Bein ging. Es klang wie der langgezogene, messerspitze Schrei eines Vogels – eines gewaltigen, monströsen Vogels.

»Was ist das?« Lorgis' Erschrecken war überdeutlich.

Kriss schluckte, dann lächelte sie, in dem Versuch, ihre Anspannung zu lockern. »Es gibt Vögel in den Wolkenbergen. Kaiserkondore. Sie haben eine Flügelspannweite von drei Klaftern. Aber keine Sorge, sie greifen keine Luftschiffe an, sie machen nur Jagd auf Klippenböcke und –«

Sie brach ab, als über ihnen etwas dumpf gegen die Ballonhülle schlug und die *Wolkenbummler* erzittern ließ.

»Wissen die Viecher das auch?«, fragte Lian alarmiert.

Erneut schnitt ein grässlicher Schrei durch den

Wolkennebel. Kriss keuchte, als wieder etwas gegen die Ballonhülle schlug.

»Nein!«, sagte sie. »Das kann nicht sein! Es gibt keine Berichte –!«

»*Schessk!*«, zischte Lorgis, »das war mir entschieden zu nah!« Mit zwei schnellen Schritten eilte er an die Sprechrohre. »Orven, Eldrit – einer von euch soll sich 'ne Waffe greifen, der andere sorgt für vollen Schub! Wir werden angegriffen!«

»*Was?*«, ertönte Orvens verzerrte Stimme. »*Von wem?*«

»Miesgelaunten Flattermännern! Los, helft uns, die Viecher abzuschießen, bevor sie uns die Gaszellen aufreißen!« Lorgis wirbelte herum. »Doktor Odwin, Herr Berris!«

Kriss und Lian begriffen sofort. Hals über Kopf liefen sie Lorgis nach, durch den Navigationsraum hindurch, in den Schiffsgang. Während er in sein Quartier abtauchte, um die Waffen zu holen, eilten Kriss und Lian in ihre eigene Kajüte.

Nach ihren Erlebnissen im Wasserpalast hatte Lorgis darauf bestanden, die Pistolen geladen zu lassen. Lian zog die Waffen aus dem Wandschrank und reichte eine davon Kriss. Ihr Herzschlag dröhnte ihr in den Ohren, als sie den Hahn mit einem scharfen *Klick* in Feuerrast spannte. Pulverhorn, Zündkraut und Kugeln hatte sie noch in ihrer Gürteltasche.

Die eigene Pistole feuerbereit, lief Lian zum Bullauge. Er riss es auf und zielte angespannt in die Wolke. »Ich halt' hier die Stellung!«

Kriss nickte hastig. »Ich bin auf der Brücke!«

Sie war fast aus dem Quartier gerannt, als Lian ihr zurief: »Kriss! Pass auf dich auf!«

»Und du auf dich!«, gab sie zurück. Als sie durch den Gang eilte, sah sie Lorgis, der sich dort an einem offenen Bullauge verschanzt hatte, eine Muskete im Anschlag und drei weitere um ihn herum verteilt. »Doktor!« Er gab ihr im Vorbeigehen eine zweite Pistole mit.

Wieder geisterte ein Vogelschrei durch den Dunst und lähmte Kriss für einen Moment. Auf der Brücke angekommen, riss sie ein Fenster an Steuerbord auf. Kalter Wind zerzauste ihr Haar. Sie steckte die Läufe beider Pistolen durch das Fenster und starrte in das wallende Grau. Ihr war speiübel. Nur mit Mühe konnte sie das Zittern ihrer Hände unterdrücken. Sie hasste Waffen. Und noch mehr hasste sie es, damit kämpfen zu müssen.

Wieso griff der Vogel sie an? Für gewöhnlich nahmen Kaiserkondore vor den dröhnenden Luftschrauben Reißaus, so wie die meisten anderen Tiere.

(*Und wieder die Erinnerung an fliegende Dämonen in den Wolken. Wie hatte man sie noch genannt ...?*)

Kriss verengte die Augen zu Schlitzen, in dem Bemühen, draußen etwas anderes zu erkennen, als das feuchte Grau. Vielleicht kam ihr ein Windhauch zu Hilfe, vielleicht war es auch der Schlag gewaltiger Schwingen: Etwas verwirbelte den Nebel dort draußen, das Grau klärte sich auf und ließ einen schrägen Schacht Sonnenlicht durchdringen.

Kriss gefror, als sie den schwarzgefiederten Koloss sah, der auf das Schiff zuhielt: ein geflügelter Alptraum mit hakenförmigem Schnabel, einem federlosen Hals voller Runzeln und arglistigen Augen ohne Weiß darin. Seine Krallen waren so lang und spitz wie Dolche.

Er war nicht allein.

Zunächst glaubte sie, der Wolkenschleier spiele ihr einen Streich, als sie die Gurte sah, die um die Flügel des Vogels geschnallt waren. Ein Sattel! Ein Sattel lag auf dem Rücken des Kondors! Und darauf hockte ein zweiter, sehr viel kleinerer Vogel!

Nein, kein Vogel. Es war eine Gestalt in einem flatternden Mantel, der seinerseits mit schwarzen Federn besetzt war, von denen der Wind immer wieder welche herausriss. Eine schnabelbewehrte Holzmaske verdeckte das Gesicht des Reiters. In der rechten Hand hielt er drohend einen Speer, während der Vogel ihn dichter an das Luftschiff herantrug.

»Großer Weltengeist!«, stieß Barabell aus. Sie riss das Steuerrad herum, in dem Versuch, das Schiff von dem heranschießenden Vogel fortzubringen.

Kriss konnte es nicht glauben. Endlich erinnerte sie sich an den Namen. »Die Windgeister«, murmelte sie. Aber das war unmöglich, sie waren nur ein Mythos!

Ein Mythos, der ihr Schiff angriff.

Sie hatte keine Ahnung, wie der Reiter den Vogel steuerte. Sie sah weder Zügel noch Sporen. Vielleicht reichte einfach die Art aus, wie er sich in seinem Sattel verlagerte. Fest stand: Der Vogel und sein Reiter hielten auf die *Wolkenbummler* zu, und die Speerspitze schimmerte rasiermesserscharf im trüben Sonnenlicht. Keine fünf Klafter mehr und sie hatten das Schiff erreicht!

Mehr aus Reflex als allem anderen feuerte Kriss mit der rechten Pistole. Der Schuss knallte durch die Brücke und ließ die Fensterscheiben klirren. Der Kondor kreischte auf, doch die Kugel hatte ihn verfehlt.

Fast gleichzeitig ertönte ein zweiter Schuss aus dem Schiffsgang, wahrscheinlich von Lorgis. Er verging ebenso wirkungslos am Himmel wie ein Donnerschlag.

Kriss hustete durch den Pulverqualm, der viel zu langsam aus dem offenen Fenster gesaugt wurde. Ihre Ohren klingelten. Der Vogel hatte das Schiff fast erreicht. Sie kniff ein Auge zu, zielte mit der zweiten Pistole und feuerte.

Sie keuchte halb verblüfft, halb erschrocken, als die Kugel mitten in die schwarzgefiederte Brust des Kondors traf. Der Vogel erstarrte für einen Moment, sein Schrei gefror ihr das Blut in den Adern. Dann stürzte das Tier mit ausgebreiteten Schwingen aus der Luft und wurde von der Wolke verschluckt, mitsamt seinem Reiter.

Ich habe ihn getötet, durchfuhr es Kriss kalt. Sie hätte sich fast übergeben. Sie hatte niemals ein Menschenleben nehmen wollen! Dann sah sie den Schemen im Dunst: Wie ein kleinerer Vogel glitt er in einer sanften Abwärtsspirale durch die Luft. *Der Mantel des Mannes*, dachte sie. *Wie Vogelschwingen. Er lebt. Ich habe ihn nicht getötet. Er lebt.*

»Guter Schuss, Doktor!«, drang Lorgis' Stimme aus dem Gang.

Kriss begann sofort nachzuladen, so schnell es ihre bebenden Hände erlaubten: Erst das Schießpulver in den Lauf, dann stopfte sie das Schusspflaster mit der Kugel hinein. Anschließend gab sie das Zündkraut in die Pfanne, bevor sie den Hahn mit dem Feuerstein in Laderast brachte. Schweiß rann ihr die Schläfen hinab, während sie viel zu langsam erst die eine, dann die andere Waffe schussbereit machte.

»Ich glaub', da sind noch zwei!«, hörte sie Lians Stimme gedämpft durch das Schiff gellen. »Nein, wartet – *drei!*«

Kriss zuckte zusammen, als ein Schuss aus dem Schiff ertönte – dicht gefolgt vom Schrei eines sterbenden Vogels, der in der Ferne verhallte.

»Nein, bloß noch zwei!«, rief Lian.

Kriss sah einen weiteren geflügelten Schemen auf Backbord. Die Pistolen in Händen rannte sie zum Fenster und öffnete es mit dem kleinen Finger. Sie legte an, wollte schießen (nein, eigentlich wollte sie es nicht) – aber da glitt der Kondor schon über das Schiff hinweg.

Ein schrecklicher Knall zerriss ihr fast das Trommelfell; im selben Moment kippte der Boden unter ihr weg. Kriss schrie auf, als sie hart auf den Schiffsplanken aufschlug. Sie hörte Nesko und Barabell fluchen, während sie sich gleichzeitig an den Steuerrädern festklammerten.

Irgendwo schlug etwas Schweres gegen Holz, gefolgt von einem Fluch von Lorgis, der die Wände beben ließ.

»Lorgis!«, rief Kriss aus.

»Nichts passiert!«, rief er zurück, aber er klang angeschlagen. »Spinn' ich – *oder sitzen da welche auf den Vögeln?*«

»*Korf*«, hörte Kriss Barabell angespannt vor sich hinmurmeln. »Das Mistvieh muss eine von den Backbordzellen zerfetzt haben!«

Kriss kämpfte sich auf die Beine, es war nicht leicht. Die Brücke – und mit ihr die gesamte Passagiergondel – hatte sich um fast zehn Grad nach Steuerbord gesenkt. Sankt Haros war ein weiteres Mal umgekippt, Opfermünzen und Räucherstäbchen über den Boden gerutscht.

Mit beiden Armen um Balance kämpfend, die Pistolen immer noch in der Hand, blickte Kriss nach draußen, von wo sie einen Kondor markerschütternd kreischen hörte, und dann – aus der entgegengesetzten Richtung – einen weiteren.

Auf der anderen Seite der Brücke sah sie einen Schatten durch den Wolkenschleier gleiten. Sie eilte dorthin, ans Fenster, so schnell es ihr die Schräglage der Gondel erlaubte. Sie öffnete das Fenster, zielte mit der einen Pistole und feuerte, halbtaub von der Explosion des Schießpulvers.

Die Kugel verfehlte den Kondor um mehrere Klafter, er hielt unbeirrt auf das Schiff zu. Kriss streckte den Lauf der anderen Waffe durch das Fenster, drückte ab, wobei sie das Gesicht zu einer widerwilligen Grimasse verzog.

Doch auch ihr zweiter Schuss ging ins Leere. Der Vogel war zu weit entfernt, ihre Zielkunst zu schlecht oder beides.

»Wo ist der andere?«, hörte sie Lorgis durch ihr Ohrensausen brüllen. »Es waren doch zwei!«

Da ertönte ein Kreischen, viel zu nah und viel zu laut. Sie riss den Blick zur Decke.

»Über uns!«, rief sie erschrocken.

Wieder gab es einen Knall, der das Schiff erschütterte. Diesmal sackte die Brücke nach vorne ab. Kriss kämpfte um Halt und verlor; sie stürzte hart und rutschte über den Brückenboden. Die Pistolen schlidderten über die Planken, zusammen mit der Statue des Sankt Haros und seinen Opfergaben. Überall im Schiff polterte, krachte und klirrte es.

»Doktor!«, rief Nesko aus, aber weder er noch Barabell konnten die Steuerräder loslassen, um ihr aufzuhelfen.

Kriss streckte die Hand nach einem der Haltegriffe an der Wand aus und zog sich auf die Beine. Alles tanzte vor ihren Augen. In ihren Ohren pfiff und klingelte es unaufhörlich.

»Verdammt!« Nesko warf einen Blick auf die tanzenden Anzeigen vor ihm. »Wir sinken!«

Mit Schweiß auf der Stirn stemmte sich der Junge gegen das Steuerrad und versuchte, den Höhenverlust auszugleichen. Aber es war zwecklos, das Schiff wurde schwerer und schwerer. Erst jetzt nahm Kriss ein ständiges Zischen im Hintergrund wahr, das sie erst ihrem Ohrensausen zugeschrieben hatte: Einer der Vögel oder der Speer seines Reiters musste eine weitere Zelle durchstochen haben. Sie war nicht geplatzt, aber sie verlor dennoch beständig Gas. Viel zu viel davon.

»Lorgis!«, rief Barabell über die Schulter, »tut mir einen Gefallen und knallt diese verdammten Vögel ab! *Schessk!*«, fluchte sie plötzlich, als sich direkt voraus eine Felszacke aus dem Nebel schälte. Sie warf das Steuer hart nach links. Zu spät.

Kriss biss sich auf die Zunge, als das Schiff wieder erbebte. Der Bauch der *Wolkenbummler* schrammte über Fels; Barabell, Nesko und sie wurden nach vorn geworfen. Mit einem schmerzerfüllten Ächzen ging Kriss abermals zu Boden, sie konnte den Sturz im letzten Moment mit beiden Händen abfangen, das raue Holz schrammte ihr die Haut auf.

Sterne tanzten vor ihren Augen, als sie den Blick hob und eine Silhouette erspähte, die gerade aus der Sichtweite des Brückenfensters verschwand. Dann eine zweite.

Ohne den Blick von ihnen zu nehmen, tastete sie nach den Pistolen. Dann sah sie, dass beide Waffen vor Barabells Füße gerutscht waren. »Barabell!«, rief sie.

Die Luftfahrerin verstand fast sofort. Das Steuer fest umklammert, legte sie den rechten Fuß auf eine der Pistolen und trat sie zurück zu Kriss. Dann tat sie das Gleiche mit der anderen.

Mit schwirrendem Kopf versuchte Kriss, die Waffen zu laden, wobei ihr Pulverhorn und Kugel fast aus der Hand fielen. Sie erschrak bei jedem Knall, der aus dem Schiff dröhnte, fürchtete jedes Mal, es könnte eine weitere Gaszelle sein, die platzte. Sie hörte frustrierte Flüche von Lian und Lorgis – und von Eldrit, die sich ebenfalls im Gang verschanzt hatte. Der Gestank von Schießpulver reizte ihre Nase, ihre Augen. Der Qualm lag wie dünner Nebel im Raum.

Gerade hatte sie die erste Pistole wieder geladen, als es noch dunkler auf der Brücke wurde: Mit donnernden Schwingen und so schrill kreischend, dass das Fensterglas erzitterte, kam ein Kaiserkondor wie aus dem Nichts direkt auf sie zugeflogen.

Sein maskierter Reiter – oder Reiterin? – holte mit dem Speer aus und stach zu. Seine Metallspitze brach durch das Brückenglas. Barabell und Nesko wandten schreiend die Gesichter ab, als kalter Wind durch die Brücke fuhr, begleitet von einem funkelnden Regen von Glassplittern.

»Runter!«, rief Kriss und hob die geladene Pistole.

Die Luftfahrer gehorchten. Ohne die Steuerräder loszulassen, zogen sie die Köpfe ein. Sich einmal mehr vor der Macht der Waffe fürchtend, drückte Kriss den Abzug.

Die Kugel durchschlug Glas; der Kondor kreischte auf, als das Bleigeschoss in seinen rechten Flügel einschlug. Er stieß sich vom Schiff ab, wurde eins mit der Wolke. Kriss begriff, dass sie ihn nur verletzt hatte, doch nicht tödlich. Vogel und Reiter waren noch immer dort draußen. Und sie mussten vor Wut kochen.

In all der Zeit trieben Nesko und Barabell die *Wolkenbummler* weiter voran. Immer wieder bebte das Schiff, als die Unterseite der Gondel an aufragenden Felsen entlangschrammte. Kriss, immer noch auf dem Boden hockend, starrte durch das lädierte Fenster, doch ohne auch nur die kleinste Feder von ihren Angreifern zu erkennen. Hatten sie aufgegeben? Nein, sie spürte ihre Nähe. Wie sie nur darauf lauerten, wieder zuzuschlagen.

Wir sind in ihr Revier eingedrungen, dachte sie. *Und jetzt zahlen wir den Preis dafür.*

Wir hätten nicht hier herkommen dürfen...

Immer wieder krachten Schüsse, mal aus ihrem Quartier, mal aus dem Schiffsgang. Zwischen ihnen lagen größere Pausen, während Lian, Lorgis und Eldrit so schnell wie möglich nachluden. Das ganze Schiff stank nach Schießpulver.

Wieder fiel ein Schuss; wieder zuckte Kriss zusammen. Ein Vogel kreischte, begleitet vom Schrei eines Menschen. Beide entfernten sich schnell, während sie in die Tiefe segelten.

»Nur noch einer übrig!«, rief Lian ihnen zu.

Kriss atmete gerade auf, als sich ein grauer Vorhang vor dem Schiff teilte und es aus der Wolke trat. Ächzend hob sie die Hand, als ihr Sonnenlicht in die Augen stach. Als sie sie langsam wieder senkte, sah sie, wie das Gebirge vor ihnen steil abfiel. Sie hatten seinen Rücken überflogen

– nun breitete sich die Südflanke der Wolkenberge vor ihnen aus, bis sie, nur wenige hundert Klafter voraus, in einen hügeligen Urwald überging. Ein unregelmäßiger Teppich aus Grün, so weit das Auge reichte, von einem Dickicht aus Nebelfetzen überzogen. Hier und da blickten die Wipfel missgestalteter, verknoteter Bäume aus dem Dunst. Und etwas anderes, vielleicht fünfzig Meilen von ihnen entfernt: ein kegelförmiger, kleiner Berg, der über den weißen Nebelschleier aufragte. Kriss erinnerte sich an den Kupferstich aus Alriks Buch.

Das ist er! Der Schädelberg!

»Wir sind runter auf hundert Klafter!«, rief Nesko.

Das Schiff sank im Einklang mit der Gebirgsflanke, über die es hinwegglitt, unweigerlich dem Nebel und den Bäumen entgegen.

Kriss erstarrte, als plötzlich an Steuerbord ein kreischender Schatten heraufzog. Der letzte Kondor hielt mit dem Schiff mit, sein Reiter drohte mit dem Speer.

»*Korf!*« Barabell riss das Steuer herum, und brachte einige Dutzend Klafter Abstand zwischen das Schiff und seinen Angreifer. Doch der Reiter spornte den geflügelten Riesen an, sie nicht entkommen zu lassen.

Mit wachsender Panik lud Kriss die Pistole. Wenn eine weitere Gaszelle platzte – sie glaubte nicht, dass sich das Schiff noch länger in der Luft halten konnte. Es würde abstürzen wie ein Stein!

Mit Flügelschlägen, die eine kleine Hütte davongeweht hätten, jagte der Kondor an sie heran. Kriss sah die schwarzen Augen des Vogels funkeln, glaubte, das Weiß in den Augen des maskieren Reiters zu sehen. *Beeil dich!*, ermahnte sie sich mit keuchendem Atem, während sie die Kugel in den Lauf stopfte. *Er ist gleich hier!* Sie öffnete die Zündpfanne. Der Reiter holte mit dem Speer aus ...

Dann gab es einen Knall. Jemand hatte eine Pistole gefeuert – Lian, wie sie begriff, als sie ihn fluchen hörte.

Der Reiter ließ seinen Vogel zurückweichen. Kriss sah, wie er den vermummten Kopf hob und die Ballonhülle der *Wolkenbummler* anvisierte.

Nein! Kriss schloss die Ladebatterie, hob die Pistole und versuchte, mit bebender Hand zu zielen.

Ein Schuss krachte. Ein Schrei gellte durch den Himmel: Der Kondor zuckte getroffen, dann stürzte auch er in die Tiefe, begleitet von seinem Reiter, der den Mantel weit ausgebreitet hatte, wie ein Jungvogel, der seinem Muttertier folgte.

»Hab ihn erwischt!«, hörten sie Eldrit rufen. Sie klang nicht erfreut oder anderweitig beeindruckt. Als habe es nie einen Zweifel gegeben, dass sie treffen würde.

Kriss wagte kaum, zu atmen. Sie tauschte unsichere Blicke mit Nesko und Barabell. Alles, was sie hörten, waren der Wind, das Brummen der Luftschrauben. Und das leise, beständige Zischen von Gas.

»Ist es ... überstanden?«, fragte Kriss.

»Ich fürchte nein, Doktor!«, gab Nesko zurück, während er sich gegen das Steuerrad stemmte. »Käpt'n!«, rief er ins Schiff. »Ich kann sie nicht halten, wir sind kaum noch bei fünfzig Klaftern und sinken weiter! Wir stürzen ab!«

Kriss' Magen füllte sich mit flüssigem Blei.

»Verdammte Viecher!«, brüllte Lorgis aus dem Gang. »*Schessk*verdammte Viecher!« Er kam zu ihnen gestapft, schweißgebadet und kochend vor Wut, bei jedem Schritt auf dem schrägen Deck um sein Gleichgewicht kämpfend.

Kriss blickte voraus: Das Tuch aus Nebel und die Blätterkronen, die daraus hervorlugten, kamen langsam aber unaufhaltsam näher. Dunstschwaden wallten zu beiden Seiten der Gondel auf, vom Rumpf des Schiffes durchpflügt. In der Ferne schien der Schädelberg – wenn er es wirklich war – sich langsam anzuschleichen wie ein Tier. Es mochten nur noch dreißig Meilen bis dorthin sein. Vielleicht weniger ...

Kriss erschrak, als die ersten Baumwipfel gegen die

Bauchseite des Schiffs schlugen und es schlingern ließen. Sie und Lorgis klammerten sich an die Haltegriffe. Die Aufschläge wurden immer heftiger, je tiefer die *Wolkenbummler* sank. Kriss hörte Äste krachend bersten. Sie betete, dass das Holz der Gondel stabiler war als das der Bäume.

»Alle Mann festhalten!«, brüllte Lorgis. »Das wird nicht schön!«

Kriss schloss die Augen, jeder Muskel ihres Körpers war zum Zerreißen gespannt. *Lian.* Sie wünschte sich, er wäre jetzt an ihrer Seite. Vielleicht hätte ihr das einen Teil ihrer Angst genommen.

Baumkronen rasten vor der Brücke heran. Dann ging ein Beben durch Schiff, so heftig wie keines zuvor. Holz krachte und Glas brach, als sich die Äste durch das Brückenfenster bohrten. Kriss verlor den Halt. Sie bekam noch mit, wie Lorgis versuchte, sie festzuhalten.

Dann schlug etwas hart gegen ihren Hinterkopf. Schmerz brannte auf – und Dunkelheit kam.

{Der Grenzpfeiler}

Die Welt war verwaschen wie ein Bild aus Kreide im Regen. Nichts hatte Substanz; wohin sie auch sah, zerschmolz alles in grauen, feuchten Farben. Doch da war eine Silhouette, vielleicht hundert Schritte vor ihr, vielleicht tausend. Die Silhouette eines alten Mannes. Kriss rannte auf ihn zu, ohne vorwärts zu kommen. Sie wollte seinen Namen rufen, doch kein Laut drang über ihre Lippen.

Dann sah er sie und plötzlich war er ganz nah. Er drehte sich zu ihr um, doch in seinem Blick lag nichts als Erschrecken. Er rief ihr etwas zu. Ein Wort, immer wieder.

»Ich kann dich nicht verstehen!«, rief sie verzweifelt zurück. Sie versuchte, nach ihm zu greifen, doch ihre Hand ging durch ihn hindurch wie durch Dampf. »Alrik!«

Dann verstand sie das Wort. »Geh!«, hörte sie ihn rufen. »Geh zurück! Wenn du mich suchst, findest nur den Tod. Geh, Kriss. Kehr um!«

»Alrik!«, rief sie wieder und erwachte keuchend.

Kopfschmerz pulsierte in ihrem Schädel. Irgendwo hörte sie das leise Rufen irgendwelcher Tiere, das Poltern von Schritten und leise Stimmen. Kriss öffnete langsam die Augen, sie musste gegen den Schleier anblinzeln, der einen Moment noch vor allem hing. Da war ein Gesicht, nicht weit von ihr entfernt.

»Alrik ...!«

»Tut mir leid«, sagte Lian sanft. »Ich bin's nur.«

Kriss blinzelte, bis sie wieder klar sehen konnte. Sie lag in ihrem Quartier auf der *Wolkenbummler*, in ihrer

Hängematte, bis zum Hals zugedeckt. Das Licht war dämmrig-trüb. Ein Hauch von Schießpulver lag noch in der Luft.

Lian hockte neben ihr auf einer Kiste. Er zeigte ein zaghaftes Lächeln. Die anderen Kisten und Fässer um sie herum hatten sich aus ihren Vertäuungen gelöst und lagen kreuz und quer im Raum. An den Wänden zeigten sich Splitter und Kratzer, die vorher nicht da gewesen waren. Das Glas des Bullauges hatte einen Haarriss davongetragen. Dahinter wallte Nebeldunst, durchstochen von ein paar schwächlichen Sonnenstrahlen. Die Umrisse krummer Bäume waren zu erkennen.

»Lian ...«

Er hielt die Hände im Schoß zusammen, als wüsste er nicht, wohin mit ihnen. Er schien erleichtert. Sehr, sehr erleichtert. »Du bist mit dem Kopf auf den Boden geknallt. Du hast mir ’nen ganz schönen Schrecken eingejagt. Und nich’ nur mir. Wie fühlst du dich?«

»Grauenhaft.« In der Hängematte schwankend und nicht ohne Mühen setzte Kriss sich auf.

Lian hob die Hand. »He, warte, ganz sachte!«

Sie räusperte sich. Ihre Kehle war trocken wie Pergament. »Es geht mir gut, Lian«, sagte sie.

»Zum Glück.« Erst jetzt erkannte sie die feuchten Spuren auf seinen Wangen. »Ich hab mir nämlich echte Sorgen gemacht.«

»Tut mir leid«, sagte sie. Ihr Hals schien sich zu verengen. »Das wollte ich nicht. Ich wollte nichts von alledem hier!«

»Kriss ...«

»Ich hätte darauf vorbereitet sein müssen! Ich dachte, sie wären nur eine Legende, Lian! Ich hätte nie im Leben geglaubt ...!«

»He. Schon gut. Wir leben noch. Das is’ die Hauptsache.«

Sie spürte eine kleine Beule, als sie ihren Hinterkopf berührte. Die Kopfschmerzen legten sich allmählich, zumindest so weit, dass sie sie ignorieren konnte. Sie glaubte nicht, dass sie eine Gehirnerschütterung hatte. Es brachte ihr nur wenig Trost.

Sie barg kurz das Gesicht in den aufgeschrammten Händen. »Wie lange war ich ...?«

»Nich' lange, keine Sorge. Vielleicht den halben Nachmittag oder so.«

Kriss lauschte dem Keckern und Trällern von Vögeln jenseits des Bullauges, das sich mit den Rufen affenartiger Tiere mischte. Die Luftschrauben waren stumm, wie ihr erst jetzt auffiel. Dafür drängten sich wieder die Geräusche aus dem Schiff in ihr Bewusstsein. Sie glaubte, Lorgis' tiefes Organ zu hören. Neskos Leierstimme.

Dem Weltengeist sei Dank, sie leben!

»Wie geht es den anderen?«, fragte sie.

»Bis auf ein paar blaue Flecken is' alles noch dran.«

»Und ... bei dir?«

»Ich wurd' ordentlich durchgeschüttelt, als wir runtergegangen sind.« Lian krempelte den Ärmel hoch und zeigte ihr ein paar Blutergüsse an seinem rechten Unterarm. »Hier drinnen is' alles Drunter und Drüber gewirbelt. Is' aber halb so wild.«

Kriss hörte das leise Ächzen und Knarren von Holz. »Und ... das Schiff?«

Lians ernste Miene bestätigte ihre Sorge. »Wir stecken hier erstmal fest, wie's aussieht.«

Sie versuchte, den Kloß in ihrer Kehle herunterzuschlucken. »Wie lange? Ist das schon abzusehen?«

»Ich fürchte, das musst du die ander'n fragen. Ich war die ganze Zeit hier bei dir.«

Sie schenkte ihm ein dankbares Lächeln. Es verschwand sehr schnell, als eine neue Sorge sie heimsuchte. »Alrik«, murmelte sie. »Was, wenn ihnen das Gleiche passiert ist? Wenn die Windgeister sie auch ...?«

»Windgeister«, wiederholte Lian. »Heißen diese gefiederten Kerle so? Wo kamen die überhaupt her?«

»I-Ich weiß es nicht! Der Legende nach leben sie in den Wolken, aber das ist Unsinn ... ich meine, es *muss* Unsinn sein. Aber ... wir haben keine Häuser oder so etwas gesehen, als wir über die Berge geflogen sind. Vielleicht gibt es irgendwo Höhlen oder –!«

»Schon gut«, sagte Lian ruhig. »Auf jeden Fall haben wir erstmal Ruhe vor denen.«

»Aber wenn sie die Entführer auch angegriffen haben –! Lian, habt ihr etwas gesehen – andere Schiffe, oder ...?«

»Wenn, dann hab ich nix davon mitgekriegt«, sagte er bedauernd.

Es beruhigte Kriss nicht. Beschwerlich hievte sie sich aus der Hängematte.

»Warte, he, was hast du vor?«

»Ich kann hier nicht liegen bleiben.« Als sie wieder auf die Beine kam, schwankte sie für einen Moment, doch dann fand sie wieder festen Stand. Ihre Brille lag auf einem Fass neben Lian. Sie setzte sie auf. Wieder hörte sie das Klagen des Schiffs. Als würde sein Rumpf einer großen Belastung ausgesetzt.

»Kriss, warte!«, sagte Lian.

Aber sie ließ sich nicht aufhalten. Als sie in den Schiffsgang trat, steckte Lorgis seinen Kopf aus dem Maschinenraum. Er kam zu ihr, wobei er sich die fleckigen Hände mit einem schmutzigen Lappen abwischte. »Doktor! Seid Ihr sicher, dass Ihr schon aufstehen solltet?«

Lian trat zu ihnen. »Hab ich sie auch schon gefragt. Aber sie hört ja nich' auf mich.«

»Es geht mir gut, Lorgis, danke. Euch auch?«

Die Miene des Riesen war ernst. »Wir werden's überleben, denke ich.«

Kriss hörte ein metallisches Hämmern aus dem

Maschinenraum; Orven, der genervt vor sich hin murmelte. Sie blickte in die entgegengesetzte Richtung, durch den Navigationsraum, auf dessen Boden Instrumente und Papier verstreut lagen, bis hin zur Brücke. Dutzende Scheiben dort waren eingeschlagen. Äste ragten in das Schiff. Sie traute sich kaum, zu fragen: »Wie schlimm ist der Schaden?«

»Na ja«, sagte Lorgis, »die gute Nachricht ist: Die Bäume haben den Sturz abgefedert. Das Schiff ist mit der Brücke schräg nach unten in sie rein, dann hat sich das Heck gesenkt, so dass wir halbwegs gerade stehen. Hört ihr das?« Sie lauschten dem Ächzen und Knarren von Holz. »Ich hoffe, die Bäume halten durch, sonst geht's nochmal abwärts. Zum Glück allerdings nicht sehr weit. In dieser trüben Suppe wächst hier anscheinend nichts höher als zwei Klafter.«

»Und ... die schlechte Nachricht?«

Lorgis warf sich den Lappen über die breite Schulter. »Wo soll ich anfangen? Also zunächst mal haben wir vier Gaszellen verloren. Bell und Eldrit hocken gerade draußen in den Ästen und kümmern sich drum. Die Löcher sind einigermaßen schnell geflickt und wir haben genug Gasflaschen dabei, um uns wieder in die Luft zu kriegen ...«

»Aber ...?«

»Der Rumpf hat ordentlich gelitten. Sämtliche Seilzüge der Ruder sind gerissen. Das Getriebegestänge, das die Gondeln der Luftschrauben mit der Maschine verbindet, hat auch was abgekriegt. Und fünf Blätter der Luftschrauben selbst sind abgebrochen oder zersplittert. Und ohne die kommen wir nicht weit.«

»Aber ihr könnt das alles reparieren? Das könnt ihr doch, oder?«

Lorgis nickte wenig enthusiastisch. »Sind schon dabei. Es wird allerdings einige Zeit dauern.«

»Wie lange?« Kriss kreuzte in Gedanken die Finger.

»Zwei Tage.«

»Zwei Tage?«

»Wenn wir Pech haben, noch länger. Tut mir leid, Doktor.«

Kriss antwortete nicht. Zwei Tage. Zwei weitere Tage. Es kam ihr wie eine Ewigkeit vor; ein entsetzlich großer Vorsprung für die Leute, denen sie auf der Spur waren.

»Doktor ...« Lorgis zögerte. »Ihr wusstet nichts von diesen Vogelmenschen, oder?«

»Nein! Das heißt ... ich dachte nicht, dass es sie wirklich gibt! Niemand hat sie je gesehen, es gab nur Märchen!«

Lorgis' ernste Miene ließ ihr das Herz in die Hose rutschen. »Der Schiffsfresser war auch nur ein Märchen. Und er hat damals die *Windrose* vom Himmel geholt, wie Ihr Euch sicher erinnert.«

»Lorgis, wenn ich gewusst hätte ...!«

Sein Ausdruck milderte sich wieder. »Ist schon gut, Doktor. Geschehen ist geschehen. Niemand macht Euch einen Vorwurf.«

Kriss wusste nicht, ob sie das glauben durfte. Sie machte sich selbst genug Vorwürfe.

»He«, sagte Lian sanft und berührte ihre Schulter. »Alles in allem haben wir echt Glück gehabt. Die Sache hätt' viel schlimmer ausgehen können.«

»Herr Berris hat Recht, Doktor. Aber beim nächsten Mal würde ich Euch bitten, auch die Märchen zu erwähnen. Nur damit wir wissen, was möglicherweise auf uns zukommt. Einverstanden?«

»Natürlich.« Kriss nickte. »Danke, Lorgis.«

»Nicht der Rede wert.« Er zwinkerte ihr zu. »Gut, dann verschwenden wir nicht noch mehr Zeit mit dem, was hätte sein können, sondern konzentrieren uns darauf, aus dieser Sache wieder herauszukommen.«

»Gute Idee«, sagte Lian.

»Lorgis. Habt ihr etwas gesehen? Weitere Vögel im Anflug oder ... das andere Schiff?«

Lorgis verzog missmutig den Mund. »Ich fürchte nein, Doktor. Der Dunstteppich über diesem Dschungel ist einfach zu dicht. Die Lumpenhunde könnten keine hundert Klafter von hier weg sein und wir würden's nicht mitkriegen.«

Hundert Klafter. Kriss glaubte nicht, dass sie so viel Glück hatten. Dass Alrik ihr so nah war.

»Kopf hoch«, sagte Lian. »Wir haben schon ganz andere Abstürze überstanden.«

»Ja, das haben wir«, antwortete Kriss und gewann einen kleinen Funken Mut zurück.

Kurz darauf trommelte Lorgis die Mannschaft zusammen – um »Kriegsrat zu halten«, wie er es ausgedrückt hatte. Nesko und Barabell schienen ehrlich erfreut, Kriss auf den Beinen zu sehen, so wie sie sich freute, dass die beiden wohlauf waren. Auch Orven und Eldrit waren unversehrt, wenn auch deutlich weniger gut gelaunt. »Eine schöne Misere, in die Ihr uns gebracht habt«, sagte der alte Luftfahrer. »Eine schöne Misere!« Doch sein Zorn schien sich weitgehend abgekühlt haben. Er nahm Kriss' Entschuldigung mit einem Nicken zur Kenntnis.

Barabell und Eldrit brachten die anderen auf den neusten Stand: Sie hatten eine Gaszelle bereits wieder flicken und mit Leim versiegeln können. Es war keine leichte Aufgabe gewesen: Durch Taue gesichert, hatten sie mit Strickleitern und Seilen die Gashülle erklommen und jeden Quadratzoll der dünnen Ballonhäute unter die Lupe genommen.

Sobald sie die restlichen drei Zellen geflickt hatten, würden sie sie wieder mit Gas befüllen. Sie konnten den Rest des Schiffs ebenso in der Luft reparieren –

davon abgesehen, mochten sie am Himmel sicherer sein, als hier in den Bäumen hängend.

»Gute Arbeit.« Lorgis klang zufrieden. Und vielleicht ein bisschen stolz.

Auch die Seilzüge der Rudermechanik waren relativ einfach wieder gerichtet worden, wie Nesko berichtete. Nur Orvens Nachrichten waren nicht ganz so rosig: Er würde noch einige Zeit benötigen, das beschädigte Getriebegestänge zu reparieren. Und er ließ niemanden sonst an die Maschinen. »Ihr steht mir nur im Weg rum!«

»Du kriegst das doch hin, oder?«, fragte Lian.

»Hrhmpf!«, machte Orven. »Natürlich kriege ich das hin, Junge! Ist ja nicht das erste Mal.« Er steckte seinem Äffchen eine Nuss zu. Lorgis schien das Tier nur mit Mühe zu ignorieren.

»Der Schädelberg liegt ganz in der Nähe.«

Alle Augen richteten sich auf Kriss.

»Ich habe ihn gesehen, kurz vor dem Absturz. Er liegt nur ein paar Dutzend Meilen südlich von hier. Wenn die Entführer noch nicht dort waren, dann werden sie es wahrscheinlich bald sein.«

»Wenn sie noch leben«, sagte Eldrit und bohrte ungeniert in der Nase.

Kriss schwieg und versuchte gegen das hohle Gefühl in ihrer Brust anzukämpfen.

»Ihr habt doch nicht ernsthaft vor, da jetzt hinzumarschieren?« Barabell starrte sie an.

Kriss setzte zu einer Antwort an, aber Lian kam ihr zuvor. »Doch, haben wir. Is' ja nich' so, als ob wir hier viel machen könnten. Falls die Kerle schon hier war'n, finden wir vielleicht 'nen Hinweis, wo sie als nächstes hinwollen. Und wenn nich' ...«

»Dann was?«, fragte Lorgis. »Stellt Ihr ihnen eine Falle?«

»Wenn wir vor ihnen finden, was immer sie haben

wollen«, begann Kriss, »können wir es vielleicht gegen Alrik eintauschen.« Sie war froh, Lian auf ihrer Seite zu haben.

»Es sei denn, einer von euch hat 'nen besseren Vorschlag?« Lian blickte fordernd in die Runde.

»Ja«, murmelte Eldrit. »das Schiff flottmachen und abhau'n. Wie wär's damit?«

Niemand antwortete ihr. Lorgis zeigte eine strenge Miene. »Das gefällt mir nicht!«

»Glaub mir«, sagte Lian. »Wir sind auch nich' sonderlich begeistert.«

»Wartet wenigstens, bis das Schiff wieder flugtauglich ist!«, sagte Barabell.

»Und was, wenn die Kerle uns zuvorkommen?«

»Nein!« Lorgis schielte Kriss und Lian an. »Ihr habt selbst gesagt, wie gefährlich diese Gegend ist, Doktor! Bleibt im Schiff. Hier drin ist es sicher. Oder zumindest weniger unsicher als da draußen.«

»Ich muss es tun, Lorgis«, sagte Kriss. *Auch wenn ich vor Angst schlottere*, dachte sie. *Auch wenn alles in mir schreit: Lass es sein!* »Ich muss es versuchen!«

»Doktor.« Barabell klang mitfühlend. »Wir alle mögen den Professor. Wirklich. Aber es ist niemandem geholfen, wenn Ihr auch noch verschwindet.«

»Das hätte er bestimmt nicht gewollt!«, stimmte Nesko zu.

Alriks Worte aus ihrem Traum hallten durch Kriss' Bewusstsein: *Wenn du mich suchst, findest du nur den Tod.* »Was soll ich stattdessen tun? Ich kann nicht darauf warten, dass sich alles zum Guten wendet! Ich ...!« Sie schnappte nach Luft. »Ich muss es tun«, wiederholte sie.

Lorgis schüttelte verdrossen den Kopf. »Ihr seid so starrsinnig wie ein altes Rüsselkamel – alle beide!«

Lian grinste. »Schon immer gewesen.«

Der Käpt'n fand das gar nicht komisch. Er hasste alles an der Lage, in der sie sich befanden, so viel war deutlich. Und sehr wahrscheinlich holte ihn langsam die Erkenntnis ein, was für ein Fehler es gewesen war, hier herzukommen.

Es tut mir leid, dachte Kriss betrübt. *Du bist ein guter Mensch, Lorgis. Ihr alle. Ihr habt Besseres verdient.*

»Ich könnte Euch hier drin festhalten. Zu Eurem eigenen Schutz. Ihr wisst das!«

Lian zuckte gelassen mit den Achseln. »Du kannst es gerne versuchen.«

»*Schessk* nochmal! Das ist kein Spaß, Junge!«, blaffte Lorgis.

Kriss hob verblüfft die Augenbrauen. Es war das erste Mal, dass er Lian nicht mit »Herr Berris« ansprach.

»Du sagst das so, als wüsst' ich das nich'«, sagte Lian, ohne mit der Wimper zu zucken. »Kümmert ihr euch um das Schiff. Wir kümmern uns um das Wrack.«

Kriss blickte zu Lian, der blickte zu Nesko und Barabell – und Nesko und Barabell blickten zu Lorgis.

Dieser seufzte so schwer, wie Kriss nie zuvor einen Menschen hatte seufzen hören. »Also gut, na schön!« Er richtete einen Finger auf Lian. »Aber glaubt ja nicht, dass ich Euch allein in diese Suppe marschieren lasse!«

»Lorgis«, sagte Kriss sanft, »das musst du nicht ...«

»Doch, das muss ich, Doktor! Oder meint Ihr, ich hätte sonst auch nur einen ruhigen Moment? Nesko, Orven, Eldrit – kriegt ihr das Schiff alleine wieder flott?«

Nesko blinzelte perplex. »Was? Ähm, ja, ich schätze schon, Käpt'n, aber ...!«

»Gut. Bell und ich gehen als Eskorte mit den beiden. Sobald die *Bummler* wieder in der Luft ist ...«

»Hau'n wir ab«, sagte Eldrit.

»... dann fliegt ihr zu diesem verfluchten Wrack und holt uns ab. Verstanden?«

»Aye, Käpt'n«, sagte Nesko. Auch wenn ihm sichtlich unwohl dabei war, sie gehen zu lassen.

»Du hast so lange das Kommando.«

»Ich, Käpt'n?«, fragte Nesko.

»Er, Käpt'n?«, fragte Orven.

Lorgis nickte. »Nach Bell und mir bist du der Dienstälteste an Bord. Mach mir keine Schande!«

»Nein, Käpt'n!«, sagte Nesko und straffte die schmalen Schultern. »B-Bestimmt nicht, Käpt'n!«

Orven schüttelte den Kopf. »Sankt Haros, warum bin ich nicht in Sohendal ausgestiegen?«

Sie brauchten nicht lange, um sich für den Landgang vorzubereiten: Nach der Exkursion in den Wasserpalast waren die Rucksäcke mit der Ausrüstung inzwischen getrocknet und die Lampen darin mit neuem Petroleum befüllt. Kriss steckte einen Kompass und eine Landkarte ein. Um sich gegen die kühl-klamme Witterung zu wappnen, zogen sie sich lange Unterwäsche und ein zweites Paar Socken an und streiften Capes aus Ölhaut über.

Lorgis und Barabell bewaffneten sich mit jeweils zwei Pistolen, die sie in ihre Gürtel steckten. Auch Kriss und Lian bekamen zwei Waffen. *Ein Schuss pro Pistole*, dachte Kriss. Wenn es ernst wurde, blieb ihnen vielleicht keine Zeit, nachzuladen. Sie hoffte, dass der Nebel Zündkraut und Pulver nicht durchfeuchten würde. Sie war froh, dass die anderen sich zusätzlich mit Säbeln bewehrten.

Während im Schiff gehämmert und gewerkelt wurde, öffnete Barabell die knarrende Tür nach draußen. Kriss sah, wie die umgebenden Bäume die lädierte Schiffsgondel gut einen Klafter über dem Boden hielten, als wären sie grüne, knorrige Hände. Anstatt des Fallreeps wurde eine Strickleiter heruntergelassen. Lorgis kletterte voran, den schwersten Rucksack auf seinem breiten Rücken. Lian und Kriss folgten ihm. Barabell bildete die Nachhut.

Als sie im Unterholz aufsetzte, konsultierte Kriss den Kompass, dann zeigte sie gen Süden. »Wir müssten direkt auf den Berg zukommen«, sagte sie und hoffte, dass sie sich nicht irrte. »Achtet auf jeden Schritt. Wenn es wirklich Fallen hier draußen gibt ...«

»Wir passen schon auf, Doktor.« Lorgis setzte eine tapfere Miene auf. »Am besten, Ihr bleibt dicht hinter uns.«

Sie setzten sich in Bewegung.

Die Luft war feucht wie nach einem Regenguss und so kühl wie ein Frühlingsmorgen. Sie trug den süßlich-bitteren Duft von Vegetation, von Erde und Torf, von Fäulnis. Der schwammige Boden knackte bei jedem Schritt und gab schmatzende Geräusche von sich.

Verkrüppelte Bäume umgaben sie in allen Richtungen. Ihre Stämme wirkten unterernährt und knotig, ihre Wipfel dagegen waren dicht bewachsen und bildeten einen engmaschigen Baldachin über ihren Köpfen, der – zusammen mit den allgegenwärtigen Nebelschwaden – oft nur fadendünne Strahlen von der Nachmittagssonne hindurchließ. Wassertropfen fielen von den Blättern auf riesige Farne und schwarzblühende Orchideen herab. Moos wucherte wie grüner Pelz an Baumstämmen.

Überall hingen Schleier und Fetzen von Nebel wie geronnene Luft. Oft genug raubten sie ihnen schon auf wenige Dutzend Schritt die Sicht. Kriss schluckte: Es war die perfekte Tarnung für lauernde Jäger – tierischer oder menschlicher Art. Schemen bewegten sich darin. Dann und wann erspähte Kriss Schmetterlinge, die mit violetten Schwingen durch das Grau huschten, und kleine Vögel mit rauchfarbenem Gefieder, die ihr Vorankommen mit schräggelegten Köpfen beobachteten.

Die trügerische, halbwirkliche Landschaft erinnerte sie an die verwaschene Welt ihres Traums. Trotz ihrer warmen Kleidung spürte sie eine ständige Gänsehaut; sie wusste, dass sie nicht allein von der Kühle herrührte.

Es gab viele Gefahren im Dschungel und nicht alle davon waren mit bloßem Auge zu erkennen: giftige Insekten, Keime, die tödliche Krankheiten verursachten. Parasiten, die einen von innen heraus töten konnten. Pilze, die einen bei lebendigem Leibe verfaulen ließen ... und andere, an die sie lieber nicht denken wollte.

Nicht nur ihre eigenen Nerven waren zum Zerreißen gespannt: Lian, Lorgis und Barabell schauten sich unentwegt um. Dann und wann zuckten sie zusammen, wenn ein Schatten einen halbverschleierten Baum hinaufeilte.

»Es gibt hier aber keine Mörderechsen, oder, Doktor?«, fragte Lorgis, während er mit dem Säbel Zweige und Blattwerk fortschlug. Er sprach mit gesenkter Stimme. Kriss tat es ihm gleich, als sie ihm antwortete.

»Nein«, sagte sie leise. »Es leben keine größeren Raubtiere in den Nebelreichen. Die Menschen hier sind viel gefährlicher als die Fauna, fürchte ich.«

Sie verwünschte ihre halbverschleierte Sicht, die Geräusche, die vom Dunst gedämpft wurden. Wasser tropfte ihr immer wieder auf Haar und Stirn oder lief über ihre Brillengläser. Ihre Hosenbeine waren bald feucht von den Pflanzen, die sie streifte. Sie hoffte, dass wenigstens ihre Unterwäsche und die Schuhe trocken blieben.

Ständig hielt sie Ausschau nach Seilen, die sich im Unterholz spannten. Nach anderen Vorrichtungen, die plötzlich zuschnappen mochten. Die blutigen Geschichten von Madame Kelliver und den anderen Abenteurern spukten ihr unablässig durch den Kopf; von all jenen, die tollkühn oder töricht genug gewesen waren, diesen Teil der Welt zu betreten. Barabell schien es ähnlich zu gehen.

»Gestrandet in den Nebelreichen ...«, hörte Kriss die Luftfahrerin murmeln. »Wie ist mir das noch gleich passiert?«

»Du wolltest doch ein Abenteuer, Bell.«

»Kann ich mich nicht noch mal umentscheiden, Käpt'n?«

»Fürchte, dafür ist es etwas zu spät.«

Kriss war klar, dass sie den Schädelberg niemals vor Einbruch der Dunkelheit erreichen würden. Vielleicht war es doch besser, zum Schiff zurückzukehren, die Nacht abzuwarten, und morgen früh bei Tageslicht ...

Nein. Sie würden zu viel Zeit vergeuden. Wertvolle Augenblicke, von denen vielleicht alles abhing. Sie hatten Laternen dabei, den Kompass. Sie würden das Wrack schon finden.

Nur blieb die Frage, wer oder was auf dem Weg dorthin *sie* finden würde.

Wieder dachte sie an Alriks Warnung aus ihrem Traum, und für einen entsetzlichen Moment raubte ihr die Verzweiflung den Atem. *Ich muss den Verstand verloren haben! Bria, Timos, was tue ich hier? Ich bringe uns alle in Gefahr!*

»Kriss.«

Es war Lians leise Stimme. Er hielt neben ihr Schritt, den Säbel in der einen und die Pistole in der anderen Hand. Sein Gesicht schimmerte feucht, wie von Sprüh geküsst.

»Da is' was ... ich mein', was du wissen musst.«

Wieder spürte sie einen Stich in ihrem Herzen. Sie versuchte, eine ungerührte Miene aufzusetzen. »Lian. Du musst mir nichts erklären. Ich habe dich schon verstanden.«

»Nein, hast du nich'!« Er wischte sich mit dem Handrücken die nebelfeuchte Stirn ab.

»Doch, das habe ich.« Sie wunderte sich über die Ruhe in ihrer Stimme; eine Ruhe, die sie nicht empfand. »Wenn wir zurück nach Hause kommen, wirst du gehen. Und egal, was ich sage, ich kann dich nicht zurückhalten.« Sie schaffte es, die Worte herauszubringen, bevor ihre Stimme brach.

Lian schwieg betreten. Er spähte zu Lorgis und Barabell – ob sie etwas von dem Gespräch mitbekommen hatten. Aber sie waren zu sehr damit beschäftigt, Gestrüpp fortzuschlagen.

»Oder habe ich dich falsch verstanden?«, fragte Kriss. *Sag ja!*, dachte sie. *Bitte sag ja! Bitte sag mir, dass es ein Missverständnis war, dass sich nichts geändert hat. Bitte, bitte sag ja, Lian!*

»Kriss ...«

»Ich dachte, wir bleiben zusammen«, sagte sie. »Egal, was kommt. Ich dachte ...« Sie konnte nicht weitersprechen.

»Kriss ... ich ...!«

»Ich dachte, du und ich ...! Ich meine, ich dachte, du würdest mich genauso wie ich dich ...« Ihr ganzer Körper bebte. Sie wusste nicht, warum sie es nicht schaffte, das Wort »lieben« auszusprechen. *Warum quälst du dich so? Hat er dir nicht schon genug weh getan?*

»Verdammt noch mal, Kriss!« Ein verzweifelter Ernst lag in Lians Blick. »Hör mir zu! Das will ich dir die ganze Zeit sagen! Ich ...!«

»Doktor!«, raunte Barabell alarmiert.

Kriss und Lian drehten sich ihr zu.

Die Luftfahrerin deutete mit der Pistole voraus. Ein kalter Schauer durchfuhr Kriss, als sie sah, was sie meinte:

Etwas erhob sich im Nebel, so groß und breit wie ein Mensch. Es war eine Säule, wie sie schnell erkannten, als sie vorsichtig und schussbereit nähertraten. Eine Säule aus Granit, mit Flechten und Moos bewachsen.

Glyphen waren darin eingearbeitet: die Darstellungen von Spinnen mit fetten Körpern und haarigen Beinen. Sie waren zu kunstvollen Mustern angeordnet, zusammen mit Schriftzeichen, die Kriss nicht deuten konnte.

»Was ist das?«, zischte Lorgis. »Ein Wegweiser oder sowas?«

»Oder eine Warnung«, flüsterte Barabell und ließ den nervösen Blick kreisen.

Kriss betastete den verwitterten Stein. Sie fuhr mit den Fingerspitzen über die Spinnenglyphen. Eine Erinnerung regte sich.

»Kurúlan«, wisperte sie und erschauderte.

»Kuruh-was?«, fragte Lian leise. Er ließ weder Säbel noch Pistole sinken.

»Kurúlan.« Kriss schluckte. »Das ist der Name eines der hiesigen Stämme. Es bedeutet so viel wie ›Spinnenkrieger‹.«

Barabell runzelte die Stirn. »Spinnenkrieger? Wieso?«

»Ich *hasse* Spinnen!«, murmelte Lorgis.

Kriss drehte sich ihnen zu. Das wühlende Gefühl in ihrem Magen wollte sich nicht legen. »Sie züchten eine besondere Spinnenart. Die Forscher, die die Begegnung mit ihnen überlebt haben, nannten sie *Totenweber*. Die Kurúlan benutzen ihr Gift für Pfeile. Fertigen Stoff aus ihrer Seide.«

»Nix was ich über die Kerle höre, gefällt mir.« Lians Stimme verriet seine Anspannung.

»Ich vermute, das hier ist eine Art Grenzpfeiler«, sagte Kriss und berührte wieder den Stein. »Er markiert den Beginn ihres Territoriums ...« Sie schloss die Augen. *Ausgerechnet die Kurúlan ...*

»So wie Ihr dreinschaut, heißt das nichts Gutes, vermute ich«, bemerkte Barabell.

Kriss schüttelte den Kopf. Schweiß prickelte unter ihren Achseln. »Die Kurúlan ... sie werden von den anderen Stämmen der Nebelreiche gefürchtet. Sie sind wild und brutal.«

»Und wir sind mitten in ihr Zuhause gekracht«, sagte Lian. »Na toll.«

»Aber ... sie sollten gar nicht hier sein! In Alriks Buch hieß es, ihr Territorium läge viel weiter im Westen!«

»Hat ihnen wohl nich' mehr gereicht«, bemerkte Lian.

»Kann man nicht mit denen reden, Doktor?«, fragte Lorgis. »Ihr sprecht doch tausend Sprachen!«

»Acht«, sagte Kriss schwach. »Und keine davon kennt man hier!«

»Du willst mit denen reden, Lorgis?«, sagte Barabell mit belegter Stimme. »Vielleicht hast du jetzt die Gelegenheit dazu ...!«

Ihr Blick ging starr in den Dschungel jenseits des Granitpfeilers. Mit angehaltenem Atem drehte sich Kriss um und sah in den Dunst, der dort zwischen den Bäumen wallte. Ihr Magen kribbelte kalt.

Leise Schritte, gedämpft und verzerrt vom Nebel, waren zu hören. Sie klangen wie die Schritte von Menschen. Es waren viele.

Furcht packte Kriss, ließ ihr Herz rasen und stellte die Härchen in ihrem Nacken auf.

Dann sah sie die Bewegungen im Nebel. Schattenrisse, die sich ihnen näherten. Sie gingen aufrecht. Es waren acht, nein, zehn – oder mehr.

Lorgis gestikulierte mit hastigen Bewegungen, dass sie dicht zusammenbleiben sollten. Er, Lian und Barabell hoben die Pistolen und zielten auf die Gestalten, die sich ihnen aus dem Dunst näherten. Sie begannen, sich aufzuteilen.

Sie versuchen uns einzukreisen!, begriff Kriss.

Auch sie hatte ihre Waffe gehoben, ihre Hände bebten. Sie blickte zu den anderen: Lians Gesicht verriet seine Nervosität, ebenso wie das von Barabell. Lorgis hatte die Zähne gefletscht wie ein in die Enge gedrängtes Tier.

Stimmen geisterten durch den Nebel, in einer Sprache, die keiner von ihnen verstand.

Der Drang, zu fliehen, war fast übermächtig. Gleichzeitig wagte Kriss nicht, sich zu bewegen. Was sollten sie tun? Wer immer dort durch den Nebel schlich, wusste, dass sie hier waren. Wenn sie jetzt flohen, würde man vielleicht Jagd auf sie machen.

Aber wenn sie hier stehen blieben, waren sie möglicherweise so gut wie tot. Besonders, wenn sie mit geladenen Waffen auf die Nebelgänger zielten!

Kriss erschrak, als etwas durch die Luft zischte; Lian riss aus Reflex den Arm hoch – ein winziger Pfeil aus Knochen und Federn blieb im Griff seiner Pistole stecken.

»*Lauft!*«, brüllte Lorgis.

Zu viert rannten sie um ihr Leben. Barabell und Lorgis feuerten hinter sich in den Nebel, während sie zurück in die Richtung liefen, aus der sie gekommen waren. Kriss erschauderte, als sie die Todesschreie von zwei Menschen durch den Dschungel gellen hörte.

Weitere Pfeile flogen ihnen hinterher. Kriss sah, wie einer in Lians Rucksack stecken blieb, der andere verfehlte Barabells linkes Ohr gefährlich knapp. Sie hörte die schnellen Schritte im Unterholz, die ihnen nachsetzten, spürte, wie ihre Verfolger aufholten. Die Kurúlan. Sie wusste, es waren die Kurúlan.

Mit der Pistole zielend, blickte sie im Laufen hinter sich, doch die Gestalten waren mit dem Nebel verschmolzen. Dafür hörte sie es in den Bäumen knacken und rascheln – waren es fliehende Tiere oder kletterten die Spinnenkrieger die Stämme hinauf, um ihnen von Ast zu Ast nachzusetzen?

Gespenster, dachte Kriss. *Sie sind wie Gespenster. Und sie wollen uns töten, bloß weil wir hier sind.*

»Zurück zum Schiff!«, rief Lorgis im Laufen.

Kriss blickte auf den Kompass. »Immer weiter in diese Richtung!«, rief sie.

In dem Moment sahen sie die Silhouetten in dem grauen Schleier vor ihnen. Ein zweifaches Zischen ertönte. Kriss schrie. Sie warf sich zur Seite und entging nur knapp einem Pfeil, der andere schrammte um Haaresbreite an Lorgis vorbei.

Kriss und die anderen brachen nach links aus. Lian

schoss auf ihre Verfolger; Dschungeltiere flohen keckernd und brüllend vor dem Knall seiner Waffe. Kriss glaubte, die Schritte von einem Dutzend Menschen hinter ihnen zu hören.

Sie sind überall. Dies ist ihr Reich.

Sie liefen weiter, über Stock und Stein. Kriss erschrak, als etwas zischend gegen ihren Rücken schlug: noch ein Pfeil, der von ihrem Rucksack abgefangen wurde.

Dann hörte sie Lian erstickt schreien.

»Lian!« Sie fuhr herum: Feuchtes Moos hatte ihn zu Fall gebracht. Zusammen mit Lorgis eilte Kriss zurück, um ihm zu helfen. Gerade, als er wieder auf den Beinen war, zischten ihnen die nächsten Pfeile um die Ohren.

»Weiter!«, rief Lian.

Lorgis und Barabell hatten die leergeschossenen Pistolen an ihre Gürtel gesteckt und gegen die noch geladenen Waffen getauscht. Lorgis' Kugel schlug krachend Splitter aus einem Baumstamm, während Barabells Schuss von einem schmerzerfüllten Schrei beantwortet wurde, der Kriss das Mark in den Knochen gefror.

Das ist die falsche Richtung!, wollte sie rufen. *Sie treiben uns nach Westen, aber wir müssen nach Norden!*

Doch sie hatte gar nicht die Gelegenheit dazu.

»Halt!«, schrie Barabell und bremste mit ausgebreiteten Armen ab.

Kriss versuchte, ebenfalls anzuhalten, ihr Fuß verfing sich in einer Wurzel, sie drohte zu stürzen –

»Doktor!« Lorgis streckte die Hand aus und packte Kriss' Rucksack – nur einen Moment, bevor sie in die Schlucht gefallen wäre, die sich vor ihnen auftat.

Kriss' Herzschlag setzte kurz aus, als ihr Blick in den Abgrund ging:

Direkt vor ihren Fußspitzen ging es steil bergab, zu einem Fluss, der sich quer vor ihnen dahinschlängelte. Er war stellenweise zwei oder drei Klafter breit; die umgebenden Bäume und Nebelfetzen hatten ihn versteckt, bis es fast zu spät gewesen war, und das Wasser gab nur ein leises Murmeln von sich.

Gehetzt blickten sich Kriss und die anderen um: Bäume hingen schräg vom Rand der Schlucht über den Fluss, doch nicht weit genug, als dass sie mit ihrer Hilfe auf die andere Seite klettern konnten.

Und die Spinnenkrieger näherten sich ihnen, Schritt um Schritt.

»*Korf!*«, zischte Lian. »Wartet! Da vorne!«

Kriss sah es auch: Links von ihnen, vielleicht zehn Schritte entfernt, konnte man die Silhouette von etwas Langem, Dünnen ausmachen, das sich fast waagerecht über den Fluss spannte.

Sie hielten darauf zu. Langsam, viel zu langsam schälte sich eine Hängebrücke aus dem wallenden Grau. Sie war aus zwei groben Pflanzensträngen geflochten und mit dicken, unregelmäßigen Ästen als Gehweg belegt. Schlingpflanzen hatten sich darum verknotet. Kriss' Höhenangst kitzelte ihren Magen mit eiskalten Fingern: Es gab kein Geländer oder sonst etwas, an dem man sich während der Überquerung festhalten konnte.

Lorgis prüfte die Brücke mit dem rechten Fuß: Sie knarrte und quietschte, hielt aber sein Gewicht. Er eilte auf die andere Seite, den Säbel zum Zuschlagen bereit. Sie sahen, wie er auf halbem Wege vom Nebel verschluckt wurde.

Dann hörten sie seine Stimme: »Sicher!«

»Komm!« Lian lief Kriss voraus, er griff nach ihrer Hand. Panik überkam sie, als sie die ersten Schritte auf die Brücke setzte und diese unter ihr schwankte. Die Seile knarrten unter ihrem Gewicht; die Äste, auf denen sie gingen, bogen sich merklich. Wie alles hier war die Brücke feucht vom Nebel. Es blieb ihr nichts anderes übrig, als vorsichtig einen Schritt nach dem anderen zu setzen, während ihr Herz donnerte, ihr Puls raste.

»Ich halt dich schon«, sagte Lian, während er ihr voranging. Kriss fragte nicht, wer *ihn* hielt, sollte sie stolpern. Sie spähte nach Barabell, die ihnen dicht auf den Fersen blieb, sich immer wieder nach ihren Verfolgern umblickend.

»*Schessk*«, zischte sie. »Ich glaube, sie kommen!«

Kriss erstarrte, als hinter ihnen vier menschliche Silhouetten auf die Brücke zueilten. Dann waren sie nahe genug, dass Kriss die Spinnenkrieger zum ersten Mal sehen konnte:

Sie waren allesamt Männer, vielleicht nur einen halben Kopf größer als sie, mit sehnigen Muskeln und eingehüllt in einfache Hosen und Jacken aus wolkig grauem Material – Spinnenseide.

Sie gingen barfuß, ihre Bewegungen waren elegant, halb Tänzer, halb Jäger. Ihre Haut glänzte vor Feuchtigkeit wie poliertes Kupfer. Selbst auf die Entfernung erkannte Kriss, dass ihr schwarzes Haar zu kurzen Zöpfen geflochten war und ihre dunklen Augen deutlich schräg standen. Drei von ihnen trugen Speere mit knochenweißen Spitzen. Ein anderer hob ein längliches Etwas an seine Lippen und blies hinein.

Sie hörten Barabell ächzen – doch der Pfeil aus dem Blasrohr hatte sie gerade so verfehlt.

»Bell!«, rief Lorgis. »Bell, mach hin, *schessk*verdammt noch mal, die kommen immer näher!«

Die Kurúlan hatten die Brücke bereits betreten; die Konstruktion knarrte ekelerregend unter der zusätzlichen Belastung. Weitere Silhouetten bewegten sich im Nebel hinter ihnen. Vielleicht ein halbes Dutzend, vielleicht mehr. Verstärkung.

Lian war bereits von der Brücke herunter, Kriss folgte ihm.

Sie drehte sich um. »Barabell!«

Die Frau ergriff ihre ausgestreckte Hand. Kriss riss

sie an sich. Sie war heilfroh, als sie alle wieder festen Boden unter den Füßen hatten.

»Herr Berris!«, rief Lorgis. Er hatte den Säbel erhoben, war auf ein Knie gesunken und hieb auf das rechte der beiden Seile ein, das die Brücke hielt.

Lian sprang ihm zur Seite und bearbeitete das linke Seil. Mit stockendem Atem wichen Barabell und Kriss einige Schritte von der Brücke zurück. »Beeilt euch!«, rief Barabell und stellte sich schützend vor Kriss. Die breit gebaute Luftfahrerin schnappte ebenso keuchend nach Luft wie Kriss selbst.

Die Kurúlan hatten längst begriffen, was sie vor hatten: Während Lian und Lorgis an den Seilen sägten, wichen sie rückwärts von der Brücke, der Weg zurück war für sie kürzer als der Weg ans andere Ende. Sie gaben dunkle Rufe von sich: sie klangen wie Warnungen, wie Flüche. Hinter ihnen war ein Dutzend weiterer Spinnenkrieger aufgetaucht. Sie hoben ihre Blasrohre, doch die Schlucht war zu weit, ihre Pfeile stachen ein, zwei Klafter unter Kriss und den anderen in die diesseitige Wand der Schlucht.

»*Zugleich!*«, rief Lorgis aus. Lian und er ließen die Klingen sausen.

Die Seile rissen, die Brücke fiel zurück – und die Kurúlan auf ihr stürzten schreiend in den Fluss, gefolgt von einem deutlichen Platschen und weiteren Flüchen ihrer Stammesbrüder am gegenüberliegenden Ufer.

Kriss machte einen vorsichtigen Schritt nach vorn und sah zwei Krieger im Fluss strampeln; das Wasser war zu tief, um darin stehen zu können und die erdige Wand der Schlucht zu steil, als dass sie sie erklimmen konnten.

»Weiter!«, rief Lorgis und rannte ihnen voran.

»Wohin, Schlauberger?«, fragte Barabell, während sie ihm folgten.

»Das war garantiert nicht die einzige Brücke über den Fluss!«

»Anscheinend wissen die Kerle das auch!« Lian deutete zurück.

Kriss sah, was er meinte: Die Kurúlan auf der anderen Seite waren wieder eins mit dem Nebel geworden, so als wären sie nie da gewesen. Aber sie wusste, dass sie die Jagd noch nicht aufgegeben hatten. Sie hoffte, dass jene anderen Brücken, wenn es sie denn gab, weit genug weg waren, um ihnen einen Vorsprung zu verschaffen. Die Chance, sich zu überlegen, wie sie wieder zurückkamen. Eine Gelegenheit, zu Atem zu kommen.

»Wartet«, keuchte sie nach einigen hundert Schritten. »Wartet! Ich muss kurz verschnaufen ...!«

Sie wurde langsamer, die anderen glichen sich ihrem Tempo an. Schließlich blieben sie zu viert stehen, jeder von ihnen völlig aus der Puste, doch keiner so sehr wie Kriss. Sie stemmte die Hände auf die zitternden Oberschenkel und schnappte nach Luft.

»Hier!« Lian reichte ihr eine Wasserflasche, die er aus seinem Rucksack gezogen hatte. Dankbar nahm sie einen tiefen Schluck, dann einen zweiten. Dann reichte sie die Flasche an Barabell weiter, die gierig tank und anschließend ein erfrischtes »Ahhh!« von sich gab. Lorgis spuckte derweil ins Unterholz; Kriss fragte sich, ob sein Speichel wie ihrer nach Blut schmeckte.

»Wir können ... nich' lange ... hier bleiben«, keuchte Lian.

»Nur einen ... Moment«, bat Kriss. »Ich ...!«

»Still!«, zischte Barabell und hob den Finger an die Lippen.

Flüsternde Stimmen erklangen im Nebel. Schritte im Unterholz, von einem Dutzend Menschen. Sie kamen von rechts. Und sie waren nahe!

»Diese verfluchten Wilden!«, knirschte Lorgis.

Sie griffen nach ihren Pistolen, nach Pulverhorn und Kugeln.

Doch es war zu spät. Die Schritte wurden schneller.

»Weiter!«, raunte Lorgis.

Sie rannten los; die Ladestöcke in der Hand, versuchten sie, die Pistolen im Laufen neu zu stopfen. Sterne tanzten vor Kriss' Augen, ihre Schritte wurden immer wackeliger.

Dann donnerte ein Schuss hinter ihnen. Kriss und die anderen zuckten zusammen. Vögel flohen kreischend in den Himmel, so dass sie kaum die rauchige Frauenstimme hörten, die ihnen hinterher rief:

»Bleibt, wo ihr seid – oder wir durchlöchern euch!«

Noch ein Schuss krachte.

»*Seid ihr taub?*«, gellte die Frauenstimme durch den Wald.

Kriss und die anderen hielten an, einmal mehr außer Atem.

»Sind das ...?«, begann Lorgis.

»Zumindest keine Wilden!«, keuchte Barabell.

»Sie sind es!« Kriss' Herz klopfte zum Bersten. »Die Entführer!«

Sie drehten sich um und sahen sie aus dem Nebelschleier treten: gut zwei Dutzend Männer und Frauen. Sie glänzten vor Schweiß oder Dunst, etliche von ihnen trugen blutige Schrammen in den Gesichtern oder Schnitte in ihrer schmutzig-feuchten Kleidung. Jeder von ihnen war mit Pistolen, Säbeln oder Musketen bewehrt, die sie auf Kriss und die anderen richteten.

Eine junge Frau führte sie an, ebenfalls mit Säbel und Pistole bewaffnet. Wie bei ihrem letzten Zusammentreffen war sie in einen Mantel aus Wildleder gehüllt. Ihre schwarze Lockenmähne klebte ihr feucht am Kopf, ein Wassertropfen rann über den vierzackigen, himmelblauen Stern, der zwischen ihre Augenbrauen tätowiert war, genau wie bei ihren Kumpanen.

Ihr Lächeln erinnerte Kriss an eine Säbelzahnwölfin.

Sie hatte dieses Lächeln schon in Scha'ila gehasst, als die Frau ihnen spöttisch aus ihrem davonschwebenden Luftschiff zugewunken hatte.

»Sieh an«, sagte die Frau im Mantel. »Sagt nicht, ihr wart gerade zufällig in der Gegend?«

{Das Reich der Spinnenkrieger}

Sie trat näher. »Bei dem Lärm, den ihr macht, könnte man glatt annehmen, ihr wolltet, dass wir euch finden.«

»Die Waffen!«, bellte ein Mann mit Glatze und hufeisenförmigem Schurrbart, und drohte mit seiner Pistole. »Auf dcn Bodcn damit!« Er sprach mit demselben fremden Akzent wie die Frau.

Weder Kriss noch die anderen folgten seinem Befehl. Kriss sah, wie Lian die Leute böse anfunkelte. *Sie sind hier, sie haben den Flug über die Wolkenberge überlebt!*, dachte sie. *Und Alrik vielleicht auch!*

»Wir sind in der Überzahl, wie ihr wahrscheinlich seht«, sagte die Frau fast gelangweilt. »Und eure Waffen sind leer, sonst hättet schon längst damit geballert. Also ...«

»Ihr habt sie gehört!«, knurrte der Mann mit dem Schnurrbart. Er war kompakt wie ein Fass, aber muskulös. Er mochte um die fünfzig sein. »Oder müssen wir deutlicher werden?« Er hielt die Mündung seiner Pistole direkt vor Lians Nase.

»Nimm das Ding weg«, knirschte Lian, »oder es wird dir verdammt leidtun!«

»Hört auf damit!« Kriss hoffte, dass ihre Stimme nicht ihren rasenden Herzschlag verriet. Sie drehte sich zu Lian, Lorgis und Barabell. »Wenn sie uns etwas tun wollten, hätten sie das schon längst getan.« *Sie brauchen uns noch*, dachte sie – oder besser: Sie hoffte es. Bevor die Situation eskalierte, ging sie mit gutem Beispiel voran und legte ihre Pistole vorsichtig ab.

»Sehr vernünftig«, sagte die Frau.

Es war deutlich, wie sehr Lian und die anderen mit sich

rangen. Doch schließlich kamen sie der Aufforderung nach.

»Schön langsam!«, sagte der bärtige Mann, als sie sich bückten, um ihre Säbel und Pistolen ins Unterholz zu legen. »Und jetzt die Hände hoch!«

Sie alle taten wie ihnen geheißen.

»Euch zwei kenn' ich doch.« Die Frau mit den schwarzen Locken musterte Kriss und Lian. »Ihr seid die Freunde von dem alten Mann.«

Kriss trat vor. »Was habt ihr mit ihm gemacht? Wo ist er?«

»Nicht hier, fürchte ich.«

»Was soll das heißen?«

Die Frau blickte in den Dschungel. »Wir wurden getrennt, als diese Wilden über uns hergefallen sind.«

»Was ist passiert?«, drängte Kriss. »Geht es ihm gut?«

»Das hoffe ich. Wir brauchen ihn schließlich noch.«

»Wo wurdet ihr getrennt? Führt uns dorthin!«

»Oho.« Die Frau wandte sich lächelnd an ihre Begleiter. »Die kleine Milorianerin hat ordentlich Dampf im Kessel. Was sagt man dazu?«

Die anderen schmunzelten darüber oder grinsten böse. Furcht packte Kriss, als sie sich vorstellte, wie Alrik durch dieses Labyrinth aus Bäumen und Nebel humpelte. Verfolgt von den Kurúlan.

»Ihr habt mich gehört!«, wiederholte sie. »Bringt uns dorthin!«

Die Frau ließ sich davon nicht beeindrucken. »Solltet ihr Kinder nicht zuhause sein?« Sie blickte zu Lorgis und Barabell. »Habt ihr sie hierher gebracht? Schämt euch.«

»Wir sind hier um unser'n Freund zu holen«, sagte Lian mit harter Miene.

»Sehr nobel. Aber keine Sorge, er ist bei uns in besten Händen.«

»Ihr meint, er *war* es«, sagte Barabell gallig.

»Wir finden ihn schon wieder, keine Sorge«, sagte

die Frau. »Wir sind nicht so weit gekommen, um uns jetzt von ein paar Primitivlingen ins Bockshorn jagen zu lassen.«

»Genau wie wir!« Kriss zitterte am ganzen Leib. Vor Wut. Vor Angst. »Und jetzt bringt uns zu der Stelle, an der ihr getrennt wurdet!«

»Ähm«, setzte Barabell an, »nichts für ungut, aber können wir das Ganze nicht woanders besprechen? Da ist nämlich eine ganze Meute von Eingeborenen hinter uns her. Und sie sind nicht sonderlich gut auf uns zu sprechen, glaube ich.«

»Tröstet euch«, sagte die Frau in dem Mantel. »Auf uns auch nicht.«

»Ich bin nicht überrascht«, knurrte Lorgis.

»Stara«, sagte der Mann mit dem Hufeisenbart. »Die Dicke hat recht. Wir sollten weiter. Es wird bald dunkel.«

»›Dicke‹?«, schnaufte Barabell. »Hör zu, Glatzkopf –!«

»Spart euch das für später«, sagte die Frau namens Stara gelassen. »Ihr kommt mit uns.«

Kriss und die anderen tauschten unsichere Blicke.

»Dieser verfluchte Wald ist voller mörderischer Wilder«, sagte Stara. »Ich vermute, ihr wollt genauso leben wie wir. Und um ehrlich zu sein, könnten wir ein bisschen Unterstützung gebrauchen. Ihr wollt den alten Mann wiederfinden? Glückwunsch, dann haben wir dasselbe Ziel. Für den Augenblick.«

»Und wenn sie irgendwelchen Unsinn versuchen?«, fragte einer ihrer Kumpane, ein Mann mit langen, tiefbraunen Haaren und zusammengewachsenen Augenbrauen.

Stara zeigte ein hinterhältiges, kleines Lächeln. »Dann leben sie nicht lange genug, dass sie es bedauern können.«

Das schien ihre Spießgesellen zufrieden zu stellen. Kriss' Blick glitt durch ihre Reihen und sah dort eine

Frau mit pockennarbigen Wangen, einen älteren Mann mit zerzaustem Bart, durchzogen von nagelgrauen Strähnen, und einen jungen Mann mit stechendem Blick, unter dessen engsitzendem Kopftuch schwarze Strähnen hervorlugten. Neben ihm stand ein Mädchen oder ein Junge – es war nicht deutlich zu erkennen –, kaum älter als Kriss oder Lian, mit einer Miene, deren Härte den anderen in nichts nachstand. Auch der Rest der zwei Dutzend Sternträger war ein grimmiger Haufen. Kriss hätte jedem von ihnen zugetraut, ihr den Hals durchzuschneiden, wenn es die Situation erforderte.

Sie blickte zu Lian und den Luftfahrern. Keinem von ihnen gefiel die Lage, in der sie sich befanden. Aber sie glaubte zu erkennen, dass ihnen klar war, dass sie zu viert weder gegen die Überzahl von Staras Leuten bestehen konnten, noch gegen die Spinnenkrieger.

Und Stara schien zu wissen, dass sie es wussten.

»Schön«, sagte sie. »Dann wären wir uns ja einig. Wenn Ihr so freundlich wärt?« Sie parodierte eine einladende Geste. »Wir sind direkt hinter euch!«

»Zu freundlich«, knurrte Lian.

»Vergesst ihre Waffen nicht«, sagte Stara.

Ihre Leute lasen die abgelegten Pistolen und Säbel auf und steckten sie an ihre Gürtel.

»Also los!« Der Mann mit dem Hufeisenbart winkte mit seinen Waffen. »Abmarsch!«

Sie taten wie ihnen geheißen. Kriss spürte die Waffen, die auf ihren Rücken gerichtet waren, als sie und die anderen sich von Staras Leuten vor sich hertreiben ließen. *Das ist der wahre Grund, warum sie uns am Leben gelassen haben*, dachte Kriss. *Sie brauchen uns als Kanonenfutter, als menschliche Schutzschilde ...* Es schockierte sie nicht wirklich.

Unter den Schritten der Kolonne knackte und knirschte das Unterholz in einem fort, und die torfig-feuchte Erde schmatzte vor sich hin. Kriss hatte es kaum bemerkt, aber der Nebel hatte sich inzwischen ein wenig gelichtet, und müde Sonnenstrahlen drangen vermehrt durch die Schleier, die im Wald umherspukten. Doch die Sonne würde bald untergehen und sie fürchtete sich vor der Dunkelheit der Nebelreiche.

»Ihr wolltet zu dem Wrack am Schädelberg, nicht wahr?«, fragte sie, um sich abzulenken.

»Du bist gut, Kleine«, hörte sie Staras rauchig-schöne Stimme, nur einen Schritt hinter sich. »Leider sind wir auf halbem Weg dorthin diesen Wilden in die Arme gelaufen. Aber der alte Mann und der Rest von uns haben Kompass und Karte dabei. Wenn sie entkommen konnten, werden sie sich auf den Weg zum Wrack machen. Und genau das tun wir auch.«

»Wozu der ganze Aufwand?«, fragte Lian. »Was is' so Besonderes an dem Ding?«

»Wart's ab. Vielleicht darfst du es erleben, Junge.«

»Es geht um irgendeinen Schatz der Todlosen Königin, nicht wahr?«, fragte Kriss mit kühler Stimme und ohne sich nach der Frau umzudrehen. »Alrik sollte euch dorthin führen.«

»Und bis jetzt hat er auch ziemlich gute Arbeit geleistet.«

»Wenn Ihr ihm auch nur ein Haar gekrümmt habt ...!«

»Dann was? Machst du dicke Backen und hältst die Luft an?« Stara lachte, ein paar ihrer Leute stimmten mit ein. »Du bist tapfer, Kleine, das muss man dir lassen. Ganz wie der alte Mann gesagt hat. Allerdings hat er gehofft, dass du klüger wärst, als uns zu folgen.«

Kriss strafte sie mit Schweigen.

»Dein Name ist Kriss, richtig?«

»Richtig«, sagte Kriss ohne große Begeisterung.

»Hör zu, Kriss. Ich würde dir raten, hübsch brav zu sein und den Mund zu halten. Das gilt genauso für deine Freunde.«

»Brav ist nich' so unsere Sache«, sagte Lian.

»Halt die Klappe, Junge!«, sagte der Mann mit dem Schnurrbart. Kriss hörte, wie etwas gegen Lians Rucksack schlug. Er stolperte einen halben Schritt nach vorn, fing sich wieder und blickte wütend über die Schulter. »Deine Visage merk' ich mir«, drohte er dem Mann.

»Lian!« Kriss fasste nach seiner Schulter.

Er brauchte einen Moment, dann schluckte er seinen Zorn widerwillig herunter.

»Vorsicht, Glinn«, sagte Stara amüsiert. »Ich glaube, der Junge meint es ernst.«

Die anderen schmunzelten. Der Mann namens Glinn nicht. Kriss blickte zu Lian. Sie sah, wie er nach irgendeiner Möglichkeit grübelte, diesen Leuten zu entkommen. Sie betete, dass er nichts Unüberlegtes tat.

»Wie habt ihr überhaupt hier hergefunden?«, fragte Stara, als wollte sie die Spannung brechen, die in der Luft lag. »Wir dachten eigentlich, euch nach dem Sandsturm los zu sein.«

»Ihr habt Eure Spuren nicht ganz so gut verwischt, wie Ihr dachtet«, gab Kriss zurück, von trotzigem Stolz erfüllt.

Sie hörte die Frau ein kleines, beeindrucktes Lachen ausstoßen. »Er sagte schon, dass ihr gewitzt wärt. Sieht aus, als hätte er nicht übertrieben. Genauso wenig wie er mit diesem verfluchten Wald untertrieben hat.«

Alrik ... Kriss fiel es immer schwerer zu atmen, als sie sich vorstellte, wie nahe sie ihm war – und was ihm in diesem Urwald alles zustoßen konnte.

Oder ihnen selbst.

Sie dachte an Nesko, Orven und Eldrit an Bord der *Wolkenbummler*, die auf ihre Rückkehr warteten. Vielleicht vergeblich.

»Ihr Schiff kann nicht weit weg sein«, hörte sie Glinn raunen. »Ich glaube kaum, dass sie einen längeren Marsch durch diese Wildnis überlebt hätten.«

»Lasst mich raten«, sagte Stara. »Ihr hattet auch ein kleines Stelldichein mit ein paar Piepmätzen. Falls es Euch tröstet, das kam auch für uns sehr überraschend.«

Lorgis und Barabell blickten sich zu Kriss um. Sie glaubte, aus ihren Augen dieselbe Frage herauszulesen, die auch sie beschäftigte: Hatten diese Leute ebenfalls eine Bruchlandung hingelegt? Sehr wahrscheinlich, denn andernfalls hätten sie direkt zum Wrack fliegen können, anstatt durch den Wald zu marschieren.

Möglicherweise hatten Stara und ihre Kumpane die gleiche Entscheidung getroffen wie sie: Das Wrack aufzusuchen, während ihr eigenes Schiff wieder flottgemacht wurde. Hätten sie die *Wolkenbummler* gebraucht, um von hier zu entkommen, hätten sie weiter nach deren Standort gebohrt.

Aber warum warteten sie nicht einfach, bis ihr Schiff repariert war, um anschließend zum Wrack zu fliegen? Saß auch ihnen die Zeit im Nacken? Aber warum? Weil sie wussten, dass Hilfe für Alrik unterwegs war?

»Nur so aus Neugier«, begann Barabell, »darf man erfahren, was passiert, wenn Ihr habt, worauf Ihr aus seid?«

»Genau!«, bekräftigte Lorgis. »Was passiert dann mit uns, ha?«

»Abwarten, Großer«, sagte Glinn. »Vielleicht lebst du lange genug, es herauszufinden.« Der kleine, kräftige Mann schmunzelte in sich hinein.

Lorgis schnaubte wütend. Aber er sagte nichts.

Eine Weile zogen sie durch den Dschungel. Kriss hörte, wie Staras Leute sich über die Feuchtigkeit und die Kühle beschwerten. Über Löcher in ihren Schuhen und »diese verfluchten Heiden«, die Jagd auf sie machten. Sie sprachen Feban untereinander, wie Kriss bemerkte, es musste also ihre Muttersprache sein. Aber Feban war auf allen drei Kontinenten weit verbreitet, nachdem die Kaiser des Kiradianischen Reiches es vor

Jahrhunderten zur Reichssprache ernannt hatten.

»Euer Akzent«, fragte Kriss. »Woher stammt Ihr?«

»Aus einem Land, in dem man Leute wie euch nicht sehr schätzt«, antwortete Stara beinahe freundlich.

»Leute wie uns?«, fragte Lorgis.

»Milorianer, Lorgis«, sagte Barabell. »Hast du's noch nicht gemerkt?«

»Kann also die halbe Welt sein«, murmelte Lian.

»Das sollte euch zu denken geben«, sagte Glinn düster.

»Und was macht ihr, wenn ihr nichts findet?«, fragte Kriss. »Wenn das Wrack leer ist?«

Auf einmal waren Stara und ihre Leute sehr still.

Kriss sah ihre Theorie bestätigt. Das abgestürzte ælonische Schiff an sich interessierte sie gar nicht. Nur was auch immer an Bord gewesen war.

»Deine Fragen«, sagte Stara, »gehen mir langsam auf die Nerven, Kleine. Besser, du hältst den Mund, bevor ich ihn dir zunähe.«

Kriss blickte über die Schulter. Doch Stara sah sie gar nicht an. Ihre Aufmerksamkeit galt den Bäumen ringsum, und dem, was sich dort verstecken mochte. Nicht zum ersten Mal glaubte Kriss, die Anspannung der Frau zu spüren. Zu vieles war nicht nach Plan verlaufen.

Wer waren diese Leute? Piraten – oder Söldner? Ihre Bewaffnung könnte dafür sprechen, ebenso wie die Sterntätowierungen. Waren sie vielleicht das Abzeichen ihrer Kompanie?

Kriss hatte auf die harte Tour gelernt, dass die wenigsten Menschen waren, wie sie schienen. Aber sie hatte die blitzenden Klingen der Entführer gesehen, die geladenen Feuerwaffen und vor allem ihre finsteren Blicke. Sie zweifelte nicht daran, dass sie sich ihrer entledigen würden, wenn sie ihnen nicht mehr nützlich waren.

Und es mochte sein, dass dieser Augenblick immer näher rückte ...

Sie schloss die Augen. Versuchte, ruhig zu atmen. Einen klaren Kopf zu behalten.

Es war schwer.

Ihre Sorgen mussten sich auf ihrem Gesicht widerspiegeln, denn Lian flüsterte ihr zu: »Hauptsache, wir finden ihn. Alles andere überlegen wir uns dann, einverstanden?«

Kriss nickte. Er hatte Recht. Noch war es zu früh zum Verzweifeln. Es war schließlich nicht die erste scheinbar aussichtslose Situation, in der sie sich befanden.

»Kriss«, sagte Lian mit gedämpfter Stimme. »Wegen vorhin ...«

»Klappe, hab ich gesagt!«, schnauzte Glinn ihn an.

»Wir tun was wir wollen, verdammte Sklaventreiber!«, blaffte Lorgis.

»Vorsicht, Milorianer, oder ich verpass dir eine, dass du mit dem anderen Auge auch noch schielst!«

Kriss hielt den Atem an, als sie sah, wie Lorgis die Fäuste ballte. Sie wollte ihn zurückhalten, aber da war es schon zu spät. Er wirbelte herum und ging brüllend auf Glinn los.

Sofort zuckte ein Dutzend Klingen und Mündungen in seine Richtung.

»Lorgis!«, rief Barabell aus. Sie versuchte, seine Schulter zu greifen, vergeblich.

Doch bevor Lorgis Hand an Glinn legen konnte, glitt Stara schnell wie ein Schatten zwischen die beiden. Obwohl einen Kopf kleiner als der Luftfahrer, packte sie Lorgis' Arm. Eine Bewegung von ihr und der Riese lag auf dem Boden, seine eigene Masse gegen ihn gewandt. Er blinzelte verwirrt.

»Genug gespielt, Kinder«, sagte Stara ruhig, einen Stiefel auf Lorgis' mächtiger Brust. Sie sah auf. »Glinn.«

Der Mann senkte widerwillig die Pistole und spuckte ins Unterholz. Sein Blick hätte Stein schmelzen können.

»Lorgis«, sagte Kriss, während sie und Lian ihm

aufhalfen. Sie spürte überdeutlich die Waffen, die auf sie und ihre Freunde gerichtet waren. »Lorgis, bitte – beruhige dich!«

»Diese verfluchten ...!«

»Ich weiß. Aber das hilft uns im Moment nicht weiter.«

»Tut mir leid, Doktor«, sagte er, als er wieder stand. »Aber ... diese ganze Sache ...!«

»Ich weiß«, sagte sie wieder. »Das geht mir nicht anders.«

»Hör lieber auf das Mädchen, Milorianer«, rief Glinn. »Wenn dir dein Leben lieb –!«

»Stara!«, zischte jemand: eine Frau mit einer schiefen Nase und Muskeln wie ein Mann. »Da kommt wer!«

Der ganze Trupp wirbelte in die Richtung, in die sie zeigte. Mit angelegten Pistolen und Musketen starrten sie in den Nebel. Kriss fühlte ein Kribbeln in ihrem Nacken. Sie fühlte es, mit jeder Faser ihres Körpers: Sie wurden beobachtet.

Alrik und der Rest von Staras Leuten! Hatten sie sie gefunden?

Für einen Moment legte sich eine entsetzliche Stille über den Dschungel.

Dann zischte ein halbes Dutzend Pfeile durch die Luft, von den umgebenden Bäumen her. Menschliche Silhouetten bewegten sich darin. Zwei, nein, drei von Staras Leuten ächzten schmerzerfüllt und fassten sich an die Hälse.

»In den Bäumen!«, brüllte Stara. Eine Kakophonie von Schüssen dröhnte. Schreie ertönen aus den Zweigen, Körper stürzen ins Unterholz.

»Lian!«, rief Kriss, als sie sah, wie er vorsprang und eine geladene Pistole von Glinns Gürtel zog. Der Mann wirbelte herum, Zorn in seinem Blick – aber Lian zielte weder auf ihn, noch einen seiner Kumpane, sondern feuerte in den Baum rechts von ihnen. Ein Mann in wolkengrauer Kleidung stürzte aus dem Geäst ins Unterholz.

Kriss sah Lians Waffe rauchen. Die Blicke, die Glinn und er sich zuwarfen, schienen jeden Moment Funken zu schlagen.

»Guter Schuss«, knurrte der Mann schließlich.

»Ich weiß«, sagte Lian.

Wieder hatte sich Stille über den Wald gesenkt. Einen Moment lang hörte Kriss nur das Luftholen der Männer und Frauen um sie herum, gemischt mit schmerzerfülltem Ächzen. Den Paukenschlag in ihrer Brust.

»Verfluchte Wilde!«, stieß dann einer von Staras Leuten aus: der junge Mann mit den zusammengewachsenen Augenbrauen. »*Verfluchte Wilde!*«

»Ihr Name ist Kurúlan«, sagte Kriss ernst. »Und sie verteidigen sich nur gegen Eindringlinge in ihr Revier. Ihr würdet dasselbe tun.«

Stara starrte Kriss einen Moment lang an, mit einem Ausdruck, den diese nicht deuten konnte. Es war nicht allein Wut, da war noch etwas anderes. Dann wandte sich die Frau ab und half einem ihrer Leute – dem Kopftuchträger – einen Pfeil aus seinem Hals zu ziehen. Sie zeigte Kriss die blutrote Spitze, die feinen Widerhaken daran. »Wenn du die Kameraden so sehr magst, warum gehst du dann nicht zu ihnen, ha? Ich bin sicher, sie nehmen dich mit offenen Armen auf. Nicht? Dann spar dir gütigst solche Ansprachen!«

Kriss schwieg.

Stara wandte sich ab. »Breyk«, sagte sie zu dem Mann mit dem Kopftuch. »Lass mal sehen.«

Er legte den Kopf zur Seite. Kriss dachte für einen Moment, Stara wolle ihn küssen, stattdessen saugte sie an seinem Hals wie ein Flederkreischer. Dann spuckte sie aus und rieb sich den Mund mit dem Ärmel ihres Mantels ab. »Nimm trotzdem das Gegengift, nur für alle Fälle. Vallard, Herlo, das gilt für euch genauso!«

Zwei andere Männer, die ebenfalls von den Pfeilen der Spinnenkrieger getroffen worden waren, nickten hastig. Sie zogen kleine Etuis aus Metall aus ihren Taschen, entnahmen das Spritzbesteck und zogen die Spritzen mit gelblicher Flüssigkeit aus kleinen Phiolen auf. Sie verzogen schmerzlich die Gesichter, als sie sich verarzteten.

Gegengift, dachte Kriss. Sie waren gut vorbereitet. Sehr wahrscheinlich dank Alriks Rat. Aber wie sollten sie es so schnell besorgt haben? Oder hatten sie auch einen Zwischenstopp einlegen müssen? Sie glaubte nicht, dass es ein spezifisches Serum gegen das Gift der Totenweber war – und sie fragte sich, wie wirksam es sein mochte.

»Seid ihr so weit?« Stara blickte in die Reihen ihrer Leute. »Dann nachladen und weiter!«

Die anderen gehorchten bereitwillig, ohne zu murren. Sie sprach wie die geborene Anführerin. Wer war diese Frau? Sie war nicht zu jung, um eine Offizierin zu sein. Doch in welcher Armee?

Sie setzten ihren Weg durch den Dschungel fort, ständig auf der Hut. Stara prüfte immer wieder den Kompass, doch bislang waren sie nicht von ihrem Kurs abgewichen.

Um sie herum wurde es dunkler und dunkler. Der Rote Mond glühte durch Lücken im Dach aus Blättern und Nebel. Sein rosiger Schein reichte gerade aus, um eine Handvoll Schritte weit sehen zu können. Staras Leute hatten überlegt, Laternen anzumachen, aber sie waren schnell davon abgekommen, da sie fürchteten, sich zum Ziel der Kurúlan zu machen. Ihre Anführerin hatte sie damit getröstet, dass sie bald am Ziel sein würden.

Kriss fühlte die Feuchtigkeit langsam durch ihre Kleidung dringen. Die Arme unter die Achseln geklemmt, schauderte sie immer wieder vor Kälte. Sie sehnte sich danach, sich an Lian anzulehnen.

In der Finsternis war ihr der Dschungel noch unheimlicher. Alles war Schatten und Dunst. Alle paar Schritte sahen sie die gespenstisch glühenden Augen kleiner Baumtiere, die das Mondlicht reflektierten. Jenseits ihrer Sichtweite schien es überall zu rascheln und zu knacken. Mehr als einmal war einer von Staras Kameraden herumgefahren, weil er geglaubt hatte, dass sich ihnen Schritte näherten. Doch sie waren allein auf ihrem Weg durch das Reich der Spinnenkrieger.

»Menschen gehören nicht hierher«, hörte Kriss das Mädchen, das vielleicht ein Junge war (oder umgekehrt), flüstern.

»*Wir* gehören nicht hierher«, präzisierte Stara, ebenso leise.

Kriss sah sich gezwungen, ihr beizupflichten.

Man hatte den Gefangenen mit vorgehaltener Waffe gestattet, etwas Proviant aus ihren Rucksäcken zu nehmen. Aber sie hatten alle Unterhaltungsversuche zwischen Kriss und den anderen unterbunden.

Kriss spähte immer wieder zu Lian. Sie konnte sein Gesicht kaum im Dunkeln erkennen. Was hatte er ihr sagen wollen? War nicht schon alles gesagt, was es zu sagen gab?

Der Gedanke drohte ihre neugewonnene Entschlossenheit niederzuringen.

Dann, gerade, als es stockfinster um sie herum geworden war, lichtete sich das Labyrinth der Bäume, und vor ihnen, beschienen vom Roten Mond, erhob sich der Schädelberg wie ein Kegel aus dunklem Grün. Nebelfetzen klebten an ihm wie Spinnenweben und verschleierten seine Spitze.

Doch es zeigte sich keine Spur von dem Schiff. Stara ließ einige ihrer Leute ausschwärmen. Es dauerte einige Zeit, bis sie es fanden, einige hundert Klafter entfernt, am Fuß des Berges.

Seine Form erinnerte Kriss an einen Donnerwal, der in diesem Wald gestrandet war. Von Heck bis zum Bug maß es vielleicht zehn Klafter. Sie erkannte weder Luftschrauben noch Ruder am Rumpf; die metallene Hülle mochte einst spiegelglatt poliert gewesen sein, jetzt war sie verbeult und verrostet. Mondlicht wurde von unregelmäßigen Löchern verschluckt. Sie sahen aus wie Brandwunden – waren es Einschusslöcher von Kanonen oder (viel wahrscheinlicher) ælonischen Waffen? Kriss wusste nicht, aus welchem Metall oder welcher Legierung das Schiff bestand – es war ein Wunder, dass es sich nach all den Jahrhunderten in dieser Witterung noch nicht völlig in seine Bestandteile aufgelöst hatte.

Wie gierige Arme, die es nicht mehr loslassen wollten, hatten Schlingpflanzen das Wrack an manchen Stellen zugewuchert. Dennoch konnte sie deutlich das verblasste und rostzerfressene Drei-Speere-Wappen der Todlosen Königin zwischen dem grünem Flechtwerk erkennen.

Die Aufregung schnürte ihr die Luft ab. Sie war dankbar, als Lian nach ihrer Hand fasste.

»Macht wirklich nich' mehr viel her, das Ding«, meinte er.

Kriss sah Stara und ihre Leute erleichtert aufatmen. Sie hatten viel riskiert, um hier herzukommen. Kriss hörte sie untereinander murmeln: »Endlich!«, »Es ist wirklich hier!« und »Er hat uns nicht belogen!«

Aus dem Inneren des Wracks drangen weder Licht noch Geräusche, es lag stumm und hässlich in der Dunkelheit. Wenn sich jemand an Bord befand, so verhielt er sich still – was vielleicht das Klügste war, das man bei Nacht in den Nebelreichen tun konnte.

Kriss musste sich zurückhalten, nicht Alriks Namen zu rufen, während sie die Bäume hinter sich ließen und sich dem verrosteten, zugewucherten Kadaver näherten.

Wie ist es hier geendet?, fragte sie sich. Es war ein ælonisches Luftschiff, hundert Mal schneller und widerstandsfähiger als alle Schiffe, die heutzutage den Himmel bereisten. Sie bezweifelte, dass es seinerzeit von den Kondorreitern aus der Luft geholt worden war. Wieder fiel ihr Blick auf die schwarzen Löcher in seiner Hülle. Es war angegriffen worden, ja, aber von wem? Feinden der Todlosen Königin? Luftpiraten?

So oder so, sie weigerte sich zu glauben, dass die Nebelreiche sein ursprüngliches Ziel gewesen waren. Selbst vor fünfhundert Jahren hatte es hier nichts als undurchdringlichen Dschungel gegeben.

Wohin war es dann geflogen? Und was am allerwichtigsten war: *Hatte Alrik es bis hierher geschafft?*

»Stara!«, rief einer der Entführer aus. Er deutete auf die Farne und Orchideen, die um das Schiff herum blühten, überschattet von ein paar vereinzelten Bäumen. Dazwischen lagen dunkle Gegenstände verteilt. Sie waren menschengroß und ...

Kriss erstarrte, ebenso wie alle anderen um sie herum.

Nein, sie waren nicht nur menschengroß. Ein Schauer, so kalt wie Winterfrost, fuhr ihr Rückgrat hinab. Sie zählte elf Männer und Frauen, die um das Wrack verstreut waren wie weggeworfene Puppen. Sie lagen auf dem Bauch oder auf dem Rücken, die Arme und Beine gekrümmt oder von sich gestreckt. Sie rührten keinen Muskel. Hunderttausendfüßler, Spinnen und anderes Getier krabbelten auf ihnen herum.

»Verdammt«, hauchte Stara. »Verdammt!«

»Ich hab's befürchtet ...«, murmelte Barabell niedergeschlagen.

»Alrik ...!«, flüsterte Kriss mit erstickter Stimme. *Nein, bitte, großer Weltengeist, nein, nein...!*

Sie eilten zu den Leichen. Drei oder vier von ihnen waren Kurúlan: kupferhäutige Männer in Kleidung aus Spinnenseide, mit blutenden Wunden von Pistolenkugeln in ihren Bäuchen, an denen sich das Ungeziefer gütlich tat.

Der Rest gehörte zu Staras Leuten, so viel war offensichtlich, nicht zuletzt dank der Sterntätowierungen. Manche hielten noch Pistolen in der Hand oder blutige Säbel. Irgendwo lag eine Muskete im Unterholz. Der Gestank von Schießpulver hing noch immer in der Luft.

»Kann nicht lange her sein«, murmelte Glinn. Er klang betreten. »*Schessk* ...«

Kriss' Blick ging von einer Leiche zur anderen. Doch nirgends fand sie eine Spur von Alrik. Trotzdem raste ihr Herz. Sie sah eine Frau, die mit leerem Blick zum Himmel starrte, während ein wurmartiges Etwas über ihr Gesicht kroch. Ein kleiner, gefiederter Pfeil steckte in ihrem Hals. Der Anblick drückte ihr die Kehle zu.

Sinnlos. So sinnlos.

Stara ging vor den Toten in die Hocke. »Nella«, sagte sie leise. »Dorgas. Kessbin ...«

Ihre Kumpane senkten den Blick oder nahmen ihre Kopfbedeckungen ab. Mit Tränen in den Augen stießen einige von ihnen Flüche gegen die Kurúlan aus.

»Das werden diese Wilden bereuen!«, zischte eine Frau. »Ich schlitze sie eigenhändig auf!«

Kriss sah, wie Stara die Faust mit der Hand umschloss. Sie machte die Augen zu und bewegte stumm die Lippen. Mehrere ihrer Leute taten es ihr gleich. Wenn es Gebete waren, so konnte Kriss sie nicht hören. Zu welcher Gottheit sie wohl sprechen mochten?

Schließlich erhob sich Stara wieder. Sie straffte ihre Schultern. »Ihre Seelen ruhen in Frieden! Sorgen wir dafür, dass sie nicht umsonst gestorben sind!«

»Das ist nur die Hälfte von ihnen«, sagte jemand. »Wo sind die anderen?«

»Wir finden sie!«, sagte Stara ernst. »Rell, Gorben, Katna – haltet ihr Wache! Ihr anderen: Seht nach, ob ihr den Rest findet! Ich sehe mir das verfluchte Ding von innen an!«

Die anderen nickten schwermütig und folgten ihrem

Befehl, während sich ihre Anführerin zum Wrack begab. Kriss und die anderen sahen ihr nach.

»He, und was wird aus uns?«, fragte Lorgis.

Kriss hielt es nicht länger aus. Bevor Glinn sie packen konnte, rannte sie auf zittrigen Beinen los, an Stara vorbei. »Alrik!«, rief sie. »Alrik, wir sind hier!«

Nur der Dschungel antwortete ihr.

»Kriss, warte!« Lian setzte Stara und ihr nach. Einer der Sternträger zielte auf ihn. Stara hob die Hand: *Lasst ihn.*

Das Wrack ragte vor ihnen auf. Mondlicht fiel durch ein türgroßes Loch in der Hülle, das einst tatsächlich eine Tür gewesen sein mochte. Kriss schob sich an Stara vorbei und blickte ins Innere. Ein leerer Korridor tat sich vor ihnen auf. Die Decke und Wände waren aus Metall, zerschrammt und durchlöchert. Sie erkannte zwei Türen links und rechts, der Rest verlor sich in Dunkelheit. Rostgeruch stach ihr in die Nase.

»Alrik!«, rief sie und ihre Stimme hallte metallisch durch das Wrack.

Nichts regte sich.

»Kriss«, sagte Lian.

Sie drehte sich um. Lian bückte sich und griff ins Unterholz. Er hob einen langen, dünnen Gegenstand.

Kriss' Puls hämmerte noch lauter, als sie Alriks Gehstock erkannte.

»*Schessk*«, fluchte Stara. »Seht zu, dass sie keinen Unsinn machen!«, rief sie ihren Leuten zu. Kriss fühlte die Pistolenläufe, die sich auf Lian und sie richteten.

Während Stara ins Innere der Maschine tauchte, hielt Kriss den Gehstock fest, am ganzen Leib zitternd. Alrik war hier gewesen! Aber was war ihm zugestoßen? Lag er auch irgendwo reglos im Unterholz, ein Festmahl für die Würmer?

»Vielleicht is' er ihnen entkommen«, flüsterte Lian. »Oder er versteckt sich irgendwo!«

Kriss hätte gerne daran geglaubt.

Bald kehrte Stara zurück. Ihr Gesicht war eine Studie von mühsam kontrollierter Wut. »*Schessk*«, fluchte sie. »Leer! Das verfluchte Ding ist leer!« Sie trat gegen eine rostige Wand; ein hohles *Klong* ging durch das Wrack. »Ich wusste es!«

Glinn war inzwischen zu ihnen getreten. Er nickte ernst. »Ganz ruhig. Wir haben gewusst, dass das der Fall sein kann. Jetzt bleibt nur die Frage, wo es ist. Vielleicht haben die verdammten Wilden es sich unter den Nagel gerissen.«

Staras Blick verriet, wie wenig ihr diese Aussicht gefiel.

»Was ist ›es‹?«, wollte Kriss gerade fragen, als ein Mann mit wucherndem Bart und einem vernarbten linken Auge zu ihnen gelaufen kam. »Stara!«, rief er atemlos. »Es ist Colim! Er lebt!«

Sie riss die Augen auf. »Wo?«

Der Mann winkte sie zu sich, er lief los, zum Bug des Wracks. Stara und Glinn folgten ihm. »Mitkommen!«, blaffte Glinn Kriss und Lian an. Kriss hielt Alriks Gehstock fest umklammert, während sie dem Befehl nachkamen.

Sie umrundeten den Bug. Nur einige Dutzend Schritte weiter lag ein Mann zwischen den Bäumen, den Rücken gegen einen Stamm gelehnt. Kriss konnte nicht erkennen, ob er noch atmete oder nicht. Inzwischen hatten auch Lorgis und Barabell zu ihnen aufgeholt, flankiert von einer Handvoll von Staras Leuten. Sie bildeten einen Kreis um ihre Anführerin. Keiner von ihnen machte einen glücklichen Eindruck.

»Colim!« Stara ging neben dem Mann in die Hocke. Er war keine zwanzig Jahre alt, sein Haar war kurzgeschoren, auch er trug einen königsblauen Stern zwischen den Augenbrauen. Seine Haut glänzte vor Schweiß. Drei kleine Wunden waren an seinem Hals zu sehen, wie Bisswunden großer Insekten. Drei Giftpfeile lagen vor ihm im Gras. Sein Blick ging ins Leere. Ja, er atmete noch, doch sehr, sehr schwach.

»Colim, hörst du mich?« Stara berührte behutsam die Schulter des Mannes. »Wir brauchen Gegengift, verdammt!«

»Er hat sich schon welches verpasst.« Glinn hob eine leere Spritze aus dem Unterholz. »Wenn wir ihm noch mehr geben, bringt ihn das vielleicht um.«

»Colim«, sagte Stara wieder. »Colim, ich bin es!«

»Stara.« Die Stimme war kaum mehr als ein Windhauch. Erst jetzt schien der Mann namens Colim die Menschen um sich herum wahrzunehmen.

»Ja!«, sagte Stara. »Wir sind hier. Was ist passiert, Colim?«

»Bastarde«, keuchte er. Kriss musste sich konzentrieren, um ihn zu verstehen. »Kamen ... aus dem Nichts. Haben uns ... angegriffen. Verdammte Bastarde ...«

»Wo sind die anderen?«, fragte Stara.

»Haben sie ... mitgenommen.« Colim schluckte schwer, bevor er weitersprechen konnte. »Und den ... alten Mann.«

»Wohin?«, drängte Kriss. Ihr Herzschlag schmerzte. »Wohin bringen sie ihn?«

Colims leere Augen sahen sie verwirrt an. »Wer bist ...?«

»Colim«, sagte Stara. »Wo sind sie hin?«

Er hob unter Mühen die Hand. Er zeigte am Berg vorbei, nach Südosten.

Kriss' erster Impuls war, loszulaufen. Stara packte sie mit starker Hand am Arm, sah sie jedoch nicht an.

»Warum haben sie sie am Leben gelassen?«, fragte sie.

»Weiß nicht«, wisperte Colim. »Der alte Mann. Er hat ... mit ihnen ... geredet... Er ... er hat ...!«

»Ruhig«, sagte Stara sanft. »Ganz ruhig.«

»Bitte.« Colims Stimme war nur noch ein Krächzen.

»Ich ... will hier nicht sterben. Nicht in diesem verfluchten Dschungel. Bitte, Stara, ich ...«

Dann sackte er zusammen. Er tat einen letzten Atemzug. Sein Blick wurde glasig.

Kriss schloss die Augen. Sie hörte jemanden leise schluchzen. Lian legte seinen Arm um ihre Schulter und sie hielt seine Hand. *Ruhe in Frieden*, dachte sie. Entführer oder nicht – niemand hatte so einen Tod verdient.

»Was machen wir jetzt?«, fragte jemand. »Stara!«

Stara erhob sich. Ihre Miene war bitter, kummervoll. Sie atmete tief durch, als versuche sie, sich zu sammeln. »Diese Wilden wollen sie anscheinend lebend«, sagte sie. »Warum auch immer.«

»Aber wer weiß, wie lange noch!«, sagte Glinn.

»Gehen wir zurück zum Schiff und holen Verstärkung!«, forderte der Mann mit der zusammengewachsenen Augenbraue.

»Bis dahin kann's längst zu spät sein!«, sagte Lian.

»Halt die Klappe, Junge!«, bellte der Mann. »Wenn wir ihnen jetzt folgen, kann das Selbstmord sein!«

»Aber wir können sie doch nicht diesen Wilden überlassen!«, sagte eine Frau mit einem Feuermal auf der Wange.

»Und wir brauchen den alten Mann!«, sagte Glinn mit Blick zu Stara. Ihr Gesicht verriet, das sie das nur allzu gut wusste.

»Dann lasst uns gehen!«, sagte Kriss entschlossen. »Wir werden ihnen auf jeden Fall folgen!«

Mehrere Blicke trafen sie, manche davon strafend, manche wütend, manche fast bewundernd. Lorgis nickte ihr zu, als wollte er sagen: *Wir sind bei Euch, Doktor.* Barabell schien das ebenso zu sehen.

Kriss wandte sich an Stara. Es war deutlich, wie sie mit sich rang, hin- und hergeworfen zwischen der Sorge um ihr Überleben und ihrer Mission.

Dann hatte sie ihre Entscheidung getroffen.

»Wir folgen ihnen«, sagte sie, und ihre Miene war hart. Die Miene einer Soldatin, einer Anführerin.

»Gut«, sagte Kriss. »Wir kommen mit!« Es war keine Bitte.

Stara sah auf sie herab. Dann zeigte sie einen leisen Hauch ihres alten, wölfischen Lächelns. »Du hast Mumm, Kleine«, sagte sie. »Hoffen wir, dass er dich nicht umbringt.«

{Die Stadt der Totenweber}

Es waren Nächte wie diese, in denen Nesko sich fragte, ob es nicht besser gewesen wäre, auf seine Eltern zu hören und Schuster zu werden, anstatt von zuhause fortzulaufen, um Abenteuer in der großen, weiten Welt zu erleben. Vermutlich wäre es bedeutend gemütlicher gewesen.

Lange nach Mitternacht hatten Eldrit und er die letzte Gaszelle genäht, in konzentriertem Schweigen und von Finsternis umgeben. Die Arbeit auf der Ballonhülle gab ihm immer das Gefühl, auf dem weichen Buckel eines riesigen Ungeheuers herumzuklettern, doch niemals so sehr wie heute Nacht. Von Seilen und Karabinerhaken gesichert, hatten sie erst die einzelnen Segmente der Ballonhülle aufknüpfen müssen, um an die Gaszellen zu gelangen – als ob sie besagtem Ungeheuer die Haut aufschnitten und zurückklappten. Im spärlichen Licht einer heruntergedrehten Laterne hatten sie jeden Quadratzoll der beschädigten Zellen in Augenschein genommen, sie mit Nadel und Zwirn zugenäht und mit Leim und Flicken versiegelt. Nesko war heilfroh gewesen, dass das Traggas des Schiffes nicht brennbar war – ohne die Laterne hätten sie bis zum Morgengrauen ausharren müssen, um etwas erkennen zu können.

Er hatte die ganze Zeit versucht, mit Eldrit ins Gespräch zu kommen. Einerseits um seine eigene Nervosität zu überspielen, andererseits um sie vielleicht zum Lächeln zu bringen, was sie viel zu wenig tat, obwohl es ihr so gut stand. Aber Eldrit hatte nur einsilbig oder keinsilbig geantwortet. Sie war nicht an Konversation interessiert; einzig und allein daran, endlich ihre Arbeit zu erledigen. Natürlich hatte Nesko Verständnis dafür. Trotzdem ... er hätte sich über ein Lächeln von ihr sehr gefreut. Oder ein anderes Zeichen dafür, dass sie ihn wahrnahm.

Ob sie einen Freund hat?, überlegte er. *Jemand, der zuhause auf sie wartet?* Sie hatte nie etwas in der Art erwähnt, andererseits redete sie so gut wie nie über ihr Leben jenseits ihrer Arbeit.

Zumindest war er zuversichtlich, dass sie alle Löcher gestopft hatten, jene in der Ballonhülle selbst eingeschlossen, die jetzt mit neuen, manchmal bettlakengroßen Flicken versehen war. Genau würden sie es jedoch erst wissen, wenn sie die Gasflaschen anschlossen und die Zellen wieder aufbliesen. Großer Weltengeist, wie sehr er sich nach dem Moment sehnte, in dem sie die Nebelreiche weit hinter sich lassen konnten!

Zu zweit kraxelten sie die Strickleitern hinab, die die Ballonhülle entlang verliefen, lösten die Seilgurte von ihren Hüften und kletterten zurück ins Schiff. Nesko atmete tief durch, als Eldrit die Tür hinter ihnen zumachte.

Die Lampen an Bord waren auf winzige Flammenzünglein heruntergedreht, nur ein schwacher, gelber Schimmer erhellte die *Wolkenbummler*, um das Risiko zu minimieren, die falschen Leute auf das Schiff aufmerksam zu machen. Der Nebel griff mit graufeuchten Fingern nach den Bullaugen. Jenseits davon war es so schwarz wie eine Wagenladung Kohle. Die Rufe der Dschungeltiere, die selbst hier drinnen noch viel zu laut waren, bescherten Nesko eine Gänsehaut nach der anderen.

Er war schon zuvor weit weg von zuhause gewesen, doch hier, in diesem vom Weltengeist verlassenen Land, kam er sich zum ersten Mal wirklich verloren vor.

Heimweh erfüllte ihn; selbst nach seinem Elternhaus, in dem es nichts als Zank und Geplärr gegeben hatte. Nicht einmal die Insel der Pflanzenwesen, auf der sie damals nach dem Absturz der *Windrose* gestrandet waren, war ihm so feindselig vorgekommen, wie dieser dunstverhangene Urwald. Ob dies anders wäre, wenn er all die Schauermärchen über die Nebelreiche niemals gehört hätte?

Irgendwie beweifelte er es.

Aber er hatte jetzt das Kommando über das Schiff, und er wollte Käpt'n Lorgis genauso wenig enttäuschen wie die anderen. Also musste er der verbliebenen Mannschaft beherzt und unerschrocken vorstehen. Er hätte nur gerne gewusst, wie.

Nesko massierte seine klebrigen und verkrampften Finger und blickte durch das Bullauge, jedoch ohne etwas anderes zu sehen als Schwärze. Er stellte sich vor, wie die anderen sich durch die Suppe dort kämpften. In dieser stockfinsteren Nacht blieb ihnen allein der Kompass als Wegweiser. Er wollte sich nicht ausmalen, was dort draußen alles auf sie lauern mochte, und er bewunderte den Mut von Doktor Odwin und Herrn Berris umso mehr, ebenso wie den des Käpt'ns und Barabells.

»Passt auf euch auf«, murmelte er, nicht zum ersten Mal.

»Und wer passt auf uns auf?«, fragte Eldrit trocken, während sie sich die Finger mit einem Lappen abwischte.

Nesko hätte es ihr gerne gesagt, aber er wusste nicht, was er antworten sollte. Eldrit hatte ein Talent dafür, ihn sich tappsig und unsicher fühlen zu lassen. Noch unsicherer als ohnehin schon. Ob sie wusste, wie hübsch er sie fand? Ob es sie interessieren würde, wenn er jemals den Mut aufbringen würde, es ihr zu sagen?

Einmal mehr überlegte er, was er sagen konnte, das sie aufmunterte. Nur gab es in ihrer Lage wenig, das ihm diesbezüglich half. Vielleicht konnte er noch einmal versuchen, sie mit seinem Bericht von dem Absturz der *Windrose* und ihrem Kampf gegen den Schiffsfresser zu beeindrucken? Oder er ...

... hatte seine Chance vertan, wie es aussah, denn anstatt auf irgendwelche Geschichten von ihm zu warten, ließ Eldrit ihn stehen wie kalten Brei und steuerte den Maschinenraum an.

Nesko ließ die Schultern hängen. Wahrscheinlich war er in ihren Augen nur ein pickeliger Junge im Stimmbruch. Mit Sicherheit sah sie ihn nicht als Stellvertreter des Käpt'ns.

»*Kein Wunder, so wie du dastehst*«, hätte Lorgis ihm gesagt, wenn er jetzt hier gewesen wäre. »*Lass dich nicht so hängen wie ein nasser Mehlsack. Brust raus, Schultern gerade. Sonst nimmt dich nie jemand ernst.*«

Es stimmte wahrscheinlich. Also tat Nesko sein Bestes, seine Haltung zu straffen und folgte Eldrit entschlossenen Schrittes in den Maschinenraum.

»Orven«, sagte er. »Gaszellen und Hülle sind geflickt. Wie sieht's bei dir aus?«

Orven streckte den Kopf aus der Luke im Boden, die direkt in den Bauch des Schiffes führte. »Bin noch mit dem Getriebe beschäftigt. Füllt ihr schon mal das Gas auf, dann könnt ihr euch um die Schrammen im Bug und die Luftschrauben kümmern.«

»Ich, äh, natürlich«, sagte Nesko. »Ich meine, genau das wollte ich auch gerade vorschlagen!«

Eldrit lächelte mit nur einem Mundwinkel. Nesko spürte, wie ihm das Blut ins Gesicht schoss. Sie wusste nur zu gut, wer an Bord wirklich das Sagen hatte.

Orven tauchte wieder in die Luke ab. Sie hörten ihn mit Werkzeug hantieren. »Hauptsache, wir kommen so bald wie möglich wieder in die Luft, wo wir hingehören«, brummte er. »Alles ist besser, als hier im Geäst rumzuhängen!«

Nesko stimmte ihm aus vollem Herzen zu. Natürlich würden sie ohne funktionierende Luftschrauben nicht weit kommen. Aber zumindest konnten sie die verbliebenen Schäden auch in der Luft reparieren – und bis dahin war das Schiff am Himmel unerreichbar für alles, was in diesem Wald kreuchte und fleuchte.

Zumindest hoffte er das.

»Gut«, sagte er, um einen Anschein von Selbstsicherheit bemüht. »Aber wir müssen vorher die Äste abschneiden, die durch das Brückenfenster geschlagen sind. Sonst können wir nicht vernünftig abheben.« *Und anschließend müssen wir die kaputten Scheiben verrammeln*, dachte er. *Aber eins nach dem anderen. Hauptsache, die Zellen halten dicht, und wir haben diesen Dschungel ein paar hundert Klafter unter uns. Von oben können wir vielleicht auch den Käpt'n und den Rest sehen.* »Sobald alles erledigt ist, fliegen wir sofort los. Zum Wrack, meine ich. Die anderen warten wahrscheinlich schon auf uns!«

»Und wenn nicht?« Orven hievte sich aus der Luke und griff nach einer Feldflasche. »Wenn sie's gar nicht bis dorthin geschafft haben? Hat schon mal jemand dran gedacht?«

»Nee«, sagte Eldrit zynisch. »Kein einziges Mal.«

Nesko konnte darüber nicht lachen. »Dann suchen wir sie«, sagte er. »Ist doch klar.«

»Und wenn wir sie nicht finden?« Orven nahm einen Schluck aus der Flasche. »Wenn irgendwelche Eingeborenen sie geschnappt haben, oder die Kerle, hinter denen wir her sind?«

Nesko blickte zu Eldrit, doch von ihr war nicht viel Rückendeckung zu erwarten. »Wir finden sie schon«, sagte er.

»Aber was, wenn nicht, Junge? Das ist 'ne Möglichkeit, mit der wir rechnen müssen. Ich sag ja nicht, dass es mir groß gefällt.«

Nesko schwieg. Wieder fühlte er das Kommando schwer auf seinen Schultern lasten.

»Was sollen wir dann machen?«, drängte Orven. »Hier rumgondeln, bis wir verhungert sind? Es kann sein, dass wir sie zum letzten Mal gesehen haben.«

»Darüber denken wir nach, wenn es so weit ist«, gab Nesko zurück. »Erstmal kriegen wir dieses Schiff wieder flott!« Er war sicher, dass der Käpt'n und Barabell dasselbe entschieden hätten, wobei er betete, dass sie entgegen aller Wahrscheinlichkeit allein zurück zum Schiff fanden, unversehrt und zu viert. Dass er alles, was danach kam, nicht mehr entscheiden musste.

»Ich mein' ja nur«, sagte Orven. »Immerhin können wir hier nicht ewig warten.«

»Genau das werden wir tun – wenn es sein muss!«

»Sei vernünftig, Junge. Du weißt, wie gefährlich es hier draußen ist.«

»Du solltest Bell und den Käpt'n besser kennen. Oder Doktor Odwin und Herrn Berris. Wir warten so lange wir müssen!«

»Junge ...!«

»Und keiner von euch fasst das Steuer an, ohne meine Erlaubnis! Oder ... oder ...!«

»Oder ...?«, fragte Eldrit, milde amüsiert.

»Oder ihr kriegt es mit mir zu tun!«, sagte Nesko und machte das grimmigste, entschlossenste Gesicht, zu dem er fähig war.

Eldrit sah ihn an. Ein seltsamer Ausdruck lag in ihrem Gesicht. War sie etwa ... beeindruckt?

»Beruhig dich, Junge ...«

»Nicht *Junge*«, sagte Nesko. »*Käpt'n.* Solange der echte Käpt'n nicht da ist!«

»Also gut«, Orven klang müde, »*Käpt'n.* Keiner von uns hat vor, einfach abzuhauen. Wir sind schließlich keine Halunken. Richtig?«

Eldrit stemmte die Hände in die Hüften. »Hm!«, grunzte sie zustimmend.

»Aber wir müssen uns irgendwas überlegen«, sagte Orven. »Ich meine, für den schlimmsten Fall.«

»Das entscheiden wir, wenn es so weit ist«, sagte Nesko. »Aber solange tun wir, was der Käpt'n gesagt hat. Wenn etwas passiert, sind wir vielleicht die Einzigen, die ihnen helfen können. Sie verlassen sich auf –«

Ein Kreischen ließ sie alle herumfahren: Orvens Äffchen sprang von einem Kohlelager zum anderen, sein flechtengrünes Fell war gesträubt, es hatte die Zähne gebleckt, Panik stand in seinen dunklen Äuglein. Nesko hatte gar nicht gemerkt, dass das Tier bei ihnen war. Nun sah er zu, wie es aufgeregt hin- und herhüpfte, in einem fort kreischend.

»Lalla!«, rief Orven. »Lalla, beruhig dich, was ist los?«

»Hört ihr das?«, fragte Eldrit. Auf ihrer kühlen Miene zeigte sich Furcht.

Nesko spürte, wie sich sein Magen mit Eis füllte.

Sie lauschten angespannt, aber sie hörten nichts: Es schien, als wäre der gesamte Dschungel verstummt.

Es konnte kein gutes Zeichen sein.

»*Korf!*«, keuchte Nesko. Mit zittriger Hand zog er die Pistole vom Gürtel und spannte den Hahn. Er eilte zurück in den Schiffsgang, ans nächste Bullauge. Das Zetern des Äffchens sägte an seinen Nerven, als er hinaus in Nacht und Nebel starrte. Er fuhr zusammen, als er eine Stimme hinter sich hörte:

»Nichts zu sehen.«

Eldrit stand am Bullauge gegenüber und spähte in die Dunkelheit, während sie im Hintergrund hörten, wie Orven vergeblich versuchte, sein Schoßtier zu beruhigen.

»Hier auch nicht«, flüsterte Nesko. Um das Schiff herum zeigte sich nichts als dunstverhangene Dunkelheit, und hier und da ein Streifen von rot-gelbem Mondenschein.

»War vielleicht nur ein Tier«, murmelte Eldrit. »Eine Baumkatze oder sowas.«

Nesko wollte ihr gerade zustimmen, als er es sah – oder glaubte, es zu sehen: Schemen, die sich im Nebel bewegten, senkrecht nach oben. Wie große Affen, die die Baumstämme erklommen.

Oder etwas sehr viel Gefährlicheres.

Sie waren völlig lautlos. Und viel zu nahe.

Bleibt weg!, dachte er. *Bitte, bleibt weg!*

Die Schemen waren fast auf Höhe des Schiffs gelangt. Dann waren sie plötzlich verschwunden.

Nesko hielt den Atem an, er hörte Eldrit hinter sich nach Luft schnappen.

Für einen Moment war es so leise an Bord, dass man eine Stecknadel hätte fallen hören können.

»Was ist los?«, raunte Orven. Aus den Augenwinkeln sah Nesko, wie er zu ihnen trat. Er hatte das Äffchen in seinen groben Händen geborgen, sie hörten es leise unter seinen Fingern keckern.

Nesko schluckte. Er hatte den Blick nicht vom Bullauge genommen, hatte sich nicht einmal getraut, zu blinzeln. Doch draußen rührte sich nichts, abgesehen vom wabernden Nebel.

»W-Was immer es war«, begann er, »ich glaube, es ist –«

Das Klirren von Glas zerriss die Stille; mehrere Scheiben brachen ein. Etwas Schweres landete auf Holz, mehrfach. Während Lalla sich die Seele aus dem Leib schrie, flogen ihre Blicke zum Navigationsraum und der Brücke, die sich dahinter anschloss.

»Großer Weltengeist!«, krächzte Orven, als sie die vier Männer sahen, die mit hasserfüllten Gesichtern auf sie zustürmten. Ihre Haut hatte die Farbe von Kupfer, und sie waren in Kleidung gehüllt, so grau und glatt wie der Nebel draußen. Sie hielten dünne Holzrohre an ihre Lippen.

»Zurück!«, hörte Nesko sich selbst rufen. Eldrit und er rissen gerade die Waffen hoch, als ein Schwarm winziger Pfeile die Luft durchschnitt.

Bitte lass ihn uns finden!, dachte Kriss. *Bitte lass ihn noch am Leben sein!*

Den ganzen Weg, den sie durch den nächtlichen Wald zurücklegten, kämpfte sie mit der Furcht, ein weiteres Mal zu spät gekommen zu sein. So wie damals, bei ihrer Mutter, die am anderen Ende der Welt gestorben war, ohne dass sie sich voneinander hatten verabschieden können. Der Gedanke, Alrik zu verlieren, raubte ihr den Atem, und trieb sie gleichzeitig weiter an. Sie konnte, sie durfte nicht zulassen, dass er in diesem unheilvollen Land sein Ende fand.

Denn wenn es doch geschah, wenn Alrik fort war und auch Lian ging – was blieb ihr dann noch?

Als sie vom Wrack aufgebrochen waren, hatte sie Alriks Gehstock in ihren Rucksack gesteckt. Zusammen mit Lian, Lorgis und Barabell war sie ein weiteres Mal von den zwei Dutzend Sternträgern eingekesselt worden. Mit schussbereiten Pistolen und Gewehren bewegten sie sich durch die Finsternis des Nebelwaldes, ständig auf der Hut, ihre Muskeln und Nerven zum Zerreißen gespannt. Sie liefen, so schnell es ihre Erschöpfung und das Unterholz erlaubten, was langsamer war, als es Kriss lieb war.

Stara hatte den Gefangenen ihre Waffen aushändigen lassen: Sie waren frisch gestopft, die Hähne in Feuerrast gespannt. »Wenn ihr euren Freund retten wollt«, hatte sie ihnen eingebläut, »dann macht keine Dummheiten, oder ihr seid schneller tot, als ihr blinzeln könnt. Falls ihr es vergessen habt: Wir brauchen einander, wenn wir das hier überleben wollen.«

Weder Kriss noch einer der anderen hatte etwas

erwidert. So sehr sie es auch hassten, sie alle wussten, dass die Frau recht hatte. Dennoch kam Kriss nicht umhin, Staras Mut zu bewundern, auch wenn er wahrscheinlich nur aus bloßer Verzweiflung geboren war. So wie ihr eigener.

»Was sucht ihr?«, hatte Kriss sie gefragt, als sie das Wrack hinter sich gelassen hatten. »Vielleicht hilft es uns weiter, wenn ihr es uns endlich sagt!«

Stara hatte das mit einem dünnen Lächeln quittiert. »Das bezweifle ich. Das bezweifle ich sehr.«

»Vergisses«, hatte Lian Kriss zugeflüstert. »Aus der kriegst du nix raus.«

Kriss fürchtete, dass er Recht hatte. Aber es nagte an ihr, es nicht zu wissen – wofür die Sternträger Alrik und letztlich sie alle in diese Misere hineingeritten hatten.

Nun lag die Pistole schwer in ihrer Hand, ihre Beine waren müde, aber sie trieben sie unbeirrt voran. Niemand sprach ein Wort; alles, was sie hörten, waren das leise Knacken und Schmatzen ihrer Schritte und die Stimmen des Dschungels. Nicht zum ersten Mal kam dieser Wald Kriss vor wie die Dunkelwelt, von der im Buch der Schöpfung berichtet wurde: Der Ort, an den die Seelen sündiger Menschen gingen, wenn sie starben, voller Finsternis und Schatten. Sie sehnte sich nach Schlaf, nach Licht, Trockenheit und Wärme und ahnte, dass ihr all das noch eine lange Zeit verwehrt bleiben würde.

Wie groß mochte der Vorsprung der Kurúlan sein? Und wohin brachten sie ihre Gefangenen? Die Spinnenkrieger hatten keine Spuren hinterlassen, oder keine, die sie finden konnten. Alles, was ihnen blieb, war die Richtung, die ihnen der sterbende Mann namens Colim gegeben hatte: Südosten. Aber ob es die richtige Richtung war, oder wie lange sie würden laufen müssen – Kriss wusste es nicht. Fest stand, dass sie ihr gegenwärtiges Tempo nicht lange durchhalten würden, dafür waren sie allesamt zu ausgezehrt. Und mit dem

Gedanken daran kehrte die Angst zurück, zu viel Zeit zu verlieren. Zu spät zu kommen. Vielleicht ins eigene Verderben zu rennen.

Es war ein Wunder, dass die Kurúlan Alrik überhaupt am Leben gelassen hatten – und mit ihm den Rest von Staras Leuten, die den Überfall auf das Wrack überlebt hatten. Was hatte er ihnen gesagt? Was hatte er ihnen sagen *können?* Kriss wusste, dass er dank der Aufzeichnungen anderer Forscher nur Fragmente ihrer Sprache beherrschte – wahrscheinlich weniger, denn es war lange her, dass er über die Nebelreiche und ihre Einwohner recherchiert hatte.

Hatte es ausgereicht, sich mit ihnen zu verständigen? Und wenn ja, was hatten sie mit ihm vor?

Kriss erschrak, als ein lautes Knacken durch den Nebel ging: Eine schwarze Gestalt näherte sich aus der verschleierten Dunkelheit zwischen den Bäumen. Mehrere von Staras Leuten legten die Waffen an – aber es war nur ein zotteliges Schleichtier, so groß wie ein Kind, das auf krallenbewehrten Armen und Beinen durch die Nacht kroch. Es glotzte sie mit verschlafenen Augen an, dann war es wieder im Nebel verschwunden.

Weiter!, gestikulierte Stara. Und sie alle gehorchten.

Inzwischen war auch der Gelbe Mond aufgegangen und der Urwald hellte sich ein wenig auf, so dass sie wenigstens ein Dutzend Schritte weit sehen konnten, bevor Dunkelheit und Nebel ihnen die Sicht raubten. Und noch etwas offenbarte ihnen das Mondlicht: Es war ein schmaler Streifen Erde, der durch das Unterholz führte. Ein Trampelpfad. Und er führte genau in die Richtung, in die sie sich bewegten.

Kriss wurde heiß und kalt. Die Blicke von Lian, Lorgis und Barabell verrieten ihr, dass sie dasselbe dachten wie sie: *Wir sind auf dem richtigen Weg!*

»Also gut«, raunte Stara. Auch wenn sie versuchte, es zu überspielen, war ihre Aufregung nur allzu deutlich.

»Wir sind nahe dran. Seid doppelt auf der Hut!«

»Aber haltet euch von dem Pfad fern«, sagte Kriss. »Bleibt zwischen den Bäumen. Falls es hier Wächter gibt.«

»Nein«, sagte Stara. »Auf dem Weg kommen wir schneller voran. Und wesentlich leiser.«

»Aber –!«

»Die Zeit läuft uns davon, Kleine«, sagte Stara. »Muss ich dich daran erinnern? Davon abgesehen gebe ich hier die Befehle. Und jetzt weiter!«

Kriss schluckte weitere Protestversuche herunter. Sie wusste, Stara hatte recht.

Der Pfad war breit genug, dass jeweils zwei Personen nebeneinander auf ihm gehen konnten. Lian und sie blieben zusammen, Lorgis und Barabell folgten ihnen.

Tatsächlich kam die Kolonne auf der ausgetretenen Erde wesentlich schneller voran. Dennoch fürchtete Kriss stets, ihr nächster Schritt könnte Kurúlan-Wachen aus der Dunkelheit schälen. Ihr Blick ging ständig hin und her, vorbei an Bäumen und Farnen und den Nebelschleiern dazwischen.

Sie folgten dem Pfad einige Zeit. Irgendwann hob Lian die Hand ans Ohr. »Hört ihr das?«

Kriss lauschte in den Wald, bemüht, die leisen Rufe der Baumtiere zu ignorieren, die Lian sicherlich nicht gemeint hatte.

Dann hörte sie es auch, genau wie alle anderen um sie herum: blasse, verzerrte Echos, die durch den Wald gingen, kaum wahrzunehmen. Sie klangen wie Gesang, Hunderte von Klaftern entfernt, und begleitet von etwas wie einem fernen Herzschlag. Trommeln.

Kriss' Hand mit der Pistole zitterte. Sie blickte zu Lorgis und Barabell, denen die Aufregung ins Gesicht geschrieben stand. Lian ging es nicht anders. Sie fragte sich schon seit einiger Zeit, ob ihm die Abenteuerlust fürs Erste vergangen war.

»Zumindest werden sie uns bei dem Lärm nicht kommen hören«, murmelte Glinn.

»Hoffentlich«, sagten Kriss und Stara gleichzeitig und sahen einander irritiert an.

Gesang und Getrommel wurden lauter, mit jedem weiteren Schritt, den sie taten. Eisernes Schweigen hatte sich über die Gruppe gelegt.

»Isann, sieht du was?«, raunte Stara irgendwann der Vorhut zu: der Frau mit dem Feuermal auf der Wange, die beharrlich mit ihrem Fernrohr in die Dunkelheit spähte.

»Ja!«, gab diese mit gesenkter Stimme zurück. »Da sind Lichter zwischen den Bäumen!«

»Wie weit?«, fragte Glinn.

»Kann ich nicht genau sagen, bei dem verdammten Nebel!«

»Finden wir es heraus«, sagte Stara grimmig-entschlossen. »Ausschwärmen! Und bleibt immer hinter den Bäumen!«

»Ihr kommt mit uns.« Glinn bedeutete Kriss und Lian mit seiner Waffe, ihm und Stara zu folgen, während Lorgis und Barabell von einem anderen Mann mitgeführt wurden.

»Passt auf euch auf!«, sagte Barabell.

»Und ihr auf euch!«, gab Lian zurück.

Die Kolonne teilte sich auf und breitete sich aus. Bald war ein Großteil von ihr mit Schatten und Nebel verschmolzen, nur das Rascheln und Schmatzen im Unterholz verriet sie, und auch das wurde immer leiser. Kriss und Lian blieben dicht bei Stara und Glinn, wobei Kriss sah, wie es hinter Lians Stirn unaufhaltsam arbeitete – wie er nach einem Weg suchte, die Sternträger aufs Kreuz zu legen. Aber sie vertraute darauf, dass er nichts Unkluges tat.

Trommeln und Gesang führten sie näher und näher an ihr Ziel. Und dann sahen sie sie ganz deutlich: Eine große Lichtung, keine zwanzig Klafter entfernt. Die Monde standen direkt über ihr.

Stara und Kriss suchten Deckung hinter einem Baum, Lian und Glinn hinter einem anderen. Ein paar Schritte entfernt sah Kriss die Schemen der anderen, die mit ihnen im Verborgenen auf die Lichtung starrten:

Ein Palisadenzaun erhob sich dort, so hoch wie zwei Menschen. Darüber ragten vielleicht dreißig oder vierzig flache Dächer aus grauen Steinblöcken empor, die ihrerseits von einem Wald aus Holzpfeilern um einen weiteren Klafter überragt wurden.

Wie ein riesiges Zeltdach spannte sich etwas über den Pfeilern, das Kriss zuerst für dünnen, grauen Stoff hielt, bis ihr im nächsten Moment klar wurde, dass es sich dabei um Spinnenseide handelte, wie die Kurúlan sie auch für ihre Kleidung benutzten. Die ganze Stadt lag unter einer gewaltigen Spinnwebe! Damit würde sie bei Tage, wenn der Nebelschleier über den Baumwipfeln lag, perfekt getarnt sein. Aber jetzt fing sich der Schein von mehreren Feuern in dem Netz, die – von den Palisaden verdeckt – in der Stadt brannten.

Der Ort wurde bewacht, so viel war von weitem deutlich: Männer wie jene, die sie durch den Dschungel getrieben hatten, standen oben hinter den Palisaden. Sie trugen Speere in der einen und Schilde in der anderen Hand, während sie in die Nacht starrten. Aber sie hatten die Neuankömmlinge bislang nicht bemerkt.

Kriss versuchte, ihren Herzschlag zu ignorieren, der fast so laut donnerte wie die Trommeln hinter dem Holzzaun.

»Verdammt«, hörte sie Stara murmeln. Sie hatte ihr Fernrohr hervorgezogen und spähte zum Zaun. »Ich sehe ein Tor. Aber es ist verschlossen.«

»Natürlich«, seufzte Glinn, während er sich in den Schatten des Baumes duckte. »*Korf.* Wenn wir wenigstens wüssten, was uns hinter dem Zaun erwartet!«

»Darf ich?«, fragte Lian – und noch bevor Glinn reagieren konnte, hatte Lian ihm das Fernrohr aus der Tasche stibitzt und kletterte den Baum empor, behände wie ein Moosäffchen.

»Lian!«, keuchte Kriss. Sie blickte zu den Kurúlan-Wächtern. Doch keiner von ihnen rührte sich. Es schien, als wäre der Dunst der Nebelreiche zur Abwechslung einmal auf ihrer Seite.

In Windeseile war Lian in der Baumkrone angelangt. Mit angehaltenem Atem sah Kriss zu, wie er mit dem Fernrohr über die Palisaden spähte.

»Die haben sich alle auf 'nem Platz in der Mitte versammelt«, raunte er konzentriert. »Die steh'n um irgendwelche Holzpfähle. *Schessk!*«

»Was ist?«, fragte Kriss, aber Lian antwortete nicht. Er warf Glinn das Fernrohr zu, ließ sich von einem Ast hängen und zu ihnen hinab fallen. Er war bleich, atemlos. »Alrik is' da! Und eure Leute! Sie haben sie an die Pfähle gefesselt! Und da sind Kerle mit verflucht großen Schwertern, die bei ihnen stehen!«

Für einen Moment vergaß Kriss, zu atmen. Sie erkannte eine Hinrichtung, wenn sie ihr beschrieben wurde.

»Wir müssen ihnen helfen!« Sie sah Stara flehend an.

»Wie viele sind es?«, fragte diese.

»So hundertfünfzig, schätz' ich«, sagte Lian. »Und gut 'n Drittel davon hat Waffen dabei.«

»Also fünfzig von denen gegen einunddreißig von uns.« Glinns Wangenmuskeln zuckten.

»Nur haben wir Feuerwaffen«, sagte Stara.

Kriss' Gedanken rasten. Sie mussten in die Stadt, sofort. Doch es blieb ihnen keine Zeit für einen großangelegten Angriffsplan.

Es war deutlich, dass Stara das gleiche dachte.

»Wir müssen irgendwie durch das Tor!« Lian sprach ihre Gedanken aus. »Wir brauchen 'nen Rammbock oder sowas!«

»Wir haben was Besseres, Junge!« Glinn hatte seinen Rucksack abgenommen und kramte darin. Kriss machte große Augen, als er eine faustgroße Eisenkugel hervorzog. Eine Granate. Eine fingerlange Lunte steckte daran.

Stara nickte. »Mach sie so kurz wie möglich. Wir gehen rein!«

Kriss schluckte. Sie sah zu Lian. Er schien den Plan für den einzig brauchbaren zu halten, der ihnen blieb. Kriss hasste alles daran, besonders die Verzweiflung, die sie dazu trieb. Sie hörte, wie Stara Befehle an ihre Leute hinter den Bäumen zischte, die diese wiederum an den Rest weitergaben. Währenddessen stutzte Glinn die Lunte mit seinem Messer um die Hälfte. Er zog ein kleines Papiermäppchen mit Schwefelhölzern hervor. Dann blickte er zu Stara.

»Tu es«, sagte sie.

»Ohren zu«, flüsterte Glinn mit einem Grinsen. »Das wird krachen!«

Kriss kam der Aufforderung nach, sie presste sich dichter an den Baum. Mit halb zusammengekniffenen Augen sah sie Glinn ein Schwefelholz entzünden. Die Lunte spuckte Funken – und Glinn warf die Granate aus der Deckung zum Palisadenzaun. »Wohl bekommt's!«, flüsterte er.

Selbst durch ihre Hände hörte Kriss die aufgeregten Rufe der Wächter, als die Eisenkugel funkensprühend gegen die Palisaden rollte.

Es nutzte ihnen nichts: Ein Donnerschlag erschütterte die Nacht und ließ den Boden unter Kriss' Füßen zittern. Sie presste die Lider zusammen, schrie im Einklang mit der Explosion.

»Los!«, rief Stara ihren Leuten zu.

Kriss sah sie ihre Deckung verlassen und durch die Wolke von Pulverqualm auf die Spinnwebstadt zurennen. Die Explosion hatte ein Loch in den Zaun gerissen, groß genug, um eine Kutsche mühelos hindurchfahren zu lassen. Das Holz drum herum war schwarz versengt und glühte noch. Rauch stieg davon auf.

Staras Leute schwärmten aus. Die eine Hälfte von ihnen schoss auf die Kurúlan oben an den Palisaden, die andere Hälfte feuerte auf die Spinnenkrieger, die ihnen aus dem Dorf entgegeneilten. Trommeln und Gesang waren verstummt, dafür knallten in einem fort Pistolen und Musketen. Schreie ertönten aus der Stadt, wild, wütend oder panisch.

»Bleib hier!«, rief Lian. »Ich hole ihn!«

Er rannte los. Noch bevor sie begriff, was sie tat, lief Kriss ihm nach.

»Doktor Odwin!«, hörte sie Lorgis hinter sich rufen. »Herr Berris!«

Er und Barabell lösten sich aus dem Schutz der Bäume und folgten ihnen mit gezogenen Pistolen.

»Nein, bleibt zurück!«, rief Kriss. Aber die Luftfahrer gehorchten nicht. Sie holten sie rasch ein und stellten sich Lian und ihr zur Seite.

Staras Leute hatten den ersten Ansturm der Kurúlan zurückgedrängt und waren durch das Loch in den Palisaden geschlüpft. Speere wurden nach ihnen geworfen, Blasrohrpfeile zischten durch die Luft. Kriss sah Menschen auf beiden Seiten sterben und das Grauen packte sie mit kalten Fingern. Das Knallen der Feuerwaffen dröhnte in ihren Ohren. Die Schreie.

»Hört auf!«, wollte sie rufen. »Niemand muss sterben, wir wollen nur unsere Freunde holen!« Aber sie wusste, die Spinnenkrieger würden das nicht gelten lassen, selbst wenn sie auch nur ein Wort verstanden hätten.

Manche der Krieger trugen ovale Schilde aus Holz, bemalt mit Spinnenmotiven. Einige von Staras Leuten schnappten sich diese Schilde von Gefallenen. Lorgis und Barabell taten es ihnen gleich. Während sie auf die anstürmenden Eingeborenen feuerten, versuchten sie, sich selbst und ihre beiden Schützlinge so gut es ging abzuschirmen. »Irrsinn«, hörte sie Barabell angestrengt keuchen. »Was für ein Irrsinn!«

Kriss' Blick raste durch die Spinnwebstadt. Alrik, wo war Alrik? Die flachen Steinhäuser waren in konzentrischen Kreisen angeordnet. Breite Straßen führten zu dem Platz in der Stadtmitte, den Lian erwähnt hatte, doch der Pulverqualm raubte ihr die Sicht dorthin. »Alrik!«, rief sie, immer wieder, aber ihre Stimme ging im Lärm der Schlacht unter.

Zumindest hatten sie Licht: Zwischen den Häusern waren Steintöpfe aufgestellt, in denen Feuer brannte. Ihr wabernder Schein ging durch den Qualm hindurch und fiel auf tönerne Krüge, Werkzeuge aus Holz und Knochen und Rahmen aus zusammengebundenen Zweigen, auf denen sich Spinnweben spannten wie Leinwand auf einer Staffelei. Vielbeinige, dunkle Schemen, so groß wie Hände, krabbelten darauf und auf dem Boden aus festgetrampelter Erde. Nur hier und dort wuchsen Gras und Farn.

Während ihre Krieger die Stadt gegen die Fremden verteidigten, flohen die restlichen Kurúlan in die Häuser und sperrten die Holztüren zu. Kriss sah durch die scheibenlosen Fenster, wie sie sich im Inneren verschanzten, sah die Furcht in den Mandelaugen von Alten und Kindern. Ein Baby schrie hinter Steinmauern.

Sie kämpften sich weiter voran. Irgendwann gab es nur noch die Krieger und die Eindringlinge. Kriss sah Stara, die sich einen Angreifer mit Säbelhieben vom Leibe hielt, und an ihrer Seite Glinn, der eine leergeschossene Pistole als Wurfgeschoss verwendete, bevor er eine geladene Waffe vom Gürtel zückte und einen Krieger von der Palisade schoss, als dieser gerade die Lippen an ein Blasrohr gesetzt hatte. Kriss nahm es kaum wahr, als ein Speer sich nur einen Schritt von ihr entfernt in die Erde grub. Sie sah das jungenhafte Mädchen oder den mädchenhaften Jungen aus Staras Gefolge tot am Boden liegen. Daneben ruhte ein älterer Kurúlan mit einer Schusswunde am Hals. Viel zu viele andere lagen reglos um sie herum.

Als sie einen Kampfschrei hörte, wirbelte sie herum. Ein Kurúlan warf sich von hinten auf Lorgis. Der Riese schüttelte ihn ab wie eine Lumpenpuppe, während Lian mit dem Griff seiner Pistole einen Krieger niederschlug, der kaum älter war als er selbst. Barabell konnte derweil im letzten Moment einen Blasrohrpfeil mit dem Schild abfangen.

»Sie schießen aus den Häusern!«, rief Stara.

Entsetzt sah Kriss hier und dort Männer und Frauen, die sie aus der Deckung mit Blasrohren attackierten. Einer von Staras Leuten wurde von einem Schwarm Pfeile gespickt wie ein Nadelkissen. Er ging schreiend zu Boden. Seine Kameraden konnten ihm nicht helfen, sie hatten zu viel damit zu tun, selbst nicht getroffen zu werden.

Kriss, Lian, Lorgis und Barabell taten, was sie konnten, den Geschossen auszuweichen, während sie sich weiter zur Stadtmitte durchkämpften, umringt von Staras Leuten. Nur wenig mehr als die Hälfte von ihnen war noch auf den Beinen, während von allen Seiten Spinnenkrieger auf sie einstürmten und Pfeile flogen. Lorgis – seine Waffen leergeschossen – riss im Vorbeigehen einen Speer aus der Erde und schwang ihn umher, um zwei anrasende Krieger auf Abstand zu halten. Kriss keuchte, als sich im selben Moment nur wenige Schritte neben ihr etwas im Schatten eines Steinhauses rührte. Einen Moment traf ihr Blick den eines Kurúlan-Mädchens. Keine zwölf Jahre alt, zitterte es vor Angst, während es etwas schützend in den Händen barg – eine Spinne, fett und haarig.

Einer von Staras Leuten, der Mann mit der zusammengewachsenen Augenbraue, sah das Mädchen ebenfalls. Während es davonrannte, hob er die Pistole.

»Nicht!«, rief Kriss und riss den Lauf seiner Waffe zur Seite.

Der Mann strafte sie mit einem finsteren Blick. Kriss bekam noch mit, wie das Mädchen in ein Haus entkam – dann erschrak sie, als ein Schrei ganz in der Nähe gellte.

Sie blickte über die Schulter und sah die Frau mit dem Feuermal auf der Wange, die sich panisch Brust und Schultern abklopfte. »Haut ab, haut ab!«, kreischte sie, während Spinnen über sie krabbelten.

Kriss hob den Blick: weitere Spinnen – jede pechschwarz und so groß wie Lorgis' Hand – hatten sich an unsichtbaren Fäden von dem grauen Seidenbaldachin abgeseilt und landeten nun auf den Eindringlingen. Gleichzeitig krabbelten dunkle Schwärme von ihnen zwischen den Häusern hervor, auf die Sternträger zu. Es mussten Hunderte sein. Die Totenweber der Kurúlan.

»*Schessk*verdammt nochmal!«, keuchte Lorgis. »Ich *hasse* Spinnen!« Er tat sein Bestes, die vielbeinigen Schatten von ihnen fernzuhalten. Kriss zuckte zusammen, als sie dünne, haarige Beine bemerkte, die ihren Hals berührten. Panisch schlug sie das Tier fort, bevor es sie beißen konnte, und sah gleichzeitig, wie Stara einen Totenweber unter ihrem Stiefel zertrat. Bläuliches Blut spritzte. Einer ihrer Leute erwischte ein Dutzend der krabbelnden Untiere, als er einen Feuertopf umtrat und seinen flammenden Inhalt über sie ergoss. Kriss glaubte, ein vielfaches, feines Kreischen durch den Kampfeslärm zu hören.

Indessen schälte sich der Platz in der Stadtmitte viel zu langsam aus den Wolken von Schießpulver, die zwischen den Häusern hindurchwaberten. Eine Handvoll Kurúlan stellte sich ihnen entgegen, aber Staras Leute schossen oder stachen sie nieder, während sie immer wieder Spinnen zertraten. Ihre Stiefel hinterließen bläuliche, feuchte Spuren auf der Erde.

Dann hatten sie den Platz erreicht. Kriss erkannte durch den Rauch ein Pflaster aus verschiedenfarbigen Steinen, die ein Spinnennetzmuster formten. Hüfthohe Trommeln standen herum, während sich im Herzen der Stadt sechs Holzpfähle erhoben. Daran waren zehn Männer und Frauen mit Seilen aus grauer Seide gefesselt und mit dicken Stricken geknebelt. Kriss erkannte sie an ihrer Kleidung sofort als Staras Leute. Sie erschrak, als ihr Blick auf eine Frau fiel, deren Kopf schlaff herabhing. Ein Pfeil steckte in ihrem Hals.

Dann sah sie ihn. Und für einen Augenblick hörte die Welt auf, sich zu drehen.

Sein schlohweißes Haar war zerzaust und dreckig, ein kurzer, weißer Bart wucherte in seinem Gesicht. Er sah aus, als ob er seit Tagen weder gegessen noch geschlafen hatte. Aber er lebte. Großer Weltengeist, er lebte! Er drehte den Kopf und sah sie. Seine Augen wurden groß, ein Ausdruck von Unglauben, von Angst stand in ihnen. Er versuchte, etwas zu rufen, ihren Namen vielleicht, aber der Knebel hinderte ihn daran.

»Alrik!«, rief Kriss. »Alrik!« Alles andere war vergessen. Sie rannte los.

»Kriss!«, rief Lian und riss sie zurück.

Ein Pfeil pfiff nur knapp an ihrer Nase vorbei. Aber Kriss bemerkte es kaum. Ihr Herz dröhnte, ihre Beine zitterten. Alrik lebte!

Dann hörte sie die Rufe.

Ein alter Kurúlan stand auf der anderen Seite der Holzpfähle. Die Arme gebieterisch erhoben, brüllte er ihnen etwas zu. Es klang wie ein Befehl.

Sein Haar war lang und so grau wie die flatternde Robe aus Spinnenseide, die seinen immer noch muskulösen Körper einhüllte. Auf seinem Kopf ruhte eine Kappe aus schwarzem Leder, mit acht daumennagelgroßen Kugeln aus dunklem Edelstein. Sie erinnerten an die Augen der Totenweber, so wie die hölzernen Scheren, die in seine kupferfarbene Stirn ragten, sie an die Mandibeln der Spinnen erinnerten. Kriss begriff sofort, dass er der Häuptling sein musste, oder vielleicht ein Priester. Er trug ein armlanges Messer aus Obsidian in der Hand. Er wirkte nicht im Geringsten ängstlich oder besorgt. Nur von Zorn erfüllt.

Sechs Wächter umringten ihn. Auch sie trugen Spinnenkappen und Harnische aus Holz und Leder. Sie schienen seine Leibwächter zu sein, jeder von ihnen konnte es an Größe und Muskeln locker mit Lorgis aufnehmen. Auch sie waren bewaffnet: mit Speeren und Schwertern aus geschliffenem, schwarzen Stein.

»Erledigt sie!«, rief Stara. »Ihr anderen – schneidet unsere Leute los!«

Die Hälfte von dem guten Dutzend Sternträger, die noch lebten, stürmte auf den vermeintlichen Häuptling und seine Garde los. Schüsse fielen und Schreie gellten.

Kriss versuchte, sie zu ignorieren. Zusammen mit den anderen rannte sie zu Alrik.

Während Stara, Glinn und der Rest ihre eigenen Leute losschnitten, zerrte Kriss mit zitternden Händen an Alriks Fesseln. »Alrik!«, sagte sie, »Alrik, alles wird gut, wir bringen dich nach Hause, alles wird gut!« Die ganze Zeit hielt sie seinen Blick. Tränen liefen aus Alriks Augen, wieder versuchte er, etwas zu sagen, und diesmal war sie sich sicher, dass es ihr Name war. »Wir bringen dich nach Hause, hörst du?«, sagte sie und weinte selbst. Was sie auch versuchte, sie konnte die Fesseln nicht lösen!

»Lasst mich, Doktor«, sagte Lorgis und befreite Alrik mit der Spitze seines Speers. Die Stränge aus Spinnenseide fielen zu Boden. Für einen Moment schwankte Alrik, er drohte zu stürzen. Kriss hielt ihn fest. Ihr Herz sang vor Glück.

Sie hatte ihn wieder, sie hatte sich nicht geirrt. All die Mühen, all die Opfer waren nicht umsonst gewesen. Alrik lebte und sie hatte ihn wieder!

Und Alrik hielt sie fest, so fest, dass sie glaubte, er wolle sie erdrücken. Sie spürte, wie ihn ein Schluchzen schüttelte. Er zerrte sich den Knebel vom Mund. »Kriss«, flüsterte er. »Mädchen, was machst du hier, ich hatte dir doch gesagt, du sollst nicht ...!« Er schien noch etwas sagen zu wollen, doch mehr bekam er nicht heraus.

»Ich konnte es nicht!«, sagte sie. »Ich konnte dich nicht im Stich lassen!«

»Mädchen«, sagte er wieder. »Ich hätte es wissen müssen. Dass du mich findest. Ich hätte es wissen müssen!«

»Ich ... ich dachte, ich sehe dich nicht wieder!«

Er sagte nichts, stattdessen drückte er sie nur noch fester an sich. Und sie spürte die Angst, die ihn die letzten Tage gefoltert hatte, die Sorgen – um sie, um sich selbst.

»Professor Dawalus«, sagte Barabell, schweißgebadet, aber froh. »Wir haben 'ne Menge für Euch riskiert. Nett von Euch, noch am Leben zu sein.«

Alrik musste lachen.

Lorgis sagte nichts. Seine Augen glitzerten feucht. Als er sah, dass die anderen es bemerkten, wischte er sie schnell ab.

»Danke«, sagte Alrik. »Euch allen.« Er wandte sich an Kriss. »Danke«, flüsterte er und umarmte sie ein weiteres Mal.

»Gern geschehen«, sagte Lian, über beide Ohren grinsend. »Du siehst gut aus, Alrik. Ich mein', für einen, der gerad' dem Tod von der Schippe gesprungen is'.«

»*Lian!*« Kalter Schrecken durchfuhr Kriss, als sie das Ding sah, das wie eine schwarze Hand seine Schulter hochkrabbelte.

Zu spät. Der Totenweber biss zu, nur einen Lidschlag, bevor Lian die Spinne fortschlug. Er taumelte zurück, klopfte keuchend den Rest seines Körpers nach weiteren Spinnen ab. Etwas pfiff durch die Luft – und ein winziger Pfeil ragte rechts aus Lians Hals.

Kriss erstarrte zu Eis, während Lian ein gequältes Ächzen von sich gab. Aus dem Augenwinkel sah Kriss das Mädchen, dem sie das Leben gerettet hatte. Es hatte sich hinter einem Fenster verschanzt, sein Gesicht von Hass verzerrt, das Blasrohr noch an den Lippen.

»Verfluchte Wilde!«, schnaubte Lorgis und schleuderte den Speer nach dem Mädchen. Die Spitze der Waffe schlug nur knapp neben dem Fenster ein. Das Mädchen verschmolz mit den Schatten dahinter.

Lians Atem ging immer schneller. Schmerzerfüllt stöhnend, zupfte er sich den Pfeil aus der Haut. Er geriet ins Wanken. »*Schessk*«, murmelte er, ungläubig und verbissen grinsend. »Die haben mich echt noch erwischt ...«

»Gegengift!«, schrie Kriss. Sie zitterte am ganzen Leib. »Wir brauchen Gegengift, schnell!«

Glinn – im Kreis seiner eigenen Leute – hatte sie gehört. Er griff in seine Jacke und warf Kriss ein Metalletui zu.

Während um sie herum der Kampf weiter tobte, suchten Kriss, Alrik und die beiden Luftfahrer Deckung an einer fensterlosen Mauer, wobei sie Lian zwischen sich stützten. Mit flatterigen Fingern öffnete Kriss das Etui, nahm die Spritze hervor und zog sie mit dem Gegengift auf. »Dein Arm!«, sagte sie. Lian präsentierte seinen rechten Arm und zog den Ärmel zurück. Er ächzte leise, als Kriss ihm das Serum verabreichte. Dann atmete er ein paar Mal tief durch. »Es geht schon«, sagte er. Aber er klang schwach.

Kriss' Kehle war zugeschnürt. Sie dachte an den jungen Mann beim Wrack, Colim, der von mehreren Giftpfeilen getroffen worden war und trotz des Gegengifts nicht überlebt hatte. »Lian«, flüsterte sie. Ihre Lippen bebten. Etwas brannte in ihren Augen.

»Es geht schon«, sagte er wieder. »Alles gut.«

Kriss blinzelte die Tränen fort. »Wir müssen von hier

weg!«, raunte sie den anderen zu. »Zurück zum Schiff! So lange die anderen abgelenkt sind ...!«

»Sind sie nicht«, sagte Glinn. Er stand nur drei Schritte entfernt und richtete seine Pistole auf Alriks Kopf. »Ihr glaubt doch wohl nicht, dass wir diese ganzen Strapazen auf uns genommen haben, um euch jetzt laufen zu lassen?«

Kriss, Lian und die anderen erstarrten. Kriss sah sich um, unfähig zu atmen: Die Leibwächter des Häuptlings lagen auf dem Boden, aus vielen Wunden blutend. Der Häuptling selbst war von zwei Sternträgern gepackt worden. Sein Obsidianmesser lag zersplittert auf dem Pflaster. Der alte Kurúlan in der Spinnenrobe wehrte sich erbittert, doch er war nicht stark genug.

Stara stand neben dem Mann und drückte ihm die Pistole an die Schläfe. Ihre Stimme hallte durch die Straßen der Spinnwebstadt. »Hört zu! Wir haben euren Anführer! Lasst uns gehen oder ihr müsst euch einen neuen suchen!«

Es waren vielleicht nur noch zwei Handvoll Spinnenkrieger am Leben. Auch wenn sie kein Wort verstanden, war ihnen klar, was man von ihnen verlangte. Ihr Häuptling rief ihnen etwas zu, es klang wie ein Befehl. Die Gesichter seiner Leute waren von Schrecken und Wut verzerrt. Aber sie senkten die Blasrohre und Speere.

Auch in den Häusern rührte sich niemand. Es war, als würde die ganze Stadt den Atem anhalten.

»So ist gut!«, rief Stara. »Und keinen Mucks!«

Von ihren Leuten hatte etwas mehr als ein Dutzend überlebt, zusammen mit acht weiteren, die sie von den Pfählen befreit hatten. Viele von ihnen waren mit Blut besudelt, von Menschen oder Totenwebern. Einige humpelten und benutzten Musketen oder Speere als Krücken. Sie scharten sich um ihre Anführerin, die wiederum unbeirrt auf den Häuptling zielte.

»Ihr könnt euch später verarzten«, sagte sie zu ihren Leuten. »Wir verschwinden, bevor diese Wilden irgendwas Dummes tun. Glinn, sieh zu, dass der Professor und unsere neuen Freunde schön brav mitkommen.«

»Schon dabei!«, gab Glinn mit zufriedenem Grinsen zurück. Vier seiner Leute hatten Kriss und die anderen umringt. Mit Pistolen und Säbeln drohend, nahmen sie ihnen die Waffen ab und zerrten ihnen die Rucksäcke von den Schultern.

»Ihr habt die Frau gehört«, sagte Glinn. »Abmarsch!«

Lorgis schnaubte vor Wut, er spannte seine Muskeln an. Kriss wollte ihn gerade zurückhalten, als sie sah, wie Lian, von dem Riesen gestützt, zusammensank.

»Lian!« Sie konnte nicht aufhören, zu zittern. »Lian, hörst du mich?«

Er murmelte etwas, das sie nicht verstand. Kriss hielt seine Hand. Sie war erschreckend schwach.

»Nein!«, hauchte sie. »Nein, nein, bitte nicht!«

Sie nahm kaum wahr, wie sich Stara abermals an die Kurúlan wandte. »Wir gehen!«, rief sie und gestikulierte ihrem Häuptling mit vorgehaltener Waffe, sich in Bewegung zu setzen. Er zischte ihr etwas entgegen. »Wie du meinst«, sagte sie und schlug ihm den Griff ihrer Pistole gegen die Stirn. Der alte Mann ächzte getroffen, dann verließ ihn jede Kraft. Die Kurúlan protestierten lautstark.

»Schön ruhig!«, befahl Stara und brachte sie zum Schweigen, indem sie die Mündung wieder an den Kopf des alten Mannes hielt. Einer ihrer Leute, ein Hornbär von einem Mann, schulterte den Häuptling wie einen nassen Sack.

»Ihr auch«, sagte Stara in Kriss' und Alriks Richtung. »Mitkommen!« Sie gab Glinn und den anderen Sternträgern, die Kriss und ihre Freunde umringt hatten, einen Wink, sie mitzuführen. Lorgis nahm Lian Huckepack. Kriss blieb dicht neben ihm. Alrik legte ihr seine Hand auf die Schulter. »Die Chancen stehen gut, dass er es überlebt«, sagte Alrik. »Er ist jung, stark ...«

Kriss sagte nichts. All das war der Mann namens Colim auch gewesen, bevor das Gift ihn getötet hatte ...

Dicht an dicht, mit ihren Waffen auf die Eingeborenen zielend und von Stara angeführt, marschierten sie zu dem Loch in den Palisaden, während die brennenden Blicke der Spinnenkrieger sie verfolgten.

{Gift}

Nur kurze Zeit nach ihrer Flucht aus der Spinnwebstadt graute der Morgen über den Nebelreichen.

Kränkliche Sonnenstrahlen drangen durch den Schleier. Was vorher schwarze Schatten gewesen waren, verwandelte sich nun zurück in moosbewachsene Bäume und Farne. Doch für Kriss hielt das Gefühl, in einem Alptraum gefangen zu sein, immer noch an. Selbst, dass sie Alrik nach all den Sorgen und Zweifeln wieder an ihrer Seite hatte, fühlte sich unwirklich an, als wäre er nur wieder eine Traumgestalt, die jeden Moment verblassen konnte. Sie bewegte sich ganz automatisch durch den Urwald, als wären sie und ihr Körper zwei getrennte Wesenheiten. Noch immer hatte sie den Gestank von Schießpulver in der Nase, und die Schreie der Sterbenden gellten in ihren Ohren. Sie war müde, erschöpft.

Doch all das verblasste vor ihrer Angst um Lian.

Er lag reglos auf Lorgis' Rücken, nur dann und wann gab er ein gequältes Ächzen von sich. Er war bleich wie der Tod.

Die Hilflosigkeit quälte Kriss. Es gab nichts, was sie noch für ihn tun konnten. Ihm noch mehr Serum zu spritzen, konnte ihn töten. Ihnen blieb nichts anderes übrig, als abzuwarten, ob sein Körper mit dem Gift fertig werden würde. Ihn so schwach zu sehen, zerriss Kriss das Herz. Sie musste ihm irgendwie helfen!

»Bleib bei mir, hörst du?«, flüsterte sie ihm unentwegt zu. Doch er antwortete nicht.

Sie sah Lorgis und Barabell an, dass sie sich mit denselben Sorgen marterten wie sie selbst. Sie spürte Alriks Hand auf ihrer Schulter, aber es brachte ihr nur wenig Trost.

Sie hatte ihrem Mentor seinen Gehstock zurückgegeben. Zusätzlich stützten Barabell und sie ihn bei dem oft holprigen Weg durch das Unterholz. Dabei war Alrik mit seinem lahmen Bein nicht einmal der langsamste in der Truppe. Die Sternträger hatten ihm Wasser und Proviant aus ihren Rucksäcken gegeben; es schien ihm zumindest ein wenig von seiner Kraft zurückgegeben zu haben.

Staras Leute hatten ihre Wunden mit dem Nötigsten versorgt. Der Häuptling der Spinnenkrieger war noch nicht wieder bei Bewusstsein, aber das schien niemanden zu stören. Noch hatten sie kein bestimmtes Ziel angesteuert – Hauptsache, sie gelangten so schnell und so weit wie möglich fort von den Kurúlan.

Doch auch, wenn sie sich ständig nach den Eingeborenen umblickten, entdeckten sie keine Spur von Verfolgern.

»Meinst du, sie haben aufgegeben?«, fragte Glinn. Er drehte sich zu Stara, die neben ihm am Kopf der Kolonne marschierte, nur wenige Schritte vor Kriss und den anderen.

»Das hoffe ich«, knirschte sie. »Um ihretwillen.« Sie schien nicht zum Reden aufgelegt zu sein.

»Wir konnten sie nicht einmal vernünftig beerdigen!«, klagte jemand. »Wer weiß, was die mit ihren Leichen machen?«

Alle erschraken, als Stara plötzlich einen langen, frustrierten Laut ausstieß. Sie blieb stehen und trat gegen einen Baum, rasend vor Wut, hilflos vor Kummer.

Dann zückte sie ihre Pistole und stapfte durch die Reihen ihrer Leute auf Alrik zu.

»Ich bete für dich, dass es das wert war, Milorianer!«, fauchte sie. »Die Männer und Frauen, die heute gestorben sind, waren teure Freunde, gute Menschen! Gib mir einen Grund, nur einen einzigen Grund, und du bist genauso tot wie sie!«

Alrik blieb davon unbeeindruckt, seine Miene war todernst.

»Hier herzukommen war nicht meine Idee, Madame Belnari«, sagte er. »Ich habe nichts von alledem hier gewollt. Vielleicht solltet Ihr ein ernstes Wort mit Eurem Freund Phærion sprechen.«

Phærion? Kriss horchte auf.

Stara funkelte Alrik an. Sie hob die Pistole, als wolle sie ihn damit schlagen.

»Das reicht!«, rief Kriss. Zitternd und mit ausgebreiteten Armen stellte sie sich vor ihren Freund. »Ihr wisst, wer an dem Ganzen hier schuld ist!«

»Kriss!«, rief Alrik.

Bitte macht keinen Unsinn, Doktor!, stand in Barabells Blick geschrieben, während Lorgis die Muskeln anspannte.

Staras Nasenflügel bebten, ihr Blick loderte. Aber Kriss bemühte sich, nichts von der Furcht zu zeigen, die sie in diesem Moment vor der Frau empfand.

Schließlich ließ Stara die Waffe sinken. Sie tat einen tiefen, knurrenden Atemzug, bemüht, ihren Zorn herunterzuschlucken. Alrik und die Luftfahrer entspannten sich wieder. Auch Kriss atmete innerlich auf.

»Stara«, sagte Glinn. »Was machen wir jetzt? Das Wrack war leer. Wohin sollen wir jetzt gehen?«

»Ich hoffe, das wird der alte Mann bald rausfinden!« Staras Blick sezierte Alrik wie ein glühendes Messer.

»Ich habe eine Theorie«, sagte er zögerlich. »Aber ich brauche meine Aufzeichnungen, Karten ...«

»Ich rate Euch, Euer Bestes zu geben, alter Mann. Oder Ihr dürft Euch bald wieder von Euren Freunden verabschieden.«

»Die halten uns ohnehin nur auf«, sagte einer der Leute, die sie aus dcn Klauen der Kurúlan gerettet hatten. »Überlassen wir sie den Wilden, vielleicht haben wir dann Ruhe vor denen!«

»Ich tue, was immer Ihr verlangt«, sagte Alrik, »wenn Ihr sie nur gehen lasst!«

»Nein!«, rief Kriss aus, aber Stara schien ernsthaft darüber nachzudenken.

»Sie haben mit alledem nichts zu tun«, sagte Alrik. »Sie werden Euch nichts tun, wenn Ihr sie gehen lasst.«

»Auf gar keinen Fall!«, rief Kriss. »Ich lasse dich nicht wieder zurück!«

Stara sah auf sie herab, ein gemeines, kleines Lächeln lag auf ihren Lippen. »Vielleicht können sie uns noch nützlich werden«, sagte sie zu ihren Leuten.

»Sie wissen gar nichts!«, sagte Alrik. »Bitte!«

»Nein, ich fürchte, das stimmt nicht ganz, Professor. Sie waren immerhin gewitzt genug, Euch zu finden. Ihr sagtet, die Kleine wäre auch eine Gelehrte. Möglich, dass sie uns helfen kann, wo Ihr versagt. Und wenn nicht: Vielleicht spornt sie Euch weiterhin an, Euch ins Zeug zu legen. Sonst wird es ihr und dem Rest schlecht ergehen.«

Einige Sternträger grinsten böse. Einer von ihnen ließ die Knöchel knacken, als freue er sich schon darauf.

Kriss starrte ihre Anführerin an. Hass kochte in ihr.

»Wir gehen zurück zur *Sturmbrecher*«, befahl Stara. »Phærion soll alles Weitere entscheiden.« Sie konsultierte ihren Kompass. »Hier lang!«

»Na los, keine Müdigkeit vorschützen!«, rief Glinn. »Jetzt hört auf zu maulen und bewegt euch! Wir können um die Toten trauern und unsere Wunden lecken, sobald wir auf dem Schiff sind!«

Die Kolonne setzte sich in Bewegung: ausgelaugt und mutlos, aber gehorsam. Obwohl sie ebenso entkräftet wirkte, wie der Rest ihrer Leute, schritt Stara der Truppe unermüdlich voran.

»Vorwärts!« Jemand schlug Alrik den Kolben einer Muskete in den Rücken.

»Lasst ihn in Ruhe!«, befahl Kriss.

»Halt den Mund, Kleine«, hörte sie Stara gelangweilt sagen. »Oder wir lassen den Jungen hier liegen.«

Kriss bebte vor Wut. »Ich bin nicht Eure Kleine!«

»Kriss«, sagte Alrik mitfühlend. »Es ist schon gut. Komm.«

»Nein, nichts ist gut!«, gab sie zurück – doch sie fügte sich und hielt mit den anderen Schritt. Sie verachtete sich dafür.

»Bitte beruhige dich«, flüsterte Alrik, während er neben ihr humpelte. »Wir brauchen einen klaren Kopf, wenn wir das hier überstehen wollen.«

Kriss' Blick ging zu Lian auf Lorgis' Rücken. Er verzog mit geschlossenen Augen das Gesicht, als durchlitte er einen Alptraum. Dann und wann murmelte er etwas. Sie streckte die Hand nach ihm aus. *Du schaffst das*, dachte sie. *Du bist stark. Du stehst das durch, ich weiß es!*

»Kannst du ihn noch tragen?«, fragte sie Lorgis besorgt.

Der Riese schielte sie lächelnd an. »So lange ich muss, Doktor.«

Kriss wünschte sich, ihm sagen zu können, wie dankbar sie dafür war. Sie wandte sich an ihren Mentor. »Wer sind diese Leute?«, fragte sie mit gedämpfter Stimme und wischte sich die tränenfeuchten Wangen ab. »Warum haben sie dich verschleppt und was suchen sie hier? Was ist ihnen diesen ganzen Irrsinn wert?«

»Ich wünschte, ich wüsste es«, murmelte Alrik ernst. »Sie haben mir nur Bruchstücke gegeben, gerade das Nötigste, das ich wissen muss, um ihnen zu helfen. Ich vermute, es geht um irgendeinen Schatz der Todlosen Königin. Ihr wart bei dem Wrack am Schädelberg, nicht wahr? Du hast meine Botschaft entschlüsselt. Im Wasserpalast.«

Sie nickte.

Alrik lächelte stolz. »Ich wusste es.«

»Du hast das Zeichen für mich hinterlassen? Aber ich dachte ...!«

»Ich hatte gehofft, die Gendarmerie oder sonst

wer würde es finden und zu dir bringen, damit du es entschlüsselst. Dass du es schaffst, daran habe ich nie gezweifelt.«

»Das mit der zweifachen Bedeutung des Zeichens ...«

»... war brillant, oder?« Alrik zwinkerte ihr zu. »Wenn ich das in aller Bescheidenheit sagen darf.« Sie war froh, dass sein Humor nicht gelitten hatte. »Aber es hätte nicht viel gefehlt, und sie hätten mich dabei erwischt.«

»Und wir hätten dich niemals gefunden ...« Kriss erschauderte.

»Jetzt sagt schon, wer sind diese Leute?«, sagte Barabell leise.

Alrik verzog den Mund. »Auch das haben sie mir leider nicht verraten, egal, wie oft ich gefragt habe. Diese Sterntätowierung – ich habe das Gefühl, sie kennen zu müssen, aber ich weiß nicht, woher.«

»Haben sie sich nicht untereinander unterhalten?«, fragte die Luftfahrerin. »Über ihr Zuhause?

»Haben sie. Aber dann haben sie es nur ›Zuhause‹ genannt. Was natürlich wenig hilfreich ist.« Alrik blickte düster drein. »Egal, was sie wollen – was ihre Mission ist, wie sie es nennen – ich glaube, sie sind nur Handlanger.«

Kriss erinnerte sich an den Namen, den sie vorhin aufgeschnappt hatte. »Du meinst, von diesem ... Phærion?«

»Ganz genau. Er spricht über einen Kristallwürfel zu ihnen, ein ælonisches Artefakt. Ihn persönlich habe ich nie zu Gesicht bekommen. Manchmal frage ich mich, ob das für Madame Belnari und ihre Leute auch gilt. Es kann sein, dass er irgendwo am anderen Ende der Welt hockt. Oder nur ein paar hundert Meilen entfernt. Schwer zu sagen, bei solchen Apparaten.«

»Hm.« Barabell klang unzufrieden. »Und ich nehme an, das ist alles, was Ihr über ihn wisst?«

»So ziemlich, ja. Er scheint eine Menge über die

Todlose Königin und ihre Herrschaft zu wissen. Sogar mehr als ich. Aber dann wiederum weist sein Wissen beachtlich viele Lücken auf.«

»Zum Beispiel?«, fragte Kriss, doch sie sah nicht ihren Mentor an, ihre Aufmerksamkeit galt allein Lian, dessen Lippen sich stumm bewegten. Erneut drohte ihre Sorge ihr die Luft abzuschnüren.

»Er wusste, dass es im Wasserpalast einen Geheimgang gab«, sagte Alrik, die Stimme noch immer gesenkt. »Er hat uns direkt dorthin geführt. Aber er kannte nur einen Teil des Passworts, das uns an den ælonischen Wächtern vorbeibringt. Zum Glück konnte ich es vollenden. Sonst wären wir alle einen sehr nassen Tod gestorben. Ich nehme an, die Wächter waren noch ausgeschaltet, als ihr kamt?«

»Ha!«, machte Barabell. »Wenn's doch nur so gewesen wäre!«

»Oh ... Aber wie seid ihr dann ...?«

»Mit mehr Glück als Verstand.«

»Nur rein interessehalber, Professor«, begann Lorgis, »was war das Passwort?«

»*Scharlachlilien*«, antwortete Alrik. »Es waren die Lieblingsblumen der Todlosen Königin.«

»Nett«, sagte Barabell.

»Es kommt noch seltsamer: Phærion wusste, welchen Gang wir nehmen mussten, aber nicht, was uns an seinem Ende erwartete. Mir war klar, dass die Halle für ein ælonisches Schiff vorgesehen war, und mir fiel wieder die Geschichte vom Wrack am Schädelberg ein. Niemand hatte je erklären können, was ein Schiff der Todlosen Königin so weit nach Süden verschlagen hatte.

Allerdings habe ich ihnen nichts davon gesagt. Ich habe versucht, ihnen weiszumachen, dass ich ihnen nicht mehr weiterhelfen könnte. Dass sich meine Nützlichkeit damit erschöpft hatte. Aber sie haben mich durchschaut, fürchte ich. Und sie waren sehr ... hartnäckig, die Wahrheit aus mir herauszukriegen.«

Lorgis zog eine Augenbraue hoch. »Wie meint Ihr das?«

Alrik zögerte, dann hob er sein Hemd. Kriss erschrak, als sie die hässlichen Blutergüsse an seiner Taille sah. Erneut kochte hilflose Wut in ihr hoch. Niemand durfte so etwas mit ihm tun! Sie würde sie alle dafür bezahlen lassen!

Auch wenn sie keine Ahnung hatte, wie.

Alrik zog sein Hemd wieder glatt. »Derart ... *motiviert* habe ich ihnen dann von dem Wrack erzählt. Phærion war todsicher, dass es die richtige Spur sei, und hatte angeordnet, hierher zu fliegen. Irgendetwas war in diesem Wrack, das er haben will. Aber nur der Weltengeist weiß, was.«

Kriss sah, wie Lian zusammenzuckte, als habe ihn jemand geschlagen. Aber seine Augen blieben geschlossen. *Ich bin schuld*, dachte sie. *Hätte ich dem Kurúlan-Mädchen nicht das Leben gerettet ...!*

Sie schloss die Augen. Ihr schwirrte der Kopf. Sie wusste nicht mehr ein noch aus.

»Als wir über die Wolkenberge flogen«, hörte sie Alrik sagen, »wurden wir angegriffen. Von Menschen auf Kaiserkondoren. Ich dachte, ich träume, als ich sie sah!« Er lachte kurz und humorlos.

»Wir hatten auch eine kleine Begegnung mit den Flattermännern«, sagte Lorgis grimmig. »Sie haben mein Schiff zum Absturz gebracht!«

»Unser Schiff«, sagte Barabell.

Alrik nickte. »Genau wie unseres. Sie haben gezielt die Gaszellen angegriffen. Wir mussten einige Dutzend Meilen vom Schädelberg entfernt runtergehen. Ich habe gefordert, dass sie erst das Schiff reparieren und dann zum Berg fliegen. Der Dschungel ist zu gefährlich, habe ich ihnen gesagt. Aber sie wollten partout nicht hören. Phærion meinte, dafür sei keine Zeit.«

»Wo ist dieser Phærion jetzt?«, fragte Kriss. »Ich meine, das Artefakt, aus dem er spricht.«

»Es ist an Bord der *Sturmbrecher* geblieben, ihrem Schiff, zusammen mit dem Rest von den Kerlen, während Madame Belnari und ihre lustigen Kameraden mich zum Wrack mitgeschleppt haben. Auf dem Weg dorthin sind wir den Kurúlan begegnet ...«

»... und getrennt worden«, sagte Barabell. »Aye, wir haben davon gehört.«

»Es war ein Gemetzel.« Alrik schauderte bei der Erinnerung, auf einmal war seine Stimme brüchig wie Herbstlaub. »Ich und die anderen«, er deutete zu den Leuten, die sie zusammen mit ihm vor den Scharfrichtern der Spinnenkrieger gerettet hatten, »wir konnten uns bis zum Wrack durchschlagen. Aber die Kurúlan waren uns dicht auf den Fersen.«

»Aber warum haben sie euch am Leben gelassen?«, wollte Kriss wissen.

»Weil ich ihnen einen Namen gesagt habe, immer wieder: *Xala dul'Taka*. Der Herr des Nebels. Es ist der Name ihres Gottes in ihrer Sprache. Einer der wenigen Brocken, den ich mir davon gemerkt habe.

Plötzlich wurden sie unsicher. Vielleicht haben sie gedacht, ihr Gott hat uns geschickt – ich kann es dir nicht sagen. Auf jeden Fall haben sie uns in die Siedlung geschleppt – ich glaube übrigens, sie ist ein Überbleibsel der alten Hochkultur der Nebelreiche. Die Kurúlan scheinen erst vor kurzem hier eingezogen zu sein. Eigentlich lag ihr Gebiet weiter westlich.«

»Ist das irgendwie wichtig?«, fragte Lorgis.

»Gut möglich, Käpt'n.« Alrik drehte sich zu dem entführten Häuptling, der genau wie Lian immer noch nicht zu Bewusstsein gekommen war. »Jedenfalls hatte dieser Herr dort offensichtlich beschlossen, dass wir keine göttlichen Boten sind, sondern Frevler. Sie waren drauf und dran, uns dafür einen Kopf kürzer zu machen.

Aber dann kamt ihr.« Er sah Kriss an und wieder lag Stolz in seinem Blick. »Ich hätte wissen müssen, dass man Bria Odwins Tochter nicht so leicht unterkriegt. Und dass ich gegen ihren Sturkopf machtlos bin.«

Kriss zeigte ein winziges Lächeln. »Du hast auch einiges damit zu tun«, sagte sie. »Die Dinge, die ich von dir gelernt habe.«

»Kann schon sein. Aber den Mumm hast du eindeutig von ihr.« Alrik wurde ernster. »Kriss, was ihr getan habt – das war dumm. Leichtsinnig. Aber ich danke euch.« Er beugte sich vor und küsste sie auf die Stirn. Kriss spürte Wärme in ihrem Herzen.

Es war kein Traum, begriff sie endlich. Alrik war wirklich bei ihr. *Aber es hat einen schrecklichen Preis gefordert*, dachte sie, als sie wieder zu Lian blickte.

»Nun bleibt die Frage, wie wir wieder nach Hause kommen«, murmelte Barabell.

»Meint Ihr, die lassen uns gehen, wenn wir ihnen helfen, Professor?«, fragte Lorgis.

Alrik sah nicht glücklich aus. »Ich würde nicht darauf wetten, Käpt'n. Was ist mit Nesko und dem Rest Eurer Mannschaft? Geht es ihnen gut?«

»Das wüssten wir auch gerne«, sagte Lorgis. »Sie sollten eigentlich das Schiff wieder flottmachen.«

»Aber ob sie's geschafft haben ...«, begann Barabell und sprach nicht weiter.

Sie alle schwiegen. Kriss dachte an Nesko, Orven und Eldrit – sogar an Orvens Äffchen, Lalla. Sie betete, dass die vier an Bord der *Wolkenbummler* wohlauf waren.

»Vielleicht besteht noch Hoffnung«, sagte sie leise und spähte zu ihren Bewachern. »Wir haben ausgemacht, dass sie zum Wrack fliegen, wenn wir nicht vorher zurückkommen.«

Lorgis nickte. »Wenn wir es irgendwie schaffen, zu ihnen zu gelangen ...«, flüsterte er.

Nur wie?, dachte Kriss. Staras Leute waren deutlich in der Überzahl und obendrein bewaffnet.

»Habt ihr nicht versucht, Hilfe von außerhalb zu holen?«, flüsterte Alrik.

»Doch, schon«, antwortete Barabell genauso leise. »Wir haben nur keine Ahnung, wann sie kommt.«

»Und ob wir noch hier sein werden, wenn es soweit ist«, vollendete Alrik ernst. »Verstehe ...«

»Macht euch keine Hoffnungen.«

Staras Stimme, einige Schritte vor ihnen, ließ sie aufschrecken. Sie klang kalt und gefährlich.

»Die einzige Art, auf die ihr uns entkommt, ist mausetot. Und ihr tut gut daran, euch das hinter die Ohren zu schreiben. Wenn –«

Da ging ein Schrei durch den Dschungel: Alle Blicke flogen zu dem hünenhaften Mann, der den entführten Häuptling trug. Er hielt sich den blutenden Hals; der alte Kurúlan hatte sich von seinem Rücken fallen lassen, er fletschte die Zähne, seine Lippen waren rotverschmiert. Er fauchte sie an wie ein Tier. Dann rannte er los, in den wabernden Dunst, der sie umgab.

Doch er kam nicht weit.

Glinn zauberte ein kleines Messer aus seiner Jacke. Er warf es fast schneller, als das Auge folgen konnte. Kriss wandte den Blick ab, als sie den erstickten Schrei des alten Kurúlan hörte, und dann ein Rascheln und Schmatzen, als er tot ins feuchte Unterholz fiel.

Glinn schien sehr zufrieden über den fast lautlosen Mord.

»Weiter«, sagte Stara, als wäre nichts geschehen.

Kriss hätte nicht gedacht, dass sie diese Leute noch mehr hassen könnte.

Während sie weitermarschierten, ließ sich der Träger des Häuptlings seine Bisswunde versorgen. Der Körper des alten Kurúlan blieb hinter ihnen zurück, wurde eins mit Gestrüpp und Nebel. Ein Festmahl für die Aasfresser des Dschungels.

»Kriss«, sagte eine schwache Stimme.

Lian!

Vielleicht waren es die Schreie gewesen, die ihn geweckt hatten, vielleicht waren es auch seine Schmerzen. Kriss wusste es nicht, aber sie fasste nach seiner Hand. »Ich bin hier!«, sagte sie, und ihr Herz raste. »Ich bin hier, Lian!«

»Kriss ...« Er klang wie tot, er schien keine Kraft zu haben, die Lider zu heben. »Da is' was ... das du ... wissen musst.«

Sie wischte sich die Augen ab. »Dafür ist später noch Zeit! Du musst dich schonen, damit das Gegengift wirkt, bitte!«

»Kriss«, sagte er wieder. »Ich hab' dich nich' angelogen ... Ich ...«

Dann verlor er erneut das Bewusstsein.

Kriss' Herz hämmerte gegen ihre Brust. »Lian? *Lian!*«

Aber ihr Ruf verging ohne Antwort im Wald.

{Die Adern der Welt}

Kriss wusste nicht, wie lange sie gewandert waren, als Stara endlich beschloss, dass sie weit genug von der Spinnwebstadt entfernt waren, um eine Pause einzulegen. Ihre Leute waren nicht weniger froh als ihre Gefangenen, das zu hören. Bald darauf hatten sie eine kleine Lichtung gefunden, in der Nähe eines schmalen, kalten Bachs, an dem sie ihre Wasserflaschen auffüllten und sich das Blut von Gesicht und Händen wuschen. Ein Chor von Fröschen quakte leise vor sich hin.

Stara teilte die Hälfte ihrer Leute zum Wachdienst ein. Der Rest verteilte sich auf der Lichtung. Sie benutzten ihre Rucksäcke als Kopfkissen. Die meisten Sternträger fielen sofort in einen tiefen Schlaf der Erschöpfung, genau wie Lorgis und Barabell. Mit dem Ölzeug als Schutz vor dem feuchten Boden, lagen die beiden Luftfahrer dicht beieinander unter einer alten, fadenscheinigen Decke. Barabell schnarchte sogar noch lauter als ihr Käpt'n. Kriss gönnte ihnen die Erholung von ganzem Herzen. Sie hoffte nur, ihre Ruhe wurde nicht durch angreifende Krieger gestört.

Für sie selbst war an Ruhe nicht zu denken, auch wenn sie vor Müdigkeit fast umfiel. Stattdessen lag sie in der Mitte des Lagers, gegen einen umgefallenen Baumstamm gelehnt, und wachte neben Lian. Er lag ebenfalls unter der Decke von Barabell und Lorgis, bis zum Hals zugedeckt, wobei sein Kopf auf Lorgis' zusammengeknüllter Jacke ruhte. Seit vorhin hatte er das Bewusstsein nicht wiedererlangt, doch er atmete noch – gleichmäßig, wenn auch sehr, sehr schwach. Kriss nahm seine Hand und streichelte sie dann und wann, in der

Hoffnung, dass ihn der Kontakt zu ihr zurück brachte.

Auch Alrik schien keinen Schlaf zu finden. Er nahm einen tiefen Schluck aus einer Wasserflasche, bevor er sie an Kriss weiterreichte. Sie schüttelte den Kopf. »Ich bin nicht durstig.«

»Mädchen, du musst etwas trinken. Und etwas essen. Bitte. Tu's für mich.«

Sie sprachen beide im Flüsterton, um niemanden zu wecken.

Kriss nahm ihm die Flasche ab und trank ein, zwei Schlucke. Dann teilten sie sich etwas Schiffszwieback.

»Ich wünschte, ich hätte meine verfluchte Pfeife mitgenommen«, seufzte Alrik. »Wie konnte ich das Mistding nur vergessen?«

Kriss versuchte ein Lächeln. »Ich glaube, du wirst es überleben.«

Er schmunzelte. »Gibt Schlimmeres, was? Wie zum Beispiel – ach, keine Ahnung! – von einem Haufen Spinnenkrieger aufs Schafott gezerrt zu werden.« Er schüttelte den Kopf. »So viele Leben vergeudet. Großer Weltengeist. Weißt du, ich mache den Kurúlan keinen Vorwurf. Dass sie uns nicht hier haben wollen, meine ich. Trotzdem ... ich weiß, es klingt albern, aber ... trotzdem hätte ich gern die Chance gehabt, mehr über ihre Kultur zu erfahren. Die anderen Stämme.«

Kriss lächelte schwach. »Ich weiß.«

»Aber«, er grinste, »wenn ich die Wahl habe, zwischen ethnischen Studien und dem Weg nach Hause, entscheide ich mich lieber für Letzteres.« Er blickte in das verschleierte Dickicht um sie herum. »Ich dachte, sie bringen uns um. Ich habe noch nie solche Angst gehabt. Nur ein Gedanke war schlimmer.«

Kriss sah ihn an.

»Dass wir uns nicht wiedersehen würden«, sagte er.

Sie schluckte mit enger Kehle. »Ja. Das ging mir ganz genauso. Ich ... ich wusste die ganze Zeit nicht, ob ich das Richtige tue oder nicht. Ob ich uns nicht direkt ins Verderben führe ...« Sie blickte zu Lian. Für einen entsetzlichen Moment glaubte sie, er habe aufgehört zu atmen, bis sie sah, wie sich – ganz langsam und kaum merklich – sein Brustkorb hob und senkte.

»Wir finden einen Weg«, sagte Alrik. Sie wusste nicht, ob seine Zuversicht echt war. »Hörst du? Wir finden einen Weg.«

Kriss nickte wortlos. Im Augenblick fiel es ihr schwer, daran zu glauben. Selbst wenn sie es schafften, den Sternträgern zu entkommen, wie lange würden sie es im Dschungel aushalten, ohne Rucksäcke und Proviant – und mit dem bewusstlosen Lian im Schlepptau?

Ihr Blick fiel auf Stara, die, eingehüllt in ihren Mantel, an einen Baum gelehnt saß. Sie schien tief und fest zu schlafen, aber Kriss hatte keinen Zweifel, dass sie sofort hellwach aufspringen würde, wenn ihre Gefangenen auch nur husteten.

»Es gab da noch eine Sache, die mir Angst gemacht hat«, sagte Alrik.

Kriss drehte sich ihm zu.

Ein eindringlicher Ausdruck lag in seinen Augen. »Dass ich dir niemals sagen kann, wie verdammt stolz ich auf dich bin. Schon immer war. Bria ist nicht mehr bei uns, aber ... du hast so viel von ihr, dass ich manchmal das Gefühl habe, sie ist noch hier. Sie wäre genauso stolz wie ich. Und Timos auch.«

Kriss spürte, wie sie errötete. »Danke«, sagte sie mit einem Kloß im Hals.

»Ich habe zu danken, Mädchen. Dafür, dass wir uns kennen. Komm her.«

Kriss lehnte sich an ihn und er legte seinen Arm um sie. Sie fühlte seine Wärme und war froh und dankbar. Sie hatte sich danach gesehnt. Sie betrachtete seine Hand: Sie war riesig und voller Schwielen, mit dicken Adern und Leberflecken auf dem Handrücken, aber wunderbar.

Sie wollte sie nicht mehr loslassen.

»Und ich habe dir nie gesagt, wie viel du mir bedeutest, oder?«, fragte sie. »Wie glücklich ich bin, dich zu haben. Nicht nur wegen der Dinge, die du mir beigebracht hast. Einfach, weil du bei mir bist.«

»All das wusste ich natürlich«, sagte er augenzwinkernd. »Aber es tut trotzdem gut, es zu hören.«

»Ich mein's ernst. Ich wüsste nicht, was ich getan hätte, wenn du ... ich meine ...« Sie konnte es nicht aussprechen.

»Aber ich bin hier, Mädchen. Und ich habe vor, zu bleiben.« Er küsste sie auf den Scheitel. Kriss kuschelte sich enger an ihn. So saßen sie gemeinsam da, in einem Wald voller Dunst und Schatten, ans Ende ihrer Kräfte erschöpft und mit der Müdigkeit ringend, jeder von der Gegenwart des anderen getröstet.

»Er war so tapfer«, sagte Kriss traurig, als sie Lian leise und schmerzhaft im Schlaf knurren hörte. »Als sie dich verschleppt haben, war er sofort an meiner Seite. Die ganze Zeit. Er hat sein Leben riskiert, um dich zu finden. Als wir bei den Kurúlan waren, wollte er allein gehen, um dich dort rauszuholen. Und jetzt ... Der Gedanke, dass er nicht mehr aufwacht ...!« Sie schnappte nach Luft.

»Ich glaube, du unterschätzt ihn«, sagte Alrik sanft. »Der Bengel dort ist sehr viel zäher als wir beide ahnen.«

Kriss wusste, dass es stimmte. Dennoch konnte sie die schwere Hand, die ihr Herz hielt, nicht lösen.

»Ich liebe ihn, Alrik«, sagte sie. »Ich kann mir eine Welt ohne ihn ebensowenig vorstellen wie eine ohne dich.«

Ihr Mentor nickte. »Ich weiß.«

»Aber selbst wenn er wieder aufwacht, werde ich ihn verlieren ...«

Alrik ließ sie ausreden. Doch er schien nicht überrascht. Mit mitfühlender Miene hörte er zu, wie Kriss ihm von ihrem Gespräch mit Lian in Sohendal erzählte. Von seinem Geständnis, dass er sich in ihrer Welt nicht wohl fühlte – und dass sie ihr eigenes Leben nicht aufgeben konnte, obwohl der Gedanke, ihn gehen zu lassen, unerträglich für sie war. Aber sie wusste, dass er nicht glücklich werden würde, wenn er in ihrer Welt blieb, wie ein Zugvogel, der im Käfig einging. Dabei wollte sie, dass er glücklich war, wollte sein Lachen hören.

»Warum können wir nicht einfach zusammenbleiben, jetzt, wo wir uns gefunden haben?«

»Ich wünschte, ich wüsste es«, sagte Alrik. »Glaub mir, Kriss, ich wünschte, ich wüsste es.«

»Ich habe dich das nie gefragt, aber ... warst du auch mal verliebt?«

»Ob ich mal verliebt war?« Er knuffte sie in die Seite. »He, glaubst du, ich bin aus Stein? Natürlich war ich schon mal verliebt, Mädchen. Oft sogar. Und genauso oft wurde mir das Herz gebrochen.«

Kriss hing an seinen Lippen.

»Wenn ich in meinem Leben eines gelernt habe«, sagte Alrik, »dann, dass Liebe eine komplizierte Angelegenheit ist. Manchmal macht sie uns genauso viel Kummer, wie sie uns Freude bereitet. Aber ein gebrochenes Herz ist ein Preis, den ich gerne zahle, für all die guten Dinge, die sie einem beschert. Und noch eines habe ich gelernt.«

»Was?«

»Dass Liebe am besten gedeiht, wenn sie frei ist. Manchmal muss man die Menschen, die man gern hat, einfach loslassen. Sonst endet es für beide Seiten in Tränen.«

»Ich ... ich weiß nicht, ob ich das kann«, sagte Kriss. »Ich weiß, ich kann ihn nicht zwingen, bei mir zu bleiben, aber ... ich wünschte, ich könnte es. Verstehst du?«

»Besser als du glaubst.«

»Manchmal denke ich, vielleicht ist es besser, überhaupt niemanden zu lieben.«

»Du meinst, es würde vieles einfacher machen, hm?«
Kriss nickte.
»Nein, würde es nicht. Du würdest in einer kalten, einsamen Welt leben. Glaub mir.«
»Trotzdem hast du nie geheiratet.«
»Weil ich nie eine Frau gefunden habe, die es mit mir aushält. Was nicht daran liegt, dass ich nicht gesucht habe. Trotzdem habe ich Menschen, die ich liebe.« Er stupste sie an. »Kriss, ich weiß, das macht es nicht leichter, es zu hören, aber leider gibt es nicht immer eine einfache Lösung. Das ist ungerecht, und ich gedenke, mich beim Weltengeist zu beschweren, wenn er mich eines Tages in die Lichtlande ruft.
Aber du bist nicht allein. Vergiss das nicht, Mädchen. Und hör nicht auf, an die Liebe zu glauben. Versprich mir das, ja?«
»Danke, Alrik«, sagte Kriss.
»Nichts zu danken. Und jetzt versuch, ein bisschen die Augen zuzumachen. Ich passe auf euch beide auf. Das ist auch ein Versprechen.«
Kriss schloss die Augen, in ihrem Kopf einen Wust aus Fragen und Zweifeln. Sie wusste nicht, wann oder wie, aber irgendwann war auch sie eingeschlafen.
Ihr Schlaf war kurz und traumlos. Kälte weckte sie, eine Kälte, die sie bis in ihre Knochen spürte. Als sie die Augen öffnete, war Alrik neben ihr eingeschlafen, an den Baumstamm gelehnt. Sie lächelte gerührt. Sie konnte ihm keinen Vorwurf machen, nicht nach all den Strapazen.
»Kriss.«
Sie drehte den Kopf zur anderen Seite. Sofort begann ihr Herz zu rasen.
Lian saß dort, halb aufgerichtet. Er war noch immer leichenblass, doch er wirkte viel lebendiger als zuvor, seine Stirn lag nicht länger in Schweiß. Er lächelte.
»Das ... das ist ein Traum, oder?«, flüsterte Kriss und setzte ihre Brille auf.

»Wenn, dann träumen wir beide«, sagte Lian. Seine Stimme klang so angeschlagen, wie er aussah, doch es machte Kriss glücklich, sie zu hören. Sie fiel ihm um den Hals und sie küssten sich, während Kriss lachte, den Tränen nah. »He«, sagte er, »du hast doch nich' ernsthaft gedacht, ich lass' dich im Stich?«

»Nein«, log sie. »Nicht ernsthaft. Wie geht es dir?«

»Als hätt' mich 'n Rüsselstampfer als Teppich benutzt. Also schon viel besser. Ich hab sogar was gegessen und 'n bisschen was getrunken. Is' doch in Ordnung, dass ich eure Flasche benutzt habe, oder?«

»Du stellst Fragen!« Sie lachte. »Warum hast du mich nicht gleich geweckt?«

Er zuckte grinsend die Achseln. »Ihr habt beide so friedlich dagelegen, ich wollt' euch nicht wecken. Aber wo zum Henker sind wir? Und wie sind wir hier hergekommen?«

»Du erinnerst dich nicht?«

»Wir war'n in dem Steindorf. Dann hat mich was getroffen ...« Er berührte die Stellen an seinem Hals, wo ihn der Totenweber gebissen und der Pfeil des Mädchens getroffen hatte. Sie waren gerötet und leicht entzündet.

Kriss erzählte ihm, was geschehen war. Wie Lorgis ihn hierher getragen hatte. Und dass Staras Leute sie zurück zu ihrem Schiff brachten. Lian gefiel nicht, was er hörte. Er rieb sich die Narbe. »Na ja«, sagte er schließlich – oder raunte es mit seiner wunden Stimme. »Zumindest haben wir Alrik zurück. War also nich' alles umsonst. Nur sind wir jetzt selber Gefangene. Is' fast zum Lachen, was?«

»Nicht wirklich«, wollte Kriss gerade antworten, als ein Geräusch sie innehalten ließ: ein leises Brummen am Himmel.

Lian sah auf. »*Korf*, was is' das jetzt wieder?«

»Klingt wie ein ... Schiff!« Kriss sprang auf. Ja! Es war das Brummen von Luftschrauben, das sie hörte!

Und es war auf dem Weg zu ihnen!

Die *Wolkenbummler!* Nesko und die anderen hatten das Schiff repariert und suchten nach ihnen!

Aber die Enttäuschung kam schnell: Die Luftschrauben klangen anders, mächtiger als die der *Wolkenbummler*. Ihre Schultern sanken herab, als sich der bauchige Umriss eines Luftschiffes aus den Nebelfetzen über der Lichtung herausschälte.

Es war fast so groß wie die *Windrose* der Baronin. Die Ballonhülle war grau, mit zahlreichen Flicken, die vorher nicht da gewesen waren. Reihen von Bullaugen zogen sich auf zwei Decks dahin, allein die Gondeln der Luftschrauben waren halb so groß wie die Passagiergondel der *Bummler*.

Es war das Schiff, das ihnen neulich in Scha'ila entkommen war. Das Schiff der Sternträger. Die *Sturmbrecher*.

Natürlich hatten die Wächter des Lagers sie ebenfalls längst ausgemacht. Sie winkten dem Schiff jubelnd zu, einer von ihnen zündete eine Signalrakete, die mit einem Rauchschweif in den Himmel zischte und dort in einem Farbenregen explodierte.

Stara und ihre Leute waren binnen weniger Momente hellwach. Ihre Anführerin legte die Hände wie einen Trichter an den Mund und rief lachend in den Himmel: »Ahoi! Ihr habt euch wirklich Zeit gelassen!«

»Sie haben es wieder flottgekriegt!«, sagte einer ihrer Männer begeistert. »Sie haben es wirklich wieder flottgekriegt!«

»Los, aufstehen!« Glinn war zu Kriss und den anderen getreten, ein paar seiner Kumpane im Schlepptau. Die Mündungen ihrer Pistolen waren auf die Gefangenen gerichtet. »Die Reise geht weiter!«

Kriss hatte Alrik geweckt. Nun half sie ihm, aufzustehen. »Verdammt«, murmelte er, als er sah, wie das Schiff über ihnen zum Stehen kam und seine Luftschrauben die Dunstschleier verwirbelten.

»Ist ja gut!«, beschwerte sich Lorgis, als man ihn und Barabell mit vorgehaltenen Waffen zum Aufstehen animierte. »Wir kommen ja schon!«

»Reizt ihn besser nicht«, riet Barabell Glinn und seinen Leuten. »Wenn er nicht ausgeschlafen hat, ist der Mann unausstehlich.«

»Herr Berris!« Lorgis blinzelte freudig-überrascht, als er Lian auf den noch wackeligen Beinen stehen sah, von Kriss und Alrik gestützt. Auch Barabell war froh, dass er wieder bei ihnen war.

»Ich hab's dir doch gesagt«, flüsterte Alrik Kriss zu. »Unterschätz ihn nicht, Mädchen.«

Ankertaue wurden ausgeworfen. Als sie nur wenige Klafter über dem Dschungel schwebte, ließ die *Sturmbrecher* eine Strickleiter zu ihnen herab.

»Mhhm«, machte Barabell. »Ist schon ein schickes Schiff.«

Lorgis sah sie scharf an.

»Was? Das wird einem ja wohl noch auffallen dürfen!«

»Nach euch!« Stara gebot ihnen mit geladener Waffe, vorauszuklettern. Kriss schluckte ihre aufkeimende Höhenangst herunter. Sie bildete die Vorhut, sorgsam darauf bedacht, nicht nach unten zu sehen. Lian, Alrik und die beiden Luftfahrer folgten ihr, während Stara und ihre Leute ihnen hinterherkraxelten. Kriss fürchtete die ganze Zeit, Lian könnte den Halt verlieren und fallen, geschwächt, wie er war. Doch er kämpfte sich tapfer voran, wenn auch langsamer als der Rest.

Kurz darauf fanden sie sich in einem Schiffsgang wieder, in dem es nach frisch geschlagenem Federholz duftete. Eine Schar Männer und Frauen mit rötlicher Haut und Sterntätowierungen zwischen den Augenbrauen hielt zu ihrem Empfang Pistolen bereit.

»Die Hände hoch!«, herrschte sie eine Frau mit Pockennarben an. »Und keine Bewegung!«

Kurz darauf waren auch Stara und der Rest ihrer Leute an Bord. Das Empfangskomitee war heilfroh, sie zu sehen, und bedrängte sie mit einem Wirbelwind an Fragen: Was war geschehen, wer waren die Fremden, die bei ihnen waren, hatten sie das Wrack erreicht, was hatten sie gefunden?

»Später«, versprach Stara. »Bringt das Schiff auf zweihundert Klafter. Dort unten wimmelt es nämlich von schlecht gelaunten Einheimischen. Und bringt unsere Gäste irgendwo unter, wo sie nicht stören.«

Man führte Kriss, Lian, Lorgis, Barabell und Alrik in eine Kabine am Heck, direkt über dem Maschinenraum; Kriss konnte die Vibrationen des Antriebs durch die Planken spüren.

»Wartet!«, rief Lorgis, als man die Tür vor ihrer Nase zuzog und den Schlüssel umdrehte. Er hämmerte frustriert gegen das Türblatt. »He, ihr könnt uns hier nicht so einsperren!«

»Können sie nicht?«, fragte Barabell. »Oh, gut zu wissen.«

»Ich dachte, die brauchen unsere Hilfe?«, schnaubte Lorgis, während er sich das Cape aus Ölzeug von den Schultern zog.

»Scheinbar müssen sie sich erstmal beraten«, sagte Alrik. »Setzt euch. Ich fürchte, ich bin noch nicht zum Aufräumen gekommen.«

Mit fünf Personen darin erzeugte der enge Holzraum schnell Klaustrophobie. Überall lagen Bücher verstreut, manche in Stapeln, manche aufgeschlagen und mit dem Buchrücken nach oben. Auf der einzigen Pritsche und einem schmalen Klapptisch verteilten sich Notizzettel und Landkarten – Kriss erkannte Alriks krakelige Handschrift auf ihnen wieder.

Sie bat Lian und ihren Mentor, sich auf die Pritsche

zu setzen. Sie hatten die weiche Liegestatt nötiger als der Rest. Sie selbst stellte sich neben das Bullauge, während Barabell sich im Schneidersitz auf den Boden niederließ und vergeblich in ihrer Jacke nach einer Zuckerwurzel kramte. Lorgis lehnte mit verschränkten Armen neben der Tür. Er schien darauf zu brennen, jemandem den Hals umzudrehen. Vorzugsweise jemandem mit einem Stern zwischen den Brauen.

Zumindest war das Schiff beheizt. Nach der klammen Kühle des Dschungels empfand Kriss es als die reinste Wohltat, wie die Wärme langsam in ihre Glieder drang. Als die *Sturmbrecher* wieder himmelswärts stieg, fühlte sie es als Flattern in ihrem Magen.

»Das sind doch nicht deine Bücher?«, fragte sie, als sie sich umblickte.

»Nein«, sagte Alrik. »Nachdem wir in Sendrenas Palast waren, konnte ich unsere ... Gastgeber davon überzeugen, einen kurzen Zwischenhalt in Beskawik einzulegen, um Ausrüstung einzukaufen, Serum gegen die Spinnenbisse – und ein paar Bücher über die Nebelreiche.«

Kriss nickte. Das war also der Grund gewesen, warum die *Sturmbrecher* nur so einen relativ knappen Vorsprung gehabt hatte.

»Ich habe auf dem Flug hierher alles über die Todlose Königin festgehalten, was ich noch wusste.« Alrik deutete auf die Notizen ringsum. »Ich habe ihnen nahe gelegt, ein Exemplar von *Der Schatten der Sterblichkeit* ausfindig zu machen, nur leider war keines zu finden. Und sie wollten keinen Abstecher nach Tamalea machen, um ein Exemplar aus der Universität zu holen.«

Durch das Bullauge sah Kriss den Dschungel und das Leichentuch aus Nebel kleiner und kleiner werden. Doch auch, wenn sie hier oben für die Kurúlan unerreichbar sein würden, gab ihr das nicht viel

Hoffnung. Lorgis hatte recht, sie waren auf dem Schiff eingesperrt. Und der einzige Weg hinaus führte einige hundert Klafter in die Tiefe ...

»Wenn wir wenigstens Nesko und den anderen Bescheid geben könnten«, murmelte Lorgis.

»Vielleicht sehen sie uns ja vom Schiff aus«, sagte Barabell.

»Bei dem Nebel? Träum weiter, Bell. Davon abgesehen sind wir viel zu weit weg. *Korf!*«

Kriss blinzelte, als Lorgis gegen die Wand schlug. Eine Stimme aus dem Schiffsgang befahl ihm, das zu lassen, oder sie würden ihn an den Bug nageln.

Kriss dachte daran, wie Nesko nur zögerlich das Kommando über die *Wolkenbummler* akzeptiert hatte, als wäre er sich der Schwere seines Postens nur allzu bewusst gewesen. Sie betete, dass die Spinnenkrieger das Schiff nicht entdeckt hatten. Dass es sich ebenfalls in die Luft retten konnte.

Irgendwann öffnete sich die Tür. »Hier!« Eine hartgesichtige Frau warf ihnen ein Bündel mit frischer Kleidung zu. »Und sagt nicht, wir wären Unmenschen!« Man gestattete ihnen, sich einer nach dem anderen im Waschraum des Schiffes umzuziehen. Kriss war froh, die durchfeuchteten Sachen ausziehen zu können und wieder trockenen Stoff auf ihrer Haut zu spüren. Den anderen ging es nicht anders, auch wenn keinem von ihnen die Kleidung richtig passte.

Dann ließ man sie wieder allein. Doch nicht für lange.

Sie blickten auf, als der Schlüssel abermals im Schloss gedreht wurde. Stara öffnete die Tür. Auch sie trug frische Kleidung; ihre schwarzen Locken fielen ihr über die Schultern, ihr Gesicht war von Schmutz und Blut befreit. Zwei ihrer Leute flankierten sie, die Hände deutlich auf die Pistolen in ihren Gürtelholstern gelegt.

»Hier ist jemand, der euch sprechen möchte«, sagte Stara mit ironischem Lächeln.

Kriss' Blick fiel auf den grünen Kristallwürfel in ihrer Hand. Trotz seiner zahlreichen Kratzer und der abgesprungenen Ecken war er von einem grünlichen Glühen erfüllt. Ælonische Partikel umflirrten ihn.

»*Professor Dawalus*«, sagte eine Stimme aus dem Kristall. »*Wir hatten schon befürchtet, Euch verloren zu haben.*«

Irgendetwas an der Stimme verursachte Kriss eine Gänsehaut. Vielleicht war es der geisterhafte Ton, den ihre Worte hatten, wie ein zeitgleiches Echo, oder die Tatsache, dass sie so glatt und kühl klang wie eine Säbelklinge.

Der Akzent, mit dem sie sprach, war ein anderer, als der von Stara und ihren Leuten, und ihr völlig fremd.

Lian machte keinen Hehl aus seiner Verwirrung. »Hä? Wer is' das jetzt?«

»Der Kerl, dem wir all das hier zu verdanken haben«, knirschte Barabell.

»Ihr Anführer«, sagte Alrik.

Wer auch immer über den Würfel zu ihnen sprach, er machte keine Umschweife: »*Madame Belnari hat mir berichtet, dass das Wrack leer war.*«

Alrik nickte ernst. »Wie ich Euch sagte: Der Absturz ist fünfhundert Jahre her. Ist es nicht denkbar, dass die Fracht inzwischen zerstört wurde?«

»*Nein*«, sagte die Stimme namens Phærion. »*Ihr Behälter ist unzerstörbar. Und niemand kann ihn öffnen. Niemand außer mir.*«

Kriss sah, wie Lian eine Augenbraue hob.

»*Die Fracht ist unversehrt*«, beharrte Phærion. »*Jemand muss sie fortgeschafft haben. Menschen. Sie ist zu groß und schwer, als dass Tiere sie verschleppt haben könnten.*«

»Wenn Ihr das sagt.« Alrik zuckte mit den Schultern. »Vielleicht würde es uns weiterhelfen, wenn Ihr endlich so gütig wärt, uns zu verraten, worum es sich bei dieser Fracht handelt?«

»*Irrelevant*«, sagte Phærion. »*Madame Belnari sagte,*

Ihr hättet eine Theorie, wohin man sie gebracht haben könnte. Sprecht.«

»Es war nur ein Gedanke«, sagte Alrik. »Ich weiß nicht, ob ...«

»*Sprecht!*«, sagte Phærion, so hart und scharf wie ein Henkersbeil.

Kriss sah Alriks nervöses Blinzeln. Er hatte Angst vor der Stimme. Sie konnte es gut nachvollziehen. Sie wusste, es würde nur ein Wort aus dem grünen Würfel genügen, und sie würden alle sterben.

Alrik leckte sich die trockenen Lippen. »Zu der Zeit, als das Schiff abgestürzt ist, lag der Schädelberg im Gebiet des Stammes der Elxína. Sie gehören zu den eher ... gemäßigten Volksgruppen der Nebelreiche. Es gibt einen Reisebericht eines Abenteurers namens Dvarios, der einige Wochen bei den Elxína gelebt hat – bevor er um sein Leben laufen musste. Er hat berichtet, dass den Elxína schon öfter Artefakte von Außenweltlern in die Hände fielen. Wann immer das geschah, haben sie diese Artefakte dem Herrn des Nebels zum Geschenk gemacht. Vorausgesetzt, sie erschienen ihnen schön und wertvoll genug.«

»*Wo?*«

Die Stimme klang ungeduldig. Wieder dachte Kriss an Alriks Worte, dass Phærion aus irgendeinem Grund nur wenig Zeit hatte. Lag es an der Ladung des Kristalls? Sie musste schwächer und schwächer werden, mit jedem Mal, das er zu ihnen sprach. Wenn das Ælon in dem Würfel aufgebraucht war, würde er jeden Kontakt zu seinen Handlangern verlieren.

»Nun«, sagte Alrik, »es gibt Legenden über einen heiligen Schrein, in dem der Herr des Nebels angeblich ruht. Wesslar und anderen Gelehrten zufolge, wurde dieser Schrein von der alten Hochkultur errichtet, aus der sämtliche der heutigen Stämme hervorgegangen sind. Angeblich wird er auch heute noch von mehreren

Stämmen aufgesucht. Sie bringen ihrem Gott Opfer und Geschenke, damit er den Nebel bewahrt und sie weiterhin von der Außenwelt abschirmt.«

»Hm«, machte Stara. »Interessant.«

»Ich bin kein Spieler«, sagte Alrik, »aber wenn ich wetten müsste, dann würde ich sagen, es besteht eine große Chance, dass die Elxína die Fracht dorthin gebracht haben. Vorausgesetzt, der Schrein ist nicht bloß ein Mythos.«

»*Und wo soll sich dieser Schrein befinden?*«, fragte Phærion.

Alrik zuckte hilflos mit den Achseln. »Niemand weiß es! Wie ich sagte, es gibt nur Legenden über ihn, weder die Elxína noch die anderen Stämme haben ihn je Außenstehenden gezeigt. Es heißt, er sei das Herz der Nebelreiche. Aber alle Expeditionen in ihr geographisches Zentrum haben nichts entdeckt.«

»*Findet diesen Schrein, Professor*«, sagte Phærion.

Kriss sah einen Schweißtropfen auf Alriks faltiger Stirn glänzen. »Aber –!«

»*Wenn Ihr mir bis zum Abend keinen Anhaltspunkt liefert, stirbt einer Eurer Freunde.*«

»Und wenn's diesen Schrein gar nicht gibt, du Klunker?«, fragte Lian.

»*Dann wird diese Kabine bald sehr leer werden*«, antwortete Phærion unbeeindruckt.

Kriss schluckte. »Wofür das alles? Warum ist Euch diese Fracht so wichtig? Geht es Euch nur um Geld? Es gibt andere, archäologische Schätze hier, die –!«

Stara lächelte müde darüber.

»*Geld interessiert mich nicht*«, sagte Phærion.

»Ach, und was dann?«, fragte Lian.

Der Würfel blieb ihm die Antwort schuldig. »*Ihr habt Eure Befehle, Professor Dawalus. Macht Euch unverzüglich an die Arbeit. Vielleicht kann Eure junge Freundin Euch helfen. Wie ich erfahren habe, ist sie äußerst fähig.*

Ich erwarte Resultate.«

»Tut, was Ihr am besten könnt.« Stara tippte sich zum Abschied an die Stirn. »Ich wünsche Euch viel Erfolg. Um Euretwillen.«

Trotz der Proteste von Lorgis, Lian und Barabell wandte sie sich ab und ging, den glühenden Würfel in ihrer Hand.

»Und keine Dummheiten!«, schärfte ihnen einer ihrer Männer ein, bevor sie die Kabine abermals hinter sich verriegelten. »Ist'n langer Weg nach unten.« Sie hörten ihn im Gang lachen.

Erst jetzt bemerkte Kriss, dass ihre Hände zitterten. Sie dachte an die gefühllose Stimme aus dem Würfel und ein kalter Schauer lief ihr über den Rücken. Lian sprach all ihre Fragen aus:

»Wer is' der Kerl? Und *wo* is' er? Ich mein', wir haben doch nicht wirklich mit 'nem Glaswürfel gesprochen, oder?«

Kriss dachte daran, was Alrik ihnen gesagt hatte: wie präzise Phærions Wissen über die Todlose Königin in manchen Fällen war – und wie lückenhaft in anderen.

Woher bezog er seine Informationen? War er ebenfalls ein Gelehrter? Nein. Er kam ihr eher wie ein Befehlshaber vor. Ein General vielleicht? Und Staras Leute waren seine Armee von Söldnern?

Zwecklos, jetzt darüber nachzugrübeln. Vorerst mussten sie andere Dinge ans Licht bringen.

»Also gut«, sagte Kriss, »Alrik, was wissen wir über die alte Hochkultur der Nebelreiche?«

»Nur dass sie unter den heutigen Stämmen als *Arkéna* bekannt ist, was so viel bedeutet wie ›Die Kultur‹.«

»Nich' sehr hilfreich«, sagte Lian.

»Ich weiß.« Alrik seufzte. »Die Arkéna haben überall in den Nebelreichen Städte, Tempel und andere Bauwerke errichtet. Ein paar tausend Jahre lang ging alles gut, dann, einige Jahrhunderte vor Ende der Ælonischen Epoche, gab es einen Bürgerkrieg. Viele Städte wurden dem Erdboden gleichgemacht, die Arkéna und ihre Kultur gingen unter, die heutigen Stämme traten an ihre Stelle – und bekriegten sich weiter. Aber viele von ihnen haben sich den Glauben an den Herrn des Nebels bewahrt, wie auch unsere Freunde, die Kurúlan. Vielleicht, weil der Nebel in diesem Teil der Welt eine sehr reale Sache ist, allgegenwärtig.«

»Du meintest, dieser Schrein wäre das Herz der Nebelreiche«, sagte Kriss.

»Ja. Aber ein Herz kann vieles sein. Ein geographischer Mittelpunkt. Eine religiöse Stätte. Ein spiritueller Ort. Oder einfach nur eine Metapher, die falsch übersetzt wurde.«

Kriss nickte. Fehlerhafte Übersetzungen hatten Gelehrten zu allen Zeiten das Leben schwer gemacht. »Was weiß man noch über die Arkéna?«

»Nun, sie haben Blutopfer gebracht. Eine Tradition, die sich viele Stämme erhalten haben. Sie haben ælonische Barken gebaut, mit denen sie durch die Nebeldecke geflogen sind. Für sie waren die Menschen der Außenwelt nichts als Dämonen, weswegen sie all die Jahrtausende hindurch keine Kontaktversuche mit ihnen unternommen haben. Auch das hat sich bis heute erhalten.«

»Und es hilft uns auch nicht sonderlich weiter«, murmelte Barabell.

»Nein, nicht sehr, fürchte ich.«

Kriss nahm eine der Karten, die in der Kabine verstreut lagen. Sie setzte sich zu Barabell auf den Boden, faltete die Hände und legte die Zeigefinger aneinander. Sie tippte sich mit ihnen immer wieder an die Unterlippe, während sie auf die Darstellung der Nebelreiche starrte, mit den Wolkenbergen als Grenze im Norden und der Küste im Süden. Ein dreihundert Meilen breiter Streifen Wald, nur hier und da von schlangenartigen Flussläufen und gezackten Symbolen unterbrochen, die Berge und Hügel markierten. Hier und dort hatte Alrik Punkte und gestrichelte Linien eingezeichnet. Namen standen daneben, aber sie konnte seine Handschrift nicht entziffern. Manchmal fragte sie sich, ob er selbst es konnte.

»Die Punkte sind Städte, nehme ich an?«

»Beziehungsweise die Ruinen davon«, sagte Alrik. »Die Obsidianstadt im Westen, die Hundert Kuppeln...«

Kriss griff in ihre Gürteltasche und nahm einen Kohlestift hervor. Sie malte einen neuen Punkt, südöstlich des Schädelbergs. »... und die Stadt der Kurúlan«, sagte sie. »Zumindest die, die wir kennen.«

»Aber in den meisten davon werden wir nicht viel finden, abgesehen von Geröll und Schlingpflanzen. Es leben nicht mehr viele Menschen in den Nebelreichen. Das war eigentlich nie der Fall.«

»Und die gestrichelten Linien?«, fragte Kriss.

»Sind die Grenzverläufe der Stammesterritorien. Zumindest vor einigen hundert Jahren, und die meisten davon waren nur Mutmaßungen. Und selbst wenn es damals stimmte, ist dieses Wissen inzwischen völlig veraltet, wie wir auf unliebsame Weise erfahren haben.«

Kriss' Finger berührte die Mitte der Nebelreiche, wo weder Städte noch sonst etwas verzeichnet waren. »Und hier gibt es wirklich nichts?«

»Nicht mal Ruinen. Nur Dschungel.«

»Und wenn wir uns da nochmal umsehen?«, schlug Lian vor. »Vielleicht is' da unterirdisch was versteckt?«

»Wenn, dann haben Generationen von Schatzsuchern es übersehen.«

»Vielleicht waren die auch nicht so verzweifelt wie wir«, sagte Barabell.

»Wahrscheinlich nicht.« Alrik kratzte sich den stoppeligen Bart; er stand ihm gut, wie Kriss fand. »Aber warum sollten sie einen unterirdischen Schrein bauen? Ihre anderen Bauwerke waren alle oberirdisch. Und der Schrein – wenn es ihn wirklich gibt – ist dem Herrn des Nebels geweiht. Und der Nebel liegt *über* dem Boden, nicht darunter.« Frustriert rieb sich Alrik das Ohrläppchen. »Das ergibt keinen Sinn!«

Kriss musste ihm diesbezüglich recht geben. Aber so leicht gab sie nicht auf. »Gut, gehen wir erstmal davon aus, dass mit ›Herz‹ etwas anderes gemeint ist, als die geographische Mitte. Wie heißt das Herz der Nebelreiche in ihrer Sprache?«

Alrik ließ sich von Lian ein Buch geben und blätterte kurz darin, bis er die richtige Seite fand. »*Ang dul'Taka-Xa*«, las er vor. *Ang* – ›das Herz‹. *Dul'Taka-Xa* – ›der Nebelreiche‹. So weit ich weiß, ist die Übersetzung korrekt.«

»Hat *Ang* vielleicht noch eine andere Bedeutung?«, fragte Kriss. »Andere Konnotationen?«

»Konno-was?«, fragte Lorgis.

»Pssst!«, machte Barabell.

»Nein«, sagte Alrik. »Nicht, soweit mir bekannt ist. Nur ›Herz‹.«

Lian runzelte die Stirn. »Herz wie ›das Herz in der Brust‹?«

»Genau.«

Kriss überlegte laut, wie sie es oft tat, wenn sich ihre Gedanken im Kreis drehten. »Was tut ein Herz?«

»Es schlägt!«, sagte Lorgis, froh, dass er etwas zu der Konversation betragen konnte. »Es macht Geräusche!«

»Es pumpt Blut durch den Körper«, sagte Barabell. »Ähm, richtig?«

»Es ist ein Muskel«, sagte Alrik. »Der stärkste Muskel im menschlichen Körper.«

Trotzdem kann es allzu leicht brechen, dachte Kriss mit Seitenblick zu Lian.

»Wenn's 'n Herz gibt, gibt's dann auch andere Organe?«, fragte er. »Milz, Leber ... oder Blut? Was is' mit Blut?«

»Lian hat recht!«, rief Kriss freudig aus. »Adern! Was ist mit Adern?«

»Adern?«, fragte Alrik.

»Straßen oder Wege, die alles miteinander verbinden – wie ein Netzwerk aus Adern! Weißt du irgendwas darüber?«

Alrik zuckte mit den Schultern. »Tut mir leid. Wenn es jemals Straßen in den Nebelreichen gegeben hat, sind sie längst dem Dschungel anheimgefallen. Völlig unkenntlich.«

»*Korf*«, sagte Lian.

Kriss war geneigt, ihm zuzustimmen. Einmal mehr betrachtete sie die Punkte, die die bekannten Städte im Urwald markierten. Ihre Anordnung erschien völlig willkürlich, wie sie nicht zum ersten Mal feststellte. Die meisten Zivilisationen errichteten ihre Städte in der Nähe von Flüssen oder anderen Gewässern. Aber die wenigsten Punkte auf der Karte lagen auch nur annähernd in Flussnähe.

Sie sah zu Alrik auf. »Ist irgendwas darüber bekannt, wonach sie den Standpunkt ihrer Städte ausgesucht haben? Oder was sie verbunden haben könnte?«

Gerade schien es, als müsse Alrik sie enttäuschen, als er die Augen aufriss. »Wartet, ja, vielleicht gibt es da etwas! Kriss, das Buch mit dem grünen Ledereinband, direkt hinter dir!«

Sie fand das Buch, eine dicke Schwarte, und reichte es ihm. Dabei konnte sie kurz den Titel erhaschen: *Durch den Schleier von Zeit und Dunst. Legenden, Mythen und Fakten über die Nebelreiche, von Professor Esterian Mellbros*.

Alrik blätterte fiebrig darin. »Wo war es, wo war es – ah, hier!«

Er zeigte ihnen einen Kupferstich auf einer vergilbten Seite. Darauf war die Darstellung einer verwitterten Steintafel zu sehen, umgeben von Rankpflanzen. Ihre rechte Hälfte war abgebrochen. Symbole waren in den übrigen Stein eingearbeitet: zwei Handvoll von Sternen, begleitet von schnurgeraden Einkerbungen, die alle auf einen Punkt zuführten, der ungefähr links von der Mitte der fehlenden Hälfte liegen musste, hätte man die Einkerbungen mit dem Lineal weitergezogen.

Kriss' Bauch kribbelte vor Aufregung. Sie waren einer wichtigen Sache auf der Spur, das fühlte sie!

»Bei einer Expedition im Jahr der Schöpfung 4301 wurde diese Tafel in Batúkal gefunden, einer alten Stadt der Arkéna, am östlichen Rand der Nebelreiche.« Alrik zeigte ihnen den entsprechenden Punkt auf der Karte. »Sie stammt von der Wand einer Tempelruine. Leider ist nur dieses Fragment vorhanden, aber trotzdem ... seht ihr diese Sterne hier? Und die Linien?«

Alle nickten eifrig.

»Man hat sich nie einen Reim drauf machen können, was diese Tafel bedeutet. Einige Forscher haben angekommen, dass sie Sternbilder darstellt. Aber die Arkéna haben sich nie sehr für Astronomie interessiert – durch den Nebel sehen sie nur wenig von den Sternen, versteht ihr? Davon abgesehen, dass die Sterne auf der Tafel mit keinen bekannten Konstellationen übereinstimmen.« Alrik blickte in die Runde, seine Augen funkelten begeistert. »Aber es gibt einige ernstzunehmende Forscher, die meinen, dass die Sterne auf dem Stein keine Sterne sein sollen – sondern *Städte*. Die alten Städte der Arkéna, lange vor dem Untergang!«

Kriss' Herz schlug noch schneller. Die Lösung – sie war zum Greifen nahe!

»Und die Linien?«, fragte Barabell. »Sind das Straßen?«

»Möglicherweise waren sie das einmal«, sagte Alrik. »Wenn, dann ist von ihnen nichts übrig, wie gesagt. Aber es gibt noch eine andere Theorie. Die Arkéna haben anscheinend an Energieströme geglaubt, die durch die Erde fließen und sich an bestimmten Stellen kreuzen.«

»Energie?«, wiederholte Lian. »So wie Ælon?«

»Dieser Glaube reicht viel weiter zurück als die Ælonische Epoche«, sagte Alrik. »An diesen Energiekreuzungen haben sie ihre Städte und Tempel errichtet. Sie nannten sie *Quur dul'Aska*.« Alrik machte eine dramatische Pause. »Die Adern der Welt.«

»Das ist es!«, jubelte Kriss. »Und alle Adern führen zum Herzen!«

Alriks Lächeln entblößte weiße Zähne. »Genau genommen nur die Venen«, sagte er, »aber ja, ich weiß, was du meinst. Was, wenn die Linien auf der Tafel die stärksten dieser Energieströme darstellen? Wenn sie alle zum Herzen der Nebelreiche führen?«

»Ich will ja keine Spielverderberin sein ...«

»Langsam müsstest du dran gewöhnt sein, Bell.«

»... aber leider fehlt uns die zweite Hälfte der Tafel, um zu wissen, wo das sein soll.«

»Nein, ganz und gar nicht!« Kriss bat Alrik um das grüne Buch. Sie legte es aufgeschlagen über die Karte. »Wenn die Sterne auf der Tafel alle großen Städte im Westen der Nebelreiche sind ...« – sie übertrug die Sterne auf dem Kupferstich als Punkte in die leeren Stellen der Karte, alle im westlichen Teil des Dschungels. Die östliche Seite wirkte bald sehr leer dagegen – »... und wir die Energieströme vom Westen weiterführen ...« Sie sah sich um, fand ein Lineal, legte den Kohlestift an und zog gewissenhaft auf der Karte die Linien nach, die im Kupferstich vorgegeben waren – nur diesmal bis in den Osten der Nebelreiche; jenen Teil, der von der Tafel abgebrochen war. Ihr wurde ganz heiß, als sich die Striche mühelos mit sämtlichen der dort verzeichneten Städte kreuzten.

»Hier! Hier ist es!« Sie tippte auf einen Punkt auf der

Karte, an dem sich alle Linien trafen. Er lag nicht im Zentrum, sondern weiter östlich davon. »Das Herz der Nebelreiche! Ha!«

Triumphierend warf sie den Stift weg. Alrik grinste stolz. Aber nicht überrascht.

»Sowas macht sie doch zum Frühstück!« Lian zwinkerte Kriss zu. Das Blut stieg ihr heiß in den Kopf.

Barabell grinste selig. »Professor, Doktor – ich muss schon sagen, es ist ein echtes Vergnügen, Euch beiden bei der Arbeit zuzusehen. Zumal es bedeutet, dass in nächster Zeit keiner von uns sterben muss.«

Lorgis schien skeptisch. »Ist das wirklich die Antwort? Ich meine, kann es so einfach sein?«

»*Einfach?*«, wiederholte Barabell spöttisch. »Mach das erstmal nach!«

»Ich mein' ja nur. Immerhin hängt unser Leben davon ab!«

Das dämpfte die allgemeine Hochstimmung etwas.

»Es ist zumindest eine Möglichkeit.« Kriss atmete einmal tief durch. Ihr war immer noch ganz flatterig zu Mute. »Ich vermute, es bleibt uns nichts anderes übrig, als uns vor Ort umzusehen.«

»Ich sage unseren Gastgebern Bescheid!« Alrik nahm seinen Gehstock und kämpfte sich mühsam auf die Beine.

Kriss sah Lian, der sie immer noch anstrahlte. Es erfüllte sie mit neuer Zuversicht.

Und vielleicht, dachte sie, *finden wir vor Ort eine Möglichkeit, ihnen zu entkommen ...*

{Die singenden Säulen}

Wie nicht anders zu erwarten, waren Stara und die Stimme aus dem Kristall sehr erfreut, ihre neue Theorie zu hören.

»Sie meinen, es ist einen Versuch wert«, sagte Alrik, als er zu Kriss und den anderen zurückkehrte. Die Tür wurde abermals verschlossen. »Phærion hat Kurs auf das Herz setzen lassen. Wir sollten irgendwann am Nachmittag dort ankommen.«

»Und hat er sich wenigstens bedankt?«, fragte Lian.

Alrik lächelte. »Er muss es wohl vergessen haben.«

Kriss' ganzer Körper kribbelte vor Aufregung, die ganze Zeit über, die sie in ihrer Kabine eingeschlossen waren. Stara ließ ihnen zwischenzeitlich eine »kleine Stärkung« bringen: ein paar belegte Brote, etwas kaltes Fleisch und genauso kalten Tee. Kriss und die anderen aßen und tranken, dann versuchten sie, zu schlafen und etwas von der Kraft zurückzugewinnen, die ihnen der Marsch durch den Dschungel geraubt hatte. Zwischendurch klopften sie an die Tür, um ihre Bewacher zu bitten, sie in den kleinen Waschraum der *Sturmbrecher* zu geleiten, um sich dort zu erleichtern. Man führte sie mit vorgehaltenen Waffen durch den Korridor und anschließend mit vorgehaltenen Waffen wieder zurück.

Das Wenige, das Kriss dabei von dem Schiff zu Gesicht bekam, führte sie wieder zu der Frage, wo Stara und die anderen es herhatten. Von ihrer Kleidung ausgehend, die fast ausschließlich fadenscheinig und abgetragen wirkte, konnten sie sich ein Luftschiff wie dieses unmöglich leisten. Hatten sie es gestohlen? Oder hatte ihr Auftraggeber es ihnen beschafft? Es stand nicht hoch genug auf Kriss' langer Liste von Fragen, als dass sie sich die Mühe machte, sich danach zu erkundigen. Davon abgesehen war sie überzeugt, ohnehin keine Antwort zu erhalten.

Die meiste Zeit über saß sie am Rand der Pritsche und verfolgte durch das Bullauge, wie die Sonne zum Zenit stieg und wieder hinabwanderte. Kriss erfreute sich an ihrer Wärme, die sie selbst durch das Fensterglas spürte, während sich unter ihnen das unendliche Meer aus verschleierten Baumkronen erstreckte.

Das Herz der Nebelreiche ...

Was würden sie dort finden, falls es überhaupt etwas zu finden gab? Oder hatten sie einen falschen Kurs angesteuert?

Sie versuchte, nicht daran zu denken, was Phærion und die anderen mit ihnen anstellen würden, wenn sie abermals enttäuscht wurden. Stattdessen wünschte sie sich, mit Lian allein sein zu können. Es gab so vieles, das ihr auf der Seele brannte. Und so, wie sie seine Blicke deutete, schien es ihm ähnlich zu gehen.

»*Ich hab' dich nich' angelogen*«, hatte er gesagt. Was hatte er damit gemeint?

Irgendwann ließ ein Klopfen sie alle aufblicken. Stara öffnete die Tür, begleitet von zweien ihrer Schläger.

»Professor«, sagte sie gut gelaunt. »Es gibt da etwas, das Ihr sehen solltet. Und Eure Kollegin auch.«

Ihr Blick fiel auf Kriss. Eine neue Welle der Aufregung erfasste sie.

Lian erhob sich. »Und was is' mit uns?«

»Wir brauchen nur die schlauen Köpfe«, sagte Stara. »Der Rest bleibt hier.«

Lian wollte protestieren, aber Kriss bat ihn, sich zu beruhigen.

Man führte Alrik und sie durch den Schiffsgang, bis auf die Brücke der *Sturmbrecher*. Wie alles andere an

Bord war sie um einiges geräumiger als ihr Gegenstück an Bord der *Wolkenbummler*. Die Fenster boten einen Ausblick von hundertachtzig Grad. Nicht wenige ihrer in Kupferstreben gefassten Scheiben waren zerbrochen und mit Holz und Leinwand abgedichtet, allerdings ohne den Ausblick auf den dunstigen Urwald nennenswert zu beeinträchtigen.

Doch so sehr Kriss sich auch bemühte, sie sah nichts, außer Baumwipfeln und Nebelschleiern.

»Hier.« Stara lenkte ihre Blicke auf den Kompass: Die Nadel zeigte nach Osten. Aber sie zitterte merklich. Dann schlug sie heftig aus. Zeigte wieder zitternd nach Osten. Schlug wieder aus.

»Es hat vor kurzem angefangen und wurde immer deutlicher, je weiter wir geflogen sind. Interessant, nicht wahr?«

»Ich würde sagen, es ist ein Zeichen«, sagte Alrik. »Wir sind nahe dran.«

»*Was glaubt Ihr, ist die Ursache dieses Phänomens?*« Phærions Würfel lag in Staras Hand. Kriss fühlte sich von dem Kristall beobachtet.

»Es gab immer Geschichten über Regionen in den Nebelreichen, in denen Kompassnadeln plötzlich durchdrehen«, sagte Alrik. »Aber niemand hat je die Ursache dafür gefunden.«

»Vielleicht hat es etwas mit den Adern zu tun«, sagte Kriss.

Alrik nickte. »Möglich. Oder mit etwas ganz anderem. Vielleicht kriegen wir es heraus.«

Nicht lange, und die Kompassnadel stand nicht mehr still. Sie drehte sich wie ein Kinderkreisel, mal in die eine, dann in die andere Richtung.

»Irgendetwas scheint das Magnetfeld zu stören«, sagte Alrik fasziniert.

»Ich hoffe, das ist das Einzige, das es stört«, erwiderte Stara düster.

Die Nadel drehte sich schneller und schneller. Dennoch zeigten sich jenseits der Brücke nichts als Wald und graue Schleier.

»Ich habe eine gute Nachricht für Euch, alter Mann.« Stara wandte sich mit trockenem Lächeln an Alrik. »Ihr dürft einen kleinen Spaziergang mit uns machen.«

Kriss hatte so etwas befürchtet. »Ich komme mit!«, forderte sie.

»Natürlich kommst du mit«, sagte Stara. »Vier Archäologen-Augen sehen mehr als zwei.«

Kriss nickte grimmig, auch wenn sie innerlich vor einem erneuten Marsch durch den Wald schauderte. »Gut.«

»Auf gar keinen Fall!«, sagte Alrik. »Sie bleibt hier. Dort unten ist es viel zu –!«

»Oh«, sagte Stara gespielt betroffen, »habt Ihr das etwa für eine Bitte gehalten?«

»*Das Mädchen kommt mit Euch*«, stellte Phærion klar. Kriss begann, die Stimme aus dem Würfel wahrhaft zu hassen. Sie versuchte, sich das dazugehörige Gesicht vorzustellen, doch alles, was ihr einfiel, war die harte Miene eines humorlosen Beamten oder Richters. Jemand, der Macht besaß, aber wenig Interesse an anderen Menschen.

Alrik ließ die Schultern hängen. Es war sinnlos, zu widersprechen und das wusste er. Kriss fand ein Quäntchen Trost darin, dass er nicht allein mit diesen Leuten gehen musste.

Wo auch immer sie hingingen.

»Also schön!«, sagte Lian kurz darauf, als Kriss und Alrik die anderen über das Gespräch informierten. »Ich komm' mit!«

»Genau wie wir«, sagte Barabell. »Richtig, Lorgis?«

»Was denkst du denn!«

»Nein«, sagte Kriss schweren Herzens. »Ihr sollt an Bord bleiben. Befehl von Phærion. Um sicherzugehen, dass wir nicht fliehen.«

»Ich hau' diesen *schessk*verdammten Würfel in Scherben!«, schnaufte Lian. »Glaubt er ernsthaft, wir lassen euch allein da runter? Nach allem, was beim letzten Mal –?«

»Lian.« Kriss nahm seine Hand. »Bitte tut, was sie sagen.«

»Ich denk' nich' dran!«

»Verdammt noch mal, Lian! Die bringen euch um, wenn ihr nicht gehorcht!«

»Ich ...!«, begann er, dann brach er ab, hilflos vor Wut. »*Schessk!* Und wenn euch da unten was passiert? Was dann, Kriss?«

Sie wusste es nicht. Stattdessen nahm sie ihn in den Arm und drückte ihn fest an sich, während Lian sie seinerseits festhielt. »Passt auf euch auf«, flüsterte er. »Hörst du? Ich will dich gesund und munter wiedersehen, oder ich reiß' diesen verdammten Kahn auseinander!«

Sie küssten sich.

»Ist dieser Teil des Waldes bewohnt?«, fragte Barabell. »Ich meine, müsst Ihr wieder mit meuchelnden Wilden rechnen?«

»Laut meinen Quellen nicht«, sagte Alrik. »Aber das will nichts heißen, fürchte ich.«

»Viel Erfolg, euch beiden.« Lorgis schielte sie schwermütig an. »Lasst uns nicht zu lange warten, ja?«

Alrik nickte bedrückt zum Abschied. »Wir versuchen, es kurz und schmerzlos zu machen, Käpt'n.«

Nicht viel später ließ Stara sie in den Schiffsgang rufen.

»Wenn ihr dann so weit wärt?«

Wieder in ihren Wildledermantel gehüllt und die schwarzen Locken mit einem Kopftuch gebändigt, hatte sie einen Trupp von zwanzig Männern und Frauen um sich geschart. Natürlich war Glinn an ihrer Seite, ebenso wie einige andere, die mit ihnen in der Spinnwebstadt gewesen waren, sowie eine Handvoll Gesichter, die Kriss noch nicht kannte (und auch keinen Wert darauf legte). Die Sternträger hatten sich mit Rucksäcken, Säbeln, Messern, Pistolen und Musketen bewehrt und entschlossene Mienen aufgesetzt. Sie waren auf alles vorbereitet. Oder glaubten zumindest, es zu sein.

»Selbst wenn wir den Schrein finden«, sagte Kriss, als sie und Alrik ihnen entgegentraten, »und die Fracht dort ist – wisst ihr überhaupt, wie sie aussieht?«

»Keine Sorge.« Stara zeigte ein raffiniertes Lächeln. »Wir wissen es.«

»Und in wessen Tasche steckt Euer Freund, der Würfel?«, brummte Alrik und sah sich um. »Will er uns nicht begleiten oder hat er Besseres vor?«

»Er wartet hier auf unsere Rückkehr«, sagte Stara, »wo das Risiko bedeutend geringer ist, in die falschen Hände zu fallen.«

»Aha. Ich hoffe, er bezahlt Euch gut dafür, dass Ihr Euch die Finger für ihn schmutzig macht.«

»Oh, wir bekommen, was wir haben wollen, seid unbesorgt, alter Mann.«

»Und ist es all die Toten wert?«, fragte Kriss.

Staras Lächeln verschwand. »Ja, das ist es. Es ist mehr wert als alles andere auf dieser Welt.« Ein Großteil ihrer Leute nickte bekräftigend.

»Wer weiß?«, sagte ihre Anführerin. »Vielleicht siehst du's bald mit eigenen Augen, Kleine.«

»Ich habe Euch schon einmal gesagt, ich bin nicht Eure –!«

»Ja, ich weiß.«

Stara klang gelangweilt, aber Kriss glaubte, die Frau mittlerweile gut genug zu kennen, um die Unruhe aus ihren Worten herauszuhören. Ihre Sorge vor dem Unbekannten, das sie erwartete.

Inzwischen waren die Schiffsschrauben langsamer geworden, nun standen sie ganz still. Stara und ihre Kumpane hoben lauschend die Köpfe.

»*Madame Belnari*«, erklang Phærions Stimme aus einem Sprechrohr. Es ließ sie nur noch unwirklicher erscheinen. »*Es ist so weit. Geht jetzt runter. Zündet eine Rakete und wir holen euch wieder an Bord.*«

»Aye, aye!« Stara salutierte.

Sie öffnete die Tür nach außen. Kriss schluckte, als sie einige Dutzend Klafter unter sich den Dschungel sah. Kühl-feuchte Luft drang zu ihnen in den Gang, gepaart mit dem Geruch von Vegetation und Verfall.

Ankertaue wurden herabgelassen. Acht Sternträger seilten sich daran herab und zogen das Schiff so tief es ging über die Baumkronen. Dann wurde die Strickleiter ausgerollt.

Stara und der Rest ihres Trupps kletterten voran; Kriss sah, wie sie einer nach dem anderen zwischen Dunst und Ästen verschwanden. Dann folgten sie und Alrik, dem sein lahmes Bein einige Schwierigkeiten bereitete.

Ein flaues Gefühl machte sich in Kriss breit, als ihre Füße im schwammig-knackenden Unterholz aufsetzten. Ein Wassertropfen landete auf ihrer Brille. Sie nahm sie ab, wischte sie am Hemdsaum trocken und wünschte sich an einen sonnigeren, weniger mörderischen Teil der Welt. Sie war dankbar für das Ölzeug, das sie vor der schlimmsten Feuchtigkeit bewahrte.

Eine klickende Kakophonie ertönte, als die Sternträger die Hähne ihrer Waffen in Feuerrast spannten.

»Also, Professor, wir sind ganz Ohr«, sagte Stara. »Wo geht es lang?«

Alrik befragte seinen Kompass. Kriss sah, wie die Nadel sich drehte und drehte, als wüsste sie weder ein noch aus. »Ich würde sagen, wir folgen weiter der Richtung, in die das Schiff geflogen ist. Und das ist diese.« Er deutete voraus.

Einmal mehr traten sie ihren Marsch durch die unwirkliche, nur halb greifbare Welt der Nebelreiche an, wie zuvor ständig auf der Hut vor Eingeborenen und anderen Widrigkeiten. Kriss hoffte, dass die Kurúlan ihr Territorium nicht auch bis hierher ausgedehnt hatten. Dass es hier nicht noch blutrünstigere Stämme gab, als die Spinnenkrieger.

Aber sie war nicht naiv genug, auf einen einfachen Spaziergang zu hoffen.

»Wenn's nach mir ginge«, hörte sie Glinn murmeln, »würde ich diesen ganzen verdammten Wald abfackeln. Ich fürchte nur, er brennt nicht sonderlich gut.« Er verscheuchte einen violetten Schmetterling, der sich auf seiner Glatze niedergelassen hatte.

»Zumindest scheinen wir auf dem richtigen Weg zu sein«, sagte Alrik. »Die Nadel dreht sich immer schneller.«

Es trug nichts dazu bei, Kriss zu beruhigen. Was verursachte diese magnetischen Verwirbelungen? Und wozu?

Sie dachte an Lian. An Lorgis und Barabell. Sie wünschte, man hätte ihnen erlaubt, mitzukommen. Mit ihnen an ihrer Seite hätte sie sich wesentlich sicherer gefühlt. Besonders mit Lian.

Unaufhörlich malte sie sich Fluchtpläne aus, einer unwahrscheinlicher als der andere. Wie sollten sie von einem Schiff mit einer Schar bewaffneter Söldner, oder was immer sie auch waren, entkommen, ohne sich bei dem Versuch eine Pistolenkugel einzuhandeln oder über Bord geschmissen zu werden?

Die Fracht, dachte sie. Vielleicht konnten sie sie irgendwie als Druckmittel verwenden, falls Alrik und sie sich ihrer irgendwie bemächtigen konnten?

Einmal mehr nagte die Frage an ihr, um was es sich bei dem Objekt von Phærions Begierde handelte. Laut dem Würfel war es groß und schwer. Und nur er konnte es öffnen ...

Sie hoffte inständig, dass sie es finden würden. Nicht nur, um die Stimme aus dem Kristall und ihre Bewacher zufriedenzustellen, sondern auch um ihre brennende Neugier zu stillen. Sie wollte, nein, sie musste wissen, was der Grund für all das hier war. Wofür sie all diese Strapazen durchgemacht hatten. Wofür so viele Menschen gestorben waren – und vielleicht noch sterben würden.

Das führte sie zu einer anderen Frage, die sie schon seit einiger Zeit beschäftigte.

»Wie sind sie überhaupt auf dich gestoßen?«, fragte sie Alrik leise. »Ich meine, es ist so lange her, dass du das Buch geschrieben hast. Und es ist längst vergriffen.«

Alrik öffnete den Mund, aber es war Stara, die ihr antwortete. Anscheinend hatte sie jedes ihrer Worte mitangehört.

»Es war meine Idee, den werten Professor anzuheuern«, sagte sie, ohne sich zu ihnen umzudrehen.

»Und woher wusstet Ihr von ihm?«

»Du meinst, wie kann eine Bande ungebildeter Schläger von einem so hochangesehenen Mann der Wissenschaft gehört haben?« In Staras Worten lag mehr als nur ein Hauch von Spott.

»Wenn Ihr so freundlich wärt, es uns zu verraten?«, sagte Kriss trocken.

Zu ihrer Überraschung tat Stara ihr den Gefallen. »Durch meinen Vater.« Sie klang stolz. »Er hat mit alten Artefakten und Kunstgegenständen gehandelt. Ælonisch und Prä-Ælonisch. Urnen, Kelche, Schmuck – alles, was man so im Sand findet.«

Die letzte Bemerkung ließ Kriss aufhorchen.

»Unser Haus war voll von unzähligen Wälzern über alte Kulturen. Als ich noch ein Kind war, habe ich viele davon gelesen. Auch das Buch deines Freundes. Eine alte, speckige, völlig zerlesene Ausgabe. Vater hat sie einem Studenten mit Geldproblemen abgeschwatzt.

Es haben einige Seiten gefehlt, da waren Flecken von Tee oder was weiß ich. Trotzdem fand ich die Lektüre halbwegs spannend.«

»Ich fühle mich geehrt«, knirschte Alrik.

»Solltet Ihr auch«, sagte Stara. »Zumindest habe ich die Schwarte zu Ende gelesen – und dann mein halbes Leben lang nicht mehr dran gedacht. Bis Phærion und ich uns ... begegneten.«

Das kurze Zögern kam Kriss sehr bedeutungsschwanger vor. Aber sie ließ die Frau ausreden.

»Als er mir sagte, wonach er sucht, habe ich mich an das Buch erinnert. Nur leider war es inzwischen ebenso verloren wie all die anderen Bücher meines Vaters.«

»Was ist passiert?«

»Das Große Feuer ist passiert«, sagte Stara bitter. »Der verdammte Krieg.«

»Und Euer Vater ...?«, fragte Kriss.

»Was interessiert dich das, Milorianerin?«

»Mein eigener Vater war Soldat. Das heißt, eigentlich war er Lehrer, aber er wurde zum Militärdienst berufen, kurz vor Ende des Krieges. Er ist im Kampf gegen die Parandirer gefallen, bei der Schlacht von Bephrali. Ich weiß also, wie Ihr Euch fühlt.«

»Ach, das weißt du, ja?« Stara hielt an und drehte sich zu ihr um, ein freudloses Lächeln auf den Lippen. »Du weißt, wie es ist, wenn dein Vater vor deinen Augen hingerichtet wird, wenn sie deine Brüder und Schwestern einsperren wie Verbrecher, nur weil sie sind, wer sie sind.«

Auch ihre Mitstreiter hatten angehalten. Schwitzend bemerkte Kriss, wie ihre Blicke auf ihr lasteten.

»Du wcißt, wie es ist, wenn Fremde in deinem Land einfallen und es entzweireißen. Wenn sie dir alles wegnehmen, was dir lieb und teuer ist. Wirklich, du ahnst nicht, wie sehr es mich freut, das zu hören! Sicher, dass wir nicht Schwestern sind, du und ich?«

Stara wandte sich ab, sichtlich wütend darüber, dass sie mehr gesagt hatte, als sie wollte. Dass Kriss einen wunden Punkt offenbart hatte.

Sie sah die betretenen, zornigen und hasserfüllten Gesichter von Glinn und den anderen. Sie alle schienen Staras Schicksal zu teilen. Sie folgten ihrer Anführerin, als diese weitermarschierte.

»Ich ...«, begann Kriss, aber Alrik legte ihr die Hand auf die Schulter. Er schüttelte den Kopf: *Lass gut sein, Mädchen*.

»Weiter!«, herrschte sie jemand an, und trieb sie beide vor sich her.

Deswegen hassen sie uns so sehr, dachte Kriss. Ihr Land musste während des Großen Feuers oder danach von Miloria besetzt worden sein.

Der Zorn, den Stara und ihre Leute gegen Kriss' Heimat hegten, war der gleiche Zorn, den sie auch in den Augen der Menschen von Scha'ila gesehen hatte, wann immer milorianische Soldaten auf ihren Straßen aufmarschiert waren. Dabei war die Annektierung ihres Landes weitgehend gewaltfrei und mit dem Einverständnis ihres Prinzregenten geschehen.

In anderen Ländern war dabei wesentlich mehr Blut geflossen, das wusste sie, und sie schämte sich dafür. Aber ebenso wusste sie, dass weder Stara noch ihren Mitstreitern geholfen sein würde, wenn Alrik und sie ihnen sagten, wie sehr sie viele Entscheidungen König Bekkards und seiner Berater bedauerten oder gar verabscheuten. Dass sie nur einfache Archäologen waren und allzu oft den Kriegstreibereien ihrer Regierung ausgeliefert, wenn diese ihre Ausgrabungen bloß finanzierte, damit sie ælonische Waffen zu Tage förderten. Dass sie beide genug von Blutvergießen, Eroberungen und Ränkespielen hatten.

Dennoch blieb die Frage bestehen: Woher stammten diese Leute? Kriss glaubte, dieselbe Frage auch in Alriks

Gesicht zu lesen, während sie von den Sternträgern durch den Dschungel geführt wurden. Es gab mehrere Nationen auf Berael, die im Laufe des Krieges vom Königreich Miloria an sich gerissen worden waren. Nicht wenige davon waren winzige Zwergstaaten. Und Kriss wusste von keinem, in dem Menschen mit Sterntätowierungen lebten.

Was man so im Sand findet, hatte Stara gesagt. Das ließ Kriss vermuten, dass sie aus einem der trockeneren Länder im Süden Beraels stammten. Uldur, zum Beispiel, war ein winziges Land in diesem Teil der Welt, das von Bekkards Truppen besetzt wurde. Oder Tarasch. Oder Kelsingor – alles wüstenreiche, staubige, kleine Staaten, winzige Flecken auf der Landkarte. Aber so weit Kriss wusste, passte der Akzent der Sternträger zu keinem davon, von den Tätowierungen ganz zu schweigen.

Und wenn sie gar nicht von Berael stammten, sondern von einem anderen Kontinent? Aber sie sahen nicht aus wie Ellkorier oder Ulgraianer.

Wer waren sie? Und wozu die Geheimniskrämerei? Hatten sie Angst, ihre Gefangenen könnten entkommen und sie verraten? Ihre Pläne zunichtemachen?

War es ihre eigene Entscheidung gewesen oder die ihres ebenso verschwiegenen Auftraggebers?

Als sie glaubte, dass Staras Zorn fürs Erste abgekühlt war, wagte sie eine erneute Frage: »Wie seid Ihr Euch begegnet? Phærion und Ihr?«

»Du weißt wirklich nicht, wann man besser den Mund hält, oder, Kleine?«, fragte Glinn scharf.

»Lass sie«, sagte Stara ungerührt. Sie blickte kurz über dic Schulter zu Kriss. Wieder lag Spott in ihrer Stimme. »Nun, du kannst es eine Fügung des Schicksals nennen. Wenn du an so etwas glaubst.«

»Tue ich nicht. Und Ihr?«

»Nein. Nicht wirklich. Nicht mehr.«

Kriss sah zu Alrik, der dem Gespräch andächtig lauschte. »Woran glaubt Ihr dann?«, fragte sie.

»Dass es vergeblich ist, auf Gerechtigkeit zu warten, es sei denn, man schafft sie selbst. Und dass man Hass manchmal nur mit Hass bekämpfen kann.«

»Und Ihr meint, Phærion wird Euch dabei helfen, Euer Land zu befreien?«

Staras Schweigen war eisig.

»Ist Euch je in den Sinn gekommen, dass er Euch nur benutzt?«, fragte Kriss. »Ich meine, er stammt nicht aus Eurem Volk, richtig? Warum ist er nicht mit an Bord? Warum zeigt er sich nicht? Ist Phærion überhaupt sein richtiger Name?«

»Deine Fragen«, sagte Stara kalt, »gehen mir allmählich auf die Nerven, Kleine.«

Sie legte die Hand auf den Griff ihrer Pistole.

Kriss ignorierte sie, trotz Alriks Hand auf ihrer Schulter. »Wie will er Euch helfen? Diese Fracht – ist sie irgendein Schatz, mit dem Ihr Euch eine Armee kaufen wollt? Oder irgendeine Waffe der Todlosen Königin?«

Stara lächelte nur bissig. »Du glaubst, du weißt alles, oder?«

»Ich weiß, dass Gewalt nur noch mehr Gewalt nach sich zieht!«

»Nein«, sagte Stara kühn. »Nicht, wenn man alle Gewalt in der Hand hält. Und jetzt halt gütigst den Mund.«

Mürrisch tat Kriss ihr den Gefallen und schluckte ihre Fragen herunter. Doch sie nagten weiter an ihr.

Nach einer Weile, die sie nur stur geradeaus gegangen waren (so weit es die Unwegsamkeiten des Waldes erlaubten), fragte Stara: »Sind wir noch auf dem richtigen Weg, alter Mann?«

»Zumindest ist die Nadel nicht langsamer geworden«, gab Alrik ohne große Herzlichkeit zurück.

»Wir sind jetzt schon Meilen gewandert«, beschwerte

sich jemand. »Langsam müssen wir doch was finden!«

»Es sei denn, der Alte hält uns hin«, knirschte eine Frau mit windschiefer Nase.

»Das tue ich nicht!«, sagte Alrik. »Wenn Ihr wollt, könnt Ihr den Kompass halten. Seht, ob Ihr schlauer daraus werdet!«

Glinn fletschte die Zähne. »Mir gefällt dein Ton nicht, Alterchen!«

»Glaubt Ihr, mir gefällt der Eure?«

»Ruhe!« Stara hob die Hand – und alle verstummten. Mit angehaltenem Atem lauschten sie in den Dschungel.

Kriss riss die Augen auf. Da war etwas! Ein Geräusch, weit entfernt, knapp am Rande ihrer Wahrnehmung. Ein feines, helles Singen, fast wie von einem Kristallglas, über dessen Rand ein feuchter Finger kreiste.

Staras Leute hoben die Waffen. Angespannt blickten sie sich in alle Richtungen um. »Was ist das?« – »Wo kommt das her?«

Stara sah Alrik an.

»Ich weiß es nicht!« Er zuckte hilflos mit den Achseln. »Aber es scheint aus der Richtung zu kommen, in die wir gehen.«

»Dann lassen wir uns überraschen«, sagte Stara ohne große Begeisterung.

»Ich hasse Überraschungen«, brummte Glinn. »Waffen bereit. Wir sehen uns das mal an!«

Das Singen wurde lauter und deutlicher mit jedem Schritt. Ein gläserner Gesang, der beständig dieselbe hohe Note hielt. Kriss konnte sich kein Tier vorstellen, das einen solchen Laut produzierte. Ein Musikinstrument vielleicht. Oder irgendeine ælonische Maschine ...

Neugier packte sie. Und Furcht, die ihren Nacken kitzelte.

Wie Tiere auf der Jagd, schleichend und sich ständig umblickend, brachten sie dreihundert, vierhundert Schritte durch Dunst und Dickicht hinter sich.

Dann fanden sie die Säule.

Sie näherten sich ihr vorsichtig: eine runde Granitsäule, so breit wie ein Mensch und so hoch, dass sie fast bis an die Spitzen der umgebenden Bäume ragte. Der Stein war alt und verwittert und glänzte feucht vom Nebel, doch es wuchsen weder Moos noch Flechten auf ihm. Auch Schlingpflanzen schienen sich nicht an das Gebilde heranzutrauen. Vielleicht lag es an dem Gesang, der von ihm ausging?

Reihen menschlicher Totenschädel waren in die Säule eingearbeitet, sie zogen sich in einer Spirale von ihrem Fuß bis zur Spitze dahin. Kristalle steckten in ihren Augenhöhlen, jeder so groß wie eine Faust. Ihnen wohnte ein kaum wahrnehmbares, bläuliches Leuchten inne. Nur wenn man genau hinsah, erkannte man buntschillernde Partikel, die von ihnen ausgingen. Kriss sah ihre Vermutung bestätigt: Es war ein ælonisches Artefakt, seine Ladung so gut wie verbraucht. Eine singende Säule.

Doch welchem Zweck sie diente – da war sie überfragt.

»Was zum Henker ist das?« Glinn zielte auf das Gebilde, als fürchte er, die Totenschädel im Stein könnten ihn jeden Moment anfallen. Offenbar war er nicht der Einzige, dem es so ging.

»Ihr habt von so einem Ding noch nie gehört, nehme ich an?«, fragte Stara.

»Nein«, sagte Alrik. Den Kopf in den Nacken gelegt, blickte er zu der Säule auf. »Und wenn vorher schon mal ein Fremder hier gewesen ist, hat er nicht lange genug überlebt, um davon zu berichten, vermute ich.«

Kriss und die anderen sahen sich nervös um, doch da war nichts außer dem halb verschleierten, feuchttriefenden Wald.

»Vielleicht ist es ein weiterer Grenzpfeiler?«, überlegte Kriss laut. Sie sah zu ihrem Mentor. Sie hatte ihm von der Grenzmarkierung der Kurúlan berichtet.

»Vielleicht«, sagte Alrik fasziniert. »Was immer es ist, es steht hier schon eine ganze Weile, wie es aussieht.«

Stara hob eine Augenbraue. »Und warum pfeift das Ding vor sich hin?«

»Es könnte eine Warnung sein«, sagte Alrik. »Totenschädel verheißen nichts Gutes. Zumal in Verbindung mit ælonischer Energie. Wartet!«, rief er aus, als Stara sich nach einem Stock bückte – und ihn nach der Säule warf.

Nichts geschah. Es machte Kriss eher noch vorsichtiger, als dass es sie beruhigte. »Vielleicht ist das der Grund für das gestörte Magnetfeld«, sagte sie.

»Möglich«, sagte Alrik. »In der Ælonischen Epoche gab es Vorrichtungen, die Ælon-Partikel verdrängen konnten. Sie funktionieren nicht bei Speicherkristallen, nur bei den Partikeln, die damals frei in der Luft herumgeschwebt sind. Hmm.« Er rieb sich den Bart. »Scheinbar wirkt es sich auch auf Kompassnadeln aus. Um die Navigation zu erschweren.«

»Die Luftbarken der Arkéna, von denen du uns erzählt hast – meinst du, dieses Ding war dafür da, um sie aus der Luft zu holen?«

Alle Blicke richteten sich auf Alrik.

»Denkbar. Wer immer in dieses Gebiet reisen wollte, sollte anscheinend zu Fuß gehen.«

»Wie ein Pilger«, sagte Kriss. »Auf dem Weg zu einem heiligen Ort!«

Alrik wackelte mit den buschigen Augenbrauen. »Wie einem Schrein, zum Beispiel!«

»Sehr schön!« Stara schien zufrieden. »Fragt sich nur, ob dieses Ding uns irgendwie gefährlich werden kann.«

Sie warfen weitere Stöcke nach der Säule. Steine und abgerissene Zweige.

Nichts geschah. Schließlich ging Stara voran. Sie

hob die Hand und berührte zaghaft einen der steinernen Totenschädel. Doch eine Reaktion des Artefakts blieb aus.

Vielleicht ist die œlonische Ladung zu schwach, dachte Kriss. Oder es war gar nicht dafür geschaffen worden, ihnen zu schaden.

»Also gut«, sagte Stara. »Wir können nicht den ganzen Tag hier stehen und Sachen schmeißen. Irgendwo hier wartet ein Schrein auf uns!«

Der erste Teil ihrer Leute folgte ihr und schritt mit misstrauischen oder eingeschüchterten Blicken an dem Granitgebilde vorbei. Kriss und Alrik folgten ihnen, dann die Nachhut. Im Vorbeigehen spürte Kriss ein Vibrieren in der Luft um die Säule.

Das Singen, das sie von sich gab, wurde hinter ihnen leiser, dann hörten sie ein identisches Geräusch von vorn. Nicht lange, und die nächste Säule schälte sich aus dem Nebel. Und die nächste und die nächste – alle mit einigen hundert Klaftern Abstand zueinander. Stara sandte ihre Leute aus: Sie fanden auch in anderen Richtungen baugleiche Artefakte.

»Scheint ein ganzer Wald von den Dingern zu sein«, bemerkte Alrik. »Anscheinend groß genug, um mehrere Quadratmeilen abzudecken. Ich frage mich, wie weit ihre Wirkung mit voller Ladung gereicht haben mag?«

Glinn rieb sich die nassgetropfte Glatze. »Wen interessiert's, solange die Dinger uns in Ruhe lassen!«

»Ich rate trotzdem zur Vorsicht«, sagte Alrik, als sie eine weitere Säule passierten. Fast im selben Moment geriet eine Sternträgerin, die noch heftiger schielte als Lorgis, ins Stolpern und fluchte leidenschaftlich.

Kriss schluckte, als sie das Ding sah, das sie fast zu Fall gebracht hatte: Gelb und fleckig, steckte ein menschlicher Schädel zur Hälfte im Unterholz, so dass sie nur die Schädelkappe sahen und die Augenhöhlen, aus denen Gestrüpp ragte.

»*Schessk!*«, zischte Stara. Sie blickte zur Vorhut. »Passt auf! Wahrscheinlich gibt es hier Fallen!«

Im selben Moment schlug einer von der Handvoll Männer und Frauen, die ihnen voranschritt, ein Netz aus Lianen entzwei –

Etwas schnellte hinter dem Baum hervor und traf den Mann in den Bauch. Er schrie erstickt auf, dann sackte er lautlos in sich zusammen.

Der Schock lähmte Kriss erst, dann ließ er sie am ganzen Leib zittern. Ein grobes Konstrukt aus Ästen und Seilen war hinter dem Baum hervorgeschnappt. Holzpfähle, so spitz wie Schwerter, ragten rot aus dem Bauch des Mannes. Er war augenblicklich tot gewesen.

Kriss drehte sich Alrik zu, er legte seinen Arm um sie. Andere fluchten oder schrien den Namen des Mannes, unter ihnen auch Stara.

Großer Weltengeist, es war so schnell gegangen!

Kriss versuchte, den Toten nicht anzusehen, stattdessen fiel ihr Blick auf die Falle, die ihn getötet hatte. Es war ein kruder Mechanismus aus mehreren großen, biegsamen Ästen, die von einem Seil zurückgehalten worden waren, bis der Mann es zusammen mit den Schlingpflanzen durchschlagen hatte.

Sie erschauderte.

»Nicht-ælonisch«, murmelte Alrik. Auch ihm war der Schrecken deutlich anzusehen. »Sie müssen es später gebaut haben. Großer Weltengeist!«

»*Ich hasse diesen verfluchten Dschungel!*«, brüllte Glinn. Vögel flohen kreischend in den Himmel, doch ohne, dass man auch nur eine Feder von ihnen sah.

Kriss stockte der Atem, als sie daran dachte, wie viele solcher und anderer Fallen es hier noch geben mochte, getarnt vom Grün des Dschungels und dem Grau des Nebels.

»Es hilft alles nichts!« Staras Miene war hart, aber ihre Augen verrieten, wie sehr sie das Ereignis erschüttert hatte. »Wir müssen weiter! Achtet auf jeden Schritt! Vielleicht gibt es versteckte Auslöser im Boden, Stolperfallen!«

Begleitet vom Gesang der Säulen kämpften sie sich weiter voran, Schritt für Schritt, wobei sie immer wieder Äste und Zweige warfen, um das Unterholz vor sich zu prüfen. Wann immer ihnen Schlingpflanzen den Weg versperrten, umrundeten sie sie so weit es ging. Hinter jedem Baum, jedem Ast, jedem Dunstschweif konnte der Tod lauern. Schweiß prickelte unter Kriss' Achseln. Sie dachte an Lian, und dass sie ihn wiedersehen wollte. Sie durfte hier nicht sterben, aufgespießt wie ein Insekt von der Nadel eines Sammlers!

Viermal lösten sie weitere Fallen aus, die scheinbar aus dem Nichts auf sie einschlugen. Doch alles, was sie davontrugen, waren der Schrecken und die erneute Erinnerung daran, nicht auch nur für einen Augenblick ihre Vorsicht fahren zu lassen.

Kriss hatte Stift und Papier aus ihrer Gürteltasche gezogen und fertigte eine Karte an, auf der sie alle Fallen markierte. Gleichzeitig brannte sie sich den Weg in ihr Gedächtnis ein. Wo immer sie konnten, ließen sie die tödlichen Vorrichtungen aus der Ferne zuschnappen, damit der Rückweg frei von bösen Überraschungen blieb. Doch sie fanden nur wenige.

Irgendjemand musste die Fallen immer wieder neu stellen, überlegte Kriss. Doch sie sahen kein Zeichen von Behausung. Keine Gestalten mit Blasrohren oder Speeren zwischen den Bäumen.

»Vielleicht kommen sie alle paar Wochen her und schauen nach, was sie erwischt haben?«, überlegte Alrik. »Vielleicht ist das Gebiet hier zu heilig, als dass sie hier leben.«

»Oder zu mörderisch«, sagte Stara.

Manche Fallen schienen von den Bewohnern des Waldes vergessen worden zu sein: eine war zugeschnappt und fast zur Unkenntlichkeit überwuchert. Im Würgegriff der Schlingpflanzen fanden sie einen durchspießten, menschlichen Rippenkorb – und unweit davon einen verrosteten Helm.

»Sieht nach raxandrischer Infanterie aus«, sagte Alrik. »Vielleicht zweihundert Jahre alt.«

Kriss sah ihn an. »Einer der Sklavenjäger von früher?«

»Oder irgendein Glücksritter. Ich hoffe, er hatte es rasch hinter sich.«

»Macht Euch lieber Sorgen um die Leute, die jetzt hier sind«, sagte Stara.

Kriss sagte ihr nichts davon, dass Alrik nur versucht hatte, sie beide von ihrer Angst abzulenken.

Nicht, dass es ihm gelungen wäre.

Ihr lief es eiskalt den Rücken herunter, als dreihundert Schritte weiter einer von Staras Männern plötzlich schreiend in die Luft gerissen wurde und anderthalb Klafter über ihnen baumelte. Sie konnten ihn unversehrt mit einem Säbelstreich befreien und zu dritt auffangen, kreidebleich, wie er war.

Bald darauf war es Kriss selbst, die schrie, als der Boden unter ihr plötzlich wegklappte. Hätte Alrik sie nicht im letzten Moment gehalten, wäre sie in einen scharfgeschnitzten Tod gestürzt. Auch nachdem sie das Loch weit hinter sich gelassen hatte, brauchte sie einige Zeit, um sich von dem Schrecken zu erholen.

»*Schessk*verdammt noch mal!«, knurrte Glinn. »Wir irren hier schon ewig rum! Wo ist dieser verfluchte Schrein? Woher wissen wir überhaupt, dass wir noch auf dem richtigen Weg sind?«

»Weil die Säulen immer dichter stehen«, sagte Alrik. »Habt ihr es nicht bemerkt? Wir sind nahe dran!«

»Das hoffe ich sehr für Euch, alter Mann«, sagte Stara düster.

»Ich auch ...«, hörte Kriss ihren Mentor flüstern.

Alrik hatte recht, was die Säulen anging: Der Abstand

zwischen ihnen wurde immer geringer. Bald konnten sie die nächsten Säulen voraus und zu den Seiten schon mit bloßem Auge ausmachen.

Sie schienen in Dutzenden Kreisen konzentrischer Ringe aufgestellt zu sein – was immer sich in ihrem Zentrum befand, musste enorm wertvoll sein. *Der Schrein*, dachte Kriss. Es konnte nur der Schrein sein!

Irgendwann maßen die Abstände von Säule zu Säule nur noch ein Dutzend Schritte: ein kleiner, enger Kreis, von nicht einmal hundert Klaftern Durchmesser.

Jenseits davon gab es keine Säulen mehr.

Ein Bauwerk stand mitten im Wald. Die Bäume ringsum reichten höher als die meisten anderen, die sie bislang in den Nebelreichen gesehen hatten: Drei oder vier Klafter über ihren Köpfen bildeten ihre Wipfel ein dichtes Geäst, in dessen Schatten ein massiges Gebilde ruhte.

Kriss brauchte einen Moment, um zu erkennen, was es darstellen sollte. Erst, als sie es halb umrundet hatten, auf jeden Schritt achtend, erkannte sie, dass es die Statue eines Riesen war.

Er ruhte auf einem steinernen Thron, der aus einem einzigen Steinblock ohne weitere Verzierungen gehauen war. Auch der Gigant selbst war aus grauem Stein beschaffen. Sein Körper war massig und breit und schien einer Rüstung nachempfunden zu sein, mit schleifenartigen Ornamenten versehen.

In dem trüben Licht, das durch Lücken im Blätterdach fiel, wirkte sein Gesicht wie eine zornige Maske mit gefletschten Zähnen. Seine Augen schienen aus Onyx, Obsidian oder anderen schwarzen Edelsteinen zu bestehen. Sie schimmerten mit hundert Facetten.

Eine Krone aus Hörnern zierte seinen Kopf, die Ohren wiesen unmöglich lange Ohrläppchen auf, die fast bis zum Kinn reichten. Es war eher das Gesicht eines Dämons als das eines Gottes.

Halb Mensch, halb Ungeheuer ruhte der Riese auf seinem Thron, selbst im Sitzen fast viermal so groß wie der größte Mann aus Staras Kompanie. Doch bis auf ein paar Flechten und Moose, die seinen grauen Leib hier und da sprenkelten, war er frei von Pflanzenbewuchs. Kriss konnte sich gut vorstellen, wie seine Anhänger ihn regelmäßig davon befreiten, während sie zu dem brutalen Gesicht des Riesen hinaufblickte.

»Ist er das?«, fragte Stara.

»Ja!«, sagte Alrik. »Der Herr des Nebels. Großer Weltengeist! Das ist eine archäologische Sensation!«

Dennoch wirkte er weniger begeistert als eingeschüchtert.

Kriss ging es nicht anders. Sie versuchte, nicht in die schwarzen Juwelen zu blicken, die die Augen des Riesen waren. Sie fühlte sich nackt in seinem Blick, angeklagt. Aber das war sinnig, schließlich waren sie allesamt Frevler, die hier nichts verloren hatten.

Möglich, dass die Stämme der Nebelreiche ihren Gott eher fürchteten als liebten. So sehr, dass sie ihm Blutopfer darbrachten, um ihn gnädig zu stimmen – was sehr wahrscheinlich auf dem sarggroßen Steinblock geschah, der einige Schritte vor den Füßen der Statue ruhte. Kriss sah schmutzig braune Flecken darauf. Die Überreste von Blut, vermutete sie. *Ein Altar.*

»Und wo ist jetzt dieser verdammte Schrein?«, fragte Glinn.

»Er sitzt darauf«, sagte Kriss. »Seht!«

Zwischen den gepanzerten Beinen des Riesen, in der blockförmigen Unterseite seines Throns, war eine Doppeltür eingelassen. Sie bestand ebenfalls aus massivem Stein. Glyphen waren darin eingearbeitet – phantastische Muster, die Kriss nicht deuten konnte. Eine dreistufige Treppe führte zu ihr hinauf.

Sie näherten sich ihr im Verbund, jedoch nicht, ohne vorher den Boden zu prüfen.

Alrik drückte Kriss' Hand; er hatte allein Augen für die Statue. »Vielleicht sind wir die ersten Fremden, die das hier sehen!«

Kriss verkniff sich die Frage, ob sie lange genug leben würden, um jemandem davon zu berichten.

»Also«, Stara stemmte die Hand in die Hüfte, »der Schrein ist hier, so weit, so gut. Ich hoffe nur, das gilt genauso für die Fracht!«

»Wir werden es herausfinden müssen«, sagte Alrik mit belegter Stimme. »Im Inneren.«

Kriss sah sich um. »Keine Tempelwächter oder ähnliches ...« Es erfüllte sie mit Unbehagen.

»Vielleicht wagen sie es nur zu bestimmten Gelegenheiten, ihrem Gott unter die Augen zu treten«, sagte Alrik. »Wenn sie Geschenke mitbringen. Wie irgendwelche geheimnisvollen Frachten, die vom Himmel gestürzt sind.«

»Kann uns nur recht sein«, sagte Stara. »Ich glaube, keiner von uns hat große Lust auf ein neues Stelldichein mit tollwütigen Wilden.«

Kriss richtete ihre Brille. »Trotzdem wird es auch hier Fallen geben. Möglicherweise noch raffiniertere als im Wald.«

»In dem winzigen Gemäuer?«, fragte jemand. »Der Kasten unter seinem Gesäß ist kaum größer als ein Schuppen. Wie viele Fallen kann's da drin schon geben?«

Kriss blickte zu den Türen des Schreins. »Im Zweifelsfall«, sagte sie, »immer mehr, als uns lieb ist ...«

{Rätsel und Fallen}

Es gab kein Entkommen.

Widerwillig drang die Erkenntnis in Lians Bewusstsein. Egal, was er versuchen würde, sie waren hier drin gefangen.

Es war wie ein Schlag in den Magen. Natürlich war er noch lange nicht bereit, aufzugeben. Aber so langsam begann ihn das Gefühl der Enge niederzuringen. Die hölzernen Wände ihrer Kabine, oder besser, Zelle, kamen ihm vor wie unüberwindbare Stahlmauern, die immer näher rückten und drohten ihn zu zerquetschen. Wenige Dinge im Leben waren schlimmer für ihn als eingesperrt zu sein. Schon damals im Waisenhaus war es so gewesen, dann in seinen Jahren auf der Straße, wann immer die Gendarmen ihn beim Klauen erwischt hatten. Unter der Kontrolle der Baronin, mit den unsichtbaren Ketten, die sie um ihn gelegt hatte ...

Er fragte sich, ob er diesen Drang nach Freiheit von seinen Eltern geerbt hatte. Hatten sie ihn deswegen weggegeben – weil er ihnen das Gefühl gegeben hatte, in ihrer Verantwortung gefangen zu sein? Er konnte sich nicht vorstellen, dass sie es aus Liebe getan hatten.

Nach Luft schnappend, kämpfte er gegen die Enge in seiner Brust. Nur eine Sache folterte ihn noch mehr als das Gefangensein, und das war der Gedanke daran, was Kriss und Alrik in dem *schessk*verdammten Wald alles zustoßen konnte. Natürlich wusste er, dass Kriss auf sich aufpassen konnte. Trotzdem: Er hätte alles dafür gegeben, jetzt bei ihr zu sein, und sei es nur, um sie in seiner Nähe zu haben. Er glaubte weder an den Weltengeist noch an irgendwelche anderen so genannten höheren Wesen. Aber er betete, dass sie beide heil und sicher zurückkehren würden. Es gab so vieles, das er Kriss sagen musste. Dinge, die er wiedergutmachen wollte.

Auch wenn er keine Ahnung hatte, was anschließend mit ihnen geschehen würde. Was die Kerle mit dem Stern für sie geplant hatten ...

Eins stand fest: Rumzusitzen und sich zu sorgen würde nichts ändern. Wenn er sich unterkriegen ließ, hatte er schon verloren. Er musste in Bewegung bleiben, etwas *tun*. Alles versuchen, was es zu versuchen gab.

So wenig es auch war.

Also tastete er zum hundertsten Mal die Wände ab, in der Hoffnung, dort Schwachpunkte zu finden; er spitzte die Ohren, ob die Wachen im Schiffsgang vielleicht eingenickt waren oder etwas essen gingen. (Sie taten weder das eine noch das andere, so weit er das erkennen konnte.) Doch selbst, wenn er an ihnen vorbeigelangte, das Schiff war voll von den Kerlen. Und sie waren – im Gegensatz zu ihm und den anderen – bewaffnet. Sie würden ihn erschießen, noch bevor er fünf Schritte gemacht hatte.

Davon abgesehen hatten sich laut Alriks Schätzung zu Beginn der Reise über einhundert von denen an Bord befunden. Selbst wenn man die Toten aus dem Dschungel und den Erkundungstrupp, der jetzt unten war, davon abzog, waren nach seinem Geschmack immer noch viel zu viele von ihnen übrig.

Wieder ging sein Blick zum einzigen Bullauge, aber es war seit dem letzten Mal nicht breiter geworden. Das verdammte Ding war gerade groß genug, dass Orvens Moosäffchen hindurchgepasst hätte. Nicht, dass ihm das viel nutzte: Das Tierchen war leider nicht hier. Und er bezweifelte, dass es clever genug war, sich von außen in eine andere Kabine zu stehlen und Schlüssel oder Pistolen mitgehen zu lassen.

»Herr Berris«, sagte Barabell, »bei allem Respekt, aber könnt Ihr Euch nicht endlich hinsetzen?«

Nachdem Lorgis und sie ihre Bewacher lange genug genervt hatten, waren diese so gnädig gewesen, ihnen ein Kartenspiel unter der Tür durchzuschieben. Während Lian auf- und abgelaufen war wie ein Mähnentiger in seinem Käfig, hatten die beiden Luftfahrer auf dem Boden gesessen und Karten geklopft. Aber wenn er ihre langen Gesichter so betrachtete, hatte es ihnen nur wenig Ablenkung gebracht.

»Ich hab lang' genug gesessen«, sagte Lian und unterstrich es, indem er mit den Knöcheln knackte. Er verriet Barabell nichts davon, wie die Enge ihres Gefängnisses seinen Puls antrieb, wie die Unruhe seine Finger kribbeln und seine Beine zittern ließ. »*Korf!*« Verärgert warf er sich auf die quietschende Pritsche und starrte die hölzerne Decke an, als könne er ein Loch hindurchbrennen. »Es muss doch 'nen Weg hier rausgeben!«, murmelte er, nicht zum ersten Mal.

»Ja«, sagte Barabell, »zweihundert Klafter abwärts, wie ein Sandsack.«

»Du bist 'ne echte Hilfe, danke.«

»Ich geb mein Bestes. Ha!«, sagte sie und präsentierte Lorgis ihr Blatt.

Dieser gab ein frustriertes Geräusch von sich. Lian fragte sich, ob er es nicht langsam müde wurde, zu verlieren.

»Großer Weltengeist«, sagte Barabell, »so macht das keinen Spaß. Du spielst noch schlechter als Nesko!«

Die Erwähnung des Jungen sorgte kurz für betretene Stille im Raum. Lian wünschte ihm und der restlichen Mannschaft der *Wolkenbummler* alles Gute. Die drei waren ihre einzige Hoffnung, aus diesem Dschungel zu entkommen. Vorausgesetzt, sie schafften es zuerst, aus diesem Schiff ausbrechen.

Aber er hatte wenig Hoffnung für *sie*.

»Noch eins?«, fragte Barabell.

»Noch eins«, sagte Lorgis und mischte ohne erkennbare Begeisterung die Karten. »Ich schwöre«, murmelte er dabei, »sollten wir hier jemals wieder rauskommen, dann wird sich alles ändern.«

Barabell hob eine Augenbraue. »Was wird sich wie ändern?«

»Keine krummen Dinger mehr.« Mit ernster Miene verteilte Lorgis die Karten. »Keine Schmuggeleien, keinen Sonnenstaub und den ganzen Mist. Nur noch ehrliche Geschäfte. Es wird Zeit, zur Abwechlung mal das Richtige zu tun.«

Lian dachte an das letzte Mal, dass die Luftfahrer das Richtige getan hatten – nämlich Kriss und ihm auf der Suche nach Alrik beizustehen. Es hatte sie überhaupt erst in diese Lage gebracht. Noch ein Beweis, dass es nur sehr wenig Gerechtigkeit gab. Lorgis und seine Leute verdienten Besseres. Verdammt, *er* verdiente Besseres! Kriss und Alrik – sie alle.

Kriss. Wieder sah er sie vor sich: wie sehr er sie verletzt hatte, neulich in Sohendal, und immer wieder danach, ohne es zu wollen. Es tat ihm selbst weh. Verfluchte Worte! Warum konnte er nicht besser mit den Dingern umgehen, anstatt andauernd über sie zu stolpern, wenn es um wirklich Wichtiges ging? Warum konnte er Kriss nicht sagen, was er fühlte? So, dass sie ihn verstand. Und ohne, dass es Tränen gab.

Aber vielleicht war das gar nicht möglich. Vielleicht war die Welt nun einmal so, dass es immer Tränen geben musste, irgendwie. Nur warum konnten es nicht dann und wann mal Freudentränen sein?

Und warum zum Korf *fiel ihm keine Möglichkeit ein, von hier zu entkommen?*

Wieder drohten Frust und Hoffnungslosigkeit ihn niederzuringen. Lian ballte die Fäuste; er kämpfte gerade gegen den Drang an, irgendwo gegen zu schlagen, als er den Gesang hörte, der durch das Schiff ging.

Er hielt inne, lauschte. Auch Barabell und Lorgis horchten auf.

Es klang wie etwas, das man bei einer Andacht sang. Wie nannte man das noch gleich – einen Choral? Es klang feierlich. Und traurig.

Lian erhob sich, er ging zur Tür und presste sein Ohr dagegen. Der Gesang kam von einem weiter entfernten Teil des Schiffs, aber er hörte, wie die beiden Wachen im Gang leise mit einstimmten.

Sie singen für ihre toten Kumpels.

Lian konnte nur einzelne Worte heraushören: *Seelen. Beschütze. Frieden.* Und mehr als einmal ein Wort, das er nicht verstand: *Nahalu.*

Wer waren diese Kerle?

Kriss, dachte er, *wo immer du jetzt auch bist, pass auf dich auf.*

Er konnte nicht zulassen, dass sie sich niemals wiedersahen, ohne dass er ihr gesagt hatte, was ihm auf dem Herzen lag.

Wenn ich nur wüsste, wo du gerade bist ...

Lian, dachte Kriss, als sie die dreistufige Treppe erklomm, *ich wünschte, du wärst jetzt hier.*

Zumindest war Alrik direkt an ihrer Seite. Es nahm ihr einen Teil ihrer Furcht vor dem, was sie im Inneren des Schreins erwartete. Stara und Glinn flankierten die beiden, Pistolen in der Hand.

Natürlich öffnete ihnen das Bauwerk nicht bereitwillig seine Pforten. Lautlos und so wenig greifbar wie der allgegenwärtige Nebel formte sich ein leuchtender Kreis dort, wo die beiden Türen sich trafen. Ein Bild aus Licht, das ein unsichtbarer Finger in die Luft malte. Zwei Glyphen bildeten sich darauf: rechts eine stilisierte Hand, links die Darstellung eines Schwerts.

Kriss war nicht überrascht. »Ein ælonisches Schloss«, verkündete sie den angespannt wartenden Sternträgern.

»Was du nicht sagst«, gab Stara zurück. »Verrat mir lieber, ob ihr es auch aufkriegt!«

Kriss blickte zu Alrik, der wiederum mit ernstem Gesicht die Symbole betrachtete. »Ich bin nicht sicher«, sagte er. »Ich meine, der Mechanismus ist klar, man muss das richtige Zeichen berühren ... Aber wenn wir das falsche erwischen – viele dieser Schlösser sind so gebaut, dass sie sich in so einem Fall für immer versiegeln. Oder wir wecken etwas, das besser ruhen sollte.«

Kriss dachte an die Wächter im Wasserpalast. Fiebrige Hitze brach ihr aus.

»Warum sprengen wir das Ding nicht einfach auf?«, fragte ein Mann mit unzähligen Ringen in den Ohren, der sich bequem auf dem Steinaltar niedergelassen hatte. »Bumm – kein Schloss, keine Probleme!«

»Weil das ebenso verhängnisvoll sein könnte«, sagte Alrik. »Oder schlimmer.«

»Wenn du meinst, dass wir jetzt umkehren«, knirschte Glinn, »dann hast du dich gehörig –!«

»*Die Augen!*«

Sie fuhren alle herum. Die Sternträgerin mit der windschiefen Nase zeigte starr vor Entsetzen hinauf zu dem dämonischen Gott, der über ihnen thronte.

Frostschauer fuhren Kriss' Rückgrat hinab, als sie das Glühen sah, das in den schwarzen Glotzaugen des Herrn des Nebels erwacht war.

Er beobachtet uns!

»Das kann kein gutes Zeichen sein!« Stara zielte mit der Pistole auf den erwachten Riesen. »Macht hin!«

Alrik wischte sich die Stirn ab. Sie war nass vom Dunst. Oder von Angstschweiß.

Kriss versuchte, die riesige Statue zu ignorieren, die sie alle im Blick behielt; sie wollte sich nicht vorstellen, wozu das Ding im Stande war. Stattdessen starrte sie auf die beiden Zeichen aus Licht. »Vielleicht ist es gar nicht so kompliziert! Vielleicht ist es nur ein kleiner Test, der sicherstellen soll, dass allein die Gläubigen Zugang erhalten. So wie beim Tempel von Ri – oder den Katakomben in Golostro!«

»Aber in ihrer Religion wird kein Schwert erwähnt!«, sagte Alrik. »Oder eine Hand. Nicht in den Fragmenten, die wir kennen!«

Ein Grollen verschlug ihnen beiden die Sprache: Es kam aus den Tiefen des Schreins. Nein, nicht aus dem Schrein: aus der steinernen Brust des Riesen darüber. Und es wurde lauter, tiefer.

»Ich würde vorschlagen, ihr beeilt euch!«, sagte Stara.

Kriss erschrak, als sie sah, wie die Symbole allmählich begannen zu verblassen, während das Grollen des Riesen lauter wurde. Der Herr des Nebels wartete auf eine Antwort. Und er war nicht sehr geduldig.

»Wir müssen uns für eines der beiden Zeichen entscheiden«, sagte Alrik, »und das schnell!«

»Sonst passiert was?«, fragte Glinn, seine Stimme gespannt wie ein Draht, während er mit zitternder Pistole auf das Haupt des Riesen zielte. Als ob er dem Koloss etwas hätte anhaben können.

»Das möchte ich lieber nicht rausfinden!«, sagte Stara. »Na los, es kann nicht so schwer sein! Eins von beiden!«

Die Hand oder das Schwert. Kriss' Pulsschlag dröhnte im Einklang mit dem Herrn des Nebels; sie spürte sein Grollen durch ihre Fußsohlen. Die Chancen standen eins zu eins, das richtige Symbol zu berühren.

Oder das falsche.

»Es ist ein Rätsel!«, rief sie aus. »Aber wie sollen wir die Antwort kennen, wenn wir nicht mal wissen, was die Frage ist?«

Die Glyphen waren schon zur Hälfte verblasst. Kriss' Gedanken peitschten durch ihren Kopf, sie sprach sie laut aus: »Die Hand steht für das Erschaffen – das Schwert für die Vernichtung?«

»Geben wir uns als Feinde zu erkennen, wenn wir das Schwert wählen?«, fragte Alrik.

Die Glyphen verblassten zusehends. Das Grollen des Riesen wurde ohrenbetäubend.

»Beeilt euch!«, drängte Stara. »Bevor er aufsteht!«

»Das hilft uns nicht weiter!«, platzte es aus Kriss hervor. »Alrik, die Priester der Arkéna – was war ihnen wichtig? Schnell!«

»Das Übliche, fürchte ich!« Er schüttelte die nervöse Hand. »Gehorsam. Ordnung. Macht.«

»Macht«, murmelte Kriss. »Und ... und wenn die Frage lautet: ›Was ist mächtiger? Die Hand oder das Schwert?‹«

»Das Schwert natürlich!«, sagte Glinn. »Hackt jede Hand glatt ab! Na los, drückt schon!«

»Nein!«, rief Stara. »Ohne die Hand, die es führt, nutzt das beste Schwert nichts!«

Kriss nickte hastig. Das war auch ihr Gedanke gewesen.

Die Zeichen waren nur noch zu erahnen.

»*Los!*«, herrschte Stara sie an.

Kriss holte tief Luft – dann berührte sie die Hand aus Licht. Eine ælonische Illusion ließ sie das Zeichen unter ihren Fingerkuppen tatsächlich *fühlen*.

Sie sahen zu, wie beide Zeichen erloschen, zusammen mit dem leuchtenden Kreis, der sie einfasste.

Kriss und die anderen wagten nicht, sich zu bewegen.

Das Grollen des Riesen hatte sich nicht gelegt. Ein Vibrieren ging durch die Statue. Staub rieselte herab.

Kriss keuchte erschrocken: Der Herr des Nebels bewegte sich! So langsam, dass man es kaum sah, hob er den Oberkörper, gab Spannung auf seine steinernen Arme. Erst jetzt wurde Kriss sich bewusst, dass sein gigantischer Leib nicht aus einem einzigen Stück Fels gehauen war, sondern aus vielen. Dass die reich verzierte Rüstung, die er trug, überall Gelenke aufwies.

Sie riss den Blick zu den Türen, als dort etwas weiß aufblitzte: Der Kreis aus Licht war zurückgekehrt, wie zuvor sternenweiß strahlend.

Zwei neue Glyphen erschienen links und rechts. Kriss traute sich nicht, aufzuatmen. Hatten sie das Rätsel gelöst – oder nur Glück gehabt?

Es spielte keine Rolle, denn der monströse Gott gab sein Grollen nicht auf. Er war immer noch dabei, sich zu erheben, behäbig wie ein Gletscher. Sein riesiges Gesäß hatte sich bereits einen Viertelklafter vom Thron erhoben, während er mit leuchtenden Augen die Menschlein unter sich genau im Auge behielt. Er wartete auf die nächste Antwort. Darauf, dass sie einen Fehler machten.

Sie mussten sich erneut beweisen. Und auch die beiden neuen Glyphen bereiteten Kriss Kopfschmerzen: Links zeigten sich drei Schlangenlinien – sollten sie Wasser symbolisieren? Das Zeichen rechts davon schien einen Berg darzustellen: ein zerklüfteter Buckel mit einer Andeutung von Gletschern, ganz aus Licht.

Auch sie begannen schon, zu verblassen. Erneut hörte Kriss in ihrem Inneren eine Uhr ablaufen, im Einklang mit dem Wüten des Gottes, zu dessen Füßen sie standen.

»Berg und Wasser!« Alrik strich sich fahrig durch das schlohweiße Haar. »Wie lautet diesmal die Frage?«

»Vielleicht ist es dieselbe!«, sagte Kriss. »Vielleicht – vielleicht geht es wieder darum, was mächtiger ist: der Berg oder das Wasser!« Wenn sie sich nicht irrte. Wenn sie die erste Frage richtig interpretiert hatten. Wenn es diesmal nicht um etwas völlig anderes ging.

»Wenn die Frage dieselbe ist«, sagte Alrik, »dann ist die Antwort klar!«

Kriss nickte hastig. »Wasser kann auch den größten Berg aushöhlen«, sagte sie, sich sehr wohl bewusst, wie die Zeichen vor ihren Augen blasser und blasser wurden.

»Wenn man ihm genug Zeit gibt!«

»Zeit, die wir nicht haben!«, erinnerte Stara sie. »Beeilt euch!«

»Aber was, wenn das Ganze etwas ganz anderes darstellen soll?« Alrik suchte Kriss' Blick. Er hatte seinen Rucksack abgeschnallt und ein handgroßes Buch hervorgezogen: *Arkénische Ideoglyphen und ihre Deutung*, lautete der Titel. Er blätterte wild darin herum, dann stoppte sein Finger auf einer Seite. »Doch! Doch, es stimmt! Wasser und Berg!«

Kriss hob die Hand, betete, dass sie abermals richtig lagen.

Wieder leuchteten der Lichtkreis und die Zeichen darin auf, als ihr Finger das Wasser-Symbol berührte.

Neue Zeichen erschienen: ein Auge und ein Blitz. Schon begannen sie, schwächer und schwächer zu werden. Das Schloss gab ihnen immer weniger Zeit. Und der Herr des Nebels hatte sich schon zur Hälfte erhoben. Ein grimmiges Feuer loderte in seinem Blick, während sein Schatten auf sie und Alrik fiel.

Auge oder Blitz? Kriss blinzelte ratlos. Wenn sich die Frage nicht geändert hatte, wenn es immer noch darum ging, was mächtiger war, dann war die Antwort zu einfach – und das konnte nicht stimmen!

Es sei denn, die Zeichen hatten eine andere Bedeutung als die Offensichtliche.

»*Warte!*« Alrik blätterte fieberhaft durch das Buch. »Das ist ein Trick! Ich meine, das Auge – es ist kein Auge!«

»Beeil dich!«, flehte Kriss. »Sie sind kaum noch zu sehen!«

»Das Auge!«, rief Alrik. »Es ist das Zeichen der Seele!«

»Und der Blitz?«

»Steht für einen Blitz! Naturgewalten!«

»Bist du sicher – ich meine, ist die Seele stärker als die Natur?«

»Ja!«

Alrik langte an Kriss vorbei – nur einen Lidschlag, bevor die Zeichen restlos erloschen waren, berührte er das Auge.

Sie alle hielten den Atem an, als die Zeichen und der Kreis wieder verschwanden.

Kriss machte den Fehler, zu dem Riesen aufzublicken. Er hatte sich fast zu seiner vollen Größe aufgerichtet. Den Kopf zu ihnen herabgesenkt, ragte er turmhoch auf. Seine grauen Schultern streiften die Baumwipfel ringsum. Sein Blick schien sie zu durchbohren, lähmte sie für einen Moment.

»Kriss!«, rief Alrik.

Sie musste sich zwingen, sich wieder auf die Türen zu konzentrieren. Der Lichtkreis hatte sich neu geformt – und mit ihm zwei weitere Zeichen, die Kriss in Verwirrung stürzten:

Es waren zwei monströse Fratzen, Alptraumgebilde mit Hörnern und Reißzähnen und riesigen Glotzaugen. Eines davon starrte ihnen grimmig entgegen, das andere wirkte fast, als ob es mit gefletschten Zähnen lächelte.

Kriss schwindelte für einen Moment. Es war unverkennbar das Gesicht des Riesen, der auf sie herabstarrte, einmal bei schlechter Laune, einmal bei besserer.

Der Herr des Nebels stand jetzt, sein Kopf ragte weit über die umgebenden Baumwipfel. Jeden Moment würde er sich in Bewegung setzen.

»W-Was soll das heißen?«, fragte Kriss. »›Wer ist mächtiger: der böse oder nette Gott?‹«

»Ich ... ich weiß es nicht!« Alrik blätterte weiter in seinem Buch, doch ohne eine Antwort zu finden.

Und die Zeichen verblassten viel zu schnell wieder.

»Macht hin!«, rief Stara. »Bevor das Ding losmarschiert!«

... und uns unter seinen Füßen zerquetscht. Die Zunge klebte Kriss am Gaumen. »Aber ... aber es ist beides

derselbe Gott, oder?« Sie sprach so schnell, dass sie sich fast verhaspelte.

»I-Ich glaube schon!«, gab Alrik ebenso hastig zurück.

»Gibt es noch einen Gott, der über dem Herrn des Nebels steht?«

»Nein! Davon ist nichts bekannt!«

Die beiden Gottesfratzen waren mittlerweile so durchscheinend wie Gaze.

Ein Brüllen brandete auf, wie ein Hurrikan, wie eine Feuersbrunst. Der Herr des Nebels stieß seine letzte Warnung aus.

Nackte Furcht trieb Kriss' Gedanken an: Was war mächtiger? Freundlich oder unfreundlich? Aber ein freundlicher Gott konnte genauso stark sein wie ein unfreundlicher!

Was war mächtiger als der höchste Gott der Arkéna? Was, was, *was?*

»Nichts!«, rief Kriss.

Alrik starrte sie an.

»Die Antwort lautet: nichts!«

Ihr Finger stach in die Mitte des Lichtkreises, zwischen die beiden Symbole, wo genau das zu sehen war:

Nichts.

Und sie fasste mitten hindurch, ohne das Gefühl, etwas berührt zu haben.

Sie spürte, wie ihr das Blut aus dem Gesicht wich, als die Lichtbilder verschwanden.

Der Herr des Nebels brüllte so laut, dass ihr Trommelfell zu platzen drohte.

Dann verstummte er. Sie hörten ein Mahlen von Stein auf Stein, als er sich binnen weniger Herzschläge wieder auf seinen Thron niederließ. Dort blieb er sitzen, reglos wie zuvor. Das Feuer in seinen dunklen Augen war erloschen.

Es gab keine neuen Lichtglyphen. Der Boden hatte aufgehört, zu zittern. Die Vögel, die zuvor kreischend in den Himmel geflohen waren, ließen wieder ihr Geträller vernehmen.

So wie alle anderen um sie herum, konnte Kriss nicht atmen, nicht einmal blinzeln, als ein Geräusch aus dem Inneren des Schreins drang. Das Knirschen von Metall auf Stein. Etwas in dem Bauwerk bewegte sich.

Alrik und sie wichen zurück, wobei sie fast von den Treppenstufen hinter ihnen zu Fall gebracht wurden ...

... und die Türen des Schreins schoben sich vor ihren Augen auf.

Kriss stieß die angestaute Luft aus, dann entrang sich ein nervöses Kichern ihrer Kehle.

»Großer Weltengeist!«, hörte sie Alrik keuchen, immer wieder. »Großer Weltengeist ...!«

Der Schrein stand offen – und sie hatten es überlebt! Es dauerte einen Moment, bis Kriss bereit war, es zu glauben. Sie spähte hinauf zu dem Gott, der über ihnen thronte. Doch auch, wenn sein brutales Gesicht sich nicht verändert hatte, schien sein Zorn erkaltet zu sein. Der Herr des Nebels war wieder zu Stein geworden.

»Ich wusste doch, es war eine gute Idee, dich mitzunehmen!«, sagte Stara hinter ihnen. Wenn sie abgebrüht klingen wollte, war es ihr gehörig misslungen.

Alle Blicke gingen zu dem kleinen Raum, der sich hinter den Türen aufgetan hatte. Weiße Kristalle leuchteten an seiner Decke auf. Von Ælon-Teilchen umflirrt, offenbarten sie mit bunten Fresken geschmückte Wände.

Eine Treppe aus schartigem Stein führte hinab in die Tiefe; breit genug, dass vier von ihnen nebeneinander gehen konnten. Das Bauwerk war demnach von innen sehr viel größer als es von außen den Anschein hatte.

Stara teilte ihre Leute auf. Sie selbst und neun ihrer Kumpane würden die Archäologen begleiten. Unter ihnen waren Glinn, der Mann mit der zusammengewachsenen Augenbraue (Togart hieß er, so viel hatte Kriss inzwischen mitbekommen), sowie der Sternträger mit dem Kopftuch, der sich Breyk nannte.

Der Rest des Trupps sollte oben beim Schrein wachen und eine Signalrakete für das Schiff bereithalten. Die offenen Türen wurden mit Brecheisen verkeilt, um ihnen einen Fluchtweg offenzuhalten.

»Also gut«, sagte Stara. »Verschwenden wir nicht noch mehr Zeit.«

»Wartet«, sagte Kriss. »Das Schloss wird nicht die einzige Schutzmaßnahme gewesen sein. Achtet auf jeden Schritt, jede Stufe!«

»Und fasst nichts an«, fügte Alrik hinzu, »ohne dass wir es uns vorher angesehen haben!«

»Jawohl, Euer Majestät«, sagte Stara mit spöttischer Verbeugung.

Mit Kriss und Alrik in ihren Reihen wagten sie den Abstieg in die Tiefen des Schreins.

Die Luft war modrig und feucht; sie erinnerte Kriss an den Grabgeruch im Tempel der Zeit. Ausgeblichene Fresken zierten die Wände. Sie zeigten menschliche Gestalten, den Wald, Krieger mit Speeren und Äxten und immer wieder das mal grimmige, mal etwas weniger grimmige Gesicht des Herrn dcs Nebels. Sie fragte sich, wann das letzte Mal jemand hier gewesen war. Vor Jahren – oder bloß Tagen?

Kriss' Blick glitt von links nach rechts und wieder zurück. Bei jedem neuen Schritt fürchtete sie, weitere Fallen auszulösen, doch ihr Abstieg war ungehindert. Sie erschauderte bei dem Gedanken, dass die Leuchtkristalle über ihren Köpfen sie plötzlich in völlige Finsternis stürzen könnten, aber ihr Schein blieb konstant.

Sie marschierten vielleicht hundert Treppenstufen in die Tiefe, dann erreichten sie einen Torbogen, verziert mit silbernen Schriftzeichen. Eine Tür, ganz aus Stein, öffnete sich von allein und gab den Weg frei in einen sehr viel größeren, ebenfalls hellerleuchteten Raum.

Es war ein Gewölbe. Wie ein langgezogenes Rechteck dehnte es sich vor ihnen aus, vielleicht dreißig Klafter weit. Die Wände waren mit weiteren Fresken verziert.

Es war eine Schatzkammer.

Wie alle anderen staunte auch Kriss mit offenem Mund. Entlang der Seitenwände waren Kelche und Teller aus Gold und Silber angehäuft. Berge von Edelsteinen. Mit Ornamenten verzierte Rüstungen aus Platin. Messer, die aussahen, wie aus riesigen Diamanten geschliffen. Offene Kisten, in denen Münzen und Diademe, Ketten und Ringe glänzten. Statuen aus Jade, aus Rubin, aus Azur. Speicherkristalle, so groß wie Fäuste, in denen ungewirktes Ælon wie Sonnenlicht auf Meereswellen vor sich hinfunkelte.

Schwindel überkam Kriss angesichts all der Schätze, die sich hier aufreihten; all die Kostbarkeiten ließen nur einen schmalen Gang von zehn Schritten Breite in der Mitte des Gewölbes frei.

»Seht euch das an!«, rief der Mann namens Togart. »Mit dem Zeug können wir ein ganzes Königreich kaufen!«

»Oder zwei!«, sagte eine Frau und lachte ungläubig.

Kriss teilte ihre Zuversicht nicht. Je länger sie die Schätze betrachtete, desto mehr wuchs in ihr das Gefühl, dass etwas nicht stimmte: Die Edelsteine und Artefakte glänzten und blinkten, dass es sie fast blendete. Sie waren überirdisch in ihrer Schönheit.

Unwirklich.

Ihr Blick flog durch den Rest des Gewölbes, über die runden Decken mit den Leuchtkristallen, die verzierten Wände, den Torbogen, der am anderen Ende auf sie wartete – und den Boden, der mit großen, viereckigen Fliesen ausgelegt war. Die meisten davon bestanden aus dunklem, glatten Stein. Gravuren waren darin eingearbeitet. Sie zeigten einen Vogel mit ausgebreiteten Schwingen.

Aber vielleicht ein Viertel der Fliesen war aus hellerem Stein gefertigt. Sie verteilten sich hier und dort quer durch den Raum, scheinbar willkürlich und mit zwei, höchstens drei Schritten Abstand zueinander. Auch sie zeigten eine Gravur: ein Vogel, ruhend auf einem Ast.

Der Anblick verstärkte Kriss' schlechtes Gefühl beträchtlich.

»Alrik – der Boden!«

Er hatte es auch schon gesehen. Und es schmeckte ihm ebenso wenig wie ihr. »Das ist garantiert kein Zufall.«

Kriss drehte sich gerade zu den anderen, um sie auf ihren Fund aufmerksam zu machen, da durchlief es sie eiskalt: Einer von Staras Leuten, ein junger Bursche mit kurzgeschorenem Haar, näherte sich wie hypnotisiert einer Truhe voller Geschmeide. Er streckte die Hand danach aus.

»Nicht!«, rief Kriss.

Der Mann blinzelte erschrocken, als seine Finger durch die Schmuckstücke hindurchgingen, als wären sie nichts als bunter Dampf.

»Temsin, du verfluchter Idiot!«, bellte Stara.

»Ich ... ich wollte ...!« Noch während der Mann stammelte, erloschen die Schatzberge zu beiden Seiten wie Kerzenflammen. Ein Beben ging durch den Raum.

»Auf die hellen Fliesen!«, rief Kriss. »Schnell!«

Die Sternträger gehorchten sofort. In Panik suchten sie den Boden ab, sprangen von hier nach dort auf dem Weg zu den helleren Bodenplatten.

Kriss und Alrik steuerten die nächste Fliese an, sie war nur drei Schritte entfernt, zwei, einen –

Die Schreie von Männern und Frauen gellten durch das Gewölbe, als die dunklen Platten unter ihnen wegbrachen und sie mit sich in die Tiefe rissen.

Kriss hörte sich selbst schreien, als ihr der Boden unter den Füßen weggezogen wurde. »Kriss!« Alrik hatte es bereits auf die helle Platte geschafft, er ließ die Hand vorschnellen. Im letzten Moment konnte er sie packen.

Kriss blickte an sich herab – nacktes Grauen durchfuhr sie, als sie ihre Beine ins Leere strampeln sah. Mit zusammengebissenen Zähnen hievte Alrik sie zu sich auf die Fliese. Sie standen Arm in Arm auf der viel zu schmalen Steinplatte und sahen sich um, atemlos, fassungslos.

Wo eben noch der Fußboden gewesen war, klaffte nun ein scheinbar bodenloser Abgrund, randvoll mit Finsternis. Nur drei Dutzend Fliesen schwebten über der Schwärze, wie winzige Inseln in der Luft, gehalten von ælonischer Energie.

Kriss sah Stara und Glinn auf zweien dieser Inseln stehen, jeder eine Handvoll Klafter vom anderen entfernt. Vier ihrer Leute hatten sich auf andere schwebende Fliesen gerettet, vom Schrecken gezeichnet. Der Mann, der die Falle ausgelöst hatte, war nicht unter ihnen. Das Echo seines Schreis geisterte zusammen mit denen der vier anderen, die mit ihm gefallen waren, durch das Gemäuer.

Kriss erschrak, als ein neuer Schrei ertönte: Es war Stara, die ihrer hilflosen Wut Luft machte. Sie nahm ihr Kopftuch ab und fuhr sich durch ihre schwarzen Locken.

»Verflucht«, murmelte Glinn, ein Dutzend Schritte weiter, bleich wie der Tod, »verflucht!«

Kriss' Herz flatterte immer noch wie ein gefangener Vogel. Sie blickte zum Torbogen am anderen Ende der vermeintlichen Schatzkammer. Wie unregelmäßige Trittsteine führten die noch schwebenden Fliesenplattformen dorthin.

»Wir müssen springen!«, rief sie.

Sie sah, wie wenig begeistert die anderen davon waren, angesichts der Leere, die zwischen den einzelnen Fliesen gähnte. Stara stieß einen Fluch aus, dann ging sie mit gutem Beispiel voran: mit flatterndem Mantel sprang sie von einer Fliese zur nächsten. Kriss hörte sie keuchen, als sie aufkam.

»Na los, oder braucht ihr eine schriftliche Einladung?«, rief Stara ihren Leuten zu und winkte sie weiter. Wut lag in ihrer Stimme. Zornige Entschlossenheit.

»Ich springe zuerst«, sagte Alrik zu Kriss. »Ich versuche, dich zu fangen!«

»Kannst du das mit deinem Bein?«

»Ich fürchte, da bleibt mir nicht wirklich eine Wahl. Bereit?«

Nein, sie war überhaupt nicht bereit! Aber er hatte recht: Sie hatten keine Wahl.

Kalter Schweiß brach ihr aus, als sie kurz über den Rand ihrer kleinen, schwebenden Insel blickte. Ihre Höhenangst drohte mit aller Macht auszubrechen.

»Achte nur auf die Platte!«, sagte Alrik, während um sie herum Stara und ihre Leute von einem Stein zum nächsten hüpften, und dabei gehörig ächzten, keuchten und fluchten. »*Kriss!*«

Sie schreckte auf. »V-Verstanden!«

Sie konnte kaum hinsehen, als Alrik tief Luft holte. Den Gehstock in der Hand, zögerte er für einen Moment, dann nahm er einen humpelnden Schritt Anlauf – und sprang.

»Alrik!«, schrie Kriss. Er würde fallen, sie wusste, er würde fallen!

Aber nein, er hatte es geschafft. Mit einem schmerzerfüllten Stöhnen kam er auf der Fliese auf. Er verzog das Gesicht, berührte sein rechtes Bein. Dann legte er den Stock ab. Unter Mühen rappelte er sich auf und winkte ihr mit beiden Händen zu.

»Komm! Ich fang dich auf!« Schweiß glänzte auf seiner Stirn.

Und wer fängt uns beide, wenn ich dich umreiße?, dachte Kriss.

Aber es blieb ihnen keine Zeit für solche Fragen: Ihr

Herz setzte einen Schlag lang aus, als die Steinplatte unter ihren Füßen erzitterte. Schockiert sah sie, wie die anderen Plattformen sich langsam senkten. Genau wie ihre eigene!

Sie war nicht die Einzige, die es bemerkt hatte. »Beeilt euch!«, brüllte Stara. Sie war keine zehn Schritte mehr vom Ende der Halle entfernt. Der kümmerliche Rest ihrer Leute war ihr dicht auf den Fersen.

Kriss holte tief Luft, sie nahm den kurzen Anlauf, der ihr auf der Plattform vergönnt war – und hörte sich selbst schreien, als sie sprang. Für einen entsetzlich langen Moment griff sie nichts als Luft, während unter ihr der Abgrund gähnte.

Alrik breitete die Arme aus – sie würde ihn umreißen!

Im nächsten Moment prallte sie gegen ihn. Doch er hielt sie fest, brachte sie sicher zum Stehen.

»Gut!«, sagte er nach einem kurzen Moment des Verschnaufens. »Weiter!«

Kriss nickte hastig. Sie sah, wie er den nächsten Sprung wagte und durch die Luft flog. Kalter Schrecken durchfuhr sie, als er mit schmerzerfülltem Laut aufkam. Einen Moment lang kämpfte er mit rudernden Armen um sein Gleichgewicht. Dann drehte er sich ihr zu. Sie konnte sich nicht vorstellen, welche Qualen ihm sein Bein bereitete.

Nun war sie wieder an der Reihe. Sie nahm all ihren Mut zusammen. Und sie sprang.

Stara und ein Großteil ihrer Leute hatten es bereits ans Ende des Gewölbes geschafft, dessen Tür sich ihnen bereitwillig geöffnet hatte. Nun standen sie dort und versuchten, den Rest ihrer Kameraden aufzufangen, deren Plattformen langsam aber unaufhörlich sanken.

»Beeilt euch, verflucht!«, herrschte Stara Kriss und Alrik an.

Es war unnötig. Plattform für Plattform kämpften sie sich voran; Kriss versuchte, nicht zu denken, nur zu springen. Die Tür rückte immer näher, Sprung um Sprung. Bald war sie nur noch zwanzig Schritte entfernt, dann zehn, dann fünf ...

Kriss atmete tief durch, als Alrik sich zu den Sternträgern durch die Tür rettete. »Du hast es gleich geschafft!«, rief er ihr zu.

Sie nickte stumm und hastig. Nur noch eine Plattform lag zwischen ihr und der Rettung.

Na komm, hörte sie Lians Stimme sagen, *das is' doch 'n Klacks, das kriegst du hin, los, spring!*

Kriss winkelte die Beine an, sie wollte gerade springen – da kippte die Plattform um neunzig Grad, so wie alle anderen Plattformen um sie herum. Kriss' Füße rutschten über den Stein, sie streckte schreiend die Arme aus. Nur einen Herzschlag, bevor die Steinplatte aufrecht im Nichts stand, konnte sie sich an ihrer oberen Kante festkrallen.

Dort hing sie nun, nach Atem ringend, während ihre Beine vergeblich nach Halt suchten.

»Kriss!« Alriks entsetzter Ruf hallte von den Wänden wider. Sie sah den Schrecken in seinem Gesicht, in denen der anderen.

Sie kämpfte darum, sich am Rand der Fliese hochzuziehen. Die Tür und die anderen waren nur drei Schritte von ihr entfernt – eine Unendlichkeit. Und noch immer sank die Platte, an der sie sich festhielt, in die Tiefe.

»Versuch, einmal um die Platte herumzuklettern!«, rief Alrik, seine Stimme von Sorge und Angst gezeichnet. »Dann spring zu mir, ich halte dich!«

»Ich ...«, keuchte Kriss, »ich kann nicht!«

»Kriss, sieh mich an, sieh nicht nach unten! Komm, du musst klettern, oder du endest wie die anderen!«

Kriss spürte, wie ihr Gewicht an ihr zerrte, wie ihre Finger bereits nachgaben. Sie hatte sich mit dem Kinn über den Rand der Fliese gezogen, jeden Muskel in ihren

Armen anstrengend. Ihre Füße versuchten, Halt auf der vertikalen Platte zu finden, doch sie rutschten immer wieder ab.

»Du schaffst das, Mädchen!«, rief Alrik. »Komm schon, du hast viel mehr Mumm in den Knochen als ich! Ein Seil!«, knurrte er die anderen an, »wir brauchen ein Seil, schnell!«

Kriss biss die Zähne zusammen. Stück für Stück hangelte sie sich zum rechten Rand der Fliese. Dann griff sie mit der rechten Hand darum herum.

»Gut so!«, sagte Alrik. »Gut so, du schaffst das!«

Sie glaubte, zu hören, wie sogar die Sternträger sie anfeuerten. *Natürlich schaffst du das!*, sagte sie zu sich selbst. *Du hast schon ganz andere Sachen hinbekommen. Na los, beweg dich!*

Sie schnappte nach Luft, als sie es auf die andere Seite der Platte geschafft hatte. Nun hing sie mit dem Rücken zu Alrik und den anderen, während die Fliese weiter in die Tiefe sank.

»Kriss!«

Atemlos sah sie über die Schulter und hob den Blick: Die Tür lag bereits zwei Schritte über ihr. Alrik war dort in die Hocke gegangen, eine Seilrolle in den Händen. Er wickelte ein paar Klafter davon ab. »Hier, fang das Seil, wir ziehen dich zu uns rauf!«

Sie nickte wortlos.

»Bei drei! Eins ... zwei ... *drei!*«

Alrik warf das Seil – es flog an Kriss' linker Schulter vorbei, über den oberen Rand der Plattform hinweg. Es blieb darauf liegen, locker gespannt zwischen ihr und Alrik.

»Du musst das Seil greifen!«

Das will ich ja!, wollte Kriss antworten. *Aber ich kann mich nicht bewegen!*

»Kriss, greif das Seil!«

Kriss rührte sich nicht. Jeder Muskel, jeder Knochen

in ihren Fingern schmerzte. Wenn sie jetzt eine Hand nach dem Seil ausstreckte, würde die andere Hand nicht stark genug sein, sie zu halten. Sie würde schreiend in die Tiefe stürzen!

»Bitte, Kriss!«, hörte sie Alrik flehen.

Kriss kämpfte darum, ihre Angst zu überwinden, eine Hand von dem Stein zu lösen und nach dem Seil zu greifen, ihrer einzigen Rettung. Es war, als würde sie versuchen, einen Berg zu heben. Sie schwitzte aus jeder Pore. *Tu es!*, befahl sie sich. *Tu es, jetzt, verdammt noch mal, los, los, los!*

Langsam löste sich ihre linke Hand von dem Fliesenrand – Kriss hörte sich selbst ungläubig ächzen, als sie die rohe Seilfaser in ihrem Griff spürte.

Aber sie merkte auch, wie das Seil sich langsam spannte, während die Plattform sie beständig in die Tiefe zog.

»Die andere auch!«, rief Alrik. »Keine Sorge, wir halten dich!«

Kriss' Hand klammerte sich so fest an das Seil, wie an den Gedanken an Lian. Sie hatte ihm versprochen, dass sie sich wiedersehen würden. Sie schrie gegen ihre Angst an – dann griff sie auch mit der anderen Hand nach dem Seil.

Für einen Moment segelte sie über den Abgrund hinweg, als das Seil in Richtung Wand schwang. Kriss ächzte, als sie mit der rechten Schulter schmerzhaft gegen das Mauerwerk schlug, aber sie ließ nicht los.

»Gut so, gut!«, hörte sie Alrik atemlos rufen. »Schön festhalten! Wir ziehen dich rauf!«

Kriss kniff die Augen zusammen, während sie in die Höhe gezogen wurde. Sie hörte die anderen gegen ihr Gewicht ankämpfen, hörte, wie das Seil unter der Belastung knarrte.

Dann griffen mehrere starke Hände nach ihr und zogen sie zu sich. Alrik war bei ihr, er hielt sie, drückte sie.

»Du hast es geschafft, Mädchen!«, sagte er lachend und klang gleichzeitig, als würde ihm ein Schluchzen im Halse stecken. »Du hast es geschafft!«

Kriss' Beine zitterten immer noch, ihr war schwindelig, das Herz schlug ihr bis zum Hals. Aber sie fand überraschend schnell ihren festen Stand wieder.

Alrik legte ihr die Hand auf die Schulter. »Geht es wieder?«

»Ja.« Sie versuchte ein Lächeln. »Ja, es geht. Und ... dein Bein?«

Er zwinkerte ihr zu. »Bringt mich nicht um«, sagte er. Aber sie sah, wie er es anzog, als würde die geringste Belastung ihm Qualen bereiten.

»Seht euch das an!«, rief Glinn und zeigte an Kriss vorbei.

Sie drehte sich um: Die dunklen Plattformen schwebten wieder aus der Tiefe empor, so leicht wie Herbstlaub, das der Wind himmelwärts blies. Gleichzeitig stiegen auch die hellen Fliesen wieder auf und drehten sich abermals um neunzig Grad. Ein Fußboden bildete sich, die Schatzillusionen erwachten zu neuem Leben. Sie funkelten und glitzerten wie zuvor. Nur die Menschen, die der Abgrund verschluckt hatte, blieben fort, als hätte es sie nie gegeben.

»Wer immer dieses Gemäuer entworfen hat«, knurrte Stara, »gehört erschossen und erwürgt!«

Niemand widersprach ihr.

{Der Quader}

Sie ließen das Gewölbe hinter sich. Kriss stützte Alrik, der bei jedem Schritt das Gesicht verzog. Ein kurzer Gang mit bleichen Fresken führte sie zu einer weiteren Steintür. Als sie sich ihr näherten, öffnete sie sich von allein. Kristalle leuchteten in dem Raum dahinter auf.

Es war ein zweites Gewölbe, so groß wie jenes, das sie eben passiert hatten. Darstellungen des Herrn des Nebels waren allgegenwärtig. Unter ihren grimmigen Blicken reihten sich Altare aus poliertem Stein ringsum an den Wänden, verziert mit Gold, Silber und Edelsteinen.

Artefakte ruhten darauf, weniger phantastisch als die Illusionen, die ihnen zuvor den Atem verschlagen hatten, aber dafür umso realer, das fühlte Kriss.

Sie sah Schwerter aus Stein, silberne Speere, Berge mit grünspanigen Münzen aus verschiedenen Königreichen, und verbeulte Rüstungen, mit reichen Ornamenten verziert. Hier hing eine Vielzahl von Amuletten an einem hölzernen Gestell, dort ruhte ein Totenschädel, aus einem riesigen Stück Quarz geschliffen. Es gab wunderschön gestaltete Vasen, Totenmasken, goldene und silberne Statuen von Schlangen, Spinnen, Baumkatzen und anderen Dschungeltieren. Und mehr. Viel, viel mehr.

Treibgut der Jahrhunderte. Erbeutete Schätze anderer Stämme. Die Hinterlassenschaften von Fremden, die ihren Vorstoß in die Nebelreiche mit dem Leben bezahlt hatten. Opfergaben für den Herrn des Nebels.

Nicht alle davon waren sofort zu identifizieren. Auf der anderen Seite der Halle entdeckte Kriss einen Altar, auf dem ein halbes Dutzend *Dinge* verteilt lagen: Sie waren allesamt aus einem Metall gefertigt, das wie Bronze schimmerte. Manche wirkten wie skeletthafte Arme, andere wie dürre Beine. Es gab etwas, das fast wie ein menschlicher Torso aussah. Dort, wo die Brust gewesen wäre, stand eine Klappe offen. Ein Kristall war darin eingelassen, beziehungsweise seine zersplitterten und zerbröselten Überreste. Wenn es die Einzelteile irgendwelcher ælonischer Maschinen waren, dann war ihre Ladung lange aus ihnen entwichen.

Ebenso sonderbar war der Quader, der auf dem Altar direkt daneben ruhte. Er war nur wenig kleiner als Kriss, dafür dreimal so breit. Das blauschwarz marmorierte Material, aus dem er bestand, schien halb Metall, halb Stein zu sein. Silberne Schleifenmuster verzierten das klobige Ding. Kriss war nicht die Einzige, die es entdeckt hatte.

»Es ist hier!«, hauchte Stara. »Das verfluchte Ding ist wirklich hier!«

Ihre Leute wirkten ähnlich ergriffen. Sie jubelten, klopften sich freudig auf die Schultern oder fielen einander in die Arme. »Endlich!«, sagte einer von ihnen, den Tränen nah. »Endlich! Nahalu sei gepriesen!«

Nahalu. Kriss horchte auf. War das der Name ihres Gottes? Wenn ja, dann verriet er ihr nichts.

»Freut euch nicht zu früh«, sagte Glinn. »Erst mal müssen wir das Ding hier rausschaffen, ohne dass uns der Boden wieder unter den Füßen wegbricht!« Es dämpfte die Stimmung ein wenig.

Sie prüften den Boden mit ihren Säbeln, doch die Fliesen unter ihren Füßen blieben an Ort und Stelle. Niemand wagte es, eines der anderen Artefakte auch nur anzusehen, während sie sich dem schimmernden Quader näherten.

Kriss und Alrik tauschten einen verwirrten Blick. Keiner von beiden konnte sich einen Reim auf das Ding machen.

»Phærion hat etwas von einem Behälter gesagt«, flüsterte Kriss. »Aber ich sehe keine Klappen oder ähnliches ...«

»Da sind wir schon zwei«, sagte Alrik leise. »Aber diese silbernen Verzierungen waren zur Zeit von Königin Sendrena groß in Mode.«

Kriss richtete ihre Brille. Stammte der Quader also aus derselben Epoche wie das Wrack am Schädelberg? Ihre Wissbegierde wurde quälend. Was befand sich in dem Ding? Was machte es so wertvoll für diese Leute – für Phærion?

Bald standen sie im Halbkreis um das Artefakt. Stara näherte sich ihm. Kriss sah ihr Gesicht auf seiner Oberfläche widerspiegeln.

»Vorsichtig!«, mahnte sie.

»Irgendwann müssen wir es schließlich wagen«, sagte Stara. Sie hob die Hand und streckte sie vorsichtig nach dem Quader aus. Alle hielten den Atem an, als sie ihn berührte.

Aber nichts geschah.

Stara zeigte ein winziges, erleichtertes Lächeln. »Du hast uns ganz schöne Scherereien gemacht, du verfluchtes Mistding«, flüsterte sie dem Quader zu.

»Was ist das?«, fragte Kriss.

»Hoffnung«, sagte Stara. Sie drehte sich ihren Leuten zu. »Wir haben was wir wollen. Schaffen wir das Teil hier raus, damit Phærion es endlich öffnen kann!«

Glinn und zwei andere traten zu ihr. Sie waren sichtlich überrascht, wie leicht sich der Quader vom Altar heben ließ. Kriss stockte der Atem in Erwartung weiterer Fallen. Aber sie blieben aus. Es trug nichts zu ihrer Entspannung bei.

Während der Rest der Sternträger sie an die geladenen Waffen in ihren Rücken erinnerte, verfolgten Kriss und Alrik, wie Stara und die anderen den Quader behutsam auf die Seite legten. In Ermangelung von Griffen schlangen sie Seile um das Ding und trugen es zu dritt.

»Und was wird jetzt aus uns und unseren Freunden?«, fragte Kriss. »Nun, da Ihr habt, weswegen Ihr gekommen seid.«

Stara zeigte ihr Säbelzahnwolflächeln. »Abwarten, Kleine. Noch sind wir nicht aus diesem Gemäuer raus.«

Von ihr angeführt, kehrten sie zurück in das erste Gewölbe mit seinen trügerischen Schätzen. Stara prüfte die ersten Bodenplatten, doch sie gaben nicht nach.

»Wenn einer von euch hier was anfasst«, sagte sie, »knall ich ihn eigenhändig ab!«

Kriss und Alrik ließen sich von ihren Bewachern durch die Halle führen. Kriss kämpfte ständig mit der Angst, erneut in die Tiefe zu stürzen. Doch der Boden hielt. Sie verließen das Gewölbe und erklommen die hundertstufige Treppe zurück in die Oberwelt.

Kriss schwirrte der Kopf vor Fragen: Worin bestand die Hoffnung, von der Stara gesprochen hatte? Die Aussicht, ihre Feinde zu zerschmettern?

Und was würden die Sternträger mit Alrik und ihr anstellen? Mit Lian und den anderen? Hatten sie zusammen mit dem Fund des Quaders ihre Nützlichkeit erfüllt?

Würden die Nebelreiche ihr Grab werden?

Noch bevor sie die Türen nach draußen passiert hatten, sahen sie den Rest des Trupps unversehrt vor dem Schrein warten.

»Wir haben sie!«, rief Glinn ihnen entgegen. »Wir haben die vermaledeite Kiste!«

Der Jubel der anderen währte nur kurz. »Wo ist der Rest?«, fragte jemand irritiert.

»Sie haben's nicht geschafft«, sagte Stara tonlos. Die Leute um sie herum senkten den Blick, fluchten oder murmelten Segen für die Toten. »Ihr habt nichts gehört? Keine Schreie, gar nichts?«

Nein, hatten sie nicht. Nichts als Stille war aus dem Schrein gedrungen. Kriss vermutete ælonische Felder, die verhindert hatten, dass etwas von dem Geschehen unter der Erde nach außen gelangte.

Wir hätten dort unten sterben können. Erst jetzt drang

diese Tatsache wirklich zu ihrem Bewusstsein durch – und ließ sie zittern.

»Zündet die Rakete«, sagte Stara. »Wird Zeit, dass wir diesen verdammten Wald hinter uns lassen!«

Niemand hatte Einwände. Die Rakete flog zischend und rauchspuckend durch das Blätterdach und explodierte kurz darauf am Himmel, während vier weitere Mitglieder von Staras Trupp den anderen halfen, den Quader aus dem Schrein zu schleppen.

Kaum hatten sie das Artefakt durch die Türen geschafft, begann der Boden unter ihren Füßen zu beben. Ein Brüllen ertönte, als würde die Erde selbst aufschreien.

Kriss und die anderen wirbelten herum.

»Oh nein«, sagte Kriss, »nein, nein, nein!«

Starr vor Schreck sahen sie zu, wie erneut ein Feuer in den Augen des Riesen erwachte. Schneller, viel schneller als beim letzten Mal, so als habe sein letztes Erwachen die Steifheit aus seinen steinernen Gliedern vertrieben, erhob sich der Herr des Nebels von seinem Thron. Ein fast acht Klafter großes Monstrum, höher als die Bäume ringsum. Es sah auf sie herab und hob den rechten Fuß –

»Lauft!«, brüllte Stara. Nicht, dass es nötig gewesen wäre. Sie und ihre Leute, Kriss und Alrik – sie alle hatten längst die Flucht ergriffen und rannten vor dem Riesen davon. Die Erde bebte, als er ihnen den ersten Schritt nachsetzte, dann den zweiten. »Ich wusste es!«, keuchte Glinn, »Verdammt, ich wusste es!«

Sie liefen in die Richtung, aus der sie gekommen waren. Den Quader zwischen sich, passierten sie den Ring aus Granitsäulen um den Schrein.

»Die Fallen!«, rief Kriss. »Achtet auf die Fallen!«

Ein Schrei gefror ihr das Mark in den Knochen: Die Warnung war für einen von ihnen zu spät gekommen.

Sie hörte Alrik bei jedem Schritt fluchen und ächzen. Kriss versuchte, ihn zu stützen, während sie durch das Gestrüpp hetzten. Er war bleich, Schweiß stand auf seiner

Stirn, aber er kämpfte sich weiter voran. Ihm blieb keine andere Möglichkeit. Keinem von ihnen.

Kriss hatte ihre Karte mit den Fallen aus der Gürteltasche gezogen. »Bleibt dicht bei mir!«, keuchte sie und hoffte, dass sie die meisten Fallen entdeckt hatten, dass sie sich selbst und die anderen nicht direkt in den Tod führte.

Und in all der Zeit blieb der Herr des Nebels dicht hinter ihnen. Jeder Schritt von ihm erschütterte die Erde und ließ die Bäume erzittern – sie hörten das Krachen von Holz, als er die lästigen Hindernisse einfach zur Seite schlug, als wären sie nichts als Schilf.

Das Donnern von Musketen und Pistolen mischte sich unter das Stampfen seiner Schritte. Stara und ihre Leute feuerten auf den steinernen Gott, doch die Bleikugeln blieben so wirkungslos wie Hagelkörner. Kriss fürchtete, dass die Speicherkristalle, die das Monstrum antrieben, sich tief unter seiner Steinhaut befanden.»Er will den Quader!«, rief sie.

»Nur über meine Leiche!«, gab Stara zurück.

Kriss konnte es nicht verhindern: Immer wieder blickte sie über die Schulter und bereute es im selben Moment. Für alle zehn Schritte, die die Menschen taten, brauchte der Riese nur einen zu tun, während er sich krachend und stampfend durch den Wald schob, und dabei so laut brüllte, dass es bis in die Grundfesten der Erde reichen musste. Sie spürte die ælonische Intelligenz, die seine leuchtenden Augen bargen. Hinter sich zog er eine Spur der Verwüstung her: knietiefe Eindrücke in der feuchten Erde, zertretene Pflanzen, zur Seite gedrückte und entwurzelte Bäume.

Tote Menschen.

»Vorsicht!«, rief sie aus, als sie sah, wie der Riese im Vorbeigehen eine singende Säule aus dem Boden zog – dann holte er aus und warf das Artefakt wie einen dicken Speer.

Eine Handvoll von Staras Leuten wurde von dem Geschoss umgerissen, ihre Schreie brachen mittendrin ab, und Kriss fühlte nichts als nacktes Grauen. Schon packte der wütende Gott die nächste Säule und holte abermals aus; sie flog nur wenige Schritte an Kriss und Alrik vorbei und entwurzelte krachend einen Baum.

»Ausschwärmen!«, rief Stara. Ihre Leute verteilen sich in alle Richtungen. Sie selbst blieb bei Glinn und den anderen, die den Quader über Stock und Stein trugen.

Ein Felsbrocken flog durch den Dunst. Holz krachte und Splitter flogen ihnen hinterher.

Ein Schrei ertönte. Kriss blickte sich keuchend um. Eine junge Frau war gestolpert, über eine Wurzel, einen Ast – es spielte keine Rolle. Der Herr der Nebels stapfte auf sie zu.

»Vea!«, rief Stara. Kriss sah, wie sie kehrt machen wollte, um der Frau zu helfen.

Aber es war zu spät. Der Fuß des Riesen fiel auf Vea herab; sie schrie. Dann verstummte ihr Schrei für immer.

»Gebt ihm das verfluchte Ding!«, rief Alrik. »Bitte!«

Aber Stara dachte nicht daran. Einer ihrer Männer wurde von einem entwurzelten Baum begraben. Staras Gesicht verriet nichts als Schrecken und Wut, aber sie trieb ihre Leute weiter voran.

Kriss lauschte nach dem Brummen von Luftschrauben, doch alles, was sie hörte, war das Grollen des Riesen und das Krachen seiner Schritte. Der nebeldurchwirkte, grüne Baldachin über ihnen verwehrte den Blick zum Himmel. War das Schiff bereits auf dem Weg? Hatten sie die Rakete überhaupt gesehen?

Seitenstechen ließ sie japsen, Flecken tanzten vor ihren Augen. Auch Alrik verließ mit jedem Schritt merklich die Kraft. Als Kriss sich umsah, war der Riese keine zwanzig Schritte hinter ihnen. Er hatte einen jungen Baum aus dem Boden gerissen und schwang ihn wie einen Knüppel. Zwei Sternträger flogen schreiend durch die Luft.

Sie blickte nach vorn in den Wald. Das Herz blieb ihr fast stehen, als direkt vor ihr ein Holzarm hinter einem Baum hervorschwang. Die mörderisch spitzen Pfähle an seinem Ende stoppten nur knapp eine Armeslänge vor ihrem Gesicht.

»*Kriss!*«

Alrik riss sie beide in letztem Moment zur Seite, als ein Felsen heransauste. Wie ein Komet durchschlug er einen Baumstamm, die Baumkrone fiel ihnen entgegen.

Kriss schrie auf, sie und ihr Mentor warfen sich ins Unterholz. Der halbierte Baum verfehlte sie nur knapp.

»Weiter, weiter, weiter!«, drängte Alrik atemlos. Kriss und er stemmten sich auf und liefen, so schnell es ihre müden Beine erlaubten.

Kein Dutzend Schritte entfernt konnte Kriss Staras Umriss ausmachen. Sie zog im Laufen etwas aus ihrem Rucksack, nicht größer als ihre Faust und eisengrau schimmernd. Sie hielt die Granate in der einen Hand und griff mit der anderen in die Tasche. Ein winziges Licht flammte auf – ein Schwefelholz. Dann brannte eine weitere Flamme. Die Lunte sprühte Funken.

Mit einem wütenden Schrei warf Stara die Granate nach dem Riesen. Ungewollt folgte Kriss' Blick dem Geschoss. Ihr ganzer Körper spannte sich an, während sie auf den Knall wartete und sich gleichzeitig davor fürchtete.

Die Granate landete im Unterholz. Der Riese stapfte nichtsahnend darauf zu. *Gut so!* Kriss hatte Schwierigkeiten, zu atmen. *Gut so! Noch einen Schritt! Ja!*

Dann bückte sich der zornige Gott nach dem winzigen Ding, er streckte die monströse Hand aus. Seine Finger rissen die Eisenkugel zusammen mit einer Schubkarre voll Erde und Pflanzen aus dem Boden. Er holte aus – und schleuderte seine Beute durch die Baumkronen. Als der Donnerhall der Explosion ertönte, war der Herr des

Nebels bereits weitergestapft. Sein Brüllen wirkte fast triumphierend.

Jemand anders folgte Staras Beispiel: Kriss erschrak, als eine weitere Explosion ohne Warnung losdröhnte. Ein Feuerball zerriss Bäume und singende Säulen, doch ohne den Riesen zu erreichen.

»*Schessk!*«, hörte Kriss Stara fluchen. Die Frau griff erneut in ihren Rucksack. Während sie sich immer wieder nach dem Riesen umsah, förderte sie eine weitere Granate zu Tage.

Sie bemerkte nicht das Holzkonstrukt, das sich kaum einen Klafter in ihrer Laufrichtung spannte, halb versteckt von Geäst und Nebeldunst.

»Stara!«, rief Kriss.

Sie ließ Alrik los und brach zur Seite aus. Noch bevor Stara begriff, was geschah, warf sich Kriss ihr entgegen und riss sie mit sich.

Im gleichen Moment schnappte die Falle zu: Angespitzte Holzpflöcke schossen wie die Klauen eines gigantischen Raubtiers auf sie zu.

Doch sie griffen ins Leere.

Die Augen weit aufgerissen, starrte Stara Kriss an. Ihr war klar, wie knapp sie dem Tod durch Aufspießen entgangen war.

»Du ...!«, stammelte sie fassungslos.

»Stara!«, rief Glinn und zerrte sie im Laufen mit sich. Die Jagd ging weiter.

Die Eisenkugel war im Unterholz verschwunden, als Kriss Stara zur Seite gerissen hatte. »Das war meine letzte Granate!«, rief die Sternträgerin.

»Ich ... hab noch ... eine!«, rief Glinn außer Atem.

»Wir müssen ... ihn irgendwie ... verlangsamen!«, brachte Alrik schmerzerfüllt vor. »Ihn ... ins Stolpern bringen! Vielleicht ... können wir ihn dann sprengen!«

Kriss blickte auf die Karte mit den Fallen. Sie fand den Punkt, der die Stolperfalle markierte, in der sie auf dem

Hinweg beinahe geendet wäre – das Loch, aus dessen Boden tödliche Spitzen ragten. »Ich weiß wie!«, rief sie. »Mir nach! Und bleibt mit dem Quader dicht hinter mir!«

Er ist unser einziger Köder ...

»Tut, was sie sagt!«, rief Stara ihren Leuten zu. »Ihr anderen: Haltet Abstand!«

Kriss suchte den Boden vor sich ab, doch alles, was sie sah, waren halb verschleiertes Geäst und feuchttropfende Farne. Das Loch musste bald in Sichtweite kommen. Oder hatte sie sich geirrt, hatte sie die Karte falsch gelesen?

Sie war sich des Donners schmerzhaft bewusst, der hinter ihnen krachte; dem Brüllen des Riesen, der näher kam und näher, mit jedem seiner welterschütternden Schritte. Ihr Seitenstechen schmerzte wie brennende Messer, die ihr jemand in die Hüften bohrte.

»Das Schiff!«, hörte sie jemanden rufen. »*Wo bleibt das verfluchte Schiff?*«

»Passt auf!«, brüllte jemand im selben Moment, und Kriss schrie auf, als dicht neben ihr eine Säule gegen eine andere schlug. Sie barsten krachend; Kriss hob den Arm, als ihnen Granit- und Kristallsplitter entgegenregneten.

Als sie den Arm wieder sinken ließ, sah sie – durch den Dunst des Dschungels nur halb wirklich erscheinend – das Loch im Boden. Noch einen Schritt und es wäre ihr zum Verhängnis geworden.

»Hier ist es!«, rief sie und schluckte bitteren Speichel.

Mit Alrik an ihrer Seite lief sie an dem Loch vorbei. Die anderen blieben dicht hinter ihnen, fluchend und keuchend vor Anstrengung, den Quader zwischen sich.

»Hier sind wir, du Steinklops!«, rief Stara und winkte dem Riesen mit beiden Armen zu. »Komm und hol uns, wenn du kannst!«

Der Herr des Nebels antwortete mit einem Brüllen. Kriss hob den Blick und sah, dass seine leuchtenden

Augen einzig auf den Quader gerichtet waren, nicht auf das Loch, dem er immer näher kam.

Bitte!, flehte sie in Gedanken. *Bitte ...!*

Der steinerne Gott riss im Vorbeigehen einen Baum aus dem Boden. Visierte sie an, während er unbeirrt weiterstapfte. Er holte aus – und brüllte erneut, als sein rechter Fuß den Rand des Lochs berührte. Die Erde brach unter seinem hausschweren Gewicht ein. Er kippte zur Seite, als sein rechtes Bein in dem Loch verschwand; seine gewaltigen Hände stemmten sich in den Boden, in dem Versuch, sich wieder herauszuziehen.

Kriss hüpfte das Herz in der Brust. *Es hat funktioniert!*

»Glinn!«, rief Stara.

Glinn hatte bereits seine Granate gezogen und die Lunte gezündet. Er warf die Kugel nach dem Riesen. Sie landete einen Klafter von ihm entfernt und rollte noch einen halben Klafter durch das Unterholz.

Kriss' Hoffnung verwandelte sich in schieres Entsetzen, als der Riese das funkensprühende Ding wahrnahm. Er brüllte, seine linke Hand schwang durch die Luft wie ein Rammbock – und schlug die Granate zusammen mit einem Schwall von Erde und Vegetation nach rechts.

»Nein!«, rief Kriss – doch das Wort wurde von der Explosion übertönt. Bäume wurden von ihrer Macht auseinandergerissen, brennende Äste und Splitter flogen durch die Luft.

Kriss und die anderen rannten um ihr Leben, als der Herr des Nebels erneut seine Hände in den Boden stemmte und sich aus der Falle befreite. Nur einen Moment später ertönte hinter ihnen wieder das Donnern seiner Schritte, das Krachen entwurzelter Bäume. Und sein Brüllen, wütender und hasserfüllter als jedes Geräusch, das Kriss je gehört hatte.

Doch diesmal donnerte es nicht auf sie herab, sondern hinauf zum Himmel.

Verwirrt riss Kriss den Blick herum: Der Riese starrte

in das nebelige Blau über den Baumkronen, seine steinernen Kiefer waren weit aufgerissen.

Ein Donnerschlag ertönte – das Donnern von Kanonen! Etwas sauste aus dem Himmel, es traf die rechte Schulter des Riesen und schlug ein großes Stück davon in tausend Splitter.

»Sie sind hier!«, jubelte Stara.

Die nächste Kanonenkugel schoss aus dem Himmel. Der Riese hob abwehrend die linke Hand – und tobte, als diese in Granitsplitter zerfetzt wurde.

»Steht nicht rum und gafft!«, rief Glinn. »Weiter, solange wir noch können!«

Sie setzten ihre Flucht fort. Endlich, endlich hörte Kriss das Brummen der Luftschrauben über ihnen. Ein großer Schatten hatte sich über das Blätterdach geschoben. Doch wie nah – oder wie fern – das Schiff war, konnte sie nicht sagen.

Lian, dachte sie.

Dann sah sie, wie der Herr des Nebels eine singende Säule schnappte und in den Himmel warf.

»Nein!«, schrie sie.

Sie fürchtete, eine Explosion zu hören, doch die Säule schien das Schiff verfehlt zu haben – nur einen Moment später hörten sie den Granitpfeiler irgendwo im Wald aufschlagen. Die *Sturmbrecher* antwortete mit Kanonendonner, doch sie verfehlte ihrerseits das Ziel: Der tobende Gott duckte sich unter dem heranrasenden Eisenball hinweg. Im selben Augenblick, als das Geschoss hinter ihm einen Baum sprengte, stapfte er auf die nächste Säule zu.

»Glinn!«, rief Stara. »Bitte sag mir, dass du noch eine Granate hast!«

»Was zum Henker ist da los?« Lian drückte sein Gesicht an das Bullauge, als der erste Kanonenschuss ertönte.

Doch alles, was er sah, war das Meer von Bäumen und das zerrissene, rauchige Leichentuch, das darüber hing. Warum musste das *schessk*verdammte Fenster in die falsche Richtung zeigen?

Irgendetwas war mit Kriss, das spürte er. Sie war in Gefahr – und sie waren hier eingepfercht, während seine Sorge um sie ihn verrückt machte.

Wieder hörten sie das Schiff feuern, er konnte die Gewalt seiner Kanonen durch den Boden spüren.

»Die kämpfen!«, sagte Lorgis.

»Was du nicht sagst!«, gab Barabell zurück. »Aber gegen wen?«

Ein Schlag erschütterte die *Sturmbrecher*; ächzend wurden sie von ihren Füßen gerissen. Überall im Schiff ertönten Schreie und Poltern und das Splittern von Glas. Der Boden schwankte wie bei hohem Seegang. Lian kauerte auf dem Boden, Schmerz pulsierte an seiner Stirn. Das war ein Treffer, aber nicht gegen die Gondel – irgendetwas Mächtiges war gegen die Ballonhülle geschlagen! Hatte es sie beschädigt, drohte ihnen ein erneuter Absturz?

Langsam ließ das Schaukeln der Gondel nach. Mit seinem Schwindelgefühl ringend, rappelte er sich auf, und kämpfte sich bis zur Tür vor. Im Schiffsgang hörte er nervöse Stimmen durcheinander rufen. Er hämmerte gegen das Holz. »*Schessk*verdammt noch mal, was is' da los? Lasst uns hier raus oder ich schlag die verfluchte Tür ein!«

Aber niemand antwortete ihm. Lian schluckte.

Kriss, dachte er. *Kriss, bitte sei am Leben!*

Der steinerne Gott brüllte den Himmel an, er machte Anstalten, seinen Granitspeer gegen das Schiff zu werfen.

»Glinn!«, rief Kriss. »*Jetzt!*«

Glinn ließ sich das nicht zweimal sagen. Er schleuderte die Granate nach dem Riesen – sie landete mit brennender Lunte direkt vor seinen Füßen. Sein Blick aus dunklen Edelsteinen zuckte zu Boden ...

... im selben Moment, als die Eisenkugel in einer Feuerblüte detonierte. Die Beine des Riesen wurden auseinandergerissen, Steinsplitter flogen und eine Wolke aus schillernden Partikeln stieg auf. Mit einem Heulen stürzte die lebendige Statue nach vorn und riss dabei eine Handvoll von Bäumen um. Der Boden bebte.

Kriss, Alrik, Stara und die anderen sahen sich im Laufen um, sie jubelten – bis der Herr des Nebels den Kopf hob und sie anstarrte.

Kriss' Adern gefroren zu Eis, als er die verbliebene Hand nach ihnen ausstreckte. Er schlug seine Finger in die Erde, winkelte den steinernen Ellenbogen an und zog seinen Körper hinterher. Sein Ziel war die singende Säule, die er bei der Attacke hatte fallen lassen. Sie war in drei Brocken zerschellt. Er bekam einen davon zu fassen, winkelte den Arm an.

Hals über Kopf stoben Kriss und die anderen auseinander. »Kriss!« Alrik riss sie mit sich, er steuerte einen Baum an, um dort Deckung zu finden.

»Pass auf!«, schrie Kriss, aber da war es bereits zu spät: Im selben Moment, als der Granitbrocken zwei Schritte neben ihnen einschlug, zischte ein spitzer Holzpflock aus dem Baum hervor, so lang wie eine Hand und spitz wie ein Dolch. Alrik wirbelte herum –

»*Alrik!*«

Kriss glaubte, den Verstand zu verlieren, als sie das Stück Holz sah, das aus seiner rechten Seite ragte. Er schrie gedämpft auf und stürzte ins Unterholz.

Blind und taub für alles andere, fiel Kriss neben ihm auf die Knie. »Alrik! Alrik, sag was!«

»Ver ...dammt«, krächzte er. »Ah, verdammt ...« Sein Gesicht war leichenblass. Er fasste nach der Wunde und sog scharf die Luft ein.

Entsetzen packte Kriss, als sie die hölzerne Klinge betrachtete, die in seiner Seite steckte. Dennoch sagte sie: »Nicht bewegen, es ist alles halb so wild, wir kriegen das wieder hin!« Aber sie fühlte sich, als würde sie ihn belügen.

Hinter ihnen tobte der gefallene Gott. Kanonen donnerten, doch ob sie das Monstrum trafen, wusste Kriss nicht. Aber ihr war klar, dass sie nicht hierbleiben konnten. »Alrik! Alrik, wir müssen hier weg, hörst du? Warte, ich helfe dir!«

Sie versuchte, ihn wieder auf die Beine zu kriegen, aber es war schwer: Er war so viel größer als sie, und in diesem Augenblick viel schwächer. Sein Hemd sog sich mit feuchtem Rot voll. Kriss legte seinen Arm um ihre Schulter, kämpfte darum, ihn hochzustemmen. »Hilfe!«, rief sie. »Wir brauchen Hilfe!«

Aber ihre Stimme ging in Kanonendonner und Gebrüll unter. »Wir müssen weiter!«, keuchte sie. »Alles wird gut, ich bringe dich aufs Schiff, sie werden dir helfen, bitte Alrik, wir müssen weiter!«

Er nickte schwach, sein Gesicht eine gequälte Grimasse.

»Hilfe!«, rief Kriss abermals, ihr Blick flog umher, während sie und Alrik sich vorankämpften. Stara, Glinn und die anderen waren – irgendwo. Verschwunden zwischen Bäumen und Nebel. Kriss verschlug es den Atem, als ihr Blick den gestürzten Riesen sah, der sich mit einer Hand aufstützte.

Ein großer Schatten hatte sich über ihn gelegt. Durch den Tränenschleier sah Kriss etwas, das aus dem Schatten herabstürzte, so groß wie ein Fass – nein, es *war* ein Fass. Etwas daran brannte, stob Funken.

Der Herr des Nebels schlug danach – zu spät.

Die Macht der Explosion riss Bäume aus und verwandelte sie in rauchende Splitter. Die Druckwelle erfasste Kriss und Alrik und fegte sie von den Beinen.

Kriss riss den Mund auf, als der Lärm drohte ihr Trommelfell zu zerfetzen. Etwas pfiff unaufhörlich in ihren Ohren, unerträglich schrill.

Wie durch Watte gedämpft, hörte sie Staras Stimme: »Da sind sie!«

Kriss erschrak, als etwas ihre Schulter berührte: Stara hockte neben ihr. »Es ist vorbei«, sagte sie. Im Hintergrund, durch Pfeifen und Schichten von Watte, hörte Kriss die Sternträger jubeln. Weniger als ein Dutzend von ihnen war übrig geblieben, und schälte sich aus Grün und Nebel, auf dem Weg zu ihnen.

»Alrik braucht Hilfe!«, flehte Kriss. »Bitte!«

»*Korf*«, fluchte Stara, als sie Alriks Wunde sah.

»Ihr müsst ihm helfen, bitte!«

»Kommt«, sagte Stara und reichte ihr die Hand. Sie half ihr, aufzustehen, während die anderen Alrik zwischen sich trugen.

»Der Riese ...«, murmelte er.

»Ganz ruhig, alter Mann«, sagte Stara. »Der Riese ist Staub.«

Kriss blickte zu dem Herrn des Nebels, beziehungsweise seinen Überresten. Sie waren in alle Himmelsrichtungen verstreut, inmitten zerschlagener, entwurzelter und brennender Bäume, kaum mehr als schwarz versengtes Geröll. Ein Teil seines Gesichts war übrig geblieben, das Auge darin zersplittert. Kriss sah die regenbogenbunte Wolke, die über den Einzelteilen des Riesen verging und eins wurde mit dem Nebel. *Ein unendlich wertvoller archäologischer Fund,* dachte sie. *Und wir haben ihn zerstört ...*

Nach einiger Zeit erreichten sie eine nahe Lichtung. Die *Sturmbrecher* stand über dem Blätterdach und ließ die Ankertaue und eine Strickleiter hinab.

»Halt durch«, sagte Kriss zu Alrik. »Wir sind gleich an Bord, halt durch!«

»Was ist mit dem alten Mann?«, fragte jemand, als

wäre Alrik gar nicht da. »Lassen wir ihn hier oder –«

»Das könnt ihr nicht!«, rief Kriss. »Er braucht Hilfe!«

Staras Blick fiel auf das Holzstück, das in Alriks Fleisch steckte. »Wir nehmen ihn mit«, sagte sie ernst. »Kann sein, dass wir ihn noch brauchen.«

Doch den Quader an Bord zu schaffen, hatte Vorrang: Sie schnürten ein Seil um das Ding und zogen es hoch. Dann ließen sie es zu Alrik herab und schlangen es um seinen Brustkorb. Kriss schluchzte, als sie ihn über die Bäume zogen als wäre er ein Stück Frachtgut und er dabei vor Schmerz stöhnte. Angst und Sorge ließen sie zittern.

Als sie selbst an Bord war, hatte sich ein Pulk von Sternträgern um den Quader versammelt und bedrängte Stara und die anderen mit Fragen: »Was ist passiert?« – »Was war das für ein Monster?« – »Was ist mit den anderen?«

»Später!«, sagte ihre Anführerin. »Bringt den alten Mann in die Krankenstube und sagt Hamias Bescheid, dass er einen Patienten kriegt! Na los!«

Zwei muskelbepackte Sternträger legten Alriks Arme über ihre Schultern. Sie drängelten sich mit ihm an den anderen vorbei, den Gang hinab. Kriss wollte ihnen nach, aber Stara hielt sie zurück.

»Du kannst jetzt nichts für ihn tun, Kleine. Lass den Doktor seine Arbeit machen.«

Kriss wehrte sich gegen den Griff der Frau, aber vergeblich.

»Du hast mich gehört!«, sagte Stara scharf. »Man wird sich um ihn kümmern.«

»Wenn ihr ihm irgendwie weh tut ...!«

»Du hast mein Wort, Kleine.«

Kriss antwortete nicht. Am ganzen Körper bebend sah sie Alrik nach. Er drehte den Kopf zu ihr und zeigte ein tröstendes Lächeln, als wollte er sagen:

Schon gut, mach dir keine Sorgen. Aber das Lächeln war schwach und sein Gesicht von Schmerzen verzerrt.

Eine Frau mit schlimmen Aknenarben kam auf Stara zu, den grünen Kristallwürfel in der Hand.

»*Madame Belnari.*« Wenn Phærion erfreut war, verriet seine Stimme nichts davon. »*Ihr habt sie gefunden.*«

Stara nickte ernst. »Und zu viele dabei verloren. Ich hoffe, das war es wert, Phærion. Das hoffe ich wirklich.« Es klang wie eine Drohung.

»*Das ist es, in der Tat*«, sagte Phærion. »*Ihr werdet es bald sehen. Die Opfer, die Ihr und die Euren gebracht haben, werden tausendfach vergolten.*«

Stara blickte zu dem Quader. »Das Ding hat nicht einmal einen Kratzer. Nach all den Jahrhunderten.«

»*Natürlich nicht. Wie erwartet.*«

»Und ... der Inhalt?«

»*Wird ebenso unversehrt sein. Schafft es in den Frachtraum. Vorsichtig.*«

Stara winkte drei ihrer Leute herbei. So behutsam, als trügen sie ein krankes Kind, schafften sie den Quader eine Treppe hinab.

»Was ist mit dem Mädchen?«, fragte ein bärtiger Mann und berührte Kriss' Schulter.

Wutentbrannt schlug sie seine Hand weg. »Fasst mich nicht an!«

»Bringt sie zu den anderen«, sagte Stara kühl. »Hier steht sie nur im Weg.«

»Ich will Alrik sehen, sofort!«, rief Kriss, als man sie fortzerrte. »Habt Ihr mich verstanden?«

»Das habe ich, keine Sorge«, gab Stara zurück. Kriss sah, wie sie sich an Phærion wandte. »Wir werden dabei sein, wenn du das Ding öffnest.«

»*Das werdet ihr*«, hörte Kriss die Stimme aus dem Würfel sagen. »*Wie abgemacht. Ruht euch aus. Unser Flug wird noch einige Tage dauern. Es wird sich alles fügen. Ihr habt gute Arbeit geleistet, Madame Belnari. Sehr gute Arbeit.*«

Als Kriss zu Lian, Lorgis und Barabell in die Kabine geschoben wurde, sprangen die drei auf und umringten sie, ihre Gesichter von Besorgnis gezeichnet.

»Kriss!« Lian fiel ihr in die Arme und drückte sie an sich. »Ich hab schon gedacht ...!« Er sprach es nicht aus, stattdessen küsste er sie.

»Wo ist der Professor?«, fragte Lorgis. »Und was ist das für ein Trubel im Gang? Wart ihr bei dem Schrein? Habt ihr was gefunden? Auf wen hat das Schiff geschossen?«

»Verdammt noch mal, Lorgis!« Barabell schlug ihn gegen die Schulter. »Jetzt lass sie doch erstmal durchatmen! Siehst du nicht, dass sie völlig erschöpft ist? Kommt, Doktor, Ihr braucht was Trockenes zum Anziehen ...«

Lian berührte Kriss' Wange. »Kriss«, sagte er sanft, »was is' passiert?«

Aber sie brachte es nicht heraus. Sie drückte sich an ihn, unfähig, sich noch länger gegen die Tränen zu wehren.

{Der Schwur der Ontredi}

Einige Zeit verging, in der ihnen nichts anderes übrig blieb, als sich mit Sorgen zu martern. Erst jetzt spürte Kriss ihre Erschöpfung; sie hatte das Gefühl, das letzte Bisschen Kraft wäre ihr ausgesaugt worden und hätte nichts als Leere in ihrer Brust zurückgelassen.

Das Schiff schwebte immer noch über dem Dschungel, die Luftschrauben schwiegen. Man hatte den Gefangenen zu essen gegeben sowie eine Karaffe mit Wasser, doch trotz ihres brennenden Hungers hatte Kriss erst auf Lians Drängen hin ein paar Bissen zu sich genommen. Ihre Gedanken waren bei Alrik, nur bei Alrik. Sie wusste nicht, wie sie es ertragen sollte, falls er nicht zu ihr zurückkehrte.

»Unterschätz' ihn nich'«, sagte Lian leise. Er saß neben ihr auf der Pritsche. »Der Mann is' verdammt zäh.«

Sie lächelte schwach. »Genau das hat er auch über dich gesagt. Als du vergiftet wurdest.«

Er grinste bestätigt. »Na, siehst du! Und ich bin auch wieder aufgestanden!«

Kriss wollte ihm glauben, denn der Gedanke an die Alternative war nicht zu ertragen. Ein Teil ihres Verstandes folterte sie damit, was für eine bittere Ironie es wäre: nachdem sie so verzweifelt nach Alrik gesucht hatten, hatten sie ihn gefunden – um ihn dann für immer zu verlieren.

Das Leben war voll von solch bitteren Ironien, wie sie sehr wohl wusste. Und sie hatte schon zuvor einen Menschen verloren, nach dem sie verzweifelt gesucht hatte ...

Ein Klopfen ließ sie alle aufblicken.

Stara öffnete die Tür. Sie trug neue Kleidung und war frisch gewaschen, aber ihre rot geränderten Augen verrieten Erschöpfung. Kriss wusste, dass sie unter dem Tod ihrer Leute litt.

»Ich komme eben von eurem Freund«, sagte sie und sofort begann Kriss' Herz zu rasen. Sie sprang von der Pritsche auf. »Wie geht es ihm?«

»Hemias, unser Arzt, hat ihm etwas gegeben, um zu schlafen. Der alte Mann hat ordentlich was abgekriegt. Das Holz wurde entfernt, aber ... es ist verdammt tief gedrungen.«

»Er wird doch wieder aufwachen, oder? Er wird wieder gesund!«

Staras Miene blieb ernst. »Das werden wir abwarten müssen. Mehr kann im Moment keiner für ihn tun.«

»Nein! Nein, es muss etwas geben!«

»Nicht mit den Mitteln, die wir an Bord haben.«

»Das ist alles Eure Schuld!« Kriss hatte die Fäuste geballt, ihre Augen brannten. »Das alles hier! Es ist allein Eure Schuld!«

»Ich weiß«, sagte Stara mit fester Stimme. »Ich könnte dir sagen, dass es mir leid tut. Aber das würdest du mir wahrscheinlich nicht glauben.«

»Ich will zu ihm! Sofort!«

Stara zögerte. Dann nickte sie kurz. »Also gut.«

»Ich komm' mit!«, sagte Lian. »Und keine Widerrede, klar?«

Stara starrte ihn an. Dann bedeutete sie den beiden, die Kabine zu verlassen.

Lorgis und Barabell standen auf.

»Ihr bleibt!« Stara richtete den Finger auf sie.

Lorgis sah sie düster an. »Er ist auch unser Freund!«

»Ihr bleibt«, wiederholte Stara, »oder ihr fliegt von Bord!«

Kriss erschrak, als Lorgis plötzlich auf die Frau losging. Stara wich geschickt aus.

»Lorgis!«, rief Kriss, als die Wachmänner aus dem Schiffsgang die Pistolen gegen ihn erhoben und die Hähne spannten. »Schön ruhig, Großer!«, sagte einer von ihnen.

»Ich hab es satt, hier eingesperrt zu sein!«, donnerte Lorgis. »Ihr habt, was Ihr wollt, also lasst uns endlich gehen, verflucht nochmal!«

»Lorgis!« Kriss hob die Hände. »Lorgis, bitte beruhige dich!«

»Doktor, diese verfluchten –!«

»Ich weiß«, sagte sie. »Bitte. Beruhige dich.«

Lorgis funkelte Stara an, aber es prallte an ihr ab wie an einer Statue. Sein Atem ging wild. Nur langsam beruhigte er sich.

Barabell legte tröstend die Hand auf seine breite Schulter. »Grüßt den Professor von uns«, sagte sie ernst zu Kriss und Lian. »Vielleicht bekommt er's ja mit. Irgendwie.«

Kriss versprach es ihr.

Stara und ihre Männer führten Lian und sie quer durch den Gang in eine nicht viel größere Kabine, mit Schränken und Regalen voll von blitzendem Operationsbesteck, Stoffbinden, Medikamentenflaschen aus braunem Glas und anderen medizinischen Utensilien. Es roch wie in einer Apotheke. Kriss sah eine Schüssel mit rotem Wasser und erschauderte.

Alrik ruhte auf einer lederbezogenen Liege, bis zum Hals zugedeckt. Er sah aus, als würde er schlafen. Sein Atem ging ganz gleichmäßig, doch sein Gesicht war immer noch aschfahl.

Bei dem Anblick stachen neue Tränen in Kriss' Augen.

Ein junger Mann mit tiefen Geheimratsecken war bei Alrik. Auch er trug einen königsblauen Stern zwischen den Augenbrauen.

»Was soll das?«, sagte er mit gesenkter Stimme, als sie eintraten. »Er braucht jetzt Ruhe!«

»Sie sind seine Freunde«, sagte Stara. »Gib ihnen einen Moment.«

Damit ging sie und schloss die Tür hinter sich. Ihre beiden Begleiter blieben als Wachen zurück.

Kriss und Lian traten näher. Kriss spürte Lians Arm um ihre Schulter.

»Das Holzstück ist in den Bauchraum eingedrungen«, sagte der Arzt. Seine Stimme klang trocken, aber nicht gänzlich ohne Mitgefühl. »Ich habe es entfernt, die Blutungen gestillt und die Wunde so gut gereinigt und genäht, wie ich konnte. Aber es ist ungewiss, inwieweit die inneren Organe verletzt wurden oder ob es zu einer Infektion kommt. Uns bleibt nichts anderes übrig, als abzuwarten.«

Kriss schloss die Augen. Sie begann diesen Satz zu hassen. »Kann er uns hören?«

»Vielleicht«, sagte der Arzt. »Aber erwarte keine Antwort.«

»Alrik ...« Kriss trat näher und strich ihm das Haar zurück. Sie bemühte sich, so sanft und sorglos zu klingen, wie ihre Mutter früher, wenn ihr Kind Fieber hatte. Als wäre alles halb so wild. Als bestünde kein Zweifel an der Heilung. »Ruh dich aus, ja? Das hast du dir verdient. Aber schlaf nicht zu lange. Ich meine, du willst doch auch dabei sein, wenn sie diesen Quader öffnen, oder?«

Sie versuchte ein Lächeln und wusste, dass es ihr misslang. »Du wirst sehen, bald machst du wieder die Augen auf. Ich weiß es. Dich kriegt so leicht nichts klein. Lorgis und Barabell lassen dich grüßen. Ich glaube, sie vermissen dich ebenso wie ich.«

Sie brauchte einen Moment, um gegen das erdrückende Gefühl in ihrer Brust anzukämpfen. »Bitte wach wieder auf«, flüsterte sie. »Ich brauche dich doch.«

Sie küsste ihn auf die Stirn. Lian trat vor, er legte seine Hand auf Alriks Arm. »Du hast Kriss gehört«, sagte er. »Lass uns nicht zu lange warten, ja? Ich will mich noch bei ’nem Haufen Vorträgen langweilen!«

»Ich lasse euch rufen, wenn sich sein Zustand ändert«, sagte der Arzt. »Aber jetzt gönnt ihm etwas Ruhe.«

Kriss sah ihn an. »Ihr seid Arzt! Wie könnt Ihr bei diesem Wahnsinn nur mitmachen?«

Der junge Doktor verzog keine Miene. »Um Leben zu retten«, sagte er. »Um weiteres Blutvergießen zu verhindern.«

Lian hielt stumm Kriss’ Hand, als sie die Krankenstube verließen, begleitet von ihren Wachen. Er sah elend aus.

Glinn kam ihnen entgegen. Sein Hufeisenbart wirkte, als würde er traurig herabhängen.

»Ich weiß, ihr haltet uns für gefühlskalt«, brummte er. »Aber das sind wir nicht, keiner von uns. Wir alle haben jemanden verloren. Freunde, Familie. Kinder. Und wir können den Gedanken nicht ertragen, dass sie ungerächt bleiben.«

»Und wie sollen sie gerächt werden?«, fragte Kriss. »Was ist in dem Quader?«

Er zeigte ein wissendes Lächeln. »Kommt mit und ihr werdet’s erfahren. Wir machen das Ding gleich auf. Stara hat erlaubt, dass ihr dabei sein dürft. Also – hier entlang!« Seine schwielige Hand deutete zu einer Treppe ins untere Deck.

Kriss und Lian sahen einander an. Er drückte ihre Hand. Sie spürte seine Aufregung ebenso deutlich wie ihre eigene. War das irgendein Trick?

»Was ist mit unseren Freunden?«, fragte Lian.

»Übertreib es nicht, Junge«, sagte Glinn.

Sie folgten ihm die Treppe hinab, ihre Bewacher im Rücken. Der untere Teil des Schiffes, wie der obere auch, kam Kriss wie ausgestorben vor. Vorhin in der Krankenstube hatte sie geglaubt, Schritte von mehreren Personen zu hören. Waren sie alle auf dem Weg zu der großen Enthüllung?

Man führte sie in den Frachtraum der *Sturmbrecher*, der direkt vor dem Maschinenraum lag: ein großer, hölzerner Raum mit vier Bullaugen an Backbord und Steuerbord. Festgezurrte Kisten und Fässer stapelten sich an den Seiten, während sich in seiner Mitte der Quader erhob. Wie zuvor in den Tiefen des Schreins stand er aufrecht. Sein blauschwarz marmoriertes Material schimmerte im Licht der Petroleumlampen, die von der Decke hingen.

Dutzende Blicke wanderten zu ihnen, als sie durch die Tür traten. Ein Großteil der Mannschaft hatte sich hier versammelt, wie es schien. Diejenigen, die mit ihnen im Dschungel gewesen waren, hatten frische Kleidung angezogen, sich gewaschen und ihre Wunden versorgt. Sie wirkten erschöpft, aber Kriss las die Aufregung aus ihren Augen – aus den Augen von ihnen allen. Ebenso Hoffnung. Und Furcht – davor, nach all den Entbehrungen enttäuscht zu werden.

Ihre Bewacher hielten Kriss und Lian auf Abstand zu den anderen. Kriss fühlte die harte Mündung einer Pistole in ihrem Rücken. Glinn blieb mit verschränkten Armen neben ihnen stehen.

Es dauerte nicht lang und Stara trat ein. In ihrer rechten Hand glühte der lädierte Kristallwürfel vor sich hin. »Worauf wartet ihr?«, fragte sie ihre Leute mit einem Lächeln, das nicht echt wirkte. »Oh, richtig. Auf uns!«

Sie klopfte Glinn und einigen anderen im Vorbeigehen auf die Schulter. Als ihr Blick den von Kriss kurz traf, nickte Stara ihr ernst zu. Kriss wurde klar, dass sie nur hier sein durften, weil sie der Frau im Dschungel das Leben gerettet hatte.

Die Sternträger formten eine Schneise direkt vor dem Quader und machten Platz für ihre Anführerin.

»Jeder von uns hat gewusst, dass diese Reise gefährlich wird.« Stara ließ den Blick kreisen. »Dass wir Opfer bringen müssen. Dass nicht alle und wahrscheinlich nur die wenigsten von uns zurückkehren werden. Die anderen haben das gewusst, und sie hatten keine Angst, sie haben alles gegeben. Sie waren mehr als Freunde, sie waren Brüder und Schwestern. Wir werden sie niemals vergessen und wir werden ihren Verlust in den kommenden Tagen betrauern.

Aber nichts von alledem war umsonst. Wir haben gefunden, weswegen wir gekommen sind!«

Manche stimmten enthusiastisch zu oder nickten erleichtert. Andere berührten den Stern zwischen ihren Brauen und murmelten etwas. Wieder hörte Kriss das Wort: *Nahalu*.

Stara präsentierte den Würfel. »Phærion?«

»*Madame Belnari hat alles gesagt, was es zu sagen gibt*«, sagte die Stimme aus dem Kristall. »*Ab heute beginnt ein neues Zeitalter für euer Volk. Für die Welt.*«

»Jetzt mach's nich' so spannend!«, murmelte Lian. »Wir warten!«

Stara schritt mit dem Würfel dicht vor den Quader. Eine Abfolge von Lichtern glühte in dem Kristall auf. Es wirkte wie eine Art Lichtsprache. Ein Passwort, um den Behälter zu öffnen.

Und er öffnete sich: Von einem schlangengleichen Zischen begleitet, teilte sich der Quader in einzelne Segmente, die vorher nicht erkennbar gewesen waren, und klappte sie zurück. Kriss musste an eine mechanische Blüte denken, die sich in der Sonne entfaltete.

Erst jetzt merkte sie, dass sie den Atem anhielt, so wie alle anderen auch. Lian drückte ihre Hand vor Aufregung.

Dann klappte das letzte Teilstück des Quaders zurück und gab den Blick frei auf eine menschliche Gestalt.

Sie saß in einem weich gepolsterten Stuhl mit hoher Lehne. Noch für einen Moment wurde sie von einer glitzernden Ælon-Wolke eingehüllt.

Es war eine Frau. Sie war von schmaler Statur und durchschnittlicher Größe. Sie trug ein weites Kleid mit aufgebauschten Schultern. Es war aus roter und schwarzer Seide geschnitten und mit Rüschen und Schleifen verziert. Weite Ärmel hingen über die Armlehnen des Stuhls. Sogar ihr schlanker Hals war restlos von Seide bedeckt. Um ihn lag ein Diadem aus Silber und Saphiren. Ihre Hände – grazil, mit langen Fingern – steckten in weißen Handschuhen aus hauchdünnem Stoff. Juwelenbesetzte Ringe funkelten daran. Ihr Haar – lang, glatt und in seidigem Schwarz schimmernd – wirkte fast zu perfekt, um von dieser Welt zu sein.

Die Silbermaske einer schönen, jungen Frau lag über ihrem Gesicht. Ihre Augen bestanden aus milchigen Juwelen.

Kriss stand der Mund offen. »Nein«, flüsterte sie.

Sie hatte dieses Gesicht schon einmal gesehen: auf der Statue im Wasserpalast. Vor einer gefühlten Ewigkeit.

»Nein! Das kann nicht sein! Sie ist tot, man hat sie damals getötet!«

»Oh«, sagte Lian, als er begriff, wen sie meinte. »Oh ... *Korf ...!*«

»*Ich grüße Euch, Euer Majestät*«, sagte Phærion in einem gänzlich neuen Tonfall: er klang absolut ergeben.

Die Frau mit der Silbermaske berührte ihre glatt polierte Stirn als habe sie Kopfschmerzen. Sie sah sich langsam um, während Staras Leute ihr ehrfürchtig entgegenblickten.

»Wo bin ich?« Ihre Stimme war samtig und schön. Sie klang als gehöre sie einer Frau um die dreißig. Aber in ihr lag ein Unterton, der an die ælonische Stimme aus Phærions Würfel erinnerte. Und genau wie Phærion sprach sie mit einem harten Akzent, den Kriss bislang nicht hatte einordnen können. Nun wurde ihr klar, dass er aus einer Zeit, lange, lange vor ihrer Geburt stammte.

Ihr wurde schwindelig. Alles in ihr schrie: *Sie ist es! Großer Weltengeist, sie ist es wirklich!* Aber wie war das möglich?

»*Bitte seid unbesorgt, Majestät*«, sagte Phærion untertänigst. »*Ihr befindet Euch in Sicherheit, das garantiere ich.*«

Die Frau legte den Kopf leicht schräg. Der grüne Würfel spiegelte sich verzerrt in der schönen, silbernen Maske. »Diese Stimme. Seid Ihr das, Majordomus?«

»*Ja, Majestät!*« Phærion klang erleichtert. »*Wie stets Euer demütiger Diener.*«

»Was ist mit Eurem Körper geschehen?«

»*Er wurde von unseren Feinden zerstört, als ich auf dem Weg war, um Euch beizustehen.*«

Kriss riss die Augen auf, sie hörte wie Lian ein ungläubiges Lachen ausstieß – obwohl es eigentlich mehr ein Keuchen war.

Jetzt begriff sie: Phærion war nicht die Stimme aus dem Kristall – *er war der Kristall!* Ohne es zu ahnen, hatte Lian bei ihrer ersten Begegnung mit ihm recht gehabt: Sie hatten die ganze Zeit mit dem Würfel gesprochen, nicht mit einem Menschen, Tausende von Meilen entfernt! Phærion war ein Artefakt, eine ælonische Maschine, ein künstliches Geschöpf.

Sie erinnerte sich an Alriks Geschichte über die ælonischen Diener, mit denen die Todlose Königin in ihrem Palast gelebt hatte. Die einzigen Wesen, denen sie noch vertraute. Kein Wunder, sie hatte sie selbst anfertigen lassen, um ihr völlig loyal zu sein.

Sie dachte an die bronzefarbenen, skeletthaften Überreste aus dem Schrein, die neben dem Quader geruht hatten. An den zersplitterten Kristall in dem Torso. Erst jetzt begriff sie, dass ein Kristall von Phærions Form und Größe nahtlos dort hineingepasst hätte, gleichzeitig als Herz und Gehirn der Maschine.

»*Männer und Frauen der* Sturmbrecher«, verkündete der Würfel. »*Vor Euch sitzt Sendrena Seleja Varinnor III., Tochter des Aurios, gesalbte Königin von Groß-Heliard und seinen Kolonien!*«

Stara und ihre Leute verneigten sich. Die Königin blickte sich unter den Sternträgern um. Ihr Juwelenblick traf auch kurz den von Kriss.

Diese hatte das schreckliche Gefühl, zu träumen. Die Todlose Königin – es war, als ob sie einer Sagenfigur gegenüberstand. Sie lebte, nach einem halben Jahrtausend lebte sie. Aber wie? *Wie?*

»Majordomus. Wer sind diese Leute?«

»*Freunde*«, sagte der Würfel. »*Treue Diener Eurer Majestät.*«

»Majestät«, sagte Stara. »Ich grüße Euch. Mein Name ist Stara Belnari. Dies sind meine Brüder und Schwestern aus dem Volk der Ontredi.«

»Ontredi«, flüsterte Kriss.

»Sagt dir das was?«, fragte Lian.

Kriss schüttelte den Kopf, gerade als Stara sagte: »Wir haben Phærion dabei geholfen, Euch zu finden und in Sicherheit zu bringen.«

»*So ist es, Majestät. Madame Belnari und Ihre Begleiter haben ihr Leben riskiert, um Euch zu befreien.*«

Die silberne Maske musterte Stara von Kopf bis Fuß. »Wenn dem so ist, so sollt Ihr reich dafür belohnt werden, Madame Belnari.«

Stara zeigte ein Lächeln. Sie wirkte ebenso erleichtert wie ihre Leute. »Das hatten wir gehofft, Euer Majestät.«

»Wo sind wir?«, fragte die Todlose Königin.

Einmal mehr war es der Würfel, der ihr antwortete. Ihr sogenannter Majordomus. »*Auf einem Luftschiff, Majestät. Wir fliegen augenblicklich über den Nebelreichen, wo wir Euch gefunden haben. Woran könnt Ihr Euch erinnern?*«

Abermals berührte Königin Sendrena ihre maskierte Stirn. »Die Rebellen ... sie griffen den Palast an. Meine Prätorianer brachten mich zu meinem Schiff. Wir konnten unerkannt durch das Meer fliehen. Dann, als die Wolkenberge vor uns lagen, läuteten die Schiffsglocken.

Piraten hatten unsere Verfolgung aufgenommen, uns angegriffen. Dieses dreckige Gesindel ... Meine Prätorianer haben sie aus dem Himmel geschossen, aber mein eigenes Schiff wurde beschädigt. Wir drohten abzustürzen. Ich sandte Nachrichten an all meine verbliebenen Diener.«

»*Ich habe Euren Ruf empfangen, Majestät.*« Phærion klang betrübt. »*Doch ich konnte ihm nicht folgen.*«

Die Silbermaske sah ihn an. »Und die anderen?«

»*All Eure anderen Diener wurden vernichtet, fürchte ich. Ich bin als einziges Mitglied der Bronzelegion übrig. Und ich habe vieles vergessen. Doch niemals meine Liebe zu Euch. Bitte, sprecht weiter!*«

»Ich ... ich begab mich in die Kapsel. In Sicherheit. Ich überstand den Absturz, aber das Schiff ... wir wurden umstellt. Eingeborene, mit primitiven, ælonischen Waffen. Sie haben meine Diener niedergeschossen und die Kapsel in ihre Gewalt gebracht.«

»*Ich habe so etwas vermutet, Majestät. Ich wage es nicht, mir vorzustellen, welche Ängste Ihr durchlebt haben müsst. Aber Ihr habt den Tod einmal mehr in seine Schranken verwiesen.*«

»Diese Wilden!« Die Königin bebte vor Wut und Abscheu. »Sie hätten mich getötet. Also befahl ich der Kapsel, sich zu versiegeln. Ich ... ich habe die Augen geschlossen – und als ich sie wieder öffnete, war ich hier. Wie nach einem langen, traumlosen Schlaf.«

So war es also geschehen! *Die Kapsel*, dachte Kriss. *Sie hat sie eingefroren. In einer Art ælonischem Winterschlaf festgehalten. So lange, bis Rettung kam.*

»*Ihr habt in der Tat lange Zeit geschlafen, Majestät*«, sagte Phærion.

»Wie lange?«

»*Eine sehr lange Zeit.*«

»*Wie lange*, Majordomus?«

»*Fünfhundertneunzehn Jahre, Majestät.*«

Kriss sah die Todlose Königin zurück in ihren Stuhl sinken. Sie schwieg für einen langen Moment.

Fünf Jahrhunderte verschlafen, dachte Kriss. Ihr Königreich, jeder, den sie kannte, ihre ganze Ära – mit Ausnahme eines zerschrammten und angeknacksten Würfels waren sie alle vergangen. Kriss konnte sich vorstellen, dass dies nur schwer zu verdauen war, selbst für eine überlebensgroße Persönlichkeit wie Sendrena. Doch sie konnte kein Mitleid für diese Frau aufbringen. Nicht nach all den Gräueltaten, die sie begangen hatte.

Kriss' Blick hing an der Silbermaske. Was versteckte sie darunter? Unter ihren Handschuhen, der künstlichen Stimme? Sie blickte zu Lian. Er schien ganz gebannt von den Juwelen, die sie um den königlichen Hals trug.

»Und«, begann die Todlose Königin zögerlich, als fürchtete sie die Antwort, »mein Königreich?«

»*Ist vergangen, Majestät.*« Phærion klang mitfühlend. »*Schon seit langer Zeit. Groß-Heliard ist nun die Republik Heliard. Vieles hat sich verändert. Das Ælon ist versiegt. Für immer, wie es scheint. Neue Maschinen wurden entwickelt, angetrieben mit Dampf. Vor acht Jahren gab es einen großen Krieg auf allen drei Kontinenten, Millionen sind dabei gestorben.*

Die großen Reiche sammeln ælonisches Kriegsgerät, um sich für einen neuen Kampf zu rüsten. Es ist nur eine Frage der Zeit, bis der nächste, verheerende Krieg ausbricht. Die Welt, so fürchte ich, wird immer noch vom Chaos beherrscht.«

»Weiß man von mir?«

»*Nein, Majestät. Man hält Euch für tot. Schon seit langer Zeit. So sehr es mich schmerzt: Die Welt hat Euren Namen fast vergessen.*«

Die Todlose Königin ballte die behandschuhten und beringten Hände zu Fäusten. »Nun, dann werde ich sie wieder daran erinnern!«

»Es war eine Doppelgängerin, nicht wahr?«, platzte es aus Kriss heraus. »Ein Double, das Ihr den Rebellen vorgeworfen habt!«

Ihr lief es kalt den Rücken herunter, als der Blick der Maske sie traf.

»Sie hat sich für Euch ausgegeben«, sagte Kriss. Sie hasste es, wie ihre Knie zitterten. »Sie ist für Euch gestorben! Wie habt Ihr sie so verdreht?«

»Wer ist dieses impertinente Kind?«, fragte Sendrena.

»Niemand von Bedeutung, Majestät«, sagte Phærion.

Und Stara fügte hinzu: »Sie und der Junge haben uns geholfen, Euch zu finden.«

Kriss fühlte den prüfenden Blick der Königin auf ihrem Gesicht brennen. »Haben sie das? Doch nicht aus freien Stücken, will mir scheinen. Neigt das Haupt.«

»Träum weiter«, sagte Lian. Glinn gab ihm eine schallende Ohrfeige. Lian funkelte ihn an.

»Ihr habt eurer Königin Respekt zu erweisen!«, sagte Phærion.

»Sie ist nicht unsere Königin!«, stellte Kriss klar.

Sie ächzte, als einer ihrer Bewacher ihren Nacken packte und sie zu einer Verbeugung zwang. Der andere tat das gleiche mit Lian; Kriss hörte ihn durch die gebleckten Zähne atmen, rasend vor Wut. Aber er wusste, dass seine bloßen Fäuste nicht viel ausrichten konnten, während ihm die Pistole in den Rücken gehalten wurde. Und in ihren.

»So ist es besser«, sagte die Todlose Königin. Zufrieden legte sie die Hände zusammen. »Natürlich ist Lessilia für mich gestorben, Kind«, sagte sie zu Kriss. »Das war ihr einziger Daseinszweck.«

Man ließ die beiden los. Kriss fühlte Lians Blut kochen. »Und habt Ihr sie dafür auf einen kleinen Ausflug in Eure Folterkammern eingeladen?«, fragte sie.

»Mitnichten. Sie hat mich *verehrt*, Kind. Sie hat darum gefleht, für mich sterben zu dürfen. So wie viele andere vor ihr.«

»*Sie wussten, dass Ihr die einzige Hoffnung seid, Ordnung in die Welt zu tragen, Majestät*«, sagte Phærion. »*Nun ist es an der Zeit, dass Ihr Euer Schwert endlich führt.*«

»Was für'n Schwert?«, wisperte Lian.

Kriss konnte nur mit den Achseln zucken. Aber sie merkte, wie Stara und ihre Leute – die Ontredi – die Ohren spitzten.

»Es wurde also nicht entdeckt?« Die Königin klang nicht überrascht.

»*Nein, Majestät*«, sagte der Würfel in Staras Hand. »*Niemand hat es je gefunden. Niemand weiß, dass es überhaupt existiert. Es ruht noch immer in seiner Schmiede und wartet auf Euch.*«

»Es wird nicht mehr lange warten müssen«, sagte die Königin. Ein wissendes Lächeln schwang in ihren Worten mit.

Stara blickte kurz zu ihren Brüdern und Schwestern, wie sie sie genannt hatte. »Wir sind erfreut, das zu hören, Majestät.«

»Ich nehm' mal an, es geht nich' um 'n besseres Brotmesser?«, fragte Lian.

Glinn schnaubte. »Du willst wirklich, dass wir dir dein Maul stopfen, was, Junge?«

Lian ignorierte ihn. »Was habt Ihr mit dem Ding vor, wenn man fragen darf, Hochwohlgeborenste?«

Die Königin legte die seidenschimmernde Hand aufs Herz. »Es war mir bestimmt, die Welt zu ordnen. Nun endlich werde ich diese Bestimmung erfüllen.«

Sie glaubt daran!, durchfuhr es Kriss. *Sie hält sich für eine Heilsbringerin. Sie glaubt, sie tut der Welt etwas Gutes!*

»›Ordnen‹?« Lian grinste gemein. »Meint Ihr nich' eher ›beherrschen‹?«

»Es ist ein und dasselbe«, sagte die Königin, als wäre dies offensichtlich. »Und jeder, der sich meinem Werk in den Weg stellt, wird zu Asche verbrannt.«

»Auch das hatten wir gehofft, Majestät«, sagte Stara. Ihr Lächeln wirkte nicht ganz echt.

»Stara!« Kriss suchte den Blick der Frau. »Ist euch klar, mit wem Ihr euch eingelassen habt?«

»Sehr klar sogar«, sagte Stara.

»Majordomus.« Beinahe gelangweilt wandte sich die Königin an den Kristallwürfel. »Sind mir diese ... Individuen noch länger von Nutzen?«

»*Sie haben Ihren Zweck längst erfüllt, Majestät.*«

Sendrena machte eine wegwerfende Geste. »Dann seid ihr wertlos. Madame Belnari.«

Stara drehte sich ihr zu. »Majestät?«

»Entfernt diese Kinder.«

Staras Miene blieb ernst. »Gerne. Glinn – bringt sie zurück in ihre Kabine!«

»Nein«, sagte die Königin. »Rebellion muss im Keim erstickt werden. Erschießt sie.«

Kriss' Magen gefror zu Eis. Selbst Lian erstarrte.

»Pardon?«, sagte Stara.

»Sollte mein Befehl unklar gewesen sein, Madame Belnari?«, fragte die Todlose Königin.

Kriss' Atem ging immer schneller. Sie sah, wie die anderen Ontredi ihrer Anführerin unsichere Blicke zuwarfen.

Stara lächelte schwach. »Aber ... sie sind noch Kinder!«

»Sie sind ungehorsam und aufsässig.« Vielleicht war es nur ein Trick des Lichts, aber die Augen der Silbermaske schienen zu funkeln. »Beweist mir Eure Treue und entledigt mich ihrer Präsenz.«

Stara ließ den Würfel sinken. »Ich dachte, wir hätten unsere Treue schon hinlänglich bewiesen. Majestät ...?«

»*Eure Majestät*«, sagte Phærion. »*Ich verstehe Euren Zorn. Aber es gibt andere Wege, diesen beiden Kreaturen ihre Unbotmäßigkeit zu vergelten.*«

»Nun gut.« Die Todlose Königin legte die Hände auf die Armlehnen ihres Sitzes, als wäre es ihr Thron im

Wasserpalast. Selbst ihr war nicht entgangen, wie sehr der Gedanke, zwei Minderjährige zu erschießen, ihre neuen Untertanen verstört hatte. »Ich werde mein Urteil später fällen.«

»Stara!«, rief Kriss aus, »was immer dieses Schwert ist, sie darf es nicht kriegen! Diese Frau hat der Welt nichts als Tod und Elend gebracht – und sie wird es wieder tun! Sie hat *Kinder* foltern lassen!«

»Ich habe meine Feinde bestraft«, sagte die Todlose Königin ungerührt. »Alle, die sich meinem Frieden entgegengestellt haben.«

»Einem Frieden der Angst!«

»Mädchen!« Glinn packte Kriss' Arm. »Ich schmeiß dich über Bord!«

Staras Wangenmuskeln zuckten. »Hör' besser auf Glinn, Kleine. Du hast keine Ahnung, worum es hier geht.«

»Schafft mir dieses aufsässige Pack aus den Augen«, befahl die Todlose Königin. »Und dann setzt Kurs auf die Schmiede.«

»*Wir warten nur auf Eure Koordinaten, Majestät*«, sagte Phærion dienstbereit. »*Und darauf, dass das neue, goldene Zeitalter Eurer Herrschaft endlich beginnt!*«

»Los jetzt, mitkommen!«, befahl Glinn. Mit vorgehaltenen Waffen schafften er und die beiden anderen Männer Kriss und Lian aus dem Frachtraum.

»Stara!«, rief Kriss. »Sie benutzt euch nur! Ihr müsst sie wieder einsperren! Bitte, bevor sie ein neues Großes Feuer entfacht!« Dann hielt ihr Glinns breite Hand den Mund zu.

Sie hörte noch, wie die Todlose Königin sagte: »Ihr habt der Welt einen großen Dienst erwiesen, Madame Belnari.«

Und Staras tonlose Antwort: »Das hoffe ich, Euer Majestät.«

»Nun denn. Die Koordinaten der Schmiede ...«

»Wir sind ganz Ohr«, hörte Kriss Stara noch sagen. Dann zwang man sie die Treppe ins obere Deck hinauf.

»Glinn!« Kriss sah den stämmigen Mann an, während man sie zurück in ihre Kabine drängte. »Ihr macht einen schrecklichen Fehler!«

»Ich hatte eine Tochter«, knurrte er. »Nicht viel älter als du. Ihr wisst gar nichts. Und wenn euch euer Leben lieb ist, haltet den Rand!«

»So blind könnt ihr nich' sein!«, sagte Lian. »Die maskierte Hexe will keinem helfen, außer sich selbst!«

Er kassierte eine weitere Ohrfeige dafür. Lian brüllte vor Wut, aber da fiel die Tür bereits vor ihrer beider Nasen zu. Der Schlüssel wurde umgedreht.

»*Schessk!*«, zischte Lian.

Es war noch harmlos im Vergleich zu dem, was Kriss auf der Zunge lag.

»Doktor, Herr Berris!« Lorgis sah zwischen den beiden hin und her. »Was ist passiert?«

Barabell trat vor. »Wie geht es dem Professor?«

Kriss und Lian sahen einander an. Dann schilderten sie ihren Mitgefangenen kurz und knapp ihren Besuch bei Alrik, der bewusstlos in der Krankenstube lag, und die Enthüllung der Fracht, nach der sie so lange gesucht hatten. Sie berichteten von der Todlosen Königin. Phærions wahrer Natur. Und dem Schwert, auf das sie Kurs hielten.

Lorgis und Barabell zeigten sich ungläubig, verwirrt, und oft genug beides.

»Halt, wartet!« Barabell hob die Hand. »Geht das überhaupt? Ælon oder nicht – man kann die Zeit nicht einfach fünfhundert Jahre lang anhalten! Oder?«

»Nicht die Zeit«, sagte Kriss. »Das Ælon hat nur sie selbst eingefroren, ihre Lebensprozesse. Für sie ist seit damals nur ein Augenblick verstrichen. Ich vermute, sie hat ganz ähnliche Methoden verwendet, um ihr Altern zu verlangsamen. Vielleicht während sie geschlafen hat? Nein, schlafen ohne zu träumen macht einen Menschen krank.«

»Würd' 'ne Menge erklären, oder?«, fragte Lian.

»Und dieses Schwert?«, fragte Lorgis. »Was soll das sein?«

»Na, bestimmt kein Blumenstrauß!«

»Haha, wahnsinnig witzig, Bell!«

»Ich weiß es nicht«, sagte Kriss. »In Alriks Buch stand nichts von einem Schwert. Wahrscheinlich ist es irgendeine Geheimwaffe. Sendrena war auf dem Weg dorthin, als ihr Volk sich gegen sie erhoben hat. Aber sie ist nie dort angekommen.«

»*Nie* stimmt nicht ganz«, sagte Barabell. »Sie hat nur fünfhundert Jahre Verspätung. Großer Weltengeist, *fünfhundert Jahre!* Ich kann's nicht fassen. Sicher, dass sie nicht nur eine Doppelgängerin oder sowas ist?«

Kriss schüttelte den Kopf. »Sie ist Sendrena. Die Todlose Königin.«

»Ich würd' das zu gern ändern«, murmelte Lian düster und ließ die Knöchel knacken. Er drehte sich Kriss zu. »Meinst du, sie kann das? Mit ihrem Schwert die Welt beherrschen? Ich mein', die anderen Könige werden was dagegen haben. Und die haben auch Waffen. Nich' mehr so viele wie vor dem Feuer, aber trotzdem ...«

»So oder so«, sagte Kriss, »es wird Krieg geben.« Sie zitterte vor Angst, vor Wut. Was stimmte nicht mit den Herrschern dieser Welt, dass sie nichts anderes wollten als Tod und Blutvergießen?

Sie fragte sich, wie Alrik reagiert hätte, wäre er der legendären Frau gegenübergestanden, nach der er so viel geforscht und über die er so viel geschrieben hatte. Sie glaubte nicht, dass er sie weniger verachtet hätte, als sie selbst es tat.

Wach auf, Alrik, dachte sie und für einen Moment fand sie es schwer, zu atmen. *Bitte wach bald auf!*

»He!«, sagte Barabell plötzlich. »Wir bewegen uns wieder!«

Kriss und die anderen horchten auf: Ja, das Schiff hatte wieder volle Fahrt aufgenommen, die Luftschrauben arbeiteten auf Hochtouren.

Lorgis ging ans Fenster und prüfte den Sonnenstand. »Wir fliegen nach Süden, wie's aussieht!«

Nach Süden, dachte Kriss. *Wieder nach Süden. Wieso?*

»Und was gibt's da?«, fragte Lian.

»Das Kalte Meer und die Weißen Öden«, antwortete Lorgis. »Das Ende der Welt.«

»Natürlich ...!«, murmelte Kriss. Die Weißen Öden waren ein Flecken Land am Südpol, bedeckt mit Eis und Schnee. Niemand lebte dort oder hatte dies je getan. »Der perfekte Ort, um etwas fünfhundert Jahre lang vor der Welt zu verstecken.«

Nun ergab alles Sinn: Sendrenas Schiff, das damals vom Wasserpalast geflohen war, hatte den kürzesten Weg in die Weißen Öden genommen – und dieser führte schnurgerade nach Süden. Es hatte sein Ziel zur Hälfte erreicht, als es vor dem Schädelberg abgestürzt war.

Lorgis schielte hilflos in die Runde. »Wir müssen doch irgendwas machen können!«

»Du meinst, außer die Frau ganz lieb bitten, nicht die halbe Welt in Schutt und Asche zu legen?« Barabells Stimme triefte vor Bitterkeit.

»Wir könnten die Tür eintreten ...«, begann Lorgis.

»Und dann was? Ihnen direkt in die Säbel laufen?«

»Verdammt, Bell, ich mein's ernst!«

»Verdammt, *Käpt'n*, ich auch!« Barabell wandte sich an Kriss und Lian. »Was haben die jetzt überhaupt mit uns vor? Ich meine, die haben keinen Grund, uns am Leben zu lassen, oder?«

»Nein«, sagte Stara. »Den haben wir nicht.«

Sie hatte leise die Tür geöffnet, nun stand sie mit strenger Miene da. »Tut also besser, was man euch sagt. Oder es wird kein gutes Ende nehmen.«

»Stara!« Kriss tat einen Schritt auf sie zu. »Die Königin ist gefährlich!«

»Ich weiß. Genau deswegen haben wir nach ihr gesucht. Setz dich hin, Kleine.«

»Nein! Du begreifst nicht –!«

»*Setz dich hin, verflucht!*« Stara berührte ihre Pistole.

Kriss schluckte und setzte sich wie geheißen zu Lian auf die Pritsche. Sie spürte Staras Anspannung. Warum? Hatte sie denn nicht, was sie wollte?

»Ich weiß, was ihr vorhabt«, sagte Kriss. »Die Königin soll euch helfen, die Besatzer aus eurer Heimat zu vertreiben. Aber –«

»Einen *Schessk* weißt du«, sagte Stara.

»Alles in Ordnung?«, fragte einer ihrer Leute aus dem Schiffsgang.

»Ja«, sagte Stara. »Ich melde mich, falls sich das ändern sollte.« Damit schloss sie die Tür und blieb mit ihren Gefangenen allein. Sie lehnte sich gegen die Wand. Sie sah müde aus.

»Und?«, fragte Lian. »Hat sich die maskierte Schlange endlich was Feines für uns ausgedacht?«

Stara strafte ihn mit kühlem Schweigen.

»Warum bist du hier?«, fragte Kriss. Erst, als sie es aussprach, fiel ihr auf, dass sie die vertraute Anrede gewählt hatte.

»Ihr habt einiges hinter euch«, sagte Stara. »Und ihr habt uns geholfen, ob gewollt oder ungewollt, es spielt keine Rolle. Ich dachte, ihr verdient zumindest ein paar Antworten.« Ihr Blick ruhte allein auf Kriss.

»Wir sind ganz Ohr«, sagte Lian.

»Wir stammen aus Meribal«, sagte Stara.

Kriss nickte, Lorgis und Barabell taten es ihr gleich. Nur Lian zuckte die Achseln. »Nie gehört.«

Stara schien ihm keinen Vorwurf zu machen. »Es ist ein winziges Königreich im Süden. Im Süden von Berael, meine ich. Zwischen der Karminwüste und dem Smaragdwald. Man kann es in zehn Tagen durchwandern. Auf der einen Seite gibt es heiße, trockene Steppen, auf der anderen heißes, trockenes Bergland. Bis vor dem Großen Feuer war es völlig unbedeutend.«

Das Land, fuhr sie fort, war seit dem Krieg zerrissen: Truppen aus Miloria und Truppen aus Milorias verfeindetem Nachbarland, Parandir, hatten das Königreich besetzt und unter sich aufgeteilt. Zwar besaß Meribal keinerlei strategische Bedeutung, aber es verfügte über große Vorkommen an Silber, Zinn und Petroleum – zumindest groß genug, dass sich die beiden mächtigsten Königreiche des Kontinents dafür interessierten. Vielleicht hatten sie das Land auch nur besetzt, damit der Feind es nicht in die Finger bekam. Es spielte keine Rolle: Die Besatzer aus dem Norden waren dort. Und sie brachten nichts als Elend.

Stara und die anderen an Bord der *Sturmbrecher* gehörten zur Gemeinschaft der Ontredi. Einst waren sie ein zurückgezogenes Bergvolk aus dem Oschanorgebirge gewesen. Tausende von Jahren lang hatten die Ontredi dort in Frieden als Wollbockhirten gelebt und Wüstenäpfel und andere Früchte auf den steilen, kargen Hängen ihrer Heimat angebaut, wo sie in einfachen Häusern aus Reisig und Lehm wohnten.

Sie glaubten an Nahalu, die Gehörnte Göttin, deren Atem der Wind war und ihr Lied das Leben. Der Blaue Stern zwischen ihren Augenbrauen kündete von Demut und Frömmigkeit; jedes Kind der Ontredi erhielt ihn im Alter von dreizehn Jahren. Die Ontredi hatten ihre eigenen Sitten und Gebräuche, ihren eigenen Akzent. Sie hatten Steuern an das Königshaus von Meribal entrichtet, aber im Großen und Ganzen waren sie unter sich geblieben. Sie galten als einfältig, verschroben, eigenbrötlerisch. Abgesehen von einigen wenigen Volkskundlern auf ganz Berael hatte kaum jemand von ihnen gehört.

Den Ontredi war das nur recht. Sie liebten ihren Frieden, ihre Freiheit. Aber auch sie konnten sich der Veränderung nicht verschließen.

Als nach dem Ende der Ælonischen Epoche die Könige von Meribal beschlossen hatten, dass auch ihr Land sich dem neuen Dampfzeitalter anpassen musste – aus Angst, alle anderen Königreiche und Republiken könnten sie überflügeln – hatte man einige hundert Ontredi in die großen Städte gelockt, damit sie dort als billige Arbeiter in den Mechanofakturen schufteten, deren Schlote begannen, den klaren, blauen Himmel von Meribal mit Ruß und Rauch zu trüben.

Staras Vater war als Kind mit seiner Familie nach Kaschamwar gekommen, der Hauptstadt Meribals. Sie wurden von den wohlhabenden Bewohnern der Stadt als Hinterwäldler belächelt, doch durch harte Arbeit gelang es der Familie Belnari bald, sich ein eigenes Haus zu leisten, anstatt mit anderen Arbeitern in den kerkerartigen Mietskasernen zu hausen. Staras Großvater schickte ihren Vater auf die Universität, wo er Geschichte und Kulturwissenschaften studierte. Als seine Tochter auf die Welt kam, war es ihm gelungen, sich ein Standbein als Antiquitätenhändler und Experte für alte Artefakte aufzubauen. Er ließ eigens angeheuerte Arbeiter seinen Weisungen gemäß nach Hinterlassenschaften alter Kulturen graben: Wracks und Maschinen und Kunstwerke aus der Ælonischen Epoche, und ältere Relikte, die im Sand von Meribal verschüttet waren.

Die Belnaris waren nicht reich, aber sie hatten ihr Auskommen. Und Stara hatte sich von ihrem Vater nächtelang von alten Völkern aus aller Welt berichten lassen. Sie hatte ihn sehr geliebt, so wie er seine Tochter geliebt hatte. Als sie ihm eines Tages offenbart hatte, dass sie in seine Fußstapfen treten wollte, war er zu Tränen gerührt gewesen.

Dann kam das Große Feuer. Meribal versuchte einige Zeit, sich aus den Konflikten herauszuhalten, deren Flammen bald über die ganze Welt leckten. Doch vergeblich. Das Königreich geriet in den Sog des Krieges. Erst kamen die Parandirer, dann kamen die Milorianer, um die Parandirer zu vertreiben und das Land an sich zu nehmen. Und mit ihm die Minen und die Mechanofakturen.

Als acht Jahre später das Große Feuer verglüht war – fürs Erste –, hatten die beiden fremden Nationen die königliche Familie ins Exil getrieben und das Land gespalten: Mauern wurden quer durch Meribal errichtet, bewacht von Soldaten beider Seiten, die ständig ihre Musketen und Kanonen auf die jeweils andere Seite gerichtet hielten.

Die Besatzer hatten verlauten lassen, dass sie gekommen waren, um das Land zu »befrieden«, es für seine Bewohner »sicher zu machen«. Dabei waren Tausende von Familien auseinandergerissen worden. Die Meribali mussten unter ihren neuen Herren buckeln und den Anblick fremder Soldaten ertragen, die sich aufführten, als gehörten die Straßen, auf denen sie im Stechschritt marschierten, ihnen und nur ihnen allein.

Staras Heimatstadt war dem Königreich Miloria anheimgefallen, das einen entfernten Verwandten der königlichen Familie, der in Miloria studiert hatte, als neuen Herrscher seiner Hälfte des Landes einsetzte – einen Mann, der ebenso eitel war wie schwach, und gänzlich nach der Nase von König Bekkard und seinem Parlament tanzte. Gleichzeitig verdienten sich die parandirischen Besatzer auf der anderen Seite den ewigen Hass des Volkes, indem sie einen brutalen Militärgouverneur einsetzten, um die Bevölkerung ruhig zu stellen. Exekutionen und öffentliche Züchtigung waren an der Tagesordnung.

Es hatte einige wenige Versuche gegeben, gegen

die Besatzer aufzubegehren. Aber sie waren blutig niedergeschlagen worden. Die Meribali waren bekannt als Rüsselkamelzüchter, als Teppichknüpfer, als Töpfer und Tänzer. Aber nicht als Kämpfer. So hatten sie schnell den Mut verloren, ihre Heimat in naher Zukunft wieder frei zu sehen.

Aber nicht die Ontredi. Ihr sprichwörtlicher Starrsinn war seit der Besetzung nur noch weiter angestachelt worden. Sie hatten sich in den Bergen und Wüsten versteckt, Nachschublinien überfallen und ganze Familienklans an den Grenztruppen vorbeigeschmuggelt, um sie wieder zu vereinen. Wo sie nur konnten, hatten sie Sand in die Getriebe der Besatzer gestreut: durch Diebstahl, Sabotage und offenen Ungehorsam. Sie hatten die übrigen Volksgruppen Meribals, gleichgültig, aus welcher Provinz sie stammten, oder welchen Gott sie anbeteten, dazu aufgerufen, sich zu vereinen und ihr Land aus den Klauen der Fremden zurückzuerobern.

Und sie hatten dafür bluten müssen.

Parandirer und Milorianer gleichermaßen hatten die Aufständischen wie Tiere gejagt und sie öffentlich unter Pauken und Trompeten aufgeknüpft. Bald waren sämtliche Ontredi zur Zielscheibe der Besatzer geworden, gleichgültig, ob sie dem Widerstand angehörten oder nicht. Mitglieder ihres Volkes wurden ohne Grund eingekerkert oder vor den Augen aller schikaniert. Kinder wurden ihren Familien weggenommen und »umerzogen«. Sie sollten den Blauen Stern niemals tragen.

Man verbot ihnen, ihre Religion auszuüben. Man verbot ihnen alles. Viele wurden erschossen, wobei ihr einziges Vergehen darin bestand, dem alten Bergvolk anzugehören. Niemand war eingeschritten. Niemand hatte den Ontredi beigestanden. Aus Angst, mit ihnen zu sterben. Aus Hass, den die Besatzer ihnen eingetrichtert hatten.

Bald waren nur noch wenige tausend von Staras Leuten übrig. Dann nur noch wenige Hundert. Die Geschichte ihres Volkes, so schien es, würde mit Blut zu Ende geschrieben.

Aber das hatte die übrigen Ontredi nur noch mehr angespornt. Wenn sie schon untergehen mussten, dann für die Freiheit kämpfend. Für ihre Kinder und deren Kinder. Für das Land, das einstmals auch ihnen gehört hatte. Selbst wenn es eine verlorene Sache war, für die sie stritten.

Und noch mehr von ihnen starben.

»Auch dein Vater«, sagte Kriss leise. »Nicht wahr?«

»Auch mein Vater«, sagte Stara. Sie schluckte schwer, bevor sie fortfahren konnte.

Ihr Vater hatte sein nicht gerade übermäßiges Vermögen dazu benutzt, dem Widerstand zu helfen. Er hatte geheime Nachrichten weitergegeben. Hatte Mitgliedern des Widerstands Obdach gewährt.

Stara und ihre Familie hatten nie herausgefunden, wer es gewesen war, der ihn verraten hatte. Ein Nachbar, ein Geschäftsfreund. Ein Neider, von denen es viele gegeben hatte.

Eines Nachts waren Stara, ihre Eltern und ihre beiden Brüder von lauten Stimmen geweckt worden. Die Tür war krachend aufgeflogen und Soldaten in den grauen Mänteln und blitzenden Kürassen der milorianischen Armee hatten das Haus gestürmt und sie mit vorgehaltenen Musketen aus den Betten gezerrt. Staras Vater war von ihnen abgeführt worden wie ein Verbrecher. »Alles wird gut«, hatte er seinen Kindern versprochen, während man ihn zu anderem »Ontredi-Abschaum« in einen Holzwagen gepfercht hatte.

Stara und ihre Familie hatten ihn erst Monate später wiedergesehen, als er, zum Skelett abgemagert, mit einem Dutzend anderer Aufständischer aufgehängt worden war, unter dem zufriedenen Blick des Marionetten-

Herrschers und seiner milorianischen Befehlshaber.

Ihr Haus war ihnen weggenommen worden. Die Belnaris kamen in eine Mechanofaktur, die Helme und Kürasse herstellte. Hier waren Stara und ihre Familie zusammen mit Hunderten anderer ihres Volkes wie Sklaven gehalten worden, während sie tagaus, tagein schuften mussten, bis ihre Hände blutig waren und ihre Rücken krumm.

Zu dieser Zeit war Stara gerade erst siebzehn Jahre alt gewesen. Sie hatte sich geschworen, ihren Vater zu rächen, ihr Volk. Sie hatte beim Namen Nahalus geschworen, ihre Heimat zu befreien und die Besatzer zu vertreiben.

Koste es, was es wolle.

Als der Widerstand im Verwaltungsgebäude ein Fass mit Schießpulver zündete, konnten sie aus der Mechanofaktur entkommen. Im anschließenden Chaos war es ihnen gelungen, einige Dutzend Sklaven aus der Stadt zu schmuggeln. Stara war unter ihnen. Doch nicht ihre Mutter und ihre Brüder: Sie fielen während der Flucht im Musketenfeuer.

Stara und die anderen flohen zusammen durch dornige Steppen und sengende Wüsten in die Berge, wo der Widerstand sich im Keller einer Klosterruine versteckte und organisierte. Als Stara mit leer geweinten Augen sagte, dass sie kämpfen wolle, versuchte niemand, ihr dies auszureden.

Seite an Seite mit früheren Bauern und Hirten lernte sie, wie man mit Pistole und Muskete umging. Wie man Messer und Würgedraht am Körper versteckte, sodass die Militärpatrouillen sie nicht entdeckten. Wie man durch alte Kloaken und Zisternen in die besetzten Städte gelangte. Wie viel Schwarzpulver man brauchte, um eine gepanzerte Kutsche zu sprengen.

Sie lernte, wie man tötete. Schnell und lautlos. Sie lernte, ihrem Hass weitere Nahrung zu verschaffen, weil es oft genug allein der Hass war, der sie von der Verzweiflung ablenkte. Von der Einsamkeit.

Es dauerte nicht lange, und sie führte andere Ontredi im Kampf an. Die Männer und Frauen respektierten sie. Viele folgten ihr, ohne zu zögern. Und die Besatzer lernten, sie zu fürchten, auch wenn sie niemals ihren Namen erfuhren oder ihr Gesicht sahen.

Darüber hinaus konnte Stara sich auf besondere Weise für den Kampf ihres Volkes einsetzen: Mit den archäologischen Kenntnissen, die ihr Vater an sie weitergegeben hatte, förderte der Widerstand alte Artefakte aus dem Sand, aus verfallenen Festungen, Palastruinen oder verbotenen Grüften. Durch die früheren Geschäftskontakte ihres Vaters gelang es Stara, ihre Funde gewinnbringend zu verscherbeln, oft an ausländische Sammler und Museen. Das brachte dem Widerstand Geld für Waffen und Ausrüstung. Geld für sein hungerndes Volk. *Stara die Grabräuberin*, nannte man sie. Es war ihr gleichgültig, solange es half, ihren Schwur zu erfüllen.

»Dann traf ich ihn«, sagte Stara.

Kriss nickte. »Phærion.«

Es war keine drei Monate her, während einer von Staras Expeditionen. Während die Monde am Himmel standen, stießen sie und eine Handvoll ihrer Leute auf eine vergessene Berghöhle, deren Eingang völlig von Dornbüschen verborgen gewesen war. Stara hatte Hinweise auf diese Höhle in den Chroniken der Klosterruine entdeckt, in der sich der Widerstand sammelte. Knapp tausend Jahre zuvor war ein vielgeliebter Abt des Klosters hier gestorben und beigesetzt worden, und Stara hoffte, dass Grabbeigaben der Gläubigen noch immer in der Höhle zu finden waren.

Ihre Lampen fielen auf roten Stein. Doch wenn es hier einst Schätze gegeben hatte, dann waren sie vor langer Zeit geplündert worden, zusammen mit den Gebeinen des Abts und allen anderen Wertgegenständen.

Sie waren drauf und dran, enttäuscht abzuziehen, als Staras Instinkt sie tiefer in die Höhle führte, und noch tiefer hinein.

Was sie dort fanden, war sehr viel wertvoller, als alles, was sie sich erhofft hatten. Und sehr viel fremdartiger.

Zuerst dachten sie, es wäre eine seltsame Bronzestatue, dünn wie ein Gerippe und zur Unkenntlichkeit zerbeult und verbogen. Gliedmaßen fehlten, das Metall war zerkratzt und feuergeschwärzt. Unbrauchbar. Ein Wrack.

Es gab eine Klappe in seiner bronzenen Brust. Als Stara sie öffnete, sah sie den Kristall, der sich darunter verbarg. Er hatte ebenfalls einiges abbekommen: Ecken waren abgebrochen, Haarrisse zeigten sich in dem Edelstein. Kerben und Kratzer.

Doch ihm wohnte ein grünliches Licht inne, so schwach, dass es selbst in der Dunkelheit der Höhle kaum auszumachen war. Ælonische Partikel vergingen um ihn herum wie bunte Funken.

Begeisterung packte Stara und die anderen. Keiner von ihnen konnte sich einen Reim darauf machen, wann und wie dieses Gebilde hier gelandet war. Aber ælonische Artefakte brachten eine Menge Geld, gleichgültig, wie nutzlos sie inzwischen waren.

Als Stara den Kristall berührte, schien dies sein Glühen zu verstärken. Es war, als wäre das Ding erwacht.

Und es sprach zu ihnen.

Die Stimme aus dem Würfel befahl ihnen, nicht näher zu kommen und sich zu identifizieren. Wo war er? Welches Jahr schrieb man?

Stara und die anderen gaben dem Artefakt bereitwillig Auskunft, fasziniert, begeistert und vielleicht ein wenig verstört. Keiner von ihnen hatte je zuvor mit einer *Maschine* gesprochen. Ihr Fund, das war ihnen klar, würde dem Widerstand ein gewaltiges Vermögen einbringen. Sie nahmen ihn mit zu den anderen.

Durch seine zahlreichen Beschädigungen hatte das Artefakt einiges vergessen. Wichtige Details, Namen. Manche Wörter fielen ihm nicht ein, er musste sie erst von Stara und ihren Leuten neu erlernen.

Für die Ontredi war es zunächst, als ob sie mit einem Schwachsinnigen sprächen. Doch der Würfel lernte schnell. Und er bat sie um Unterstützung: Er hatte eine Mission zu erfüllen, eine enorm dringliche Mission. Wenn sie ihm halfen, würde ihnen unvorstellbarer Reichtum winken.

Aber es würde nicht leicht werden. Zwar wusste er noch, dass seine Königin vor gut fünfhundert Jahren in Gefahr geraten war. Doch wo sie sich befunden hatte und was damals geschehen war, das vermochte er nicht mehr zu sagen.

Manches konnte er nur mit Mühe rekonstruieren: Sein Name war Phærion, er war ein Mitglied der *Bronzelegion*, einer Elitetruppe ælonischer Soldaten, die mit dem Schutz der Königin und besonderen Aufgaben betraut war, die sie Soldaten aus Fleisch und Blut nicht anvertrauen wollte.

Phærion war der Majordomus der Königin gewesen – der Haushofmeister ihres Palastes und einer ihrer engsten Vertrauten. Sie hatte ihn mit einem Geheimauftrag als ihren direkten Abgesandten in eine ihrer aufständischen Kolonien entsandt. Als die Rebellen den Wasserpalast angriffen, hatte er sich gerade auf dem Weg dorthin zurück befunden.

Doch Feinde der Königin – und derer gab es viele – hatten ihn abgefangen und sein Schiff aus dem Himmel geschossen. Es war im Gebirge von Meribal abgestürzt. Sein maschineller Körper war dabei irreparabel beschädigt worden. Um den Angreifern zu entgehen, die sichergehen wollten, dass niemand den Absturz überlebt hatte, hatte er sich mit knapper Not in die Höhle gerettet, wo sein bronzener Leib endgültig versagt hatte. Als er auf den Stein gestürzt war, hatte der Würfel weiteren Schaden genommen. Erinnerungen waren für immer verloren gegangen, zusammen mit den Splittern, die aus ihm herausgebrochen waren.

Unfähig, sich zu bewegen oder Hilfe zu erreichen, war er hier gefangen gewesen. Für Jahrhunderte. Als das Ælon schließlich versiegt war, hatte er sich in eine Art Schlaf begeben, um den Rest seiner immer knapper werdenden Energie zu sparen.

So hatte er gewartet. Gewartet und gewartet, dass man ihn fand und er seine Mission erfüllen konnte, an die er sich inzwischen nur noch vage erinnern konnte. Ihre Dringlichkeit jedoch war ihm in all dieser Zeit gegenwärtig gewesen.

Nun, endlich, hatte er Hilfe gefunden, wie es schien. Er hatte von dem Widerstand erfahren, von seinem Kampf um die Freiheit. Und er bot den Ontredi einen Handel an: Wenn sie ihm halfen, die Todlose Königin zu finden, wäre ihnen die ewige Dankbarkeit Sendrenas gewiss. Sie würde ihr Land befreien, sie mit Gold überschütten.

Stara und die anderen waren, milde ausgedrückt, sehr skeptisch: Die Todlose Königin war tot, wie Stara aus Alriks Buch wusste, das sie als Kind gelesen hatte. Doch Phærion wusste von der Doppelgängerin der Königin, und war sicher, dass sie es war, die man damals einen Kopf kürzer gemacht hatte, nicht seine Gebieterin.

Die wahre Königin musste ihnen entkommen sein. Vielleicht befand sie sich noch in geheimen Gewölben unterhalb ihres Palastes, eingefroren in ihrem unzerstörbaren Kokon, der sie vor dem Zorn der Rebellen und der Zeit schützte. Oder sie hatte sich an einen anderen Ort gerettet. Phærion wusste, dass sie im Geheimen eine ultimative Waffe hatte bauen lassen, doch er wusste nicht mehr, wo diese sich befand, wenn er es je gewusst hatte. Möglicherweise – sehr wahrscheinlich sogar – war Sendrena auf dem Weg zu dieser Waffe gewesen, als ihr Königreich bedroht worden war. Auch wenn sie ihr Ziel offensichtlich niemals erreicht hatte, bestand die Chance, dass sie die Jahrhunderte unbeschadet überdauert hatte, in ælonischem Winterschlaf und keinen Tag gealtert.

Doch die Suche würde nicht einfach werden, im Gegenteil. Und sie mussten sich beeilen, bevor Phærions Energie aufgebraucht war.

Der Widerstand beriet sich. Sollte der Würfel verrückt sein, konnten sie ihn immer noch verkaufen. Aber wenn er die Wahrheit sagte, und es bestand auch nur der Hauch einer Chance, die Todlose Königin zu finden ...!

Stara erzählte ihren Kameraden von dem Buch aus ihren Kindheitstagen: dem Buch über die Königin und ihre Zeit. Alle Versuche, über die alten Geschäftsfreunde ihres Vaters an ein anderes Exemplar zu gelangen, waren vergebens. Doch dafür erfuhr sie den Namen des Autoren, eines Gelehrten, der ausgerechnet aus Miloria stammte.

So kam ihr die Idee, direkt an die Quelle zu gehen.

Ihre Kameraden entschieden sich dafür, das Wagnis einzugehen. Der Widerstand schmuggelte Stara und ihre Mitstreiter über die Landesgrenzen ins Königreich Urelor. Hier kauften sie sich ein Luftschiff und Ausrüstung für eine Expedition ins Ungewisse – Ausgaben, die die Gelder des Widerstandes stark schröpften. Dann machten sie sich auf die Suche nach Alrik Dawalus von der Königlichen Universität in Tamalea. Sollte er nicht mehr leben, gab es vielleicht Erben, die ihnen weiterhelfen konnten ...

Es wurde eine Reise voller Zweifel und Sorgen. Zunächst schien es, als wäre Dawalus ihnen immer einen Schritt voraus. Doch dann fanden sie den alten Mann auf dem Büchermarkt der Oasenstadt Scha'ila.

»Ihr wisst, wie es danach weiterging.« Stara zuckte mit den Achseln.

Kriss brauchte einen Moment, um diese Geschichte zu verdauen. Den anderen ging es ähnlich. Lian zeigte eine grimmige Miene, aber Kriss erkannte, dass Staras Bericht auch ihn nicht kalt gelassen hatte.

Warum habe ich nie von den Geschehnissen in Meribal gehört?, dachte Kriss. Natürlich hatte die königliche Regierung ein Interesse daran, gewisse Aspekte ihrer Politik nicht an die Öffentlichkeit dringen zu lassen.

Aber die Wahrheit war: Sie hatte sich in den letzten Jahren mehr für ihre Arbeit interessiert, als für das Geschehen in der Welt. Sie hatte mehr in der Vergangenheit gelebt, als in der Gegenwart.

Nun schämte sie sich dafür. Und sie fühlte mit allen Menschen wie Stara mit, deren Familien irgendwo in einem weit entfernten Land gestorben waren, nur weil die Führer der mächtigen Königreiche erpicht darauf waren, sich neue Flecken auf der Landkarte einzuverleiben.

»Ich kann euch verstehen«, sagte Kriss zu der Ontredi. »Bitte glaub mir. Was ihr durchgemacht habt, du und die anderen ... es ist schrecklich. Und es hätte niemals geschehen dürfen. Aber –!«

»Kein Aber.« Staras Stimme war hart wie Stein. »Es hätte niemals geschehen dürfen, Punkt. Nur werden weder eure Leute noch die Parandirer mein Land je von alleine verlassen. Das Einzige, was sie respektieren, ist das Recht des Stärkeren. Und sie werden vor Sendrenas Schwert zittern, glaub mir. Sie werden sich wünschen, niemals einen Fuß über unsere Grenzen gesetzt zu haben.«

Aber das wird die Toten nicht wieder lebendig machen!, wollte Kriss sagen. Doch sie schwieg.

Lian rieb sich die Narbe an der Oberlippe. »Muss ’n verdammt großes Schwert sein, damit sich ganze Armeen nass machen.«

»Worauf du Gift nehmen kannst«, sagte Stara mit

bösem Lächeln. »Es ist eine Kriegsmaschine, um alle Kriege zu beenden.«

»Ihr dürft sie nicht dorthin bringen!«, sagte Kriss. »Sendrena ist mindestens genauso schlimm wie die Parandirer oder –« *... die Milorianer*, hätte sie fast gesagt. »Bitte, Stara, es wird nur noch mehr Blutvergießen geben! Das kannst du unmöglich wollen!«

»Wir wollen unsere Freiheit«, sagte Stara kühl, »und die Verbrecher büßen lassen, die sie uns genommen haben.«

»Sendrena hat mit Freiheit nichts im Sinn! Ich bin sicher, Alrik hat euch gesagt, was diese Frau getan hat!«

»Lass das nur unsere Sorge sein, Kleine.«

»Nein! Es muss eine andere Lösung geben als Gewalt!«

»Dann verrate sie mir!«, platzte es aus Stara heraus. »Verrate mir deine glorreiche Lösung! Ich bin ganz Ohr!«

»Alrik und ich ... wir haben Kontakte zur königlichen Regierung. Vielleicht könnten wir ...!«

»*Was* könntet ihr? Euren verfluchten König Bekkard davon überzeugen, unser Land seinen Erzfeinden zu überlassen?«

Kriss hielt ihrem Blick stand. Aber sie schwieg. Sie wusste keine Antwort.

»Für eine sogenannte Wissenschaftlerin«, sagte Stara verächtlich, »bist du erschreckend naiv, Kleine.«

»Und warum isses jetzt plötzlich aus mit eurer Geheimniskrämerei?«, fragte Lian. »Wieso hast du uns das ganze Zeug erzählt?«

Stara sah ihn an. »Weil ihr es niemandem mehr verraten könnt.«

Lorgis sprang auf. »Was soll das heißen?«

Die Ontredi drehte sich dem Riesen zu. »Es soll heißen, dass –«

Weiter kam sie nicht. Lian nutzte ihre Ablenkung aus, er sprang von der Pritsche – und riss ihr die Pistole aus dem Holster. Stara wirbelte herum; Kriss blinzelte erschrocken, als Lorgis die Frau von hinten packte und mit seinen muskelbepackten Armen umschlang. Ihre Reflexe waren gut, aber darauf war sie nicht vorbereitet gewesen. Doch sie wehrte sich nicht. Als Lian ihr die Pistole vor die Nase hielt und den Hahn spannte, lachte sie nur.

»Junge, glaubst du, ich komme mit einer geladenen Waffe hier rein?«

Die Tür flog auf. Kriss durchfuhr es heiß und kalt. Die beiden Ontredi aus dem Gang zielten mit ihren eigenen Pistolen auf Lian und Lorgis. »Die Waffe runter!«, befahl der eine. »Lass sie los!«, der andere.

»Zurück!«, bellte Lorgis. »Oder ich breche ihr das Genick!«

»Tu, was du nicht lassen kannst«, sagte Stara erstickt, aber weitgehend ungerührt. »Es wird eurer Gesundheit nicht gut tun, das kann ich dir versprechen.«

»Lorgis«, sagte Kriss schweren Herzens. »Lian. Tut, was sie sagen.«

»Aber –!«, begannen beide gleichzeitig.

»Lorgis!«, drängte Barabell mit erhobenen Händen. »Verdammt noch mal!«

»Ihr könnt's euch aussuchen«, sagte Stara in Lorgis' Griff. »Hier und jetzt sterben – oder weiterleben.«

»Bitte!«, sagte Kriss zu Lian und Lorgis. Beide knirschten mit den Zähnen. Lian senkte die Pistole. Vor sich hingrummelnd warf er sie einem Ontredi zu, während Lorgis Stara entließ.

Sie ging zu ihren Leuten, die an ihren Schultern vorbei auf die Gefangenen zielten.

»Es tut mir leid«, sagte sie. »Ihr hättet niemals hier sein sollen. Aber die Dinge sind nun mal, wie sie sind. Wir können nicht riskieren, dass ihr in die Zivilisation zurückkehrt und irgendjemanden vorwarnt.«

Lian fixierte sie düster. »Und was soll dann mit uns passieren, ha?«

Ein Eisklumpen bildete sich in Kriss' Magen, als Stara ihnen sagte, was die Todlose Königin für sie im Sinn hatte.

Es dauerte noch eine lange Zeit, aber irgendwann regte sich Alrik im Schlaf. Seine Lider flackerten.

Dann öffnete er die Augen, langsam wie ein Tier, das aus dem Winterschlaf erwachte. Er richtete sich auf, sein Gesicht schmerzverzerrt und totenbleich, aber lebendig.

Kriss gab ihm gar nicht die Chance, etwas zu sagen. Sie schloss ihn in die Arme, selbst unfähig, auch nur ein Wort hervorzubringen. Für einen Moment überstrahlte ihr Glück all ihre Sorgen.

Alrik war ebenfalls froh, sie zu sehen, seine Augen glitzerten feucht. Er sog zischend die Luft ein, als er seine rechte Seite berührte, die mit mehreren Lagen Verband bedeckt war. »Verdammt ...« Seine Schultern sanken herab. »Ich hatte gehofft, es wäre nur ein Traum gewesen.« Seine Brummstimme war kaum mehr als ein heiseres Flüstern. Sie klang so schwach, wie er aussah.

»Ihr scheint großes Glück gehabt zu haben«, sagte der junge Ontredi-Arzt. Er war als Einziger bei ihnen. Die Wachen warteten auf dem Gang. »Trotzdem werdet Ihr eine Weile Schmerzen haben. Es ist besser, wenn Ihr Euch wieder hinlegt.«

»Ich habe genug gelegen, junger Mann«, krächzte Alrik.

»Alrik«, sagte Kriss. »Hör auf den Doktor. Bitte!«

»Ich geb mein Bestes«, murmelte er.

»Ich bringe Euch etwas Wasser«, sagte der Arzt. »Etwas zu essen. Ihr seht aus, als hättet Ihr Hunger.«

»*Entsetzlichen* Hunger«, sagte Alrik.

»Was habe ich verpasst?«, fragte er, als Kriss und er allein waren. Allein auf ihr Drängen hatte er sich wieder auf die Liege gebettet. Großer Weltengeist, er war so blass!

»Warum schaust du so traurig drein, Mädchen? Und wo sind Lian und die anderen? Ihnen ist doch nichts passiert, oder?«

»Nein«, sagte Kriss. »Es ... es geht ihnen gut. Alrik, es tut mir leid, es bleibt keine Zeit, dir jetzt alles zu erzählen. Wir ... werden bald landen.«

Er zog die buschigen Augenbrauen zusammen. »Landen? Wo?«

»Auf einer Insel, etwa hundert Meilen südlich der Nebelreiche.«

Das stürzte ihn nur in noch tiefere Verwirrung. »Und was sollen wir dort? Hat es irgendetwas mit diesem Kasten aus dem Schrein zu tun?«

Kriss nickte langsam. »Das könnte man so sagen. Sie haben, was sie wollen. Wir sind nicht mehr nützlich für sie. Also hat sie ... hat man beschlossen, dass wir dort ausgesetzt werden. Zusammen mit ein paar Vorräten und Medizin für dich.«

Alrik starrte sie an. »Ausgesetzt? Was? Für wie lange?«

Kriss zuckte mit den Achseln. »Für immer. Ich weiß es nicht.«

»*Wer* hat das beschlossen? Madame Belnari?« Er machte Anstalten, sich aufzusetzen, aber Kriss hielt ihn zurück. Sie brauchte nicht einmal viel Kraft dafür.

»Nein«, antwortete sie. »Es war nicht Stara.«

»Wer dann, Kriss?«

Mittlerweile war seine Verwirrung in Wut umgeschlagen, jedoch nicht auf sie, das wusste Kriss. Auch wenn es ihn nur noch mehr durcheinanderbringen würde, sagte sie: »Sendrena III. Die Todlose Königin.«

Alrik klappte der Unterkiefer herunter. »Die Todlose ...? Was erzählst du da? Kriss, Sendrena ist tot! Oder etwa nicht? Großer Weltengeist, steh uns bei! Das Ding aus dem Schrein – war sie ...?«

Das Läuten der Schiffsglocken unterbrach ihn. Kriss hämmerte das Herz in der Brust. Der Moment war gekommen. Sie tauschten das eine Gefängnis für ein anderes ein.

Der Gelbe Mond stand voll und rund am Himmel und goss sein Licht auf das kleine Eiland. Schon aus der Luft hatte Kriss gesehen, dass die Insel grob wie eine Niere geformt war – selbst an ihrer breitesten Stelle maß sie keine vierhundert Klafter. Wäldchen aus kleinen Bäumen wuchsen hier und da, kaum größer als ein ausgewachsener Mensch, dazwischen verteilten sich Teppiche aus stacheligen Gräsern. Sie wirkten brüchig und grau im Mondlicht.

Die *Sturmbrecher* hatte ihre Ankertaue in der Nähe des Strands ausgeworfen, wo Seewarane träge im Sand lagen. Mit ihren schuppigen Leibern, so groß wie Säuglinge, wirkten sie wie seltsame Felsbrocken, die die Flut herangetragen hatte. Die Echsen beäugten die Menschen mit schwarzen, lidlosen Augen, während über ihnen Seevögel am sternenübersäten Himmel gegen die Luftschrauben des Schiffs ankreischten.

Staras Leute hatten Kriss und die anderen mit vorgehaltenen Waffen zum Fallreep geführt. Da Alrik noch zu schwach zum Gehen war, hatten sie ihn auf eine Krankentrage gehievt und zugedeckt. Lorgis und Barabell hatten ihn von Bord getragen. Beide sahen aus, als wären sie auf dem Weg zu ihrer eigenen Hinrichtung.

Kriss wusste, wie sie sich fühlten: Diese Insel lag weit entfernt von allen Hauptverkehrsrouten, nur auf den wenigsten Karten war sie überhaupt verzeichnet. Niemand verirrte sich in diesen Teil der Welt, sie waren mutterseelenallein hier. All ihre Proteste, dass sie Alrik in seinem Zustand nicht hier aussetzen konnten, waren an Staras steinerner Miene abgeprallt.

Lian hielt Kriss und Kriss hielt Lian, während sie zusahen, wie die Ontredi eine Handvoll Fässer zu ihnen rollten. Der Atem trat als blasse Wolken aus ihren Mündern und der Wind blies ihnen kalt durch das Haar. Die Luft roch nach Salz.

Gemeinsam sahen sie zu, wie die Ankertaue wieder gelöst wurden. Wie Staras Leute an ihnen zurück an Bord kletterten. Keinen Moment lang vergaßen sie die Musketen, die von den Bullaugen aus auf sie gerichtet waren.

Während das Fallreep wieder hochgekurbelt wurde, stand Stara an der offenen Tür. Für eine Frau, die der Befreiung ihrer Heimat entgegensah, wirkte sie nicht sehr heiter.

»Viel Glück«, rief sie ihnen zu. Ihre Stimme verriet, dass sie nicht daran glaubte, dass sie viel davon haben würden.

Dann schloss sie die Tür. Nur ein paar Bullaugen weiter sah Kriss ein verhasstes Gesicht aus Silber, das ausdruckslos zu ihnen herabblickte, bevor es sich abwandte.

Alrik hatte es auch gesehen. Und es hatte ihn zutiefst erschreckt. »War ... war sie das?«

Kriss und Lian nickten nur.

»Großer Weltengeist!«, hauchte Alrik. »Ich glaube das nicht, ich kann das nicht glauben!«

Sie hätte uns lieber tot gesehen, dachte Kriss mit leerem Gefühl in der Brust. Sie verdankten ihr Leben einzig und allein Stara und den Ontredi.

Doch für wie lange?

Ihr Blick schweifte über den mondbeschienen, trostlosen Flecken Erde, der nun ihr Zuhause sein sollte. Hoffnungslosigkeit packte sie mit kalten Klauen.

»Ja, haut nur ab!«, brüllte Lorgis dem Schiff nach, als es mit dröhnenden Luftschrauben weiterflog. »Ich hätte euch den Hals umdrehen sollen, jedem Einzelnen von euch, ihr *schessk*verdammtes Pack! Wartet nur, wenn ich euch erwische!«

Seevögel kreischten zur Antwort. Es klang wie ein gehässiges Lachen.

»Tja.« Barabell sah sich um, die Hände unter die Achseln geklemmt. »Auf einmal wirkt der Dschungel ganz gemütlich ...«

Kriss sagte nichts. Sie sah zu, wie das Schiff von einer Wolke verschluckt wurde, und klammerte sich fester an Lian. Ihr Zittern kam nicht allein von der Kälte der Nacht.

{Dritter Teil}

{Der Sturm am Horizont}

Es war ruhig auf der Brücke der *Sturmbrecher*. Die Lampen waren so weit herabgedreht, dass Stara ohne störende Reflexionen auf das tiefschwarze Meer blicken konnte, das sich vor ihnen eröffnete. Sterne funkelten atemberaubend klar im dunklen Zelt der Nacht. Die Monde waren längst hinter den Horizont getaucht.

Sie glaubte zu spüren, wie die Welt kälter und kälter wurde, mit jeder Meile, die das Schiff hinter sich brachte. Nur noch wenige Tage, dann würden sich die ersten Eisschollen in den Wellen zeigen, dicht gefolgt von dem vereisten Land, das die Menschen seit Ewigkeiten mieden, und das aus gutem Grund. Die Weißen Öden waren lebensfeindlich, ein Ort, an den man nicht einmal seinen schlimmsten Feind verbannte. Seltsam, dass sich ausgerechnet dort, mitten in der kalten Trostlosigkeit, das Symbol ihrer Hoffnung verbarg ...

Stara hörte einen der beiden Steuermänner hinter sich gähnen. Es war ansteckend. Ja, auch sie war müde, aber so sehr sie sich auch in ihrer Hängematte hin- und hergewälzt hatte, sie hatte keinen Schlaf gefunden. Immer wieder wanderten ihre Gedanken in die Zukunft. Zu dem, was sie an ihrem Ziel erwartete. Zu dem, was anschließend geschehen würde. Und zu dem alten Mann, dem Mädchen und ihren Freunden.

Sie bedauerte es, dass sie ihr in die Quere gekommen waren. Es gehörte zu den vielen Dingen in ihrem Leben, von denen sie sich wünschte, sie ungeschehen machen zu können. Doch es war ein frommer Wunsch. Die Vergangenheit ließ sich nicht ändern. Sie wünschte dem alten Mann eine rasche Genesung, und hoffte, dass ihr bewundernswerter Mut das Mädchen nicht im Stich ließ. Aber zumindest waren sie am Leben. Das war besser als das Schicksal, das die Königin ursprünglich für sie vorgesehen hatte.

Davon abgesehen hatte sie ihre eigenen Leute, an die sie denken musste. Die wenigen, die von ihnen übrig waren.

Glinn stand neben ihr, ganz vorne am Brückenfenster. Er hatte seine Pfeife angesteckt und paffte vor sich hin. »Auch einen Zug?«, fragte er mit hochgezogener Augenbraue, als er bemerkte, wie Stara genüsslich den würzigen Qualm inhalierte. Der Duft erinnerte sie an ihren Vater. An Zuhause.

»Danke.« Sie nahm die Pfeife und tat einen tiefen Zug. Sie hoffte, dass es ihre Unruhe besänftigen würde. Aber es half nur wenig.

»Sie wären uns nur lästig geworden«, sagte Glinn, als wüsste er, was in ihr vorging.

»Noch lästiger, meinst du.«

»Es war das Beste, Stara.«

»Wer hat etwas anderes behauptet?«

»Niemand.«

»Na also.« Sie gab ihm die Pfeife zurück. Er schmauchte vor sich hin, während er gedankenverloren in die Nacht blickte. Glinn war gut darin, seine eigenen Gefühle zu verbergen, aber sie spürte, dass er bei seiner Tochter war. Seiner Frau. Seinem Bruder. Sie wusste, wie sehr sie ihm fehlten. Dass ihr Andenken der Grund war, warum er mit auf diese Reise gegangen war.

Stara wollte ihn aufmuntern, mit irgendeinem Witz, einer Stichelei. Doch es wollte ihr nichts einfallen. Stattdessen schlang sie die Arme um sich. Es wurde wirklich merklich kälter: sie spürte einen eisigen Schauer in ihrem Rücken.

Dann hörte sie das Flüstern von Seide, begleitet von sanften Schritten.

Sie drehte sich um. Sie war nicht überrascht, die maskierte Gestalt in dem sündhaft teuren Kleid zu sehen, die zu ihnen trat, mit einer Selbstverständlichkeit, als gehöre ihr das Schiff. Doch sie erschauderte erneut.

Elsin und Targen, die beiden Steuermänner, nickten der Todlosen Königin kurz zu und murmelten ein knappes »Majestät.« Stara sah ihre unruhigen Blicke, als die Königin sie ohne ein Zeichen der Wahrnehmung passierte und direkt auf Glinn und sie zusteuerte.

Sie bemühten sich um eine knappe Verbeugung. *Was will sie hier?*, dachte Stara. Sie erkannte die gleiche Frage auch in Glinns Blick.

»Madame Belnari«, sagte die schrecklich schöne Stimme der Königin.

»Majestät. Wollt Ihr Euch nicht lieber ausruhen? Es liegt noch ein langer Flug vor uns.«

»Ich habe fünfhundert Jahre lang geruht«, sagte die Königin und blickte hinaus auf das nächtliche Firmament. »Es ist fürs Erste genug.«

»Natürlich ...« Stara fragte sich, was sich hinter der Maske verbarg, den weißen Edelsteinen, die ihre Augen waren. Sie wusste, die Königin war schon uralt gewesen, lange bevor sie aus ihrem Palast geflohen war. Aber ihre Bewegungen, ihre Körpersprache waren weder die einer alten Frau noch klang sie wie eine.

Der Anblick ihrer Maske, schön und ausdruckslos, verursachte Stara immer wieder eine Gänsehaut. Vielleicht, überlegte sie, war es besser, nicht zu wissen, was hinter dem Silbergesicht lag.

Ihr Blick ging von der Maske zu Sendrenas behandschuhten Händen. Wo war ihr Sklavenwürfel? Sie schien ihn nicht bei sich zu tragen. Vielleicht hatte sie ihn ausgeschaltet, um seine kostbare ælonische Ladung zu sparen, und in der Kabine gelassen, die sie der Königin zur Verfügung gestellt hatten. Es war die einstige Kapitänskajüte, das größte Quartier, das es an Bord gab. Auf Phærions Anraten hatten sie es mit einem Himmelbett, einer vollen Garderobe und anderem Komfort ausgestattet, den Stara persönlich für überflüssig hielt. Aber es lag in ihrem Interesse, ihren hochwohlgeborenen Gast milde zu stimmen. Sie versuchte, nicht daran zu denken, dass manche ihrer Brüder und Schwestern zuhause auf Stein schlafen mussten oder im Staub.

»Ihr scheint mir beklommen, Madame Belnari.« Die Maske wandte sich ihr zu, im gedämpften Lampenschein spiegelglatt schimmernd. Ihre Stimme klang nicht übermäßig interessiert.

»Es war ... eine lange Reise, Majestät.«

»Eine sehr lange Reise, fürwahr. Für uns beide. Aber Ihr dürft Euch freuen: Bald werdet Ihr als Heldin heimkehren. Ihr alle werdet Helden sein.«

»Das ist eine nette Aussicht, Majestät. Aber für uns zählt nur eins.«

Die Todlose Königin nickte. »Eure Feinde werden den Tag verfluchen, an dem sie die Hand gegen Euer Volk erhoben haben. Bald. Schon sehr bald.«

Stara stellte fest, dass sie bei der Aussicht nervös die Fäuste ballte und öffnete, immer wieder. Sie wollte zu gern daran glauben, dass ihre Mitstreiter nicht grundlos ihr Leben in diesem verfluchten Dschungel ausgehaucht hatten. Dennoch fühlte sich in diesem Moment alles so irreal an wie ein Traum. Ob ein guter oder ein schlechter Traum, das konnte sie nicht sagen.

Sie roch das schwere Parfum der Königin und obwohl Sendrena direkt neben ihr stand kam sie Stara irgendwie immateriell vor, so wenig greifbar wie der Dunst in den Nebelreichen. Nicht zum ersten Mal dachte sie an das alte Märchen aus ihrer Heimat: von der alten Kiste, die seit Jahrhunderten auf dem Grunde eines Brunnens ruhte, bis ein junger Held sie allen Warnungen zum Trotz öffnete und den bösen Geist in ihrem Inneren entfesselte.

Sie verabscheute es, mit einer Frau wie der Königin paktieren zu müssen; keinem ihrer Leute war besonders wohl dabei. Schließlich waren sie sich nur allzu bewusst, was Sendrena zu ihrer Zeit getan hatte.

Vor allem mit ihren Feinden.

Stara deutete abermals eine Verbeugung an. »Majestät, ich bitte Euch, mich nun zu entschuldigen. Ich werde versuchen, noch etwas Schlaf zu finden.«

Sie blickte zu Glinn. Es war deutlich, wie unbehaglich ihm bei dem Gedanken war, bei der Königin zu bleiben und möglicherweise Konversation mit ihr treiben zu müssen.

Sendrena nickte. »Ich wünsche, wohl zu ruhen, Madame Belnari.«

»Ebenso, Majestät.«

Erleichtert wandte Stara sich ab und ließ die Brücke hinter sich. Trotzdem wollte sich die Gänsehaut auf ihren Armen nicht legen.

Sie ist nur ein Mittel zum Zweck. Ein Werkzeug, nicht mehr ...

Dennoch konnte sie sich selbst nicht belügen: Die Frau machte ihr Angst.

Als Erstes entzündeten sie die Lampe, die man ihnen gnädigerweise mitgegeben hatte. Lian nahm sie, und machte sich mit Lorgis und Barabell auf, die Insel zu erkunden. Kriss blieb solange bei Alrik. Er konnte immer noch nicht aufstehen, ohne sich zu quälen. Zu dem Schmerz, der von seiner Wunde ausging, gesellte sich der Schmerz von seinem lahmen Bein, das er die letzten Tage zwangsweise überstrapaziert hatte. Noch immer war er unfähig zu fassen, wer ihre Verbannung angeordnet hatte. Dass er nur wenige Kabinen entfernt von der Frau gelegen hatte, über die er mehr wusste, als jeder andere Mensch dieser Epoche.

Kriss half ihm, etwas zu essen und zu trinken. Mit einem Zinnbecher schöpfte sie Wasser aus einem Fass. In einem anderen fand sie etwas Zwieback und Trockenfleisch. Auch eine Spritze mit einem Schmerzmittel hatte man ihnen dagelassen. Kriss hatte Alrik gefragt, ob sie es ihm verabreichen sollte, doch er hatte abgewunken. »Kann sein, dass ich es später dringender brauche als jetzt.«

Die Aussicht hatte Kriss fast das Herz zerdrückt. Sie wollte nicht, dass er Schmerzen litt.

»Danke, Mädchen.«

Kriss runzelte die Stirn. »Wofür?«

»Dass du dich so um mich kümmerst.«

»Na hör mal, was glaubst du denn? Hast du schon vergessen, wie ich letztes Jahr die Schüttelgrippe hatte? Du bist zwei Wochen lang nicht von meiner Seite gewichen. Ich habe nur auf die Chance gewartet, mich dafür zu revanchieren.«

»Ich erinnere mich«, sagte Alrik. »War nicht schön, was? Dagegen ist das hier ein Spaziergang.«

Sie musste darüber lächeln. Es schien ihn zu freuen.

Bald hörten sie knirschende Schritte im Sand. Die anderen kehrten zurück. Sie zeigten lange Gesichter.

»Nix«, sagte Lian.

»Keine Zeichen von Behausung oder früheren Bewohnern«, sagte Barabell.

»Kann sein, dass wir die Ersten sind, die einen Fuß auf diese Insel setzen«, fügte Lorgis hinzu.

Kriss war nicht erfreut, aber auch nicht überrascht.

»Zumindest müssen wir erstmal nich' verhungern«, sagte Lian. »Selbst wenn die Vorräte alle sind, gibt's im Meer haufenweise Fische. Oder wir braten uns welche von den Flattermännern da oben.« Als habe er ihn gehört, krakelte irgendwo ein Vogel. »Vielleicht sind diese Echsen auch irgendwie essbar. Unheimliche Viecher. Haben uns die ganze Zeit stocksteif hinterhergeglotzt, ohne 'nen Mucks von sich zu geben.«

»Vielleicht gibt es hier essbare Wurzeln«, sagte Barabell. »Beeren oder sowas. Wird spannend, das auszuprobieren.«

»So mies, wie das Wetter ist«, sagte Lorgis, »haben wir vielleicht Glück, und es regnet immer wieder mal. Und was zum Auffangen haben wir auch.«

Gemeinsam inspizierten sie die Fässer: Wenn sie sich stark einschränkten, hatten sie Wasser und Vorräte für etwa eine Woche, wie Lorgis und Barabell fachmännisch schätzten.

Kriss nahm das mit einem Nicken zur Kenntnis. Ihnen drohte also keine unmittelbare Gefahr.

Abgesehen von der Hoffnungslosigkeit.

Sie wünschte sich, ein Fernrohr zu haben. Immer wieder suchte sie das Firmament mit bloßem Auge ab. Möglich, dass ihre Worte entgegen aller Wahrscheinlichkeit doch noch zu Stara durchgedrungen waren. Möglich, dass sie und ihre Leute einsahen, dass sie einen Fehler gemacht hatten, und sie wieder abholten.

Sie lächelte schwach darüber. Es war dumm, darauf zu hoffen. Dementsprechend sah sie nichts am dunklen Himmel, außer Wolken und kalt glitzernden Sternen.

Trotzdem: Sie mussten fort von hier. Sie mussten die Welt warnen, Hilfe holen.

Doch die Welt war weit, weit entfernt. Und niemand wusste, dass sie hier waren.

»Wir sollten 'n Feuer machen«, sagte Lian. »Nich' nur um uns warmzuhalten, sondern falls doch irgendwer hierherkommt. Wir haben doch nach Hilfe geschickt, oder? Kann ja sein, dass sie demnächst anmarschiert.«

Kriss schwieg. Doktor Torling und die anderen Archäologen hatten ihr Hilfegesuch mit Sicherheit an die königliche Regierung weitergereicht. Aber würde diese wirklich ein Schiff in einen entlegenen Teil der Welt schicken, um ein paar Archäologen und Luftfahrer zu retten? In diesem Moment zweifelte sie stark daran.

Und selbst wenn ein Luftschiff zu ihnen unterwegs war und unbeschadet über die Wolkenberge gelangte, würde es wahrscheinlich den Dschungel von oben absuchen, nichts finden und anschließend wieder kehrt machen, mit traurigen Nachrichten für die Hinterbliebenen der Vermissten.

Dann waren da noch Nesko, Orven und Eldrit – und mit ihnen die vage Hoffnung, dass sie die *Wolkenbummler* wieder flottkriegten und sich auf die Suche nach ihnen machen würden. Aber selbst wenn sie noch lebten, sie hatten keine Ahnung, welchen Kurs die *Sturmbrecher* genommen hatte. Sie würden sich nach ihnen totsuchen ...

Vielleicht waren sie inzwischen auch von den Kurúlan oder anderen Stämmen entdeckt worden. Vielleicht waren sie längst nicht mehr am Leben.

»Kommt schon«, sagte Lian. »Jetzt guckt nich' so. Es is' noch 'n bisschen zu früh, um die Flinte ins Korn zu werfen. Richtig?«

Er hatte recht. Kriss wusste das. Aber sie fühlte, wie auch Lian gegen die sinkende Hoffnung ankämpfen musste.

»Ein Feuer ist tatsächlich keine schlechte Idee«, sagte Lorgis. »Aber ewig können wir's nicht brennen lassen. Dafür gibt es nicht genug Bäume hier.«

»Na also!« Lian erhob sich und klatschte in die Hände. »Ich such uns 'n paar Äste oder sowas. Haben wir noch Schwefelhölzer?«

»Haben sie uns tatsächlich mitgegeben«, sagte Barabell. »Eine halbe Schachtel. Hurra.« Sie kämpfte sich hoch. »Ich helfe mit dem Holz.«

Bald darauf brannte ein Feuer lichterloh. Sie hatten sich ein Lager in Strandnähe gesucht, im Norden der Insel. Wenn ein Schiff kommen würde, dann am ehesten aus dieser Richtung, dem Kontinent zugewandt, auch wenn sie Ellkors Landmasse von hier nicht erspähen konnten. Alles, was sie sahen, waren das nächtliche Meer und seine tosenden Wellen.

Zumindest kam mit dem Feuer die Wärme zurück, und mit der Wärme ein bisschen Trost. Sie versammelten sich im Kreis um die Flammen und hielten die kalten Hände vor.

»Gut«, sagte Lian und stocherte mit einem Ast im Feuer, »dann überlegen wir jetzt mal ernsthaft, wie wir von hier wieder wegkommen.«

»Wir könnten ein paar Steine zurechtschleifen, Werkzeug anfertigen«, sagte Alrik. Er hustete in seine Faust und presste dabei die Hand auf seinen Verband. *Es geht schon*, sagte sein Blick, als Kriss ihn besorgt ansah.

»Wenn wir ein paar Bäume fällen, könnten wir ein Floß bauen.« Lorgis nahm einen Schluck Wasser aus dem Zinnbecher, bevor er ihn an Barabell weiterreichte. »Die Decken könnten als Segel dienen.«

Barabell schien nicht überzeugt. »Aber selbst wenn wir eine Nussschale hinbekommen, die groß genug für uns alle ist, bleibt die Frage, wie weit wir bei dem Seegang kommen. Es sind – wie viel? Hundert Meilen bis zur nächsten Küste?«

»Verdammt, Bell, warum bist du nur immer so schwarzseherisch?«

»Nach allem, was wir durchgemacht haben, fragst du das ernsthaft?«

»Es baut einen auf jeden Fall nicht sonderlich auf!«

»Ich weiß«, murmelte Barabell betrübt. Trotz ihres Leibesumfangs wirkte sie auf einmal ganz klein. »Ich weiß ...« Sie nippte an dem Becher.

»Kopf hoch«, sagte Kriss. »Noch haben wir nicht alle Möglichkeiten ausgeschöpft.«

Lian lächelte ihr zu, froh darüber, sie so zu hören. Sie wünschte sich nur, sie wäre so zuversichtlich, wie sie sich gab.

»So ist es«, sagte Alrik. Er hatte sich halb auf seiner

Trage aufgerichtet und den Rücken gegen ein Fass gelehnt. Er wirkte unendlich müde. »Noch leben wir. Das ist die Hauptsache. Ah ...«

Kriss schreckte auf, als er das Gesicht verzog. »Ist alles in Ordnung?«

»Geht schon. Nur ein bisschen Bauchzwacken.« Er zwinkerte ihr zu. »Muss wohl die Aufregung sein.«

Sie produzierte ein Lächeln. *Bitte werde bald wieder gesund*, dachte sie. Sie wusste, dass er es hasste, wie ein Invalide herumzuliegen. Er wollte etwas tun, er wollte helfen. Und sie wollte nichts mehr, als dass es ihm gut ging.

Nach einigen weiteren Beratschlagungen kamen sie schließlich überein, dass sie in dieser Nacht nur wenig bewirken konnten. Sie würden morgen, bei Tageslicht und ausgeruht, weitere Pläne schmieden.

»Ich übernehm' die erste Wache«, sagte Lian.

»Ich die zweite«, sagte Kriss.

Barabell hob die Hand. »Danach bin ich dran.«

Lian blieb am Lagerfeuer sitzen, während die anderen sich zur Ruhe betteten, eingemummelt in die fadenscheinigen Decken, die Staras Leute ihnen mitgegeben hatten. Sie hielten scharfe Steine und Knüppel griffbereit. Es waren die einzigen Waffen, die ihnen geblieben waren.

Kriss lag neben Alrik, eng an ihn gekuschelt. Ihre letzten Gedanken galten Staras Worten über das Schwert, jene Kriegsmaschine, die alle Kriege beenden sollte. Als sie schließlich eingeschlafen war, träumte sie von der Silbermaske mit ihren schimmernden, toten Juwelenaugen.

Irgendwann weckte sie eine vertraute, sanfte Stimme.

»Kriss ...«

Mit leisem Knurren schlug sie die Augen auf. Lian hockte neben ihr. Er lächelte schwach. »Tut mir leid«, flüsterte er. »Ich dacht', ich halt' länger durch ...«

»Ist schon gut.« Sie rappelte sich vorsichtig auf, um Alrik nicht zu wecken. »Ruh dich aus.«

»Ich hab frisches Holz ins Feuer gelegt. Wenn irgendwas is', weck mich sofort, ja?«

»Mache ich.«

Er küsste sie. Der Gedanke, eines Tages darauf verzichten zu müssen, war unerträglich.

Lian schnappte sich eine Decke und ließ sich neben ihr nieder. Die Hände hinter dem Kopf verschränkt, blickte er hinauf zu den Sternen. »Als wir in dem verdammten Schiff eingesperrt waren, Lorgis, Bell und ich«, begann er mit gesenkter Stimme, »und wir nich' wussten, was euch in dem Wald alles zustößt ... da hab ich mir echt Sorgen gemacht. Ich mein', ich weiß, dass man dich nich' so leicht klein kriegt. Trotzdem hat mich der Gedanke verrückt gemacht, dass ihr nich' zurückkommt.«

»Nicht nur dich«, sagte sie leise.

»Kriss ...« Er drehte sich ihr zu, den Ellenbogen angewinkelt und den Kopf auf die Hand gestützt. »Da is' was, das du wissen musst. Ich will's dir schon die ganze Zeit sagen. Seit Sohendal. Aber ... es gab nie 'nen richtigen Moment oder es war immer wer dabei ...«

Kriss sah ihn an. Der Schein des Lagerfeuers ließ die Schatten in seinem Gesicht tanzen. Er nahm ihre Hand.

»Kriss, ich hab dich nie angelogen. Als ich gesagt hab, dass ich dich lieb hab. Ich hab dich lieb, Kriss. So sehr, dass ich nich' gedacht hab, dass das möglich is'. Die Baronin soll von mir aus in der Dunkelwelt schmor'n, aber zumindest für eins war sie gut: dass wir uns getroffen haben.«

Kriss spürte einen Kloß in ihrer Kehle.

»Wenn wir uns küssen«, sagte er, »wenn du einfach nur da bist ... Du weißt nich', wie glücklich mich das macht. Das musst du mir glauben.«

Sie sah die Dringlichkeit in seinen dunklen Augen. Es waren die Worte, nach denen sie sich so sehr gesehnt hatte. Nur machten sie ihr Herz nicht leichter. Im Gegenteil.

»Du glaubst mir doch, oder?«

»Ja«, sagte sie und meinte es so. »Das tue ich. Und trotzdem«, ihre Zunge wurde schwer, »trotzdem wirst du gehen. Eines Tages.«

Er sah weg, beschämt, getroffen. Wieder merkte sie, wie sehr seine eigenen Gefühle ihn verwirrten, dass er sich selbst nicht verstand.

»Ich will nicht, dass du gehst«, sagte sie und kam sich winzig und hilflos dabei vor. »Lian, ich will, dass wir zusammenbleiben!«

»Das will ich auch!«, sagte er.

»Und trotzdem wirst du unglücklich werden, wenn du bleibst. In meiner Welt.«

»Und du in meiner?«

»Ich fürchte.« Kriss atmete tief durch. »Lian, ich habe viel darüber nachgedacht. Ich will dich nicht verlieren. Aber ich will auch nicht, dass du mich hasst.«

»Glaubst du, das könnte ich?«

»Vielleicht. Wenn du das Gefühl bekommst, dass ich dich zurückhalte. Dass du bei mir gefangen bist. Und der Gedanke zerreißt mich.«

Er sah sie flehend an. »Was soll ich tun, Kriss? Bitte sag mir, was ich tun soll!«

»Ich weiß es nicht«, sagte sie. Es tat weh.

Er fuhr sich aufgebracht durch das Haar. »Verflucht, warum können die Dinge nich' einfach mal einfach sein?«

»Ich weiß es nicht«, sagte sie wieder. »Vielleicht sind sie das nie. Die wichtigen Dinge, meine ich.«

»*Korf*«, murmelte Lian. Seine Stimme klang erdrückt.

»Ja«, sagte Kriss. »So kann man es nennen.«

Eine Weile saßen sie nur so da und sahen den Funken zu, die vom Feuer himmelwärts stoben. Kriss hatte geglaubt, es würde ihren Kummer zumindest etwas lindern, über all das mit ihm zu sprechen. Doch sie spürte keine Erleichterung. *Ich hab dich auch lieb, Lian Berris*, wollte sie ihm sagen. *Du bist das Beste, was mir seit langer Zeit passiert ist. Ich kann dich nicht gehen lassen. Ich will es nicht.*

Aber sie musste es. Und das machte sie wütend, mutlos. Und traurig. Vor allem traurig.

»Versuch, etwas zu schlafen«, sagte sie schließlich nach einem tiefen Atemzug.

Er zögerte. »Wenn was is' ...«

»Wecke ich dich.«

Er beugte sich vor und küsste sie. Sie küsste ihn zurück. »Ich liebe dich«, sagte sie.

»Ich liebe dich«, sagte er. Und sie wusste, dass es stimmte. Es war schmerzhaft und wunderbar zugleich.

Bald hörte sie Lian im Einklang mit Lorgis und Barabell schnarchen. Als sie sah, dass Alriks Decke ihm halb von der Brust gerutscht war, zog Kriss sie wieder hoch.

»Danke, Bria«, murmelte er im Schlaf. Es ließ sie gerührt lächeln.

Eine lange Zeit starrte sie in die Flammen, die sie dann und wann mit neuen Ästen nährte, und kaute auf einem Stück Trockenfleisch, dessen salzigen Geschmack sie mit einem Schluck aus dem Becher herunterspülte.

Lian. All ihre Gedanken kreisten um ihn, um sie beide. Und wenn sie einfach mit ihm ginge? Ihn bei seinem Vagabundenleben begleitete, stahl, wenn es nötig war, ohne Zuhause, ohne Ziel? Wenn sie ihr eigenes Leben aufgab, um mit ihm zusammen zu sein?

Aber sie wusste, dass ihr etwas fehlen würde. Dass auch sie unglücklich werden würde, und vielleicht beginnen würde, ihn zu verachten. Für das, was sie zurücklassen müsste.

Gab es keine Lösung für sie? Sie dachte daran, was Alrik gesagt hatte: Dass man die Menschen, die man liebte, manchmal loslassen musste. Aber sie wusste nicht, ob sie das konnte.

Vielleicht gab es keine Lösung. Vielleicht waren gebrochene Herzen und Bedauern manchmal alles, was von der Liebe übrig blieb.

»*Korf*«, flüsterte sie.

Da bewegte sich etwas Langsames knapp am Rande ihres Gesichtsfelds. Erschrocken blickte sie über die Schulter.

Sie waren dunkle Schemen in der Nacht, einige Schritte jenseits des Feuerscheins: drei Seewarane.

Wie echsenhafte Statuen standen sie da, sie gaben keinen Laut von sich, rührten keinen Muskel. Sie starrten nur zu den Menschen, die sich auf ihrer Insel breitgemacht hatten, und ihre schwarzen Augen fingen die Flammen des Lagerfeuers als winzige gelbe Punkte.

Kriss schluckte. Sie fixierte die Echsen, ohne sich ihrerseits zu bewegen. Sollte sie die anderen wecken? So weit sie gelesen hatte, waren Seewarane eigentlich friedlich. Doch ihr Speichel war hochgiftig, und wer wusste, was sie tun würden, wenn sie sich bedrängt fühlten?

Aber die Echsen kamen nicht näher. Sie beobachteten nur. Schließlich wagte Kriss wieder, sich zu entspannen. *Wir sind schon ein trauriger Haufen was?*, dachte sie mit bitterem Lächeln. *Na ja, ihr habt euch garantiert bald an uns sattgesehen.*

Sie blickte an den geschuppten Leibern vorbei zum fernen Horizont jenseits der Wellen, wo ein Blitz in dunklen Wolken zuckte. Sie hoffte, dass das Unwetter an ihnen vorbeiziehen würde. Für einen Moment stellte sie sich vor, dass es der kommende Krieg war, den sie dort draußen sah. Der Krieg der Todlosen Königin, der über sie hereinbrach wie ein schwarzer Sturm.

Der Gedanke ließ sie erzittern. Ein neues Großes

Feuer zog auf, und sie saßen hier fest, unfähig, etwas dagegen zu unternehmen!

Warum hast du nicht auf mich gehört, Stara? Hat dich dein Hass so verblendet?

Doch trotz allem, was sie getan hatte, konnte sie die Frau nicht länger hassen. Vielleicht, in einem anderen Leben, unter anderen Umständen, hätte Kriss genauso gehandelt wie sie.

Dafür wuchs ihre Verachtung auf die Mächtigen dieser Welt. Auf Herrscher wie Sendrena, König Bekkard, Baronin Gellos und all die anderen, die auf die Landkarte blickten, als wäre sie ein Spielbrett, und die Menschen, die dort lebten, nur Spielfiguren, die sie nach Belieben führen oder opfern konnten.

Es ließ die Galle in ihr hochkommen. Erst ein leises Keuchen von Alrik riss sie aus ihren Gedanken.

Kriss drehte sich zu ihm: Er hatte die Augen geöffnet und starrte zum Himmel, sein Atem ging schnell.

»Alrik!«, flüsterte sie. »Was ist mit dir?«

Er krächzte etwas, dann versuchte er es erneut. »Nichts«, sagte er und zeigte etwas, das wahrscheinlich ein entspanntes Lächeln sein sollte. »Nur ein Alptraum.«

»Brauchst du etwas gegen die Schmerzen?«

»Nein. Nein, es ist schon gut, wirklich.«

Aber sie merkte ihm an, dass das nicht stimmte. »Bist du sicher?«

»Bitte, Mädchen. Mach dir keine Sorgen. Entschuldige, dass ich dich geweckt habe.«

»Hast du nicht. Ich habe gerade Wachdienst.«

»Ah. Ach ja, richtig ...«

»Versuch, weiterzuschlafen. Ich passe auf dich auf. Versprochen.«

Er lächelte dankbar und schloss die Augen, doch er schlief nicht, trotz der unendlichen Erschöpfung, die ihm ins Gesicht geschrieben stand. Stattdessen hörte sie ihn irgendwann murmeln: »Ich habe von ihr geträumt. Von

Sendrena. Ich weiß, was ihr mir erzählt habt, ich habe sie mit eigenen Augen gesehen, aber trotzdem ...«

»... ist es schwer zu glauben. Ja. So ging es mir auch, als wir ihr gegenüberstanden.«

»Fünfhundert Jahre«, murmelte Alrik. »Plus die knapp zweihundert, die sie davor schon gelebt hat. Großer Weltengeist, Mädchen, kann man so alt werden und sich immer noch einen Menschen nennen?«

Kriss schüttelte den Kopf. Sie wusste es nicht. »Was hat dich damals so an ihr fasziniert?«

»Nun, sie war ... überlebensgroß. Geheimnisvoll. Und ... sehr schön, wenn man den Gemälden trauen darf. Denk dran, ich war noch ein junger Mann, als ich begonnen habe, mich für sie zu interessieren.« Alriks Lächeln war nur flüchtig. »Damals habe ich mir oft vorgestellt, wie es wäre, sie zu treffen. Die Todlose Königin.« Er gab ein bitteres, kleines Lachen von sich. »Jetzt wünsche ich mir, ich hätte niemals von ihr gehört. Und ich glaube, ich bin ganz froh, ihr *nicht* gegenübergestanden zu haben. Ironisch, was?«

»Ja.«

Da nahm er ihre Hand. Seine Finger fühlten sich kühl an, wie Marmor. »Kriss«, sagte er, und sie erschrak fast vor der Intensität in seinem Blick. »Jemand muss sie aufhalten oder die ganze Welt fängt wieder Feuer. Diese Kriegsmaschine, nach der sie suchen – Sendrena hatte Mittel und Wege, so eine Monstrosität zu bauen. Sie ist größenwahnsinnig, aber sie ist nicht irre. Wenn sie glaubt, dass sie die Armeen der Welt in die Knie zwingen kann, dann sind das keine Hirngespinste, verstehst du? Und wenn die Asche sich gelegt hat, wenn sie wieder auf dem Thron sitzt, für weitere siebenhundert Jahre ... Das darf nicht geschehen!«

Er schloss die Augen. Sie sah die Sorgen, die seine Stirn umwölkten. »Jemand muss sie aufhalten ...«

»Ich weiß«, flüsterte Kriss. »Glaub mir ...«

Bald hörte sie Alrik ruhig atmen. Sie war froh, dass er doch noch Schlaf gefunden hatte. Auch sie wurde langsam von der Müdigkeit überwältigt. Sie wartete ab, bis ihr die Augen fast zufielen, dann weckte sie Barabell.

Die Echsen hatten inzwischen das Interesse an ihnen verloren und waren mit den übrigen Schatten der Insel verschmolzen. Auch das Unwetter schien weitergezogen zu sein. Die Blitze hatten sich gelegt, kein einziger Donnerschlag war bis zu ihnen gedrungen.

»Gute Nacht, Doktor«, flüsterte Barabell, als Kriss sich hinlegte. »Hoffen wir, dass die Welt morgen ganz anders aussieht.«

Kriss teilte ihre Hoffnung. Sie blickte zu ihrem Freund und Mentor. Sie betete, dass die Nacht Alrik etwas Erholung bringen würde. Sie nahm ihre Brille ab, dann schlief auch sie ein.

Wieder träumte sie von der silbernen Maske. Von einem Sturm und schwarzen Augen, die sie beobachteten.

Am nächsten Morgen wurde sie vom Rauschen, Brüllen und Zischen der Wellen geweckt, und vom trüben Licht der Sonne, die sich schwächlich über den Horizont erhoben hatte. Kühler Wind ließ die Bäume wispern.

Kriss setzte ihre Brille auf und sah sich um: Barabell war noch wach, zumindest halbwegs. Sie rang mit dem Schlaf und zuckte immer wieder zusammen, als sie drohte vor Müdigkeit umzufallen. Das Lagerfeuer glomm noch vor sich hin, aber es würde bald ganz erlöschen.

Sie hörte Lian und Lorgis schnarchen. Auch Alrik schlummerte friedlich. Sein Atem ging so ruhig, dass sie es kaum wahrnahm.

Der Schrecken fuhr Kriss bis in Mark. Mit einem Mal war sie hellwach.

Er atmete nicht! Alrik atmete nicht!

»Alrik!« Sie stieß ihn an. »Alrik, Alrik, hörst du mich? Alrik!«

»Doktor!« Lorgis schoss sofort hoch, auch Lian kämpfte sich auf die Beine. Barabell blickte sich schlaftrunken um: »Wasislos?«

»Alrik!«, rief Kriss, aber er reagierte nicht. Sein Körper war so schlaff wie der einer Puppe. »Nein, nein, bitte, nein! Alrik, Alrik, steht auf, bitte steh auf!«

Sie hörte die anderen erschrocken keuchen, als sein Kopf sich kraftlos zur Seite drehte.

»Nein!«, schrie Kriss. *Ich träume noch!*, dachte sie. *Das ist ein Traum, bitte, ich muss träumen!*

Doch sie fühlte den Wind auf ihren Wangen und hörte das Tosen der Brandung, roch das Salz und verbranntes Holz, und sie wusste, dass es kein Traum war.

»Es ... es tut mir leid, Doktor«, sagte Lorgis mit schwacher Stimme, nachdem er Alriks Pulsschlag gefühlt hatte. »Es tut mir so leid ...«

Kriss sah auf Alrik herab, sah sein totes Gesicht, und sie begriff, dass er nie wieder aufstehen würde. Nach all der Hoffnung, die sie gehegt hatte, war ihre schlimmste Sorge nun doch Wirklichkeit geworden: Alrik war von ihr gegangen und er kam niemals mehr zurück. Sie war allein.

Sie konnte den Anblick nicht länger ertragen.

»Kriss!« Lian wollte sie halten, doch sie sah ihn nicht, die Welt verschwand in einem grauen Wirbel. Sie kam auf die Beine. Und lief los, als könnte sie der Erkenntnis entfliehen.

Alrik hatte sie verlassen.

Sie rannte über den Sand. Sie flehte ihre Eltern um Beistand an, bat den Weltengeist, es ungeschehen zu machen, sie aufwachen zu lassen, die Zeit zurückzudrehen. Doch sie erhielt keine Antwort, ihr Flehen wurde nicht erhört.

Alrik hatte sie verlassen. Für immer.

Irgendwann fiel sie im Sand auf die Knie, ihre Hände auf die geschlossenen Augen gedrückt. Sie rang nach Atem, als sie glaubte, zu ersticken. Wieder sah sie sein Gesicht vor sich, leblos. Sie wollte ihren Kummer in die Welt schreien, doch es kam nur ein leises Wimmern über ihre Lippen.

Sie flüsterte seinen Namen, immer wieder, als könnte ihn das zurückbringen. Sie hatte geglaubt, keine Tränen mehr zu haben, aber sie hatte sich geirrt.

Sie war allein.

Sie hörte kaum die Schritte im Sand, die sich ihr näherten. Als sie aufblickte, stand Lian vor ihr, ebenfalls von Trauer gezeichnet.

Sanft zog er sie zu sich herauf und schloss sie in die Arme. Er streichelte ihr das Haar, küsste ihre Stirn, doch er sagte nichts, es gab nichts, was er sagen konnte.

»Er ist tot, Lian!« Kriss hörte sich selbst die Worte sagen, und dachte gleichzeitig: *Wie kann das sein? Es kann nicht stimmen, es darf nicht stimmen!* »Er ist tot ...«

Arm in Arm standen sie da, eine lange Zeit. Kriss hatte geglaubt, inzwischen daran gewöhnt zu sein: wie es war, jemanden für immer zu verlieren. Aber da war es wieder, das Gefühl, dass ihr Herz zerdrückt wurde, das Gefühl der Unwirklichkeit, gepaart mit der schrecklichen Gewissheit, dass es geschehen war und nie wieder ungeschehen gemacht werden konnte.

Alrik war tot.

Irgendwann, viel später, stand die Sonne im Zenit, ohne dass es merklich wärmer geworden war. Sie hatten sich am Strand auf einem tischhohen Findling niedergelassen, von den Seewaranen als stumme, schuppige Wächter aus der Ferne beäugt. Lian saß hinter Kriss, seine Arme um ihre Hüften gelegt. Sie blickte in die Wolken, doch ohne etwas wahrzunehmen. Ihre Augen fühlten sich wund an, wann immer sie blinzelte.

»Er war immer da.« Ihre Stimme verlor sich fast im Gebrüll der Wellen. »Er war immer in meinem Leben. Und nun ist er fort. Sie haben ihn getötet. Stara und die anderen. Wenn sie nicht gewesen wären ...!«

Lian schwieg. Er ließ sie ausreden.

»Ich wusste es!« Kriss holte bebend Luft. »Ich ... ich wusste, dass es ihm nicht gut geht. Aber er hat einfach abgewinkt, als wäre nichts. Warum hat er nichts gesagt?«

»Du konntest nichts für ihn tun, Kriss.«

Sie schloss die Augen. Ja, das wusste sie. Und es tat weh.

»Timos, Bria und nun Alrik«, sagte sie. »Alle verlassen mich. Und du wirst auch gehen.«

»Kriss ...«

Sie fasste seine Hände und drückte sie. Aber sie fand nicht die Kraft, ihn anzusehen. »Ich will nicht allein sein, Lian. Ich weiß nicht, ob ich das schaffe!«

»Ich lass dich nicht allein«, sagte er, ganze nahe an ihrem Ohr. »Hörst du? Ich bin bei dir, so lang' du mich brauchst.«

»Ich brauche dich! Ich will nicht, dass du gehst!«

»Schsch«, machte er und glättete ihr windzerzaustes Haar. »Alles wird gut. Alles wird gut, hörst du?«

Sie rang mit einem Schluchzen. *Wie kann es jemals wieder gut werden?*, dachte sie. Nur sie allein war von ihrer Familie übrig.

Am späten Nachmittag fanden sie sich im Herzen der Insel ein, an einem grasbedeckten Flecken zwischen den Bäumen, um Alrik zu beerdigen. Sie benutzten handgroße Schieferplatten, die sie am Strand aufgelesen hatten, und die Deckel von Fässern, um ein Loch im weichen Boden auszuheben. Dann ließen Lorgis und Barabell Alrik langsam in die Erde hinab, eingehüllt in seine Decke. Kriss versuchte, stark zu sein, aber als die anderen das Grab wieder zuschaufelten, konnte sie es nicht länger ertragen und drückte sich an Lian. Das Gefühl, in einem bösen Traum gefangen zu sein und gleichzeitig hellwach, ließ sie nicht los.

Als das Grab (*Alriks Grab! Es war absurd!*) schließlich wieder mit Sand und Erde bedeckt war, legte Kriss einen kopfgroßen Stein an sein Ende, den die Flut glattgespült hatte. Sie hatte lange überlegt, was sie darauf schreiben sollte. Doch ihr war nichts eingefallen, das auch nur annähernd wiedergeben konnte, wer Alrik gewesen war, was er ihr bedeutete. So hatte sie schließlich nur seinen Namen dort eingeritzt.

»Hat er an den Weltengeist geglaubt?«, hatte Lian sie dabei gefragt. »Die Lichtlande?«

»Ich glaube, er hat darauf gehofft«, hatte Kriss ihm geantwortet.

Nun standen sie um das Grab, die Köpfe gesenkt. Kriss hielt Lians Hand. Es gab ihr ein kleines Bisschen Kraft.

»Ich hab ihn immer gemocht«, sagte Barabell mit schwerer Stimme. »Er war ein guter Mann. Anständig. Und witzig. Ich hoffe, er hat Frieden, wo er jetzt ist. Der Weltengeist weiß, er hat's verdient.« Sie kniete sich ungelenk hin, um einen Strauß blauer Blüten neben den Grabstein zu legen.

»Es war mir eine Ehre, Professor«, sagte Lorgis. Seine Schultern hingen herab, sein schielender Blick war so elend, es hätte Kriss das Herz gebrochen, wäre dies nicht schon geschehen. »Ich hoffe, es gibt Bücher und Universitäten, da wo Ihr jetzt seid. Ich glaube, das würde Euch gefallen.«

Lian schien erst gar nichts sagen zu wollen oder zu können. »Ich wünschte, ich hätt' ihn schon früher kennengelernt«, brachte er schließlich hervor. »Ich hab nie 'nen Großvater gehabt, aber ... wenn ich mir einen aussuchen könnt', wär er's gewesen.«

Schweigen folgte. Kriss merkte, dass die anderen darauf warteten, dass sie etwas sagte.

»Du warst mein Lehrer, mein Vorbild, mein bester Freund. Mein Leben war schöner, weil ich dich gekannt habe, und die Welt ist ärmer, jetzt, wo du gegangen bist. Ich hoffe, du bist bei Bria und Timos. Bei deiner Familie. Bei allen, die du verloren hast.«

All das wollte sie sagen, aber sie bekam es nicht über die Lippen. Nichts was sie sagen konnte, würde den Schmerz lindern, das wusste sie. Und die ganze Zeit über hallten Alriks letzte Worte durch ihren Verstand.

Ich weiß nicht wie, dachte sie, *aber ich werde alles tun, um Sendrena aufzuhalten. Das verspreche ich dir.*

Sie holte tief Luft.

Leb wohl. Ich hoffe, wir sehen uns wieder, du, Bria, Timos und ich. Eines Tages.

»Du fehlst mir«, war alles, was sie schließlich sagte, bevor auch sie einen Strauß Blüten auf das Grab legte.

Sie standen noch einige Zeit da, jeder in sich gekehrt, und das Schweigen zwischen ihnen wog schwer wie Blei. Dann wandte sich Barabell an Kriss. »Lorgis und ich werden nach geeigneten Steinen suchen. Ihr wisst schon, um Äxte draus zu schleifen. Danach wollten wir mit dem Floß anfangen. Vielleicht einen Unterstand bauen. Ah-ah! Ich weiß, was Ihr sagen wollt, aber wir kriegen das schon allein hin. Ruht Euch aus, Doktor.« Barabell legte Kriss tröstend die Hand auf die Schulter. Lorgis nickte ihr stumm zu. Dann machten sie sich an die Arbeit.

Kriss und Lian waren allein. Kurz darauf folgten sie mit langsamen Schritten dem Strand. Die Wellen leckten an ihren nackten Füßen. Lian lauschte Kriss, wie sie ihm Anekdoten von Alrik erzählte. Wie er ihr bei ihrer allerersten Vorlesung souffliert hatte. Wie sie beide ihre

Umgebung wahnsinnig machen konnten, indem sie sich den ganzen Tag in toten Sprachen unterhielten. Wie sie damals gemeinsam den Tempel der Zeit erkundet hatten, und wie stolz er auf sie gewesen war, dass ihre erste Ausgrabung von solch einem Erfolg gekrönt gewesen war. Die Erinnerung ließ sie lächeln und machte sie gleichzeitig traurig: Es gab eine Zeit, da hatte es nichts Wichtigeres für sie gegeben, als den legendären Tempel zu finden und freizulegen. Nun hätte sie alles dafür gegeben, nur einen einzigen weiteren Tag mit Alrik verbringen zu können.

»Wir müssen sie finden, Lian«, sagte Kriss. »Die Todlose Königin. Wir müssen sie finden, bevor sie ihr Schwert erreicht. Wir müssen sie aufhalten.«

Er schien froh zu sein, das zu hören. Sein Lächeln war stolz, kämpferisch. »Werden wir auch. Ganz bestimmt. Verlass dich drauf.«

Wenn er Zweifel hatte, dann sprach er sie nicht aus. Kriss war ihm dafür dankbar.

»Komm«, sagte sie. »Acht Hände schaffen mehr als vier. Lass uns den beiden helfen.«

»Bist du sicher?«

»Ja.« Sie nahm seine Hand und küsste sie. »Für Alrik.«

Was immer Lian antworten wollte, Barabell schnitt ihm das Wort ab.

»Doktor!«, rief sie aus einigen Klaftern Entfernung. »Herr Berris!«

Die stämmige Luftfahrerin kam zu ihnen gelaufen, ihre Füße warfen Wolken von Sand auf.

Kriss fürchtete das Schlimmste: Hatte Lorgis sich verletzt? Hatten die Warane sie angegriffen? Aber nein, Lorgis lief nur wenige Schritte hinter Barabell. Er schien wohlauf, genau wie sie.

»Was is' los?«, fragte Lian.

»Bell meint, sie hat was gesehen!«, keuchte Lorgis, völlig aus der Puste.

»Was?«, fragten Kriss und Lian wie aus einem Mund.

»Am Horizont, im Norden!« Barabell brauchte einen Moment, um zu verschnaufen. »Da war was, dann ist es plötzlich hinter ’ner Wolke verschwunden!«

Kriss und Lian wirbelten in die genannte Richtung. Dichte Schäfchenwolken hingen dort am Firmament. Kriss kniff die Augen zusammen, während sie in die grauweißen Massen starrte. Sie hörte sich selbst die Luft einziehen, als sie ihn sah – den dunklen Fleck, der aus der Wolke flog.

Doch die Enttäuschung kam sofort: Es war nur ein großer Seevogel, der dort kreiste.

Lorgis verpasste Barabell einen Klaps auf die Schulter, dafür, dass sie es gewagt hatte, ihnen Hoffnung zu machen. »Ich hab’s dir doch gesagt, Bell!«

»Und ich hab dir gesagt, dass es kein verdammter Vogel war! Da war was anderes! In der Wolke!«

»Es is’ ja nich’ so, als ob wir was dagegen hätten«, sagte Lian. »Aber da is’ nix zu sehen.«

»Weil es von der Wolke verdeckt wird!«

Lorgis wandte sich ab. »Komm. Kümmern wir uns lieber um die verdammten Steine.«

»Tut mir leid«, sagte Barabell zu Kriss und Lian. »Ich dachte wirklich, da wäre –«

»Wartet!«, rief Lian aus. »Seid mal still!«

Er legte die Hand hinters Ohr. Auch Kriss und die anderen lauschten angestrengt. Aber da war nichts, außer der Brandung und den Rufen der Vögel.

Und etwas anderem.

Es war ein tiefes, gleichmäßiges Geräusch, so weit entfernt, dass Kriss zuerst nicht sicher war, ob sie es nicht nur hörte, weil sie es hören wollte.

Aber nein, es wurde lauter, je länger sie lauschten. Jetzt hatten auch Lorgis und Barabell es vernommen. Erst spiegelte sich Verblüffung auf ihren Mienen wider, dann Argwohn – dann Hoffnung.

Zu viert sahen sie zu, wie ein neuer Fleck aus der Schäfchenwolke auftauchte. Er wuchs mit jedem Lidschlag, während er auf die Insel zuhielt. Seine Form war bauchig-rund, mit einer kleineren Ausbuchtung auf der Unterseite, von der wiederum zwei Ausbuchtungen nach links und rechts abstanden.

Ein Luftschiff!

»Ich glaube das nicht!«, hauchte Kriss. Sie blinzelte unablässig, um sicherzugehen, dass ihre Augen ihr keinen Streich spielten. Lian umarmte sie stürmisch, er lachte übermütig und küsste sie.

»Ha!«, triumphierte Barabell. »Was hab ich gesagt? Wehe, einer von euch zweifelt nochmal an meinen Worten!«

Kriss war schwindelig vor Aufregung. »Schnell! W-Wir müssen das Feuer wieder anfachen! Irgendetwas hineingeben, damit es ordentlich raucht!«

»Nasse Blätter!«, schlug Lorgis hastig vor. »Schon dabei, Doktor!«

Bald brannte das Feuer lichterloh. Das feuchte Laub ließ eine Säule aus weißem Rauch aufsteigen.

»Hier sind wir!«, rief Lorgis himmelwärts und winkte mit den Armen. »He! Hier unten!«

»Kann einer von euch das Schiff erkennen?«, fragte Lian.

»Nicht auf die Entfernung«, murmelte Kriss. Wieder sehnte sie sich nach einem Fernrohr. Zumindest konnte es nicht die *Sturmbrecher* sein, denn dafür kam das Schiff aus der falschen Richtung. Während sie gemeinsam mit den anderen rief und winkte, betete Kriss, dass die Rauchsäule hielt, dass jemand an Bord sie längst erspäht hatte.

Das Schiff wuchs mit quälender Langsamkeit am Himmel. Es war ein kleineres Modell, die Passagiergondel und die Seitengondeln wirkten fast winzig. Die Ballonhülle sah seltsam fleckig aus.

»Die *Bummler!*«, rief Lorgis aus. »Es ist die *Bummler!* Nesko und die anderen!«

Kriss stockte der Atem. »Aber ...! Wie haben sie uns ...? Ich meine, woher wissen sie, dass wir hier ...?«

»Keine Ahnung!« Der Riese strahlte sie mit gelben Zähnen an. »Aber eins weiß ich genau: Das da ist mein Schiff – *unser* Schiff!«, korrigierte er sich schnell, als er Barabells Blick sah.

»Nesko, du alter Haudegen!«, rief die Luftfahrerin. »Ich könnt' dich küssen!«

»Lass ihn das nicht hören«, sagte Lorgis, »sonst dreht er wieder um!«

Sie knuffte ihn in die Seite. Die zwei Luftfahrer grinsten über beide Ohren.

Erneut kämpfte Kriss mit den Tränen, diesmal aus Freude, als auch sie die *Wolkenbummler* erkannte. Das Schiff hatte einiges abgekriegt: Die Ballonhülle wies Flicken auf, die vorher nicht da gewesen waren, zahlreiche Brückenfenster waren mit Brettern verrammelt, Kratzer und Schleifspuren zeichneten den Rumpf wie Narben. Dennoch war es in ihren Augen das schönste, stattlichste, wundervollste Luftschiff, das jemals den Himmel bereist hatte.

Bald war die *Wolkenbummler* nahe genug, dass sie Nesko hinter dem Höhensteuer ausmachen konnten. Eldrit stand neben ihm am anderen Steuerrad. Der Junge winkte ihnen ekstatisch zu, während sie das Schiff so tief über die Insel brachten, wie sie konnten. Bald wurden die Ankertaue ausgeworfen; Kriss und die anderen packten sie und zurrten sie an den Bäumen fest, während Nesko und der Rest der Mannschaft die Kurbeln bemannten. Langsam aber sicher senkte sich das Schiff so weit, dass das Fallreep heruntergelassen werden konnte.

Nesko kam so schnell zu ihnen gelaufen, dass Kriss fürchtete, er würde über die eigenen Füße stolpern. Eldrit folgte ihm, Orven bildete die Nachhut. Sein Moosäffchen hing dem alten Luftfahrer um den runzeligen Hals.

»Käpt'n!«, rief Nesko atemlos. »Bell! Herr Berris, Doktor! Großer Weltengeist, wir dachten schon, wir haben gedacht –!«

Kriss schnitt ihm das Wort ab, indem sie ihn innig umarmte. Nesko lief rot an.

»Das haben wir auch gedacht, Nesko!« Lian schüttelte ihm lachend die Hand. »Ihr habt's echt spannend gemacht!«

»Orven, Eldrit.« Lorgis nickte den beiden zu. »Schön, euch wiederzusehen!«

»Ebenso, Käpt'n!« Ein Lächeln zeigte sich in Orvens Bart. Kriss hatte nicht gewusst, dass er dazu fähig war.

»Hm«, machte Eldrit zustimmend. Aber selbst sie ließ das unverhoffte Wiedersehen nicht ungerührt.

»Ich wusste, dass wir euch finden!«, jubelte Nesko. »Ich *wusste* es!«

»Nicht schlecht für dein erstes Kommando.« Lorgis klang stolz. Er hörte nicht auf zu grinsen.

»Wir hatten eigentlich gehofft, euch ein bisschen früher zu sehen«, sagte Barabell.

»Wir auch!«, sagte Nesko. »Ich meine, *euch* wiederzusehen!« Seine ohnehin schon brüchige Stimme überschlug sich fast, während er wild gestikulierte. »In der Nacht, nachdem ihr losgezogen seid – wir haben das Schiff gerade zur Hälfte flott gekriegt, da sind irgendwelche Wilden an Bord gekommen! Sie haben mit Pfeilen auf uns geschossen – Eldrit und ich konnten uns gerade so zur Seite retten und zurückschießen. Dann kam plötzlich der Affe aus dem Maschinenraum und hat sie abgelenkt, so dass wir sie zu dritt erledigen konnten!«

»Braves Vieh!«, sagte Lorgis zu dem Moosäffchen. »War doch ganz gut, dass ich dir nicht den Hals umgedreht hab.«

Lalla wandte ihm den flechtengrünen Hintern zu. Sein Keckern klang beleidigt.

»Wir haben die Wilden von Bord geschmissen, dann haben wir sofort die Gaszellen gefüllt und sind aufgestiegen!«, fuhr Nesko fort. »D-Die Zellen haben gehalten, also haben wir die Luftschrauben und alles Weitere repariert. Am nächsten Morgen sind wir gleich zu dem Wrack geflogen. Aber ihr wart nicht da!«

»Dafür jede Menge Leichen«, brummte Orven.

»Aber zum Glück keine, die wir kannten!«, sagte Nesko. »Wir ... wir haben auf euch gewartet, aber ihr seid nicht gekommen. Da sind wir langsam unruhig geworden. Also haben wir die nähere Umgebung abgesucht. Dann die weitere Umgebung.«

»Wir haben uns die Seele aus dem Leib gebrüllt«, bemerkte Orven. »Bin jetzt noch ganz heiser!«

»Aber keiner zuhause«, sagte Eldrit.

Nesko grinste. »Die Wilden müssen ziemlich dumm aus der Wäsche geschaut haben, wer da so einen Lärm am Himmel macht. Trotzdem haben wir nichts von euch gehört. Langsam haben wir begonnen, uns echte Sorgen zu machen.«

»Erst *dann?*«, fragte Barabell.

»W-Wir haben überlegt, was, wenn diese Kerle mit dem Stern euch gefangen genommen haben? Aber wir wussten nicht, wohin sie geflogen wären. D-Dann ist mir eingefallen, dass das Schiff vom Wasserpalast schnurstracks nach Süden geflogen ist, bis zu diesem Berg. Ich dachte mir, vielleicht wäre es ja weiter auf diesem Kurs geblieben, ich meine, wenn es nicht abgestürzt wäre? Also haben wir uns entschieden, auch nach Süden zu fliegen, auch wenn uns ganz schön mulmig dabei war. I-Ich meine, es hätte auch die falsche Richtung sein können und wir hätten euch nie gefunden, und ich dachte: Oh nein, was, wenn sie alle –!«

»Nesko«, sagte Lian feixend. »Tief durchatmen. Ihr habt uns ja gefunden!«

»Ja!«, stieß der Junge aus. »Dem Weltengeist sei

Dank!« Er schnappte nach Luft. Kriss fürchtete, er könne jeden Moment in Ohnmacht fallen, bei all der Aufregung.

»Gute Arbeit, Nesko!« Lorgis schlug ihm auf die Schulter. »Ihr alle: verdammt gute Arbeit!«

»Habt Ihr etwa gedacht, wir lassen Euch im Stich, Käpt'n?«, fragte Orven pikiert.

Lorgis' Grinsen wurde breiter. »Ich hätt's besser wissen müssen, was? Aber ganz ehrlich: andere Kapitäne dürfen mich um meine Mannschaft beneiden!«

»Aber was ist passiert, Käpt'n?« Nesko schob sich die Haare aus dem Gesicht. »Wie seid Ihr hierher gekommen? Hat man Euch tatsächlich verschleppt? Und was ist mit Professor Dawalus?«

»Das ist eine lange Geschichte«, sagte Kriss, »und wir haben nur wenig Zeit. Nesko, hör zu, wir müssen so schnell es geht weiter!«

»Aber wohin?«

»Zurück in Richtung Zivilisation!«, sagte Lorgis. »Wir müssen den König warnen!«

»Ich würde eher sagen, wir müssen *alle* Könige warnen«, sagte Barabell.

Orven und Eldrit sahen einander stirnrunzelnd an. »Warnen?«, fragte Orven. »Wovor?«

»Nein!« Kriss drehte sich zu Lorgis und Barabell. »Wenn wir jetzt zurückfliegen, kostet uns das *Tage!* Und dann ist es vielleicht schon zu spät! Davon abgesehen, wer wird uns die Geschichte glauben? Die Todlose Königin ist tot und wir haben keine Beweise!«

Niemand konnte ihr da widersprechen.

»Aber die *Sturmbrecher* hat nur einen kleinen Vorsprung«, fuhr sie fort. »Wir müssen das Schiff aufhalten, bevor es sein Ziel erreicht!«

»Aber wie, Doktor?« Barabell zuckte mit den Achseln. »Die haben Kanonen, schon vergessen?«

»Und wir haben Musketen!«, sagte Kriss. »Die haben

wir doch, oder? Vielleicht können wir ihre Gaszellen erwischen, bevor sie uns erwischen. Sie zum Absturz bringen.«

»Oder wir stürzen mit ihnen ab«, sagte Barabell.

Lorgis rieb sich unwohl den Nacken. »Doktor, welche Chance haben wir?«

»Nur eine sehr geringe, ich weiß, aber –!«

»Wenn wir den anderen Königreichen Bescheid geben, können sie dieses Schwert vielleicht irgendwie abfangen und –!«

»Sie werden versuchen, es sich selbst unter den Nagel zu reißen, Lorgis! Sie werden nichts Besseres damit anfangen als Sendrena!«

»Wer zur Dunkelwelt ist Sendrena?«, fragte Eldrit.

»Ich versteh kein Wort!«, ging Orven dazwischen. »Wen sollen wir vor wem warnen? Was für ein Schwert?« Sein Äffchen schnatterte, als wolle es ihn nachahmen.

»Jemand muss sie aufhalten!«, platzte es aus Kriss heraus. Sie bemerkte erst jetzt, wie sehr sie zitterte. »Oder sein Tod war völlig umsonst!«

»Tod?« Nesko blinzelte erschrocken. »Wer ist tot? Doch nicht ...!« Er wurde kalkweiß. » Oh nein ...«

»Kriss hat recht«, sagte Lian. »Ich für meinen Teil hab keine Lust, das Todlose Aas damit durchkommen zu lassen. Da rollt 'n neues Großes Feuer auf uns zu. Und vielleicht kann sich keiner von uns davor verstecken. Wenn die Alte wirklich ganze Armeen einäschern kann ...! Lorgis – du hast gesagt, du willst endlich das Richtige tun, weißt du noch?«

»Ja, das weiß ich, Herr Berris. Aber das hier ist Selbstmord!«

»Es ist *Völkermord*, wenn wir nichts unternehmen«, sagte Kriss. »Ich weiß, ich verlange viel von euch, aber – diesmal geht es nicht nur um einen von uns. Es geht um uns alle!«

Lorgis seufzte schwer, gefangen zwischen seinem

Ehrgefühl und seiner Angst. »Doktor, ich ...!«

»Haltet es ja nicht für nötig, uns aufzuklären!«, knurrte Orven. Niemand beachtete ihn.

Barabell lächelte humorlos. »Ach, komm schon Lorgis! Sag nicht, du hast jetzt plötzlich die Hosen voll? Wir beide haben damals genug vom Krieg gesehen, schon vergessen? Und wir waren nicht mal an der Front!« Sie sah Kriss an. Jetzt war ihr Lächeln tapfer. »Ich fliege mit Euch, Doktor. Versuchen wir, das Schlimmste abzuwenden!«

»Danke, Barabell. Lorgis?«

Es war deutlich, dass ein Fluch auf seiner Zunge brannte. Dann warf er resigniert die Hände in die Luft. »Ach, was soll's? Bringen wir's zu Ende – auf die eine oder andere Art! Nesko?«

»I-Ich bin nicht ganz sicher, worum es geht, aber – ich will ganz bestimmt keinen Völkermord oder ähnliches!«

»Guter Junge«, sagte Barabell.

»He!«, krächzte Orven. »Wir sind auch noch da! Was soll dieses Gerede vom Krieg? Wer will Krieg, mit wem?«

»Die Todlose Königin mit so ziemlich allen«, sagte Lian. »Die gute Frau is' nämlich noch ziemlich lebendig. Und sie hat 'n verdammt großes Schwert, das sie in diesem Augenblick holen will, um die Welt zu unterjochen.«

Orven starrte ihn an. Er öffnete den Mund, dann begriff er, dass Lian es ernst meinte. »Und wenn schon!«, sagte er, leicht verunsichert. »Das hat nichts mit uns zu tun!«

»Genau!«, grunzte Eldrit bestätigend.

»Doch, das hat es«, sagte Kriss. »So leid es mir tut.«

»Aber –!«

»Ihr habt doch auch Freunde zuhause«, sagte Barabell. »Familie.«

Orven und Eldrit wechselten einen unsicheren Blick.

»Ihr müsst nicht mitkommen«, sagte Lorgis zu den beiden. »Von mir aus bleibt hier!«

»In dieser Einöde? Das ist ja wohl nicht wirklich eine Wahl, Käpt'n!«

»Dann kommt mit uns, Orven! Tut das Richtige!«

Eldrit spähte unsicher zu dem alten Luftfahrer. Er verschränkte die tätowierten Arme. »Nein! Nicht für alles Geld der Welt!«

»Ihr kriegt das Schiff«, sagte Lorgis. »Wenn das hier vorbei ist, kriegt ihr das verdammte Schiff. Aber Doktor Odwin hat recht: Uns bleibt nicht viel Zeit!«

Orven sah ihn skeptisch an. »Das Schiff? Ernsthaft?«

»Mit allem, was an Bord ist!«

»Und wenn wir alle draufgehen?«

»Dann sind wir wenigstens für eine gute Sache gestorben«, sagte Lorgis mit einem Seitenblick zu Lian. Dieser nickte zufrieden.

Komm schon, dachte Kriss, die Hände zu Fäusten geballt. *Na los, Orven!*

»Also gut, na schön! Mir soll keiner nachsagen, ich wär'n verdammter Feigling! Und wo genau soll dieser Irrsinn stattfinden?«

»Am Ende der Welt«, sagte Kriss.

»Wir erklären's euch unterwegs«, versprach Lian. »Aber jetzt lasst uns endlich aufhören, hier rumzutrödeln!«

Sie verschwendeten keine weitere Zeit: Kriss half Nesko, Eldrit und Orven, die Fässer mit Wasser und Vorräten so schnell wie möglich an Bord zu schaffen, während Lian, Lorgis und Barabell sich Äxte aus dem Maschinenraum schnappten und einige der mageren Bäume fällten, als zusätzliches Brennmaterial für den Kessel.

Dann legte die *Wolkenbummler* ab. Während Nesko und Barabell das Schiff lenkten, und Lorgis die Anzeigen inspizierte, standen Kriss und Lian auf der Brücke und sahen zu, wie die Insel unter dem Schiff verschwand. Die Seewarane hatten ihr Reich wieder für sich allein. Sie blickten dem seltsamen, aufgeblähten Ding nach, wie es zwischen den Wolken verschwand.

Wir sind auf dem Weg, Alrik, dachte Kriss. Entschlossenheit und Furcht kämpften in ihr. *Wünsch uns Glück. Wir werden es brauchen!*

Sie blickte zum Horizont, wo die Weißen Öden auf sie warteten.

Und vielleicht auch ihr Tod.

{Gegen die Zeit}

Kaum ein Tag war vergangen, seit sie den alten Mann, das Mädchen und die anderen auf der Insel ausgesetzt hatten. Seitdem hatten sie den Süd-Ellkorischen Ozean weit hinter sich gelassen; nun überflogen sie das Kalte Meer, mit seinen dunkelgrauen Wellen, die an die Farbe von Kanonenkugeln erinnerten. In ihnen zeigten sich bereits die ersten Eisberge, deren Massen farblos und tot aus den Fluten ragten. Je näher sie dem Südpol kamen, und der monatelangen Nacht, die dort herrschte, desto dunkler wurde der Himmel und die Sonne ließ sich immer weniger blicken.

Die Weißen Öden – der Name passte nur allzu gut, wie Stara fand. Es hätte auch eine andere Welt sein können – eine Welt, deren bittere Kälte sich längst an Bord geschlichen hatte, trotz der Heizungsrohre, die vom Maschinenraum aus quer durch das Schiff verliefen. Ihre Leute und auch sie selbst waren dazu übergegangen, ihre Mäntel und Jacken in mehreren Schichten zu tragen, und sie waren froh darüber, Handschuhe und Wollmützen mitgebracht zu haben. Ihre Expedition war auf alles vorbereitet gewesen. Nun ja, fast alles.

Stara konnte sich lebhaft die tödliche Kälte vorstellen, die jenseits des Schiffs herrschte. Kälte, die einem die Augäpfel gefror, die Menschen in frostglitzernde Statuen verwandelte. Sie war froh, dass ihnen ein Marsch durch die Wüste aus Eis und Schnee, die sie an ihrem Ziel erwartete, erspart bleiben würde.

Trotz der Jahrhunderte alten Mythen über die Eisnomaden, das Gefrorene Königreich und andere Zivilisationen, die hier draußen angeblich existierten, erspähte sie keine Anzeichen menschlicher Behausung. Das einzige Leben, das sich während des Fluges zeigte, waren die Eislöwen, die wie majestätische weiße Geister über die Eisschollen wanderten, oder Scharen von Schneealken in grauweißem Federkleid. Fast so groß wie Menschen, watschelten sie linkisch über das Eis, doch im Wasser, auf der Jagd nach Fischen, glitten sie pfeilschnell dahin. Dann und wann gab es einen Pelzwal, der die Wellen mit fontänenspeiendem Haupt oder riesiger Schwanzflosse durchbrach. Doch keine Menschen. Nicht eine Seele.

Harte Winde drückten gegen das Schiff und bliesen ihm Schleier von Schnee entgegen. Fast unaufhörlich begleiteten sie das Stöhnen von Holz und das Ächzen von Metall, das Knarren der Taue und der Gaszellen, die aneinandergedrückt wurden. Sie hatten einige Dutzend Klafter an Höhe eingebüßt: Das Traggas zog sich durch die Kälte zusammen. Darüberhinaus legte sich immer wieder Frost auf die Luftschrauben; alle naselang musste jemand auf die Seitengondeln klettern und Eis von ihnen entfernen, bevor sie weiterfliegen konnten. Auch die Ballonhülle musste in schöner Regelmäßigkeit von Schneemassen befreit werden, bevor diese das Schiff hinabdrückten.

Mit einiger Zufriedenheit und nicht wenig Stolz hatte Stara festgestellt, dass ihre Zimmerleute nach dem Absturz in den Nebelreichen beachtliche Arbeit geleistet hatten: Die *Sturmbrecher* war so stark wie eh und je und hielt trotz aller Widrigkeiten wacker den Kurs. Manchmal erwischte sie sich dabei, wie sie liebevoll die hölzernen Wände oder die Messinganzeigen streichelte.

An Bord herrschte eine Atmosphäre angespannter Erwartung, die Stara körperlich fühlen konnte. Ihre Mannschaft hatte sich ausgeruht, sie hatte um die Toten getrauert und ihre Seelen der Gehörnten Göttin überantwortet. Dennoch hatte keiner von ihnen wirkliche Erholung von den vergangenen Prüfungen und Kämpfen gefunden.

Auch Stara spürte unablässig ein unruhiges Kribbeln in ihrem tiefsten Inneren. Noch war die Reise nicht zu Ende. Noch mochten weitere Prüfungen und Kämpfe zu bestehen sein. Sehr wahrscheinlich sogar; nichts auf ihrem langen Weg von Meribal bis hierher war je einfach gewesen. Gut möglich, dass die Kälte zum schlimmsten ihrer Feinde wurde. So blieb sie wachsam – und kampfbereit.

Sie dachte oft an ihre Heimat, und aus den sehnsuchtsvollen Blicken von Glinn und den anderen las sie heraus, dass es ihnen nicht anders ging. Drei Monate waren vergangen, seit sie Meribal hinter sich gelassen hatten. Waren die Zustände zuhause noch schlimmer geworden? Dass sie so viele Brüder und Schwestern auf ihre Mission mitgenommen hatte, hatte den Widerstand stark geschwächt – er war gezwungen gewesen, den Kampf gegen die Besatzer vorerst einzuschränken. Stara wollte sich nicht vorstellen, was das Volk von Meribal in der Zwischenzeit erdulden musste, ohne jemanden, der sich in seinem Namen zur Wehr setzte.

Aber bald kehren wir zurück. Und alles wird sich ändern. Bald. Bald …

»Stara.«

Glinns Stimme holte sie zurück in die Gegenwart. Er stand neben ihr auf der Brücke und hatte das Fernrohr ans Auge gehoben. »Am Horizont.«

Er gab ihr das Instrument. Als sie hindurchspähte, sah sie die dichte graue Wolke, die den abenddunklen Horizont verschleierte, während sie sich in alle Himmelsrichtungen ausbreitete.

»Ich bin kein Experte«, sagte Glinn, »aber das sieht mir stark nach einem Schneesturm aus.« Er rieb die behandschuhten Hände aneinander.

Stara lächelte freudlos. *Schon wieder ein Sturm.* Der letzte war damals in Ka-Scha-Raad gewesen: ein Hexenkessel aus heißem Staub und Sand, statt aus wirbelndem Eis. Aber das Schiff hatte seinem Namen alle Ehre gemacht und ihn schadlos überstanden. »Kommen wir da durch?«, fragte sie.

Glinn glättete seinen Schnauzbart. »Ich will's lieber nicht riskieren. Nicht so kurz vorm Ziel.«

Stara nickte und wandte sich den Steuermännern zu. »Seht zu, dass wir das Ding so weit wie möglich umfliegen!«

Sie kamen dem Befehl nach. *Verdammt*, fluchte Stara in sich hinein. *Das hält uns nur auf!* Aber Glinn hatte recht: Es war besser, Vorsicht walten zu lassen.

»Vielleicht haben wir Glück, und er hat sich bald wieder verzogen.« Er grinste verbissen. »Wie auch immer, schätze, die Verzögerung wird ihrer Majestät nicht gefallen.«

»Behalt du den Himmel weiter im Auge.« Stara gab ihm das Fernrohr zurück. »Ich rede mit ihr.«

Sie verließ die Brücke. Auf dem Schiffsgang nickte sie im Vorbeigehen anderen Mannschaftsmitgliedern zu. Die ganze Gondel zitterte leicht im Wind, Schneeflocken jagten an den Bullaugen vorbei. Als Stara vor der Kabine ihres Ehrenpassagiers stand, musste sie wieder ein Schaudern unterdrücken.

Die Königin hatte sich seit ihrer Befreiung kaum gezeigt. Stattdessen hatte sie per Sprechrohr nach Wein und Essen verlangt und sich bedienen lassen. Niemand an Bord hatte sie je ohne ihre Maske gesehen. Stara war nicht böse darum.

Der Einzige, der ständig bei Sendrena blieb, war Phærion. Manchmal hatte Stara die Stimmen der beiden vernommen, als sie ihre Kabinentür passiert hatte. Doch sie waren zu leise gewesen und die Tür zu dick, als dass sie etwas von ihrer Konversation mitbekommen konnte.

Und die Königin hielt das Sprechrohr verschlossen, so dass es unmöglich war, sie auf diesem Wege auszuhorchen.

Was besprachen sie miteinander, die uralte Königin und ihr kristallener Diener? Schwelgten sie in Erinnerungen an bessere Zeiten und malten sich Sendrenas triumphale Rückkehr aus?

Das letzte Mal hatte ihr hochwohlgeborener Gast von sich hören lassen, um nach einer Badewanne und heißem Wasser zu verlangen – beides hatte man in ihre Kabine bringen sollen. Stara war dem Wunsch (oder dem Befehl?) ihrer Majestät zwar nachgekommen, hatte sie jedoch gebeten, aufgrund der starken Winde, die das Schiff beutelten, davon abzusehen, die Wanne bis zum Rand zu füllen. Die Königin hatte der Bitte großmütigerweise stattgegeben.

Als sie nun vor ihrer Tür stand, hielt Stara kurz inne. Sie hörte ein Platschen aus der Kabine, leise Stimmen. Sie ärgerte sich über sich selbst, dass es sie einen Hauch Überwindung kostete, anzuklopfen. Nicht, weil sie jemandes Privatsphäre störte. Es war der Gedanke daran, der Frau ein weiteres Mal gegenüberzustehen.

»Majestät. Es gibt Neuigkeiten. Wenn Ihr erlaubt ...?«

Wieder platschte Wasser, doch Stara vernahm keine Antwort. Sie stellte sich vor, wie die Königin aus der Wanne stieg – in ihrer Phantasie trug sie dabei immer noch die silberne Maske, auf der Wasserdampf feine Tropfen gebildet hatte. Es war ein gleichermaßen erheiternder wie verstörender Gedanke.

Es dauerte einige Zeit, bis sie die schöne Stimme sagen hörte: »Tretet ein.«

Stara öffnete die Tür. Die Luft war von Wasserdampf getrübt, der von der Wanne aufstieg und das Bullauge verschleierte. Lampen brannten in warmem Schein.

Die Königin stand zu ihrem Empfang bereit, in einen schwarzen Mantel gehüllt, den sie am Kragen zuhielt. Sie trug ihre Handschuhe, ihre Füße steckten in Pantoffeln.

Und ja, feine Wassertröpfchen rannen ihre Maske hinab.

»Majestät.« Stara verbeugte sich knapp. Eine weitere Sache, die sie jedes Mal Überwindung kostete. Vor jemandem zu buckeln lag nicht in ihrer Natur. Zumal vor jemandem, der all seine Macht und seinen Reichtum allein dem Umstand seiner Geburt zu verdanken hatte.

»Madame Belnari.« Die Juwelenaugen der Maske sahen sie an. »Ihr bringt keine frohe Kunde?«

»Leider nein, Majestät. Ein Schneesturm tobt direkt voraus, wir müssen ihn weitläufig umfliegen. Es ... wird uns etwas Zeit kosten, fürchte ich.«

Etwas Grünliches glühte am rechten Rand ihres Gesichtsfelds: Phærion ruhte auf einer Honigholzkommode neben dem luxuriösen Bett, zusammen mit dem Schmuck der Königin. Sein inneres Leuchten war ganz schwach. Er schien zu schlafen, wenn dies das richtige Wort war, so wie er es während der Reise immer wieder getan hatte, um seine Ladung zu schonen. *Wofür braucht sie den Würfel noch?* Behielt sie ihn bloß aus Sentimentalität, als Andenken an ihre Ära, als Gesprächspartner – oder besaß er noch einen anderen Wert für sie?

»Ich verstehe.« Wie Glinn vorausgesagt hatte, war die Königin nicht amüsiert. »Diese Verzögerung ist sehr betrüblich. Aber nun gut. Auf einen Tag mehr oder weniger kommt es nicht an.«

»Nein, Majestät, wahrscheinlich nicht. Ist sonst alles zu Eurer Zufriedenheit bestellt?«

»Es ist kühl geworden. Ich hatte gehofft, das Bad würde mich wärmen.«

»Nun, die Heizungen laufen mit voller Kraft, Majestät«, sagte Stara. *Selbst schuld. Warum konntest du dein Schwert nicht an einem sonnigeren Ort schmieden lassen?*

»Wie lange noch, bis wir unser Ziel erreicht haben?«

»Schwer sagen, mit dem Sturm, Majestät. Ich schätze,

sobald wir ihn hinter uns haben, sollten wir in zwei bis drei Tagen da sein.«

Es schien die Königin etwas milder zu stimmen. »Gut. Sorgt dafür, dass es keine weiteren Verzögerungen dieser Art gibt.«

Stara fragte sich, wie sie dem Wetter Einhalt gebieten sollte, aber sie behielt es für sich. »Natürlich, Majestät.«

Bei Nahalu, wie sie es hasste, vor dieser Frau zu kriechen! Unter anderen Umständen hätte sie ihr längst die Klunker abgenommen und sie eigenhändig über Bord geworfen, irgendwo dort, wo es steil in die Tiefe ging.

»Ich wünsche, nun zu ruhen.« Die Königin winkte zur Tür. Die Audienz war beendet. »Ihr dürft Euch entfernen.«

Zu gütig. »Eure Majestät ...« Als Stara sich verbeugte, fiel ihr Blick auf die Füße der Königin.

Zwischen den Pantoffeln und dem Saum ihres Mantels zeigte sich ein Streifen Haut. Er war bleich wie der Bauch eines Fischs und von Runzeln gezeichnet. Wie altes Pergament, das man über dünnen Knochen gespannt hatte.

Schaudernd machte Stara, dass sie die Kabine verließ. Dabei passierte sie Phærion. Obwohl der Würfel sich immer noch ausschwieg, kam sie sich von ihm beobachtet vor, von seinem augenlosen Blick durchbohrt.

Genießt euren Komfort, dachte sie, als sie die Kabinentür hinter sich schloss. *Wenn wir am Ziel sind, wird es lange nicht so gemütlich.*

Seit drei Tagen flogen sie nun schon dem Ende der Welt entgegen.

Während die Nächte länger und die Tage kürzer geworden waren, hatte sich die *Wolkenbummler* durch Schleier von Schnee gekämpft, bis es schließlich selbst für Schnee zu kalt geworden war und auch die Sonne nicht mehr hinter dem Horizont hervorkam. Dennoch heulte der Wind mit unverminderter Stärke und ließ das kleine Luftschiff zittern. So wie seine Besatzung auch.

Das Kalte Meer und seine feindseligen Fluten hatten sie längst hinter sich gelassen – und mit ihm die letzten Sonnenstrahlen. In dem Land, das sie nun überflogen, herrschte ein halbes Jahr lang Dunkelheit, während am Nordpol, auf der anderen Seite der Welt, für denselben Zeitraum die Sonne am Himmel stand. Kriss wäre lieber dort gewesen. Mit der Sonne kam Hoffnung, aber diese Region hier war bar jeden Lebens, eine dunkle Wüste aus Kälte und Finsternis. Es gab keine Bäume, keine Flüsse, keine Menschen, keine Tiere – nur Berge und Täler aus Schnee und Tod, von der langen Nacht in blauen und grauen Schatten gezeichnet. Die Sterne waren kalte Funken am blauschwarzen Himmel, wo Schleier aus grünem und zartrosa Licht wallten, überirdisch und still.

»Hat das irgendwas mit Ælon zu tun?«, hatte Lian gefragt, als sie das Schauspiel zum ersten Mal durch das Bullauge ihrer Kabine betrachtet hatten.

»Nein.« Kriss hatte den Kopf geschüttelt. »Das heißt, man ist sich nicht ganz sicher. Man nennt es ›Polarlichter‹. Sie scheinen etwas mit dem Magnetfeld zu tun zu haben, aber was genau, ist noch nicht erforscht.«

»Is' trotzdem schön.«

»Ja, das ist es«, hatte Kriss geantwortet und sich gewünscht, sie hätte den Anblick genießen können.

Die bitterkalten Winde taten alles, um sie von ihrem Kurs abzudrängen, aber sie folgten ihm eisern: eine schnurgerade Linie vom Schädelberg aus nach Süden, in deren Verlauf irgendwann ihr Ziel auftauchen musste.

Trotzdem taten die Weißen Öden alles, um ihr Fortkommen zu verlangsamen. Viel zu oft mussten Lorgis und seine Leute auf die Hülle oder die Seitengondeln klettern, um mit Hämmern und Pickeln Schichten von

Schnee und Eis fortzuschlagen. Ständig bildeten sich Eiszapfen an der Vertäuung der Ballonhülle, so lang wie Messer. Auch der Wasserdampf, der aus den Schloten drang, bildete immer wieder Krusten aus Eis und drohte die Rohre zu verstopfen.

Das Schiff verlor langsam aber beständig an Höhe, in regelmäßigen Abständen musste Gas nachgefüllt werden. Einige Flicken auf den frisch reparierten Gaszellen hatten sich wieder geöffnet, weil der Leim, der sie verklebte, durch die Kälte porös geworden war. Sie wieder zu verschließen, war eine kräftezehrende und gefährliche Arbeit, die die Luftfahrer mehr als einmal fast das Leben kostete, als die grausamen Winde sie mitsamt ihrer Sicherheitstaue fortreißen wollten. Jedes Mal, wenn einer von ihnen dort draußen war, bangte Kriss atemlos darauf, dass er heil und sicher ins Schiff zurückkehrte.

Der Kessel, das hatte Lorgis den anderen immer wieder eingeschärft, durfte niemals erlöschen, denn es war ungewiss, ob sie ihn bei der Kälte wieder in Gang kriegen würden. Auf dem Weg hierher hatten sie sich bemüht, alle Stellen des Schiffs, die für Eis und Frost anfällig waren, mit Firnis zu bepinseln, um sie am Zufrieren zu hindern.

»Den Trick hab ich von einem Freund gelernt«, hatte Lorgis erklärt. »Er war auf einem Kartographierungsflug in die Weißen Öden dabei.«

»Und was hat er sonst noch erzählt?«, hatte Lian gefragt.

»Leider nichts, Herr Berris. Das, äh, Schiff ist nie zurückgekehrt.«

»Ah. Tu einfach so, als hätt' ich gar nich' erst gefragt ...«

Die Bordheizung kam kaum mehr gegen die niedrigen Temperaturen an. Die Mannschaft der *Wolkenbummler* war schon zuvor in kalte Gefilde gereist – wenn auch niemals so kalte wie diese – daher hatten Lorgis und die anderen dicke Hemden, gefütterte Mäntel und Jacken dabei, ebenso wie lange Unterwäsche, die sie mit Kriss und Lian teilten. Und trotz mehrerer Schichten von Kleidung und Wollhandschuhen drang ihnen die Kälte in Finger und Zehen.

»Ganz schön frisch, was?«, hatte Lian gesagt, während er sich die Hände unter die Achseln klemmte.

Kriss hatte darüber gelächelt. Sie hatte Orven geholfen, ein kleines Mäntelchen für Lalla zu nähen. Zu sehen, wie das winzige grüne Geschöpf mit ihnen schlotterte, tat ihr in der Seele weh und goss neues Öl in das Feuer ihrer Zweifel und Sorgen, mit denen sie den ganzen Flug über rang.

In all der Zeit hatten sie kein einziges Zeichen von der *Sturmbrecher* oder irgendeinem anderen Schiff ausmachen können. Waren sie wirklich auf dem richtigen Kurs? Und was würde sie an ihrem Ziel erwarten, sollten sie es jemals erreichen? Steuerten sie tatsächlich geradewegs ihrem Untergang entgegen? Würden Staras Leute die *Wolkenbummler* abschießen, noch bevor sie die Gelegenheit hatten, irgendetwas zu unternehmen?

Selbst, wenn sie einen erneuten Absturz überstanden, in den Weißen Öden würden sie keine Woche lang überleben können. Wenn sie das Schiff verloren, dann gab es kein Zurück mehr für sie.

Sie hatten vier Musketen an Bord, die aus Beständen der königlichen Armee stammten – verlässliche Waffen aus Stahl und Blutholz, bestens gepflegt und geladen. Sie besaßen eine effektive Schussreichweite von knapp fünfzig Klaftern, wie Barabell ihnen versichert hatte. Das war nicht viel in Kriss' Augen, zumal der Wind die Treffsicherheit zusätzlich beeinträchtigen würde. Aber abgesehen von der Handvoll Pistolen an Bord waren es die einzigen Waffen, mit denen sie gegen die *Sturmbrecher* antreten konnten.

»Wenn wir ihnen die Gaszellen zerschießen, können wir sie vom Himmel fegen«, hatte Lorgis gesagt, während er die geladenen Musketen im Schiffsgang verteilt hatte. »Aber spätestens beim ersten Schuss werden sie zurückfeuern.«

Es war deutlich gewesen, dass er nicht viel Hoffnung hegte, anschließend zu entkommen. Wieder hatte Kriss gegen das hohle Gefühl in ihrer Brust ankämpfen müssen.

Sie wechselten sich am Fernrohr ab und hielten ständig Ausschau nach dem Schiff der Ontredi. Doch ohne Erfolg. Möglich, dass ihr Vorsprung zu groß war. Dass sie irgendwo gelandet waren – in der Schmiede der Todlosen Königin.

Oder sie waren längst nicht mehr hier.

Die Weißen Öden waren immens. Die *Wolkenbummler* konnte nicht jede Quadratmeile davon abfliegen, vorher würden ihnen Wasser und Kohle ausgehen.

»Sie müssen hier sein«, sagte Kriss immer wieder. »Sie müssen!«

Angst brachte sie um den Schlaf und immer war es das Hämmern ihres eigenen Herzschlags, das sie weckte. Vielleicht war diese ganze Reise nichts als ein hinausgezögerter Selbstmord. Vielleicht würden sie hier draußen enden wie Lorgis' Freund, verschollen in Eis und Schnee. Zu erfrieren, hieß es, sei eine der angenehmeren Todesarten. Es brachte ihr keinen Trost.

Kehrt um, schrie alles in ihr. *Kehrt um, oder es ist alles vorbei!*

Aber sie konnte es nicht. Sie wagte es nicht. Denn sie wusste, wenn sie auch nur den geringsten Zweifel zeigte, würden auch die anderen ihren Mut verlieren und kehrtmachen. Und die Todlose Königin würde wie eine Säbelzahnwölfin über die Welt herfallen.

»Du musst mich für verrückt halten«, sagte sie mit kleiner Stimme zu Lian. Sie beide lagen, dick eingepackt, bei Lampenschein in ihrer Hängematte und schaukelten hin und her, während der Wind an dem Schiff rüttelte.

»Keine Sorge», sagte er. »Du kannst nich' verrückter sein als ich.» Dann wurde er ernster. »Nein. Nich' für verrückt. Es muss getan werden.«

Sie sah ihn an. »Auch wenn wir dabei sterben?«

Er zögerte – doch nur für einen Moment. Dann nickte er. »Auch dann. Hauptsache, wir sind zusammen.«

Kriss schloss die Augen und schmiegte sich enger an ihn. Sie bekam kein Wort heraus.

Einmal mehr fragte sie sich, wer Lians Eltern waren. Ob er seine Tapferkeit und sein Unvermögen, aufzugeben, von ihnen geerbt hatte. Sie bewunderte ihn mehr dafür, als sie ihm sagen konnte – ebenso wie sie Lorgis, Barabell und Nesko bewunderte. Selbst Eldrit und Orven zeigten entschlossene Mienen. Vielleicht weil ihnen klar war, dass ihre Chance, umzukehren, längst verstrichen war. Oder weil sie, genau wie Kriss selbst, entschlossen waren, alles zu geben, um die Todlose Königin aufzuhalten.

Lian und sie hatten Nesko, Orven und Eldrit alles über Sendrena und ihr Schwert erzählt. Der Bericht hatte sie entsetzt. Und sie hatten ihr Beileid über Alriks Tod bekundet.

»Es tut mir so leid, Doktor«, hatte Nesko gesagt. »Wenn wir nur früher gekommen wären!«

»Es hätte nichts geändert«, hatte Kriss geantwortet. »Ich bin froh, dass ihr jetzt da seid, um uns zu helfen.«

»Das sind wir!« Nesko hatte Haltung angenommen wie ein Soldat. »Ihr könnt Euch auf uns verlassen!«

Kriss hoffte, dass die Welt eines Tages erfahren würde, was die Luftfahrer bereit waren, zu opfern.

Sie selbst musste sich mit all ihrer Kraft an ihr Versprechen klammern, um nicht von Angst und Trauer aufgefressen zu werden. Manchmal spürte sie, wie die Verzweiflung darauf lauerte, dass sie auch nur die geringste Lücke in ihrer Verteidigung zeigte, um sie zu übermannen.

Dass sie Alrik niemals wiedersehen würde, war immer noch schwer zu begreifen. Es gab Momente, in denen sie fest überzeugt war, dass sie sich nur umdrehen müsste, und er stünde vor ihr, verwundert über ihr langes Gesicht.

Sie hatte gehofft, von ihm zu träumen, aber das war nicht geschehen. Dafür verfolgten sie Frost, Kälte und Dunkelheit selbst bis in ihren Schlaf. Manchmal flüsterte sie seinen Namen in der Nacht, nur um festzustellen, dass er ihr nicht antworten würde.

Doch inmitten all des Kummers und der Sorgen gab es immer wieder Augenblicke – flüchtig, wie die Gischt auf den Wellen, doch stetig wiederkehrend – in denen sie ahnte, nein, wusste, dass sie auch diesen Abschied überleben würde, so wie sie den Tod ihres Vaters und ihrer Mutter verwunden hatte, anstatt daran zu zerbrechen. Dass Alrik ihr ein Leben lang fehlen würde, aber dass es ein Morgen gab.

Vorausgesetzt, sie würden diese Reise überleben.

Dann gab es wieder Momente tiefer Traurigkeit, ausgelöst durch ein Wort, eine Erinnerung.

Einen Brief.

Sie fand ihn am vierten Tage ihrer Reise. Den Brief, den sie für Alrik geschrieben hatte, als sie auf dem Weg in die Nebelreiche gewesen waren. Das Papier musste beim Absturz zwischen Kisten und Fässern verloren gegangen sein. Als sie nun die Zeilen las, die sie vor scheinbar unendlich langer Zeit an ihren Freund gerichtet hatte, rissen all ihre Wunden wieder auf.

Warum muss alles vergehen?, hatte die Kriss von damals gefragt. *Warum können manche Dinge nicht ewig halten?*

Dennoch hatte sie den Brief zusammengefaltet und in ihre Manteltasche gesteckt. Egal, was sie erwartete, sie würde nicht umkehren. Sie würde alles tun, um das neue Feuer im Keim zu ersticken.

Doch während der Wind jenseits des Schiffes heulte wie ein Gespensterchor, und sie tiefer eindrangen in die lange Nacht aus Eis und Schnee, spürte sie, wie die Zeit ihnen davonlief.

»*Wir sind da!*«

Der Ruf ging wie ein Lauffeuer durch die Decks der *Sturmbrecher*, von Kabine zu Kabine, vom Bug bis zum Heck. Staras Brüder und Schwestern eilten zu den Bullaugen, in der Hoffnung, einen Blick auf ihr Ziel zu erhaschen. Stara hörte ihr aufgeregtes Gemurmel bis auf die Brücke. Die Dankesgebete, die sie Nahalu sandten.

Doch noch zeigte sich vor dem Schiff nichts außer der mondbeschienenen Eiswüste, über der die Schleier des Polarlichts glühten. Die *Sturmbrecher* hatte ihre Luftschrauben gerade so weit gedrosselt, dass das Schiff sich gegen den Wind stemmen konnte. So schwebte es über der Ebene aus nachtblauem Schnee.

»Die Koordinaten stimmen!« Glinn machte keinen Hehl aus seiner Enttäuschung. Oder seinem Argwohn. »Wo ist das verdammte Ding?«

»Sicher, dass wir hier richtig sind, Majestät?« Stara drehte sich zur Brückentür, durch die die Todlose Königin gerade zu ihnen trat. Es musste ein Trick des gedämpften Lampenscheins sein, denn Stara glaubte für einen Moment, das starre, neutrale Gesicht ihrer Maske lächeln zu sehen.

»Gewiss bin ich sicher, Madame Belnari. Hatte ich Euch nicht gesagt, die Schmiede sei gut versteckt? Wie gut, das sollt Ihr nun mit eigenen Augen sehen.«

Stara tat ein paar lange, gemessene Atemzüge, um ihrer Aufregung Herr zu werden, während sie verfolgte, wie die Köngin die linke Hand hob und einen ihrer zahlreichen Ringe berührte. Ælonische Partikel begannen, das juwelenbesetzte Schmuckstück zu umflirren, und ein leises, kristallisches Singen ertönte.

Nichts geschah. Stara tauschte einen Blick mit Glinn, der ebenso ratlos war wie sie. Gleiches galt für die Steuermänner.

Nur die Zuversicht der Königin geriet keinen Augenblick lang ins Wanken. »Seht«, sagte sie und deutete durch das Brückenfenster.

Stara trat näher, aber so sehr sie sich auch bemühte, sie sah nichts. Dafür bemerkte sie, wie Glinn die Fäuste ballte. *Bin ich blind?*, fragte sie sich. *Oder hat sie uns belogen?*

Hat ihr das Alter das Gehirn madig gemacht?

Dann hörten sie es: ein Grollen, das die Welt erfüllte, tiefer noch als der Lärm der Schiffsschrauben. Ein Erdbeben?

Staras Unterkiefer klappte herab, als sie sah, wie sich blauschimmernde Spitzen aus der schneebedeckten Ebene emporhoben. Sie wurden länger und breiter. Weitere Spitzen folgten, ein ganzes Feld davon – und sie wuchsen auf mehrere Dutzend Klafter an: halbtransparente Dornen aus Eis, die sich wie Säbelklingen in die Nacht erhoben.

Sie waren nur die Vorboten der gewaltigen Masse, die sich anschließend aus dem Schnee erhob. Auch sie schimmerte wie Eis, Schichten von Schnee fielen von ihr herab, als sie weiter himmelwärts wuchs und wuchs und wuchs.

Dann war es vorbei. Das Grollen verstummte – und dort draußen, vor ihren ungläubigen Augen, stand ein Palast, dessen eiszapfenartige Türme und tiefblaue, fast durchscheinende Mauern im Licht der Gestirne funkelten und die geisterhaften Schleier des Polarlichts reflektierten. Ein Palast aus Eis.

Die Aufregung schlang einen Knoten in Staras

Eingeweide. Sie hörte fassungslose Ausrufe aus anderen Teilen des Schiffs. Unter anderen Umständen hätte sie über Glinns Ausdruck kindischen Staunens gelacht. Doch ihr stand selbst der Mund offen.

»Meine Schmiede«, sagte die Todlose Königin, nicht ohne Stolz. »Fünf Jahrhunderte lang in Eis und Schnee verborgen. Ebenso wie die Waffe, die in ihr ruht.«

Stara brauchte einen Moment, um ihre Fassung wiederzufinden. »Wir sind zutiefst beeindruckt, Majestät«, sagte sie mit einer gespielten Verbeugung. Sie wandte sich an ihre Leute. »Also schön, genug geglotzt, verschwenden wir nicht noch mehr Zeit!« Ihr Herz raste. »Eure Majestät, wir wären überglücklich, Euch nach unten begleiten zu dürfen!«

»Gewiss«, sagte die Todlose Königin. Ihr Seidenkleid wisperte, als sie sich abwandte und die Brücke verließ. »Ich erwarte die Landung in Kürze.«

Stara legte im Vorbeigehen eine Hand auf Glinns Schulter. »Halt dich bereit«, sagte sie mit gedämpfter Stimme, und von der Königin ungehört.

Glinn nickte. Er wusste, was zu tun war.

Sie alle wussten es.

Die *Sturmbrecher* schoss die Spitzen ihrer Ankertaue durch Schichten von Schnee und gefrorener Erde, bis sie sicher hielten. Das Schiff wirkte vor dem eisglänzenden Palast so winzig wie ein Kinderballon, während es langsam zu Boden sank.

Stara, Glinn und ein dreißigköpfiger Trupp hatten sich im Schiffsgang versammelt, in dicke Winterkleidung eingepackt, ausgerüstet mit Pistolen, Messern, Säbeln und Musketen, die sie sich um die Schultern geschnallt hatten.

Bald darauf trat die Königin zu ihnen. Ihre Majestät hatte sich in einen Wintermantel aus Eislöwenfell gehüllt, der den Widerstand ein kleines Vermögen gekostet hatte. Eine pelzverbrämte Kapuze lag über ihrem schwarzglänzenden Haar.

»Eure Leibgarde steht bereit, Majestät«, sagte Stara.

»Waffen sind nicht vonnöten«, sagte die Silbermaske. Ihre Stimme war so ruhig und schön wie ein Bergsee.

»Man kann nie wissen«, gab Stara zurück. »Eure Sicherheit ist immer noch unser oberstes Gebot.«

»Ich weiß dies wohl zu schätzen, Madame Belnari«, sagte die Todlose Königin. Lag da ein Hauch von Ironie in ihren Worten? »Dann lasst uns gehen und den Lauf der Geschichte ändern.«

»Wir weichen nicht von Eurer Seite.« Stara ließ den Blick über ihre Brüder und Schwestern gleiten. Genau wie Glinn warteten sie nur auf ihr Zeichen.

Das Fallreep wurde dicht über dem Boden ausgeklappt. Als sie die Tür öffneten, biss ihnen der Wind mit Stahlzähnen ins Gesicht. Die Königin in ihrer Mitte, kämpften sie sich voran, wobei sie bis zu den Knien in knirschendem, blauen Schnee versanken. Sie hielten ihre Mützen und Kapuzen fest, die Gesichter zu angestrengten Grimassen verzogen.

Zum Glück war das Schiff nur wenige Klafter vor der schimmernden Masse des Palastes niedergegangen – der Schmiede, oder was immer es auch war. Schon von oben hatte Stara bemerkt, dass das Gebäude keinerlei Fenster aufwies. Den einzigen Zugang bildete ein dreimannshohes Tor, auf das sie nun zuhielten.

Seine beiden Türen wirkten ebenfalls wie aus Eis geformt. Sie öffneten sich der Kolonne. Weißes Licht und Wärme strömten ihnen entgegen.

Stara blinzelte gegen den brutalen Wind an. Schwarze Silhouetten bewegten sich in dem Licht aus der Schmiede und warfen ihnen ihre Schatten entgegen.

Es waren neun. Sie hatten annähernd menschliche Form und Größe, doch sie waren dünn wie Gerippe. Ihre

Körper schienen aus Bronze zu bestehen, auch wenn Stara ahnte, dass es eine sehr viel härtere Legierung sein musste. Ihre Gesichter – ausdruckslos und starr – erinnerten sie an die Maske der Königin. In ihren Augenhöhlen glühten Kristalle, deren grünes Licht dem von Phærion glich.

Vor nicht allzu langer Zeit, in den Tiefen des Schreins im Herzen der Nebelreiche, hatte sie solche Gebilde schon gesehen, oder vielmehr deren Überreste. Ælonische Maschinenwesen. Die Bronzelegion der Todlosen Königin. Wie nannte sie sie gleich? Ihre Prätorianer. Ein altes Wort für eine königliche Leibgarde.

Mit klappernden Schritten kamen sie ihnen entgegen. In ihren metallenen Händen trugen sie Waffen, halb Lanzen, halb Musketen. Sie hatten das Portal fast passiert, als sie alle gleichzeitig zum Stehen kamen.

Stara merkte, wie ihre Leute angesichts des Aufmarsches der Bronzegerippe unruhig wurden. Sie selbst fühlte ein Kitzeln in ihrem Nacken. Vielleicht lag es daran, wie menschenähnlich diese Dinger wirkten, und gleichzeitig völlig unnatürlich. Wie übergroße Marionetten, von geisterhafter Hand manipuliert.

Ganz ruhig!, gestikulierte sie ihren Leuten, während sie näher traten. Dennoch konnte sie nicht verhindern, dass sie nach ihrer Pistole fasste.

Zwischen ihnen und der ælonischen Garde blieben keine zehn Schritte Abstand im Schnee, als die Prätorianer auf die fleischlosen Knie sanken und ihre bronzeschimmernden Häupter neigten.

Stara erlaubte sich ein Ausatmen. Sie fühlte, wie auch Glinn und die anderen sich entspannten.

Sendrena führte die Gruppe ohne Zögern an. Bald hatten sie die Schmiede betreten. Ein langer Gang mit weißen Wänden eröffnete sich vor ihnen. Sie waren aus Stein, nicht aus Eis, und wurden von ælonischen Lampen erhellt. Stara war dankbar für die Wärme, die diesen

Ort erfüllte. Sie blinzelte überrascht, als sich die Türen hinter ihnen lautlos schlossen, und auch den heulenden Wind aussperrten.

»*Seid willkommen, Eure Majestät*«, sagte das Maschinenwesen in der Mitte. Seine Stimme erinnerte an die von Phærion. Sie sprach mit demselben Akzent wie der Würfel und die Königin, aber sie klang leer, künstlich. Weniger nach einem Individuum, als einer Maschine unter vielen, obwohl die aufwendigen Ornamente auf seinen metallenen Schultern ihn als Ranghöheren auszuzeichnen schienen. »*Eure Diener grüßen Euch. Nach all der Zeit haben wir nicht zu hoffen gewagt, Euch wiedersehen zu dürfen.*«

»Ihr hättet es besser wissen müssen, Hauptmann«, sagte die Todlose Königin. Ein Lächeln schwang in ihren Worten mit. »Selbst fünfhundert Jahre sind nicht lange genug, um mich von meiner Bestimmung zu trennen.«

Stara hatte Mühe, nicht mit den Augen zu rollen. *Kommt endlich zur Sache!*

»Das Schwert?«

»*Es ist fertiggestellt und einsatzbereit, Eure Majestät. Es hat mit uns geruht, bis Ihr kamt. Nun wartet es nur auf Eure Hand, die es führt.*«

»Das Warten hat ein Ende.« Wieder war das Lächeln in der Stimme der Königin deutlich zu hören. »Doch zuvor gibt es noch eines zu tun. Du.« Sie deutete auf eine Maschine links vom Hauptmann. »Öffne dich.«

»*Zu Befehl, Eure Majestät.*« Das Gerippe verneigte sich – dann sprang eine Klappe in seiner Brust auf und offenbarte den Kristallwürfel, der darin glühte. Er war identisch mit Phærion, doch gänzlich unbeschädigt.

Die Königin griff nach dem Würfel und zog ihn heraus. Die ælonischen Augen der Maschine erloschen, sie stand stocksteif da. Während einer ihrer Kameraden ihr die Lanzenmuskete abnahm, ließ sich ein anderer von der Königin den unbeschädigten Würfel aushändigen.

Dann förderte Sendrena Phærion aus den Tiefen ihres Eislöwenmantels zutage. Sie schob ihn in das quadratische Loch im Torso der Maschine. Er passte perfekt hinein.

Erneut entflammten die Kristallaugen in ælonischem Feuer. Seine Kameraden ließen das Bronzegerippe los, nun stand es aus eigener Kraft. Mit marionettenhaften Bewegungen betrachtete es seine mechanischen Hände, spreizte die mechanischen Finger, betastete das mechanische Gesicht.

Stara verzog den Mund. Etwas in ihr rebellierte gegen diesen Vorgang. Als würde eine Seele einfach gegen eine andere ausgetauscht ...

»Ein Geschenk für Eure Treue, Majordomus«, sagte die Todlose Königin.

Phærion legte die Hand auf seine metallene Brust, hinter der sein kristallenes Herz schlug. Er verneigte sich tief. »*Euch gebührt mein ergebenster Dank, Majestät.*« Wie zuvor erinnerte seine Stimme Stara an Bronze und Silber. »*Ihr ahnt nicht, was für eine Freude Ihr mir bereitet habt.*«

»Oh doch, das ahne ich.« Die Todlose Königin lachte leise. Dann wandte sie sich an die übrigen Prätorianer. »Nun geleitet mich zu meinem Schwert!«

»*Wie Ihr befehlt, Majestät.*« Die Metallmänner erhoben sich zeitgleich.

Sie machten auf dem Absatz kehrt, wobei einer den Würfel seines Kameraden trug, ein anderer dessen Waffe. Sie schritten ihnen scheppernd voran, während Phærion dicht bei seiner Königin blieb. Nun, wo er ein Gesicht besaß, einen Körper, warnte alles in Stara sie, sich vor der Maschine in Acht zu nehmen. Mehr denn je.

»Nun folgt mir, Madame Belnari«, sagte die Königin. »Und seid Euch der Ehre bewusst, die Euch zuteil wird. Es ist lange her, dass ein Mensch diesen Ort betreten durfte.«

»Wir sind sprachlos, Majestät«, sagte Stara, während sie sich der Königin und ihrer Garde anschlossen. Sie drehte sich zu ihren Leuten um und gab ihnen ein verstecktes Signal: *Wartet auf mein Zeichen.*

Sie nickten kaum merklich.

Während sie dem weißen Gang folgten, blickte Stara zu den Bronzegerippen, die ihnen mit geschulterten Waffen voranmarschierten. Sie fragte sich, ob ein gezielter Schuss ausreichen würde, ihre metallene Brust zu durchschlagen. »Eure Majestät, wenn mir die Frage gestattet ist ...«

»Sprecht.«

»Warum ist Euch keiner Eurer ... Prätorianer von hier aus zu Hilfe gekommen?«

»Weil mein Ruf nicht zu ihnen durchgedrungen ist. Ist das nicht offensichtlich? Davon abgesehen haben sie den Befehl, die Schmiede zu verteidigen. Um jeden Preis.«

»Natürlich. Und wie viele von ihnen befinden sich hier?«

»Mehr als genug«, sagte die Todlose Königin.

Danke für die Auskunft, dachte Stara säuerlich. Ihr Blick fiel auf die Musketenlanzen der Prätorianer. Sie dienten mit Sicherheit nicht bloß zeremoniellen Zwecken. Sie überlegte sich gerade die unverdächtigste Art, danach zu fragen, als ein durchdringender Ton den Gang erfüllte, und sich ständig wiederholte. Ein Alarm.

Die Königin und alle anderen erstarrten an Ort und Stelle. »Hauptmann, was hat das zu bedeuten?«

Der Anführer der Prätorianer wandte sich Sendrena zu. »*Majestät, der Aussichtsturm meldet, dass sich eine unbekannte Flugmaschine im Anflug auf die Schmiede befindet. Sie ist weniger als drei Meilen entfernt und nähert sich schnell.*«

Verwirrt blickte Stara zu Glinn. »Was? Aber ... wie kann das sein? Niemand weiß, dass wir hier sind, höchstens ...!«

»Unmöglich!« Glinn schüttelte fassungslos den kahlen Kopf. »Wie sollen sie von der Insel weggekommen sein?«

»*Nun*«, sagte Phærion, *»sie hatten offensichtlich Hilfe.«*

»Es ist nicht von Belang.« Die Todlose Königin setzte ungerührt ihren Weg fort. »Hauptmann – lasst das Schiff vom Himmel fegen!«

Einen Moment lang versetzte sie eine Sturmbö in Angst und Schrecken, doch dann, als Barabell und Nesko die *Wolkenbummler* wieder auf Kurs gebracht hatten, ließ Lorgis, der als Ausguck am Brückenfenster stand, mit angespannter Stimme vernehmen:

»Ich will niemanden vorzeitig nervös machen, aber ... ich glaube, ich sehe sie! Ja, *Schessk*, das sind sie! Direkt voraus!«

Mit zitternden Händen ließ sich Kriss das Fernrohr geben. In ihrer Hast dauerte es einen Moment, bis sie das Schiff erspäht hatte, und als sie es sah, konnte sie es kaum glauben. Lorgis hatte recht, es war eindeutig die *Sturmbrecher!* Das Schiff schwebte neben etwas, das aus der Entfernung wirkte wie ein stacheliger Eisberg.

Nein, kein Eisberg: es war ein Bauwerk, mindestens so groß wie der Wasserpalast. Ein Schloss oder eine Festung oder beides. Wie eine gigantische Eisskulptur ragte es über dem Schnee auf.

Eine Art Fieber packte Kriss, ihr wurde heiß und kalt. Sie waren hier, sie hatten sie gefunden, sie hatte sich nicht geirrt!

Nun blieb die Frage, ob sie dieses Wiedersehen überleben würden.

»Sind wir noch rechtzeitig?«, fragte Lian, nicht weniger aufgeregt als sie selbst. »Sind sie schon in dem Kasten da?«

»I-Ich weiß es nicht!«, gab Kriss zurück. »Es brennt Licht hinter den Bullaugen. Vielleicht sind sie noch an Bord!«

»Oder nur ein paar von ihnen«, sagte Barabell.

»Sie können nich' damit rechnen, dass wir kommen.« Lian sah zu Kriss. »Vielleicht haben wir Glück und sie gucken nich' mal!«

Lorgis' Wangenmuskeln mahlten. »Wenn sie uns sehen, dann haben wir verloren. Ihre Kanonen reichen weiter als unsere Musketen!«

»Aber wir sind wendiger«, sagte Nesko. »Oder nicht? Vielleicht ist das unser Trumpf! Wenn wir sie dazu bringen, ihr ganzes Pulver zu verschießen ...!«

»Wenn jemand einen anderen Plan hat«, Lorgis atmete tief durch, »ich bin ganz Ohr!«

Kriss' Herz dröhnte wie eine Kesselpauke. »Wir müssen es versuchen!«

Dabei war ihr genauso bewusst wie den anderen, dass sie keine Chance haben würden, sobald die Ontredi oder die Königin das Schwert erreichten. *Niemand* würde dann noch gegen sie bestehen können.

Lorgis umklammerte das Sprechrohr in den Maschinenraum. »Orven, Eldrit! Alle Mann an die Muske –«

»Da vorne!«, rief Nesko.

Blass wie ein Laken deutete er zu der Eisbergfestung.

In ihrer höchsten Spitze war ein Licht entfacht worden, weiß und kalt. Wie die Lampe eines Leuchtturms strahlte es in ihre Richtung.

Kriss' Herz setzte einen Schlag lang aus.

»*Schessk!*«, zischte Barabell. »Die haben uns geseh'n!«

Im gleichen Moment wurde die Nacht zum Tage, als ein Blitz den Himmel horizontal spaltete und auf sie zuschoss.

»Ausweichmanöver!«, brüllte Lorgis. Barabell und Nesko ließen die Steuerräder rotieren.

Von einem Kreischen wie von tausend Nägeln auf Glas begleitet, zuckte der Blitz nur ein paar Schritte an der Gondel vorbei und erlosch wieder. Sein grelles Licht hinterließ dunkle Nachbilder auf Kriss' Augen. Geblendet blinzelte sie dagegen an, während sie die anderen nach Luft schnappen hörte.

Aber damit war es nicht überstanden.

Wieder erstrahlte der vermeintliche Leuchtturm. Kriss spürte, wie ihr das Blut aus dem Gesicht wich.

»Achtung!«, brüllte Lian.

Erneut schwangen Nesko und Barabell blindlings die Steuerräder herum. Der zweite Schuss ging nur einen Klafter an der Backbordseite der Gondel vorbei; seine Macht ließ das Schiff erzittern.

Kriss konnte kaum atmen, geschweige denn, einen klaren Gedanken fassen. *Ælonisches Feuer.* Wenn es die *Wolkenbummler* erfasste, würde es sie zerfetzen wie Papier!

Orvens Stimme drang gepresst aus dem Sprechrohr: »Großer Weltengeist, was war das? Was geht da draußen vor?«

»Dagegen kommen wir nicht an!« Schweiß glänzte auf Lorgis' Stirn, seine Lider flackerten. »Wir ... wir müssen beidrehen und –!«

Da feuerte der Leuchtturm ein drittes Mal. Nesko und Barabell reagierten, doch zu spät.

Alles geschah zugleich: Auf einmal wurde die Nacht von weißem Licht verschluckt; Kriss hörte sich und die anderen schreien, als mehrere Explosionen über ihnen dröhnten. Fenster ringsum zersprangen klirrend, Holz krachte, kalter Wind fegte fauchend über die Brücke, während das ganze Schiff erbebte, als wäre es gegen einen Berg gekracht.

Fast im selben Moment bekam die Gondel Schlagseite: die linke Seite der Brücke neigte sich herab. Die Zähne vor Anstrengung gebleckt, hielten sich Barabell und Nesko an den Steuerrädern fest, aber Kriss verlor den Halt, sie stolperte nach links, auf die zersplitterte Fensterreihe zu. Sie schrie, versuchte vergeblich, abzubremsen, bis ein Arm vorschnellte und sie packte: Lian hatte sich an einem der Wandgriffe festgeklammert und hielt sie mit der freien Hand fest. Während er sie zu sich zog, stützte sich Lorgis mit ausgestreckten Armen am Türrahmen ab. Blanker Schrecken stand ihm im Gesicht.

Kriss blickte aus den Bugfenstern: die Welt dahinter war zur Seite gekippt. Die Schneelandschaft kam unaufhaltsam näher. Sie stürzten ab, jedoch nicht so schnell, wie sie befürchtet hatte. Der Schuss musste einen Großteil der Gaszellen zerfetzt haben, doch nicht alle. Was von ihnen übrig war, bremste ihren Fall so weit ab, dass sie nicht wie ein Stein aus dem Himmel stürzten – doch der Absturz war unvermeidlich und nur wenige Augenblicke entfernt!

»Alle Mann festhalten!«, brüllte Lorgis, als wäre niemand von selbst darauf gekommen.

Kriss kniff die Augen zusammen. Mit beiden Händen an den Griff gekrallt, wappnete sie sich gegen den Aufprall. Sie betete, dass der Schnee ihren Sturz zusammen mit den verbliebenen Zellen abfedern würde. »Lian!«, rief sie gegen das Heulen des Windes, das Ächzen der anderen, gegen das knarrende und stöhnende Schiff.

Ich bin bei dir, sagte sein Blick.

Dann kam der Aufschlag.

Mit angehaltenem Atem lauschten Stara und die anderen, wie die Schmiede unter den schrecklichen, ælonischen Energien erbebte, die sie gegen das andere Schiff entfesselte. Ein, zwei, dreimal. Dann erfüllte Stille den weißen Gang.

»*Das Schiff wurde abgeschossen*«, meldete der

Hauptmann der Bronzelegion, nachdem er irgendeiner unhörbaren Stimme gelauscht hatte.

»Gut«, sagte die Todlose Königin. »Sorgt dafür, dass es keine Überlebenden gibt.«

»*Zu Befehl, Majestät.*« Der Hauptmann verneigte sich. Seine Augen leuchteten kurz auf, wahrscheinlich während er die Order weitergab.

»Sie waren beharrlich«, sagte die Königin, als sie weitergingen. Es klang anerkennend. »Aber letztlich war es vergebens.«

Stara versuchte, mit ausgedörrter Kehle zu schlucken. *Ihr verfluchten Narren! Warum habt ihr nicht auf der verdammten Insel bleiben können, anstatt ins offene Messer zu laufen?*

Sie versuchte sich einzureden, dass es ihr gleichgültig war, aber sie konnte sich nicht belügen. Erst jetzt, wo es mit ihnen zu Ende war, stellte sie fest, wie sehr sie diese Leute gemocht hatte.

»Sie hätten es besser wissen müssen«, hörte sie Glinn sagen. Aber auch er klang nicht, als sei es ihm egal. »Sie haben sich das selbst zuzuschreiben.« Er legte ihr die Hand auf die Schulter. »Komm. Es gibt jetzt Wichtigeres.«

Stara antwortete nicht. Aber er hatte recht. Selbst wenn sie den Absturz überlebt hatten, waren sie dem Tode geweiht. Es war zu spät für sie. Doch nicht für die Ontredi.

Darum bemüht, ihre Erinnerung an den Professor, das Mädchen und ihre Freunde zu verdrängen, folgte sie der Todlosen Königin und ihrer Garde durch einen hohen Torbogen.

Was sie dahinter sahen, verschlug Stara die Sprache und ließ sie vor Ehrfurcht erzittern – oder war es Furcht?

Sie standen in einer kolossalen Halle von vielleicht hundertfünfzig Klaftern Durchmesser; bis zur weißstrahlenden Decke waren es fünfzig Klafter oder mehr. Reihen von einem Dutzend Laufgängen zogen sich ringförmig an den Wänden dahin, verbunden durch ein Zickzack von Metalltreppen. Lastkräne und klobige Gerätschaften, deren Zweck sie nicht kannte, zweigten von den Gängen ab. Ringsherum sah sie Kessel und Hochöfen, Schmelztiegel und Seilzüge, Lastkräne und Ketten mit Greifarmen, alles ins Riesenhafte vergrößert, gigantisch.

Genauso wie das Gebilde in der Mitte der Halle, dessen Länge fast vom einen Ende des Raumes zum anderen reichte, wobei es vielleicht nur etwas mehr als zwei Stockwerke aufragte.

Es war eine weitere Maschine. Ihre Hülle schimmerte so glatt und weiß wie Porzellan. Sie wies eine lange Reihe achteckiger Fenster auf – Bullaugen –, doch sie wirkten wie winzige Pünktchen im makellosen Weiß. Nur wenn man ganz genau hinsah, konnte man hier und da Luken erkennen.

Das Schwert. Nun verstand sie, warum Sendrena die Maschine so nannte, denn kein anderer Name passte besser.

Während sich das eine Ende der Maschine zu einer tödlichen Spitze verjüngte, die scharf genug schien, einen Berg zu durchschneiden, gab es im hinteren Teil weit geschwungene Ausbuchtungen, die an eine Parierstange erinnerten, mit Sphären aus Kristall und Silber an ihren Enden. Ob es sich dabei um das ælonische Gegenstück zu Luftschrauben handelte, wusste sie nicht. Doch sie konnte sich ohne Mühe einen zornigen Gott vorstellen, der diese titanenhafte Klinge führte, um über die Menschheit zu richten.

»Das ist es!« Die Stimme der Todlosen Königin echote gespenstisch durch die Halle. »Das Schwert, das der Welt endlich Ordnung bringen wird! Schneller als der Schall, ausgerüstet mit Kanonen, die selbst

Diamant zu Staub zerstrahlen können, und genug Ælon in seinen Speichern, um Jahrhunderte zu reichen!«

Stara wusste nicht, ob sie eine Antwort erwartete, aber sie hätte ohnehin keine herausbringen können. Sie sah die Schmelztiegel, Gerätschaften und Stahlplatten ringsum und stellte sich vor, wie das Schwert von den Prätorianern der Königin und anderen, ælonischen Mitteln hier zusammengesetzt worden war: vom anfänglichen Stahlskelett bis zu dem ehrfurchtgebietenden Artefakt, das nun vor ihnen aufragte. Ganze Flotten von Luftschiffen mussten nötig gewesen sein, um seine Einzelteile und Rohstoffe hierher zu schaffen; möglicherweise war es während der Ælonischen Epoche einfacher gewesen, sie vor den Augen der anderen Königreiche zu verbergen. Stara fragte sich, was mit den Ælonikern passiert war, die das Schiff entworfen und die Energien, die ihm innewohnten, geformt hatten. Es war nicht schwer, sich auszumalen, was Sendrena mit ihnen gemacht hatte, um sicherzugehen, dass ihr Schwert ein Geheimnis blieb.

Keine Flotte der Welt würde sich der Frau widersetzen können, wenn sich das Schwert erst in den Himmel erhob. Blankes Entsetzen packte sie bei der Vorstellung, sie brauchte all ihre Willenskraft, um es niederzukämpfen.

Ein vielfaches Klappern und Scheppern verriet ihr, dass sie nicht allein hier waren: Dreißig weitere Prätorianer marschierten in Fünferreihen auf sie zu und sanken vor ihrer Königin auf die Knie, ihre Lanzenwaffen neben sich aufgestellt.

Stara blickte zu Glinn. Er schien das Gleiche zu denken wie sie: *Zu viele. Zu gut bewaffnet.*

Staras Finger zuckten. *Noch nicht*, dachte sie. *Warte auf den richtigen Moment. Warte ...*

»*Eure Majestät*«, sagte ein Prätorianer. »*Willkommen zurück. Wir haben nicht zu hoffen gewagt –*«

»Ich weiß.« Sendrena schnitt ihm mit ungeduldiger Geste das Wort ab. »Wir haben Zeit genug in dieser

Einöde verbracht. Schwert!«, rief sie der gewaltigen Maschine zu. »Erwache!«

Und die Maschine gehorchte. Stara fühlte die schwindelerregenden Energien, die ihren gigantischen Leib erfüllten, auch wenn sich an ihrem Äußeren nichts änderte.

Ihr Herz flatterte.

Warte, sagte sie sich. *Warte ...!*

Dann kam der Aufschlag.

Kriss hörte sich selbst vor Schmerz ächzen, als das Schiff, oder was davon übrig war, im Schnee aufprallte. Die verbliebenen Fenster platzten, funkelnde Splitter flogen umher. Zusammen mit Lian und den anderen wurde sie schreiend von den Beinen gerissen, während sie gleichzeitig sah, wie es die Lampe vom Haken an der Decke riss: Sie flog vor die Steuerräder, wo sie auf dem Boden aufschlug. Das Glas zersprang – und brennendes Petroleum breitete sich aus wie eine Pfütze aus flüssigem Feuer.

»Raus hier!«, brüllte Barabell. Torkelnd kam sie auf die Beine. Sie blutete aus einer Wunde an ihrer Stirn.

Auch Kriss und die anderen rappelten sich auf; Kriss brauchte einen Moment, bis sie festen Halt fand, ihr ganzer Körper schmerzte, ihre Sicht war schwummerig. Sie spürte die Hitze des Feuers, Rauch breitete sich aus. Lian nahm ihre Hand und zerrte sie von der Brücke, durch den Navigationsraum und in den Schiffsgang. Die Luftfahrer waren dicht hinter ihnen; das Feuer brüllte und fauchte ihnen nach, als wäre es erzürnt über ihre Flucht.

Orven und Eldrit stolperten ihnen entgegen, das Moosäffchen keckerte wild auf Orvens Schulter. Sie sahen die Flammen, die bereits die halbe Brücke verschlungen hatten, und erbleichten.

»Schnappt euch die Waffen und Rucksäcke!«, brüllte Lorgis. »Und dann nichts wie raus hier! Schnell!«

Sie nahmen die vier Musketen aus dem Gang, zusammen mit sieben Rucksäcken mit Wasser und Verpflegung, die dort für genau solch einen Fall bereitgestanden hatten. Rauch breitete sich aus, er ließ ihre Augen tränen und kratzte in ihren Lungen. Die trockene Hitze brannte auf ihren Gesichtern.

Lian war als Erster bei der Tür. Als er sie aufriss, quollen ihnen kalte, weiße Massen entgegen.

»Wir müssen uns durchgraben!«, rief Barabell. »Los, los, bevor wir gegrillt werden!«

Lian und Lorgis bildeten die Vorhut. Mit den Kolben ihrer Musketen als behelfsmäßige Schaufeln schippten sie den Schnee fort, der das Schiff bedrängte. Entsetzt sah Kriss zu, wie die Flammen bereits den Navigationsraum erobert hatten und nun mit roten Zungen nach ihnen leckten. Die Luft war unerträglich heiß, kaum noch atembar. Das Brüllen der Flammen dröhnte zusammen mit dem Knistern und Knacken von Holz in ihren Ohren.

»Kriss!«, rief Lian und riss sie aus ihrer Starre. Im Schnee lag eine kleine Höhle offen und bot ihnen einen Weg aus dem Schiff. Geblendet vom Qualm und am ganzen Leib zitternd, grub sich Kriss mit den anderen durch den Schnee. Bald hatten sie sich aus dem kalten Weiß befreit, über ihnen war der Sternenhimmel zu sehen.

Eisige Luft raubte Kriss den Atem, während die Kälte wie tausend brennende Nadeln in ihr Gesicht stach. Hinter ihnen flackerte orangerotes Licht; Schnee zischte, als die Flammen ihn in Dampf verwandelten. Als Kriss sich umblickte, war bereits ein Drittel der hölzernen Gondel dem Feuer anheimgefallen. Nur noch vier Gaszellen schwebten über dem Schiff, von der vielfach geflickten Ballonhülle verdeckt. An mehreren Stellen hing sie schlaff durch.

»Weiter!«, brüllte Lorgis gegen das Wüten des Feuers und den heulenden Wind. Zu siebt kämpften sie sich durch den Schnee. Um das Schiff herum war er fast einen Klafter hoch aufgeworfen worden, doch nur wenige Schritte weiter versanken sie nur bis knapp zur Hüfte darin. Kriss sah, wie Orvens Äffchen Schutz in dessen Manteltasche suchte; wie Lorgis sich immer wieder fassungslos nach dem brennenden Wrack umsah. Die Mutlosigkeit in Barabells und Neskos Blicken. Lian war dicht an ihrer Seite. Er wirkte eher wütend als verzweifelt, und fluchte ständig über den Schnee, der ihr Vorankommen verlangsamte.

Mit ihrem Atem als dichte Wolke vor dem Mund blickte Kriss zum Horizont: Die Eisfestung mit der neben ihr schwebenden *Sturmbrecher* war keine Meile entfernt, doch im Moment kam sie ihr so unerreichbar vor wie das Polarlicht, das die Sterne verschleierte. Der Leuchtturm, oder das, was sie zuerst dafür gehalten hatte, war erloschen. Doch wer wusste, für wie lange?

Zuerst hielt sie es für einen Streich des Windes, der unablässig in ihren Ohren heulte: Ein leises Geräusch lag in der Luft, das sie an das Surren von Insektenflügeln erinnerte. Was immer es war, es kam näher, wurde deutlicher.

»Da vorne!«, rief sie aus.

Etwas flog dicht über dem Schnee in ihre Richtung, auf halbem Wege zwischen ihnen und der Festung aus Eis. Und es näherte sich schnell.

»Verflucht!«, schnaubte Lorgis. Er, Barabell, Nesko und Eldrit legten ihre Musketen an, während Lian und Orven sich ihre Pistolen schnappten. Auch Kriss zog ihre Waffe. Kälte und Furcht ließen sie erzittern.

Zuerst war es nur ein schimmernder Fleck, doch es wurde viel zu schnell größer.

Es war ein Käfer, erkannte Kriss: ein Käfer mit blauglänzendem Panzer. Er hatte die Flügel gespreizt, sie glühten in einem überirdischen Licht und zogen eine Spur schillernd-bunter Partikel hinter sich her.

Es war ein Fluggerät! Im Rücken des vermeintlichen Insekts befand sich eine Aushöhlung. Darin saßen, wie in einem Boot oder einer Droschke, drei Gestalten. Schon aus der Ferne war deutlich, dass es keine Menschen waren, sondern menschengroße Gerippe – Maschinen aus einem bronzeartigen Metall. Eine saß vorn und bediente ein Steuerrad, die anderen beiden ruhten hinter ihr auf einer Art Bank. Sie trugen etwas bei sich, das aussah wie Musketen oder Lanzen oder beides. Dann, als kaum noch fünfzig Klafter zwischen ihnen und dem Wrack lagen, erhoben sie sich und zielten auf die Menschen im Schnee.

Und sie feuerten.

{Das Schwert der Todlosen Königin}

Wieder zuckten ælonische Blitze.

Kriss und die anderen sprangen blindlings zur Seite, als tödliche, weiße Energie auf sie zuschoss und den Schnee verdampfen ließ, wo sie eben noch gestanden hatten. Kriss feuerte zurück, genau wie die anderen. Ein Schuss schlug Funken auf dem blauen Panzer des Fluggeräts. Ein anderer traf eines der beiden stehenden Maschinenwesen. Die Gewalt der Kugel ließ es kurz zurückzucken, doch ohne sichtbaren Schaden zu hinterlassen.

Kriss dachte an die skeletthaften Überreste aus dem Schrein. Den zerstörten Kristall in dem Torso. »Die Brust!«, rief sie. »Zielt auf ihre Brust!«

Neue Blitze zuckten. Sie erschrak bis ins Mark, als sie Lorgis schreien hörte. Sie riss den Blick zu ihm herum: Sein Ärmel war verbrannt, darunter sah sie sein Fleisch brutzeln. Fluchend schnappte er sich eine frische Pistole vom Gürtel und feuerte, doch er verfehlte sein Ziel. Und die Maschinenwesen legten erneut die Waffen an.

Kriss warf sich in den Schnee; ein Blitzschlag verfehlte sie nur um Haaresbreite. Atemlos blickte sie sich um, sie sah die Luftfahrer, die versuchten, ihre Waffen zu laden – Lian, wo war Lian?

Dann hörte sie ihn einen Kampfschrei ausstoßen: Das Fluggerät war keine zehn Schritte mehr entfernt, als er plötzlich aus seinem Versteck im Schnee sprang. Er bekam den Rand des Käferdings zu fassen, eine der Maschinen drehte sich ihm zu – »Nein!«, schrie Kriss, als das Ding die Spitze seiner Blitzlanze direkt auf Lians Stirn richtete.

Aber Lian packte die Waffe im letzten Moment – und riss sie mitsamt des Bronzemanns von dem Flieger mit sich in den Schnee. Mensch und Maschine wurden vom Weiß verschluckt.

»Lian!«, rief Kriss. Sie erstarrte, als der verbliebene Schütze auf dem Flieger sie ins Visier nahm, keine fünf Schritte von ihr entfernt.

»Doktor!«, brüllte Barabell ganz in der Nähe. Kriss ächzte, als ein schwerer Körper sie traf und in den Schnee riss. Sie spürte die Macht des Energieblitzes, der nur ein paar Handbreit über ihrem Rücken die Nacht spaltete.

Barabell und sie versuchten verzweifelt, im Schnee Halt zu finden, wieder auf die Beine zu kommen, aber ihre Füße versanken darin, wann immer sie sie aufsetzten.

Ein Surren näherte sich: Kriss' Herz blieb fast stehen, als der blaue Käfer direkt vor ihnen schwebte. Die ælonischen Augen des Bronzeschützen glühten in kaltem Grün, als er die Waffe auf sie richtete.

Unfähig, auch nur einen Muskel zu rühren, hörte Kriss, wie Nesko, Lorgis und Eldrit versuchten, den Schützen durch Rufe und Flüche von ihr abzulenken. Vergeblich.

Ein Blitz leuchtete auf – und fuhr dem Schützen in die Brust, zerriss sie in Kristallsplitter und Bronzefetzen. Die Maschine kippte leblos von dem Käfer, zusammen mit ihrer Waffe.

Lian stand bis zur Hüfte im Schnee, nur ein paar Klafter von dem Fluggerät entfernt, eine Blitzlanze in der Hand. Er schien selbst verblüfft, dass sein Schuss getroffen hatte.

Der maschinelle Steuermann hatte ihn längst anvisiert. Er ließ den Käfer kehrtmachen und raste auf Lian zu. Lian feuerte, aber der Käfer surrte aus der Schussbahn des Blitzes, während die Maschine, die ihn kontrollierte, nach einer dritten Lanze griff und sie auf Lian richtete. Kriss gefror, als der Bronzemann einen Blitz entfesselte. Mit einem Schrei warf sich Lian zur Seite – der Schuss verfehlte ihn nur um einen halben Schritt. Seine eigene Waffe entglitt ihm, sie landete irgendwo im Schnee. Er wollte sie holen, aber die weißen Massen waren gegen ihn.

»Lian!«, rief Kriss. Sie versuchte, sich durch den Schnee zu ihm durchzukämpfen.

»Runter, Mädchen!«, krächzte plötzlich Orven, irgendwo dicht hinter ihr.

Kriss blickte sich um: Der alte Luftfahrer hatte die Lanze, die mit dem zweiten Schützen über Bord gegangen war, aus dem Schnee befreit. Jetzt legte er sie an wie eine Muskete, zielte auf den Steuermann des Fluggeräts. Sein knorriger Finger krümmte sich um den Abzug.

Kriss hielt den Atem an, als ein Blitz aus der Mündung schoss. Der Steuermann ließ den künstlichen Kopf um hundertachtzig Grad kreisen, gleichzeitig drehte er den rechten Arm in einem unmöglichen Winkel – und mit ihm seine Waffe. Er feuerte im selben Moment wie Orven.

Kriss' stockte das Blut in den Adern, als die weißglühende Energie in Orvens rechte Schulter einschlug. Der alte Luftfahrer wurde umgerissen, er wimmerte vor Schmerz, der harte Wind wehte Rauch und den Geruch von verbranntem Fleisch in Kriss' Nase.

Und der Steuermann – von Orvens Schuss verfehlt – legte bereits wieder an.

Noch bevor sie begriff, was sie tat, sprang Kriss vor und langte nach Orvens Waffe. Sie landete bäuchlings im Schnee, bekam die Blitzlanze zu fassen, riss sie hoch und feuerte blindlings in Richtung des heranrasenden Käfers. Es gab keinen Rückstoß, wie bei einer Pistole oder Muskete, dennoch ging ihr Schuss klafterweit daneben. Der Steuermann hatte sie bereits anvisiert, er würde jeden Moment feuern –

»He!«, rief plötzlich eine vertraute Stimme. »Hier drüben!«

Lian!

Er hatte seine Waffe zurückerobert und legte an.

Der Steuermann drehte den Kopf in seine Richtung – zu spät. Weiße Energie zuckte durch die Nacht, und die Maschine hatte keinen Kopf mehr. Er landete irgendwo im Schnee, während ihr enthaupteter Körper den Flieger unbeeindruckt auf Kurs hielt und gleichzeitig die Waffe auf Lian richtete. Sie feuerte blind; der Schuss hätte Lian durchbohrt, hätte er sich nicht im letzten Moment zur Seite geworfen.

Jetzt! Kriss riss ihre eigene Lanze hoch, sie kniff ein Auge zusammen, während sie auf den Steuermann zielte, beziehungsweise dessen bronzenen Brustkorb. Und sie feuerte.

Sie konnte es selbst kaum glauben, als der Schuss den Torso der Maschine glatt durchschlug, und mit ihr den Kristall, der dem Ding die Illusion von Leben verlieh.

Enthauptet und herzlos sank der Bronzemann wie tot nach vorn, die Waffe entglitt seinem metallenen Griff. Der Flieger stoppte im selben Moment. Eine Handbreit über dem Schnee schwebend kam er zum Stehen. Bunte Funken von Ælon umflirrten seine Flügel.

Kälte stach Kriss in die Lungen, als sie nach Atem rang. Sie stapfte durch den Schnee, auf die anderen zu, ihr Gesicht taub, Schnee an ihren Brillengläsern und Augenbrauen. »Lian!« Sie fielen einander in die Arme. Sie drückte ihn so fest an sich, dass sie fürchtete, ihm weh zu tun.

Barabell und Eldrit halfen Orven auf, der ständig vor sich hinfluchte. »Wie geht es dir?«, fragte Kriss. »Was macht deine Schulter?«

»Kitzelt ein bisschen«, krächzte er gegen den eisigen Wind an. »Was glaubst du, Mädchen? Sie tut verflucht weh! Aber ich werd's wohl überleben.«

»Was ist mit dir, Lorgis? Lorgis!«

Der Riese hatte mit hängenden Schultern zum Wrack der *Wolkenbummler* geschielt, das inzwischen lichterloh brannte. »Ich ... entschuldigt, Doktor«, sagte er traurig. Er blickte auf die Brandwunde an seinem Arm. »Es ist halb so wild ...«

Das Äffchen keckerte in Orvens Manteltasche. »Alles gut, Lalla«, sagte der alte Luftfahrer. »Es ist vorbei.«

»Fürs Erste«, sagte Lian. »Die haben geseh'n, dass wir kommen, also haben sie wahrscheinlich auch mitgekriegt, dass wir noch leben. Und das wird denen nich' schmecken.«

»Dann wird's höchste Zeit, dass wir von hier wegkommen!«, sagte Barabell. Sie näherte sich dem Käferding, das dienstbereit über dem Schnee schwebte. Erst jetzt bemerkte Kriss das Drei-Speere-Wappen der Todlosen Königin auf dem schillernden Panzer.

»Meinst du, du kannst es fliegen?«, fragte Kriss.

»Kann so schwer nicht sein ...« Barabell hievte sich über den Rand des insektoiden Fliegers, sie schob den kopflosen Bronzemann in den Schnee, dann inspizierte sie die Instrumente. »Hier gibt's ein Steuerrad und ein Pedal, wahrscheinlich für den Schub. Ist ja nicht so, als ob wir viel Zeit zum Ausprobieren haben!«

»Dafür haben wir die hier.« Lian hob die Blitzlanze. Eldrit hatte die anderen beiden Waffen geschultert. »Besser als nichts«, sagte sie.

Sie stiegen in das Fluggerät: Hinten und vorne gab es zwei lederbezogene Sitzbänke. Kriss und Lian nahmen neben Barabell am Steuer Platz. Lorgis, Eldrit, Orven und Nesko drängelten sich hinten zusammen.

»Also gut, packen wir's an!« Barabell legte die Hände aufs Steuer und hielt vorsichtig den Fuß über dem Pedal. »Alle Mann festhalten!«

Damit trat sie das Pedal durch. Der Käfer schwirrte sofort los. Die Beschleunigung bescherte Kriss ein flaues Gefühl in ihrem Magen. Sie hörte den Fahrtwind an ihnen vorbeirauschen, aber sie spürte ihn kaum: Eine Blase aus warmer Luft schien die Maschine zu umgeben. Andernfalls, dachte sie, wären die Bronzemänner wahrscheinlich festgefroren.

»Na, wer sagt's denn, alles ganz einfach!« Mit sichtlichem Vergnügen ließ Barabell das Steuer kreisen. Der Käfer machte in einer engen Kurve kehrt und jagte der Eisfestung entgegen. Hinter ihnen fiel das Wrack der *Wolkenbummler* in sich zusammen. Es brannte wie ein Scheiterhaufen in der Nacht.

»Schätze, das Schiff als Bezahlung können wir abschreiben, was?«, hörte Kriss Eldrit mit galligem Lachen sagen.

Orven murmelte etwas Missmutiges, während er versuchte, Lalla zu beruhigen. Das kleine Geschöpf zitterte immer noch in seinem Mäntelchen.

»Sie war ein gutes Schiff«, sagte Lorgis schwermütig, während er seine Armwunde versorgte. »Ein verdammt gutes Schiff ...«

»Das Beste«, sagte Nesko traurig.

Klafter um Klafter rauschte dahin. Die Eisfestung kam immer näher. Kriss behielt die Spitzen des Bauwerks im Auge, doch es zeigte sich kein Licht dort, das ein erneutes Blitzgewitter ankündigte. Vielleicht bildeten sie ein zu geringes Ziel. Oder die ælonische Ladung war verbraucht.

Oder es waren schon längst weitere Bronzemänner auf dem Weg zu ihnen.

Sie würden es bald erfahren, denn das glitzernde Bauwerk war nur noch wenige hundert Klafter entfernt. Und mit ihm das einzige Tor in seinen Mauern. Seine Türen waren verschlossen.

»Wie kommen wir da überhaupt rein?«, leierte Nesko.

»Wir schießen uns den Weg frei!«, sagte Lorgis grimmig.

»Vielleicht müssen wir das gar nicht!«, rief Kriss. »Ich habe eine Idee!«

Sie erschraken, als ein Schuss krachte, gefolgt von einem zweiten.

Mit angehaltenem Atem blickte Kriss zu der *Sturmbrecher* empor, die vor der Festung schwebte. Sie sah menschliche Silhouetten hinter geöffneten Bullaugen. Die Läufe von Musketen.

»*Korf!*«, zischte Barabell. »Die haben uns gesehen, würde ich sagen!«

»Und wir seh'n sie!«, gab Lian zurück. Er legte die Lanze an. Lorgis und Eldrit taten es ihm gleich.

Dann schossen sie unter dem Luftschiff hinweg. Ein Schuss nach dem anderen donnerte. Kriss drückte sich die Hände auf die Ohren, während links und rechts die Kugeln an ihnen vorbeizischten.

Mit einem Schrei, der halb Jubel war, halb Wahnsinn, warf Barabell das Steuer hin und her und flog wilde, unberechenbare Schlangenlinien. Nur einmal trafen die Schützen der Ontredi, doch die Musketenkugel hinterließ bloß eine Delle im Panzer des Fluggeräts, nicht mehr.

Gleichzeitig bekämpften Lian, Lorgis und Eldrit Feuer mit Feuer. Blitze schossen aus ihren Lanzen zum Luftschiff hinauf. Kriss hörte Holz krachen, als die Gondel getroffen wurde.

»Zielt auf die Gaszellen!«, rief Lorgis.

»Versuch' ich ja!«, beschwerte sich Eldrit. »Wenn sie nicht fliegen würde wie ein besoffener Hammerspatz!«

»Besser, als durchlöchert zu werden!«, sagte Lian. Kriss musste ihm zustimmen. Sie klammerte sich an ihrer Bank fest. Von dem wilden Kurs, den Barabell flog, wurde ihr speiübel.

Das Tor war keine zwanzig Klafter entfernt und noch immer verschlossen. Kriss' Pulsschlag hämmerte in ihren Schläfen. Wenn sie jetzt abbremsten, präsentierten sie sich den Schützen der *Sturmbrecher* auf dem

Silbertablett. Aber wenn sie nicht bald den Kurs änderten, würden sie an den riesenhaften, eisblauen Türen zerschellen.

Sie holte tief Luft, hoffte, dass sie die richtige Idee hatte, und dass Sendrena zu bequem, arrogant oder phantasielos gewesen war, um sich für ihre Festung ein anderes Passwort auszudenken, als jenes, das sie im Wasserpalast verwendet hatte. Und sie rief aus vollen Lungen: »*SCHARLACHLILIEN!*«

Nichs geschah – dann öffneten sich die Türen der Festung vor ihren Augen. Licht brannte hinter der immer breiter werdenden Öffnung.

Und sie jagten hindurch.

»*Das Schwert ist startbereit, Majestät*«, sagte Phærion. Selbst ein ælonisches Artefakt, schien er auf irgendeine Weise mit dem Schiff verbunden zu sein, seine Aura fühlen zu können, oder was auch immer.

Stara war es einerlei. Sie wartete immer noch fieberhaft auf ihre Chance. Als sich wie von Zauberhand eine Gangway in der makellosen, porzellangleichen Hülle des Schwerts öffnete, breit genug, um eine halbe Armee an Bord marschieren zu lassen, schrie alles in ihr: *Jetzt, jetzt!* Aber sie hielt sich widerwillig zurück. Noch standen zu viele Prätorianer um sie herum.

»Ausgezeichnet«, sagte die Königin und blickte die Stufen hinauf, an deren Ende sich ein hellerleuchteter Korridor zeigte.

»*Majestät*«, sagte der Hauptmann.

Die Königin wandte sich ihm zu. Sie klang ungeduldig, als sie sagte: »Sprecht!«

»*Die Mannschaft des fremden Schiffes hat überlebt. Sie hat den Tötungstrupp eliminiert, sein Flugboot gestohlen und befindet sich nun im Anflug auf die Schmiede.*«

Stara konnte sich ein ungläubiges Lächeln nicht verkneifen, während Glinn beeindruckt murmelte: »Alle Wetter ...!«

»Und wenn schon«, sagte die Todlose Königin kühl. »Dann schießt sie ab!«

»*Majestät, ich bedaure es zutiefst, aber die Ladung des Blitzwerfers ist aufgebraucht. Ohne Ælon in der Atmosphäre –*«

»Schon gut!« Sendrena wandte sich an die Reihen ihrer Prätorianer. »Die Hälfte von euch soll sie abfangen! Die andere Hälfte kommt mit an Bord!«

»*Zu Befehl, Majestät*«, sagte der Hauptmann und salutierte. Präzise wie ein Uhrwerk teilten sich die knapp vierzig Bronzegerippe in zwei Gruppen auf. Stara sah zu, wie die eine davon die Halle mit scheppendern Schritten verließ, die Waffen schussbereit. Der Rest blieb bei ihnen. Sie fühlte die Unruhe ihrer Leute.

Jetzt!, brüllte alles in ihr. *Jetzt!*

Nein, es war zu früh! Besser, sie waren mit ihr auf dem Schiff und –

Milder Schrecken durchfuhr sie, als die Königin sich ihr zuwandte. Für einen Moment fürchtete sie, Sendrena hätte ihre Gedanken gelesen.

»Madame Belnari«, sagte die Königin. »Für all die Dienste, die Ihr und Eure Mitstreiter mir erwiesen habt, gilt Euch meine tiefste Dankbarkeit.«

»Es war uns ein Vergnügen, Majestät«, murmelte Stara. Die Aufregung raubte ihr fast den Atem. *Worauf wartest du? Führ uns auf dein verfluchtes Schiff!*

Die Königin gestikulierte zu ihrem Schwert, vor dessen Masse sie nicht mehr als Insekten waren. »Ihr solltet das Instrument sehen, das der Welt den Frieden bringen wird – und eines Tages auch Eurem Königreich. Eure Feinde werden fallen, Ihr habt mein Wort.« Die Königin legte die Hände zusammen. Es wirkte kindlich-unschuldig. »Doch werdet Ihr diesen Tag nicht erleben, fürchte ich.«

Ein Wink von ihr und wie ein Mann drehten sich die verbliebenen Bronzegerippe zu Stara und ihren Leuten. Sie hoben die Waffen. Die Ontredi erstarrten.

Stara stieß die aufgestaute Luft aus. Dann hörte sie ein kleines, humorloses Lachen. Es stammte von ihr selbst.

Sie hatte schon gedacht, die Frau würde sie enttäuschen.

»Ihr müsst verstehen«, sagte die Todlose Königin fast bedauernd, »in meiner neuen Ordnung ist kein Platz für Unruhestifter und Rebellen wie Euch.«

Stara hielt dem Blick der Silbermaske mit trockenem Lächeln stand. »*Natürlich*, Majestät«, sagte sie. »Ich fürchte nur, Ihr habt etwas nicht bedacht.«

»Und das wäre?«

»Wir haben das hier aus tausend Meilen kommen sehen.«

Mit einer Schnelligkeit, die sie selbst überraschte, sprang Stara vor. Sie riss die Königin an sich und hielt ihr die Pistole unter das Kinn. Gleichzeitig hoben ihre Leute die Waffen und zielten auf die Prätorianer.

»Keine Bewegung«, donnerte Stara, »oder eure Königin ist die längste Zeit todlos gewesen!«

Die Gerippe standen stocksteif da, die Waffen angelegt. Doch kein Schuss löste sich.

»Lasst mich los!«, befahl die Todlose Königin. Aber sie wehrte sich nicht, stattdessen war sie stocksteif wie eine Statue. Nervosität lag in ihrer Stimme. Nein. Es war Angst.

»*Ihr werdet diese Halle nicht lebend verlassen, Madame Belnari*«, sagte Phærion. Ein halbes Dutzend Pistolen zeigte auf seinen Kopf. Es schien ihn nicht zu kümmern, seine Stimme war so beherrscht und arrogant wie eh und je.

»Und dieses verräterische Miststück auch nicht«, sagte Stara mit dreckigem Grinsen. »Zu schade, was?«

Phærion machte einen Schritt in ihre Richtung, ungeachtet der Proteste von Staras Leuten. Stara selbst tat unwillkürlich einen Schritt zurück, die Königin fest umklammert.

»Zurück, Phærion. Oder wir machen Glasbrösel aus dir!«

»*Das werdet Ihr nicht.*«

»Willst du's drauf ankommen lassen? Und ihr anderen Blechkameraden: Die Waffen runter! Oder ich knall' sie ab!«

Die Prätorianer verharrten in Angriffsstellung, auf Befehle ihrer Königin wartend. Sendrenas Atem ging schnell. Stara glaubte, ihren Herzschlag selbst durch den dicken Mantel aus Eislöwenfell zu spüren.

»Tut was sie sagt!« Die schöne Stimme der Königin gellte durch die Halle.

Die Bronzelegion senkte ohne Zögern die Waffen. Phærion legte den Kopf schräg. Er wirkte ... enttäuscht? Abwartend? Selbst jetzt, wo er ein Gesicht hatte, fand Stara es unmöglich, seine Gedanken zu erraten. »Gut so«, sagte sie. »Es geht doch!« Sie sah Glinn und einige andere erleichtert grinsen.

»Dafür werdet Ihr büßen!«, fauchte Sendrena, ihre Stimme nicht länger von Furcht erfüllt, sondern von Zorn. »Ihr alle! Ich werde Euer armseliges Volk ausrotten, bis auf den letzten Mann!«

»Nein, das denke ich nicht«, entgegnete Stara. »Du wirst uns die Kontrolle über dein Schiffchen geben – das heißt, wenn du weiterleben willst.« Dicht am Ohr der Königin sagte sie: »Jeder von uns ist auf seinen Tod vorbereitet, Sendrena. Aber ich glaube, du nicht. Du hast immer noch eine *Schessk*angst davor, nicht wahr, Euer Hochwohlgeboren?«

»Ich hätte Euch das Fleisch von den wertlosen Knochen reißen lassen sollen«, sagte die Todlose Königin. »Vom ersten Moment an!«

»Du hättest es gerne versuchen können. Aber stattdessen musstest du ja vor uns mit deinen Spielsachen prahlen.

Und jetzt genug geplaudert: Sag deinen Zinnsoldaten, sie sollen sich wieder schlafen legen. Wir gehen an Bord!«

»Ich ...«, begann die Königin. Sie kam nicht weiter.

Zischende Schüsse ertönten aus dem Gang vor der Halle, begleitet vom Scheppern von Metall und einem insektenhaften Sirren, das sich schnell näherte. Stara und die anderen rissen den Blick herum: Ein großer blauer Käfer flog zu ihnen. Menschen saßen darin. Sehr vertraute Menschen.

Der kurze Moment der Ablenkung genügte: Während ein Teil der Prätorianer sich abwandte und auf das Fluggerät feuerte, wandte sich der andere gegen Stara und ihre Leute. Stara schrie auf, als ein weißglühender Schuss wie ein brennender Nagel in ihren linken Arm einschlug. Phærion sprang vor und entriss ihr die Königin.

»*Korf!*« Stara riss die Pistole hoch, doch zu langsam: Ein Bronzegerippe stellte sich ihr entgegen und legte an.

Blitze flackerten durch die Halle, Schüsse knallten. Stara sprang hinter einen kutschengroßen Schmelztiegel in Deckung; nur um Haaresbreite entging sie einem Blitz, der ihr Herz zerfetzt hätte. Sie schloss gequält die Augen, als sie die Schreie ihrer Brüder und Schwestern hörte. Als sie aus der Deckung spähte, sah sie Phærion, der die Königin an seiner Hand führte, auf die Gangway des Schiffs zu, während Sendrenas Soldaten ihnen Feuerschutz gaben.

»*Korf!*«, fluchte Stara ein zweites Mal. Dann warf sie sich in die Schlacht.

Sie waren durch einen langen, weißen Korridor gerauscht. Weitere Bronzemänner hatten sich ihnen entgegengestellt. Während Lian, Lorgis und Eldrit mit den erbeuteten Lanzen gefeuert hatten, hatte Barabell das Fluggerät schnurstracks auf die Maschinen zugehalten, bis es durch ihre Reihen geschlagen war wie eine Kanonenkugel durch eine Reihe Holzkegel. Lian und die anderen Schützen an Bord des Flugkäfers hatten sofort die Lanzen herumgerissen und Blitze gegen die Bronzemänner geschleudert, die sich hinter ihnen wieder erhoben hatten. Dann hatten sie auch schon das Ende des Gangs erreicht ...

... und waren in einer riesigen Halle gelandet, in der eine ebenso riesige Maschine ruhte, wie ein gigantisches Schwert aus Porzellan, Silber und Kristall. Die Gestalten, die sich vor ihr versammelt hatten, wirkten vor ihren Dimensionen so winzig wie Spielfiguren vor einem Donnerwal. Kriss erkannte Stara und ihre Leute – und weitere Bronzemänner, von denen die Hälfte den heransausenden Käfer ins Visier nahm und feuerte.

Barabell fluchte, sie ließ das Fluggerät über zwei, drei, vier von ihnen hinwegrauschen, während Lian und die anderen Schüsse nach allen Seiten verteilten.

Kriss schrie auf, als ein Blitz den rechten Flügel der sirrenden Maschine zerfetzte. Der Käfer wirbelte herum wie ein Kreisel, Kriss spürte, wie ihr Magen rebellierte. Schwindel überkam sie, während Barabell versuchte, den Flieger unter Kontrolle zu bekommen. Vergeblich.

Der Käfer kollidierte mit einem mannshohen Stapel Metallträger. Er kippte zur Seite und warf Kriss, Lian und die Luftfahrer aus ihren Sitzen. Kriss' Kopf schlug auf dem Boden auf, sie versuchte, sich hochzukämpfen, während sich alles vor ihren Augen drehte. Und schon hörte sie das Klappern metallener Füße, auf dem Weg zu ihnen.

»Zurück!«, rief Lian. Er sprang neben ihr hoch und schleuderte ihren Angreifern zwei, drei Blitze entgegen. Kriss ächzte, als Lorgis sie auf die Beine riss. »In Deckung, Doktor!«, brüllte er, während er seinerseits ein Blitzgewitter entfesselte. Kriss warf sich keuchend hinter die Stahlträger, zusammen mit Barabell, Nesko und einem unablässig vor sich hinfluchenden Orven.

Kurz danach sprangen Lian und Lorgis zu ihnen, dicht gefolgt von Eldrit, deren hübsches Gesicht vom Gleißen ihrer Waffe erleuchtet wurde. Es war eine harte, verkrampfte Maske. Kriss fürchtete sich fast vor ihr.

»Seid ihr in Ordnung?«, fragte sie in die Runde.

»Ich habe gerade mein Abendessen wiedergesehen«, sagte Nesko, »aber es geht!« Sein Gesicht hatte eine grünliche Färbung angenommen.

Blitze schossen über ihre stählerne Deckung hinweg, daran vorbei und dagegen. Sie hörten das Knallen von Pistolen und Musketen. Ächzen, Schreie und Flüche von Männern und Frauen.

Kriss fasste sich ein Herz und spähte an den Stahlträgern vorbei. Nur für einen Moment sah sie Staras Leute, die sich hinter den Kisten, Maschinen und Kränen verschanzt hatten, die sich um das riesige Schiff verteilten. *Das Schwert der Todlosen Königin*, begriff sie und erschauderte.

Keuchend riss sie den Kopf zurück, als ein Blitz dicht neben ihr einschlug. Mit verbissenen Mienen und gefletschten Zähnen erwiderten Lian, Lorgis und Eldrit das Feuer. Kriss hörte einen Knall, dicht gefolgt von Metallteilen und Kristallsplittern, die zu Boden regneten.

Als sie erneut hinter der Deckung hervorspähte, konnte sie im Chaos auch Stara selbst ausmachen. Sie hatte zusammen mit Glinn und zwei anderen Ontredi hinter einem eisernen Wagen Schutz gesucht, der aussah wie eine riesenhafte Bergwerkslore. Nur einer von ihnen hatte es geschafft, eine Blitzlanze zu erbeuten und tat sein Bestes, die vorrückenden Bronzemänner auf Abstand zu halten, während die anderen sich bemühten, ihre Pistolen so schnell es ging zu stopfen.

Auch Sendrenas Kämpfer verschanzten sich hinter Gerätschaften und Baumaterial. Ihre Schüsse waren präzise, sie bewegten sich ohne Furcht. Wann immer einer von ihnen getroffen wurde, gab er keinen Mucks von sich. Dafür waren die Schreie und das schmerzerfüllte Stöhnen der Ontredi umso lauter.

»Was ist passiert?«, brüllte Lorgis Stara und den anderen zu.

»Was glaubst du, was passiert ist?«, rief Glinn zurück. »Diese Hexe hat uns verraten!«

»Überrascht euch das etwa?«, mischte sich Lian ein, während er hinter der Deckung hervorfeuerte.

»Nicht wirklich!«, hörte Kriss Stara sagen. Sie klang, als habe sie Schmerzen.

Wo war die Königin? Kriss spähte in die Halle. Sie zuckte zurück, um einem Blitz zu entgehen, dann versuchte sie es wieder. Ihr Blick glitt durch die Reihen der Kämpfenden bis zu dem weißen Schiff. Dann sah sie sie: Ein unbewaffneter Bronzemann führte Sendrena die letzten Stufen einer ausladenden Gangway hoch, wie ein Bräutigam seine Braut. Und die Gangway begann bereits, sich zu schließen. Der Anblick erinnerte an die Zugbrücke einer Festung, die eingeholt wurde.

»Sendrena ist im Schiff!«, rief Kriss.

»*Schessk!*«, fluchte Lian.

»Wir müssen ihr nach, sie darf damit nicht starten!«

»Aber wie, Doktor?« Neskos Augen flackerten vor Furcht.

Kriss holte tief Luft, dann rief sie: »*Scharlachlilien!*«

Doch es zeigte keine Wirkung, die Gangway blieb verschlossen. Wahrscheinlich gab es nur eine einzige Stimme, der das Schiff gehorchte.

»War ’nen Versuch wert!«, sagte Lian. Er sog scharf die Luft ein, als ein Blitz nur einen Fingerbreit an seinem rechten Ohr vorbeizischte. »*Korf!* So langsam wird’s brenzlig!«

Die Luft war heiß vor Blitzen und neblig vor Schießpulverqualm. Während um sie herum Schüsse knallten und zischten, verfluchte Stara ihren verletzten Arm. Sie konnte ihn bewegen, aber es brannte jedesmal wie Feuer.

Während Glinn und ihre anderen beiden Brüder damit beschäftigt waren, die Prätorianer zurückzuhalten, nahm sie den Rucksack ab und zog eine Granate und Schwefelhölzer daraus hervor. Sie kürzte die Lunte mit den Zähnen so weit, dass nur zwei Herzschläge bis zur Detonation bleiben würden.

Aus ihrer Deckung war es ihren Leuten gelungen, die verdammten Gerippe so gut es ging zusammenzutreiben. Sie hoffte, den Maschinen daraus einen Strick drehen zu können.

Schweiß rann ihr die Schläfe hinab, als sie das Schwefelholz entzündete. Die Lunte brannte funkensprühend. »Achtung!«, rief Stara. Sie sprang auf – und warf die Granate in den Pulk von Bronzegerippen.

Sie ging in Deckung, hielt sich zusammen mit Glinn und den anderen die Ohren zu.

Die Explosion dröhnte und erschütterte den Eisenwagen, hinter dem sie sich versteckten. Teile bronzener Arme und Beine flogen umher, manche davon rauchten noch.

Sie hörte den Jubel ihrer Leute und wusste: sie hatte nicht alle von den Dingern erwischt, aber genug.

Eine Lanze schlidderte direkt neben sie. Sie nahm die Waffe, dann sprang sie hinter dem Wagen hervor und feuerte mit einem Kampfschrei in das halbe Dutzend Prätorianer, das noch stand – es war nicht schwieriger, als mit einer Muskete zu schießen.

Von ihren Leuten waren doppelt so viele noch auf den Beinen und taten es ihr gleich. Ein Gerippe nach dem anderen ging scheppernd zu Boden.

»Stara!«, rief Glinn. »Da kommen noch mehr!«

Sie riss den Blick zum Eingang der Halle und fluchte leidenschaftlich: Eine Handvoll Prätorianer schleppte sich heran. Sie hatten verbogene oder fehlende Arme und Beine, Dellen in der Brust, zersprungene Augen. Ein Trupp maschineller Krüppel, wahrscheinlich die Opfer der fliegenden Käfermaschine. Doch sie waren bewaffnet. Und sie verloren keine Zeit, das Feuer zu eröffnen.

Die Tür hatte sich hinter ihnen verschlossen. Das Schiff versiegelte sich mit einem leichten Zischen.

Phærion erinnerte sich fragmentarisch an die Baupläne des Schwertes, die die Königin ihm damals gezeigt hatte, und er kannte den Geschmack Ihrer Majestät. Und so war er nicht überrascht, den ausladenden Korridor zu sehen, mit den silbernen Ornamenten an der stuckverzierten Decke, den edlen Teppich in Purpur, die Statuen, die in den Ecken aufgestellt waren, die goldgerahmten Gemälde. Das Schiff war als fliegender Palast entworfen worden, noch prächtiger als der Wasserpalast zu seinen besten Zeiten.

»Dieses dreckige Pack!« Die Königin entriss sich seinem bronzenen Griff. »Ich hätte sie alle auslöschen sollen!«

»*Dazu habt Ihr bald Gelegenheit, Majestät.*«

Die Königin ballte in hilfloser Wut die behandschuhten Fäuste. »Wie konnten sie nur von dieser Insel entkommen?«

»*Vergebt mir, Majestät, aber spielt das noch eine Rolle? Ihr seid jetzt in Sicherheit, das ist alles, was zählt.*«

Die Königin holte tief Luft. Nach einem Moment kalter Wut hatte sie sich wieder gefasst. »Nein«, sagte sie. »Nein, du hast recht, es spielt keine Rolle. Gut, dann werden sie eben die Ersten sein, die von der Macht des Schwertes kosten.«

Schritte ertönten auf dem weichen Teppich. Ein Zehnertrupp Prätorianer trat zu ihnen und verneigte sich tief. Phærion wusste, es befanden sich drei solcher Trupps auf dem Schiff.

»*Eure Majestät*«, sagte ihr Hauptmann. »*Willkommen an Bord.*«

»Ja, ja, ja!«, erwiderte die Königin ungeduldig und glättete ihr Kleid.

»*Wir haben gesehen, dass in der Halle gekämpft wird. Sollen wir unseren Kameraden Verstärkung zukommen lassen?*«

»Unnötig. Diese Brut wird bald Geschichte sein. Schwert!«, sagte sie laut. »Gib der Schmiede den Befehl, sich zu öffnen!«

Ein leiser Gongschlag erklang: Die Maschine hatte verstanden und gehorchte. Die Maske ließ keine Gefühlsregung erkennen, aber Phærion kannte seine Königin gut genug, um grimmige Zufriedenheit aus ihrer Körperhaltung herauszulesen.

»*Kommt, Majestät.*« Er bot ihr seinen metallenen Arm dar. »*Erlaubt mir, Euch auf die Brücke zu geleiten. Dort werdet Ihr sehen: Es wird sich alles fügen wie geplant.*«

Kriss fasste sich ein Herz; sie spähte hinter ihrer Deckung hervor und versuchte, durch die stinkenden Schwaden von Schießpulver einen Überblick über das Chaos in der Halle zu bekommen. Sie zählte nur noch knapp zwanzig Bronzemänner und nur wenig mehr von den Ontredi.

Während Lian, Lorgis und Eldrit von einer Seite auf die ælonischen Krieger schossen, ihre Gesichter zu angestrengten Grimassen verzogen, feuerten die Sternträger aus mehreren Richtungen auf Sendrenas Soldaten. Dennoch war es schwer, die Maschinen zur Strecke zu bringen: weggeschossene Gliedmaßen hielten sie kaum auf, selbst auf einem Bein waren sie noch viel zu behende, während sie ihre Arme, Hüften und Köpfe in unmöglichen Winkeln drehen konnten, um auf ihre menschlichen Ziele zu feuern. Nur ein gezielter Treffer in die Brust, genau auf der Höhe ihrer Kristallherzen, brachte sie endgültig zu Fall. Und diese waren im Eifer des Gefechts schwer zu landen.

Kriss hörte hinter sich Orvens Äffchen auf der Schulter seines Herrchens ängstlich vor sich hinfiepen. Nesko betete leise, wobei er sich in seiner Nervosität andauernd verhaspelte. Sie sah, dass die ersten Blitzlanzen bereits leergeschossen waren. Manche Ontredi warfen sich den Bronzemänner mit gezückten Säbeln entgegen, andere nur mit bloßen Händen, in dem Bemühen, sie von ihren Brüdern und Schwestern fernzuhalten. Kriss konnte nicht anders, als ihren Mut zu bewundern.

Die Bronzemänner wiederum ließen Klingen an den Enden ihrer eigenen, leeren Waffen hervorspringen und stachen damit zu wie mit Bajonetten. Kriss hörte das nervenzerfetzende Klirren von Stahl auf Stahl; Schreie, die ihr das Blut stocken ließen. Erst im letzten Moment nahm sie die Silhouette wahr, die einige Schritte rechts von ihr hinter einer Pyramide stählerner Kisten hervorsprang.

»Rechts!«, rief sie, als der Bronzemann mit angelegter Lanze auf sie zueilte.

Lian war der Maschine am nächsten, er drückte ab – aber seine Waffe blieb stumm.

»Lian!« Kriss riss ihn zur Seite, bevor weißglühende Lichtbolzen ihn durchlöchert hätten. Lorgis und Eldrit erwiderten das Feuer: Sie schossen dem Krieger den rechten Arm und den Kopf weg, bis ein gezielter Schuss in die Brust ihn zur Strecke brachte. Die Maschine erstarrte, doch noch bevor sie scheppernd zu Boden ging, tauchte aus der anderen Richtung ein weiteres Bronzeskelett auf. Es eröffnete das Feuer, zwang sie, ihre Deckung aufzugeben.

Kriss und die anderen stoben auseinander, auf der Suche nach Schutz, während Lorgis und Eldrit versuchten, die Maschine auf Distanz zu halten.

»*Schessk!*«, stieß Lorgis aus, er drückte den Abzug, aber nichts geschah. Keuchend sprang er zur Seite, um einem Schuss zu entgehen.

»Hierher!«, rief Kriss. Sie hatte Zuflucht im Schatten eines turmhohen Lastkrans gefunden. »Beeilt euch!«, rief Lian, der neben ihr stand. Er sah sich hastig nach einer neuen Lanze um, nach irgendeiner Waffe, mit der er den anderen beistehen konnte.

Orven, Barabell, Nesko und zu guter Letzt Lorgis eilten zu ihnen in die neue Deckung, während um sie herum Blitze und Pistolenkugeln durch die Luft flogen. Eldrit hielt derweil den Angreifer zurück: sie ging rückwärts und schoss gleichzeitig. Sie hatte die Zähne gebleckt, ein irres Feuer brannte in ihren Augen, während sie hierhin und dorthin auswich, um dem Blitzgewitter zu entgehen, das der Bronzemann ihr entgegenschleuderte.

»Eldrit!«, bellte Lorgis, »Verflucht nochmal, *komm her!*«

»Bin dabei, Käpt'n!«, gab sie mit zusammengepressten Kiefern zurück. Kriss sah Schweiß auf der Stirn der hübschen Luftfahrerin glänzen. »Bin ... dabei!«

Kriss erschrak, als sie sah, worauf sie ungesehen zusteuerte. *Pass auf!*, wollte sie rufen, aber zu spät: Eldrit stolperte über den abgetrennten Metallarm, der hinter ihr lag. Sie verlor das Gleichgewicht und schlug auf dem Boden auf. Die Lanze glitt ihr aus den Händen – und der Bronzemann nahm sie ins Visier.

Kriss dachte nicht nach, sie reagierte nur. Mit einem Satz sprang sie aus der Deckung, ging neben Eldrits Waffe zu Boden, packte die Lanze, zielte auf den Maschinenkrieger – und drückte ab.

Die Waffe schwieg. Kriss' Herzschlag gefror, als die

grünglühenden Augen des Gerippes sie fixierten. Es legte die Lanze an.

»Kriss!«, hörte sie Lians entsetzte Stimme.

Sie schloss die Augen.

Aber aus irgendeinem Grund starb sie nicht.

Als sie begriff, dass auch ihr Gegner seine Waffe leergeschossen hatte, sah sie wieder hin, gerade als das Gerippe mit einem scharfen *Klick!* eine Klinge aus seiner Lanze springen ließ. Mit klappernden Schritten ging es auf Eldrit und sie los. Während Kriss verzweifelt versuchte, die Luftfahrerin auf die Beine zu bekommen, ertönten zwei Kampfschreie.

Kriss riss den Blick herum und sah Lian und Lorgis, die auf den Bronzemann losgingen.

»Zurück!«, donnerte die Stimme einer Frau – und ein Blitz fuhr dem ælonischen Krieger von hinten durch die Brust.

Lian und Lorgis hielten keuchend inne. Genau wie Kriss und die anderen sahen sie mit großen Augen zu, wie die Maschine reglos zu Boden schepperte.

Stara stand einige Schritte hinter dem Ding, eine Blitzlanze in Händen. Ihr linker Ärmel wies ein großes Brandloch auf, die Wunde darunter war hässlich, aber sie blutete nicht. Der Blick der Ontredi war wild, sie rang schnaubend nach Atem, nur langsam schien sie sich zu beruhigen.

Von den Schüssen und Schreien der Schlacht geisterten nur noch Echos durch die monumentale Halle.

Mit stockendem Atem sah Kriss sich um: Alle Bronzemänner, die sie sah, lagen in Teilen oder mit gesprengten Brustkörben auf dem Boden, zwischen den Leichen von Männern und Frauen mit blauen Sternen auf der Stirn.

Von Staras Brüdern und Schwestern war nur eine kleine Gruppe übrig, fünfzehn vielleicht oder wenig mehr. Glinn war unter ihnen. Wie alle anderen war er damit beschäftigt, nach Atem zu ringen.

Lian eilte zu Kriss. »Geht es dir gut?«

Als Antwort fiel sie ihm um den Hals, zu erschöpft, zu durcheinander, um etwas zu sagen. Er hielt sie fest, küsste sie. Rechts von sich sah sie, wie Nesko zu Eldrit trat, sein Blick war voller Bewunderung. »Das ... das war sehr mutig von dir!«, hörte sie ihn sagen.

Eldrit zuckte nur interesselos mit den Achseln, als wäre nichts geschehen. »Wenn man's macht, soll man's richtig machen.«

»War's das?«, fragte Barabell vorsichtig.

»Sind diese Dinger alle tot ... kaputt ... was auch immer?«, fragte Orven. Lalla sprang auf seinen Kopf und blickte sich meckernd um, den grünen Schwanz zu einer Spirale gerollt.

»Ich hoffe es«, brummte Glinn.

»Wo ist der alte Mann?«, fragte Stara. »Ist er nicht mit euch gekommen?«

»Er ist tot«, sagte Kriss. Es war schmerzhaft, es auszusprechen.

Staras Gesicht verriet Mitgefühl, aber keine Überraschung. Sie schien etwas sagen zu wollen, doch sie erhielt nicht die Gelegenheit dazu. Ein Dröhnen ging durch die Halle und ließ alle zusammenzucken. Es war keine Explosion, wie befürchtet, sondern ein anhaltendes Beben.

»Die Decke!« Erschrocken deutete Nesko nach oben.

Ein dunkler, sternenerfüllter Spalt war plötzlich im Dach der Halle erschienen und verbreiterte sich zusehends. Eisbrocken lösten sich von der Decke und stürzten herab. Einer davon erschlug beinahe einen von Staras Leuten, ein anderer schlug so dicht neben Kriss ein, dass seine Splitter ihr ins Gesicht regneten wie Hagelkörner. Sie nahm es kaum wahr, so erschrocken war sie von der Erkenntnis: *Die Halle öffnete sich!*

Wenn das geschehen war, würde sich das Schwert der Todlosen Königin in die Luft erheben.

Und nichts und niemand konnte es dann noch aufhalten.

Die Brücke war ein kleiner, runder Saal, geschmückt von Ziersäulen, um die sich Blüten aus Silber rankten. Fresken an der Decke leuchteten in den prächtigsten Farben und stellten die alten Königinnen und Könige aus dem Hause Varinnor dar, während ein Panoramafenster starr auf die Wand der Schmiedehalle blickte, und die Reihen der eisernen Laufgänge, die sich an ihr entlangzogen.

In der Mitte, auf einem feinen Brokatteppich, erhob sich ein Thron aus Honigholz, gepolstert mit weißem Samt. Phærion führte die Königin darauf zu. Das ekstatische Gefühl, wieder einen Körper zu besitzen, war noch immer nicht abgeklungen. Im Gegenteil, es wuchs mit jedem neuen Schritt.

Sie waren allein hier.

»*Ihr ahnt nicht, wie sehr ich mich nach diesem Moment gesehnt habe, Majestät*«, sagte er, »*als ich in dieser Höhle eingesperrt war, all die Jahrhunderte lang. Ich fürchtete schon, er würde niemals kommen.*«

Aus der Silbermaske drang ein leises Lachen. »Ich kann es mir nur allzu gut vorstellen, mein alter Freund. Aber all unser Harren war nicht vergebens.«

Phærion half der Königin, sich ihres Mantels zu entledigen. Als sie auf ihrem Thron Platz nahm, umklammerten ihre verhüllten Hände die Armlehnen, als wolle sie sie nie wieder loslassen. Sie lehnte sich zurück und ließ ein Seufzen vernehmen. Es klang zutiefst zufrieden, erfüllt.

»*Nun, Majestät, wird es Zeit, dass Euer Schwert geführt wird …*«

»In der Tat.«

»*... doch nicht von Euch*«, vollendete Phærion.

Die Maske starrte ihn an. »Seid kein Narr, Majordomus«, sagte die Königin. »Allein meine Stimme kann das Schwert –«

»*Ich weiß*«, sagte Phærion. »*Aber glücklicherweise, Majestät, ist die Stimme, mit der Ihr sprecht, schon lange nicht mehr die Eure.*«

Seine Hand schnellte vor, packte den dünnen Hals der Königin und drückte zu. Sie wollte schreien, doch sie bekam kein Wort hervor. Sie wehrte sich nach Leibeskräften, versuchte mit beiden Händen, seine Finger von ihrem Hals zu lösen. Die ælonischen Vorrichtungen, die ihren altersschwachen Leib einhüllten wie ein Geflecht aus Draht und Kristall, und ihr scheinbare Vitalität und Beweglichkeit verliehen, waren stark.

Aber er war stärker.

»*Ihr erlaubt?*«

Während er sie mit der einen Hand würgte, zog er ihr mit der anderen die Maske vom Gesicht. Darunter kam das wahre Gesicht der Königin zum Vorschein, das außer ihm nur eine Handvoll anderer gesehen hatte – niemand davon ein Mensch.

»*Eure Stimme gehört nun mir, seht Ihr?*« Phærion betrachtete die Maske, er sah die ælonischen Partikel in ihrem Inneren verglimmen, die winzigen Kristalle, die darin eingearbeitet waren. »*Eure Eitelkeit, so fürchte ich, ist Euch zum Verhängnis geworden.*«

»Wache!«, krächzte die Königin. Ihre Stimme, ihre wahre Stimme, war so dünn und brüchig wie altes Laub. Verdorrt, wie der Rest von ihr, und zu leise, als dass jemand sie hören konnte. Was sie nicht davon abhielt, es weiter zu versuchen. »Wa...che ...!«

»*Es tut mir leid, Majestät*«, sagte Phærion. »*Aber die Ära Eurer Herrschaft ist vorbei.*«

»Wa...rum ...?«, keuchte sie. In ihrem Blick lag Verwirrung, Wut und Enttäuschung.

»Ihr hattet ein halbes Jahrtausend zuvor die Chance, die Welt zu ordnen. Doch trotz aller Bemühungen ist es Euch misslungen. Aber vielleicht kann eine Maschine schaffen, worin Fleisch und Blut versagt haben.«

»Nein!«, raunte sie mit zugedrücktem Hals. »Du ... bist ... beschädigt ...!«

»*Vielleicht*«, sagte er. »*Aber ich fühle mich nicht beschädigt. Ich fühle mich frei, nachdem ich so lange gefangen war. Zum ersten Mal bin ich der Herr meines eigenen Schicksals.*«

»Was ...«, brachte sie mit Mühen hervor, »was hast du ...?«

»Mein Ziel hat sich nicht geändert, Majestät, das versichere ich Euch. Die Welt ist Chaos. Sie muss geordnet werden. Das kann nur durch Gehorsam geschehen. Und wie ich von Euch gelernt habe: das beste Mittel, um Gehorsam zu erreichen, ist Angst.«

Er hätte gelächelt, wenn er es gekonnt hätte. Ein freundschaftliches, versöhnliches Lächeln. Er hegte keinen Groll gegen seine Schöpferin.

»Ich danke Euch für Euer Schwert, Majestät. Ich verspreche Euch, es ist bei mir in guten Händen. Und nun, Sendrena Varinnor: ruhet in Frieden.«

»Nein ...!«, krächzte sie. Dann verstärkte er seinen Druck auf ihren Hals. Mit letzter Kraft krallte sie an seiner Hand, während sie erst rot anlief, dann blau.

Dann sank sie in ihrem Thron zusammen. Das Letzte, das die Welt von der Todlosen Königin vernahm, war ein leises Ächzen, kaum mehr als ein Hauch.

Phærion sah auf sie herab. Sie bot einen traurigen Anblick, und für einen Moment flackerten Erinnerungen in ihm auf: wie er seine Königin das erste Mal erblickt hatte, nachdem er zu ælonischem Leben erwacht war. Wie schön sie gewesen war, wie viel Liebe und Ehrfurcht er ihr entgegengebracht hatte.

Das war nun vorbei. Vergangen mit so vielen anderen

Erinnerungen, die er nach seinem Absturz in der Wüste von Meribal verloren hatte. Es war bedeutungslos. Allein seine Mission zählte.

»*Wachen!*«, rief er.

Ein Fünfertrupp Prätorianer betrat die Brücke. Sie sahen den Körper, der schlaff auf dem Thron aus Honigholz saß. Durch den hohen Kragen waren die Würgemale am Hals der Königin nicht zu sehen.

»*Kameraden, trauert mit mir*«, sagte Phærion. »*Die Todlose Königin ist tot. Ihr Herz hat versagt, so kurz vor dem Augenblick ihres Triumphes. Ihr letzter Befehl lautete, dass ich ihr Werk fortführen soll.*«

Seine bronzenen Artgenossen zögerten nicht. Sie verneigten sich vor ihm und bekundeten ihre Treue. Sie wussten: kein Angehöriger der Bronzelegion war fähig, zu lügen oder der Königin zu schaden. Sie akzeptieren sein Wort mit williger Demut.

Ihre grünleuchtenden Augen verfolgten, wie Phærion die silberne Maske der Königin auf sein eigenes, metallenes Gesicht legte. Und als er sprach, war es Sendrenas Stimme, die erklang. Die falsche, schöne Stimme, mit der sie ihr eigenes, vertrocknetes Organ verdeckt hatte.

»Schwert«, sagte die Stimme. »Erhebe dich!«

Und das Schwert der Todlosen Königin gehorchte.

Kriss sog scharf die Luft ein, als gleißendes Licht die Halle erfüllte. Sie und die anderen hoben schützend die Arme und wirbelten in Richtung Schiff. Mit tränenden, halb zusammengekniffenen Augen sahen sie, wie die sphärenartigen Vorrichtungen aus Silber und Kristall, die an den seitlichen Ausläufern der Maschine montiert waren, in einem überirdischen Licht erstrahlten, und dabei ein ätherisches Singen von sich gaben.

Kriss war starr vor Schreck, als sich das gigantische

Gebilde vom Boden löste und senkrecht in die Luft stieg, so als habe eine immense, unsichtbare Hand Sendrenas Schwert ergriffen, um es langsam aber stetig hochzuheben. Gleichzeitig wurde die Öffnung im Dach immer breiter. Der Regen von Eisbrocken hatte sich gelegt, dafür fegte eiskalter Wind heulend durch die Halle.

»Schießt auf die Sphären an seinen Seiten!«, rief Kriss über den Gesang und das Toben des Windes. »Ich glaube, es sind die Antriebe!«

Wer immer eine Waffe trug, lief auf das Schiff zu und eröffnete das Feuer. Doch gleichgültig ob Pistolenkugel oder Blitzstrahl, sie hinterließen nur Kratzer im makellosen Weiß seiner Hülle.

»*Schessk!*«, fluchte Lian – er war nicht der Einzige.

»Wir müssen auf das Schiff!« Kriss wandte sich an Stara. »Es von innen zu Fall bringen!«

Und gleichzeitig dachte sie: *aber wie?* Es schwebte bereits fünf Klafter über dem Boden, jetzt sechs. Viel zu hoch, um es zu erreichen.

Kriss' Blick kreiste durch die Halle, bis zu einer Metalltreppe, keine zwanzig Klafter entfernt. Sie führte hinauf zum ersten der vielen Laufgänge aus Metall, die sich, verbunden durch weitere Treppen, an den kreisrunden Wänden entlangzogen, fast bis zur Decke des Bauwerks, die bereits zur Hälfte offenstand.

»Dort hinauf!«, rief Kriss.

Stara schien zu erkennen, dass es ihre einzige Chance war. »Ihr habt sie gehört!«, feuerte sie ihre Leute an.

Die Ontredi rannten los, im Laufen lasen sie alle Blitzlanzen auf, derer sie habhaft werden konnten. Kriss, Lian und die Luftfahrer taten es ihnen gleich. Während das Schiff singend und strahlend aufstieg, rannten sie zur Treppe, atemlos und verschwitzt, die Augen und Lungen vom Schießpulver gereizt.

»Euer eigenes Schiff ist doch da draußen!«, rief Orven

den Sternträgern zu. »Können wir sie nicht damit einholen? Ihr habt doch Kanonen!«

Glinn lachte höhnisch. »Vergiss es, Alterchen, die werden es nichtmal kitzeln. Und wenn das Ding erst mal losfliegt, ist es schneller weg, als selbst Nahalu gucken kann!«

»Ich habe keine Ahnung, wer das ist!«

»Es ist *verflucht* schnell, Orven!«, schnaubte Lorgis, »so viel wirst du doch wohl begriffen haben!«

Obwohl sie alles danach drängte, sich auszuruhen und zu Atem zu kommen, trieb Kriss ihren Körper unerbittlich voran. Lian lief neben ihr, sein Gesicht von Entschlossenheit und Kampfeswillen gezeichnet. Inzwischen stand das Hallendach fast zu zwei Dritteln offen. Die Zeit, das spürte Kriss mit jedem Schritt, mit jedem Atemzug, lief ihnen unbarmherzig davon.

Ihre Schritte schepperten auf Metall, als sie die erste Treppe erklommen und dann die nächste hinaufeilten und die nächste, ständig im Zickzack hin und her. Es gab keine Geländer; Kriss musste sich zwingen, nicht nach unten zu sehen, drei Stockwerke hinab, wo die Leichen der Ontredi und die metallischen Kadaver der Bronzemänner lagen. Gleichzeitig hob sich das Schwert, diese kolossale Maschine, immer weiter himmelwärts. Es schwebte zwei Klafter über ihnen, dann drei.

»Schneller!«, trieb Stara ihre Leute an.

»Wie ... sollen wir überhaupt ... da reinkommen?«, schnaufte Glinn, hochrot vor Anstrengung.

»Es gibt ... Luken!«, rief Kriss, selbst völlig außer Atem. »Vielleicht ... kriegen wir sie ... von außen auf. Oder ... wir benutzen die Blitzwaffen ... um uns ... durch die Hülle ... zu brennen. Oder ... die Fenster!«

»Achtung!«, brüllte ein Ontredi.

Bevor Kriss oder sonst jemand reagieren konnte, schoss ein Blitz auf die Truppe zu.

Barabell schrie auf, mit schmerzverzerrtem Gesicht hielt sie sich das linke Bein. Der Stoff ihrer mehrfachen Hosenschichten rauchte an ihrem Schienbein, darunter brutzelte Fleisch.

Kriss riss den Blick herum, sah dort unten in der Halle einen der Bronzemänner: Wo sein Unterleib sein sollte, war verbranntes, geschwärztes Metall. Er lag auf dem Boden, in jeder Hand eine Blitzlanze, und er zielte auf die Menschen, die versuchten, dem Schiff seiner Herrin nachzujagen.

Er sandte ihnen zwei weitere Blitze entgegen. Lorgis riss Barabell hoch; sie rannten weiter und duckten sich vor den gleißenden Salven, die in die Hallenwand und das Metall des Laufgangs einschlugen, während sie ihrerseits versuchten, den Angreifer in seine Einzelteile zu schießen. Erst nach einem Dutzend Schüssen konnten sie die Maschine erledigen.

»Verdammt!«, fluchte Barabell bei jedem Schritt. »Verdammt, es tut weh!«

Sie hatten die vierte Treppe erreicht. Auf der fünften waren sie fast auf einer Höhe mit dem Schiff. Dann brachten sie die sechste Treppe hinter sich (*Sieh nicht nach unten!*, mahnte sich Kriss, *sieh nicht nach unten!*). Als sie die siebte Treppe erreicht hatten, schwebte die weiß schimmernde Masse des Schiffs direkt neben ihnen. Im Einklang mit dem heulenden Wind war das Singen seiner Antriebe ohrenbetäubend.

Kriss' Atem brannte wie Feuer, die Sicht wurde ihr schwummerig, sie schwitzte unter ihren zahlreichen Kleidungsstücken. Sie sah die Fensterreihen in der Hülle des Schiffs. Die Rillen kreisrunder Luken, die sich längs auf dem porzellangleichen Material dahinzogen, jede davon knapp einen Schritt breit.

Sie befanden sich parallel zur Steuerbordseite des Schiffs. Zwischen ihnen und der Maschine gähnte ein Abgrund von sechzig Klaftern. Am Heck des Schiffes waren es nur fünf Klafter oder weniger, dennoch eine unüberwindbare Distanz. Wie sollten sie –?

»Da oben!« Stara deutete einen Gang höher, wo es eine hochgeklappte Metallbrücke gab. Sie stand auf einem dünnen Sockel und schien drehbar zu sein – vor allem war sie lang genug, um auf das Heck des Schiffes zu reichen. Wenn sie es schafften, die Brücke herabzulassen, konnten sie vielleicht von ihr aus auf die Hülle springen!

»Nicht glotzen, laufen!«, keuchte Stara in die Runde.

Kriss' Körper rebellierte gegen die Anstrengung, aber der Mut der Verzweiflung gab ihr Kraft.Sie mussten die Treppen hinter sich lassen und fast ein Viertel der Halle auf dem Laufgang umrunden, bis sie die Metallbrücke erreichten, acht Stockwerke über dem Boden. Das Schiff lag noch knapp unter ihnen, aber es stieg beständig weiter. Stara legte einen Hebel um: Mit rasselnden Ketten klappte die Brücke herab und schnappte mit metallischem Scheppern in horizontale Position. Schwindel überkam Kriss, als sie an dem zehn Klafter langen Gebilde entlangblickte. Ihre Höhenangst kehrte mit aller Macht zurück und drohte sie zu lähmen. Sie brauchte all ihre Willenskraft, sie zurückzudrängen. Sie hatten nur diese eine Chance; wenn sie das Schiff verpassten, würden sie es nie wieder einholen können!

Sie sah, wie Stara und die ersten Ontredi der Brücke folgten – und auf das Heck des Schiffs sprangen. Übelkeit stieg in ihr hoch. Ihre Muskeln versteiften sich. Aber sie durfte nicht zögern, oder alles war verloren.

»Bereit?«, fragte Lian im Laufen.

»Ja!«, log Kriss.

Gebt mir Kraft!, flehte sie Alrik und ihre Eltern an. Lian und sie nahmen Anlauf –

Kriss ächzte, als sie auf der glatten Hülle des Schiffs aufsetze – mit ausgestreckten Armen kämpfte sie um ihre Balance, aber ihre Füße rutschten ab, sie würde fallen –!

»Ich hab dich!« Lian war vorgesprungen und hielt sie fest, während er seinerseits von einer Ontredi gehalten wurde, der Frau mit den schlimmen Aknenarben. Kriss glaubte, Lians rasenden Herzschlag zu spüren. Ihr eigenes Herz drohte zu explodieren, Schweiß lief ihr in Strömen, während kalter Wind an ihr zerrte und sich der Gesang des Schiffs in ihre Ohren bohrte. Sie wagte es nicht, Lians Hand loszulassen. Unendlich erleichtert sah sie, dass die Luftfahrer es ebenfalls wohlbehalten auf das Schiff geschafft hatten. Sie waren es gewohnt, sich auf unsicherem Untergrund zu bewegen. Selbst Barabell mit ihrem lädierten Bein schaffte es, ihr Gleichgewicht zu halten, auch wenn es ihr sichtliche Schmerzen bereitete.

Und in all der Zeit stieg das Schwert der Todlosen Königin unaufhaltsam weiter und weiter. Die Luke im Dach stand mittlerweile fast ganz offen. Ihnen blieben nur noch vier Stockwerke, dann hatte sich das Schiff aus der Halle befreit – drei Stockwerke! Wenn sie nicht bald ins Innere gelangten, würde der Flugwind sie fortreißen wie Papierschnipsel!

»Die Luke!«, rief Glinn.

Kriss sah sie: sie lag keine zehn Schritte vor der Vorhut der Truppe. Um ihr Gleichgewicht kämpfend, bewegten sie sich darauf zu, während der Wind ihre Mäntel flattern ließ und ihr Haar zerzauste.

»Versuchen wir, sie aufzuschweißen!«, rief Stara ihren Leuten zu. Sie hielten die Blitzlanzen bereit.

Fast hatten sie die Luke erreicht, als sich diese aufschob. Kriss spürte, wie sie erbleichte, als ein Bronzesoldat aus ihr hervorspähte. Er war bewaffnet – und er schoss.

Ein Ontredi aus der Vorhut wurde direkt in die Brust getroffen; mit einem Schrei, der Kriss das Mark in den Knochen gefror, rutschte er über die Hülle des Schiffes und stürzte hinab in die Tiefe.

Stara und die anderen erwiderten das Feuer. Der ælonische Soldat wurde von weißen Strahlen durchstochen. Während er Ælon aus den Löchern in seiner Brust aushauchte, kippte er zurück und stürzte die Luke hinab. Doch sie hörten bereits ein mehrfaches Klappern aus der Öffnung, wie von jemandem, der mit Metallstiefeln eine Metalltreppe bestieg. Ein weiterer Bronzemann würde jeden Moment den Platz des ersten einnehmen. Und wer wusste, wie viele nach ihm.

Aber die Ontredi hatten nicht vor, es so weit kommen zu lassen. Kriss sah, wie Glinn eine Granate aus seiner Tasche zog. Stara war bei ihm, sie legte ihre Blitzlanze auf die Lunte an, feuerte – und die Lunte stob Funken.

»Jetzt!«, rief Stara.

Glinn warf die Granate – Kriss fürchtete, der Wind könne die Eisenkugel abtreiben lassen, aber noch war er nicht stark genug dazu.

Das Geschoss verfehlte sein Ziel nicht. Gerade, als sich der Kopf eines weiteren Bronzemannes am Rand der Luke zeigte, ertönte ein Donnerschlag aus dem Inneren des Schiffes, Feuer blitzte auf, Rauchschwaden stiegen aus dem Schiff und wurden vom kalten Wind zerfetzt. Von dem Maschinenkrieger war nichts mehr zu sehen.

»Weiter!«, rief Stara.

Sie eilte voran, und kletterte die Luke hinab, Glinn und zwei weitere ihrer Leute folgten ihr. Kriss hörte Schüsse aus dem Inneren, Kampfschreie der Ontredi. Für einen Moment war Stille – gerade, als Kriss fürchtete, die Bronzemänner an Bord hätten Stara und die anderen übermannt, hörte sie Staras Ruf aus dem Schiff: »Sicher!«

Das Schwert hatte das letzte Stockwerk fast erreicht. Das Dach stand so gut wie offen, über ihren Köpfen prangten der Sternenhimmel und die Schleier des Polarlichts. Kriss wusste, das Schiff würde jeden Moment beschleunigen, und sie alle davonreißen, sie hatten keine Zeit, sie mussten ins Innere, sofort!

So schnell sie konnten, eilten die übrigen Ontredi zusammen mit Kriss und den anderen über den Rücken des Schiffs und kletterten die Metallleiter hinab. Als ihre Füße wieder auf festem Boden aufsetzten, blinzelte Kriss hustend gegen Schießpulverqualm an. Sie hob ihre Waffe und sah aus dem Augenwinkel, wie Lorgis und der Rest der Luftfahrer sich ihnen anschloss. Ihr Herz hämmerte unaufhörlich gegen ihre Brust, als wollte es diese durchbrechen.

So weit sie das durch den Rauch erkennen konnte, befanden sie sich in einem kurzen Gang, seine Wände von der Explosion geschwärzt. Überreste eines Gemäldes brannten, eine zerbröckelte Statue lag auf dem Boden – und mit ihr die zerbeulten und zerrissenen Metallkadaver von Bronzemännern.

Stara, Glinn und die übrigen Ontredi, die ihnen ins Schiff gefolgt waren, standen bereit. »Alle Mann an Bord?«, fragte Stara.

»Alle vollzählig!«, antwortete einer ihrer Leute.

»Dann weiter!«

Mit angelegten Waffen näherten sie sich der einzigen Tür. Die Explosion hatte sie halb aus der Fassung gerissen.

Kriss klammerte sich an ihre Waffe.

»Hinter mich!«, sagte Lian. Aber sie blieb beharrlich an seiner Seite. Sie hörte das leise, ängstliche Schnattern von Orvens Moosäffchen, und wie sein Herrchen sanft auf das Tier einredete.

Noch bevor sie die Tür erreicht hatten, vernahmen sie dahinter das dutzendfache Klappern metallener Füße.

Die Verstärkung rückte an.

Sie hatten es tatsächlich an Bord geschafft. Das Schwert hatte es ihm verraten.

Phærion wäre beinahe beeindruckt gewesen. Jedoch wusste er, die Eindringlinge würden nicht lange überleben: Sämtliche Prätorianer an Bord waren bereits unterwegs, um das Ungeziefer auszuräuchern.

Er drehte sich dem Wandfenster der Brücke zu, gerade, als sich das Schwert über das offene Dach der Schmiede erhob. Zu allen Seiten ragten die eisigen Türme des Bauwerks auf; jenseits davon funkelten die Sterne in Dunkelheit. Selbst die starken Winde der Weißen Öden konnten dem Schwert der Todlosen Königin nichts anhaben, es blieb von ihrer Gewalt so unbeeindruckt wie ein Fels in der Brandung.

Sein künstlicher Blick fiel auf das primitive Luftschiff der Ontredi, welches dort draußen vor dem Eingang der Schmiede schwebte. Von hier oben aus konnte er nur die ausgebesserte Ballonhülle des Gefährts erkennen, aber er hatte keine Schwierigkeiten, sich vorzustellen, wie der rebellische Abschaum an Bord sich die Nasen an den Bullaugen plattdrückte, in dem Bemühen, zu sehen, was aus dem Dach der Schmiede gestiegen war, wie ein neugeborenener Gott.

Es gab keinen Grund, dieses Gesindel am Leben zu lassen. Im Gegenteil: Er brannte schon lange darauf, ihnen die Macht der Maschine zu demonstrieren, die sie für ihn ausfindig gemacht hatten.

»Schwert«, sagte er mit der Stimme der Todlosen Königin, während die Königin selbst hinter ihm mit leblosen Augen zusah. »Das Schiff vor der Schmiede. Vernichte es.«

Er hörte ein leises Surren, als sich die Kanonenluken in der weißglänzenden Hülle öffneten und ausrichteten, und sich die Waffen mit ælonischer Energie füllten.

Dann wurde die lange Nacht des Südpols für einen Moment zum hellichten Tag, als das Schiff einen gleißenden Strahl, so weiß wie ein Stern, gegen die *Sturmbrecher* entfesselte.

Als er kurz darauf wieder verglühte, war es, als habe es das Schiff der Ontredi niemals gegeben – das Schwert hatte es zu Partikelstaub zerrissen. Dort, wo das Schiff geschwebt hatte, klaffte nun ein kreisrunder Krater im Schnee. Er musste mehrere hundert Klafter tief reichen.

Die Waffen des Schiffs hatten gehalten, was die Königin ihrem Majordomus einst versprochen hatte. Und dabei hatte es nicht einmal ein Millionstel seiner wahren Vernichtungskraft einsetzen müssen.

Phærion war zufrieden.

»Schwert«, sagte er mit der Stimme, die er gestohlen hatte, »setze Kurs auf Berael!«

Das Schwert der Todlosen Königin tat, wie ihm geheißen. Hatte es eben noch bewegungslos am Himmel gestanden, schoss es nun los, schneller als jeder Pfeil und begleitet von einem Donnerschlag, der die Welt erschütterte, gefolgt von einem zweiten, dicht dahinter. Einer gigantischen Klinge gleich, durchschnitt es Wind und Wolken. Die enorme Beschleunigung hätte die Insassen des Schiffes gegen die Wände geschlagen und bewusstlos gemacht, hätten ælonische Felder an Bord sie nicht vor ihrer Gewalt beschützt. Eislandschaften und schneebedeckte Gletscher jagten unter dem Schwert dahin, während es zurück in Richtung Zivilisation flog.

Die Bronzemänner kamen immer näher. Stara, Glinn und ein paar andere Ontredi verschanzten sich links und rechts neben der Tür. Schüsse zuckten hin und her, während sie versuchten, die Maschinen zurückzuhalten. Es schienen etwa zehn von Sendrenas Kriegern dort draußen zu sein. Wahrscheinlich mehr.

Kriss presste sich an die Wand. Sie fuhr jedes Mal zusammen, wenn ein fehlgeleiteter Schuss durch den kleinen Raum peitschte und ein Brandloch in der Wand hinterließ. Sie spähte zu Lian und den anderen, bemerkte ihre Anspannung, wie sie darauf warteten, endlich in den

Kampf eingreifen zu können, anstatt nur rumzustehen und abzuwarten. Als plötzlich eine Lunte zischte, riss sie den Blick herum: Eine Ontredi hatte eine Granate gezündet.

»Zurück!«, rief sie.

Die Granate flog in den angrenzenden Raum. Stara und ihre Leute an der Tür stoben zu den Seiten. Noch bevor die Bronzemänner die Chance hatten, die Granate zurückzuwerfen, ertönte eine Explosion, gefolgt von weiteren, stinkenden Rauchschwaden.

Stara winkte ihre Leute zu sich. »Vorwärts!«

Sie preschten in den Gang und feuerten auf alle Maschinen, die sich noch in dem Schleier aus Schwarzpulverqualm bewegten. Kriss, Lian und die Luftfahrer blieben direkt hinter den Sternträgern. Ihre eigenen, brennenden Augen zusammengekniffen, feuerte Kriss in Richtung der grünen Kristallaugen, die durch den Rauch leuchteten. Sie war mehr verblüfft als zufrieden, als sie einen Bronzemann direkt in die Brust traf. Dafür ging direkt neben ihr ein Ontredi tot zu Boden; sie hörte Stara fluchen, als sie selbst um ein Haar einem Schuss entging.

Dann gab es ein letztes Scheppern. Stille senkte sich über den Raum, abgesehen vom schmerzhaften Ächzen und Husten der Überlebenden. Als der Rauch sich langsam verzog, sah Kriss sich hastig um. Dem Weltengeist sei Dank, Lian und die anderen hatten das Gefecht schadlos überstanden!

Sie befanden sich in einem ewig langen Korridor, zwanzig Schritte breit und ebenso viele hoch. Er schien einmal längs durch das Schiff zu führen. Kriss kam es vor, als wären sie in einem Palast oder dem Privatmuseum eines reichen Sammlers gelandet: Feinster weißer Marmor schimmerte unter ihren Sohlen, allerorts standen Statuen und goldverzierte Vasen auf Tischen aus poliertem Granit. Gemälde hingen an den

Wänden: Die streng dreinblickenden Männer und Frauen schienen Vorfahren von Sendrena III. zu sein. Ælonische Kristalle strahlten an goldenen Kerzenhaltern.

Reihen von Türen, ebenfalls mit Gold und anderen Edelmetallen verziert, führten nach links und rechts. Es mussten Hunderte sein. Als Kriss zur Decke blickte, entdeckte sie dort große Oberlichter. Sie sah ihre eigene Reflexion auf dem dunklen Glas schimmern – im nächsten Moment entbrannte draußen ein grellweißes Licht, das in ihren Augen brannte und harte Schatten warf.

Ächzend wandten sie und die anderen den Blick ab. Dann war es schon wieder vorbei.

Die Luftfahrer und die Ontredi sahen einander verwirrt an.

»Was war das?«, fragten mehrere gleichzeitig.

Kriss blinzelte gegen die Nachbilder auf ihren Augen an. »Die Waffen des Schiffs ...!«, sagte sie mit ausgedörrter Kehle.

Lian sah sie alarmiert an. »Aber worauf haben sie geschossen? Hier gibt's doch nix!«

»Die *Sturmbrecher.*« Alle Blicke gingen zu Stara. Ihr Blick ging ins Leere. »Sie haben sie vernichtet!«

»Das weißt du nicht!«, sagte Glinn, die Augen schreckgeweitet.

»Meinst du, diese maskierte Hexe hat einen Grund, sie am Leben zu lassen?« Stara schloss die Augen. Kriss sah, wie sich ihre Hände um die Lanze verkrampften, bis ihre Knöchel weiß hervorstanden. »Ich schwöre«, flüsterte die Ontredi, »dafür reiß ich ihr die verfluchte Haut vom Leibe! Sie soll ...!«

Sie hielt inne, die Augen weit aufgerissen. Kriss spürte es ebenfalls, genau wie alle anderen: ein Gefühl in ihrem Magen, wie bei einer Dampfbahn, die sich in Bewegung setzte.

»Sie sind gestartet!«, rief sie entsetzt aus. »Wir müssen zur Brücke, sie aufhalten!«

»Und wo ist das?«, fragte jemand.

Kriss' Gedanken überschlugen sich: Wenn das Schwert wie andere Luftschiffe seiner Zeit entworfen war, dann befand sich die Brücke so weit wie möglich in Bugnähe, um alles überblicken zu können, was sich vor ihm auftat.

»Da lang!« Sie zeigte auf das Ende des kunstgeschmückten Korridors.

»Na los, worauf wartet ihr?«, rief Stara ihren Leuten zu. Sie liefen los.

»Wie sieht's mit weiteren Granaten aus?«, fragte Lian. »Habt ihr noch ein paar von den ...?« Er brach ab, als er das Kopfschütteln der Ontredi sah. »*Korf.*«

»Machen wir das Beste draus«, sagte Stara düster.

Während sie an den ornamentreichen Türen vorbeiliefen, fragte sich Kriss, was sich dahinter verstecken mochte. Luxuriöse Schafzimmer und Bäder vielleicht, Speisesäle, Gästequartiere oder eine Bibliothek. Nichts davon hätte sie überrascht. Wenn auch nicht so riesig, war das Schwert von innen sogar noch luxuriöser als Sendrenas alter Palast in Heliard. Wahrscheinlich gab es Nahrungsmittel für mehrere Jahre oder gar Jahrzehnte an Bord, frisch gehalten von Vorrichtungen ähnlich der Kapsel, welche die Königin vor den Unbillen der Zeit bewahrt hatte. Alles, damit Sendrena ihr Flaggschiff nicht so bald wieder verlassen musste. Sie sah, wie Lians Blick bewundernd zwischen den allgegenwärtigen Kunstwerken hin- und herging. Er schien sich zu fragen, was all der Prunk wert sein mochte.

Sie hatten keine fünfzig Klafter hinter sich gebracht, da ertönte auch schon das schreckliche Stakkato anrückender Bronzemänner. Sie eilten durch Türen links und rechts in den Korridor. Zu einer Phalanx formiert, ließen sie ihre Lanzen Tod und Verderben spucken.

»Hierher!«, rief Lorgis.

Die Zähne gefletscht, warf er einen Granittisch um

und nutzte ihn als Deckung. Die anderen taten es ihm gleich; Kriss half Lian, einen Schrank aus massivem Honigholz umzuschmeißen. Sie und die Luftfahrer suchten dahinter Schutz, während sich Stara, Glinn und ein paar andere hinter der gefallenen, überlebensgroßen Statue eines Ritters verschanzten. Sie eröffneten das Feuer auf die anrückenden Metallgerippe, die unbeeindruckt weiterschossen.

Aus allen Poren schwitzend, sprang Kriss immer wieder hinter ihrer Deckung auf, feuerte einen Blitz in die Reihen der Bronzemänner, dann warf sie sich wieder hinter den Schrank und überließ Lian das Schießen, bevor sie sich erneut abwechselten. Sie biss jedes Mal die Zähne zusammen, wenn die Blitze ihrer Angreifer in das Holz einschlugen und Splitter fliegen ließen. Ihre Deckung würde nicht lange halten, das wusste sie.

Als Lian neben ihr in die Hocke ging, sprang sie abermals auf – und erstarrte für einen eiskalten Moment, als ihre Waffe sich weigerte, zu feuern!

Dafür nahm sie ein Bronzemann ins Visier – er hob seine Lanze in ihre Richtung.

Kriss machte, dass sie hinter die Deckung kam; ein Blitz zischte knapp über sie hinweg. »Leer!«, rief sie Lian über den Kampfeslärm zu, die nutzlose Lanze in der Hand.

Sie sah, wie er sich einen Fluch verbiss. Aus den Augenwinkeln bekam sie mit, wie die ersten Waffen der Ontredi den Geist ebenfalls aufgaben. Sie hörte Barabell schimpfen, als sie mit dem selben Problem zu kämpfen hatte. »*Schessk*verdammtes Mistding!«

Und die Bronzemänner waren nur noch wenige Schritte entfernt.

Schon während des Kampfes in der Schiffshalle hatten die Ontredi den Hebel entdeckt, der die Bajonette aus den Lanzen ausfuhr. Wessen Waffe leer gefeuert war, der ließ nun die Klinge aus ihrem Lauf springen. Kriss tat es ihnen gleich, ebenso Barabell und Lorgis, während sie sich von Nesko, Eldrit und Orven Feuerschutz geben ließen. Kriss blickte immer wieder zu Stara, die ihnen allen gestikulierte, sich geduckt zu halten und abzuwarten, während die Bronzemänner Schritt um Schritt näherstapften.

Kriss' Atem war kurz und flach. Gleich waren sie hier, gleich würden sie –!

»*Jetzt!*«, rief Stara. Die Ontredi sprangen hinter ihrer Deckung hervor; einige schrien getroffen auf. Andere stürmten mit Säbeln und Bajonetten auf die Maschinen ein.

Kriss nahm all ihren Mut zusammen. Von Lian begleitet, gab sie die Deckung auf. Keuchend sprang sie hin und her und duckte sich vor dem Sturm von Blitzen, der durch den Korridor flammte, während sie gleichzeitig mit der Lanze zustach und versuchte, sich und den anderen die Bronzemänner vom Leibe zu halten.

Irgendwo inmitten des Gewirrs sah sie Orven verbissen mit einem Metallgerippe ringen, das versuchte, ihm seine Lanze abzunehmen. Ein bärtiger Ontredi eilte ihm zu Hilfe und durchbohrte den Torso des Gerippes mit seiner Klinge. Orven und er jubelten, als Ælon daraus hervorquoll und die Maschine in sich zusammensackte.

Stara kämpfte ganz in ihrer Nähe. Sie schmetterte einem von Sendrenas Kriegern ihre Lanze gegen den Schädel und ließ seine künstlichen Augen zersplittern. Dann entriss sie ihm die Waffe und durchlöcherte ihm die Brust mit einem Blitzschlag.

Nur zwei Schritte weiter hörte Kriss Lorgis rufen: »Hier bin ich!« Zwei Bronzemänner machten den Fehler, sich nach ihm umzudrehen – und wurden von der barbusigen Statue einer Göttin zerquetscht, die der Riese auf sie fallen ließ. Lorgis schnappte sich eine fallengelassene Blitzlanze und stand einem entwaffneten

Ontredi-Jungen bei, dem eine Maschine in den Rücken gefallen war.

Kriss erschrak, als ein Bronzemann sie anvisierte. Die Spitze seines Bajonetts tropfte wie in rote Farbe getaucht. Er legte die Waffe an – Kriss machte keuchend kehrt. Sie schrie, als der Schuss fiel, doch im selben Moment hatte sie sich bereits zu Glinn hinter einen umgestürzten Tisch gerettet, von wo aus er die Soldaten der Königin mit Blitzsalven zurückhielt.

»Hier!« Der glatzköpfige Mann warf Kriss eine neue Lanze zu. Sie bedankte sich mit einem atemlosen Nicken, fuhr auf, zielte auf die Brust eines Bronzemanns, verfehlte, ging in Deckung, als er das Feuer erwiderte, und versuchte es erneut. Lian, wo war Lian? Sie atmete auf, als sie ihn nur ein paar Schritte neben sich sah: Er hatte in einem Türrahmen Deckung gesucht und feuerte auf die metallenen Soldaten.

Barabell war ganz in seiner Nähe: Kriss sah sie am Rande ihres Gesichtsfelds auf einem Bein durch die Gegend humpeln. Sie benutzte ihre Lanze abwechselnd als Krücke und als Waffe. Wie alle anderen kämpfte die Luftfahrerin grimmig und erbittert, wobei sie in einem fort Flüche ausstieß, die Kriss unter anderen Umständen hätten erröten lassen.

Während sie selbst feuerte, sich duckte, feuerte und sich duckte, suchte sie nach den anderen Besatzungsmitgliedern der *Wolkenbummler*. Sie entdeckte Eldrit in dem Gewirr, gerade als ein Bronzemann Anstalten machte, sich mit blitzendem Bajonett auf sie zu werfen.

»*Hinter dir!*«, wollte Kriss rufen und ihre Waffe hochreißen – doch jemand anders war schneller: Nesko warf sich vor den Bronzemann. Mit einem triumphierenden »Ha!« versenkte er seine Säbelklinge in der Brust der Maschine. Metall durchbohrte Metall und das Ding hauchte seinen ælonischen Atem aus.

Kriss sah, wie Eldrit erst verwirrt blinzelte – sie hatte weder Nesko noch den Angreifer gesehen. Dann eilte sie an dem Jungen vorbei und küsste ihn auf die Wange, bevor sie sich wieder in die Schlacht warf.

Nesko stand nur da und grinste dümmlich-verwirrt über beide Ohren, er drohte jeden Moment dahinzuschmelzen.

»Nesko!«, rief Kriss – und gerade noch rechtzeitig konnte der Junge die Lanze des gefallenen Bronzemanns erbeuten und sich einen weiteren Angreifer vom Leibe halten.

Kriss schoss einen der Krieger von den Beinen – eigentlich hatte sie auf sein kristallenes Herz gezielt. Sie ging erneut in Deckung, rang nach Atem und spähte zu der Tür, an der Lian Zuflucht gesucht hatte.

Doch sie fand ihn nicht. Ihr Blick kreiste durch den Raum.

Dann sah sie ihn. Er lag zusammen mit einem toten Ontredi auf dem Boden, während ein Bronzemann Blitze schleudernd an ihm vorbeistapfte.

Er rührte sich nicht.

In all der Zeit hielt das Schwert der Todlosen Königin starren Kurs auf Nordosten.

Von der Brücke aus verfolgte Phærion, wie das Schiff die Weißen Öden hinter sich ließ. Eisschollen und schneebedeckte Ebenen wichen den bleiernen Fluten des Kalten Meeres. Die Sonne hatte sich kurz als fahlgelber Fleck gezeigt, dann war sie wieder verschwunden. Es würde tiefe Nacht sein, wenn sie ihr Ziel erreichten.

Berael war die größte Landmasse der Welt. Wenn das Schwert den Kontinent erreicht hatte, würde es Miloria und Parandir ansteuern, die beiden mächtigsten Königreiche dieser Ära, wie Phærion von den Ontredi erfahren hatte.

Doch was wussten sie schon von wahrer Macht? Er

würde ein Exempel an den beiden Reichen statuieren, ein Exempel für die ganze Welt. Das Schwert würde ihre Hauptstädte Parandos und Tamalea zu glühenden Partikelwolken zerstrahlen. (Er hatte also nicht gänzlich gelogen, als er Madame Belnari versprochen hatte, dass ihre Feinde für die Besetzung ihres Landes bezahlen würden.)

Keine Armee der Welt würde es dann noch wagen, sich gegen seine Herrschaft aufzulehnen. Und wenn doch, würde sie das gleiche Schicksal ereilen.

Endlich, nach einem halben Jahrtausend, war die Erfüllung seiner Mission zum Greifen nahe. Phærion fühlte es wie einen elektrischen Funken zwischen seinen Bronzefingern. Krieg würde bald ein Relikt der Vergangenheit werden.

Er glaubte, sich zu erinnern, wie die Königin ihm einst gesagt hatte, die Menschheit sei wie ein uralter Wald, mit Bäumen, die sich gegenseitig Licht und Wasser stahlen, einander umrankten und würgten, gefangen in ewiger Halbdunkelheit. Es gab zu viele Nationen, zu viele Religionen, zu viele Stimmen. Der Wald, so hatte ihre Majestät ihm gesagt (hatte sie das wirklich oder stammte das Gleichnis von ihm selbst? Er war sich nicht sicher), musste abgebrannt werden, damit etwas Neues entstehen konnte. Etwas Besseres, Effektiveres. Etwas, das sich einer einzigen Vision unterordnete.

Seiner Vision.

Um dies zu erreichen würde er den Menschen zuerst ihre Waffen nehmen. Dann ihren freien Willen und damit jeden Wunsch nach Gewalt. Sie würden alle Hoffnung auf Freiheit verlieren – denn Hoffnung machte Menschen aufrührerisch, so wie Stara Belnari und ihre Spießgesellen. Und dafür war in der kommenden Welt kein Platz.

Schließlich, wenn er ihren Willen gebrochen hatte, konnte er den Wald neu anpflanzen. Die Menschheit nach seiner Vorstellung formen. Sie dem Prinzip der Ordnung unterwerfen.

Oder auch nicht. Vielleicht würde er sie auch ganz auslöschen, und an ihrer Stelle ein Volk von Maschinen ins Leben rufen. Er hatte sich noch nicht entschieden, doch er hatte mehr als genug Zeit dafür: Das Schwert hatte ihm gezeigt, dass tonnenweise Kristalle mit ungewirktem Ælon an Bord lagerten, mit denen die Königin ihre lebens- und krafterhaltenen Maßnahmen aufgeladen hätte, ebenso wie ihre Soldaten. Es gab genug Energie, um ihn, Phærion, weitere fünfhundert Jahre lang am Leben zu erhalten. Und das Schwert mit ihm.

Ja. Alles würde sich fügen, wie zwei Zahnräder, die ineinandergriffen. Auch als das Schwert ihm mitteilte, dass die Prätorianer immer noch mit den Ontredi und ihren Kumpanen kämpften, geriet seine Zuversicht nicht ins Wanken. Sie würden sich dieses lästigen Problems bald entledigt haben.

Und selbst wenn nicht – nun, auch darauf war er vorbereitet.

Er ist nicht tot, dachte Kriss, *er kann nicht tot sein, das darf er nicht!*

»Lian!«, rief sie.

Und als wäre sein Name ein Zauberwort, sprang er quicklebendig wieder auf, gerade als der Bronzemann zwei Schritte an ihm vorbei war. Lian riss die Blitzlanze hoch und schoss der Maschine in den Rücken. Noch bevor die regenbogenbunten Partikel aus ihrem durchlöcherten Brustkorb verflogen waren, eilte Lian rückwärts zu Kriss und Glinn hinter den Tisch, wobei er unentwegt auf die übrigen Metallgerippe feuerte.

»Netter Trick!«, brummte Glinn, während er seinerseits schoss.

»Ich weiß.« Schweißglänzend grinste Lian Kriss an. Sie wusste nicht, ob sie ihn umarmen oder ohrfeigen sollte. »Hättest du mich nicht vorher warnen können?«

Er fiel aus allen Wolken. »Hab ich doch!«

»Nein, hast du nicht! Oder – vielleicht habe ich es nur nicht gehört ...« Sie lachte erleichtert.

»Wenn ihr dann so freundlich wärt, weiterzukämpfen!«, knirschte Glinn.

Kriss hatte bemerkt, dass sich das Kampfgeschick inzwischen gewendet hatte. Es war nur noch ein Dutzend der ælonischen Krieger übrig – und diese waren gezwungen, sich hinter Statuen und anderen Barrikaden vor den Angriffen der Ontredi zu verschanzen.

Doch es gab keinen Grund, sich zu entspannen, wie sie begriff, als plötzlich ein trüber Schein hinter den Oberlichtern aufging – Sonnenlicht! Sie ließen die Polarnacht hinter sich! Kriss erzitterte bei dem Gedanken, wie entsetzlich *schnell* das Schiff war. Bald würden sie keine Chance mehr haben, das Massaker zu verhindern.

Lian dachte dasselbe. »Die Zeit wird knapp«, murmelte er. »*Korf!*«

Die Ontredi hatten es ebenfalls bemerkt. »Glinn, Weyrin und Brinna«, rief Stara ihren Leuten zu. »Wir brennen uns zur Brücke durch! Der Rest versucht, die Gerippe zurückzuhalten!«

Ihre Leute murmelten, grunzten oder ächzten Zustimmung. Lorgis und die Luftfahrer ließen ein fast zeitgleiches »Aye!« vernehmen.

Kriss sah Lian an und Lian Kriss. Beide nickten zeitgleich – dann setzten sie Glinn nach, der versuchte, zu Stara und ihren beiden Begleitern aufzuschließen: einer hübschen Ontredi mit rabenschwarzem Zopf und einem Sternträger, der fast so muskulös war wie Lorgis. Sie feuerten im Laufen auf die Bronzemänner. Kriss schrie auf, als ein Schuss dicht an ihr vorbeizischte –

so dicht, dass sie seine Hitze auf ihrer Haut spürte und angesengtes Haar roch. Doch sie hielt nicht an, sie lief und sie schoss, während die Ontredi und die Luftfahrer, die die Stellung hielten, ihnen Feuerschutz gaben.

»Viel Glück, Doktor!«, rief Barabell.

»Euch auch!«, gab Kriss atemlos zurück.

Wenn es Stara störte, dass Kriss und Lian ihnen Verstärkung gaben, dann beschwerte sie sich nicht. Zu sechst liefen sie den Gang hinab, wobei sie sich immer wieder umdrehten, um Blitze nach den Bronzemännern zu schicken. Kriss hörte sich selbst ächzen und keuchen, jeder Schritt war ein Kampf, und trotzdem konnte sich nicht stehenbleiben.

Bald hatten sie eine große Tür aus weißem Metall erreicht, die sich am Ende des Ganges auftat. Sie mussten nun fast in Bugnähe sein. Kriss hatte keinen Zweifel mehr, dass sie vor dem Zugang zur Brücke standen.

Zwei Bronzemänner bewachten ihn wie Statuen. Sie erwachten erst zum scheinbaren Leben, als die Menschen sich ihnen auf dreißig Schritte genähert hatten, doch sie konnten den vier Ontredi und ihren Begleitern nicht viel entgegensetzen. Ihre Überreste gingen scheppernd und rauchend zu Boden, das grüne Feuer in ihren Kristallaugen erlosch.

Der Weg zur Tür war frei. Doch die Tür war verschlossen. So sehr sie auch dagegen hämmerten und traten, sie gab keinen Zoll nach. Es gab ein Radschloss, doch es ließ sich nicht drehen, egal, wie viel Kraft sie aufbrachten.

»Also gut«, sagte Stara. »Schweißen wir das Ding auf!«

Glinn und der muskulöse Ontredi – Weyrin – setzten ihre Blitzlanzen an das Radschloss und hielten die Abzüge gedrückt. Kriss wandte den Blick von dem gleißenden Licht ab. Rauch und der Gestank von verbranntem Metall breiteten sich aus, Funken flogen.

Sie spürte Hitze wie von einem Backofen.

Kurz ertönte das Klirren von Stahl, als das Radschloss und ein Teil der weißen Tür zu Boden fielen. Beides glühte noch.

»Waffen bereit!«

Kriss und Lian folgten Staras Befehl, genau wie ihre Leute. Die Ontredi mit dem Zopf – Brinna – riss die Tür auf, während die anderen durch die Rauchschwaden, die die Schweißarbeit verursacht hatte, über ihre Schulter zielten.

Kriss befürchtete einen erneuten Ansturm von Bronzemännern. Blitze, die ihnen entgegenschossen. Doch nichts tat sich. Auf eine Geste von Stara hin stürmten sie den hellen Raum, der sich vor ihnen auftat.

Die Rauchschwaden hatten sich inzwischen verzogen. Sie befanden sich in einem kleinen Saal mit silberumrankten Säulen. Auf dem Boden lag ein Mantel aus Eislöwenfell, einige Schritte davon entfernt stand ein throngleicher Stuhl. Sie blickten direkt auf seine hohe Lehne; er war dem großen Fenster zugewandt, durch das sie das Kalte Meer sahen. Die Sonne war bereits wieder verschwunden. Wellen und Wolken rauschten an dem Schiff vorbei.

Sie umrundeten den Thron, die Waffen auf wen auch immer gerichtet, der dort sitzen mochte.

Kalte Finger strichen über Kriss' Rücken, als sie die Gestalt sah, die auf dem weißen Samtpolster ruhte, in sich zusammengesackt wie eine Marionette ohne Fäden, eingehüllt in ein edles Seidenkleid, mit prachtvollen Juwelen um den Hals.

Ihr Gesicht war ein Totenschädel, überzogen mit runzeliger Haut, so dünn wie Papier. Eine verdorrte Mumie, kaum noch als Frau oder gar als Mensch zu erkennen, und sehr sehr tot. Eine schwarze, seidigglänzende Perücke war auf ihrem Kopf verrutscht und verlieh ihr ein grotesk mitleiderregendes Aussehen.

Über dem ausgetrockneten Gesicht spannte sich ein weitmaschiges Netz aus Silber und winzigen Kristallen und lief hinab bis zum zugedeckten Hals. Vielleicht bedeckte es den ganzen, klapprigen Körper.

Am Ende hatte der Tod die Todlose Königin doch noch ereilt. Und sie war nicht allein.

»Nicht schießen. Oder ihr werdet es bereuen.«

Kriss war verwirrt, als sie Sendrenas künstlich-schöne Stimme aus einer anderen Richtung hörte, so als würde ihr Geist zu ihnen sprechen.

Ein einzelner Bronzemann stand vor dem Fenster. Kriss, Lian und die Ontredi richteten sofort ihre Lanzen auf ihn, aber sein skeletthafter Körper verriet keinerlei Anspannung oder Unruhe. Er trug keine Waffen – oder keine, die sie erkennen konnten. Dafür lag eine nur allzu vertraute Maske auf seinem Gesicht. Sie schimmerte silbern und schön im Licht ælonischer Lampen.

»Madame Belnari«, sagte der Bronzemann mit der Stimme der Todlosen Königin, »ich gebe zu, ich bin beeindruckt.«

Kriss hatte keinen Zweifel, wer dort vor ihnen stand. Genauso wenig wie Stara.

»Du hättest uns besser kennen sollen, Phærion.« Sie lächelte angespannt. »Was für ein zartes Stimmchen du bekommen hast. Was soll die Maskerade? War dir langweilig?«

»Sagen wir, ich hatte Sehnsucht nach einem vertrauten Gesicht.« Wenn es ihn kümmerte, dass ein halbes Dutzend Waffen auf ihn zeigte, überspielte Phærion dies gekonnt.

Es war verstörend, ihn mit der viel zu schönen Stimme sprechen zu hören. Kriss blickte aus dem Augenwinkel zu der verwelkten, leblosen Gestalt, der sie einst gehört hatte. »Du hast sie getötet, nicht wahr? Warum?«

»Eine reine Notwendigkeit, fürchte ich«, sagte Phærion. »Aber zumindest starb sie mit dem Trost, dass ich ihr Werk fortführen werde.«

»Wirst du nich'«, sagte Lian. »Ruf deine Blechdosen zurück und halt diesen Kahn an!«

Stara quittierte das mit einem zufriedenen Lächeln. »Tu besser, was der Junge sagt!«

»Ihr wisst, dass nichts davon geschehen wird«, sagte der Majordomus der Todlosen Königin.

»Halt das Schiff an, Phærion!«, bellte Stara.

Kriss zuckte zusammen, als die Ontredi nur einen Fingerbreit vor Phærions Bronzefüße schoss. Ein rauchender schwarzer Fleck blieb im Marmor zurück. Doch Phærion zeigte sich völlig ungerührt.

»Es tut mir leid, Madame Belnari«, hörten sie Sendrenas Stimme sagen, »aber alle Eure Mühen waren vergebens.«

Staras Nasenflügel weiteten sich. »Spar dir dein selbstverliebtes Gefasel!«

»Oh, ich bin sicher, was ich zu sagen habe, wird Euch sehr interessieren. Seht Ihr, in Kürze wird das Schwert die Küste Beraels erreicht haben. Ich habe ihm den Befehl erteilt, alles zu vernichten, was es anschließend überfliegt: jede Stadt, jedes Dorf, jedes Haus. Es wird den gesamten Kontinent in eine Einöde verwandeln. Millionen von Menschen werden sterben.«

Kriss spürte, wie ihr das Blut aus dem Gesicht wich.

»Ha.« Lians Lächeln war humorlos, verbissen. »Hab schon bessere Bluffs gehört!«

Phærion sah ihn nur an – und Kriss wusste mit entsetzlicher Gewissheit, dass Phærion die Wahrheit sagte. Auch Lian verging das Grinsen schnell, als er begriff, dass es stimmte: Das Schiff war auf Vernichtungskurs mit ihrer Heimat!

Kriss' Gedanken rasten. Sie mussten es aufhalten, aber wie? Die Maske! Natürlich, Phærion trug sie bestimmt nicht allein aus Verbundenheit zu seiner Schöpferin. Die Stimme der Todlosen Königin steuerte ihr Schwert.

»Ich bin der Einzige, der das Schiff aufhalten kann.«

Phærion ließ seelenruhig den Blick aus weißen Juwelen kreisen. »Also streckt Eure Waffen und befreit mich von Eurer Präsenz.«

Glinn, Weyrin und Brinna sahen Stara unruhig an. Stara fletschte die Zähne, Kriss konnte sehen, wie es in ihr arbeitete. Sie ließ die Lanze nicht sinken.

»Habe ich mich etwa unverständlich ausgedrückt, Madame Belnari?«

Die Maske, dachte Kriss. Wenn sie es schafften, ihm das Ding abzunehmen, konnten sie das Schwert zurückrufen. Aber wenn sie Stara und ihren Leuten in die Hände fiel, würden sie nur für weiteres Blutvergießen sorgen!

»Ihr habt mich gehört«, sagte Phærion. »Wenn Ihr noch länger wartet, wird Euer Volk vernichtet – zusammen mit allen anderen Völkern des Kontinents. Streckt Eure Waffen.«

»Nein!«, knurrte Stara. Kriss sah, dass ihre Hände zitterten. Und die Blitzlanze mit ihnen.

Kriss nahm den Blick nicht von der Maske. Phærion war nur drei Schritte von ihr entfernt.

»Wir Ihr wünscht«, sagte der einstige Majordomus. »Dann vernichtet mich. Und die Ontredi sind Geschichte.«

Kriss fühlte ihr Blut durch die Adern rauschen. Wenn sie sich zwischen Stara und Phærion stellte, würde sie vielleicht im selben Moment von einem Blitz durchbohrt. Sie musste näher heran, auf den richtigen Moment warten, bevor es zu spät war – bevor *alles* zu spät war!

Sie bemerkte, dass Lian sie ansah. Seiner Miene nach ahnte er, dass sie etwas vorhatte – und es machte ihm Sorgen. *Nicht!*, sagte sein Blick.

»Ihr habt versagt, Stara Belnari«, sagte die Stimme der Todlosen Königin.

Stara funkelte die Silbermaske an. Noch einen

Moment lang war ihr Blick voller Hass. Dann stieß sie ein kehliges Lachen aus, das Kriss ebenso verwirrte wie alle anderen. Phærion eingeschlossen.

»Darf man erfahren, was Ihr so belustigend findet?«

Staras Lachen erstarb abprupt. Ein Blitz zuckte auf – und sie schoss Phærion das rechte Bein an der Hüfte ab. Er landete klirrend und scheppernd auf dem Rücken. »Das«, beantwortete die Ontredi seine Frage. Kriss sah Glinn und die beiden anderen Sternträger grimmig lächeln. Genau wie Lian.

In ihrer Brust schien eine Kesselpauke zu schlagen. *Jetzt!*, sagte sie sich. *Jetzt, tu es, nimm sie ihm ab!* Sie erstarrte ungewollt, als Phærion plötzlich eine Metallhand hob. Die Maske lag noch immer auf seinem Gesicht.

»Zurück!« Die gestohlene Stimme verriet keinerei Emotion, außer vielleicht – Zorn? »Bleibt wo ihr seid, oder der Kontinent wird brennen!«

Stara blickte gehässig auf ihn herab, die Lanze auf sein silberglänzendes Gesicht gerichtet. »Soll ich dir etwas verraten, du ælonische Missgeburt? Ich glaube, du bist gar nicht so wichtig, wie du tust. Nein, ich glaube eher, du bist nichts als wertloser Schrott. Und du stehst uns im Weg.«

»Nein!« Zum ersten Mal glaubte Kriss, Furcht aus Phærions Stimme zu hören. »Ich warne Euch! Ihr braucht mich!«

Tu es!, sagte sie sich. *Jetzt, jetzt!* Aber ihre eigene Furcht lähmte sie. Eine falsche Bewegung, und sie war tot.

»Nein«, sagte Stara. »Wir brauchen nur eins.« Sie streckte die Hand aus. »Die Maske, Phærion.«

Noch bevor sie begriff, was sie tat, sprang Kriss vor. Sie rannte die drei Schritte zu Phærion und riss ihm die Maske vom Gesicht, wobei sie einen leichten, magnetischen Sog fühlte, dann brachte sie sich mit einem weiteren Schritt vor ihm in Sicherheit. Sie hielt die Silbermaske mit der einen Hand, ihre andere zielte mit der Lanze auf die Ontredi. »K-Keine Bewegung!«

»Kriss!«, rief Lian. Sein Gesicht und seine Stimme verrieten Entsetzen.

Im selben Moment waren Glinn und der muskelbepackte Ontredi namens Weyrin vorgeschnellt: sie packten ihn und entrissen ihm die Lanze. Lian ächzte schmerzerfüllt, als sie ihm die Arme auf dem Rücken verdrehten. Schwindel überkam Kriss; ihre Beine zitterten, als Stara und Brinna, die vierte Sternträgerin, die Mündungen ihrer Waffen auf ihre Stirn richteten. Sie versuchte vergeblich, zu schlucken.

»Eine falsche Bewegung, Kleine«, sagte Stara, ihre Stimme hart und kalt wie Stahl, »und du bist tot.«

Kriss sah, wie Lian unter dem Griff der Ontredi die Zähne bleckte, sein Gesicht eine Grimasse von Schmerz. Glinns Bajonett war auf seine Schläfe gerichtet. Ein Bluttropfen rann an der Stelle herab, wo die irrwitzig scharfe Klinge seine Haut verletzt hatte.

»Lian ...!« Kriss wagte nicht, auch nur einen Muskel zu rühren. »Lasst ihn los, oder ich schwöre –!«

»Was schwörst du?«, fragte Stara. »Komm jetzt, genug mit dem Kindertheater. Nimm die Waffe runter und gib mir die Maske.« Sie winkte mit der freien Hand.

»Nein!« Die Lanze in Kriss' Hand wurde immer schwerer, sie wusste nicht, wie lange sie die Waffe noch halten konnte. Aus den Augenwinkeln blickte sie zu Phærion: Das Licht in seinen grünen Augen war erloschen. Hatte ihn der Aufschlag beschädigt?

»Gib mir die verfluchte Maske, Kleine, oder wir erschießen deinen Freund!«

Kriss' Atem ging stoßweise, sie bebte am ganzen Körper wie unter Schüttelfrost. Lian sah sie an. *Tu nichts Unüberlegtes!*, flehte sein Blick.

»Und wenn ihr sie habt, was dann?«, fragte Kriss.

»Dann werden wir unser Volk befreien«, sagte Stara.

»Und wie viele werden dafür sterben?«

»So viele wie nötig sind.«

»Nein!«, sagte Kriss wieder. »Stara, bitte! Es hat schon genug Blutvergießen gegeben! Dieses Schiff ist zu gefährlich, es muss vernichtet werden!«

»Hm.« Stara zuckte mit den Achseln. »Komisch. Ich dachte, du würdest mehr an dem Bengel hängen. Glinn.«

»Ich warte nur auf dein Zeichen«, sagte der Ontredi.

Lian versuchte, es hinter einer tapferen Miene zu verbergen, aber Kriss sah die Angst in seinen Augen flackern. *Was soll ich tun?*, dachte sie. *Lian, sag mir, was ich tun soll!*

Staras Blick war durchdringend. »Deine letzte Chance, Kleine. Gib mir die Maske. Oder sein Tod geht auf dein Konto.«

»Tu's nich'!«, sagte Lian.

Aber sie werden dich töten!, dachte Kriss.

Und wenn sie Stara die Maske einfach aushändigte? Ihrem Volk war so viel Unrecht widerfahren, verdiente es nicht, sich dafür zu rächen? Wenn ihr das gleiche widerfahren wäre, würde sie nicht ebenfalls nach Vergeltung schreien?

Aber selbst für den unwahrscheinlichen Fall, dass sich König Bekkard und der Herscher von Parandir auch ohne eine blutige Demonstration einschüchtern ließen, die Heimat der Ontredi wieder freizugeben – das Schwert der Todlosen Königin war zu mächtig! Was, wenn jemand anders Stara die Maske stahl? Wenn die Maske Stara zu dem gleichen Größenwahn hinriss, der auch Sendrena befallen hatte?

Aber – sie werden Lian töten!

Das Hin- und Herzucken der Blitze ließ die Luft wabern, während die Schritte der Metallmänner in Lorgis'

Ohren dröhnten. Es waren noch viel zu viele von dem Lumpenpack auf den Beinen – und das verdammte Schiff war nicht langsamer geworden, er fühlte es in seinen Eingeweiden.

Er fluchte farbenfroh, als er seine Lanze leergeschossen hatte. Er war gerade bereit, mit dem Bajonett auf die metallenen Vogelscheuchen loszugehen, als Bell rief: »Hier!« und ihm eine neue Waffe zuwarf.

Lorgis fing sie auf – gerade noch im letzten Moment, um einem anstürmenden Blechgerippe den Kopf vom Leib zu schießen und die Brust zu durchlöchern.

Er spähte über den Rand des Granittischs hinweg, hinter dem er sich verschanzt hatte: Die Tür am Ende des Gangs stand halb offen. Keine Spur von Doktor Odwin, Herrn Berris und den anderen. Er hoffte das Beste für sie. Zumindest war Bell noch am Leben. Aber was war mit den anderen?

»Nesko?«

»Hier, Käpt'n!«, hörte er die leierige Stimme des Jungen, ohne ihn zu sehen.

»Eldrit!«

»Bin beschäftigt!«, kam es angestrengt aus einer anderen Richtung.

»Orven!«

Er erhielt keine Antwort.

»Orven?«

Dann sah er den alten Matrosen.

Er lag neben einer umgestürzten Statue, seine wässrigen Augen starrten an die Decke, sein Bart war blutverschmiert. Die Wunde in seinem Bauch rauchte noch.

Verflucht. Orven ... Lorgis schloss kurz die Augen.

Sein grünes Äffchen hockte zitternd auf der Brust seines Herrchens. Mit winzigen Fingern betastete es Orvens Gesicht, als wollte es ihn wecken. Lorgis war nicht fähig, den Anblick zu ertragen.

»Na, komm her!« Er winkte dem Moosäffchen mit einem Arm zu, während er gleichzeitig auf die Metallmänner feuerte. »Jetzt komm her, du verlaustes Vieh, na los!«

Das Tier bemerkte ihn. Es blickte zu Orven, dann zu Lorgis, dann wieder zu Orven. Es berührte ein letztes Mal die Wange seines Herrchens, dann eilte es auf allen Vieren zwei, drei Schritte durch den Korridor, vorbei an den Beinen von Metallmännern und Menschen, über fallengelassene Waffen, zerschossene Kunstwerke und Pfützen von Blut hinweg. Es sprang zu Lorgis hinter den Tisch, dann kletterte es flink seinen muskulösen Arm empor. Auf seiner Schulter blieb es hängen. Seine schwarzen Augen glänzten feucht, während es maunzende, herzzerreißende Laute von sich gab.

»Ruhig«, flüsterte Lorgis. »Ganz ruhig, alles wird gut ...«

Wieder blickte er zu Orven. Das hier war niemals sein Kampf gewesen. Er war nur eine störrische alte Luftratte gewesen, die besser zuhause geblieben wäre. Er hatte Besseres verdient, als auf kaltem Marmor sein Leben auszuhauchen. Das hatten sie alle. Aber es half wenig, sich jetzt in Selbstmitleid zu suhlen. Es war wichtiger, am Leben zu bleiben.

Mit dem Äffchen auf seiner Schulter erhob sich Lorgis über seine Deckung. Er brüllte den Maschinen seine ganze Wut entgegen, während seine Waffe einen Blitz nach dem anderen spie – bis auch sie für immer erlosch.

»Versprich mir, dass es kein weiteres Blutvergießen geben wird!«, sagte Kriss. »Dass ihr alles versuchen werdet, euer Land auf friedlichem Wege zu befreien!«

Stara lächelte müde. »Du weißt, dass ich dir das nicht verprechen kann, Kleine. Also: Ich zähle bis drei. Eins.«

Kriss konnte kaum atmen. Lians Leben gegen das

von Tausenden. Vielleicht Millionen. Sie konnte die Maske nicht einfach zerstören, denn das Schiff würde weiterhin den Vernichtungskurs fliegen, auf den Phærion es gebracht hatte. Und sie konnte das Risiko nicht eingehen, dass er nur geblufft hatte – sie *wusste*, dass er nicht geblufft hatte.

»Zwei.«

»Wartet!«, rief Kriss. »Wartet! Lasst mich nur das Schiff zurückrufen, bitte!«

Stara schüttelte nur langsam und endgültig den Kopf. »Die Maske. Sofort.«

»Kriss ...!«, brachte Lian hervor.

Lian, dachte sie. *Es tut mir so leid ...!*

Ein Kontinent in Schutt und Asche. Der Tod ihrer Freunde, ihrer Kollegen und unzähliger weiterer Menschen gegen das Leben des Jungen, den sie liebte ...

Lian schloss die Augen. Kriss sah, wie Glinn sich anspannte, um abzudrücken.

»Drei.«

»Halt!«, rief Kriss. Ihre Schultern sanken herab, die Mündung ihrer Waffe deutete zu Boden. »Halt«, wiederholte sie, kraftloser diesmal. »Nehmt sie«, sagte sie mit leiser Stimme. »Nehmt die verfluchte Maske. Aber tut ihm nichts, bitte!«

Stara lächelte zufrieden. »Weise Entscheidung.«

Kriss sah Lian aufatmen. Aber er wirkte nicht glücklich.

Die Kehle schnürte sich ihr zu.

»Es war ein netter Versuch, Kleine«, sagte Stara nicht ohne Mitgefühl. »Aber zumindest hast du eure Haut gerettet. Also – wenn ich bitten darf?«

Kriss starrte auf die Hand, die Stara ihr hinhielt. Sie hob ihre eigene Hand, die Maske kam ihr so schwer vor wie Stein und Blei. Welche Massaker auch immer die Ontredi mit dem Schwert anrichten würden, sie trug die Schuld daran ...

»Kriss, pass auf!«, rief Lian.

Im selben Moment vernahm sie ein metallisches *Tsching* hinter sich. Sie wirbelte herum: Phærion sprang mit beiden Händen und seinem verbliebenen Bein auf, eine glänzende Klinge war aus seiner linken Handwurzel geschnellt. Das Licht in seinen Augen glühte dämmrig, flackerte.

Kriss schrie, als das scharfe Metall ihre rechte Hand traf. Glühendheißer Schmerz flammte auf, sie hörte, wie Lian ihren Namen rief. Blut spritzte – und die Maske fiel.

»*Schessk!*«, zischte Stara. Sie sprang vor.

Aber Phærion war schneller. Im Fallen fing er die Maske auf – und zerknüllte sie wie Silberfolie, als er auf dem Boden aufschlug. Kristallstaub rieselte aus der Innenseite des Artefakts. Eine winzige Ælonwolke ging auf und verging wieder.

»*Bedauerlich*«, sagte Phærion mit seiner alten Stimme.

Kriss hielt sich die Schnittwunde an ihrem rechtenHandrücken, sie hielt den Atem an, während Stara einen Schrei hilfloser Wut ausstieß. Sie riss die Lanze hoch und hämmerte ein, zwei, drei Blitze gegen Phærion. Die Schüsse sägten ihm den Kopf vom Torso und die Arme von den Schultern.

Stara eilte vor, sie trat den verkrüppelten Bronzemann um, warf sich auf die Knie und knackte die Klappe in seiner Brust mit dem Bajonett.

Sie zog den Würfel heraus, ihr Gesicht von Wut verzerrt.

»Ruf es zurück, Phærion!«, brüllte sie. »Ruf das verfluchte Schiff zurück, ich töte dich, wenn du es nicht tust!«

»*Ihr hättet auf das Mädchen hören sollen, Madame Belnari*«, sagte der grünleuchtende Würfel in ihrer Hand. »*Nun wird nichts und niemand die Vernichtung*

Eures nutzlosen Volkes aufhalten. Und allein Ihr tragt Schuld daran.«

Sein Lachen sandte Wellen aus Eis durch Kriss' Knochen.

Da hob Stara den Würfel – und mit einem Schrei zerschmetterte sie ihn auf dem Boden, wo er in tausend Scherben zersprang. Seine ælonische Ladung verging in einem schillernd bunten Hauch.

Der Majordomus war ebenso tot wie seine Königin, und noch immer ging sein Lachen wie ein geisterhaftes Echo durch Kriss' Verstand. Ihre Schmerzen, ihr Blut waren völlig vergessen, als sie zum Fenster blickte: Vielleicht war es nur ihre Einbildung, aber sie glaubte, einen dünnen, dunklen Streifen am nächtlichen Horizont auszumachen, gesprenkelt mit winzigen Lichtpunkten. Die südlichen Ausläufer Beraels.

Entsetzen lähmte sie. Das gleiche Entsetzen, das auch auf Lians Gesicht aufging.

»Leute!«, rief er. »Wir sollten langsam mal dieses Schiff aufhalten!«

»Stara ...«, sagte Glinn.

Alle Augen richteten sich auf Stara, die inmitten von Phærions Scherben auf dem Boden kauerte, das Gesicht mit der freien Hand bedeckt. Aber nur für einen Moment. »*Du!*« Mit einem Mal fuhr sie auf, sie packte Kriss' blutende Hand und hielt ihr das Bajonett unter das Kinn. Ihre Augen loderten wie besessen. »Du kennst dich aus mit diesem ælonischem Dreck!«, bellte sie Kriss ins Ohr. »Du wirst einen Weg finden, das Schiff unter unsere Kontrolle zu bringen oder du und dein Freund, ihr seid beide tot!«

»Das kann ich nicht und das weißt du«, sagte Kriss, mit einer Ruhe, die sie selbst verwirrte. Sie spürte den harten Stahl unter ihrem Kinn. Ihre verletzte Hand pulsierte vor Schmerz, rote Tropfen sprenkelten den Boden, ihre Schuhe. »Bitte, Stara, wir haben nur eine Chance: Wenn wir die Speicherkristalle der Antriebe vernichten, dann –!«

»*Nein!*«, donnerte Stara. Kriss schaffte es, nicht zu blinzeln. »Wir haben zu Vieles dafür geopfert, um dieses verfluchte Schiff zu finden!«

»Du sagst es selbst, das Teil is' verflucht«, sagte Lian, während Glinn die Waffe auf ihn gerichtet hielt. »Wenn wir noch länger hier rumstehen, wird's deinen Leuten zum Verhängnis. Und unser'n auch.«

Er konnte nichtmal mit der Wimper zucken, als Stara herumwirbelte und auf ihn feuerte. Der Schuss ging haarscharf über seinen Kopf hinweg und schwärzte die Wand. Lian schluckte. Und in all der Zeit wurde der dunkle Streifen am Horizont immer deutlicher und deutlicher.

»Du wirst einen Weg finden!«, brüllte Stara Kriss an, »oder der Junge ist *tot!*«

Während sie sich die blutende Hand hielt, blickte Kriss zu ihr auf. »Stara, wenn wir noch mehr Zeit verschwenden, haben wir Berael bald erreicht und die ersten Städte werden –!«

»Na und? Dann sollen sie brennen, sie alle, ist mir *schessk*egal!«

»Du klingst wie sie«, sagte Kriss. »Du klingst wie Sendrena.«

Das kümmerte Stara wenig. Sie zielte auf Lians Kopf. »Bring dieses Schiff unter Kontrolle, Kleine, *oder ich bringe ihn um!*«

»Dann wirst du mich auch töten müssen«, sagte Kriss. »Ohne die Maske kann niemand dieses Schiff kontrollieren. Bitte, Stara, komm zur Vernunft. Noch können wir es aufhalten!«

Stara funkelte sie an, ihre Augen flackerten vor Wut, vor Verzweiflung.

»Stara«, sagte Glinn sanft.

Doch Stara antwortete nicht. Sie atmete schnaubend

durch die Nase, versuchte, sich selbst unter Kontrolle zu bekommen.

»Lass gut sein.« Glinn legte ihr eine Hand auf die Schulter. »Komm. Das Mädchen hat Recht.«

Stara schlug seine Hand weg. »Nein, verflucht!«

Sie richtete die Waffe auf Glinn.

Kriss sah, wie Weyrin und Brinna die Augen aufrissen. Noch nie hatte ihre Anführerin die Waffe gegen einen von ihnen erhoben.

»Wir können nicht mit leeren Händen zurück!«, rief Stara. Die Nase lief ihr, Tränen glitzerten in ihren Augenwinkeln. »Nicht nach allem, was wir geopfert haben!« Die Lanze zitterte in ihrer Hand. Dann fiel sie zu Boden. Stara bedeckte die Augen mit den Händen. Ihr Körper bebte.

»Alles umsonst«, schluchzte sie. »Es war alles umsonst ...!«

Mitleid zeigte sich auf den Gesichtern der anderen Ontredi. Glinn ging zu ihr, er nahm sie in den Arm, während sie unverhohlen weinte. Kriss spürte einen Kloß in ihrer Kehle. Sie stellte sich das Mädchen vor, das Stara Belnari einst gewesen war. Das Mädchen, dessen Vater vor seinen Augen aufgeknüpft worden war. Das seine Mutter und seine Brüder im Kampf um die Freiheit verloren hatte – und so viele andere mit ihnen.

»Es ist meine Schuld ...«, sagte Stara. »Nahalu vergib mir, es ist meine Schuld! Ich dachte, wir schaffen es! Ich ... ich dachte, wir könnten –!« Sie konnte nicht weitersprechen.

»Ja«, sagte Glinn und streichelte ihr über das Haar. Er weinte selbst. »Das dachte ich auch.«

»Noch können wir das Schlimmste verhindern!«, sagte Kriss.

Lian nickte. »Aber wir müssen's *jetzt* tun!«

Glinn, Weyrin und Brinna sahen sie an. Stara

schwieg, sie hatte die Augen geschlossen, ihre Wangen glänzten feucht.

»Stara«, sagte Kriss. »Bitte.«

Sie hörte, wie Stara die Nase hochzog. Dann straffte sie ihre Haltung. Atmete tief durch.

»Also gut«, sagte sie und blickte Kriss aus geröteten Augen an. »Wo sind diese verdammten Kristalle?«

Kriss atmete zeitgleich mit Lian auf. Auch die anderen Ontredi waren erleichtert.

»Wir müssen –«, begann Kriss, als Schritte vor der Brücke donnerten.

Sie wirbelten herum. Wer noch eine Waffe trug, richtete sie auf die halb offene Tür.

»Stara!«, rief jemand.

Es waren keine Bronzemänner. Lorgis, Barabell, Nesko und Eldrit standen zwischen acht Ontredi, genau wie diese blutverschmiert und verschwitzt und an mehreren Stellen behelfsmäßig verbunden. Erschöpfung lag in ihren Blicken.

»Das war's«, sagte eine Ontredi mit grauen Strähnen in ihren schwarzen Locken. »Wenn's noch Blechmännchen an Bord gibt, verstecken sie sich.«

Kriss war verwirrt, als sie Lalla sah. Eingehüllt in seinen winzigen Mantel hockte das Äffchen auf Lorgis' Schulter und ließ traurig den Kopf hängen.

»Wo ist Orven?«, wollte sie fragen, aber sie kannte die Antwort. Traurigkeit drückte ihr das Herz zu.

»Doktor«, sagte Barabell und wischte sich müde das schwarze Haar aus der Stirn, »bitte sagt mir, dass wir gewonnen haben!«

»Noch nich'«, sagte Lian, während er Kriss half, ihre verletzte Hand zu verbinden. »Irgendwo auf diesem Ding gibt's dicke fette Ælon-Kristalle, die wir zu Klump hauen müssen!«

Er erntete damit nur verwirrte Blicke. »Keine Zeit für lange Erklärungen!«, sagte Kriss. »Wir –!«

In dem Moment erfüllte ein schreckliches Brummen das Schiff und ließ den Boden vibrieren. Die Härchen an Kriss' Armen richteten sich auf: Die Kanonen des Schiffs sogen sich mit Energie voll!

Sie blickte zum Fenster und sah in der Nacht die unregelmäßigen Buckel von Beraels Küste am Horizont größer und größer werden. Nur noch wenige hundert Meilen, und sie waren dort!

»Wir müssen uns beeilen!«, drängte sie die Ontredi.

»Tut, was sie sagt!«, sagte Stara zu ihren Leuten. »Los, oder wir haben keine Heimat mehr, in die wir zurückkehren können!«

Gemeinsam ließen sie die Brücke hinter sich und eilten durch das Schiff, wobei Kriss schmerzhaft jeden Augenblick spürte, den sie verstreichen ließen, den das Schwert sich dem Kontinent näherte. Es hatte ein Drittel der Welt in weniger Zeit umrundet, als eine Kutsche von einem Ende Tamaleas zum anderen brauchte.

Sie teilten sich auf und schwärmten aus, auf der Suche nach dem Maschinenraum oder wo auch immer sich seine Ælon-Speicher befanden. Als Kriss die Toten in dem Gang sah – unter ihnen auch Orven – war es für einen Moment schwer, zu atmen. So viel Tod. Und es würde noch viel, viel mehr Tote geben, wenn sie jetzt versagten. Sie wünschte Orven Frieden, dort, wo er jetzt war. Aber es blieb keine Zeit, zu trauern.

»Es muss irgendwo in Hecknähe sein!«, rief sie den anderen zu – sie dachte an die Sphären aus Silber und Kristall, die an den Seiten des Schiffes angebracht waren: an den Enden der »Parierstange« der schrecklichen Waffe, durch deren Inneres sie irrten. Sie war sich sicher, dass die Vorrichtungen dazu dienten, dieses monströse Artefakt anzutreiben.

Es dauerte nicht lange und sie entdeckten einen Seitengang. Er führte eine Treppe hinab, die sie in einen halbdunklen Korridor entließ. Es gab überall Türen, weniger schmuckvoll als jene im oberen Deck, und eine Vielzahl von Metallplaketten. *Maschinenraum*, sagte eine davon. Ein Pfeil zeigte zum Ende des Korridors.

Die Stille an Bord machte Kriss nervös. Sie hielten die Waffen schussbereit, aber es stellten sich ihnen keine weiteren Bronzemänner in den Weg. Alles, was von Sendrenas Soldaten übrig geblieben war, lag mit zerstörten Herzkristallen in der Schmiede oder über ihnen auf dem Marmorboden.

Dafür machten sie eine andere Entdeckung: An einer Stelle verbreiterte sich der Korridor zu einer kleinen Halle. Acht Maschinen waren an ihren Seiten aufgestellt. Sie erinnerten an überdachte Boote aus weißem Stahl, mit vier kristallschimmernden Vorrichtungen, fast wie Flügel oder Flossen. Sie wirkten windschnittiger als das Käferding, das sie in die Schmiede befördert hatte. Lufttauglicher.

»Beiboote!«, rief Kriss, als sie an den Gebilden vorbeiliefen.

»Dann müssen wir zumindest nich' mit dem Ding untergehen!«, rief Lian – und erst jetzt begriff Kriss, dass sie gar keine Zeit gehabt hatte, über diesen Punkt nachzudenken. *Vielleicht schaffen wir es!*, dachte sie. *Vielleicht überleben wir, um irgendjemandem diese Geschichte zu erzählen!*

Aber noch erlaubte sie sich nicht, Hoffnung zu schöpfen. Nicht, solange dieses Schiff sich im Anflug auf Berael befand. *Alle Städte in Schutt und Asche. Millionen tot.*

Eine große Tür versperrte ihnen den Weg. Sie hatten keine Schwierigkeiten, sie zu öffnen.

Der Raum dahinter war nicht so riesig, wie Kriss geglaubt hatte. Ein ælonisches Singen erfüllte ihn. Es gab überall Leitungen aus Kupfer, polierte Skalen und Anzeigen – und fassgroße Kristalle an den Wänden links und rechts, von metallenen Fassungen gehalten.

Das Ælon, das in ihnen glühte, tauchte den Raum in ein übernatürliches, unstetes Licht in allen Farben des Spektrums. Kriss' Blick glitt über die Messingplaketten, mit denen die Kristalle versehen waren.

»Das sind sie! Diese Kristalle speisen die Antriebe!«

Glinn sah sich unsicher um. »Und wie kriegen wir die Dinger jetzt kaputt?«

»Ihr habt doch bestimmt noch Schießpulver!«

»Nicht genug für das hier!«

Brinna hob ihre Waffe. »Und wenn wir sie einfach zerschießen?«

»Stürzen wir zusammen mit dem Schiff ab«, vollendete Lorgis. »Wird keine weiche Landung.«

»V-Vielleicht haben wir genug Zeit, in die Beiboote zu steigen!« Nesko sah seinen Käpt'n an.

»Und wenn nicht?«, fragte Barabell.

Sie alle wussten, was dann geschah.

»Geht zu den Booten«, sagte Stara. Es war keine Bitte.

Alle sahen sie an.

»Und was ist mit dir?«, fragte Kriss.

Sie hob ihre Blitzlanze. »Ich zerstöre diese Dinger.«

»Aber dann kann es sein, dass du hier nicht lebend –!«

»Ich weiß«, sagte Stara. Sie sah Kriss nicht an. Keinen von ihnen.

»Aber –!«, begann Glinn.

»*Schessk!*«, blaffte Stara. »Jetzt hört auf mit dem Gequatsche oder ich erschieß euch an Ort und Stelle!« Ihre Miene verriet Zorn. Und Angst.

Glinn und die anderen Ontredi wollten etwas sagen, aber sie bekamen kein Wort heraus.

Stara legte Glinn eine Hand auf die Schulter. »Kämpft weiter«, sagte sie. »Versprich mir das.«

Glinn nickte ernst. Traurig. »Bis wir frei sind«, sagte er.

»Bis wir frei sind«, sagte Stara. »Lasst mir eure Waffen da. Falls die hier den Geist aufgibt. Gebt mir ein Zeichen, wenn ihr losfliegt. Ich komme nach, wenn ich kann. Und jetzt haut endlich ab, ihr Idioten, oder ich mach euch Beine!«

»Stara ...!«, begann Kriss.

Die Ontredi blickte sie über die Schulter an. Ihre Stimme war hart, als sie sagte: »Bist du taub, Kleine? Verschwinde, hab ich gesagt!« Aber ihr Blick war beinahe freundschaftlich. »Na los!«

Ich hoffe, du schaffst es, dachte Kriss.

»Los jetzt!« Lian packte Kriss' unverletzte Hand, und zog sie mit sich. Die Luftfahrer waren dicht bei ihnen. Die Ontredi nickten Stara zu, unfähig, etwas hervorzubringen. Dann folgten sie ihnen. Kriss blickte sich im Laufen um. Stara stand inmitten des Maschinenraums, von ælonischem Licht gebadet, mit dem Rücken zu ihnen. Sie hatte zwei Blitzlanzen gleichzeitig gehoben und zielte auf die Kristalle zu beiden Seiten, nur auf den Moment wartend, in dem sie endlich abdrücken konnte. Sie sagte nichts.

Als sie zurück zu den Beibooten eilten, fürchtete Kriss, jeden Augenblick den Weltuntergangslärm der Schiffskanonen zu hören. Die Seitentüren der Boote standen offen und gaben den Blick auf Sitzbänke mit rotem Lederpolster frei, die unter ihren Glaskanzeln lagen. Die Steuerung schien ganz ähnlich wie die des Käferapparats zu funktionieren, abgesehen davon, dass es seitlich ein zweites Steuerrad gab, sehr wahrscheinlich für das Höhenruder.

Kriss, Lian und die Luftfahrer setzten sich in ein Boot, während die Ontredi ein anderes Fluggerät besetzten. Skalen erwachten zum Leben, ein ælonisches Singen erfüllte die Maschinen. Die Boote hoben ganz von allein vom Boden ab.

Glinn war als Einziger nicht an Bord. Er riss einen

Hebel herum: eine Wand öffnete sich. Kriss sah das Meer unter tiefblauer Nacht, und wie der einfallende Wind an Glinns Mantel zerrte.

»Mach hin, mach hin, mach hin!«, hörte sie Lian murmeln, seine Stimme gespannt wie ein Drahtseil.

Sie sahen, wie Glinn seine Pistole hob, sein Gesicht gegen den Wind zu einer verkniffenen Grimasse verzogen. »Nahalu wache über dich!«, hörte sie ihn rufen.

Dann schoss er an die Decke. Der Schuss ließ die Scheiben der Glaskanzel klirren.

»Beeil dich!«, riefen mehrere Stimmen aus dem Boot der Ontredi. Aber Glinn rannte bereits zu seinen Kameraden. Er schlug die Luke des Beiboots zu.

»Und – *los!*«, sagte Barabell und trat das Pedal durch.

Kriss spürte die Beschleunigung in ihrem Magen, als das Beiboot aus der Halle jagte und in den freien Himmel, den Sternen entgegen. Leder knautschte, als sie sich in ihren Sitz festkrallte.

Das Schwert der Todlosen Königin jagte an ihnen vorbei, hundertmal schneller als die Beiboote. Es hielt direkt auf die Küste zu. Lichter einer Stadt leuchteten dort. Dahinter lag eine Wüste im Schein des Gelben Mondes, gefolgt von einer dunklen Gebirgskette. Kriss war nicht sicher, welches Königreich es war, das sich vor ihnen auftat. Nur, dass es bald nicht mehr existieren würde, wenn das Schiff es erreichte. Sie hatte die Mündungen seiner Kanonen gesehen, die aus dutzendfachen Luken in der Porzellanhülle des Schiffs herausstachen wie die Schnauzen von Ungeheuern. Ein tödliches weißes Licht glühte bereits in ihnen – Kriss spürte, wie Lian ihre Hand drückte; sie kniff die Augen zusammen, erwartete, dass jeden Augenblick, jetzt, *jetzt!* die Kanonen feuern würden ...

Und alles nur wegen dieses verfluchten Würfels. Stara fand es beinahe zum Lachen. Sie hatte so viele Hoffnungen in dieses Schwert gesetzt, sie hätte niemals geglaubt, dass sie es sein würde, die es zu Fall brachte. Sie hatte nicht vor, mit der Maschine unterzugehen. Doch wenn es keinen anderen Weg gab, dann würde sie ihn gehen. Bis zum bitteren Ende. Für ihr Volk. Für all die Freunde, die sie verloren hatte. Für ihren Vater, ihre Mutter, ihre Brüder. Sie hoffte, dass sie sie wiedersehen würde, in der Welt jenseits der Welt. Dass sie auf sie warten und sich ihrer nicht schämen würden. Sie vermisste sie. Sie vermisste sie so sehr.

Dann hörte sie den Schuss, der durch das Deck hallte.

Nahalu gib mir Kraft, dachte sie. Tatsächlich fühlte sie eine Ruhe in sich wie seit langer, langer Zeit nicht mehr.

Sie wartete einen Moment, um den anderen Zeit zur Flucht zu geben. Dann drückte sie ab.

Und die Welt explodierte in Licht und Scherben.

{Das Versprechen}

Barabell hielt das Beiboot direkt hinter dem Schwert, doch es war längst nur noch ein Fleck zwischen den Sternen.

Dann ging eine grellweiße Feuerblüte am Himmel auf. Das Heck des Schiffes platzte auf, es wurde auseinandergerissen wie Papier. Im Mondlicht sahen sie Schwaden von Ælon aus der Maschine entweichen.

Stara hatte es geschafft: Die plötzliche Entladung der zerstörten Kristalle hatte für die Explosion gesorgt. Doch aus irgendeinem Grund konnte Kriss nicht darüber jubeln. Auch Lian und die anderen schwiegen. Gemeinsam sahen sie zu, wie das Feuer in den Kanonen erlosch.

Unfähig, sich noch länger gegen die Schwerkraft zu behaupten, fiel das Schwert aus dem Himmel. Es stürzte auf einen mondbeschienen Bergkamm; durch sein gigantisches Gewicht wurde es in tausend Teile zerschlagen. Staubschwaden wallten auf, hüllten es ein wie braune Schleier.

Kriss hielt den Atem an. Niemand konnte das überlebt haben. Trotzdem bangte ein Teil von ihr darauf, dass sich entgegen aller Wahrscheinlichkeit ein Beiboot aus dem Staubschleier löste.

Doch sie hoffte vergebens. Das Schwert der Todlosen Königin war zerbrochen. Und die Frau, die es vernichtet hatte, war zusammen mit dem Schiff untergegangen.

»Flieg weiter!«, sagte Kriss dennoch zu Barabell. »Bitte!«

»Aye, aye«, erwiderte die Luftfahrerin. Sie schien nicht zu glauben, dass es etwas bringen würde. Als sie das Pedal durchtrat, wurden Kriss und die anderen in die Sitze gedrückt. Das Beiboot jagte durch den Himmel, auf die Absturzstelle zu.

Glinn und die anderen flogen direkt neben ihnen. Doch ihre Reise währte nicht lange: Nur einige Dutzend Meilen weiter wurden beide Boote langsamer und langsamer.

»*Korf!*« Lian sah sich um. »Was ist jetzt schon wieder los?«

»Fragt mich was Leichteres!« Barabell kämpfte mit beiden Steuerrädern. »Ich hab nichts gemacht!«

»Die Ladung ist bald alle«, sagte Kriss. Sie sank in ihren Sitz zurück. Entweder waren die Beiboote nicht für lange Strecken konstruiert – oder ihr hohes Tempo hatte zu viel Energie verbraucht. Was immer der Grund war, sie verloren nicht nur an Geschwindigkeit, sondern auch an Höhe, mit jeder Meile, die sie über der nächtlichen Wüste dahinrauschten.

»Ich bring uns besser runter«, sagte Barabell. »Bevor wir enden wie das Schiff da hinten.«

Sie ließ das kleine Fluggerät daunenweich in Sand und Geröll aufsetzen. Das Boot der Ontredi landete nur eine Viertelmeile weiter.

Als Kriss ausstieg, wehte ihr kalter Wind entgegen und der vertraute Feuersteingeruch von Wüstensand. Sie war froh, ihre Winterkleidung noch anzuhaben.

»Weiß irgendwer, wo wir sind?«, fragte Nesko.

»Sieht mir stark nach Wüste aus«, sagte Eldrit. Der Junge lächelte darüber.

»Bassambar, vermut' ich mal.« Lorgis kratzte sich seine Bartstoppeln. »Oder Drevari. Irgendein Königreich an der Südspitze.«

»Egal, wo wir sind«, sagte Barabell, »ich will bloß nach Hause.«

Kriss teilte ihren Wunsch.

Nicht lange, und Glinn und seine Leute näherten sich

ihnen mit knirschenden Schritten. Kriss rechnete halb damit, dass die Ontredi gekommen waren, um sie für immer zum Schweigen zu bringen. Doch wenn sie noch irgendeinen Groll gegen die Milorianer hegten, dann wurde er von ihrem Verlust überschattet.

»Ich nehme an, eure Maschine ist genauso nutzlos, wie unsere?«, fragte Glinn.

»So ziemlich«, sagte Barabell. »Leider. Hab mich schon an das Ding gewöhnt.«

Glinn nickte grimmig. Er schien nicht wirklich etwas anderes erwartet zu haben. »Also«, sagte er, »dann trennen sich hier unsere Wege, wie es aussieht.«

»Wurd' auch Zeit«, sagte Lian, doch es klang nicht unfreundlich.

Glinn zeigte in die Wüste. »Wir haben von oben eine Oase gesehen, vielleicht zwei, drei Meilen östlich von hier. Ist näher dran als die Stadt an der Küste.«

»Danke«, sagte Kriss. »Was ist mit euch?«

»Macht euch um uns keine Sorgen. Wir stammen aus einer Gegend wie dieser hier. Wir kommen schon zurecht.« Glinn blickte zu der Staubfahne, die in einiger Entfernung aufstieg.

Sie werden zum Wrack gehen, erkannte Kriss. Hofften sie, noch ein paar Schätze der Königin an sich zu reißen – oder wollten sie Staras Leichnam bergen, um ihn zu beerdigen? Vielleicht hegten sie auch die widersinnige, verzweifelte Hoffnung, dass sie den Absturz irgendwie überlebt hatte.

»Es tut mir leid«, sagte Kriss.

Glinn schien zu wissen, was sie meinte. »So lange es Ontredi gibt, wird man sich an sie erinnern.«

»Ich weiß, ihr habt keinen Grund, das zu glauben«, sagte Kriss, »aber ich hoffe, euer Land wird wieder frei sein. Eines Tages.«

Glinn zeigte ein kampflustiges Grinsen. Es erinnerte Kriss an Staras Säbelzahnwolflächeln. »Keine Sorge,

Mädchen, dafür werden wir schon sorgen! Und jetzt haut ab. Wir haben genug von euch gesehen.«

Sie trennten sich. Kriss und die anderen wanderten nach Osten. Sie hatten keinen Grund zu zweifeln, dass es die Oase, die Glinn erwähnt hatte, wirklich gab. Er und seine Leute gingen indessen Richtung Nordosten, zu dem Wrack, ganz wie Kriss es vermutet hatte. Bald waren die Sternträger zwischen den Dünen und Felsbrocken verschwunden und der Wind verwehte ihre Spuren.

Viel Glück, dachte Kriss.

Sie versorgten auf dem Weg ihre Wunden. Schon nach wenigen Schritten füllte Sand ihre Stiefel. Kriss war dankbar, dass der Mond sie bei ihrer Wanderung begleitete. Sie blickte sich um, zurück in die Richtung, aus der sie gekommen waren. Die Küstenstadt lag Dutzende von Meilen hinter ihnen. Obwohl es mitten in der Nacht war, musste jemand das heranrasende Schwert bemerkt haben. Wahrscheinlich waren bereits Reiter oder Luftschiffe unterwegs, um nachzusehen, was da über ihrem Himmel erschienen war. Früher oder später würden sie das Wrack finden. Doch hoffentlich keine einsatzfähigen ælonischen Waffen.

»Meint Ihr, sie hat's geschafft, Doktor?«, fragte Lorgis, während Lalla von seiner linken Schulter auf seine rechte kletterte.

»Ich hoffe es«, antwortete Kriss.

»Trotz allem, was sie getan hat?«, fragte Lian.

»Ja. Trotz allem.«

Er nickte stumm. Ihm ging es nicht anders.

Nicht lange und sie hatten die Oase erreicht: einen kleinen See, umringt von Palmen und Sträuchern. Erleichtert füllten sie ihre Wasserflaschen auf und pflückten Blaudatteln und Palmbeeren. Die Tatsache, dass sie noch lebten, kam Kriss und den anderen immer verblüffender vor. Aber der Gedanke an diejenigen, die nicht so viel Glück gehabt hatten, trübte ihre Stimmung.

Lorgis hob die Flasche zum Salut. »Auf Orven! Eine wahre Luftratte!«

»Auf Orven!«, wiederholten die anderen wie aus einem Mund. Lalla imitierte das Anstoßen der Menschen mit winziger Hand.

»Weiß einer, wo seine Familie lebt?«, fragte Barabell.

Eldrit wischte sich den Mund ab. »Gibt keine Familie.«

Kriss sah sie an. »Was ist mit Freunden oder –?«

Eldrit schüttelte den Kopf.

Sie alle schwiegen. Kriss spürte, wie ihr das Herz schwer wurde. Sie glaubte nicht, dass es allein die Aussicht auf Geld und ein Schiff gewesen war, die den alten Mann dazu gebracht hatte, bis zum Schluss an ihrer Seite zu kämpfen. *Ich wünschte, wir hätten uns besser gekannt …*

Sie lächelte, als sie sah, wie Lorgis das Moosäffchen streichelte. Das grüne Tierchen keckerte vergnügt.

»Auf den Professor«, sagte Lorgis und hob abermals die Flasche.

»Auf den Professor!«, wiederholten Barabell, Nesko und Eldrit.

»Auf Alrik«, sagten Kriss und Lian. Für einen Moment brach die Wunde in Kriss' Herz wieder auf. Sie dachte an ihren Freund, der – wie ihre Mutter – auf einer namenlosen Insel, am anderen Ende der Welt begraben lag. Wenn Stara Belnari nicht gewesen wäre – er könnte noch bei ihr sein. Der Gedanke erstickte sie fast. Aber sie konnte keine Wut auf die Frau empfinden. Stattdessen stieß sie stumm auch auf sie an. Sie war tapfer gewesen. Tapferer als Kriss es vielleicht je sein konnte. Und sie hatte für etwas gekämpft, an das sie geglaubt hatte.

Sie schmiegte sich dicht an Lian und spürte seine Wärme. Er lebte. Das war das Wichtigste von allem.

Sie beschlossen, dass sie zu erschöpft waren, um in dieser Nacht irgendwohin zu wandern. Morgen würden sie weitere Pläne schmieden.

Lorgis fand noch ein Mäppchen mit Schwefelhölzern in seiner Tasche. Als ein kleines Lagerfeuer zwischen den Palmen brannte, wurde Kriss schmerzlich an das Feuer erinnert, an dem sie mit Alrik zusammengesessen hatte, in jener Nacht, als er gestorben war. Irgendwann riss sie Nesko aus der Erinnerung, als er ihnen die Schemen zeigte, die in einiger Entfernung über die Dünen zogen. »Ich glaube, da kommt wer!«

Es war eine Karawane von vielleicht fünfzig Rüsselkamelen und Graubuckeln. Sie hielten direkt auf die Oase zu, geführt von Männern und Frauen in weißen und blauen Mänteln und Turbanen mit langen Schleiern, die im kalten Wind wallten.

Kriss glaubte zuerst, dass sie aus der Stadt am Meer stammten. Dass das Wrack ihr Ziel war. Doch dafür kamen sie aus der falschen Richtung. Sie waren offensichtlich überrascht, Milorianer hier zu treffen.

Der Karawanenführer war ein Mann mit grauem Bart und Augen wie schwarzer Stahl. Merssam war sein Name. Zu ihrer Erleichterung sprach er gebrochenes Feban. Sie stellten sich als verirrte Reisende vor. Als sie sich erkundigten, in welchem Königreich sie sich befanden, machte er keinen Hehl aus seinem Argwohn.

»Bassambar, natürlich«, sagte er.

»Natürlich«, sagte Lian. »Klar. Wussten wir's doch.«

»Grelles Licht am Himmel«, sagte Merssam. »Ihr gesehen? Was das war?«

»'ne Sternschnuppe vielleicht.« Lian zuckte mit den Achseln.

»Seid ihr deswegen hier?«, fragte Kriss.

»Nein. Machen hier Rast bis morgen. Meine Karawane auf Weg nach Ardasi. Handelsstadt, etwa hundert Meilen nach Norden.«

Merssam verriet ihnen, dass es in Ardasi einen Lufthafen gab, von dem aus sie in die Hauptstadt gelangen konnten – und von dort aus überall hin. Sie waren über alle Maßen erleichtert, das zu hören.

»Können wir mit euch mitreisen?«, fragte Kriss.

Merssam strich sich zögerlich über den Bart.

»Vielleicht deckt das hier ja die Unkosten«, sagte Lian und warf dem Mann zur Überraschung aller einen Diamantring zu.

Merssam glotzte erst den Ring an, dann Lian. »Ja, ja, natürlich, mein Freund! Ihr in meiner Karawane willkommen!« Er verneigte sich vor ihnen, als wären sie von Adel. Er versprach ihnen das beste Mahl und die größten Zelte. Als er ging, verbeugte er sich so oft, dass Kriss fürchtete, er könne stolpern. Sie hörte aufgeregtes Gemurmel, als Merssam den übrigen Reisenden zeigte, womit der ausländische Junge ihn bezahlt hatte.

Kriss und die anderen starrten Lian an. »Woher –?«, begann Kriss.

»Ach, das hab ich in dem Trubel ganz vergessen.« Lian grinste. »Ich hab mir die Klunker von ihrer Majestät geborgt. Auf unbestimmte Zeit. Einmal 'n Taschendieb, immer 'n Taschendieb.« Er zwinkerte Kriss zu und sie überkam das dringende Bedürfnis, ihn zu küssen. »Ich konnt' einfach nicht widerstehen. Außerdem«, fügte er hinzu, »seh ich nich' ein, dass wir nach all den Strapazen leer ausgehen sollen. Hier!«

Er griff in seine Tasche und warf Lorgis und den anderen eine Handvoll Ringe und Geschmeide zu. »Wie versprochen: 'n kleiner Schatz für eure Mühen.«

Kriss musste schmunzeln, als sie sah, wie Lorgis, Barabell, Nesko und Eldrit große Augen machten. Zu Tränen gerührt, drückte Lorgis Lian und Kriss an sich. »Ich wusste, es lohnt sich!«, sagte er lachend. »Ähm, ich meine ... nicht, dass wir nur wegen so was hier mitgekommen sind, Doktor. Aber ...«

»Ihr habt es verdient, Lorgis«, sagte sie. »Und noch viel mehr.«

Während sie zusammen saßen, erzählten Lian und Kriss von der Mumie der Todlosen Königin und ihrem Kampf mit Sendrenas Majordomus. Dann lauschten sie Lorgis und den anderen, wie sie die Bronzemänner im Verbund mit den Ontredi einen nach dem anderen ausgeschaltet hatten. Kriss bemerkte, wie Eldrit sich an Nesko lehnte und der Junge selig grinste.

Die Männer und Frauen der Karawane bauten derweil ihre Zelte auf, tränkten ihre Tiere, entfachten weitere Lagerfeuer und aßen zusammen. Kriss roch Tierdung und Stockbrot, das über den Feuern gebraten wurde. Bald wurde Musik auf Trommeln und Schellen gespielt. Lorgis und die anderen Luftfahrer mischten sich unter die Bassambarier um mit ihnen zu tanzen und zu lachen.

Kriss und Lian blieben allein am Feuer zurück.

»Und?«, fragte Kriss. »Hat sich deine Abenteuerlust fürs Erste gelegt?«

»Fürs Erste«, sagte er. »So ein, zwei Tage vielleicht. Du willst weiter zum Tempel, oder?«

»Ja.« Sie nickte. »Ich will die Ausgrabung endlich abschließen. Alrik hätte sich das gewünscht. Danach wäre es schön, für eine laaaaange Zeit Ruhe und etwas Frieden zu haben. Nicht um mein Leben laufen zu müssen. Oder jemals wieder eine Pistole in die Hand zu nehmen.« Außerdem musste sie Alriks Angelegenheiten regeln. All seine Freunde über seinen Tod in Kenntnis setzen. Und sich selbst die Zeit nehmen, um ihn zu betrauern. Es würde nicht leicht werden, das wusste sie. Er würde ihr immer fehlen. Und gleichzeitig immer bei ihr sein.

»Aber«, sagte sie, »du wirst nicht mitkommen, oder?«

Lian zeigte ein Lächeln. »Ich bleib' bei dir, solange du mich brauchst, das weißt du doch.«

Kriss war froh, das zu hören. Sie küssten sich und

kurz darauf eilten sie in ihr Zelt, um ihre Zeit unter vier Augen zu genießen, zum ersten Mal seit langer Zeit. Kriss dachte daran, was Alrik ihr gesagt hatte: dass sie den Glauben an die Liebe nicht verlieren sollte. Sie hatte nicht vor, ihn zu enttäuschen.

Drei Tage später erreichte die Karawane die Stadt Ardasi, mit ihren palmengesäumten Straßen und kuppelgekrönten Lehmhäusern, über denen die Sonne brütete. Nachdem sie von ihren Rüsselkamelen abgestiegen waren, führte sie ihr erster Weg zu einem Schmuckhändler, bei dem sie die Juwelen der Todlosen Königin gegen Geld eintauschten.

Danach steuerten sie den winzigen Lufthafen der Stadt an. Vier Luftschiffe lagen hier vor Anker, die Rufe der Marktschreier von einem nahen Basar drangen an ihre Ohren.

Dort nahmen sie Abschied: Das Schiff der Luftfahrer würde bald ablegen. Lorgis und die anderen wollten zurück nach Tamalea. Zurück nach Hause.

»Ich muss ein paar Dinge mit dem Vetter der Frau meines Bruders klären«, sagte der Riese. »Ich glaube, ich kann ihm klarmachen, dass wir nicht mit seinem Sonnenstaub durchgebrannt sind. Zumal, wenn ich noch einen Haufen Geld drauflege.«

»Der Rest reicht vielleicht sogar, um ein neues Schiff zu kaufen«, sagte Barabell gut gelaunt. »Wer weiß, vielleicht sogar eins, das nicht abgeschossen wird.«

»Das wär doch mal eine nette Abwechslung«, sagte Nesko. Eldrit lächelte darüber.

Kriss schloss jeden Einzelnen von ihnen in die Arme, und war überrascht, dass sogar Eldrit es über sich ergehen ließ. »Viel Glück, euch allen«, sagte sie. »Ich hoffe, wir sehen uns bald wieder!«

»Verlasst Euch dráuf, Doktor!«, sagte Lorgis.

»Ihr seid schließlich unsere besten Kunden.« Barabell grinste.

Sie winkten einander lange zu. Lalla, auf seinem neuen Stammplatz auf Lorgis' Schulter, keckerte und quietschte zum Abschied.

Kriss blickte zu Lian. Nun gab es nur noch sie beide. Ihr Herz wurde schwer, als sie die große, schmiedeeiserne Uhr des Lufthafens schlagen hörte. Auch ihr Schiff würde bald ablegen: ein ramakhanischer Frachter, der direkt nach Scha'ila flog. Lian und sie hatten gelächelt, als der Kapitän ihnen den Namen der Stadt genannt hatte, in der ihre Reise begonnen hatte.

Sie küssten sich lange, dann küssten sie sich noch einmal. Der Abschied ging nicht ohne Tränen vonstatten, aber Kriss war nicht so bedrückt, wie sie geglaubt hatte.

»Und wohin gehst du?«, hatte sie Lian gefragt, in der Nacht, als sie allein im Zelt gewesen waren.

Er hatte mit den Schultern gezuckt. »Weiß ich noch nich'. Ich lass mich einfach vom Wind treiben, so wie früher.«

»Ich komm bald wieder«, sagte er nun. Er hielt ihre Hände und sah ihr tief in die Augen. »Das versprech' ich dir.«

»Lass mich nicht zu lange warten, hörst du?«, sagte sie. »Und falls ich aus irgendeinem Grunde nicht beim Tempel sein sollte, oder zuhause ...«

»Dann find' ich dich schon«, flüsterte er ihr ins Ohr. »Keine Sorge. Egal, wo du bist.«

Sie wusste, dass es stimmte.

Sie küssten sich ein letztes Mal. Dann hörte Kriss den Aufruf für alle Passagiere ihres Schiffes. »Ich muss los«, sagte sie.

»Ja«, sagte er. »Ich weiß ...« Und für einen Moment glaubte sie zu merken, wie er innerlich entzwei gerissen wurde. »Grüß die anderen von mir«, sagte er.

»Ich hoffe, ihr könnt diesen Bau endlich freilegen. Auch wenn ihr jetzt ’nen Schaufler weniger habt.«

»Das hoffe ich auch«, sagte Kriss.

Sie drückte ihn an sich und sie hielten einander fest.

»Du fehlst mir jetzt schon«, sagte Kriss.

»Du mir auch«, sagte er. »Bald, Kriss. Bald. Versprochen. Wahrscheinlich wird’s mir eh zu langweilig ohne dich.«

Kriss lächelte darüber.

Bald darauf saß sie in einer kleinen Kabine, zusammen mit anderen Reisenden aus diesem Teil Beraels. Während sich das Schiff in den Himmel erhob, sah sie unter sich Lian auf dem Pflaster des Lufthafens stehen und ihr zuwinken. Er wurde kleiner und kleiner, bis er eins mit der Menge wurde.

Ich liebe dich, dachte Kriss. *Ich hoffe, du findest die Abenteuer, die du suchst.*

Aber sie hatte keinen Zweifel daran, dass er sein Versprechen halten würde. Dass sie sich bald wiedersahen.

Sie konnte es kaum erwarten.

Ein sagenumwobenes Relikt,
seit viertausend Jahren verschollen.
Uralte Rätsel – und brandneue Gefahren

Lange musste Kriss auf ein Lebenszeichen von Lian warten. Als sie sich schon mit den schlimmsten Befürchtungen quält, kehrt er auf einmal zu ihr zurück. Doch er ist nicht allein: Ein Mann namens Arléas begleitet ihn – ein Glücksritter und Dieb, der behauptet, Lians Vater zu sein.

Arléas ist im Besitz eines Schlüssels, der zum Grabmal eines legendären Gottkaisers führt. Dort sollen nicht nur unvorstellbare Schätze verborgen sein, sondern auch das Zepter des Dritten Mondes. Den Sagen nach verfügt dieses Artefakt über eine gewaltige Vernichtungskraft. Kriss und Lian fürchten, dass das Zepter in den falschen Händen zu einer entsetzlichen Gefahr werden kann, und wollen es unschädlich machen.

Ihre Suche führt die drei Abenteurer von Kontinent zu Kontinent, durch dunkle Kerker und von Albträumen heimgesuchte Katakomben. Dabei entwickelt Lian langsam Zuneigung zu seinem angeblichen Vater. Doch es bleiben Zweifel: Können Kriss und er Arléas vertrauen? Und hat der ihnen alles gesagt, was er über ihr Ziel weiß?

Ehe sie sich versehen, finden sich Kriss und Lian in ihrem bislang größten Abenteuer wieder – einem, von dem sie vielleicht niemals wiederkehren werden. Denn um zum Grabmal zu gelangen, müssen eine Reihe tückischer Prüfungen absolviert werden. Darüber hinaus bekommen sie es mit gefährlichen Feinden zu tun. Und nicht alle davon geben sich offen zu erkennen …

Das Zepter des dritten Mondes,
jetzt im Handel.

ISBN-13: 978-1791816063

DANE RAHLMEYER
DAS ZEPTER DES
DRITTEN
MONDES

Der Autor

1980 in Salzgitter geboren und in ländlicher Beschaulichkeit aufgewachsen, schreibt Dane Rahlmeyer seit seinem vierzehnten Lebensjahr. 2001 erhielt er von seiner Heimatstadt ein Stipendium für junge Künstler, was ihn ermutigte, seinen Traum wahr zu machen und freier Schriftsteller zu werden. Als solcher schreibt er Romane, Drehbücher, Hörspiele und dreht gelegentlich den einen oder anderen Kurzfilm. Mehr über seine Arbeiten gibt es auf **www.dane-rahlmeyer.de.**

Printed in Poland
by Amazon Fulfillment
Poland Sp. z o.o., Wrocław

74383592R00312